rororo

Petra Hammesfahr schrieb mit siebzehn ihren ersten Roman. Mit ihrem Buch «Der stille Herr Genardy» kam der große Erfolg. Seitdem veröffentlicht sie einen Bestseller nach dem anderen. Zu ihren bekanntesten Büchern zählen «Die Sünderin» (rororo 22755), «Die Mutter» (rororo 22992), «Der Puppengräber» (rororo 22528) und «Das letzte Opfer» (rororo 23454). Petra Hammesfahr lebt in der Nähe von Köln.

Petra Hammesfahr

Der Schatten

Roman

Rowohlt
Taschenbuch
Verlag

Veröffentlicht im Rowohlt Taschenbuch Verlag,
Reinbek bei Hamburg, Oktober 2006
Copyright © 2005 by Rowohlt Verlag GmbH,
Reinbek bei Hamburg
Umschlaggestaltung any.way, Cathrin Günther
nach einem Entwurf von PEPPERZAK BRAND
(Foto: © Bernd Ebsen)
Druck und Bindung Clausen & Bosse, Leck
Printed in Germany
ISBN 13: 978 3 499 24051 5
ISBN 10: 3 499 24051 3

Grundstück Helling

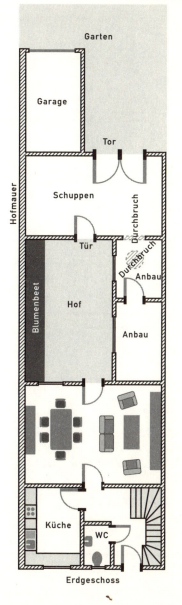

Erdgeschoss

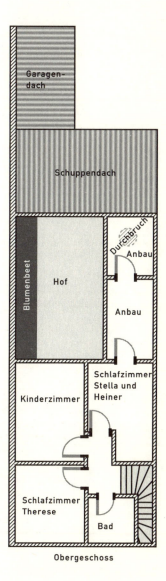

Obergeschoss

Prolog

Es war sehr neblig an dem Novembertag des Jahres 1983, als die beiden Jungs starben. Zwillingsbrüder, siebzehn Jahre alt. Sie hatten in Köln ein Mofa gestohlen und fuhren auf der Landstraße durch eine regelrechte Milchsuppe. Ihre Großmutter wollten sie besuchen. In deren Küchenschrank lagen immer einige hundert Mark, nur dafür fuhren sie hin. Sie wollten beide weit weg, wussten von einem Mord und hatten schreckliche Angst.

Auf der Rückfahrt hörten sie ein Auto kommen. Es fuhr ohne Licht, war im dichten Nebel erst zu sehen, als es schon unmittelbar hinter ihnen war. Bei einem verzweifelten Ausweichmanöver geriet das Mofa auf feuchtem Laub ins Schlingern und stürzte. Die Jungs trugen keine Helme. Einer knallte mit dem Kopf aufs Straßenpflaster, erlitt einen Schädelbruch und verlor auf der Stelle das Bewusstsein. Der andere brach sich ein Bein und war stark benommen. Er sah noch etwas wie einen Schatten auf sich zukommen, ehe auch sein Schädel platzte.

Der Tod der Zwillingsbrüder ging als selbstverschuldeter Unfall in die Polizeiakten ein. Unfallursache wahrscheinlich überhöhte Geschwindigkeit. Das Mofa war frisiert gewesen, eine Fremdbeteiligung nicht nachweisbar. Keine Lackspuren von einem anderen Fahrzeug, auch an den beiden Körpern auf den ersten Blick nichts, was darauf hinwies, dass jemand nachgeholfen hätte. Es gab für die Staatsanwaltschaft keine Veranlassung, eine gerichtsmedizinische Untersuchung in Auftrag zu geben.

Die Beamten der Kriminalhauptstelle Köln, die sich im April 2004, mehr als zwanzig Jahre später, im Rhein-Erft-Kreis darum bemühten, drei Morde aufzuklären, wussten nichts vom Tod der Zwillingsbrüder. Ihnen war auch nichts bekannt von einem weiteren, dem Anschein nach selbstverschuldeten Unfall, der sich im Oktober 1999 ereignet und eine Frau namens Ursula Mödder das Leben gekostet hatte.

Ein Kriminalhauptkommissar der Kreispolizeibehörde wusste zwar von beiden *Unfällen* und hatte auch Kenntnis von dem Mord, der das Zwillingspärchen im November 1983 zu der verhängnisvollen Fahrt im Nebel veranlasst hatte und bis heute nicht aufgeklärt war. Doch er hatte keine Veranlassung, mit den Kölner Kollegen über lange zurückliegende Ereignisse zu reden: An den Ermittlungen im April 2004 war er nicht beteiligt, konnte auch auf Anhieb keine Verbindung zwischen Vergangenheit und Gegenwart herstellen, weil es bei den jüngsten Todesfällen einen ganz anderen und offensichtlichen Zusammenhang zu geben schien.

Seit Jahresbeginn machte eine Einbrecherbande aus dem osteuropäischen Raum den Rhein-Erft-Kreis unsicher. «Die Russen» wurden sie genannt, obwohl niemand genau wusste, woher sie tatsächlich kamen. Sie benutzten den Ausdruck «dawai», wenn sie zur Eile drängten, das klang russisch. Zeugenaussagen zufolge sollten es drei oder vier kräftige, junge Männer sein. Die Angaben schwankten, manchmal blieb wohl einer beim Fahrzeug, in Startposition sozusagen.

Sie klapperten die Dörfer und Wohngebiete der Kleinstädte ab. Und wenn irgendwo eine Tür oder ein Fenster nicht richtig geschlossen oder nicht mindestens dem Sicherheitsstandard zwei entsprach, waren sie binnen Sekunden eingedrungen, rafften an Schmuck und Bargeld zusammen, was sie fanden. An anderen Sachen waren sie nicht interessiert, wurden jedoch von Woche zu Woche dreister und rabiater.

So waren bei zwei Einbrüchen Mitte und Ende März die Bewohner zu Hause gewesen und mit vorgehaltener Waffe gezwungen worden, den «Russen» die Suche zu ersparen. Das musste man schon Raubüberfälle nennen. Und die Täter schreckten auch vor schwerer Körperverletzung nicht zurück.

In der Nacht zum 5. April wurde einem Mann die Kniescheibe mittels einer Eisenstange zertrümmert, weil er nicht schnell genug gehorchte, obwohl man seiner Frau eine Pistole ins Genick hielt. Anschließend wurde das Ehepaar gefesselt und geknebelt, wie auch bei den vorangegangenen Raubüberfällen geschehen. Stundenlang lagen die beiden hilflos da, ehe sie sich gegen Morgen bemerkbar machen konnten und gefunden wurden.

Und am 19. April geschah der erste Mord. Das Opfer hieß Dora Sieger, war siebenundfünfzig Jahre alt und bewohnte mit ihrem zweiundzwanzigjährigen Sohn einen Bungalow am Stadtrand von Bedburg. Sieger junior kam gegen drei Uhr nachts vom Besuch einer Diskothek zurück, fand seine Mutter mit zertrümmertem Schädel in der Tür zum Bad und alarmierte die Polizei.

Einer der ersten Beamten, die beim Bungalow eintrafen, war Polizeikommissar Heiner Helling. Er war sechsunddreißig Jahre alt, hatte schon als kleiner Junge davon geträumt, eines Tages Uniform zu tragen und einen Streifenwagen zu fahren. Wer sich Träume erfüllte, gab sie so leicht nicht wieder auf.

Nach Dienstschluss berichtete Heiner Helling daheim von dem entsetzlichen Anblick, der sich ihm geboten hatte. «Die Frau hatte nicht den Hauch einer Chance», sagte er.

Seine Mutter hatte drei Nächte später auch keine.

Teil 1

Von Menschen und Monstern

Die Nacht, in der Therese starb

Donnerstag, 22. April 2004 — kurz nach 2:00 Uhr

Es war jemand im Zimmer. Stella Helling bemerkte es nicht. Sie schlief; mit knapp zwei Litern Rotwein im Leib. Eine leere Flasche stand auf dem Marmortisch zwischen der Couch und der Schrankwand, in der Fernseher, Sat-Empfänger und Videorecorder untergebracht waren. Die zweite lag neben einem leeren Trinkglas in einem großen roten Fleck auf der Auslegware. Wenn Stella sich auf der Couch ausstreckte, fand sie es bequemer, sich vom Boden zu bedienen, statt ständig zum Tisch hinübergreifen zu müssen. Ihre Schwiegermutter hatte sich schon mehr als einmal über Rotweinflecken im Teppich aufgeregt. Aber Therese regte sich seit einem Jahr über alles auf, was Stella tat oder nicht tat.

Sie erwachte vom unartikulierten, durchdringenden Schrei, mit dem eine junge Frau ihrem Tod entgegenblickte. Die Frau hieß Ursula, kauerte auf dem gekachelten Boden eines romantisch geschmückten Badezimmers. Auf dem Wannenrand standen zwei Sektkelche, weil Ursula ihren Liebhaber erwartet hatte. Nun hielt sie eine Champagnerflasche in der Hand, deren Hals abgeschlagen war. Hilflos fuchtelte sie damit herum, wobei sie sich auf ihrem Hintern rückwärts in die äußerste Ecke schob, als gäbe es Schutz in dem Spalt zwischen Wand und Toilette. Doch vor ihr stand: *Der Schatten mit den Mörderaugen.*

Mehrfach drang der scharfkantige Flaschenstumpf in die schwarze, konturlose Gestalt mit den leuchtend grünen Augen ein, ohne die geringste Wirkung zu zeigen. Ursula ließ die Flasche schließlich fallen und umklammerte mit beiden Händen ihren Kopf; eine sinnlose Geste, mit der sie ihr grausiges Ende nicht verhindern konnte.

Es war nur ein Film, der am späten Mittwochabend wiederholt worden war. Die Ausstrahlung hatte um zweiundzwanzig Uhr fünf begonnen und sollte mit Werbeunterbrechungen um Mitternacht beendet sein. Im Nachspann erschien auch der Name Stella Marquart als Herstellungsleiterin.

Bei den Dreharbeiten war Stella dreiunddreißig Jahre alt, noch nicht verheiratet und rundum zufrieden mit ihrem Leben gewesen. Beruflich auf dem Höhepunkt ihrer Karriere und zum ersten Mal auch privat glücklich. Fünf Monate zuvor hatte sie mit Heiner Helling ihre große Liebe kennen gelernt.

Seit gut zwei Jahren war sie nun verheiratet mit dem Polizeikommissar, der in der Nacht zum Montag Dora Sieger aus Bedburg in ihrem Blut hatte liegen sehen. Am Mittwochabend hatte Heiner das Haus um einundzwanzig Uhr dreißig verlassen. Seit dem Wochenende hatte er Nachtdienst von zweiundzwanzig Uhr bis um sieben in der Früh. In dieser Nacht fuhr er Streife mit seinem langjährigen Freund Ludwig Kehler. Purer Zufall, auf Freundschaften wurde bei den Dienstplänen keine Rücksicht genommen. Die Besatzungen der Wagen wechselten ständig, damit sich keine Routine einschlich.

Um Viertel vor zehn war Heiners Mutter nach oben gegangen. Wenn sie daheim war, ging Therese immer um zehn ins Bett, weil sie täglich, auch am Wochenende, früh um sechs aufstehen musste. Kurz nach zehn war sie noch einmal heruntergekommen und hatte einen Auftrag erteilt. Doch daran erinnerte Stella sich erst wieder, als der Schock einigermaßen abgeklungen war.

Unmittelbar nach dem Aufwachen war sie sehr benommen und unfähig, die auf sie einstürmenden Eindrücke logisch und folgerichtig zu verarbeiten. Da sie auf der Couch lag, sah sie in den ersten Sekunden kaum etwas vom Geschehen auf dem Bildschirm, weil der Tisch ihr die Sicht versperrte. Sie hörte nur den markerschütternden, fürchterlich schrillen Schrei, erfasste auch, wo er herkam. Als Alarmsignal empfand sie die Lautstärke nicht, wollte sie bloß dämpfen, ehe Therese aufwachte und sich noch mehr aufregte, als sie es in den letzten beiden Tagen wieder einmal getan hatte.

Eingeschlafen war Stella zwischen halb zwölf und Mitternacht bei laufendem Fernseher und leise gestelltem Ton. Die Fernbedienung hatte sie griffbereit neben sich auf die Couch gelegt, das tat sie immer. Nun tasteten ihre Finger ins Leere. Auch noch kein Grund, das angenehm schwerelos in Rotwein schwimmende Hirn mit bangen Fragen zu belasten. Das schmale Kästchen war wohl heruntergefallen. Die Mühe, danach zu suchen, lohnte nicht mehr. Ursulas Todesschrei brach unvermittelt ab.

Auf dem Bildschirm spritzte nun Blut auf weiße Kacheln, das sah Stella auch, weil sie den Kopf anhob. Der Schatten mit den Mörderaugen löste sich auf – sollte eigentlich völlig verschwinden. Sie kannte die Szene zur Genüge. Aber diesmal war es anders. Es sah aus, als fließe die konturlose schwarze Gestalt in Wellen vom unteren Bildschirmrand ins Zimmer. Als Stella den Kopf noch weiter hob, meinte sie, einen dunklen Streifen zwischen Tisch und Fernseher zu sehen, der sich seitlich aus ihrem Blickfeld schlängelte, als krieche dort eine dicke, schwarze Schlange – vierzig Zentimeter über dem Fußboden, was gar nicht sein konnte.

Zu beiden Seiten des Tisches standen Sessel, einer an der Tür zum Hof, der zweite nahe der Tür, die in den Hausflur führte. Dorthin verschwand der Streifen. Stella schenkte ihm einen irritierten Blick, aber weiter keine Beachtung. Sie richtete den Oberkörper auf und schaute wieder auf den Fernseher. Es war ihr unerklärlich, wieso die vertraute Szene aus ihrem Film über den Bildschirm flimmerte. Verwirrt schaute sie zum Videorecorder. Die grünen Leuchtziffern der Uhr an diesem Gerät zeigten siebzehn Minuten nach zwei. Sie blinzelte mehrmals, an der Uhrzeit änderte sich nichts. Und auch sonst war nicht alles so, wie es gewesen war, als sie sich auf der Couch ausgestreckt hatte.

Es war empfindlich kühl und abgesehen vom Licht, das der Fernseher abstrahlte, dunkel im Wohnzimmer. Sie hatte die Deckenlampe nicht ausgeschaltet, auch die Hoftür nicht geöffnet. Doch die Dunkelheit und die sperrangelweit offene Tür ins Freie, durch die ein unangenehm frischer Nachtwind hereinzog, kannte sie aus zahlreichen vorangegangenen Nächten.

Es war nicht das erste Mal, dass sie betrunken auf der Couch eingeschlafen war, wenn ihr Mann Nachtdienst hatte. Ihre Schwiegermutter hatte in den letzten beiden Monaten häufiger mitten in der Nacht noch einmal ins Erdgeschoss kommen müssen. Jedes Mal hatte Therese sich maßlos geärgert, sich jedoch nicht die Mühe gemacht, Stella zu wecken. Sie schaltete nur das Licht aus und riss mit schöner Regelmäßigkeit die Hoftür zum Durchlüften auf, damit die Kälte der Nacht den Rest besorgte. Das hatte sie sogar im Februar getan, als es draußen fror, und in der dritten Märzwoche, als der Winter sich nach ein paar milden Tagen noch einmal mit Schneefällen zurückgemeldet und Heiner bereits eindringlich vor den Russen gewarnt hatte.

Immer noch rätselnd, wieso unvermittelt und zu einer nicht passenden Zeit im Fernseher Ursulas Tod gezeigt wurde, konzentrierte Stella sich erneut auf den Bildschirm, auf dem noch kurz der Ausschnitt des Badezimmers zu sehen war, in dem Ursulas Leiche nun eingeklemmt zwischen Wand und Toilette saß.

Gnädigerweise sah man nur das blutige Negligé und eine leblos auf nackten, blutigen Schenkeln liegende blutbespritzte Hand. Es gab sehr viel Blut in dieser Szene. Und darauf sollte eine menschenleere, nächtliche Straße folgen, auf der sich das Auto des erwarteten Liebhabers näherte, der in der nächsten Sequenz die Tote fand und dann ebenfalls dem Schatten zum Opfer fiel. Stattdessen kam der Abspann: Herstellungsleitung: Stella Marquart. Kleine, weiße Buchstaben auf schwarzem Hintergrund, der die Lichtverhältnisse im Zimmer auf ein Minimum reduzierte.

Stella kam nicht mehr dazu, sich den umnebelten Kopf über dieses vorzeitige Ende ihres Films zu zerbrechen. Ohne für sie erkennbaren Grund kippte die Weinflasche auf dem Tisch um, rollte über die Marmorplatte auf sie zu, fiel vor der Couch zu Boden und zertrümmerte das Glas, aus dem sie getrunken hatte. Zum Glück war es nur ein ehemaliges Senfglas, das keinen Wert hatte.

Inzwischen war sie wach genug, um an eine Katze zu denken. Damit war zwar nicht erklärt, wie die Filmszene auf den Bildschirm gekommen war, doch beeinträchtigt von übermäßigem Rotweingenuss konnte sie ihre Gedanken vorerst nur in alltägliche Bahnen lenken und auf Gewohntes zurückgreifen.

Es gab viele Katzen in der Nachbarschaft, die oft draußen herumstreunten. In der vergangenen Nacht erst war ein fetter Kater im Zimmer gewesen, weil Therese um zwei Uhr noch einmal nach unten gekommen war und die Hoftür aufgerissen hatte. Kurz darauf war Stella auch unsanft geweckt worden.

Sie wollte aufstehen, die Katze verscheuchen, die Hoftür schließen, das Licht einschalten, den Schaden betrachten und beseitigen, um weiteren Ärger mit Therese zu vermeiden. Schuhe oder Pantoffel trug sie im Haus nie, auch keine Strümpfe. Als sie die nackten Füße auf den Boden setzte, spürte sie Scherben unter den Fußsohlen. Das dünnwandige Senfglas war nicht einfach zerbrochen, die Weinflasche hatte es förmlich zersplittert. Reflexartig zog sie die Füße wieder hoch und sah aus den Augenwinkeln von rechts noch etwas Großes, Schwarzes auf sich zukommen. In der nächsten Sekunde erhielt sie einen Stoß vor die Brust, der sie rücklings auf die Couch warf.

Dann stand er vor ihr.

Der Schatten mit den Mörderaugen.

Die schwarze Bestie, die gerade eben noch auf dem Bildschirm ein Leben ausgelöscht hatte, beugte sich nun leibhaftig über sie, sagte mit dumpfer, kehliger Stimme etwas von bezahlen und hauchte ihr dabei seinen widerlichen Atem ins Gesicht. Er stank entsetzlich. Und seine Augen; grellgrün in der Schwärze seines Gesichts! Kein Mensch hatte quergestellte Pupillen, schmale, dunkle Schlitze im fluoreszierenden Grün.

Es gelang ihr nicht, die Augen zu schließen oder seinem Blick auszuweichen. Sie presste nur beide Hände gegen ihren Schädel, wie Ursula es kurz zuvor getan hatte. Und sie erwartete, dass ihr der Knochen ebenso unter den Fingern explodierte, wie es in etlichen Filmszenen nicht direkt gezeigt, aber massiv angedeutet wurde, wenn Blut und Hirnmasse durch die Gegend spritzten, sobald der Schatten ein Opfer ins Visier nahm.

Sie wollte schreien, so unartikuliert und durchdringend wie die Darstellerin der Ursula es in der Todesszene getan hatte. Doch über ihre Lippen kamen nur keuchende Atemzüge und nach Irrsinn klingende Silben. In der Not fiel ihr nichts Besseres ein als eine blödsinnige Beschwörungsformel, die sie in ihrer Kindheit auswendig gelernt hatte.

Madeleines Monster

Von 1978 bis 1992

Der Wahnsinn hatte früh begonnen. Schon als Zehnjährige hatte Stella sich mit allerlei Ungeheuern auseinandersetzen müssen. Ihre Schwester Madeleine war vier Jahre älter als sie und investierte seit geraumer Zeit ihr Taschengeld in Heftchenromane, in denen es von Monstern nur so wimmelte. In Madeleines Zimmer lag das Grauen stapelweise.

Lange war Stella davon verschont geblieben, das Nesthäkchen gewesen, das abends mit Vati kuschelte und sich von Mami eine Gute-Nacht-Geschichte vorlesen ließ. Doch dann wurde ihr Bruder geboren. Tobias, den alle nur Tobi nannten, kam mit einer Trisomie 21 auf die Welt, besser bekannt als Down-Syndrom oder Mongolismus. Stella musste ihr Zimmer, von dem eine Verbindungstür ins Schlafzimmer der Eltern führte, an den Säugling abtreten und zu Madeleine ziehen, die davon wenig begeistert war.

Vierzehnjährige Mädchen schätzen es nicht, ihr Zimmer mit der neugierigen, kleinen Schwester teilen zu müssen, die nach dem Zubettgehen regelmäßig maulte: «Ich kann gar nicht schlafen, mir ist so langweilig.»

Der Langeweile konnte Madeleine abhelfen. Und die Geschichten von Vampiren, Werwölfen, Untoten und Dämonen waren nicht nur gut, um Stella zu unterhalten, sie machten sie auch gefügig. Zu Anfang erkundigte Stella sich noch zweifelnd: «Aber die gibt es nicht in echt, oder? Ich hab noch nie einen Vampir gesehen, auch keinen Werwolf und keinen Dämon.»

Madeleine beeilte sich immer zu versichern, dass es die Geschöpfe der Nacht sehr wohl gab, dass aber jeder normale Mensch sie nur ein einziges Mal zu Gesicht bekam und bei der Gelegenheit gefressen, ausgesaugt oder sonst wie getötet wurde. Madeleine war selbstverständlich kein normaler Mensch. Sie gehörte zu den Auserwählten, war eingeweiht in geheime Riten, mit denen sich die Mächte der Finsternis beherrschen ließen.

Dass ihre Schwester zu den Auserwählten gehörte, wusste Stella, seit sie von der Grundschule zum Gymnasium gewechselt hatte. Mit Madeleines Noten konnten die ihren nicht konkurrieren. Sie war doch zehn Jahre lang nur die Kleine gewesen, der man nichts abverlangt und jede Schludrigkeit nachgesehen hatte.

Madeleine behauptete, es verhielte sich mit geheimen Riten genauso wie mit Mathe, Bio und Physik. Völlig zwecklos, die diversen Formeln einem Mädchen zu erklären, das nicht den Schimmer einer Ahnung von Chromosomen hatte und eine halbe Stunde brauchte, um einen simplen Dreisatz zu lösen.

Als sie zum fünfzehnten Geburtstag ein kleines Fernsehgerät geschenkt bekam, ließ Madeleine die in ihren Augen dumme Schwester auch einige Spätfilme sehen und machte damit alles noch schlimmer. Von ihrer Mutter hatte Stella nämlich mehrfach gehört, nach zehn Uhr abends liefen im Fernseher nur noch Nachrichten, wissenschaftliche Dokumentarsendungen sowie Tatsachenberichte.

Die Wiege des Bösen. Als es beinahe zur Katastrophe kam, glaubte Astrid Marquart, es sei dieser Film gewesen, der ihre jüngere Tochter aus dem seelischen Gleichgewicht und zu der Überzeugung gebracht habe, der kleine Bruder sei ein Geschöpf Satans, das man zurück ins Feuer der Hölle schicken müsse. Johannes Marquart wollte Eifersucht nicht völlig ausschließen, nachdem Stella versucht hatte, Tobis Bettzeug anzuzünden, glücklicherweise im Sommer, als der Junge unter einer leichten Dralondecke schlief. Vom ersten Zündholz schmorte die Decke nur an. Als Stella das zweite anriss, wachte ihre Mutter auf. Astrid Marquart hatte einen leichten Schlaf und ließ die Verbindungstür immer offen.

Madeleine musste sich eine Strafpredigt anhören, bekam den Fernseher wieder abgenommen, sämtliche Romanheftchen ebenso. Vorübergehend wurde ihr sogar das Taschengeld gestrichen, damit sie keinen Nachschub kaufen konnte. Doch der Schaden war angerichtet. Und Madeleine gab sich in der Folgezeit redlich Mühe, ihn mit geheimen Riten zu beheben.

Den Fenstersims rieb sie zur Abwehr von Vampiren mit einer Knoblauchzehe ein. Gegen Werwölfe erstand sie auf einem Flohmarkt eine silberne Münze für Stella. Um Dämonen fern zu halten, kaufte sie in einem Esoterik-Laden einen Teppich mit einem eingewebten Pentagramm, der vor Stellas Bett gelegt wurde. Zusätzlich füllte sie einen leeren Parfümflakon mit angeblich geweihtem Wasser, von dem Stella sich morgens und abends je einen Tropfen auf den Puls an Handgelenken und Hals tupfen sollte. Dann würde sich jeder böse Geist die Finger an ihr verbrennen.

Um völlig sicherzugehen, brachte Madeleine ihr auch einige Beschwörungsformeln bei. Komplizierte Silbenkombinationen, die einer uralten Sprache entstammten, so alt, dass noch nicht mal ein Steinzeitmensch sie gehört hatte. Nur die Mächte der Finsternis hatten sich auf der noch sehr wüsten Welt getummelt, lange vor den Dinosauriern. Madeleines Kenntnisse dieser Frühzeit erklärten sich mit der Science-Fiction-Lektüre, die sie als Ersatz für die Gruselhefte kaufte, nachdem sie wieder Taschengeld bekam.

Außerirdische hatten in grauer Vorzeit die Erde besucht und sämtliche Dämonen in eine düstere Zwischenwelt verbannt, sich aber denken können, dass sie dort nicht ewig blieben und über kurz oder lang ein Mensch der Versuchung erlag, die Mächte der Finsternis für seine Zwecke einzuspannen, um reich, berühmt und mächtig zu werden. Deshalb kamen die Aliens in unregelmäßigen Zeitabständen zurück und suchten besondere Menschen – wie Madeleine – aus, denen sie Beschwörungsformeln beibrachten, damit für Notfälle jemand Bescheid wusste. «Ormsg karud grams krud behlscharg dorwes kaltrup paarweitschal.» Mit diesem Spruch funktioniere es immer, behauptete Madeleine.

Mit elf, auch noch mit zwölf und dreizehn Jahren glaubte Stella ihrer Schwester aufs Wort, lernte gehorsam und bereitwillig jeden Unsinn auswendig, den Madeleine ihr vorsprach. Das mentale Training führte dazu, dass ihre Zeugnisse vorzeigbar wurden, weil sie auch lernte, sich in der Schule besser zu konzentrieren. An Madeleines Leistungen reichten die ihren allerdings nie heran.

Madeleine war die personifizierte Tüchtigkeit. Man hätte wirklich glauben können, sie trete vor wichtigen Schularbeiten mit den Geistern verstorbener Genies in Kontakt oder zapfe mit Hilfe von Außerirdischen das Wissen des Universums an. Ihr Abitur machte sie mit einer Glanznote, zog zu Hause aus, begann in Hamburg zu studieren und kam dabei ohne finanzielle Unterstützung der Eltern aus. Bafög nahm sie auch nicht in Anspruch. Neben ihrem Studium arbeitete sie für den Lebensunterhalt und brachte es trotzdem fertig, ihr Staatsexamen vor der Regelstudienzeit mit Bestleistung zu bestehen. Sofort danach nahm sie ihre Dissertation in Angriff und ihre Arbeit am Tropeninstitut in Hamburg auf, wo sie sich mit anderen Monstern beschäftigte, die nur wenige Auserwählte mit eigenen Augen zu sehen bekamen. Parasiten, Bakterien und Viren, auf die Madeleine sich bald spezialisierte.

Über ihre pubertäre Vorliebe für Gruselromane lachte sie längst. Dass Stella den ganzen Unfug einmal für real gehalten hatte, war für sie ebenfalls ein Anlass, sich zu amüsieren. Und meist lachte Stella mit, wenn auch ein wenig verhalten, was den Anschein erweckte, ihr kindlicher Glaube und die Furcht seien ihr nun peinlich. Doch ganz so war es nicht.

Natürlich glaubte sie längst nicht mehr an Werwölfe, Vampire oder Dämonen. Aber was war mit den Seelen Verstorbener, die noch eine Rechnung offen hatten? Noch mit zwanzig verspannten sich ihre Nackenmuskeln, wenn sie etwas aus dem Keller holen sollte. Hinunterzugehen war das kleinere Problem, zurück dagegen: die Dunkelheit der Räume im Rücken, in denen sie das Licht schon wieder ausgeschaltet hatte. Manchmal spürte sie einen kühlen Hauch, der vielleicht nur von einem offenen Kellerfenster herrührte. Und wenn nicht davon?

Stella studierte Germanistik an der Uni Köln, lebte noch im Elternhaus und wollte sich nicht immerzu den verständnislos tadelnden Blicken ihrer Mutter oder dem spöttischen Schmunzeln ihres Vaters aussetzen. Also lernte sie nun, ihre irrationalen Ängste vor anderen zu verschleiern.

Offene Türen oder Fenster, hinter denen es dunkel war, ertrug sie nie lange. Da reichte es zu sagen: «Mach zu, es zieht.» Vor dem Gang in den Keller drückte sie sich mit Hinweis auf ihren Bruder. Tobi musste doch lernen, ein Glas mit eingelegten Essiggurken von Schattenmorellen zu unterscheiden.

Die silberne Münze vom Flohmarkt hatte sie bei einem Juwelier durchbohren lassen und trug sie an einem Kettchen um den Hals. Es war schließlich ein Geschenk von Madeleine wie der Teppich mit dem eingewebten Pentagramm, der immer noch vor ihrem Bett lag. Und Knoblauch war gesund, hielt allerdings nicht nur Vampire, auch junge Männer fern. Aber binden wollte sie sich in dem Alter ohnehin nicht, um nicht an einen Mann zu geraten, der vom Bösen besessen war. Solche musste es geben. Wie sonst sollte man all die Grausamkeiten erklären, die von äußerlich unscheinbaren, sogar freundlich und liebenswürdig wirkenden Männern begangen wurden?

Madeleine heiratete mit achtundzwanzig einen Kollegen, der genauso tüchtig war wie sie und sogar bereit, ihren Namen anzunehmen. Johannes Marquart war unendlich stolz auf seine Älteste. Astrid Marquart war vollauf damit beschäftigt, den inzwischen vierzehnjährigen Tobi in die Gesellschaft zu integrieren und ihn auf ein so weit als möglich selbständiges Leben vorzubereiten. Stella war vierundzwanzig und kämpfte mehr um die Anerkennung ihrer Familie als gegen Dämonen oder unsinnige Ängste. Eine Chance, ihren Kampf zu gewinnen, hatte sie nicht.

Die Nacht, in der
Therese starb

Donnerstag, 22. April 2004 —
und die hässlichen Tage vorher

Ormsg karud grams krud behlscharg dorwes kaltrup paarweitschal. Trotz der Todesangst, in die der Schatten mit den Mörderaugen sie versetzte, empfand Stella es als lächerlich und unwürdig, die Silben zu murmeln, die Madeleine ihr vor langen Jahren vorgesprochen hatte. Aber es half!

Der Schatten richtete sich wieder auf und wandte sich der Hoftür zu. Nicht mehr dem grün fluoreszierenden Blick ausgesetzt, gelang es ihr, den Kopf zu heben und über die Armlehne der Couch ins Freie zu spähen. Er entschwand wie in Zeitlupe über den Hof. Arme und Beine waren nicht zu erkennen. Es schien, als schwebe er dem Schuppen entgegen. Dann verschmolz er mit dem schwarzen Viereck der Schuppentür, drehte sich allerdings noch einmal um. Für einen Moment sah sie seine Augen wie winzige Punkte glimmen, ehe das Grün erlosch. Und in der Sekunde sah sie auch etwas Weißes, das langsam zu Boden segelte.

Im Wohnzimmer war es nun völlig dunkel. Über den Bildschirm flimmerten nur noch vereinzelte Sprenkel. Draußen wurde es unvermittelt heller. Auf dem linken Nachbargrundstück mit der Nummer 17 war die Außenlampe eingeschaltet worden. Das Licht fiel über die Mauer und leuchtete den Hof zur Hälfte aus. Offenbar war sogar die Nachbarin von Ursulas Todesschrei aufgewacht.

«Alles in Ordnung, Frau Helling?», rief sie.

«Ja, ja», keuchte Stella automatisch. «Es war nur der Fernseher. Entschuldigung.»

Die Nachbarin ging daraufhin wohl wieder in ihr Haus zurück, die Hoflampe ließ sie brennen. Als der Fernseher in den Stand-by-Modus schaltete, richtete Stella sich zögernd in eine sitzende Position auf und fixierte die Schuppentür. Madeleines Stimme wisperte ihr von Menschen vor, die aus verschiedenen Gründen die Mächte der Finsternis für ihre Zwecke einspannten, wofür immer Unschuldige bezahlen mussten. Und «bezahlen», das Wort hatte sie deutlich verstanden.

Einige Minuten lang saß sie noch wie paralysiert auf der Couch, hielt mit beiden Händen ihren Kopf zusammen und spähte angestrengt durch die offene Hoftür ins Freie. Das Fenster links daneben war mit einer Gardine verhangen. Das Stück vom Hof, das sie einsehen konnte, lag verlassen im Schein der Lampe vom Nachbargrundstück.

Noch lähmten Schock und Panik ihr Hirn derart, dass sie keinen klaren Gedanken fassen und keine rationale Erklärung für das irrationale Erlebnis suchen konnte. Sie wagte es auch nicht, sich lautstark bemerkbar zu machen, in der wahnsinnigen Furcht, er käme zurück. Nach ihrer Schwiegermutter zu brüllen, hätte ohnehin keinen Sinn, meinte sie.

Therese wäre vermutlich heruntergekommen, um nachzusehen, was los war. Doch sie glaubte nicht an Gespenster, nur an das Unheil, das der Geist des Weines mit sich brachte. Wie sie die Erscheinung kommentieren würde, stand außer Frage. «Was predige ich dir denn immer? Andere sehen in dem Zustand weiße Mäuse und du dein Filmmonster. Das musste ja mal so kommen.»

Therese bezeichnete Stella als krank. Weil sie früher in einem Krankenhaus gearbeitet hatte, bildete sie sich ein, das beurteilen zu können. Aber als ihr Sohn 1974 eingeschult worden war, hatte sie ihre feste Anstellung aufgegeben. Seitdem verdiente Therese ihr Geld als Gemeindeschwester in Niederembt und den umliegenden Orten. Sie kümmerte sich um alle möglichen Leute, die irgendeine Art von Hilfe brauchten. Kinderreiche Familien, sozial Schwache, allein erziehende Mütter und gebrechliche alte Menschen, die sie in den letzten Jahren in Konkurrenz zu professionellen Pflegediensten betreute.

Zurzeit hatte sie sieben Patienten, wie sie die alten Leute nannte, half ihnen morgens aus dem Bett oder nur beim Waschen und Ankleiden, wenn sie das Bett nicht mehr verlassen konnten. Damit war sie meist bis weit in den Vormittag hinein beschäftigt. Nachmittags besuchte sie ihre restliche Klientel, schaute nach dem Rechten, gab gute Ratschläge und Hilfestellungen. Am Spätnachmittag brach sie zur zweiten Pflegetour auf, überzeugte sich, dass die Medikamente brav geschluckt worden waren, und bereitete die alten Leute für die Nacht vor.

Persönliche Erfahrungen mit Suchtkranken hatte Therese gar nicht. Und Stella fühlte sich nicht krank. Sie soff auch nicht oder jetzt nicht mehr. Im vergangenen Jahr hatte es viele Entgleisungen gegeben, das wusste sie nur zu gut. Aber seit Januar hatte sie es im Griff, rührte keine harten Sachen mehr an, trank nur noch Rotwein. Und nicht einmal den brauchte sie täglich, hatte es zuletzt volle drei Wochen ohne einen Tropfen ausgehalten.

Sie war völlig sicher, nicht halluziniert zu haben. Wahnvorstellungen warfen keine Weinflaschen vom Tisch und stießen einen nicht rücklings auf die Couch. Sie hatte den Schatten doch nicht nur gesehen, auch den Stoß gegen die Brust gefühlt, den widerlichen Gestank gerochen und diese Stimme gehört. Bezahlen!

Erst um halb drei riskierte sie es, die Hände vom Kopf zu lösen. Dann sprang sie regelrecht von der Couch – mit ihren nackten Füßen in die Scherben des zertrümmerten Senfglases. Ungeachtet der stechenden Schmerzen, als sich unzählige Splitter in ihre schmutzigen Fußsohlen und Fersen bohrten, hetzte sie zur Hoftür und warf sie ins Schloss, drehte den Schlüssel um und zerrte die Gardine vor dem Fenster zur Seite, um das gesamte Karree im Blick zu haben. Nichts zu sehen außer dem schwarzen Viereck der Schuppentür.

Danach sprintete sie quer durchs Zimmer zur Flurtür und drückte auf den Lichtschalter daneben. Mit hundertzwanzig Watt flammte die Deckenlampe auf und verwandelte den Hausflur im hinteren Bereich in einen finsteren Schlauch. Sie knallte auch diese Tür zu, lehnte sich mit dem Rücken dagegen und bemühte sich, das Zittern unter Kontrolle zu bringen, das diesmal nicht vom Entzug herrührte.

Fast zwei Liter Rotwein auf nüchternen Magen! Gegessen hatte sie in den letzten beiden Tagen kaum etwas und auch noch eine gehörige Portion Restalkohol im Blut gehabt, weil sie in der Nacht zum Mittwoch drei Flaschen geleert hatte.

Sechs waren in dem Karton gewesen, den sie am Dienstagvormittag besorgt hatte, während ihre Schwiegermutter sich nach der morgendlichen Pflegetour einen Frisörbesuch gönnte. Eine einmalige Gelegenheit, die Stella nutzen musste, weil ihre Gedanken sich wieder einmal nur noch im Kreis drehten, seit sie am Sonntagnachmittag von der Wiederholung des Films erfahren hatte.

Sie stahl ihrem nach einem anstrengenden Nachtdienst schlafenden Mann einen Geldschein aus der Börse, die er ausnahmsweise in einer Hosentasche vergessen hatte, und rannte durch den Garten, den dahinter verlaufenden Weg entlang zu dem Haus in der Querstraße, in dem eine Familie einen kleinen Weinhandel betrieb. Der Geldschein reichte nur für die billigste Sorte mit den Drehverschlüssen aus Weißblech. Das war ihr ganz recht, dann musste sie sich nicht mit dem Korkenzieher herumplagen.

Den Karton nahm sie nicht mit, steckte die Flaschen in eine Plastiktüte und kam ungesehen von den Nachbarn wieder zurück. Fünf Flaschen deponierte sie an verschiedenen Stellen im Schuppen. Es war ratsam, jedes Mal neue Verstecke zu suchen und auf keinen Fall den gesamten Vorrat an einen Platz zu legen, weil Therese alles in den Ausguss kippte, was ihr in die Finger geriet. Aus der sechsten trank Stella zwei Gläser und versteckte sie danach ebenfalls.

Als Therese vom Frisör zurückkam, hatte Stella schon gekocht: Spaghetti mit einer exquisiten Knoblauchsoße, von der sie reichlich gekostet hatte, um die Nase ihrer Schwiegermutter zu täuschen. Aber ihr Verhalten verriet sie. Nachdem sie seit dem Sonntagnachmittag kaum ein Wort über die Lippen gebracht hatte, war sie nun guter Dinge, machte sogar ein Kompliment über die jugendliche Frisur.

Statt sich darüber zu freuen, wurde Therese sofort ungehalten. «Du hast doch wieder gesoffen! Wo ist das Zeug?»

Als ob sie ihr das freiwillig gesagt hätte. Für eine Suche hatte Therese keine Zeit. Aber als Heiner zu Mittag aufstand, nahm sie ihn ins Gebet. «Wenn du ihr noch mal Geld gibst, schmeiß ich euch beide raus!»

«Ich habe ihr nichts gegeben», verteidigte Heiner sich.

Daraufhin vermutete Therese folgerichtig, Stella habe sich mal wieder aus seiner Börse «bedient.» Das war schon oft vorgekommen. Deshalb legte Heiner seine Börse normalerweise unters Kopfkissen. Wenn er das einmal vergaß und anschließend einen Geldschein vermisste, verlor er kein Wort darüber.

Therese dagegen zeterte und nagelte sie fast mit Blicken an die Wand. Sie hatte schon versucht, in Stellas Elternhaus anzurufen, aber niemanden erreicht. «Jetzt ist Schluss!», tobte sie. «Ich rede morgen noch mal mit deinem Vater!»

Morgen war gestern gewesen, Mittwoch, ein scheußlicher Tag. Nach insgesamt drei Litern Wein fand Stella erst aus dem Bett, als ihr Mann um eins aufstand. Und hätte Heiner nicht gedrängt, dass sie mit nach unten kam, hätte sie vermutlich noch am Nachmittag in den Federn gelegen. Sie wusste, dass sie es übertrieben hatte. Eigentlich hatte sie sich ihren Vorrat gut einteilen, mit einer Flasche pro Tag auskommen wollen. Und das hätte sie auch geschafft, wenn Therese ihr nicht gedroht hätte.

Nachdem sie zum letzten Mal vor drei Wochen mit Johannes Marquart *geredet* hatte, hatte Stella ihrem Vater in die Hand versprechen müssen, keinen Tropfen mehr anzurühren. Täte sie es doch, wäre sie für ihn gestorben, hatte er gesagt. Wie er auf den Rückfall reagieren würde, mochte sie sich gar nicht vorstellen.

Als sie ihrem Mann in die Küche folgte, stand Therese am Herd, füllte einen Teller für sich und schimpfte: «Zwei Flaschen lagen in der Nacht auf dem Teppich. Und eine hab ich im Anbau gefunden. Das sind zusammen drei! Wie sie es damit noch die Treppe rauf und ins Bett geschafft hat, bleibt mir ein Rätsel.»

Stella war es auch ein Rätsel, weil ihr Erinnerungsvermögen sich bei der dritten Flasche verabschiedet hatte. Wahrscheinlich war sie die Treppe hinauf und ins Bett gekrochen, nachdem Therese die Hoftür aufgerissen hatte und der dicke Kater hereingekommen war. Das Vieh war auf ihre Brust gesprungen, hatte bei ihrer ersten Abwehrbewegung mit einer Pfote ausgeholt und ihr ein paar tiefe Schrammen in der rechten Wange beigebracht.

Heiner saß bereits am Tisch und aß, was seine Mutter ihm vorgesetzt hatte: Kartoffeln mit fettiger Bratensoße, ein Stück zerfasertes Schweinefleisch und eine undefinierbare grüne Masse, die er sich kommentarlos einverleibte. Er hätte es nie gewagt, Thereses Kochkünste oder sonst etwas an ihr zu kritisieren. Für ihn war Mama, wie er sie nannte, vollkommen. Da regte man sich doch nicht auf, dass sie nicht auf die Uhr schaute, wenn sie Töpfe auf dem Herd hatte.

Mama hatte ihm das Leben geschenkt und ihn unter schwierigsten Bedingungen ganz alleine aufgezogen. Was gar nicht stimmte, wie Stella genau wusste. Therese war zwar nie verheiratet gewesen, aber ihre Eltern hatten sich um Heiner gekümmert, auch um Haus und Garten, damit Therese ihren Beruf ausüben und Geld verdienen konnte. Damals hatte sie sich immer an einen gedeckten Tisch setzen können und nie richtig kochen gelernt.

Egal, was sie servierte, es war immer alles total zerkocht. Und wenn Stella Spaghetti machte, al dente natürlich, meckerte sie: «Die sind ja nicht gar.»

«Nimm dir auch einen Teller», kommandierte Therese. «Damit du was Vernünftiges in den Leib kriegst.»

Als ob die grüne Pampe vernünftig gewesen wäre. «Was ist das denn?», fragte Stella angewidert. Nach Spinat sah es nicht aus.

«Broccoli», behauptete Therese, trug ihren Teller zum Tisch und entdeckte erst in dem Moment die Spuren der Katzenkrallen auf Stellas rechter Wange. Tiefe Kratzer, die lange geblutet und ihr halbes Gesicht verschmiert hatten.

«Ach, du meine Güte», sagte Therese. «Wie ist denn das passiert?» Dann kümmerte sie sich zuerst um die Wunden, wusch das Blut ab, desinfizierte alles und meinte dabei: «Das wird Narben geben. Aber du hast mehr Glück als Verstand gehabt, es hätte auch böse ins Auge gehen können.»

Anschließend verlangte sie erneut, Stella solle sich einen Teller nehmen und etwas essen. Die nahm stattdessen ein Glas aus dem Schrank, füllte es unter dem Wasserhahn, warf zwei lösliche Magnesiumtabletten ein und trank. Durstig war sie, entsetzlich durstig nach drei Litern Rotwein, aber nicht hungrig. Schon beim Anblick der Masse auf dem Teller ihres Mannes würgte es sie – nicht weniger als die Schlinge, die Therese ihr dienstags um den Hals gelegt hatte. *Ich rede morgen noch mal mit deinem Vater!*

Therese setzte sich zu Heiner an den Tisch und wollte ausgerechnet von ihr wissen: «Weißt du, wo deine Eltern sind?»

Stella zuckte mit den Achseln. Ihre Mutter vermutete sie in der Behindertenwerkstätte, in der Tobi aus bunten Glasplättchen Bilder zusammenklebte. Eulen und Marienkäfer, das hatte er schon als Kind getan. Neuerdings klebte er zur Abwechslung auch Blumen. Und Astrid Marquart fuhr ihn jeden Morgen persönlich hin, blieb den ganzen Tag bei ihm, ging den Betreuern zur Hand und sonnte sich in der Tatsache, dass ihr Sohn im Gegensatz zu anderen Behinderten recht selbständig war.

Ihr Vater war entweder im Garten oder in der Firma, in deren Verwaltung er über dreißig Jahre lang beschäftigt gewesen war. Seit zwei Jahren war Johannes Marquart Rentner, aber wenn er sich auf dem eigenen Grundstück nicht beschäftigen konnte, zog es ihn immer noch regelmäßig an seinen alten Arbeitsplatz.

Tagsüber hatte es nicht viel Sinn, in Stellas Elternhaus anzurufen. Die Erfahrung hatte Therese zwar dienstags gemacht, jedoch zum ersten Mal. Gesteigerten Wert auf engen Kontakt zur Familie Marquart hatte sie noch nie gelegt. Sie hatte ja keine Zeit, rief nur an, um zu hetzen. Und das tat sie am liebsten bei Stellas Vater.

«Jetzt mach doch nicht so einen Wirbel, Mama», bat Heiner. «Das war ein Ausrutscher, es kommt bestimmt nicht wieder vor. In den letzten drei Wochen hat sie doch keinen Tropfen angerührt. Wir kriegen das wieder in den Griff.»

Er nahm Stellas Hand, drückte sie und schaute sie beschwörend an. «Nicht wahr, Liebes, wir schaffen das?»

Sie nickte nur. Es war ja zu schaffen, das hatte sie in den letzten drei Wochen nicht zum ersten Mal bewiesen.

«Ja, ja», sagte Therese. «Und wie lange geht es gut? Statt sich mal wieder sinnvoll im Anbau zu beschäftigen, da sieht es aus wie Kraut und Rüben, man kriegt Zustände, wenn man …»

«Das ist aber keine Arbeit für eine Frau», schnitt Heiner seiner Mutter mit einer gewissen Schärfe das Wort ab.

«Bin ich ein Mann?», hielt Therese dagegen und ließ den Vortrag folgen, den sie schon hundertmal gehalten hatte.

Therese hatte immer alles alleine machen müssen, behauptete sie jedenfalls, sogar Bauarbeiten. Ihr letztes Werk war vor gut zwei Jahren entstanden; eine Garage unmittelbar hinter dem aus roten Ziegelsteinen gemauerten Schuppen, der über die gesamte Grundstücksbreite Haus und Hof zum Garten hin abschottete. Den Schuppen hatte Therese nicht gebaut, der war kurz nach dem Krieg entstanden. Und die Garage – für die es dann natürlich auch eine zwanzig Meter lange Zufahrt brauchte, man konnte ja nicht durch die Beete fahren – hatte sie tatsächlich ganz alleine bauen müssen. Aber früher hatten sich meist ein paar Männer aus dem Dorf gefunden, die ihr zur Hand gegangen waren, weil eine Frau alleine gar nicht schaffen konnte, was sie sich in den Kopf gesetzt hatte.

Angefangen hatte Therese vor dreißig Jahren. Nachdem sie ihre feste Anstellung im Bedburger Krankenhaus aufgegeben hatte und sich ihre Arbeitszeit nach eigenem Gutdünken einteilen konnte, hatte sie sich darangemacht, noch an ihr Elternhaus anzubauen. Dabei war Platz genug gewesen für vier Personen. Aber zu der Zeit hatte sie gehofft, Heiners Vater doch noch aufs Standesamt schleppen zu können.

Dass sie für ihren Traum von geordneten Verhältnissen jahrelang im Dreck leben und für den Anbau auf das zweite Fenster im Wohn-/ Esszimmer verzichten musste und der Wohnbereich selbst bei strahlendem Sonnenlicht ab dem späten Vormittag dämmrig war, störte Therese nicht. Dass auch das einzige Fenster im Schlafzimmer ihrer Eltern zugemauert werden musste, war für sie ebenfalls kein Problem. Während der langen Bauphase nahm sie ihren Sohn mit in ihr Schlafzimmer und quartierte ihre Eltern kurzerhand im Kinderzimmer ein. Danach wurde deren ursprüngliches Schlafzimmer nicht mehr gebraucht. Es hatte eine Breite von vier Metern, der Anbau war nur zwei Meter fünfzig breit. Da setzte Therese in den verbleibenden Meter fünfzig später ein neues, schmales Fenster ein und haute ein Loch für eine Verbindungstür in den Rest der Wand. Weil es im Anbau keine Treppe gab, musste sie dieselbe Arbeit auch unten tun.

Und das alles neben ihrer aufreibenden Tätigkeit als Gemeindeschwester, mit der sie den Lebensunterhalt für sich und Heiner verdiente. Nie hatte Therese Unterhalt für ihren Sohn bekommen, nie einen Mann zur Seite gehabt, der sie entlastet hätte. Ihr Vater habe zwei linke Hände gehabt, behauptete sie oft.

Und Heiners Vater war ein Kapitel für sich. In den amtlichen Dokumenten stand: Vater unbekannt – was auch nicht stimmte. Natürlich wusste Therese, wer sie geschwängert hatte. Heiner wusste es ebenso gut. Als verantwortungslosen Schweinehund hatte er seinen Erzeuger einmal bezeichnet.

Der Mann war heiß begehrt und schon verheiratet gewesen, allerdings nicht glücklich, als Therese sich bei einer Kirmes mit unzähligen Likörchen Mut angetrunken und den in ihren Augen bedauernswerten Menschen zumindest für eine halbe Stunde von seinem häuslichen Elend abgelenkt hatte. Eine Jugendsünde, fand sie; nicht die Schwangerschaft mit Heiner, die bei der Gelegenheit ihren Ursprung genommen hatte, nur der Rausch, der verhindert hatte, dass sie an Verhütung dachte. Ganze neunzehn Jahre alt war sie gewesen. Seitdem rührte sie keine Spirituosen mehr an, gestattete sich nur bei Unwohlsein sporadisch einen Teelöffel voll Klosterfrau Melissengeist.

Den Vortrag beim Essen am Mittwoch schloss Therese mit den Worten: «Sie ist größer und kräftiger, als ich es je war. Dass sie arbeiten kann, hat sie bewiesen. Wenn sie die Sauferei lassen würde, könnte sie auch wieder geradeaus gucken. Sie braucht eine Entziehungskur. Wie oft hab ich das schon gesagt? Aber was ich sage, zählt ja nicht. Ihr Vater kann sie bestimmt überzeugen.»

«Mama, bitte», sagte Heiner noch einmal.

Therese winkte ab und machte sich über den matschigen Fraß auf ihrem Teller her. Nach dem Essen räumte sie die Küche auf und verschwand danach für drei Stunden. Vielleicht besuchte sie Leute im Dorf. Vielleicht fuhr sie aber auch nach Köln-Dellbrück, traf Stellas

Vater bei der Gartenarbeit an und berichtete ihm brühwarm vom erneuten Rückfall.

Als sie zurückkam, wollte Heiner wissen, wo sie gewesen sei.

«Geht dich das was an?», fragte Therese barsch.

Aber ihre Drohung hatte sie offenbar noch nicht wahr gemacht. Sie griff erneut zum Telefon, vergebens. In Stellas Elternhaus ging immer noch keiner an den Apparat.

Stella vermutete nun, ihre Eltern seien mit dem Bruder nach Hamburg gefahren. Das taten sie hin und wieder, ohne Bescheid zu geben; zeigten ihrem Sorgenkind den Hafen und die großen Schiffe, damit Tobi etwas sah von der Welt. Natürlich besuchten sie bei solchen Gelegenheiten auch die tüchtige Madeleine und deren nicht minder tüchtigen Mann. Sie quartierten sich sogar bei ihnen ein, sonnten sich im Erfolg der beiden und regten sich garantiert über Stella auf, die ihr Leben nicht in den Griff bekam.

Ihr Vater vertrat die Überzeugung, sie ließe sich grundsätzlich mit den falschen Leuten ein und glaube immer noch jeden Unsinn, der ihr eingeflüstert wurde. Auf die Weise habe sie es geschafft, eine viel versprechende Karriere zu beenden.

Movie-Productions

Von 1992 bis 1999

Wenige Monate nach der Hochzeit ihrer Schwester war Stella daheim ausgezogen in ein kleines Apartment in Köln-Weiden. Leicht fiel es ihr nicht, das Elternhaus zu verlassen, nur wusste sie längst, dass sie dort stets das Mittelkind bleiben würde, dem man nichts zutraute und keine besondere Aufmerksamkeit widmete. Sie war eben nicht hochintelligent und von Ehrgeiz zerfressen wie Madeleine, auch nicht hilfsbedürftig und anschmiegsam wie Tobi. Sie war nur das Dummchen, das noch mit vierundzwanzig vor Schreck aufschrie, wenn ihr Bruder nachts in ihrem Zimmer herumgeisterte. Dabei wollte Tobi ihr nichts Böses. Er liebte sie heiß und innig. In den Nächten kam er häufig zu ihr, um zu schmusen. Manchmal setzte er sich auch nur auf den Teppich, der immer noch vor ihrem Bett lag. Das Pentagramm faszinierte ihn.

In ihrem Apartment lästerte niemand darüber, weil niemand sie besuchte. Es war ja kein Platz, um Gäste zu bewirten. Ihre Eltern erwarteten, dass sie sonntags nach Hause kam, um sich wenigstens einmal die Woche richtig satt zu essen, ihre Schmutzwäsche abzuliefern und sich anzuhören, welches Virus Madeleine und ihr Mann derzeit erforschten. Es wurde ebenso erwartet, dass sie Tobis Eulen und Marienkäfer bewunderte. Was sie die Woche über tat, interessierte keinen.

Nach Abschluss ihres Studiums hatte sie zuerst im Lektorat eines Senders gearbeitet. Schon mit sechsundzwanzig wurde sie Produktionsassistentin für die Vorabendserie *Auf eigenen Füßen,* in der sich ein halbes Dutzend junger Leute in einer WG mit den Widrigkeiten des modernen Lebens auseinandersetzten. Sie war erfolgreich. Aber daheim fand nur ihr Bruder es spannend, wenn sich im Fernseher Leute küssten oder zankten. Und sogar Tobi verlor meist schon nach zehn Minuten das Interesse.

Auf eigenen Füßen wurde von Movie-Productions hergestellt. Mit dem Geschäftsführer Ulf von Dornei kam Stella gut zurecht. Im Sender lästerten zwar einige, sein Vater, ein Konzernboss in München, habe ihm mit der kleinen Firma in Köln ein eigenes Reich verschafft, in dem «König Ulf» herrschen könne, ohne Schaden anzurichten. Aber wenn man wusste, wie man ihn zu nehmen hatte, konnte man prima mit ihm auskommen.

Mit achtundzwanzig ließ Stella sich von König Ulf zu einem beruflichen Wechsel überreden. Eigenverantwortliche Produzentin in seiner Firma – mit einem Gehalt, von dem ihre Schwester als Wissenschaftlerin nur träumen konnte. Ihr Ansehen zu Hause steigerte sie damit nicht, obwohl sie sehr tüchtig war. Schon nach kurzer Zeit entwickelte sie das Konzept für eine weitere humorvolle Vorabendserie: *Urlaub und andere Katastrophen.* Sie brauchte nur drei Wochen, um einen Redakteur im Sender dafür zu begeistern. Kurz darauf übertrug Ulf von Dornei ihr auch die alleinige Verantwortung für *Auf eigenen Füßen.*

Ihre Hoffnung, damit wenigstens bei ihrem Vater Eindruck zu schinden, erfüllte sich nicht. Die Anerkennung ihrer Mutter, die nur für Tobi lebte, hatte sie längst abgeschrieben. Und Johannes Marquart hatte am frühen Abend keine Lust, seine Zeit vor dem Fernseher mit «belanglosem Zeug» zu verschwenden. Er telefonierte lieber mit Madeleine, ließ sich in die Scheußlichkeiten von Ebola oder die Wandlungsfähigkeit von HIV einweihen.

Zur so genannten Primetime um zwanzig Uhr fünfzehn wurde die Actionserie *Am Limit* ausgestrahlt, die Stellas Kollege Fabian Becker produzierte. Die traf schon eher den Geschmack ihres Vaters, obwohl er auch daran ständig herummäkelte; es sei alles so absehbar. Keine Überraschungseffekte, keine unvorhersehbaren Wendungen, keine Rätsel, keine richtige Spannung. Statt einem Dutzend zerdepperter Autos und aufwändiger Stunts wären ihm vermutlich ein paar Untote oder Vampire lieber gewesen.

American Werewolf, Fright Night, Das Omen und *Rache aus dem Reich der Toten*, wenn so etwas ausgestrahlt wurde, klebte Johannes Marquart förmlich an der Glotze. Er ließ sich auch keine Folge von «Akte X» entgehen, nicht einmal dann, wenn es sich um die x-te Wiederholung handelte. Stella wusste, dass ihr Vater sich damals, als er Madeleines Gruselkabinett requirierte, in etliche Groschenhefte vertieft hatte – unter dem Vorwand, wissen zu wollen, was sich die Töchter zu Gemüte geführt hatten. Dabei war er wohl auf den Geschmack gekommen.

Seine Lieblingslektüre war ein dünnes Taschenbuch, das er wie einen Schatz hütete und auf gar keinen Fall verleihen wollte. *Romys Schatten.* Er besaß es schon seit Jahren, hatte es mehrfach gelesen und konnte sich immer noch dafür begeistern, weil in dem Büchlein der Geist eines Ermordeten grausame Rache nahm und verhinderte, dass seine Geliebte nach einem Selbstmordversuch verblutete. Manchmal fragte er sonntags: «Warum macht ihr nicht mal so was?»

Weil Movie-Productions eine kleine Firma war, nur ein winziger Ableger vom Mutterkonzern in München. Außer Ulf von Dornei und Fabian Becker, der von der Konzernleitung als Wachhund des Geschäftsführers von München nach Köln abkommandiert worden war, gab es in Köln nur noch Stella, eine Sekretärin für alle, zwei Aushilfskräfte und eine Putzfrau. Mit den laufenden Produktionen waren sie völlig ausgelastet.

So formuliert klang es einigermaßen überzeugend, aber es war nur die halbe Wahrheit. Das größte Hindernis war Ulf von Dornei. Er besaß nicht die Spur von Kreativität und konnte die schöpferischen Leistungen anderer nicht beurteilen, bildete sich jedoch das Gegenteil ein. Egal, was ihm vorgelegt wurde, König Ulf wusste, womit man es aufwerten konnte: mit der Russenmafia, chinesischen Triaden, Drogenkartellen und der internationalen Terroristenszene. Das sei Spannung pur, fand er.

Bei jeder Besprechung schwadronierte er los und war kaum zu bremsen. Ständig bestückte er Fabians Actionserie mit seiner Vorstellung von Spannung, hatte auch Stella schon einen Terroristen auf den Campingplatz und einen Drogenkurier in die WG schmuggeln wollen, sich schließlich jedoch mit einem polnischen Autoknacker und einem russischen Aussiedler begnügt. Von Stella ließ er sich zur Not noch erklären, warum seine guten Ideen in ihren Vorabendserien nicht funktionierten. Fabian Becker brauchte sich darum nicht zu bemühen. Wer hörte denn auf seinen Wachhund? König Ulf nicht, er kommandierte den Hund.

Und weil die Bosse in München das genau wussten, hatte Fabian die Anweisung, jeden ihm spielfilmtauglichen Stoff an den Mutterkonzern weiterzureichen. Manchmal blutete ihm das Herz, doch das störte keinen. In München genoss auch Fabian nicht den besten Ruf. Er hatte bereits Spielfilme produziert, darunter zwei anspruchsvolle Stoffe; Literaturverfilmungen. Die Kritiken waren hervorragend gewesen, die Quoten niederschmetternd. So etwas konnte man sich einmal leisten, nach dem zweiten Mal wurde man in die Wüste geschickt.

Aber Fabian war ein Idealist. Wie ein Hamster im Laufrad strampelte er sich ab, um wenigstens gute Filmstoffe zu entdecken. Ständig schleppte er ein Buch mit sich herum. Viermal die Woche mindestens kam er mit Kopfschmerzen in die Firma, weil er wieder mal die ganze Nacht durchgelesen hatte.

Und dann kam er an einem Montag im Mai 1999 mit einem Roman in Stellas Büro, der seiner Meinung nach unbedingt filmisch umgesetzt werden musste. *Romys Schatten*, das Lieblingsbuch ihres Vaters. Es war seit Jahren nicht mehr im Buchhandel erhältlich. Fabian hatte das zerfledderte Exemplar sonntags auf einem Flohmarkt entdeckt. Für Stella war das Büchlein *die* Chance, ihren Vater davon zu überzeugen, dass sie zwar auf einem anderen Gebiet, aber nicht weniger ehrgeizig und tüchtig war als ihre ältere Schwester. Er sollte stolz auf sie sein, ebenso stolz auf sie wie auf Madeleine. Um etwas anderes ging es nicht, als sie ihrem Kollegen diesen Vorschlag machte.

Fabian wollte wie schon so oft eine kurze Zusammenfassung schreiben und nach München schicken. Und sie sagte: «Die Mühe kannst du dir sparen, das solltest du inzwischen wissen. Egal, was du denen schickst, es wird nichts daraus. Lass es uns doch selbst machen. Du hast die Erfahrung, und mir hat keiner verboten, einen Spielfilm zu produzieren.»

«Aber wir haben doch gar nicht die Leute für so eine Produktion», wandte Fabian ein.

«Wie viele Leute brauchen wir denn für den Anfang?», hielt sie dagegen. «Einer holt die Rechte ein, einer schreibt ein Exposé, damit wir etwas anbieten können. Der Rest wird sich ergeben.»

«Und was ist mit Ulf?», fragte Fabian skeptisch.

«Den kannst du mir überlassen», sagte sie. «Er muss das nicht sofort erfahren. Wenn wir einen Produktionsauftrag bekommen, kann er von mir aus seinen Senf beisteuern. Seine guten Ideen werde ich ihm ausreden. Das habe ich bisher immer geschafft.»

Ja, bei ihren Vorabendserien, bei anderen Gelegenheiten hatte sie König Ulf noch nichts ausreden müssen. Fabian betrachtete sie nachdenklich. «Einen Versuch ist es vielleicht wert», meinte er unverändert zögernd. «Wenn es nicht klappt, können wir es immer noch München überlassen. Die nehmen es bestimmt. Das ist ein Wahnsinnsstoff.»

Das war es – im wahrsten Sinne des Wortes. Und es war eine andere Dimension von Wahnsinn als die, mit der Stella von Kindesbeinen an vertraut war.

Da sie keine Zeit hatte, das Taschenbuch zu lesen, und Fabian das ohnehin arg ramponierte Exemplar vom Flohmarkt ebenso ungern verleihen wollte wie ihr Vater – in den Kopierer mochte er es auch nicht legen – erzählte er ihr die Handlung, die sie in groben Zügen bereits kannte. Fabian erzählte sie nur anders, als ihr Vater es bisher getan hatte.

Der Roman war in der Ich-Form geschrieben. Den ersten Satz bezeichnete Fabian als einen Hammer. «*Ich wollte sterben, weil man mir mein Leben genommen hat, aber mein Leben lässt mich nicht gehen.*»

Die Ich-Erzählerin hieß, wie bei dem Titel nicht anders zu erwarten, Romy. Sie war in tristen Verhältnissen aufgewachsen und hatte sehr jung die Liebe ihres Lebens gefunden. Einen Namen hatte der Mann nicht, hieß nur *mein Leben* oder *mein Geliebter*. Er war viel älter als Romy, vermögend und verheiratet mit Ursula. Die hatte ihn zwar verlassen und lebte mit einem anderen, jedoch auf seine Kosten.

Trotzdem waren Romy und ihr Geliebter acht Jahre lang glücklich, bis er die Scheidung einreichen wollte. Kurz vorher wurde er umgebracht.

Romy bekam zwar von einer wohlmeinenden Seele den Tipp, Ursula habe zwei rauschgiftsüchtige Jugendliche angeheuert, um die Scheidung zu verhindern, bei der sie ihre Unterhaltsansprüche eingebüßt hätte. Für die Polizei war das jedoch nur ein Gerücht, nicht zu beweisen und nicht geeignet, die Täter zu finden.

Romy verlor alles, weil Ursula sofort ihre Erbansprüche als rechtmäßige Witwe geltend machte. In der Folgezeit mehrten sich dann die Todesfälle in der Drogenszene. Romy irrte ziellos in der Stadt umher, und wenn ein Junkie ihren Weg kreuzte, bekam er Nasenbluten und starb. Ursula erging es nach einem Zusammentreffen auf dem Friedhof ebenso.

Inzwischen war Romy zu der Überzeugung gelangt, sie könne mit ihren Gedanken töten. Und es waren auch viele Unschuldige gestorben. Für deren Tod wollte Romy nicht verantwortlich sein. Sie schnitt sich die Pulsader der Länge nach auf. Doch in dem Moment stand plötzlich der Geist ihres Geliebten neben ihr und stillte die Blutung.

Im Gegensatz zu Stellas Vater, der für all die Toten immer den rächenden Geist verantwortlich gemacht und auch mehrfach behauptet hatte, Romy habe ihn wie einen Schatten an ihrer Seite gesehen, vertrat Fabian den Standpunkt, Romy habe aus Trauer und Verzweiflung todbringende mentale Kräfte entwickelt. Der rächende Geist habe in Wirklichkeit nur eine Schutzfunktion, die es Romy erlaube, die Schuld abzuwälzen. Und wie er das sagte, *in Wirklichkeit*, klang es, als hielte er den Roman für einen Tatsachenbericht.

Stella amüsierte sich über ihn. Dass auch ihr Kollege ein Faible fürs Übersinnliche hatte, war ihr seit langem bekannt. Allerdings hatte Fabian mit Monstern nichts im Sinn. Er bevorzugte das sanfte Gruseln, das am Rande der Realität balancierte; Menschen mit übersinnlichen Fähigkeiten eben – wie Uri Geller, der schon vor laufender Kamera Löffel verbogen und defekte Uhren wieder zum Laufen gebracht hatte.

Ein Millionenpublikum hatte das gesehen, damit war es für Fabian bewiesen. Und er kannte noch mehr *wahre* Begebenheiten, besaß Videofilme und Bücher über so genannte Phänomene. Jedes Mal, wenn er ihr davon erzählte, fand Stella, er sei ein lieber Kerl, schwul und deshalb als Kollege angenehmer zu ertragen als manche seiner heterosexuellen Geschlechtsgenossen. Er war auch durchaus kompetent, wenn es um gute Filmstoffe ging. Aber was sein Spezialgebiet betraf, war Fabian in ihren Augen ein hoffnungsloser Spinner.

Romys Schatten

Mai bis August 1999

Nachdem Stella den Anstoß gegeben hatte, machte ihr Kollege sich mit Feuereifer und hinter dem Rücken des Geschäftsführers ans Werk. Aber Fabian Becker scheiterte schon beim Versuch, in Erfahrung zu bringen, wer den Roman geschrieben hatte.

Auf dem Deckblatt standen nur der Titel, die Initialen R. S. und der Verlag, der das Büchlein vor rund zehn Jahren auf den Markt gebracht hatte. Dort rief Fabian zuerst an, erhielt jedoch keine Auskunft. Man hatte die Rechte längst an die Autorin zurückgegeben und wollte ihre Identität nicht preisgeben. Fabian war enttäuscht, aber nicht bereit, sofort aufzugeben. Wochenlang telefonierte er herum – vergebens.

Stella hatte auf Anhieb mehr Glück. Mitte Juli unterhielt sie sich nach einer Besprechung im Sender noch mit dem Redakteur Heuser aus der Spielfilmabteilung, den alle nur mit dem Nachnamen ansprachen, auch die, die ihn duzten, wie sie es tat. Sie erzählte ihm von Fabians erfolglosen Bemühungen um einen faszinierenden Stoff. Und Heuser sagte wie aus der Pistole geschossen: «R. S. Das ist Romy Schneider.»

«Auf den Arm nehmen kann ich mich alleine», sagte Stella.

Heuser grinste. «Glaube ich nicht, und ich will dich nicht auf den Arm nehmen. Du wärst mir viel zu schwer.»

Für eine Frau war Stella groß, einen Meter siebenundachtzig, und kräftig gebaut, was nicht hieß, dass sie zu der Zeit Übergewicht gehabt hätte. Körpergröße minus hundert; siebenundachtzig Kilo, das war Normalgewicht.

«So nennt sie sich am liebsten», erklärte Heuser. «Sie sieht der Echten auch ähnlich. Mit bürgerlichem Namen heißt sie Gabriele Lutz, das hört sie allerdings nicht gerne. Sie ist gut im Geschäft. Was sie schon alles gemacht hat, weiß ich nicht, weil sie ständig andere Namen benutzt. Letztes Jahr hatten wir sie als Martina Schneider mit einem Neunzigminüter im Programm. *Ein Traum von Rosen*. Hast du den nicht gesehen?»

Als Stella den Kopf schüttelte, erzählte Heuser: «Eine Alkoholikergeschichte, ziemlich düster, soziales Drama mit einem kleinen telekinetischen Touch. Da hob ein Messer ganz von alleine ab, als ein Säufer seiner Frau das letzte Haushaltsgeld aus dem Schrank klaute. Sie hatten ein Baby, die Frau musste Milch kaufen. Als sie ihm das Geld wegnehmen wollte, versetzte der Kerl ihr einen rechten Haken, dass sie zu Boden ging. Man dachte schon, die steht nie wieder auf. Da segelte das Messer und bohrte sich in die Hand mit dem Geld. Eine irre Szene, sag ich dir. Das Ganze war erste Sahne. Wir hatten tolle Kritiken und eine passable Quote, knapp vier Millionen.»

Mit den nächsten Sätzen geriet Heuser ins Schwärmen. «Die Lutz ist ein bisschen meschugge, aber sie hat's drauf. Aus einem Tröpfchen macht sie dir binnen Sekunden einen Wasserfall, wirf ihr ein Steinchen hin, schon rollt die Lawine. Eine Serienfolge schreibt sie in einer Woche. Für den Neunzigminüter haben wir vierzehn Tage gebraucht. So was hatte ich noch nicht erlebt.»

Das hatte bei Movie-Productions auch noch keiner. Doch das lag weniger an den Autoren, mit denen Stella und Fabian arbeiteten, als am Geschäftsführer und seinen selten guten Ideen.

«Worum geht es denn in dem faszinierenden Stoff, den ihr haben wollt?», erkundigte Heuser sich.

Stella erzählte es ihm, und er sagte: «Wenn du den bekommst, rennst du bei mir eine offene Tür ein.»

Er war sofort bereit, Stella eine Videokopie von dem Alkoholikerfilm auszuhändigen, gab ihr auch Telefonnummer und Adresse von Gabriele Lutz. Sie lebte in Köln, was Fabian günstig fand. Dann musste man sie für eine Besprechung nicht anreisen lassen und konnte vorerst weiter hinter dem Rücken des Geschäftsführers agieren.

Den ersten Kontakt wollte selbstverständlich Fabian aufnehmen. Das hätte er sich von Stella nicht streitig machen lassen. Schon als er hörte, dass Gabriele Lutz sich am liebsten Romy Schneider nannte, gab es für ihn kein Halten mehr. Romy und *Romys Schatten*, das hatte er sich doch gleich gedacht: Der Roman enthielt autobiographisches Material. Natürlich nicht dergestalt, dass Gabriele Lutz mit Gedankenkraft die Kölner Drogenszene gelichtet und auch noch die rechtmäßige Witwe Ursula umgebracht hätte. Aber sie musste eigene Erfahrungen mit der Parapsychologie gemacht haben, um so realistisch darüber schreiben zu können, davon war er überzeugt.

Ziemlich nervös rief er an, bekam nur ein junges Mädchen an der Apparat, das knapp mitteilte: «Meine Mutter ist nicht zu sprechen. Soll ich etwas ausrichten?» Fabian nannte seine Durchwahl bei Movie-Productions und bat um baldigen Rückruf.

Gabriele Lutz meldete sich zwei Tage später mit dem Namen Schneider bei ihm. Doch kaum hatte er sein Anliegen vorgebracht, erklärte sie: «Tut mir Leid, meinen Schatten gebe ich nicht für eine Verfilmung her.»

Meinen Schatten! Für Fabian war das der erste Beweis seiner haarsträubenden Theorie. «Warum nicht?», fragte er. «Das ist doch eine irre Geschichte.»

«Eben», sagte Gabriele Lutz noch. «Inzwischen schreibe ich weniger irre.» Damit war das Gespräch für sie beendet.

Fabian war bitter enttäuscht. «Was machen wir nun?»

Die Frage erübrigte sich. In der Zwischenzeit hatte nämlich der Geschäftsführer Wind von der Sache bekommen. Heuser hatte – ahnungslos, dass König Ulf vorerst nichts erfahren sollte – ausgerechnet ihn nach dem Stand der Dinge gefragt und verlauten lassen, der Stoff habe das Potential für eine Serie, Übersinnliches sei groß im Kommen.

Ein Produktionsauftrag für eine zweite Serie im Abendprogramm! Allein die Andeutung war Musik in Ulf von Dorneis Ohren. Er war wild entschlossen, diesen Auftrag zu ergattern, verlangte Stella die Telefonnummer ab und übernahm die weiteren Verhandlungen selbst.

Er lud Gabriele Lutz in ein exquisites Restaurant ein, stellte ihr bei der Gelegenheit gleich Stella und Fabian als die kreativen Köpfe seiner Firma vor und schmierte ihr tüchtig Honig ums Maul. Movie-Productions würde *Romys Schatten* zu gerne umsetzen, und das nicht bloß in einmal neunzig Minuten.

Als Köder warf er ein paar Zahlen aus, sechzigtausend für die Verfilmungsrechte – D-Mark, der Euro war noch nicht in Umlauf. Neunzig für das Drehbuch zum Pilotfilm, fünfzig für jede Serienfolge. Träumte denn nicht jede Autorin davon, eine ihrer Figuren zur Serienheldin zu machen? Einen dunklen Engel der Gerechtigkeit! Nach der Kölner Drogenszene könnte Romy mit ihren tödlichen Gedanken die großen Drogenkartelle, die Russenmafia, die chinesischen Triaden und die internationale Terroristenszene kräftig aufmischen. Das waren doch gute Ideen, nicht wahr?

Fabian bettelte mit Blicken, Stella möge König Ulf Einhalt gebieten. Sie ließ ihn schwafeln und beobachtete lieber Gabriele Lutz, die tatsächlich Ähnlichkeit mit der jungen Romy Schneider hatte. Ihr Alter war schwer zu schätzen. Vielleicht lag es an ihrer Frisur, Pferdeschwanz mit Pony wie ein Teenager aus den fünfziger Jahren. So wirkte sie auch von ihrer Statur her, war im Höchstfall einsfünfzig groß und wog vermutlich nicht ganz fünfzig Kilo. Einen Ehering trug sie nicht, überhaupt keinen Schmuck, nur eine billige Armbanduhr mit großem Zifferblatt und breitem Plastikarmband, das eine lange, weiße Narbe am linken Handgelenk nur unvollständig abdeckte. Es sah aus, als hätte sie sich tatsächlich mal die Pulsader aufgeschnitten.

Sie widmete sich intensiv ihrem Salat, während Ulf von Dornei auf sie einredete, verzog nur einmal wie unter Schmerzen das Gesicht. Vielleicht hatte sie auf ein Pfefferkorn gebissen. Stella vermutete, dass sie eher Magenschmerzen von der Russenmafia und der internationalen Terroristenszene bekommen hatte.

«Ich werde darüber nachdenken», sagte sie, nachdem Ulf von Dornei endlich die Argumente ausgegangen waren.

Er wollte nach dem Essen jede Wette halten, dass Gabriele Lutz keine zwei Tage brauche, um sein Angebot anzunehmen. Dieser Pferdeschwanz, als könne sie sich keinen Frisör leisten. Ein billiges Parfüm, für so etwas hatte er eine Nase. Ihre Bekleidung war auch aufschlussreich gewesen. Sie war in einer verblichenen Jeans und einem billigen Blüschen im Restaurant erschienen. Und in einem uralten Audi wieder abgefahren.

Da Ulf von Dornei sie – ganz Kavalier – zu ihrem Wagen begleitet hatte, war ihm auch ein Blick in den Innenraum vergönnt worden. Das Auto sei völlig versaut, sagte er, als er zurückkam. Braun-schwarze Flecken auf den Vordersitzen und an den Türverkleidungen. Blut, das wollte er beschwören. Er hatte die Narbe am Handgelenk von Gabriele Lutz ebenso gesehen wie Stella. Ein Selbstmordversuch im Auto, ganz ohne Zweifel. Aber wenn sie sich nicht mal eine gründliche Autowäsche leisten konnte, war es mit ihrem Einkommen garantiert nicht so weit her, wie man es bei einer viel beschäftigten Drehbuchautorin annehmen sollte.

Seine Wette verlor der Geschäftsführer. Nach einer Woche hatte man bei Movie-Productions noch nichts von Gabriele Lutz gehört. Am Telefon ließ sie sich verleugnen. Einmal rief Fabian an. Danach probierte Stella ihr Glück und hörte diesmal von einem Jungen: «Meine Mutter ist zu Besprechungen in Berlin. Das kann noch ein paar Tage dauern.» Dabei hörte Stella sie im Hintergrund die Anweisung geben: «Sag, ich käme nächste Woche zurück, bis dahin weiß ich bestimmt etwas Genaues.»

Die Besprechungen in Berlin gab Stella an Ulf von Dornei weiter, die Stimme im Hintergrund lieber nicht. Der Geschäftsführer vermutete daraufhin, Gabriele Lutz verhandle mit der Konkurrenz. In Berlin gab es davon reichlich. Aber wenn sie sich einbildete, sie könne die Serie einem anderen Produzenten anbieten, das wollte König Ulf sich nicht gefallen lassen.

Er verlangte von Stella, sie solle ein Serienkonzept entwerfen und ein Exposé für den Pilotfilm schreiben. Vorerst könne sie sich ja am Roman orientieren. Wenn Frau Lutz definitiv ablehne, müsse man nur ein bisschen ändern. Der weiblichen Hauptfigur einen anderen Namen geben, statt den Geliebten einen Bruder umbringen lassen, nicht von Junkies, sondern der Russenmafia oder den großen Drogenkartellen. Dann hätte man auch Ursula raus und könnte behaupten, dieser Film habe mit dem Roman von R. S. überhaupt nichts zu tun. Geklaut wurde überall.

Die Nacht, in der Therese starb

Donnerstag, 22. April 2004 — und der Mittwoch davor

*B*ezahlen! Das einzige Wort aus dem Mund des Schattens, das Stella verstanden hatte, zuckte ihr auch eine Viertelstunde nach seinem Verschwinden noch durchs Hirn. Sie hatte längst bezahlt; mit dem Job, der ihr so wichtig gewesen war, mit ihrer Unabhängigkeit, ihrer Selbstachtung, der Anerkennung ihres Vaters, um die sie so sehr gekämpft hatte, und mit einigem mehr.

Bisher hatte sie sich allerdings noch nicht völlig unterkriegen lassen. Jedes Mal, wenn das Elend übermächtig geworden war, hatte sie es irgendwie geschafft, die Dämonen wieder ins Reich der Fabel zu verbannen. Fatalerweise gelang ihr das auch in dieser Nacht. Der reale Horror mit ihrer Schwiegermutter in den letzten Tagen schob den *Schatten mit den Mörderaugen* allmählich in den Hintergrund.

Gegen fünf Uhr am vergangenen Nachmittag hatte Therese sich noch kurzfristig um Nachbarschaftshilfe für einige ihrer Patienten bemüht, weil sie von ihrem Vorhaben, mit Stellas Vater über den erneuten Rückfall zu reden, einfach nicht ablassen wollte.

Um halb sechs war Therese aufgebrochen. Zwei alte Leute, genau genommen drei, es war ein Ehepaar dabei, wollte sie selbst für die Nacht versorgen. Das hätte im Höchstfall eine Stunde gedauert. Sie kam aber erst nach neun Uhr zurück, kurz bevor Heiner zum Dienst fahren musste. Er wollte sofort wissen, ob sie bei Stellas Eltern in Köln-Dellbrück gewesen sei. Antwort bekam er nicht. Doch anscheinend war es Therese immer noch nicht gelungen, ihre Drohung wahr zu machen. Nachdem Heiner aus dem Haus war, sagte sie zu Stella: «Freu dich nicht zu früh. Morgen ist auch noch ein Tag.»

Nun war morgen heute. Und wenn Therese im Laufe des Tages mehr Glück hatte oder von allein auf den Gedanken kam, Johannes und Astrid Marquart könnten mit Tobi nach Hamburg gefahren sein? Wenn sie bei Madeleine anrief und ihr Vater anschließend von ihrer Schwester erfuhr, dass sie wieder getrunken hatte? Nicht auszudenken!

Fünf Liter Wein in zwei Tagen und Nächten. Nach dem Schock spürte sie fast nichts mehr davon, fühlte sich so nüchtern wie nie zuvor und gierte nach einem Schluck, um das Zittern abzustellen und die Panik in den Griff zu bekommen. Im Schuppen lag noch eine Flasche. Doch dahin zu gehen, wo der Schatten verschwunden war – vorerst war das völlig ausgeschlossen.

Auf der Fensterbank in Thereses Schlafzimmer standen auch mehrere Flaschen Weizenkorn, die mit schwarzen Johannisbeeren und Zucker versetzt waren. Aufgesetzter nannte sich das, ein Likör, sehr süß. Therese stellte ihn selbst her, obwohl sie nie davon trank. Die Beeren wuchsen im Garten, und die Likörzubereitung erforderte keine besonderen Kenntnisse, war auch nicht zeitaufwändig. Beeren in die Flaschen, Zucker hinterher, Korn drüber, Sonne drauf, fertig.

Ein Jahr brauchten die Johannisbeeren, um ihr Aroma und die Farbe an den Schnaps abzugeben. Dann wurde abgegossen und umgefüllt. Danach verschenkte Therese den Likör in ihrem umfangreichen Bekanntenkreis. Früher hatte sie immer eine Zierkaraffe mit Aufgesetztem im Wohnzimmerschrank stehen gehabt. Und wenn jemand kam, um sich für eine Wohltat zu bedanken oder über Probleme zu plaudern, kredenzte Therese ein Gläschen zum Kaffee. Doch mit einer Alkoholikerin im Haus konnte man es sich nicht mehr leisten, so einen köstlichen Tropfen vorrätig zu haben. Das bedauerte sie regelmäßig, allerdings nicht vor Fremden, nur vor Sohn und Schwiegertochter.

Solange die Beeren im Korn schwammen, betrachtete Therese den Likör als ungenießbar. Abgesehen davon standen die Flaschen in ihrem Schlafzimmer so sicher wie in Fort Knox. Tagsüber oder wenn sie nachts aus dem Haus musste, schloss sie die Tür ab. Ansonsten schlief sie effektiver als jeder Wachhund vor der Fensterbank. Vielleicht wäre es möglich gewesen, sich lautlos in ihr Zimmer zu schleichen und eine Flasche zu ergattern. Aber jetzt nach oben – unmöglich!

Der Schatten konnte längst im Haus sein, vom Schuppen aus in den Anbau eingedrungen. Die Verbindungstür im Erdgeschoss hatte Therese zwar sofort zugemauert, als ihr Sohn von Hochzeit sprach und davon, mit seiner Frau in die seit Jahren ungenutzte Wohnung seiner Großeltern zu ziehen. Im Schlafzimmer mit dem schmalen Fenster gab es jedoch immer noch die Verbindungstür, die seit Jahr und Tag nicht mehr abzuschließen war. Heiner hatte als Kind den Schlüssel versteckt und nie wieder gefunden. Seit der Hochzeit schliefen sie in diesem Zimmer.

Und weil man nach Thereses Blitzaktion die beiden ebenerdigen Räume im Anbau nur noch hatte betreten können, indem man vom Hof aus durch ein Fenster einstieg, hatte Heiner ein großes Loch in die Trennmauer zwischen Schuppen und Anbau geschlagen, zweckmäßigerweise in der früheren Küche seiner Großeltern auch gleich einen Durchstieg in die Decke gestemmt. Dort sollte mal eine Treppe eingesetzt werden. Vorerst musste man eine Leiter benutzen, um in die obere Etage zu gelangen.

Es hätte längst eine Tür in den Mauerdurchbruch im Schuppen eingesetzt werden sollen. Aber solange die Renovierung des Anbaus nicht abgeschlossen war, lohne das nicht, meinte Therese. Sie hatte das Loch in der Wand notdürftig mit Brettern verdeckt, die für niemanden, auch nicht für einen Menschen aus Fleisch und Blut, ein Hindernis gewesen wären.

In den letzten Wochen hatte Heiner so oft vor der Einbrecherbande aus Osteuropa gewarnt. Und am Montag, nach dem Mord an Dora Sieger aus Bedburg, hatte er energisch darauf gedrängt, den Mauerdurchbruch endlich mit einer Tür zu schließen. Es müsse zumindest ein Provisorium eingesetzt werden, hatte er gesagt und angekündigt, fürs Erste zur Sicherheit den Kleiderschrank im eigenen Schlafzimmer abzubrechen und vor der Verbindungstür wieder aufzubauen. Dazu war er leider noch nicht dazu gekommen.

Als ihr die Warnungen ihres Mannes einfielen, zog Stella kurz in Betracht, ein Einbrecher habe sie in Panik versetzt. Natürlich keiner von den Russen, da läge sie jetzt gefesselt und geknebelt, wenn nicht gar erschlagen am Boden. Nur ein ganz gewöhnlicher Einbrecher.

Doch den Gedanken verwarf sie bald wieder. Ganz gewöhnliche Einbrecher trugen keine bodenlangen Gewänder und schwebten nicht wie in Zeitlupe davon.

Noch waren die Eindrücke frisch; der stechende Geruch, die Stimme und diese Augen. Quergeschlitzt und grün fluoreszierend wie die Leuchtziffern am Videorecorder, in dem theoretisch noch die Kassette mit sechs Folgen der unterhaltsamen Vorabendserie hätte stecken müssen, die sie selbst eingelegt hatte. Unzählige solcher Filmchen hatte sie produziert, und den einen Großen, der plötzlich Wirklichkeit geworden schien, in dem sie nun mit zerschnittenen Füßen stand wie Bruce Willis in *Stirb langsam*.

Die Glassplitter in den Fußsohlen schmerzten höllisch, hatten jedoch auch eine heilsame Wirkung. Sie halfen ihr, besser als jedes Glas Wein und jeder Schluck Aufgesetzter, die ärgste Furcht zu bezwingen und sich auf das Vordringliche zu konzentrieren. Sie konnte nicht länger bei der Flurtür stehen, biss die Zähne zusammen, trippelte auf Zehenspitzen zurück zur Couch und machte sich daran, die Splitter herauszuziehen. Bei ein paar größeren gelang ihr das mit den Fingernägeln. Für all die winzigen hätte sie ruhige Hände, längere Nägel oder eine Pinzette gebraucht.

Im Bad lag eine. Sekundenlang erwog sie, nach ihrer Schwiegermutter zu rufen. Wozu war die Krankenschwester? Doch Therese würde fragen, wie das passiert sei. Und egal, was sie erzählte, Therese würde sagen: «Statt dich wieder so abzufüllen, hättest du dich besser um die Kleine kümmern sollen.»

Das Baby! Seit sie von Ursulas Todesschrei aus dem Schlaf gerissen worden war, hatte Stella noch nicht an ihre Tochter gedacht. Johanna hieß sie, nach ihrem Großvater, war Mitte Januar auf die Welt gekommen. Ursprünglich hatte es eine Therese werden sollen. Heiner war sehr traditionsverbunden. Unmittelbar nach der Geburt hatte er sich jedoch anders entschieden.

Als Heiner am vergangenen Abend zum Dienst gefahren war, hatte Johanna noch geschlafen. Vielleicht war sie aufgewacht, als Therese sich im Bad für die Nacht fertig machte. Oder Therese hatte die Kleine mal wieder aus dem Bettchen genommen, weil sie meinte, es wäre Zeit für eine Mahlzeit. Das ging bei ihr nach altbewährten Regeln, alle vier Stunden eine frische Windel und ein Fläschchen, auch wenn man das Baby dafür aus dem Schlaf reißen musste und es dann überhaupt nicht trinken wollte.

Jeden Morgen dasselbe Theater, wenn Heiner nicht im Haus war. Kaum dass Thereses Radiowecker den ersten Ton von sich gegeben hatte, hämmerte sie schon an die Tür schräg gegenüber. «Schwing deinen Hintern aus dem Bett, hier ist jemand, der braucht eine frische Windel und was ins Bäuchlein.» Und wehe, Stella schaffte es nicht, ihren Hintern sofort zu schwingen, dann gab es ein Mordsgezeter. Wie gestern früh – da hatte Therese schließlich wickeln und füttern müssen, ehe sie zur Pflegetour aufbrechen konnte.

Um zehn Uhr vormittags war Heiner eigens dafür aufgestanden, um zwei und um sechs Uhr abends hatte er die Kleine auch versorgt und sich vermutlich darauf verlassen, dass seine Mutter es tat, ehe sie zu Bett ging, weil Stella sich so elend fühlte und vor lauter Not kaum mit sich selbst zurechtkam. *Ich rede morgen noch mal mit deinem Vater!* Aber Therese brachte das Kind ins Wohnzimmer, ein paar Minuten nach zehn. Der Film hatte gerade angefangen.

Stella hätte sich nicht unbedingt die zweite Ausstrahlung anschauen müssen. Als Produzentin besaß sie natürlich eine Kopie auf Video – ohne Werbeunterbrechungen. Nur war es ein ganz anderes Gefühl, wenn es vom Sender kam. Es versetzte sie zurück in die Zeit, in der sie sich gut gefühlt hatte, allem überlegen, allem gewachsen. Eine tatkräftige Frau, die über einen Spinner wie Fabian Becker lächeln konnte und einen Film ganz nach dem Geschmack ihres Vaters produzierte.

Bis Therese dazwischenfuhr. Sie schaltete den Fernseher aus, legte Stella das Kind in den Schoß und sagte: «Den Quatsch kannst du dir reinziehen, wenn du nicht dringend als Mutter gebraucht wirst. Die Vorarbeit hab ich schon gemacht, die Kleine braucht bloß noch was zu trinken. Mach ihr ein Fläschchen, das wirst du wohl schaffen. Wirst du in Zukunft ja öfter müssen. Und bilde dir nicht ein, ich bleibe hier im Dreck sitzen.»

Auf die letzten beiden Bemerkungen konnte Stella sich keinen Reim machen. Und sie schaffte es nicht, saß nur da: im linken Arm ihre Tochter, in der rechten Hand die Milchflasche. Vielleicht war die Milch zu zäh geraten. Vielleicht hatte sie die Flasche auch nur nicht lange und kräftig genug geschüttelt, sodass sich Klümpchen gebildet hatten, die den Sauger verstopften. Die Kleine trank jedenfalls nicht, jammerte nur und schaute sie dabei unverwandt an, als wolle sie sagen: *Wenn du mich vorher gefragt hättest, ob ich dieses Leben will, hätte ich nein gesagt.*

Sie erwartete, dass Therese sich nach spätestens zehn Minuten erbarmte. Bisher hatte sie das noch immer getan, wenn es nötig gewesen war. Schimpfend und fluchend, weil sie früh um sechs aus den Federn musste und ihren Schlaf brauchte, war sie heruntergekommen und hatte Johanna versorgt.

Diesmal kam sie nicht, lief im Kinderzimmer und auf dem oberen Flur herum. Immer wieder knackte das Deckengebälk über Stellas Kopf unter Thereses Schritten. Manchmal war auch gedämpft ihre Stimme zu hören. Sie musste telefonieren, zu Selbstgesprächen neigte sie nicht. Was sie sagte, war nicht zu verstehen. Hatte sie doch noch Erfolg in Köln-Dellbrück gehabt und Vati an den Apparat bekommen?

Als Stella es nicht mehr aushielt, legte sie das quäkende Kind, das sich fast anhörte wie eine kleine Ziege, in den Sessel bei der Hoftür, schlich in den Flur und lauschte am Treppenaufgang. Nun hörte sie Therese deutlicher sprechen. Aber es ging nicht um sie, sondern um ein Auto, das Therese einer Frau abschwatzte.

Das Baby im Wohnzimmer quäkte unverändert weiter. Und Therese musste es hören, wenn sie sich der Treppe näherte, was sie, der Lautstärke ihrer Stimme nach zu urteilen, mehrfach tat. Doch sie schien fest entschlossen, den Dingen diesmal ihren Lauf zu lassen.

Daraufhin ging Stella in die Küche, kippte die Milch in eine Tasse – und die Hälfte daneben, weil ihr die Hände zitterten. Dann nahm sie für sich das dünnwandige Senfglas aus dem Schrank und für die Kleine die Pipette aus der Sterilisationsbox. Wenn es gar nicht anders ging, musste man Johanna die Nahrung damit einträufeln. Dabei bestand die Gefahr, dass sie sich verschluckte und einen Hustenanfall bekam. Stella hatte panische Angst davor, ihr Kind auf diese Weise zu füttern. Ehe sie damit begann, musste sie in den Schuppen, holte eine der letzten drei Weinflaschen, weil sie nicht wusste, wie sie es sonst schaffen sollte, ihre Hände unter Kontrolle zu bringen.

Das war um halb elf. Zwei Gläser kippte sie eilig hinunter, ging anschließend vor dem Sessel in die Knie. Als sie die Pipette eintauchte und mit einer Hand das Köpfchen anhob, zitterten ihre Hände immer noch so stark, dass die ersten Tropfen übers Kinn liefen. Sie brauchte noch ein Glas, machte den zweiten Versuch. Aus lauter Not begann sie leise zu singen, das Lied, das sie sich selbst ausgedacht hatte, zusammen mit einer einfachen Melodie.

«Schlafe, mein Kindchen, schlaf ein. Ein Engel wird bei dir sein. Bewacht deinen Schlaf und beschützt deine Ruh, drum mach nur getrost deine Äugelein zu. Schlafe, mein Kindchen, schlaf ein, wirst morgen noch bei mir sein, noch so viele Tage die Sonne sehn und an meiner Hand durch dein Leben gehn. Schlafe, mein Kindchen, schlaf ein, der Himmel ist noch viel zu klein …»

Jetzt funktionierte es, ein Spritzer, noch einer und noch einer. Dazwischen noch ein Glas Wein und noch eins. Die Kleine schluckte und hing an ihren Lippen, als verstünde sie jedes Wort. Kurz vor elf war die Tasse leer, die erste Rotweinflasche ebenso. Nun hätte sie das Baby eine Weile herumtragen und sanft den Rücken klopfen müssen, damit es aufstieß. Aber wenn es die Milch wieder ausspuckte …

Stella ließ ihr Kind lieber im Sessel liegen und holte die zweite Flasche Wein aus dem Schuppen. Dann schob sie die Kassette mit sechs Folgen der heiteren Vorabendserie in den Recorder, machte es sich auf der Couch bequem und drosselte die Lautstärke des Fernsehers, um die Kleine nicht mit einer lauten Sequenz zu erschrecken und zu erneutem Jammern zu veranlassen. In *Urlaub und andere Katastrophen* ging es oft lebhaft zu.

Ihre Katastrophe lag noch eine Weile mit offenen Augen da. Etwa in der Mitte der ersten Serienfolge schlief Johanna ein. Das mochte um Viertel nach elf gewesen sein. Sie selbst war vielleicht zwanzig Minuten später eingeschlafen, als im Fernseher einem jungen Paar auf einem Campingplatz der Grill explodierte und die zweite Flasche praktisch leer war.

Und der Sessel bei der Hoftür war nun auch leer. Das konnte nur bedeuten: Therese hatte das Baby doch noch geholt. Etwas anderes hätte auch nicht zu ihr gepasst. Wahrscheinlich hatte sie kein Auge zubekommen in der Gewissheit, einen hilflosen Säugling in die Obhut einer Frau gegeben zu haben, die gestern drei Liter Rotwein getrunken hatte. Stella war auch so, als hätte sie im ersten Schlaf Therese noch sagen hören: «Ja, ja, hast ein dickes Stinkerchen in der Hose, ich kann's riechen.»

Die Leuchtziffern der Uhr am Videorecorder zeigten mittlerweile zwanzig Minuten vor vier. Normalerweise brauchte Johanna um zwei Uhr nachts noch eine Mahlzeit. Um die Zeit wachte sie auch meist von alleine auf. Im Wohnzimmer hörte man sie nur, wenn das Babyphone eingeschaltet auf dem Tisch lag. Das hatte Therese um zehn nicht mit heruntergebracht. Sie ließ ihre Schlafzimmertür nachts offen und fuhr auch ohne elektronisches Hilfsgerät beim ersten Quengeln wie von einer Tarantel gestochen auf.

Zum ersten Mal seit der Geburt ihrer Tochter sehnte Stella sich danach, das jämmerliche Quäken zu hören und die Stimme ihrer Schwiegermutter. Auf der Treppe würde Therese vermutlich wie schon so oft sagen: «Ist ja gut, meine Kleine, ist ja gut. Du kriegst sofort was in dein Bäuchlein. Wir schauen mal, ob deine Mama ansprechbar ist, wenn nicht, treten wir sie kräftig in den Hintern.»

Danach mochte Therese zetern und toben; Hauptsache, sie kam, holte die Pinzette aus dem Bad und entfernte die Glassplitter. Sie durfte sogar noch einmal sagen: «Das wird ihr eine Lehre sein, die vergisst sie ihr Leben lang nicht.»

Wann hatte Therese das denn gesagt und zu wem? «Hast du den Krach gemacht? Wie siehst du aus?» Noch ein paar Sätze aus Thereses Mund, die Stella im ersten Schlaf aufgeschnappt hatte, auf die sie sich vorerst keinen Reim machen konnte.

Um vier war im Haus immer noch alles totenstill. Stella saß mit angezogenen Beinen und weiterhin blutenden Füßen auf der Couch, gab wimmernde Laute von sich und wusste nicht einmal, ob sie aus Furcht oder vor Schmerzen weinte. Sie ließ den Hof und die Schuppentür nicht aus den Augen, pulte an den winzigen Glassplittern herum, bekam keinen richtig zu fassen, trieb einige zusammen mit Schmutzpartikeln noch tiefer ins Fleisch und fragte sich, warum Therese nicht heruntergekommen war, nachdem Ursula um ihr Leben gebrüllt hatte. Theoretisch hätte sie ebenso von dem extrem lauten Todesschrei aufwachen müssen wie die Nachbarin.

Draußen rührte sich nichts, es glimmte auch nichts grün im schwarzen Viereck der Schuppentür. Bei jedem Blick in die Schwärze meinte sie nur, einen hellen Fleck im Eingangsbereich liegen zu sehen. Jedes Mal erinnerte sie sich an den Eindruck, es sei etwas Weißes zu Boden gesegelt, als die Augen des Schattens erloschen. Eine Erklärung dafür fand sie nicht. Im Film hatte die schwarze Bestie nie etwas Weißes bei sich gehabt.

Aber im Film war der Schatten in der Badezimmerszene auch nicht in Wellen nach unten weggeflossen. Er konnte nicht wirklich aus dem Fernseher gekrochen sein. Aber es hatte – verdammt nochmal! – so ausgesehen.

Um zehn nach vier registrierte sie unvermittelt einen großen, dunklen Fleck auf den Steinplatten im Hof. Sie zuckte heftig zusammen, erkannte jedoch rasch, dass es nicht der Schatten mit den Mörderaugen war, der dort aus dem Nichts entstand. Es war nur der Schatten einer Katze, den die Lampe vom Nachbargrundstück übergroß in den Hof warf. Wieder der fette, dreiste Kater, der sie in der vergangenen Nacht blutig gekratzt hatte. Er balancierte über die Mauer zum Schuppendach, sprang hinunter und verzog sich in das Blumenbeet unterhalb der Mauer, wohin kein Lampenlicht fiel.

Der Kater, der leere Sessel, der festgelegte Rhythmus, zu dem Johanna versorgt wurde, und das, was sie im ersten Schlaf noch registriert hatte, setzten endlich eine logische Gedankenkette in Gang, an deren Ende dem Horror die Grundlage entzogen war und stattdessen Zorn aufkam. Nach ihren vergeblichen Bemühungen um ein Gespräch mit Stellas Vater hatte Therese sich wohl entschlossen, es diesmal nicht bei Gezeter bewenden zu lassen, sondern ihr einen mordsmäßigen Schock zu versetzen. «*Das wird ihr eine Lehre sein, die vergisst sie ihr Leben lang nicht.*»

Dass sie selbst im Halbdusel vom Video auf den Sender umgeschaltet haben könnte, war auszuschließen. Die Fernbedienung des Sat-Empfängers lag im Schrank, umschalten wäre nur damit möglich gewesen. Außerdem stimmte die Uhrzeit nicht, zu der sie aus dem Schlaf geschreckt war. Siebzehn Minuten nach zwei, da wäre der Film längst zu Ende gewesen. Die Ausstrahlung hatte pünktlich begonnen, die ersten Minuten hatte sie doch gesehen. Dann der Abspann unmittelbar hinter Ursulas Tod im Bad; das war nicht der Originalfilm gewesen. Das anschließende Geflimmer auf dem Bildschirm und das Abschalten des Fernsehers in den Stand-by-Modus; so etwas passierte nur, wenn ein Videoband durchgelaufen war und andere Sendesignale ausblieben. Und die Fernbedienung des Fernsehers lag jetzt ungefähr da auf dem Tisch, wo zuvor eine der Weinflaschen gestanden hatte.

Sie rutschte von der Couch. Um ihre zerschnittenen Füße zu schonen, kroch sie um den Tisch herum zum Schrank und nahm die Kassette aus dem Recorder. Ein unbeschriftetes Band! Die Kassette mit den sechs Serienfolgen hatte einen Aufkleber der Produktionsfirma gehabt. Der erste Beweis!

Therese! Musste *Urlaub und andere Katastrophen* gegen einen Ausschnitt des Films getauscht und dann Monster gespielt haben, um anschließend frech behaupten zu können: Jetzt sei es soweit, Stella sähe schon Ungeheuer aus dem Fernseher kriechen. Es sei höchste Zeit für eine Einweisung in eine psychiatrische Einrichtung. Damit erklärte sich auch, warum aus dem Obergeschoss keine Reaktion auf Ursulas Todesschrei erfolgt war.

Wo ihre Schwiegermutter den Filmausschnitt herbekommen haben könnte, stand außer Frage. Therese kannte genug Leute, die ihr jeden Gefallen getan hätten. Das notwendige Zubehör für eine Verwandlung wäre auch leicht zu beschaffen gewesen. Im Februar 2002 hatte es zu Karneval mindestens zwanzig Schatten mit Mörderaugen im Dorf gegeben. Ein ganzer Wagen voller Narren in schwarzen Kutten. Wer nicht groß genug gewesen war, hatte ein Drahtgestell auf den Schultern getragen, zwei Löcher zum Durchgucken in den Umhang

55

geschnitten und die grünen Augen oben aufgemalt. Da mochte auch der eine oder andere mit Leuchtfarbe gemalt haben.

Selbst gesehen hatte Stella das nicht, weil sie und Heiner zu der Zeit auf Hochzeitsreise gewesen waren. Therese hatte davon erzählt. Und es war anzunehmen, dass ein paar Narren ihre Kostüme aufgehoben hatten, um sie irgendwann noch einmal anzuziehen. Das Entschweben wie in Zeitlupe schien dafür zu sprechen, dass ein Gestell auf den Schultern balanciert worden war.

Nachdem sie mit ihrer Rekonstruktion des Schreckens so weit gekommen war, begann sie mit Überlegungen, wie sie ihrer Schwiegermutter entgegentreten sollte. Entgegentreten war ja schon mal unmöglich mit Glassplittern in den Füßen, aber sie müsste etwas sagen, wenn Therese herunterkäme. Vielleicht behaupten, es sei ein Einbrecher im Wohnzimmer gewesen. Und Vorwürfe erheben wegen des Leichtsinns, Heiners Warnungen zum Trotz die Hoftür zu öffnen. Mal sehen, wie Therese darauf reagierte.

Die letzte Flasche Wein

Halb fünf und immer noch kein Muckser von oben. Die Ruhe im Haus behagte ihr nicht, obwohl sie nun rational erklärt war. Therese hatte Johanna mit Sicherheit noch ein Fläschchen gegeben, ehe sie sich für ihren Monsterauftritt zurechtgemacht hatte. Die Zeit wäre genau richtig gewesen. Der Gedanke, nach oben zu gehen und sich zu überzeugen, ob ihre Tochter wohlbehalten im Bettchen lag, kam ihr nicht. Es gab doch überhaupt keinen Grund, daran zu zweifeln. Und ihre Füße bluteten immer noch, boten damit einen guten und ganz rationalen Vorwand für die Untätigkeit. Auf zerschnittenen Fußsohlen die Treppe hinauf, auch noch die Auslegware auf den Stufen versauen, das musste nicht sein.

Das Wohnzimmer sah bereits aus wie die Kulisse für einen blutrünstigen Thriller. Therese würde einen Tobsuchtsanfall bekommen. Aber letztendlich war sie, wenn sie Monster gespielt hatte, doch selbst für die Blutflecken verantwortlich und noch viel zu wenig gestraft, wenn sie den Teppichboden und die Couch reinigen müsste.

Stella horchte weiter in die Stille des Hauses, schaute auch hin und wieder zum dunklen Viereck der Schuppentür und dem hellen Fleck im Eingangsbereich, aber jetzt schon mehr aus Verlangen. Der Wein, der aus der zweiten Flasche im Teppich versickert war, hätte ihr nun gute Dienste getan, vielleicht die Reste der Beklemmung vertrieben. Und da hinten in der Schwärze lag die letzte Flasche. Aber der Schuppen war vollgestellt mit altem Plunder. Zwischen Möbeln und Kisten aus dem Anbau stand der Betonmischer, den Therese vor einer Ewigkeit angeschafft hatte; ein mit steinhartem Mörtel verschmierter Beweis, dass sie vor keiner Arbeit zurückgeschreckt war. Beim Tor stand die vergammelte NSU, mit der Heiners Großvater nach dem Krieg zur Arbeit gefahren war. Daneben das Goggomobil, Baujahr 59, das er sich später geleistet hatte. In dem Goggo lag die Weinflasche.

Im Hof leuchtete die Lampe vom linken Nachbargrundstück. Aber im Schuppen gab es kein Licht. Sogar tagsüber war es dort dunkel. Deshalb lag unmittelbar neben der Tür immer eine Taschenlampe griffbereit auf einem ausrangierten Küchenbüfett. Doch was war ein Lichtstrahl in einem mit Gerümpel vollgestellten Geviert von gut dreißig Quadratmetern, in dem ein ganzes Bataillon von Schatten oder anderen finsteren Gestalten Deckung gefunden hätte?

Restlos überwunden war das Schockerlebnis noch nicht. Es war auch bestimmt nicht ratsam, mit offenen Wunden durch den Schmutz draußen zu laufen. Die Platten im Hof hatte Therese zuletzt am vergangenen Samstag gefegt. Der Boden im Schuppen bestand aus festgestampftem Lehm. Wenn sie sich zu all den Splittern noch Dreck ins Fleisch trat, wäre das nur Wasser auf Thereses Mühlen: ein Beweis mehr, dass Süchtige vor nichts zurückschreckten, wenn sie ihren Stoff brauchten.

Kurz nach fünf setzte draußen die Dämmerung ein. Im Obergeschoss herrschte unverändert Totenstille. Noch eine knappe Stunde, ehe Therese aufstehen musste und Johanna wieder ein Fläschchen und eine frische Windel brauchte. Eine Viertelstunde später waren im ersten, grauen Zwielicht schon ein paar geknickte Osterglocken im Blumenbeet unterhalb der Hofmauer auszumachen. Das musste der Kater verbrochen haben.

Auch hinter der Schuppentür lichtete sich die Schwärze. Es entstand, zwar noch sehr diffus, eine Art Korridor, als sei das Tor zum Garten offen, was eigentlich nicht sein konnte. Früher war Therese mit dem Tor oft leichtsinnig gewesen. Wenn sie noch spät zu einem ihrer Pflegefälle gerufen worden war, hatte sie den breiten Torflügel entriegelt, den schmalen nur hinter sich zugezogen und nicht abgeschlossen, um sich bei der Rückkehr nicht mit dem Schlüssel herumplagen zu müssen. Aber seitdem Heiner vor den Russen warnte, war sie vorsichtiger geworden. Nach dem Mord in Bedburg hatte sie am

Montag- und am Dienstagabend den Schuppen sogar noch einmal kontrolliert, ehe sie zu Bett gegangen war. Gestern Abend hatte sie das nicht mehr getan, da war sie ja spät zurückgekommen – von wo auch immer.

Stella konzentrierte sich auf den hellen Fleck, der ihr schon die ganze Zeit ins Auge stach. Aus sieben Metern Entfernung sah es aus wie eine von den alten Baumwollwindeln, die Therese früher für Heiner verwendet und vor Johannas Geburt gründlich ausgekocht hatte, weil man sie ihrer Meinung nach noch gut gebrauchen konnte. Nun dienten sie als Spucktücher.

Die Kleine spuckte viel. Therese schleppte ständig so ein Tuch mit, wenn sie Johanna herumtrug. Sie hatte auch kurz nach zehn eins bei sich gehabt und es Stella mitsamt dem Kind in den Schoß gelegt. Stella hatte es dann im Sessel ausgebreitet und das Köpfchen darauf gebettet. Und wenn Therese die Kleine geholt hatte, hätte sie garantiert das Spucktuch mit nach oben genommen. Im Sessel lag es ja auch nicht mehr.

Sie redete sich ein, nur nachschauen zu wollen, ob tatsächlich ein Spucktuch draußen lag, als sie auf Zehenspitzen zur Hoftür trippelte und den Schlüssel umdrehte. Die Tür zu öffnen, kostete sie noch Überwindung. Minutenlang verharrte sie abwartend und bereit, sich sofort wieder im Wohnzimmer zu verbarrikadieren, sollte sie eine Bewegung oder ein Paar grün fluoreszierender Augen ausmachen.

Nichts rührte sich. Natürlich nicht! Therese lag jetzt in ihrem Bett und schlief den Schlaf der vermeintlich Gerechten, bis ihr Radiowecker sie zur morgendlichen Pflegetour aus den Federn dudelte. Mit zusammengebissenen Zähnen trippelte Stella los. Ihre Zehen waren von Splittern verschont geblieben. Aber es riss und stach bei jedem Schritt wie mit tausend Nadeln in den Fußsohlen und Fersen. Beinahe wäre sie schon nach einem Meter wieder umgekehrt. Nur der Gedanke an die Flasche in dem alten Goggomobil trieb sie vorwärts. Das Zittern der Hände abstellen, den Schmerz in den Füßen betäuben. Und dann hinauf ans Bett ihrer Schwiegermutter; Therese um die letzte halbe Stunde Schlaf bringen. Mit fester Stimme fragen, was sie sich dabei gedacht habe, mitten in der Nacht als Schatten aufzutreten.

Die Vorwürfe wegen der offenen Hoftür und die Behauptung, es sei ein Einbrecher gewesen, erschienen ihr bereits nicht mehr sinnvoll. Dazu würde Therese wahrscheinlich nur sagen: «Was regst du dich auf? Es ist doch nichts geklaut worden. Der Kerl wird sich mehr vor dir erschreckt haben als du vor ihm. Sieh dich nur an, wie du aussiehst.»

Nicht gut. Das wusste sie selbst. Aufgeschwemmt, dreckig, mit strähnigem Haar und rissigen Händen. Von der selbstbewussten, attraktiven und lebenstüchtigen Filmproduzentin, in die Heiner sich vor drei Jahren verliebt hatte, war nichts mehr übrig. Manchmal wunderte es sie, dass er sie noch lieben konnte. Aber das tat er und sagte es oft. In guten wie in bösen Tagen, an den bösen hielte er sich die guten vor Augen.

Am besten wäre es, ihm die Beweise für Thereses Gemeinheit zu präsentieren. Damit die sich nicht an die Stirn tippte und sie als verrückt bezeichnete. Wahrscheinlich hatte Therese ihre Kostümierung irgendwo im Schuppen versteckt.

Bei der Schuppentür lag tatsächlich eine alte Windel. Und das Tor zum Garten war sperrangelweit offen, beide Flügel. Als sie die Weinflaschen geholt hatte, war das Tor zu gewesen, da war sie sicher. Therese musste es danach geöffnet haben. Um das Kostüm zu holen! Warum sonst? Aber wieso beide Flügel? Und warum hatte Therese das Tor nicht wieder geschlossen, als sie zurückgekommen war? Seltsam kam ihr das schon vor.

Sie hob das Spucktuch auf, legte es achtlos auf das alte Küchenbüfett und hielt Ausschau nach der Taschenlampe. Um elf hatte sie die Lampe zurück an ihren Platz gelegt, da war sie auch sicher. Doch nun lag die Lampe in einer Kabelrolle am anderen Ende des Büfetts. Auch das wertete sie als Beweis für ihren Verdacht gegen Therese, der noch gestützt wurde von den Brettern, mit denen der Mauerdurchbruch zum Anbau normalerweise zugestellt war. Jetzt gähnte dort eine graue Öffnung.

Sie warf einen Blick hindurch. Stockfinster war es im Anbau nicht mehr. In der Nacht wäre es dort allerdings rabenschwarz gewesen. Da hätte Therese sich leuchten müssen, um die Leiter, die am Nachmittag noch unter dem Fenster gelegen hatte, in das Loch in der Decke zu schieben und unbeschadet wieder in ihr Bett zu kommen. Und so wie die Taschenlampe in der Kabelrolle lag, etwas abgestützt, leuchtete sie nicht nur auf den Mauerdurchbruch und in den Anbau. Der Lichtkegel fiel auch auf die Leiter, strahlte sogar in die obere Etage, wie sie feststellte, als sie die Lampe einschaltete. Noch ein Beweis!

Sie ließ die Lampe in der Kabelrolle liegen, damit Heiner es mit eigenen Augen sehen könnte. Das Goggomobil fand sie auch so. Es stand mit der Beifahrerseite dicht an der Mauer im diffusen Dämmerlicht hinter dem breiten Torflügel. Über den hätte sie sich vielleicht noch ein paar Gedanken machen sollen. Doch so dicht vor dem Ziel zählte bloß die Mühe, die sie hatte, um die letzte Weinflasche zu erreichen.

Einen halben Meter vor dem breiten Torflügel hatte nämlich immer die alte NSU gestanden. Der Flügel hatte das Motorrad anscheinend vom Ständer gehauen und sich dermaßen in dem an dieser Stelle leicht ansteigenden Lehmboden verklemmt, dass sie eine Weile zerren musste, um wenigstens schon mal ihn frei zu bekommen und zuzudrücken. Auf Zehenspitzen war das nicht zu schaffen, sie musste notgedrungen fest auftreten. Der Schmerz trieb ihr Tränen in die Augen. Zu allem Überfluss war die NSU auch noch gegen den Goggo gekippt und versperrte die Fahrertür. Mühsam wuchtete sie die Maschine in die Senkrechte, konnte sie jedoch nicht wieder aufbocken. Der Ständer war abgebrochen. Ihr blieb nichts anderes übrig, als das Motorrad zur anderen Seite umkippen zu lassen, sodass es nun den breiten Torflügel blockierte.

Auch danach ließ sich die Fahrertür am Goggo nicht öffnen. Das rostige Blech war durch den Aufprall der NSU eingedellt und verzogen. Sie musste zurück zum Küchenbüfett trippeln, auf dem Werkzeug lag, holte sich einen Meißel und benutzte ihn wie eine Brechstange, um ihr Ziel zu erreichen.

Die Flasche lag hinter dem Fahrersitz. Sie angelte sie heraus, drehte den Verschluss ab und ließ ihn achtlos zu Boden fallen, setzte sich für ein paar Minuten seitlich ins Auto, um ihre Füße zu entlasten, und trank in langen Zügen, um den Schmerz zu betäuben und ihren Frust hinunterzuspülen. Inmitten all dem Plunder nach dem wichtigsten

Beweis für Thereses nächtliche Umtriebe zu suchen, schien ihr jetzt aussichtslos. Es stand auch zu bezweifeln, dass Heiner sich deswegen mit *Mama* anlegte. Vielleicht sagte er nur: «Sie hat es bestimmt nicht böse gemeint.»

Natürlich nicht! Therese meinte es immer gut mit allen Leuten. Im Dorf hielt man sie für eine Heilige. Aber auch Engel hatten Schattenseiten. Darauf trank sie noch einen langen Schluck, noch einen und noch einen. Als die Flasche knapp zur Hälfte leer war, das Stechen und Brennen in den Fußsohlen nachließ und sie wieder diesen angenehmen Dusel im Kopf spürte, der alles verwischte und erträglich machte, erhob sie sich, nahm den Meißel vom Boden auf, trippelte mit der Flasche in der anderen Hand zum Mauerdurchbruch, schaltete die Taschenlampe in der Kabelrolle noch einmal ein und ging weiter in den Anbau.

Der zweite Schrei

Um halb acht kam Heiner Helling aus dem Dienst nach Hause und zur Vordertür herein. Die Garage im Garten nutzte Therese, stellte ihren Fiat Punto darin unter. Heiner musste vor dem Haus parken. Im Flur bemerkte er Bluttupfen. Die Wohnzimmertür stand offen. Stella lag auf der Couch und schlief fest. Um sie herum und auf dem mit Blut und Schnaps verschmierten Teppichboden lagen Johannisbeeren verstreut.

Fassungslos ließ Heiner den Blick über das Chaos wandern. Im Wohnzimmer war es taghell. Die Sonne stand noch in einem Winkel, in dem sie auch den ansonsten dämmrigen Wohnbereich ausleuchtete. Die blutigen Glassplitter vor der Couch, Stellas mit Scherben gespickte, verdreckte und immer noch blutende Füße, ihre mit Blut, Schnaps und Obstflecken verschmierte Kleidung, die ebenfalls beschmierte Couch, drei leere Weinflaschen, eine noch gut zu Dreivierteln gefüllte Schnapsflasche mit Johannisbeeren sowie die Flecken ihrer Schritte auf dem Teppichboden, das alles musste Heiner erst einmal verarbeiten, ehe er sich um seine Frau kümmern konnte.

Er musste sie heftig an der Schulter rütteln und mehrfach ihre Wange tätscheln, ehe er sie auch nur zu einem benommenen Blinzeln veranlasste. Danach dauerte es noch einige Minuten, ehe sie überhaupt begriff, wonach er fragte. «Was, um alles in der Welt, ist hier passiert? Warum hast du so eine Schweinerei veranstaltet? Was hast du mit deinen Füßen angestellt?»

«Geschnitten», nuschelte sie und schloss die Augen wieder.

«Und wovon sind sie so dreckig?», wollte Heiner wissen. «Warst du ohne Schuhe draußen? Was hast du da gemacht?»

«Noch was zu trinken geholt», lallte sie.

Damit gab Heiner sich nicht zufrieden. Er tätschelte weiter ihre Wange, kniff sie in den Arm und bedrängte sie mit Fragen. Aber er erfuhr nur noch, dass Therese ihr in der Nacht einen bösen Streich gespielt und die Kleine weggebracht haben sollte.

«Dann sollte ich jetzt zusehen, dass ich hier saubermache, ehe Mama zurückkommt», meinte er kopfschüttelnd. «Hoffentlich geht das alles raus.»

Trotz seiner Verärgerung war er vordringlich um ihre Füße besorgt. «Das sieht böse aus», stellte er fest, ging in den Keller und holte die Fußwanne, in der Therese manchmal abends ihre geschwollenen Füße entspannte. Er brachte auch gleich den Putzeimer, einen Wischlappen und das Reinigungsspray mit, mit dem Therese die Rotweinflecken behandelte. Die Wanne füllte er in der Küche mit warmem Wasser und half Stella in eine sitzende Position. Nachdem er ihre Füße eingetaucht hatte, sammelte er die verstreuten Beeren ein und wischte durch den Flur.

In der Zeit klingelte das Telefon. Die Feststation war im Flur angeschlossen. Das Mobilteil nahm Therese jeden Abend mit nach oben und legte es auf ihren Nachttisch, um in nächtlichen Notsituationen sofort für ihre Patienten da zu sein. Morgens brachte sie es normalerweise wieder mit hinunter. Aber jetzt klingelte es im Obergeschoss. Heiner stieg die Treppe hinauf, um das Gespräch entgegenzunehmen. Auf seinem Weg wollte er auch Handtücher, Verbandszeug und die Pinzette aus dem Bad holen.

Der alte Herr Müller war am Apparat, seine Frau gehörte zu den beiden Patienten, die Therese am vergangenen Abend noch selbst versorgt hatte. Herr Müller brauchte keine Pflege, war zwar schon weit über siebzig und seit Jahren auf den Rollstuhl angewiesen, aber sehr selbständig, wenn er erst mal drin saß, und hinein kam er ohne Hilfe. Zurzeit brauchte Herr Müller allerdings Trost. Seine Frau war an Krebs erkrankt, galt als austherapiert und durfte in Krankenhäusern nicht mehr behandelt werden, weil keine Aussicht auf Heilung bestand. Mit anderen Worten, Frau Müller war zum Sterben nach Hause geschickt worden, Anfang des Jahres schon.

Frau Müller war morgens die erste und abends die letzte Station für Therese. Und in der Regel kam Therese pünktlich um halb sieben. Gestern Morgen hatte sie sich um eine Viertelstunde verspätet, weil sie zuerst noch das Baby hatte versorgen müssen. Aber jetzt ... Leicht verärgert erklärte Herr Müller, er habe zwischen sieben und halb acht schon ein paar Mal das Telefon klingeln lassen, inzwischen war es fast acht. «Wo bleibt deine Mutter denn?»

Und dann hörte Herr Müller Heiner schreien – so unartikuliert, hysterisch und durchdringend, wie Ursula in der Nacht aus dem Fernseher gebrüllt hatte.

Teil 2
Irrglaube

Der Verbindungsmann

Donnerstag, 22. April 2004 —
und die Tage vorher

Es gab Grenzen, die ein Polizist nicht überschreiten durfte, das wusste Arno Klinkhammer genau, als er sich an diesem Donnerstagmorgen um halb neun auf den Weg nach Niederembt machte, wo Therese Helling geboren und aufgewachsen war, wo sie sechsundfünfzig Jahre lang gelebt hatte, wo jeder sie und sie jeden kannte. Persönliche Betroffenheit war so eine Grenze, bei der man sich vollkommen rauszuhalten hatte. Man war nicht Polizist, nur Mensch, nicht rational, bestimmt nicht neutral, wenn man ein Mordopfer gekannt hatte. Und wenn die Mutter eines Kollegen mit eingeschlagenem Schädel in ihrem Badezimmer liegen sollte, machte das persönlich sehr betroffen, vor allem, wenn man sich vor zwei Tagen noch mit der Frau unterhalten hatte.

Am Dienstag hatte seine Frau ihm wieder einmal demonstrativ eine Zopfspange neben den Frühstücksteller gelegt. Das hieß, er musste zum Frisör. Klinkhammer hasste das, hatte schon als Kind immer das Gefühl gehabt, ihm würde etwas abgeschnitten, was er lieber behalten hätte. Seine Abneigung gegen die Schere mochte mit der Geschichte von Samson und Delilah zusammenhängen. Als Kind hatte er sich nach jedem Frisörbesuch erheblich geschwächt gefühlt. Inzwischen lachte er darüber. Er war siebenundvierzig Jahre alt. Da hatten kindliche Ängste nur noch Unterhaltungswert. Trotzdem sagte er beim Anblick der Zopfspange: «Damit wollte ich warten. Sonst muss ich noch mal gehen, bevor wir fliegen.»

Im August wollten sie für drei Wochen an die Niagarafälle. Sie machten jedes Jahr rund um ihren Hochzeitstag eine Reise. Nächstes Jahr, zur silbernen Hochzeit, waren sogar sechs Wochen Australien geplant, darauf freute er sich schon sehr.

«Arno», sagte Ines Klinkhammer, «ehe wir fliegen, vergehen noch vier Monate. Ich gehe alle zwei oder drei Wochen zum Nachschneiden.»

Bei einer Frau war das etwas anderes, fand er. Bei ihm wuchs es oben auf dem Kopf nicht mehr so dicht wie bei Ines. Man sah schon die Kopfhaut durchschimmern, wenn es frisch geschnitten war. Aber er sollte an dem Dienstag ohnehin nach Bedburg fahren, wo in der Nacht zum Montag Dora Sieger in ihrem Bungalow erschlagen worden war. Und er kannte dort einen Salon, in dem man sich nicht anmelden und trotzdem nicht lange warten musste. Etliche Überstunden hatte er auch mal wieder gut, da konnte er seiner Frau den Gefallen tun und ein Viertelstündchen erübrigen.

Arno Klinkhammer war Kriminalhauptkommissar, seit gut drei Jahren «Leiter Ermittlungsdienst» – so nannte sich das – der Dienststelle Nord in Bergheim, wo nur weniger gravierende Straftaten bearbeitet wurden. Mit Tötungsdelikten hatte er offiziell nichts zu tun. Inoffiziell wurde er jedoch häufig zugezogen, seit er im Frühjahr 2000 entscheidend dazu beigetragen hatte, dass ein Aufsehen erregender Fall geklärt und ein Serienmörder verurteilt werden konnte, der bundesweit getötet hatte und zufällig in Klinkhammers Revier wohnte.

Ein Sonderermittler und Fallanalytiker des Bundeskriminalamts hatte jahrelange Arbeit in die Suche nach diesem Mörder investiert und dann ausgerechnet Klinkhammer als Laufburschen und Chauffeur für sich eingespannt. Und wenn Klinkhammer mit einer Sorte Mensch gravierende Probleme hatte, waren das übergeordnete Ränge, die ihn kommandierten und sich einbildeten, alles besser zu wissen. Er war durchaus fähig zur Zusammenarbeit, sonst hätte er seinen Beruf ja völlig verfehlt. Er konnte sich sogar unterordnen – wenn ihm das sinnvoll erschien. Aber er hatte ein ausgeprägtes Durchsetzungsvermögen, nicht zu unterschätzende Führungsqualitäten, und wenn ihm etwas zu dumm wurde, ging er seine eigenen Wege. Auf einem solchen hatte er in dem großen Fall den Durchbruch erzielt. Zuerst war es ein Irrtum gewesen, er hatte aus dem Verhalten und den Lügen einer jungen Frau völlig falsche Schlüsse gezogen, damit jedoch richtig gelegen.

Dass es im Vorfeld zu diversen Meinungsverschiedenheiten und Reibereien mit dem BKA-Sonderermittler gekommen war, hatte danach keine Rolle mehr gespielt. Im Gegenteil, Klinkhammer hatte seitdem in Wiesbaden einen guten Bekannten, fast schon einen Freund, der ihm im Laufe der Zeit zu einigen Fortbildungsseminaren verholfen hatte, zu denen der Leiter Ermittlungsdienst einer unbedeutenden kleinen Dienststelle normalerweise keinen Zugang bekommen hätte.

Wegen seiner Kenntnisse, speziell über Serientäter, wozu die Einbrecherbande aus dem osteuropäischen Raum zweifelsfrei gehörte, hatten ihn die zuständigen Kollegen der Kreispolizeibehörde ziemlich bald in diese Ermittlungen einbezogen. Und sie waren der Überzeugung, Dora Sieger aus Bedburg ginge auf das Konto der «Russen». Das Küchenfenster am Bungalow war fachgerecht herausgenommen und ordentlich an die Seite gestellt worden. Die Russen verfügten über ein ganzes Arsenal von Spezialwerkzeugen.

Die Kölner Kripo, die den Fall montags übernommen hatte, sah es jedoch anders. Vor allem der Leiter der Mordkommission vertrat die Ansicht, die Russen – drei oder vier kräftige junge Männer, von denen mindestens zwei Schusswaffen bei sich trugen, hätten eine ältere Frau wie Dora Sieger dermaßen einschüchtern können, dass sie sich nicht mehr vom Fleck gerührt oder bereitwillig sämtlichen Schmuck und das Bargeld ausgehändigt hätte. Man habe es in diesem Fall mit einem Nachahmungstäter zu tun, der wahrscheinlich in einer Zeitung von einer Eisenstange gelesen hatte. Der Mann, dem Anfang April mit einer solchen die Kniescheibe zertrümmert worden war, hatte anschließend ein ausführliches Interview gegeben.

Eigentlich hätte am Dienstagvormittag ein Beamter der Soko «Russen» zum Tatort nach Bedburg fahren, dort die Kölner Kollegen treffen und ihnen klarmachen sollen, dass sie mit ihrer Nachahmungstätertheorie falsch lagen. Darum hatten sich die zuständigen Leute jedoch montags schon vergebens bemüht. Nun bauten sie auf Klinkhammers Überzeugungskraft – vergebens. Er machte sich mit wenigen Sätzen unbeliebt. Vielleicht hätte er vorher zum Frisör fahren sollen.

Auf dem Rückweg hielt er bei dem Salon. Und da saß sie: Therese Helling. Zuerst erkannte er sie nicht, weil sie mit dem Kopf in einem Waschbecken lag. Als die Frisöse seinen Kopf ins zweite Becken drückte, obwohl er dagegen protestierte – er hatte sich die Haare zu

Hause frisch gewaschen, das tat er jeden Morgen –, durfte Therese sich aufsetzen, schaute zur Seite und strahlte ihn an über ihr ganzes rundliches Gesicht.

«Nun lassen Sie das Mädchen doch, Herr Klinkhammer. Ich könnt stundenlang stillhalten, wenn mir einer am Kopf rumfummelt. Wie geht's denn?»

Gut. Privat ging es ihm immer ganz ausgezeichnet. Nach fast vierundzwanzig Ehejahren hatten Ines und er den ersten Streit noch vor sich. Bisher hatten sie nicht mal eine nennenswerte Auseinandersetzung gehabt. Sie waren vielleicht nicht mehr so verliebt wie zu Anfang. Aber wenn Ines beruflich unterwegs war – sie arbeitete als Cheflektorin für einen Kölner Verlag und musste häufig verreisen, an dem Dienstag wieder mal nach London fliegen – und wenn sie ihn abends nicht noch einmal anrief, konnte er nicht schlafen.

Was berufliche Belange anging, war Therese als Mutter des Polizisten, der Dora Sieger in ihrem Blut hatte liegen sehen, fast besser informiert als er. Sie verlor ein paar Worte über die Frau, die nur ein Jahr älter gewesen war als sie. Schrecklich so was. Da legte man sich abends arglos ins Bett und erlebte den Morgen nicht mehr. Therese hätte von ihm wohl gerne erfahren, wie die Dinge standen. Aber was sollte er sagen? Dass er bei den Kölner Kollegen kaum zu Wort gekommen war?

Wie es Therese ging, mochte er nicht fragen. Beruflich hatte sie eine Menge am Hals, das wusste er. Und was ihr Privatleben anging: In der Dienststelle kursierte das Gerücht, ihr Sohn habe die falsche Frau geheiratet.

Heiner Helling war lange ledig geblieben wie sein Freund Ludwig Kehler, der das immer noch war und wohl auch bleiben würde, weil er äußerlich nicht viel hermachte. Und innerlich: Kehler war fast schon ein Klischee vom Freund und Helfer in Uniform, durch und durch gutmütig, aber bei jedem Intelligenztest stellte er das Schlusslicht dar.

Helling dagegen war ein kluger Kopf und ein attraktiver Mann. Fast zwei Meter groß, schlank, dunkelhaarig, ein Gesicht ohne Ecken und Kanten. Manche hätten ihn vermutlich als Schönling bezeichnet. Beruflich war er ohne Fehl und Tadel, Klinkhammer hätte jedenfalls nichts Nachteiliges über ihn sagen können. Rein als Mensch hielt er Helling für oberflächlich, ein bisschen zu glatt und einen Snob, wie er im Buche stand.

Zwar trug Helling privat meist Jeans und Polohemden wie er auch. Im Gegensatz zu ihm, der keinen gesteigerten Wert darauf legte, das Vermögen seiner Frau, beziehungsweise das seiner verstorbenen Schwiegereltern, spazieren zu tragen, lief Helling jedoch stets in Edelmarken herum. Die Uhr an seinem Handgelenk musste ein Vermögen gekostet haben. Aber das hatte Helling sich auch stets leisten können, weil er bei *Mama* nichts abgeben musste.

Es hatte bis vor drei Jahren im Kollegenkreis niemand damit gerechnet, dass Helling sich irgendwann binden würde. Wozu auch? Bequemer als bei Mama konnte er es nicht haben. Doch dann hatte er in Köln die Frau seines Lebens gefunden, im Februar 2002 geheiratet und nichts Eiligeres zu tun gehabt, als seine Frischangetraute zum Umzug aufs Land zu überreden, weil bei Mama genug Platz war.

Wie Hellings Frau mit Vornamen hieß und womit sie früher ihr Geld verdient hatte, war Klinkhammer bislang nicht zu Ohren gekommen. Aber dass sie an der Flasche hängen sollte, hatte sich herumgesprochen. Gelegentlich rief sie in der Dienststelle an, weil ihr Mann angeblich auf seinem Handy nicht zu erreichen war. In Wahrheit war es wohl eher so, dass sie die Nummer nicht mehr richtig eintippen konnte. Man verstand sie kaum, weil sie so lallte. In letzter Zeit behauptete sie meist, das Baby sei krank. Das mochte auch noch zutreffen. Und darüber wurde zusätzlich spekuliert, weil Helling nie ein Foto seiner Tochter zeigte.

Er hatte sich unbändig auf sein erstes Kind gefreut, zu Beginn der Schwangerschaft stolz verkündet, er habe den Grundstein für die eigene Fußballmannschaft gelegt. Und seit der Geburt herrschte Funkstille. Dass das allein Ausdruck seiner Enttäuschung über eine Tochter sein sollte, war schwer vorstellbar. Es gab ja mittlerweile auch gute Damenfußballclubs.

Da war eher anzunehmen, seine Frau hätte auch während der neun Monate zu oft in diverse Gläser geschaut. Gut bekommen war das dem Kind bestimmt nicht. Und wenn an den Vermutungen, das Baby sei nicht ganz gesund auf die Welt gekommen, etwas dran sein sollte, stand völlig außer Frage, dass Hellings Frau seitdem bei *Mama* keinen leichteren Stand gehabt hatte.

Therese war eine resolute Person, herzensgut, aber auch sehr gerade heraus. Was ihr nicht passte, sagte sie einem unverblümt ins Gesicht. Klinkhammer hatte einmal erlebt, wie sie einen Kollegen zusammenstauchte, der meinte, seine Ex verlange zu viel Unterhalt für die beiden Kinder.

Trotzdem mochte jeder sie. In der Dienststelle Bergheim war sie eine Art Mutter der Kompanie. Wenn ihr Heiner Geburtstag hatte, brachte sie ganze Kuchenbleche voll Kirsch- oder Apfelstreusel frisch vom Bäcker vorbei. Sie kannte die Geburtstage seiner Kollegen und vergaß nie einen. Wer Probleme hatte, fand bei Therese immer ein offenes Ohr und ein paar Ratschläge, mit denen sich die Schwierigkeiten meistern ließen.

Sämtliche Polizisten der Dienststelle Bergheim traf die Nachricht von ihrem gewaltsamen Tod wie ein Hammerschlag. Nichts ging seinen vorgeschriebenen Gang. Helling hatte nicht selbst die Leitstelle informiert. 110, drei Ziffern, die der dümmste Bürger im Notfall wählte, ihm waren sie offenbar nicht in den Sinn gekommen. Aber das bewies nur, dass auch ein Snob den Kopf verlor, wenn es an die Substanz ging.

Um Viertel nach acht hatte Helling seinen Freund Kehler angerufen, mit dem er in der Nacht auf Streife gewesen war. Kehler hatte nicht auf Anhieb glauben können, dass Therese tot sein sollte, und auch nicht an die Leitstelle gedacht, von wo aus alles Notwendige veranlasst worden wäre. Die Wache in Bergheim hatte er angerufen und gebeten, es möge doch mal jemand nachschauen, was bei Heiner los sei, ob Therese tatsächlich mit eingeschlagenem Schädel im Badezimmer läge – wie nur drei Tage zuvor die Frau aus Bedburg.

Es waren sofort zwei Wagen aufgebrochen. Und Klinkhammer, der es zwei oder drei Minuten später hörte, fuhr ihnen nur hinterher, um zu verhindern, dass die Leute in den Wagen vor lauter persönlicher Betroffenheit vergaßen, was Tatortsicherung hieß: nicht unnötig herumtrampeln, auch nicht herumstehen und Zigaretten rauchen. Sonst sammelte die Spurensicherung die Kippen ein und hielt sie für Beweise. War alles schon vorgekommen.

Als er in Niederembt eintraf, saßen zwei Männer im Wagen vor dem Haus, ihnen war übel. Einer weinte und erzählte von seiner letzten Begegnung mit Therese, bei der sie angeboten hatte, seinen Großvater für vierzehn Tage zu betreuen, damit seine Eltern mal ausspannen könnten. In den umliegenden Häusern hing die Nachbarschaft in den Fenstern. In respektvoller Entfernung stand auch ein Grüppchen am Straßenrand beisammen.

Die Haustür war offen, unmittelbar daneben ging es rechts die Treppe hinauf, links ins Klo, wie ein kleines, vergittertes Fenster schon draußen zeigte. Dahinter in die Küche und geradeaus ins Wohn-/Esszimmer, aus dem es penetrant nach Schnaps stank.

Klinkhammer betrat das Zimmer nicht sofort, nahm zuerst den Anblick in sich auf. Die Besatzung des zweiten Streifenwagens war nicht zu sehen. Kehler bemühte sich mit käsiger Miene allein um seinen Freund, der mit vors Gesicht gelegten Händen und zuckenden Schultern im Sessel bei der Hoftür saß.

Dass Hellings Frau in der vergangenen Nacht ihr Baby in ebendiesem Sessel abgelegt hatte, erfuhr Arno Klinkhammer erst Tage später, als endlich bekannt wurde, dass um siebzehn Minuten nach zwei *der Schatten mit den Mörderaugen* aus dem Fernseher geflossen sein und von «bezahlen» gesprochen haben sollte.

Romys Schatten

August 1999

Geklaut hatte Movie-Productions den Stoff um die verzweifelte Romy, ihren ermordeten Geliebten und dessen rechtmäßige Witwe Ursula keineswegs. Stellas Kollege war entsetzt gewesen, als ihm die diesbezügliche Anweisung von «König Ulf» zu Ohren kam. «Lass uns noch mal allein mit Frau Lutz reden, Stella», schlug Fabian Becker vor. «Vielleicht bekommen wir den Stoff doch auf legale Weise.» Dass sie mit weiteren Anrufen etwas ausrichteten, glaubte er allerdings nicht. Da bekam man nur eins der Kinder an den Apparat, und Mutter ließ sich verleugnen.

An einem Freitagabend fuhren sie zusammen hin. Die angeblich viel beschäftigte Autorin lebte in einem heruntergekommenen Altbau, zweiter Stock links, wie man der Anordnung der Klingeln entnehmen konnte. Doch klingeln mussten sie nicht. Die Haustür stand offen. Im Treppenhaus stank es penetrant nach Urin. Die Wände waren mit Dreck und Kritzeleien beschmiert. Wer hier wohnte, konnte finanziell nicht auf Rosen gebettet sein.

Die linke Wohnungstür im zweiten Stock ging auf, als Fabian gerade auf den Klingelknopf daneben drücken wollte. Ein bildhübscher, dunkelhaariger und für sein Alter recht großer Junge stand vor ihnen. Stella schätzte ihn auf dreizehn, höchstens vierzehn, seine Gesichtszüge waren noch sehr kindlich, die Ähnlichkeit mit seiner Mutter unübersehbar. Seiner Stimme hörte man an, dass er sich mitten im Stimmbruch befand: «Wollen Sie zu uns?»

«Zu Gabriele Lutz», sagte Stella, bevor Fabian den Mund aufmachen konnte. Er wollte die Autorin lieber Schneider nennen, um nicht in ein Fettnäpfchen zu treten. Ihr war das zu albern.

«Meine Mutter telefoniert noch», erklärte der Junge. «So früh hat sie nicht mit Ihnen gerechnet. Aber gehen Sie nur rein.» Damit gab er die Tür frei und stieg die Treppe hinunter, ohne sich weiter um sie zu kümmern.

Sie traten ein und schlossen die Tür. «Gerechnet», wisperte Fabian. «Woher wusste sie denn, dass wir heute kommen?»

Allmählich ging er Stella auf die Nerven mit seinen Spekulationen über Menschen mit paranormalen Kräften, zu denen Gabriele Lutz seiner Meinung nach gehörte. «Hat sie wahrscheinlich heute Morgen im Kaffeesatz gelesen», sagte sie. «Oder ihr Schatten hat uns angekündigt.»

Sie bemühte sich gar nicht erst darum, gedämpft zu sprechen. Irgendwo in der Wohnung sang Elvis Presley, auch nicht eben leise: «And yes, I know, how lonely life can be, the shadows follow me, and the night won't set me free.»

Fünf Zimmertüren mündeten auf den Flur, eine war offen, dahinter lag eine Küche. Ein junges Mädchen stand mit dem Rücken zum Flur vor dem Herd, rührte in einer Pfanne und tanzte dabei auf der Stelle zu Musik aus einem Walkman, der an ihrem Hosenbund befestigt war. Ihren Bewegungen nach zu urteilen, hörte sie keinen Schmusesong.

Elvis sang hinter einer geschlossenen Tür, hinter der sich auch Gabriele Lutz aufhalten musste. Ihre Stimme war gut zu hören, weil sie wegen dem Gesang gezwungen war, ziemlich laut zu sprechen. Unhöflich einem Gesprächspartner gegenüber, fand Stella. Aber dem Anschein nach hatte sie jemanden in der Leitung, dem sie auf diese Weise klar machen wollte, dass er störte.

Es wäre wohl höflich gewesen, an die Tür zu klopfen. Fabian wollte das auch tun, Stella hielt ihm den Arm fest und lauschte aufmerksam. «Ich weiß, dass du mich für verrückt hältst», drang es von Elvis unterlegt durch die Tür. «Das hast du mir wirklich schon oft genug erklärt. In dem Fall habe ich von dir gar keine andere Reaktion erwartet. Gib dir keine Mühe, ich bin fest entschlossen und kann meine Verrücktheit finanzieren. Ich habe ein lukratives Angebot bekommen, muss nur noch ja sagen. Das mache ich morgen. Für das Haus würde ich meine Seele verkaufen, muss ich aber nicht. Martin ist einverstanden.»

Danach war es hinter der Tür für ein oder zwei Sekunden völlig still. Fabian machte erneut Anstalten, zu klopfen, als Elvis mit einem weiteren Song begann. «As the snow flies. On a cold and gray Chicago morning a poor little baby child is born – in the ghetto. And his mama cries.»

Eine Stimme wie Samt. Doch der Song passte in die Wohnung, fand Stella und hielt erneut Fabians Arm fest, um vielleicht noch zu erfahren, von welchem lukrativen Angebot die Rede war und zu wem Gabriele Lutz morgen ja sagen wollte.

«Man hat mir eine Menge Geld für den Schatten geboten», wurde deren Stimme wieder laut. «Und das halte ich nicht für einen Zufall, ausgerechnet in dem Moment, wo die Kuh das Feld endlich räumt. – Ach, hör auf, ich nenne sie Kuh, solange ich will. Sie ist eine, aber sie verkauft wirklich. Als mein Bruder es erzählte, wollte ich es auch nicht sofort glauben. – Nein, ich habe einen Makler vorgeschickt. Wenn ich bei Uschi auftauche, kriegt sie einen Kollaps und ich das Haus nie im Leben. Neuerdings hat sie einen Fußabtreter mit Pentagramm vor der Tür, da käme ich ja gar nicht über die Schwelle.»

Fabian horchte nun ebenfalls gespannt und kaute dabei auf seiner Unterlippe. Als Gabriele Lutz wieder für ein paar Sekunden schwieg, wisperte er Stella zu: «Hast du das gehört? Uschi! Das ist die Kurzform von Ursula.»

«Darauf wäre ich nie gekommen», erwiderte Stella.

Hinter der Tür sprach Gabriele Lutz nach einem amüsierten Lachen weiter: «In der Nachbarschaft hat sie verbreitet, dass sie seit Monaten nicht mehr schlafen kann. Sie hat ihr Bett schon dreiundzwanzigmal umgestellt und vermutet, dass unterirdische Wasseradern oder Erdstrahlen sie um ihre Ruhe bringen.»

Darauf folgten noch ein Lachen und die Worte: «Und du sagst, ich wäre verrückt. Wie nennst du das denn? Erdstrahlen. – Ach, Blödsinn. Mein Bruder und nachhelfen. Er sieht es doch genauso wie du und meint …»

Was der Bruder der Autorin meinte, hörten Stella und Fabian nicht mehr. In dem Moment nämlich schob das Mädchen in der Küche die Pfanne auf dem Herd zur Seite, brüllte: «Essen ist fertig, Mutti!», und drehte sich einem Schrank neben der Tür zu. Sie wollte offenbar Teller herausnehmen, sah zwei Fremde im Flur stehen, pulte eilig winzige Ohrhörer aus ihrer blonden Wuschelmähne und erkundigte sich: «Warten Sie schon lange?»

«Nein», antwortete Stella. «Dein Bruder hat uns hereingelassen. Aber deine Mutter telefoniert noch, wir wollen sie nicht stören.»

«Kommen Sie vom Maklerbüro?», fragte das Mädchen.

«Nein», sagte Stella noch einmal, «Movie-Productions.»

«Ach Gottchen, die Filmleute», stellte das Mädchen irgendwie schuldbewusst fest und rief: «Mutti, Besuch für dich!»

Daraufhin sagte die Stimme hinter der Tür nur noch: «Du, ich muss Schluss machen, Arno. Der Makler ist da, eine halbe Stunde zu früh. Ich hasse Leute, die sich nicht an Vereinbarungen halten. Jetzt komme ich nicht mal mehr zum Essen. Wir reden später noch mal. Tu mir den Gefallen und mach dir keine Sorgen.»

Beim letzten Wort ging die Tür auf. Das Mobiltelefon hielt Gabriele Lutz noch in der Hand. Sie sah nicht anders aus als beim Essen in dem Nobelrestaurant, Pferdeschwanz und Pony, verwaschene Jeans und ein dünnes Blüschen, dessen Enden sie diesmal über dem Nabel verknotet hatte.

«Oh», sagte sie überrascht und warf ihrer Tochter einen tadelnden Blick zu. «Hat mein Mäuschen sich wieder verplappert oder aushorchen lassen?» Offenbar ging sie davon aus, ihre Tochter habe am Telefon die Adresse verraten.

Das Mädchen errötete und zuckte mit den Achseln.

«Na, macht nichts», meinte Gabriele Lutz gönnerhaft, lächelte Stella und Fabian an. «Ich werde nicht gerne zu Hause belästigt, aber es erspart mir einen Anruf.»

Damit zeigte sie einladend in das Wohnzimmer, in dem sie anscheinend auch arbeitete und schlief. Auf der Couch lag Bettzeug. Auf dem Tisch davor stand benutztes Kaffeegeschirr neben einem Laptop. Die Musik kam aus einer alten Stereoanlage, ein Kombigerät mit Plattenspieler und zwei Tape-Decks, das in einer Schrankwand untergebracht war, die mindestens ein Vierteljahrhundert auf dem Furnier haben musste.

In einem offenen Fach lagen die gesammelten Werke von R. S. – ein mickriges Häufchen von sechs Taschenbüchern, jedes zu dünn, um aufrecht zu stehen. Daneben reihten sich gerahmte Fotos. Ein paar von den Kindern aus früheren Jahren und zwei von Elvis Presley in einem weißen Glitzeranzug, einmal mit Gitarre vor unscharfem Hintergrund und einmal ab der Hüfte gegen einen cremefarbenen Kotflügel gelehnt.

Während Gabriele Lutz einladend auf zwei Sessel zeigte, sang er weiter von dem armen Kind in Chicago, das zum jungen Mann heran-wuchs, der sich eine Pistole kaufte, ein Auto stahl und erschossen wurde an einem kalten, grauen Morgen, während ein anderes armes Baby geboren wurde und seine Mutter weinte.

Stella und Fabian nahmen in den Sesseln Platz. Gabriele Lutz setzte sich zwischen das Bettzeug auf die Couch. Die Stereoanlage schaltete sie nicht aus, drosselte nicht einmal die Lautstärke. Jetzt war es mehr als unhöflich, fand Stella. Bei einem lästigen Anruf konnte lauter Ge-sang im Hintergrund ja ganz nützlich sein, aber er störte sehr, wenn man geschäftliche Dinge besprach. Und das tat Gabriele Lutz, sie kam ohne Umschweife zur Sache.

«Keine Russenmafia, keine chinesischen Triaden und keine Terro-risten. Wenn wir uns darauf einigen können, bin ich bereit, einen Kompromiss zu machen und einem guten Freund schlaflose Nächte zu bereiten. Ich hoffe, er wird mir verzeihen.»

«Natürlich», stotterte Fabian verblüfft von dieser unerwarteten Bereitwilligkeit. Er hatte sich auf zähe Verhandlungen eingestellt und nahm das Entgegenkommen erfreut zur Kenntnis. Wen Romy besei-tigte, interessierte ihn auch nur am Rande. Das Wie war entscheidend. Und da boten seine schlauen Bücher über parapsychologische Phäno-mene ausreichend Abwechslung.

Stella ließ ihn reden. Während der Fahrt hatte er gebeten, das möge sie ihm überlassen. Ihm brannten doch so viele Fragen auf der Zunge. Gabriele Lutz lächelte spöttisch, als er zu dem kam, was ihm besonders am Herzen lag. Obwohl bereits geklärt war, dass sie einen Makler und keine «Filmleute» erwartet hatte, somit auch nicht über hellseherische

Fähigkeiten verfügte, ließ Fabian nicht locker, wollte wissen, welche persönlichen Erfahrungen auf dem Gebiet der Parapsychologie sie gemacht habe.

Das belauschte Telefonat musste ihn restlos überzeugt haben. Uschi! Ein Pentagramm! Eine mysteriöse Strahlung! Und ein Bruder, der es genauso sah wie der offenbar nervige Arno.

Fabian wählte seine Worte sorgfältig, um Gabriele Lutz zu signalisieren, dass sie ihm gegenüber getrost offen sprechen durfte. Man stand mit Fähigkeiten, die vom Normalen abwichen, sehr allein auf der Welt, nicht wahr? Man wagte es normalerweise nicht, mit anderen darüber zu reden, weil man seine Mitmenschen nicht in Angst und Schrecken versetzen, sich selbst auch nicht ständig mit Ungläubigkeit und Spott konfrontiert sehen wollte. Aber es war doch eigenes Erleben in *Romys Schatten* eingeflossen, oder? Warum sonst bevorzugte sie das Pseudonym Romy Schneider?

Stella nahm an, dass dahinter schlicht und ergreifend finanzielle Erwägungen gesteckt hatten. Wenn der Verlag ihr das hätte durchgehen lassen, wären ihre Taschenbücher bestimmt Bestseller geworden. Es hätten doch viele geglaubt, die bekannte Schauspielerin habe sie geschrieben.

«Was wollen Sie jetzt von mir hören?», erkundigte sich Gabriele Lutz mit unverändert spöttischem Lächeln. «Dass ich mit einem Mann liiert war, der Schneider hieß und mich Romy nannte?» Ehe Fabian ihr darauf antworten konnte, fragte sie: «Sehe ich aus wie eine Katze? Die haben sieben Leben, ich habe nur eins. Aber ich habe zwei Vornamen, der zweite ist Rosmarie und Schneider mein Mädchenname. Ich dachte, wenn ich unter diesem Namen schreibe, halten die Leute es bestimmt für eine Autobiographie und hüten sich, mich beim Vertrag übers Ohr zu hauen. Wer holt sich schon gerne blutige Nasen wie all die armen Junkies im Roman?»

«Niemand», bestätigte Fabian und erkundigte sich, wie man sie denn nun ansprechen solle.

«Was gibt es an Schneider auszusetzen?», antwortete Gabriele Lutz erneut mit einer Gegenfrage. «Das ist ein weit verbreiteter Name. Wenn er Ihnen nicht passt, nennen Sie mich einfach Gabi.

Wenn mich jemand mit Frau Lutz anspricht, sehe ich mich wieder einen vor Hunger wimmernden Säugling durch ein Rattenloch von Wohnung tragen, während mein Mann in der Kneipe das Geld für die Milch versäuft. Haben Sie eine Ahnung, welche mentalen Kräfte dabei freigesetzt werden? Da bleibt es nicht bei blutigen Nasen. Da kommt zuerst der Säufer nach Hause, als hätte ihn jemand heimwärts geschoben. Und wenn er nicht brav auf den Tisch legt, was übrig geblieben ist, regnet es Glühbirnenscherben von der Decke, oder es fliegen Messer wie von Zauberhand geworfen durch die Bude.»

«Das kann ich mir vorstellen», sagte Fabian, als nähme er jedes Wort für bare Münze. Dabei hatte Stella ihm den Alkoholikerfilm – *Ein Traum von Rosen* – mit dem kleinen telekinetischen Touch geliehen, in dem genau das passierte, was Gabriele Lutz gerade erzählte. Fabian zuckte unvermittelt zusammen, als habe ihn ein Scherbenregen oder ein Messer getroffen, fasste sich an die Stirn und bat: «Würden Sie bitte die Musik leiser stellen? Ich habe Kopfschmerzen.»

Gabriele Lutz erhob sich sofort und ging zur Schrankwand mit den Worten: «Entschuldigen Sie, bei mir läuft immer Musik, ich brauche das, sonst kann ich mich nicht konzentrieren.» Während sie sprach, schaltete sie die Stereoanlage aus und kam zurück auf Fabians Anliegen: «Fliegende Messer können wir leider nicht mehr einsetzen, die hatte ich schon mal. Und Gedankenübertragung ist fürs Fernsehen nicht geeignet, schätze ich.»

Sie warf Stella einen Blick zu, als wolle sie sich vergewissern, dass sie es nicht mit zwei Verrückten zu tun hatte. Dann schaute sie wieder auf Fabian und behauptete: «Auf dem Gebiet war ich auch nie so begabt. Ich habe es nur zweimal geschafft, meinen Mann aus der Kneipe zu holen. Danach habe ich mich bei einem Streit verplappert, da kam er nicht einmal mehr, wenn ihm der Sinn nach seinem Bett stand.»

«Ja», sagte Fabian.

Und Stella hatte das Gefühl, dass Gabriele Lutz inzwischen die größte Mühe hatte, nicht lauthals loszuprusten vor Lachen. Ihre Stimme gluckste verdächtig, als sie weitersprach: «Solche Fähigkeiten liegen bei uns in der Familie. Wenn Sie so brennend an dem Thema interessiert sind, sollte ich Ihnen bei Gelegenheit meinen Bruder vorstellen. Ein Blick von ihm, und Sie wissen nicht mehr, wie Sie heißen.»

«Ja», sagte Fabian noch einmal und bekam danach den Mund nicht mehr auf.

Stella ergriff zwangsläufig das Wort, damit sie weiterkamen. Sie erklärte erst einmal, wie begeistert ihr Vater schon vor Jahren von *Romys Schatten* gewesen sei und wie sehr sie sich freue, ausgerechnet diesen Roman filmisch umsetzen zu dürfen. Gabriele Lutz lächelte nun geschmeichelt.

Als Stella jedoch erklären wollte, wie sie sich die Umsetzung vorstellte, blockte die Autorin sofort ab. «Das überlassen Sie getrost mir. Wir halten uns an den Roman. Romy wird ein Dutzend Junkies bluten lassen, Ursula umbringen und in der letzten Szene mit ihrem Selbstmordversuch scheitern. Damit haben wir die Tür für die erste Serienfolge geöffnet. Es gibt genug ungeklärte Morde, bei denen Romy dann später für Gerechtigkeit sorgen kann.»

Stella nickte zustimmend, obwohl ihr der rächende Geist lieber gewesen wäre. Aber vielleicht konnte ihr Vater sich auch für eine junge Frau mit übersinnlichen Fähigkeiten begeistern. «Sehe ich auch so. Es wäre schön, wenn Sie in den nächsten Tagen ein kurzes Exposé schreiben könnten. Wenn Sie dafür keine Zeit haben, können wir auch einen anderen Autor damit beauftragen. Wir möchten dem Sender so bald wie möglich etwas anbieten.»

«Andere Autoren vergessen Sie sofort», empfahl Gabriele Lutz in nun gar nicht mehr freundlichem oder spöttischem Ton. «An meinem Baby pfuscht kein anderer herum. Und jetzt entschuldigen Sie mich.» Beim letzten Wort erhob sie sich und ging in den Flur, um ihnen die Wohnungstür zu öffnen.

Es war ein glatter Rauswurf, doch der erklärte sich mit dem Makler, den sie noch erwartete. Kaum hatte sie die Tür wieder geschlossen, begann Elvis drinnen mit: «Yes, I'm a great pretender.» Und Gabriele Lutz sang lauthals mit.

Es war sehr gut gelaufen, fand Stella, als sie sich anschickte, das verdreckte Treppenhaus wieder hinunterzusteigen. Fabian blieb noch vor der geschlossenen Wohnungstür stehen und wirkte gar nicht zufrieden. Sie nahm an, er sei beleidigt, weil sie das Wort an sich gerissen hatte. «Bist du sauer?», fragte sie.

«Nein.» Er horchte mit konzentriert gerunzelter Stirn. «Das ist von den Platters. Queen hat es auch mal rausgebracht. Aber nicht Elvis, da bin ich sicher.»

«Ist doch egal», meinte Stella.

«Nein», sagte Fabian erneut und wurde unvermittelt heftig. Er stampfte sogar mit einem Fuß auf. «Hör doch hin! Da singt Elvis! Einen Song, den er nie gesungen hat. Es kann also gar nicht sein. Und es hat angefangen, da war die Tür gerade zu. Wie ist sie denn so schnell an die Stereoanlage gekommen? Eine Fernbedienung hatte das alte Ding nicht.»

«Wahrscheinlich hat ihre Tochter die Musik wieder angemacht», vermutete Stella.

«Nein», sagte Fabian noch einmal. «Es lief ein anderer Song, als sie die Anlage ausgeschaltet hat. Das war Telekinese. Sie hat ja zugegeben, dass sie es kann. Aber auch, wenn sie den Rest bestreitet; sie ist Romy. Ich weiß es.»

Grundgütiger, dachte Stella und sagte: «Jetzt reg dich doch nicht so auf. Was ist denn plötzlich los mir dir?»

«Weiß ich nicht», murmelte er und rieb sich mit einer Hand über die Stirn. «Ich habe so starke Kopfschmerzen bekommen. Da lachte immerzu jemand. Hast du das nicht gehört?»

«Ich hab's nur gesehen», sagte Stella. «Romy hat sich köstlich über dich amüsiert. Aber wenn du dich zum Affen machst, ist das nicht mein Problem. Sie kann schreiben, und wir bekommen den Stoff. Etwas anderes wollten wir doch nicht.»

«Nein», sagte Fabian zum vierten Mal. «Den Stoff bekommen wir nicht. Sie will nicht, dass es verfilmt wird, sie hat ja nicht mal nach einem Vertrag gefragt.»

Das tat Gabriele Lutz auch am nächsten Tag nicht, als sie kein Exposé, sondern ein fertiges Drehbuch persönlich zu Movie-Productions brachte. Sie musste es schon vorher geschrieben haben. In einer Nacht wäre das nicht zu schaffen gewesen.

Um halb elf stand sie vor Stellas Schreibtisch. Fabian war noch nicht in der Firma, was Gabriele Lutz sichtlich erfreut zur Kenntnis nahm. Sie kam unmittelbar nach der Begrüßung auf seine gestern geäußerten Ansichten. «Ihr Kollege glaubt den Quatsch, was? Können Sie mir den Spinner vom Leib halten?»

«Nein», sagte Stella. «Er hat das Know-how.»

«Ja, dann muss ich mir was einfallen lassen, wie wir ihn loswerden», meinte Gabriele Lutz spöttisch. «Sein Know-how brauche ich nicht, vermutlich habe ich mehr als er. Wie man gute Filme macht, weiß ich auch. Sie nicht?»

Auf die Frage antwortete Stella ihr lieber nicht, um nicht unvermittelt als Dailysoaptante dazustehen. Sie schnitt das Thema Vertrag an und bekam zur Antwort: «Darüber können wir reden, wenn Sie mit dem Drehbuch einverstanden sind.»

«Auf der Basis können wir nicht arbeiten», sagte Stella. «Wenn wir nicht über die Filmrechte verfügen, bekommen wir keinen Produktionsauftrag.»

«Jetzt schauen Sie doch erst mal rein», empfahl Gabriele Lutz. «Wenn es Ihnen so gefällt, sehen wir weiter. Die Honorare hat Ihr Boss mir ja schon genannt.»

Nachdem die Autorin sich wieder verabschiedet hatte, begann Stella sofort zu lesen. In Bild 1 nahm Romy in der gemeinsamen Wohnung liebevoll Abschied von ihrem Geliebten. Unterschnitten werden sollte das von zwei Jungs, die am Hauptbahnhof herumlungerten und offensichtlich Böses im Schilde führten. Einer hatte ein Messer und prüfte wiederholt die Schärfe der Klinge. Der andere hatte ein Foto. In Bild 2 strebte der Geliebte eilig dem Hauptbahnhof entgegen. Der Junge mit dem Foto entdeckte ihn in der Menge und stieß seinen Kumpan in die Seite. In Bild 3 hörte Romy von einem Polizisten, dass ihr Geliebter ermordet worden war. Und dann ging es los.

Wie Gabriele Lutz angekündigt hatte, war dieses Drehbuch so dicht am Roman wie möglich. Romys armselige Kindheit fehlte. Die achtjährige Liebesbeziehung wurde auch nicht gezeigt, aber durch Romys Verhalten deutlich gemacht. Alles in allem war es sehr anrührend und ungeheuer spannend. Im Geist sah Stella ihren Vater schon wie gebannt vor dem Fernseher sitzen.

Als Fabian endlich erschien, hatte sie zu Ende gelesen und war überzeugt: genau das sei es. Fabian war anderer Meinung. Er hatte schlecht geschlafen und horrenden Blödsinn geträumt; von Romy Schneider und Elvis Presley, dem irgendwer die Kehle durchgeschnitten hatte. Und Romy erweckte ihn von den Toten. Fabians Kopfschmerzen waren schlimmer als am vergangenen Abend, er war sehr übel gelaunt.

«So geht das nicht», begann er, nachdem er die ersten drei, vier Szenen überflogen hatte. «Wie sollen die Zuschauer begreifen, dass ihr Geliebter für Romy die Welt bedeutet hat?»

«Das merken sie schon bei seiner Beerdigung», sagte Stella. Dabei brach Romy nämlich am Sarg zusammen und flehte, ihr Leben möge sie nicht allein zurücklassen. Anschließend waren Klopfzeichen zu hören. Der Sarg wurde in aller Eile geöffnet, aber der Geliebte war tot, daran gab es nichts zu rütteln. Nachdem der Sarg wieder geschlossen worden war, entstand über dem Deckel ein nebulöses Gebilde, das die weinende Romy kurz umwaberte, um dann mit ihr zu verschmelzen. Da konnte jeder Zuschauer frei entscheiden, ob Romy mit ihren Gedanken tötete oder vom Geist ihres Geliebten besessen war, der durch sie blindwütige Rache übte und dabei erst mal ein Dutzend Unschuldiger erwischte.

«Nein», widersprach Fabian. «Ich will das vorher sehen. Sie war fast noch ein Kind, als er sie bei sich aufnahm. Da kann sie acht Jahre später ohne weiteres einen Alkoholiker geheiratet haben. Dafür braucht man keine sieben Leben. Ich fresse einen Besen, wenn das nicht ihre Biografie ist.»

«Nimm lieber ein Aspirin», riet Stella. «Und jetzt hör auf damit. Ich wäre dir wirklich dankbar, wenn du deinen Humbug mal eine Weile außen vor lässt. Damit hat sie auch Schwierigkeiten, hat sie mir deutlich zu verstehen gegeben.»

Es war das erste Mal, dass sie seinen Glauben als Humbug bezeichnete, bis dahin hatte sie sich jede Kritik verkniffen, weil sie ihn mochte und früher selbst an nicht existente Wesen geglaubt hatte. Davon hatte sie ihm schon mehrfach erzählt, sogar *Die Wiege des Bösen* und die

Zündhölzer erwähnt, die ihrem Bruder beinahe zum Verhängnis geworden wären. Aber sie war damals ein Kind gewesen. Fabian war erwachsen. Allmählich wurde es doch Zeit, deutlich zu werden.

Er verzog wie unter Schmerzen das Gesicht und erklärte weinerlich: «Du hast doch gehört, über wen sie am Telefon gesprochen hat. Uschi. Damit muss Ursula gemeint sein.»

«Eben», versuchte Stella, ihn mit seinen eigenen Argumenten zu überzeugen. «Und Uschi verkauft ein Haus. Tote tun das normalerweise nicht.»

«Ich glaube ja auch nicht, dass sie alle umgebracht hat», erklärte Fabian. «Ich sage nur, sie weiß genau, worüber sie schreibt. Und die Vorgeschichte muss rein, außerdem braucht der Geliebte einen Namen.»

«Wir werden sehen», sagte Stella. Wenn sie erst die Rechte hatten und den Produktionsauftrag, saßen noch andere dabei, die mitreden wollen – zumindest Heuser, der es kaum erwarten konnte, den zweiten Film mit «der Lutz» zu machen, wie er sie nannte.

Nachdem Stella eine Kopie des Drehbuchs im Sender abgeliefert und Heuser telefonisch seine Begeisterung durchgegeben hatte, ließ sie in Absprache mit Ulf von Dornei die notwendigen Verträge aufsetzen, drei insgesamt. Mit dem ersten erwarb Movie-Productions umfassende Verwertungsrechte an *Romys Schatten*. Im zweiten Vertrag ging es nur um das Drehbuch für einen Film von knapp neunzig Minuten Länge, im dritten um die Erstellung eines Serienkonzepts. Damit wurden Gabriele Lutz keine ausschließlichen Rechte eingeräumt. Dieser dritte Vertrag war auf zwei Jahre befristet.

Gabriele Lutz unterschrieb alle drei und schickte sie prompt zurück. Anscheinend war ihr nicht aufgefallen, welche Möglichkeiten Movie-Productions sich offen hielt, dass sie ihr *Baby* verkaufte und sich nur das Recht sicherte, ihm zu einem erfolgreichen Start ins filmische Leben zu verhelfen. Aber es lag vor fünf Jahren auch nicht in Stellas Absicht, Gabriele Lutz zu betrügen. Sie wollte nur diesen Film machen und eine erfolgreiche Serie. Ihr Vater sollte alles sehen, begeistert sein und stolz auf sie. Ebenso stolz auf sie wie auf ihre Schwester Madeleine.

Der Verbindungsmann

Donnerstag, 22. April 2004

Arno Klinkhammer sah Hellings Frau an diesem Morgen zum ersten Mal. Und er sah nichts, worauf irgendjemand hätte stolz sein können. Dunkelblondes, schulterlanges, strähniges Haar, von einem Grauschleier überzogen, als wäre sie in einen Staubsturm geraten und hätte danach die Zeit nicht gefunden, sich zu waschen. Ein aufgeschwemmtes, teigiges Gesicht, in dem die blutigen Kratzer auf der rechten Wange wie ein Leuchtsignal wirkten.

Mit Hüften und Oberkörper lag sie, umgeben von zerdrückten Johannisbeeren, auf der total verschmierten Couch. Zwischen Blut-, Schnaps- und Obstflecken zu unterscheiden war mit bloßem Auge unmöglich. Ihre nackten Beine hingen über die Kante der Sitzfläche nach unten. Beide Füße steckten in einer blauen Wanne. Bekleidet war sie mit einem ehemals wohl weißen T-Shirt und einem Unterhöschen, beide Kleidungsstücke sahen ebenso bunt aus wie die Couch. Sie schlief fest, so schien es zumindest.

Vor der Couch lagen blutige Glasscherben, Johannisbeeren, zwei Drehverschlüsse aus Weißblech, drei leere Rotweinflaschen und eine, die laut Etikett Weizenkorn enthalten hatte. Darin klebten noch einige ausgelaugte Beeren. Die Gerüchte stimmten also; dass es so schlimm war, hatte Klinkhammer nicht erwartet.

Noch bevor ihn jemand zur Kenntnis nahm, registrierte er die Abdrücke ihrer zerschnittenen Füße, die zwischen der mitten im Zimmer stehenden Couch und den beiden Türen verliefen. Einmal ganze Fußsohlen in großen Abständen von der Couch zur Hoftür, von dort hinter der Couch vorbei zur Flurtür, wo sich ein auffälliger, großer Blutfleck befand, von dem aus kleine, unregelmäßig geformte Tupfer dicht aufeinander folgend zur Couch führten.

Auf dem hellen Veloursteppichboden waren die Spuren gut zu unterscheiden und machten ihm klar, dass sie ungeachtet ihrer Verletzungen losgehetzt war, um die Tür zum Hof und die Flurtür zu schließen, bei der sie eine Weile gestanden haben musste. Er zog Handschuhe an und tippte mit einer Fingerspitze in den großen Fleck. Das Blut war trocken.

Helling weinte herzzerbrechend. Als Klinkhammer sich wieder aufrichtete und er ihn endlich bemerkte, stammelte er etwas von einem vermummten Eindringling, den seine Frau in der Nacht gesehen habe.

«Nur einen?», fragte Klinkhammer.

Helling nickte. «Sie hat nur von einem Täter gesprochen.»

«Wann hat sie ihn gesehen?», fragte Klinkhammer.

«Etwa um halb eins», antwortete Helling, schränkte jedoch ein: «Wenn ich meine Frau richtig verstanden habe.»

Klinkhammer fasste es nicht. Er wusste, um welche Zeit Helling zu Hause gewesen sein konnte; halb acht. Wenn er seine Frau richtig verstanden hatte, wären somit sieben Stunden vergangen, in denen das Wrack auf der Couch nichts weiter getan hätte, als bei drei Litern Rotwein und einer Pulle Fruchtlikör auf ihren Mann zu warten? «Warum hat sie sich anschließend nicht sofort um Hilfe bemüht? Wurde sie niedergeschlagen, gefesselt, geknebelt?»

«Nein», schluchzte Helling. «Sie hat die Situation nicht richtig erfasst.» Er zeigte auf die Flaschen. «Sie hatte etwas getrunken.»

Angesichts von vier Flaschen war «etwas» die Untertreibung des Jahres, fand Klinkhammer. Es wäre bestimmt ratsam gewesen, sofort einen RTW für sie zu rufen. Aber wenn er veranlasste, dass sie ins nächste Krankenhaus gebracht wurde, kam womöglich einer auf die Idee, er hätte mit dieser Eigenmächtigkeit die Ermittlungen behindern und die Frau eines Kollegen vor unangenehmen Fragen schützen wollen.

«Wenn ich sie richtig verstanden habe», sagte Helling noch einmal, «hat um Mitternacht draußen etwas gepoltert. Davon ist sie aufgewacht, hat sich allerdings nicht darum gekümmert, weil weiter nichts zu hören und niemand zu sehen war. Dann kam plötzlich jemand ins Zimmer und rannte nach draußen, als sie aufstand. Sie ist ihm gefolgt bis in den Schuppen, aber sie hatte sich die Füße verletzt und hat ihn nicht eingeholt. Wahrscheinlich war das ihr Glück, sonst wäre sie jetzt vielleicht auch tot.»

Klinkhammer nickte versonnen, was nicht als Zustimmung gedacht war. Gegen eine sofortige Verfolgung sprachen die Blutspuren auf dem Teppichboden. Sie hatte sich erst mal verbarrikadiert, darauf hätte er jede Wette gehalten. Das war ja auch eine völlig normale Reaktion für eine Frau in Panik. Aber auf dem Tisch lagen das Mobiltelefon und ein Handy.

«Warum hat sie anschließend nicht den Notruf gewählt?» fragte er. «Das sind nur drei Zahlen, kennt sie die nicht?»

«Das Telefon war oben», erklärte Helling. Auf Klinkhammers Sarkasmus ging er nicht ein. Er wischte sich mit einem Handrücken über die Wangen. «Ich habe es mit hinuntergebracht, nachdem ich meine Mutter … Sie hat es jeden Abend neben ihr Bett gelegt. Es klingelte, als ich Handtücher holen wollte.» Er deutete auf das Handy. «Das ist meins, ich habe es immer bei mir.»

«Woher hat Ihre Frau die Kratzer im Gesicht?», fragte Klinkhammer noch, er hielt sie für Kampfspuren.

Es vergingen einige Sekunden, ehe er Antwort bekam: «Von einer Katze. Das ist schon letzte Nacht passiert, ich meine, in der Nacht zum Mittwoch, also vorletzte Nacht. Entschuldigen Sie, ich bin im Moment nicht …» Er legte eine Hand vor den Mund, kniff wie unter Schmerzen die Augen zusammen. Dann sprach er weiter: «Meine Frau ist in letzter Zeit nachts nicht gerne alleine in unserem Schlafzimmer. Sie ist auch am Dienstagabend auf der Couch eingeschlafen. Meine Mutter hat später zum Lüften die Hoftür aufgemacht. Dann ist die Katze von draußen …»

Er begann erneut jämmerlich zu weinen, bedeckte sein Gesicht wieder mit beiden Händen und schluchzte: «Wie oft habe ich ihr gesagt, dass eine offene Tür eine Einladung ist? Und sie sagte: ‹Sieht doch keiner. Da muss ja erst mal einer durch den Schuppen kommen.

Und da ist das Tor zu.› Die halbe Zeit war es das nicht. Es klemmt oft, witterungsbedingt. Wenn sie noch spät zu einem Patienten gerufen wurde, hat sie den großen Flügel entriegelt und es nur ins Schloss gezogen. Dann brauchte sie nur dagegenzudrücken, wenn sie zurückkam, was jeder andere ebenso gut gekonnt hätte. Hundertmal habe ich ihr erklärt, dass die Russen immer von hinten eindringen.»

Klinkhammer wollte etwas Tröstliches sagen, nur fiel ihm nichts ein. Was sagte man denn in so einer Situation zu einem Kollegen, der einen früher mehr als einmal bei einem Einsatz begleitet hatte oder schon vor Ort gewesen war, wenn man ankam, der sich nun die Augen aus dem Kopf heulte? Dem Versprechen: «Wir kriegen die Schweine, Heiner», mit dem Hellings Freund Kehler sich bemerkbar machte, mochte er sich nicht anschließen. *Wir* konnten niemanden kriegen. Er hatte umgehend die Kriminalhauptstelle Köln benachrichtigt. Statt: «Herzliches Beileid, mein aufrichtiges Mitgefühl», oder sonst etwas in der Art zu sagen, erkundigte er sich bei Kehler: «Im Bad, habe ich das richtig verstanden?»

Kehler nickte. Und natürlich waren schon alle oben gewesen, auch die beiden, die im Streifenwagen vor der Haustür saßen. Die anderen zwei liefen irgendwo draußen herum, wie Kehler erklärte. Angefasst hatte angeblich keiner etwas, mit Ausnahme von Helling, bei dem es nicht zu übersehen war. Er trug ein Polohemd mit blutverschmierter Brust. Seine Jeans war auch blutig, vor allem im Bereich der Knie.

Nach sechs Paar Schuhen, die schon die Treppe rauf, runter und oben herumgelaufen waren, wäre es auf ein Paar mehr kaum angekommen. Bei einem derart kontaminierten Tatort konnte man nicht mehr viel verderben. Aber es widerstrebte Klinkhammer, einen Blick auf die Leiche zu werfen. Fotos konnte er sich anschauen, mochten sie noch so entsetzliche Details zeigen. Aber so direkt, wenn er das tat, wurde er den Anblick nie mehr los. Das wusste er aus Erfahrung.

Er ging lieber nach draußen und redete sich ein, es sei sinnvoller, die Kollegen aus dem Garten zurückzuholen, ehe auch dort noch Spuren zertrampelt wurden, als noch länger herumzustehen, kein Wort des Trostes für den Sohn eines Mordopfers zu finden und dessen besoffene Frau nur mit Widerwillen und Unverständnis anschauen zu können.

Auf den Steinplatten im Hof bemerkte er weitere Abdrücke von blutigen Zehen in kurzen Abständen. Trippelschritte. Nur in eine Richtung, vom Wohnzimmer zum Schuppen. Da drängte sich ihm sofort die Frage auf, wie Hellings Frau zurück auf die Couch gekommen war. Geflogen kaum. Auf dem festgestampften Lehm im Schuppen waren Blutspuren mit bloßem Auge nicht leicht zu erkennen. Er suchte auch nicht wie ein Spürhund den Boden ab, weil das Tor ihn anzog wie ein Magnet eine Hand voll Eisenspäne. Witterungsbedingt, der Ausdruck hatte ihn irgendwie gestört.

Im nächsten Moment waren die Kollegen im Garten vergessen. Er inspizierte zuerst den offenen, schmalen Flügel. Auf Höhe des Schlosses bemerkte er außen einen frischen Kratzer, der die grüne Farbe nicht mal bis aufs Holz abgeschabt hatte. Es sah aus, als wäre an dieser Stelle ein Einbruchswerkzeug angesetzt worden und abgerutscht. Er tippte auf einen Schraubendreher. Der Schließzapfen steckte im Schloss. Der darüber befindliche Schnapper ragte kaum einen Zentimeter weit heraus und war stark abgenutzt. Das Schließblech mit den beiden Aussparungen am breiten Flügel war ausgebeult. An diesem Flügel befand sich oben ein Riegel, der in eine Aussparung im darüber befindlichen Balken geschoben werden konnte. Unten gab es eine Eisenstange mit gebogenem Griffstück, die in einem Loch im Boden versenkt wurde, um den Flügel festzustellen. Der Riegel war herunter- und die Eisenstange hochgezogen, das Griffstück über einem Nagel eingehängt.

Bodenloser Leichtsinn! Das passte nicht zu der Therese, die er gekannt hatte. Dass eine resolute Frau mit einem witterungsbedingt klemmenden Tor anders umging als eine ängstliche Person, war noch nachvollziehbar. Aber warum hatte sie bei ihrer Rückkehr den Riegel nicht im Balken und die Eisenstange nicht in dem Loch am Boden versenkt? Das waren zwei Handgriffe, auch bei völliger Dunkelheit zielsicher auszuführen, wenn man seit Jahr und Tag durch diesen Schuppen ging, vor allem, wenn der eigene Sohn vor den Russen gewarnt hatte. Nein, dafür musste es einen Grund geben. Hatte Therese noch jemanden erwartet?

Er schaute sich weiter um. Der abgebrochene Ständer vom Motorrad und der Abdruck im Lehm, den der Ständer hinterlassen hatte, waren im günstig aus dem Garten einfallenden Tageslicht gut zu sehen und zeigten den ursprünglichen Platz der NSU vor dem breiten Torflügel. Sogar die Reifenprofile hatten sich eingeprägt und bewiesen, dass die Maschine lange Zeit nicht bewegt worden war. Daneben hob sich der Boden an, und er sah die frische Kante und Schabespuren vom Tor im Lehm.

Von einem Poltern aufgewacht, dachte er und hielt es für zutreffend. Es musste mächtig gescheppert haben, als der Torflügel gegen das Motorrad schlug und die NSU gegen das Goggomobil prallte. Und der Flügel allein hätte die Maschine wahrscheinlich nicht vom Ständer gehauen. Da musste mehr Gewicht im Spiel gewesen sein. Vermutlich hatte sich der Eindringling, als er den Schraubendreher ansetzte, gegen das Tor gestemmt. Da hatte er sich aber den falschen Flügel ausgesucht. Um zügig einzubrechen, hätte er Druck auf den ausüben müssen, in dem das Schloss eingesetzt war. Als beide Flügel mangels Sicherung sofort nachgaben, verlor der Kerl das Gleichgewicht und fiel – hoffentlich – auf die Schnauze.

Die Russen schieden damit für Klinkhammer aus. Denen wäre so was nicht passiert! Mal abgesehen davon, dass sie nur im Rudel auftraten und nicht einzeln, hätten sie zuerst das Schloss inspiziert, mal sachte gegen den schmalen Flügel gedrückt, damit wären sie schon drin gewesen. Es hätte sich auch kein Russe von einer betrunkenen Frau in die Flucht schlagen lassen. Nein, das war ein Anfänger gewesen.

Beim Goggomobil war es dämmrig, aber hell genug, um weitere Blutspuren zu erkennen. Abdrücke von ganzen Füßen im Lehm vor der offenen Fahrertür zeigten ihm, wo Hellings Frau die *Verfolgung* abgebrochen hatte. Der Drehverschluss der Weinflasche nannte ihm auch den Grund. An Fahrertür und Rahmen des uralten Kleinstwagens waren zudem die durch das Motorrad verursachten frischen Blechschäden und Aufbruchspuren zu erkennen. Und wer vergriff sich an so einer alten Rostlaube? Nur ein Mensch, der daraus etwas für ihn Wertvolles bergen wollte.

Die uniformierten Kollegen, es war eine Polizistin dabei, kamen zurück, ehe Klinkhammer Ausschau nach ihnen halten konnte. Sie waren den Weg hinter den Gärten entlanggegangen. Auch auf den umliegenden Grundstücken gab es Garagen und damit vielleicht Zeugen; ein Nachbar, der spät nach Hause gekommen war und ein Auto bemerkt hatte, das nicht hierher gehörte.

Da hatte Klinkhammer wenig Hoffnung, der Täter, falls er motorisiert gewesen war, hätte nur vor die Garage fahren müssen. Dort hätte ein Fahrzeug sogar bei Tag stundenlang stehen können, ohne dass es bemerkt wurde, weil eine Wand aus Johannisbeersträuchern den Blick versperrte.

Die Polizistin ging zurück ins Haus. Ihr Begleiter – Berrenrath hieß er, hatte sich vor sechs Jahren von einer anderen Dienststelle nach Bergheim versetzen lassen, weil er meinte, dort ginge es ruhiger zu –, blieb stehen und wollte wissen, was Klinkhammer von dem ungesicherten Tor hielt. Er wies auf den Mauerdurchbruch zum Anbau, neben dem Bretter hochkant an der Wand standen. «Von Frau Helling hätte ich das nicht erwartet», sagte er. «Heiner kann vom Glück sagen, dass seine Frau nicht ins Bett gegangen ist, sonst wäre sie kaum so glimpflich davon gekommen. Es geht durch den Anbau geradewegs in ihr Schlafzimmer.»

So kam Klinkhammer doch noch zu dem Anblick, den er vermeiden wollte, weil er anschließend die Bilder nicht loswurde. Zuerst trat er nur durch das Loch in der Mauer, sah die Leiter in die durchbrochene Decke ragen – und auf den Sprossen Blut. Um es zu entdecken, musste man bei dem dunklen, stark verschmutzten Holz sehr genau hinschauen. Aber das tat er immer. Und solange er es schaffte, das freundlich lächelnde Gesicht unter der Trockenhaube auszuklammern, so wie er es am Dienstag zuletzt gesehen hatte, konnte er sogar den richtigen Schluss ziehen.

Die Blutspuren an der Leiter waren eindeutig, auf jeder Sprosse gleich stark ausgeprägt, ein sicheres Zeichen, dass Hellings Frau mit ihren verletzten Füßen hinaufgestiegen war. Die Richtung ließ sich zwar nicht feststellen, das war eine Sache der Logik, es gab ja nur eine Trippelspur im Hof. Und hätte sich jemand mit blutverschmierten Schuhen oder Handschuhen auf diesem Weg vom Tatort entfernt, hätte man auf den unteren Sprossen davon nichts mehr sehen dürfen. Es trat sich doch ab.

Ihr Rückweg ins Haus war damit geklärt und warf gleichzeitig eine neue Frage auf. Wie hatte sie das geschafft? So wie sie auf der Couch lag, hätte er ihr nicht zugetraut, eine Leiter zu bewältigen, womöglich mit nur einer freien Hand. Auch das war eine Sache der Logik. Drei Weinflaschen, aber nur zwei Drehverschlüsse im Wohnzimmer und ein Verschluss beim Goggo, sie musste folglich eine Flasche bei sich gehabt haben.

Aber richtig abgefüllt haben mit dem Schnaps konnte sie sich auch später. Und Besoffene waren oft extrem wagemutig, weil sie sich eines Risikos gar nicht bewusst wurden. Durchaus möglich, dass sie mit der Weinflasche in einer Hand die Leiter erklommen hatte. Dass sie hatte nachsehen wollen, was oben im Haus los war, lag auf der Hand. Vom Schuppen aus war die Leiter der kürzere Weg. Und bei einer Frau mit zerschnittenen Füßen sollte man annehmen, dass sie den kürzeren wählte.

Er nahm den längeren, für ihn war die Leiter tabu. Über den Hof ging er zurück ins Wohnzimmer. Dort wurde Helling nun von drei Kollegen und der Kollegin getröstet. Um seine Frau, die unverändert auf der Couch lag, kümmerte sich keiner. Es war so auffällig, dass Klinkhammer sich fragte, ob die anderen ebenso empfanden wie er.

Aus Köln war noch niemand eingetroffen. Von Berrenrath, der zwischenzeitlich nachgefragt hatte, wo die Mordkommission und die Spurensicherung blieben, hörte Klinkhammer, auf der A 4 habe es einen Unfall gegeben. Ein Lkw sei umgekippt und blockiere sämtliche Fahrspuren. Da sei kein Durchkommen.

Klinkhammer hielt sich nicht auf, ging in den Flur und notierte im Geist die nächste Frage: Wieso gab es hier keine Bluttupfen?

Hellings Freund Kehler stand nun vor der Haustür, rauchte eine Zigarette und schüttelte fassungslos den Kopf, als Klinkhammer näher kam. «Es war so eine ruhige Nacht», sagte er. «Wir hatten nur eine kleine Hetzjagd in Niederaußem, zwei Typen, die sich an geparkten Autos zu schaffen machten. Als wir auftauchten, sind sie abgehauen.

Ich hab noch zu Heiner gesagt, lass uns doch lieber mal bei dir vorbeifahren. Aber er wollte vor Ort bleiben.»

«Was wollten Sie denn hier?», fragte Klinkhammer. «Haben Sie irgendwas befürchtet?»

«So was bestimmt nicht», erklärte Kehler. «Nachdem, was am Montag in Bedburg passiert ist, hab ich nicht erwartet, dass die Kerle sich so schnell wieder hier blicken lassen. Nach den Raubüberfällen sind jeweils zwei Wochen vergangen.»

Seine Frage war damit nicht beantwortet. «So kann man sich täuschen», erwiderte Klinkhammer. «Es gibt ja auch mehr von der Sorte, als einem lieb sein kann.»

Er unterdrückte das unbändige Verlangen, sich ebenfalls eine anzustecken, Kehler für ein paar Minuten Gesellschaft zu leisten und etwas über dessen Gründe für den nächtlichen Vorschlag zu erfahren. Dazu bekäme er später noch Gelegenheit, dachte er. Jetzt hatte es ihn gepackt. Nur mal sehen, wo die blutigen Fußspuren oben auskamen und wie sie verliefen. Mehr wollte er nicht.

Therese

Weil er keine Überzieher für seine Schuhe hatte, balancierte Klinkhammer so weit links wie möglich die Treppe hinauf. Die Auslegware auf den Stufen war braunmeliert, ein ungeeigneter Farbton, um Blut zu entdecken. Hinzu kam die nicht gerade üppige Beleuchtung.

Auf den ersten drei Stufen entdeckte er noch rotbraune Tupfer, weil durch die offene Haustür Tageslicht darauf fiel. Ab der vierten Stufe machte die Treppe einen Knick, da sah er nichts mehr, wollte auch nicht umkehren, um die Lampe im Treppenhaus einzuschalten, weil er dann vielleicht unten geblieben wäre. Nach dem zweiten Knick oben bemerkte er auf den letzten vier Stufen wieder ein paar unscharfe Kreise von blutigen Zehen und auf dem ersten Flurstück unzählige Abdrücke von blutverschmierten, sich überlagernden Profilsohlen. Helling trug Sportschuhe. Es sah aus, als sei er auf der Stelle herumgetreten.

Das passte zwar zu der Vorstellung, die Klinkhammer sich von Hellings Verhalten unmittelbar nach Entdecken der Leiche machte. Man wollte telefonieren, wusste aber gar nicht, wo einem der Kopf stand, musste sich immer wieder überzeugen, dass ein geliebter Mensch tatsächlich tot war. Trotzdem hätte es auf diesem Flurstück auch ein paar Spuren von blutigen Zehen geben müssen. Dem war aber nicht so. Der Boden war mit dem gleichen Teppich wie die Stufen ausgelegt, doch die Lichtverhältnisse waren besser, weil alle Zimmertüren offen standen.

Vier Türen. Gleich hinter der ersten, unmittelbar neben der Treppe, befand sich das Bad. Da kam er gar nicht umhin, sich die Leiche anzuschauen. Sie lag – fast wie ein Fötus – auf dem mit Blutschlieren und

Profilabdrücken überzogenen Kachelboden, mit dem Oberkörper vor dem Waschbecken, dem Kopf in Richtung Tür und den angezogenen Beinen noch vor der Toilette. Der rechte Arm war nach hinten verdreht, der linke lag unter ihrem Körper.

Ihr blutbesudeltes Nachthemd war bis zur Taille hochgeschoben, ein Schlüpfer hing um ihre Fußknöchel. Das drängte ihm unweigerlich den Gedanken an ein Sexualdelikt auf. Er hatte die Russen schon vorher ausgeschlossen und sah sich bestätigt. Das hätte garantiert keiner von denen getan. Mit sexuellen Belästigungen hielten die sich nicht auf.

In der nächsten Sekunde war es vorbei mit Distanz, Logik und dem ganzen Wissen über Täterverhalten, Opferverhalten und Spurendeutung, das er sich in den letzten Jahren angeeignet hatte. Sein Herz machte ein paar dumpfe Schläge, er hatte Mühe zu atmen und wunderte sich, dass sein Magen nicht rebellierte. Ihren zertrümmerten Schädel konnte er sich nicht genauer ansehen.

Seine Augen suchten unwillkürlich einen Ausweichpunkt und wanderten zu ihren nackten Füßen. Sekundenlang kämpfte er gegen das Bedürfnis, ihr das Nachthemd über den entblößten Unterleib zu ziehen. Warum Helling das nicht getan hatte, war ihm ein Rätsel. Natürlich durfte man nichts verändern. Als Polizist wusste man das, aber als Sohn – in so einem Moment! Bei solch einem Anblick! Und Helling hatte sie doch angefasst. Den Flecken auf seiner Kleidung und den Spuren auf dem Kachelboden nach zu urteilen, musste er neben ihr gekniet, sie in die Arme genommen und ihren Kopf gegen seine Brust gedrückt haben. Da hätte er auch das Nachthemd herunterziehen können.

Im Geist sah Klinkhammer sie noch einmal beim Frisör sitzen – so nett und adrett, wie sie immer gewesen war. Mit Lockenwicklern im frisch blondierten, von Natur aus brünetten Haar unter der Trockenhaube, die einen beträchtlichen Lärm veranstaltete, sodass er sie am Arm berühren musste, als es an seinem Kopf nichts mehr zu schneiden gab und er sich von ihr verabschieden wollte. Man ging nicht wortlos weg, wenn man eine Frau kannte, die man sympathisch fand, tatkräftig und resolut, ein Mensch, der mit beiden Beinen im Leben stand.

Sie las in einer Illustrierten und schaute auf, als er sie anschrie: «Bis demnächst mal wieder, Frau Helling!»

Sie nickte, brüllte ebenfalls gegen den Lärm der Haube an: «Ja, und einen ruhigen Tag noch, Herr Klinkhammer!» Und dabei hatte sie noch einmal gelächelt über ihr ganzes rundliches Gesicht.

Davon sah er nichts, weil sie auf der Seite lag und ihr Kopf nach unten gebeugt war, ihr Kinn berührte beinahe die Brust. Von ihren Füßen aus ließ er den Blick über den Kachelboden wandern. Diese Schlieren, als wäre sie durch ihr Blut gekrochen, ehe sie sich so zusammengerollt oder gekrümmt hatte.

Trippelschritte auf Zehenspitzen entdeckte er nicht. Zum Glück auch keine Spur von den uniformierten Kollegen, so vernünftig waren sie offenbar alle gewesen, das Bad nicht zu betreten. Eine Tatwaffe sah er ebenso wenig. In dem Bedburger Bungalow war auch keine gefunden worden. Aber Dora Sieger ging für ihn auf das Konto der Russen. Das waren Profis. Und Profis ließen keine Tatwaffe zurück. Vielleicht lag hier etwas hinter der Tür. Da konnte er aus seiner Position nicht hinschauen.

Er richtete den Blick aufs Fenster, atmete ein paarmal tief durch, betrachtete den Heizkörper unter der Fensterbank und das Klo davor. Der Deckel war hochgeklappt. An den Heizkörperrippen waren dunkle Sprenkel auszumachen. Die ansonsten hochglänzenden, weißen Fliesen wirkten auf dem Wandstück neben dem Heizkörper stumpf. Aber sie lagen im Schatten. Näher heran, um sich das genauer anzusehen, durfte er nicht, wollte er auch gar nicht. Er hätte es nicht geschafft, über die Tote hinwegzusteigen und in ihr Blut zu treten, murmelte ein paar Worte, von denen er hoffte, dass sie dort ankamen, wo gläubige Christen einen Herrgott vermuteten. «Gib ihr die ewige Ruhe.»

Dann wandte er sich dem Zimmer neben dem Bad zu, die Türen lagen über Eck unmittelbar beieinander. Ihr Schlafzimmer. Das Einzelbett war benutzt, aber nicht zerwühlt. Als hätte sie nicht lange gelegen oder ganz friedlich geschlafen. Im Kopfkissen war nur eine Kuhle, die Decke halb zurückgeschlagen. Unwillkürlich hatte er ihre Stimme im Kopf: *Legt sich abends arglos ins Bett und erlebt den Morgen nicht mehr.*

Das Bett stand mit einer Längsseite unter dem Straßenfenster, davor ein Paar Pantoffel, auf der Fensterbank in Reih und Glied etliche Flaschen. Sogar von der Tür aus war zu erkennen, dass es sich um Weizenkorn mit Johannisbeeren handelte. Wieder eine Frage geklärt. Hier hatte Hellings Frau den Schnaps herbekommen, und zwar nachdem sie sich die Füße zerschnitten hatte. Bluttupfen führten von der Tür zum Fußende des Bettes.

Es sah nicht aus, als hätte Helling mit blutigen Schuhen das Schlafzimmer seiner Mutter betreten. Bei offener Tür hätte auch erst mal ein Blick ins Bad gereicht. Der Nachttisch, von dem er wohl das Telefon genommen hatte, stand unmittelbar neben dem Kopfteil des Bettes. Da hätte Hellings Frau das Ding auch ohne weiteres nehmen und den Notruf wählen können. Aber dem Nachttisch war sie anscheinend nicht zu nahe gekommen. Zwei Schubfächer waren herausgerissen. Vor dem offenen Kleiderschrank lag Wäsche auf dem Boden.

Vor der Frisierkommode stand ein Stuhl. Auf der Sitzfläche lag eine Strumpfhose. Über der Rückenlehne hingen ein brauner Faltenrock und eine beigefarbene Bluse mit Blumenmuster. Und er sah noch so deutlich, dass Therese beim Frisör einen grauen Faltenrock und eine in verschiedenen Blautönen gestreifte Bluse getragen hatte. Dazu eine Perlenkette, eine goldene Armbanduhr – schlicht, aber edel und sauteuer, eine Nobelmarke, die nur Eingeweihte kannten, seine Frau besaß auch so eine. Und den Ring mit dem fast schwarzen Stein, der von weißen Splittern eingefasst war; ein fingernagelgroßer Saphir, umringt von Brillanten. Den Ring hatte sie schon getragen, als er ihr vor sieben Jahren das erste Mal begegnet war. Ein Erbstück von ihrer Mutter, das sie nie abnähme, hatte sie ihm mal erzählt, als er das Prachtstück bewunderte. Die Uhr hatte sie noch nicht so lange gehabt und als Geschenk von einem Freund ausgegeben.

An der Leiche hatte er keinen Schmuck bemerkt. Aber nachts trug man keine Perlenkette. Der Ring hatte immer an ihrer linken Hand gesteckt, die Uhr hatte sie entgegen allgemeiner Gewohnheit rechts getragen. Und noch mal zurückgehen, den linken Arm unter dem Körper und den rechten hinter dem Rücken vorziehen, das durfte er nicht, hätte es auch nicht gekonnt.

Er schaute noch einmal zum Bett. Die Wand über dem Kopfteil war gepflastert mit Fotografien. Thereses Eltern, ihr Sohn als Baby, mit Schultüte, im Kommunionsanzug, als Jugendlicher im Fußballdress an einem Torpfosten und als Sieger mit einem Pokal im Arm, als junger Erwachsener in Polizeiuniform.

Ein Hochzeitsfoto gab es auch, das Helling an der Seite seiner Frau zeigte. Sie ganz in Weiß mit strahlendem Lächeln – ein ganz anderes Gesicht als das auf der Couch da unten. Auf einem Foto hielt Helling seine Tochter im Arm. Von dem Baby war nicht viel zu erkennen, von der Tür aus sowieso nicht.

Hinein in das Zimmer ging Klinkhammer nicht. Es sah nicht anders aus als im Schlafzimmer von Dora Sieger. – Auch wenn die Kölner Kollegen ihn am Dienstag sehr von oben herab abgefertigt hatten, bis zum unmittelbaren Tatort war er doch vorgedrungen. – Als wären die Russen hier gewesen. Oder sonst jemand, der mit menschenverachtender Brutalität vorging, seine Beute an Ort und Stelle kontrollierte und zurückließ, was ohne Wert war. Das vereinbarte sich eigentlich nicht so ganz mit dem laienhaften Aufbruchsversuch am Schuppentor. Zwischen den aus Schrank, Kommode und Nachttisch herausgerissenen Sachen lagen eine offene Geldbörse, eine ebenfalls offene und leere, hölzerne Schmuckschatulle, ein Sparbuch und eine alte Taschenuhr.

Auf dem Flurstück zwischen den beiden Zimmern, die zur Hofseite lagen, sah er wieder Bluttupfen und einen großen, dunklen Fleck auf dem Teppich. Er ging in die Hocke und schnupperte mit tief gesenktem Kopf. Rotwein, sogar noch feucht, wie eine Fingerprobe zeigte. Hellings Frau musste die Flasche, die sie sich höchstwahrscheinlich aus dem Goggo geholt hatte, aus der Hand gefallen sein. Kein Wunder, von der Stelle aus hatte man mit Blickrichtung auf die Treppe das Badezimmer direkt vor Augen.

Linker Hand lag das Kinderzimmer, das einen ordentlichen Eindruck machte, nichts war durchwühlt. Es gab auch hier keine Spuren von Hellings Profilsohlen, aber blutige Zehen auf dem hellgrauen Teppichboden. Sie führten zum Bettchen, durch dessen Gitterstäbe eine bunte Stoffbahn geflochten war, sodass man näher heranmusste, wenn man einen Blick aufs Baby werfen wollte.

Ihm war es versagt geblieben, Vater zu werden. In den ersten Jahren ihrer Ehe war seine Frau der Meinung gewesen, er sei noch zu jung für ein Kind, Ines war fünf Jahre älter als er. Später hatte sie entschieden, jetzt sei sie zu alt, um noch Mutter zu werden. Direkt bedauert hatte er das nie. Vielleicht war seine Ehe deshalb so beständig und glücklich. Ines hatte ihren Beruf, der ihr viel bedeutete. Er hatte seinen, der ihm ebenso wichtig war.

Im Grunde konnte er mit Kindern auch nichts anfangen. Wenn sie noch klein waren und still, fand er sie niedlich. Aber still waren sie nur, wenn sie schliefen, und klein blieben sie nicht. In seinem Bekanntenkreis gab es einen achtzehnjährigen Bengel; wenn das seiner gewesen wäre, hätte es ständig Krach gegeben. Oder auch nicht, weil der Junge dann ganz anders erzogen worden wäre.

Nach dem grauenhaften Anblick im Bad wollte er sich einen Blick auf ein friedlich schlafendes, junges Leben gönnen. Eine kleine Erholung für die Augen und das Gemüt. Neugierig war er auch, ob die Gerüchte, mit Hellings Töchterchen sei nicht alles so, wie es sein sollte, ebenso zutreffend waren wie die über das Wrack auf der Couch. Auf Zehenspitzen schlich er im Bogen um die Blutflecken herum zum Bettchen, wollte das Baby um keinen Preis wecken. Es wäre ja momentan keiner da gewesen, der sich um einen Säugling kümmern könnte.

Doch das Bett war leer und frisch bezogen, von Therese, darauf hätte er gewettet. Am Kopfende stand ein Kissen aufrecht mit einem Kniff in der Mitte. Seine Mutter hatte das auch immer gemacht, sämtlichen Kissen einen Handkantenschlag versetzt und gemeint, so sähe es schöner aus.

Über dem Bett schwebte ein Mobile mit bunten Fischen. An einem der Gitterstäbe war ein runder Plüschmond mit grinsendem Gesicht befestigt, unter dem eine Schnur baumelte. Eine Spieluhr. Guter Mond, du gehst so stille in den Abendwolken hin, dachte er; damit hatte seine Mutter ihn früher in den Schlaf gesungen. Zeigst mir nach des Tages Mühe, dass ich ohne Ruhe bin. Traurig folgen meine Blicke deiner stillen, heitren Bahn. O, wie hart ist mein Geschicke, dass ich dir nicht folgen kann.

Neben dem Bett stand eine Wickelkommode mit abwaschbarer Auflage, Pflegeutensilien und einem Stapel Höschenwindeln darauf. Darüber hing ein offenes Regal mit zwei Plüschtieren darin und sieben Pokalen obendrauf, gewonnen von Heiner Helling bei Schachturnieren in jungen Jahren, wie den Plaketten an den Sockeln zu entnehmen war. Neben der Kommode stand ein Windelkarton, ungeöffnet, und daneben eine praktische Sportkarre. Maxi Cosi, las er. Ein Schrank mit geschlossenen Türen an der Wand gegenüber vervollständigte die Einrichtung des Kinderzimmers.

Zuletzt betrat er das Schlafzimmer mit dem schmalen Fenster und der Tür, die in den Anbau führte. Die war ebenso offen wie alle anderen, nur von einer Plastikplane verhängt – Staubschutz vermutlich. Das Doppelbett war zerwühlt, auf einem Kopfkissen deutliche Blutspuren zu erkennen. Er dachte an die Katze, von der Helling gesprochen hatte, demnach musste das Blut vorletzte Nacht aufs Kissen gekommen sein.

Wie in Thereses Zimmer standen am Kleiderschrank die Türen offen, davor lagen Pullover, Schlafanzüge, Nachthemden und Unterwäsche. An beiden Nachttischen waren die Schubfächer aufgezogen. Eine Frisierkommode gab es nicht und nur vereinzelte Bluttupfen auf dem Boden. Sie kamen aus Richtung der Plastikplane. Deshalb ging er hin.

Im ersten der beiden durchgehenden Zimmer im Anbau war stellenweise eine Textiltapete mitsamt dem Verputz von den Wänden gerissen. Eine ausgehängte Tür lehnte an der Wand. Der Boden bestand aus grobem Beton, war wohl auch mal mit Auslegware verschönert gewesen, die man herausgerissen hatte, wobei Teile vom Unterboden kleben geblieben waren. Das zweite, kleinere war ein Badezimmer gewesen. Die Wanne stand noch. Aus den Wänden ragten die verstopften Enden von Wasserleitungen und Abflussrohren.

Die Bluttupfen führten durch den Dreck zum Loch im Fußboden, in das die Leiter hineinragte. Hellings Frau war ohne Zweifel hier hereingekommen. Das hatte er sich ja schon gedacht. Er wusste nur nicht, um welche Zeit, aus welchem Grund nun genau. Und warum, zum

Teufel, sie zwar eine Pulle Schnaps von der Fensterbank, aber nicht das Telefon vom Nachttisch ihrer Schwiegermutter genommen hatte, nachdem sie gesehen hatte, was geschehen war.

Allerdings glaubte er jetzt zu wissen, wie der Staubschleier in ihr Haar gekommen war. Und für ein paar Sekunden war das ein zwiespältiges Gefühl, fast Mitleid. Sie hatte sich das Landleben als junge Mutter wahrscheinlich anders vorgestellt. Spaziergänge mit dem Töchterchen in der praktischen Kinderkarre durch Felder und Wiesen, aber nicht mit Umbaumaßnahmen im Dreck.

Der Verbindungsmann

Als Arno Klinkhammer zurück ins Erdgeschoss kam, wirkte das Wohnzimmer entvölkert. Alle Uniformierten waren nach draußen gescheucht worden, um den Garten und den dahinter verlaufenden Weg abzusperren und Schaulustige fernzuhalten. In der Zwischenzeit waren nämlich vier Beamte aus Köln eingetroffen.

Die Spurensicherung steckte immer noch im Stau auf der A 4 fest. Armin Schöller, dem am Montag die Leitung der Mordkommission im Fall Sieger übertragen worden war, die auch den Fall Helling übernehmen sollte, hatte sich und seine Leute mit Sonderzeichen durch die Unfallstelle geschleust. Mit Pkws war das möglich gewesen, mit einem breiteren Fahrzeug nicht. Nun hatte Schöller das Kommando übernommen und erst mal für Übersicht gesorgt. *Alles raus hier, das ist ein Tatort und keine Kantine.*

Auch Schöller war Kriminalhauptkommissar, achtunddreißig Jahre alt und Vater von zwei kleinen Mädchen, das Jüngste war gerade ein halbes Jahr alt. Abgesehen von den Kindern hatte er viel mit Klinkhammer gemeinsam, vor allem den Widerwillen gegen Leute, die sich einbildeten, alles besser zu wissen. Und noch mehr verabscheute Schöller Kollegen aus der Provinz, die an einem Tatort spazieren gingen, ehe die Spurensicherung überhaupt mit der Arbeit begonnen hatte, geschweige denn diese abgeschlossen war.

Er schaute Klinkhammer mit einem Bände sprechenden Blick entgegen. *Halt mir bloß nicht wieder Vorträge, ich kann alleine denken.* Ihn hatte Klinkhammer am Dienstag als sehr überheblichen Kollegen aus der Großstadt kennen gelernt. Die Oberkommissare Bermann und Lüttich kannte er noch nicht. Sie standen bei Kehler vor der Haustür.

Der vierte und jüngste war Kommissar Karl-Josef Grabowski, siebenundzwanzig Jahre alt und ledig. Viel Erfahrung mit Mordfällen hatte er noch nicht gesammelt, im Gegensatz zu seinen älteren Kollegen allerdings studiert – und Klinkhammer am Dienstag aufmerksam zugehört bei den drei Sätzen, die ihm gestattet worden waren.

Ihn sah Klinkhammer vorerst nur durch die offene Hoftür den Schuppen und die Torflügel inspizieren. Dann verschwand Grabowski zur Seite. Da er nicht zurückkam, war Klinkhammer sicher, dass er keine Scheu vor der Leiter hatte, aber vermutlich auch keine Überzieher für seine Schuhe.

Irgendwer hatte doch noch dafür gesorgt, dass ein Notarzt erschien. Helling weinte immer noch herzerweichend. Der Arzt bot ihm ein Beruhigungsmittel an, das lehnte er ab. «Es geht schon», beteuerte er. «Kümmern Sie sich um meine Frau, sie ist verletzt.»

Scheintot war sie, fand Klinkhammer. Nun, wo er sie wieder vor Augen hatte, verflog das Mitleid, das er bei der Besichtigung des Anbaus gespürt hatte. Der Arzt legte ihr die Manschette eines Blutdruckmessgeräts um einen Arm, pumpte auf, maß, verzog besorgt das Gesicht und teilte mit: «Die Frau muss schnellstmöglich ins Krankenhaus.»

Das hatte Klinkhammer zwar auch gedacht, bevor er Thereses Leiche und die Schnapsflaschen auf der Fensterbank in ihrem Schlafzimmer gesehen hatte. Jetzt dachte er anders. Wenn es nach ihm gegangen wäre, hätte Hellings Frau ihren Rausch in einer Gewahrsamszelle ausschlafen dürfen. Auf einer nicht sehr gemütlichen, aber praktischen Steinbank, die es anstelle von Pritschen in der Bergheimer Dienststelle gab, weil man sie mit einem Wasserschlauch abspritzen konnte, wenn Besoffene ihre Spuren hinterlassen hatten. Doch darüber hatte er nicht zu befinden, war auch besser so. Wenn man eine Frau nur mit Unverständnis und Widerwillen betrachten konnte, traf man nicht unbedingt die richtigen Entscheidungen.

Auch Schöller schien von der ärztlichen Meinung wenig angetan. Er nickte zwar, erklärte aber gleichzeitig: «Ich muss mit ihr reden. Versuchen Sie mal, sie wach zu bekommen. Vielleicht klappt es, wenn Sie sich mit ihren Füßen beschäftigen.»

Das klang fast wie eine Aufforderung, sie ein wenig zu piesacken. Der Arzt fasste es offenbar so auf, warf Schöller einen vorwurfsvollen Blick zu, machte sich jedoch an die Arbeit, zog ihre Füße aus der Wanne und bettete sie auf die verschmierte Couch. Das Wasser hatte den Schmutz größtenteils aus den Wunden gelöst und die Haut aufgeweicht. Trotzdem war der Arzt geraume Zeit beschäftigt, Glassplitter aus ihren Fußsohlen zu entfernen und das austretende Blut abzutupfen. Es musste eine schmerzhafte Prozedur sein, doch von ihr hörte man keinen Muckser.

Helling schilderte währenddessen noch einmal die Sache mit dem Poltern um Mitternacht und dem vermummten Eindringling, der etwa eine halbe Stunde später im Wohnzimmer aufgetaucht sei, den seine Frau bis in den Schuppen verfolgt habe.

«Anschließend war sie oben», ergänzte Klinkhammer. Obwohl er sich den nächsten bösen Blick von Schöller einfing, der zur Zurückhaltung mahnte, sprach er weiter: «Sie hat den kürzesten Weg genommen und nicht gesehen, dass im Bad eine Tote liegt?»

«Nein», beteuerte Helling. «Die Tür war zu. Das war sie immer, damit das Bad nicht auskühlt. Ich habe sie geöffnet, weil ich Handtücher holen wollte. Meine Frau hatte keine Ahnung, dass etwas Schreckliches geschehen war. Ich sagte doch, der Kerl stand plötzlich im Wohnzimmer. Wo er hergekommen war, hat sie nicht gesehen. Sie nahm an, er sei gerade von draußen …»

Wie eine gute halbe Stunde zuvor Klinkhammer, fragte nun Schöller verständnislos: «Warum hat Ihre Frau sich nicht sofort um Hilfe bemüht?»

«Weil sie betrunken war!», fuhr Helling auf. «Weil sie glaubte, sie sei allein im Haus und hätte den Eindringling vertrieben. Gestern Abend hat meine Mutter unsere Kleine zu einer Bekannten gebracht. Meine Frau hatte schon am Dienstag etwas getrunken, weil sie sich nicht wohl fühlte. Da musste meine Mutter nachts aufstehen und die Kleine frühmorgens noch einmal versorgen. Ich hatte doch Nachtdienst. Und meine Mutter hatte auch einen anstrengenden Beruf.»

Das erklärte zwar das leere Kinderbettchen, bevor jemand nach dem Verbleib des Babys fragen konnte. Aber es erklärte nicht, wieso seine Frau der Meinung gewesen sein sollte, allein im Haus zu sein. «War Ihre Mutter häufig über Nacht weg?», fragte Schöller denn auch skeptisch. Bei einer älteren Frau hielt er das wohl für unwahrscheinlich.

«Häufig nicht», antwortete Helling. «Aber es kam vor, wenn sie austherapierte Patienten betreute und sah, dass es zu Ende ging. Sie war eine erfahrene Krankenschwester und ließ niemanden allein in seinen letzten Stunden. Wenn die Angehörigen mit der Situation überfordert waren, übernahm sie das. Zurzeit hatte sie so einen Fall. Sie sagte gestern Mittag noch, dass sie damit rechnet, in der Nacht gerufen zu werden.»

Schöller fragte nach dem Namen der Frau, der Therese das Kind anvertraut haben sollte. Helling bedauerte: «Meine Mutter hatte einen großen Bekanntenkreis, da kommen viele infrage. Mir hat sie nur gesagt, wir müssten eine Betreuungsmöglichkeit für die Kleine finden. Ich war damit nicht einverstanden. Meine Frau kommt normalerweise gut zurecht mit dem Baby. Meine Mutter hat sich deshalb wohl erst darum bemüht, nachdem ich aus dem Haus war. Meine Frau war danach sehr bedrückt, hat erneut angefangen zu trinken und ist eingeschlafen. Dass meine Mutter zurückgekommen ist, hat sie nicht gehört.»

Da musste seine Frau ihm heute früh aber eine Menge erzählt haben, fand Klinkhammer. Erstaunlich, dass sie jetzt noch nicht einmal mehr die Augen aufbekam. Ebenso erstaunlich, dass es im Kinderzimmer keine Abdrücke von Profilsohlen gab. Man sollte doch annehmen, als Vater hätte Helling nicht blind auf den Bericht einer Volltrunkenen vertraut, sondern sich mit einem Blick ins Kinderbett überzeugt. Vielleicht hatte er das getan, ehe er ins Bad ging. Und während er oben herumlief, konnte sie sich restlos abgefüllt haben. Soweit es Therese betraf, klangen Hellings Behauptungen glaubwürdig und passend zu der Frau, die Klinkhammer gekannt hatte.

Schöller schaute ungeduldig zur Couch. Der Notarzt hatte vor all den Splittern kapituliert und damit begonnen, Verbände anzulegen, die rasch durchfärbten. Er machte eine Bemerkung über viel zu niedrigen Blutdruck und hohen Blutverlust. Einige der Schnitte müssten genäht werden, weil die Blutungen nicht zum Stillstand kämen. Schöller nickte zwar erneut, bestand aber weiter darauf, er müsse zuerst mit ihr reden.

Nun widersprach der Arzt: «Ich weiß, dass es für Sie wichtig ist. Aber ich übernehme die Verantwortung nicht länger. Wenn die Frau nicht bald ins Krankenhaus gebracht wird, haben Sie gleich zwei Tote. Sie hat garantiert eine Alkoholvergiftung.»

Bei vier Flaschen klang das vernünftig. Schöller machte zwar einen denkbar unzufriedenen Eindruck, gab dem Arzt dennoch nach. Während der zwei Sanitäter mit einer Trage hereinrief, die im RTW vor dem Haus gewartet hatten, kam Grabowski von seiner Tour zurück und berichtete Schöller im Flüsterton. Schöllers Blicke ließen Klinkhammer vermuten, dass Grabowski ihren Weg durchs Haus ebenso rekonstruiert hatte wie er und sich auch über fehlende Bluttupfen im Flur wunderte.

Schöller warf der Trage, die mitsamt der bewusstlosen Frau darauf eilig hinausgeschafft wurde, einen nachdenklichen Blick hinterher und beauftragte einen der beiden Oberkommissare, die mit Kehler vor der Haustür standen, den RTW zu begleiten und alles Notwendige zu veranlassen. Dann konzentrierte er sich wieder auf Helling. «Wer hat den Flur geputzt?»

«Ich», sagte Helling merklich aggressiv. «Und zwar kurz nachdem ich ins Haus gekommen war. Also zu einem Zeitpunkt, als ich noch nicht ahnte, was ich im Bad vorfinde. Meine Mutter wähnte ich bei ihren Patienten. Meine Frau schlief fest. Ihre Füße starrten vor Schmutz, bluteten jedoch nicht mehr. Wahrscheinlich ist die starke Blutung meine Schuld, ich hätte ihre Füße nicht in warmes Wasser stellen dürfen. Aber ich wollte sie säubern. Ich wollte auch das Wohnzimmer saubermachen, ehe meine Mutter nach Hause käme. Wenn Sie mir daraus einen Vorwurf …»

Schöller winkte ab und verlangte, er solle schnellstmöglich sämtliche Bekannten seiner Mutter auflisten, damit man feststellen könne, zu wem sie am vergangenen Abend ihr Enkelkind gebracht und wie lange sie sich aufgehalten habe.

Sorgen um das Wohlergehen des drei Monate alten Säuglings machte sich zu diesem Zeitpunkt kein Ermittler, das tat auch Klinkhammer nicht. Mit dem Bild des frisch bezogenen Gitterbetts und des Kissens mit dem Kniff vor Augen, wähnte er das Baby in guten Händen. Sorgen um seine eigene Haut machte er sich erst recht nicht. Er hatte keine Zweifel, dass Hellings Frau in der Nacht jemanden gesehen und dass dieser Jemand Therese umgebracht hatte. Es gab nicht den geringsten Hinweis, dass er von ihrem Tod persönlich entschieden betroffener war als alle anderen Angehörigen der Kreispolizeibehörde.

In seinem Wohnzimmerschrank lag ein Exemplar von *Romys Schatten*. Nicht nur das, die anderen Taschenbücher von R. S. besaß er ebenfalls. Sie waren ihm alle von Gabriele Lutz geschenkt worden, signiert mit ihrem liebsten Pseudonym Romy Schneider. *Romys Schatten* war zudem mit einer eigenwilligen Widmung versehen. «Ein kleiner Dank dem Mann, der mich geweckt hat.» Gerettet wäre treffender gewesen.

Arno Klinkhammer hatte Gabriele Lutz vor siebzehn Jahren mit aufgeschlitzter Pulsader gefunden, in letzter Sekunde sozusagen. Und nicht nur für ihr Leben schuldete Gabi, wie er sie seit einer Ewigkeit nannte, ihm inzwischen entschieden mehr als einen kleinen Dank. Im Laufe der Zeit hatte er eine Menge für sie getan, ihr sogar zum literarischen Durchbruch verholfen.

Vor zwei Jahren hatte er seine Frau bekniet, sich Gabis jüngstes Werk wenigstens einmal anzuschauen und vielleicht eine Empfehlung auszusprechen, welchem Verlag sie das Manuskript anbieten könne. An ihren früheren Verlag, bei dem die Taschenbücher erschienen waren, wollte Gabi sich nicht mehr wenden. Ines hatte sich sofort entschlossen, den Roman selbst herauszubringen. Bereut hatte sie das bisher nicht, obwohl der Umgang mit Gabi nicht immer einfach war. Doch das Buch verkaufte sich gut, stand nun schon seit über einem Jahr in der Bestellerliste. Es war längst ein weiteres in Vorbereitung, und Ines hatte Großes damit vor. Allein aus dem Grund sah sie Gabi einiges nach. Sie war im Umgang mit kreativen Köpfen auch ganz andere Sachen gewohnt. Die hatten immer ihre Macken. Gabi erwartete im Prinzip nur, dass sie gutes Geld verdiente und Zustimmung erhielt, egal, welchen Unsinn sie verzapfte. Damit war sie für Ines fast schon eine rühmliche Ausnahme.

Arno Klinkhammer kannte auch den *Schatten mit den Mörderaugen*. Aber er wusste nichts von der Verbindung zwischen Gabi und Hellings Frau. Bei der Erstausstrahlung des Films im Oktober 2001 hatte er nicht auf all die Namen im Abspann geachtet. Und selbst wenn sich ihm das eingeprägt hätte: Herstellungsleitung: Stella Marquart; nach zweieinhalb Jahren wäre er von allein kaum auf die Idee gekommen, Stella Marquart sei identisch mit der Frau, die er zottelig, dreckig und total besoffen auf der verschmierten Couch in Thereses Wohnzimmer hatte liegen sehen.

Majestätsbeleidigung

August 1999 bis Mai 2000

Es hatte nach den Vertragsunterzeichnungen durch Gabriele Lutz monatelang nicht danach ausgesehen, dass jemals Stellas Name im Nachspann des Films auftauchen würde. Zwar hatte sie beim Sender mit dem zuständigen Redakteur Heuser einen Ansprechpartner, der auch deutlich signalisierte, lieber mit ihr arbeiten zu wollen als mit dem *Spinner* Fabian Becker. Aber Fabian hatte nun mal die Erfahrung mit Spielfilm-Produktionen und seine eigene Vorstellung von Wirklichkeit. Dafür fehlte ihm die Fähigkeit, den Geschäftsführer in die Schranken zu verweisen, wenn Ulf von Dornei wieder mal Russen, Chinesen, Terroristen und Drogenbosse für das Höchstmaß von Spannung hielt.

Gleich bei der ersten Besprechung, an der auch Heuser teilnahm, kam es zum Debakel. Heuser wollte eigentlich nur hören, wie *Romys Schatten* als Serie funktionieren könnte. Gabriele Lutz brachte ihren Laptop mit, hatte bereits Entwürfe für sechs ungeklärte Morde auf der Festplatte. Ihr Tempo mochte bei anderen Eindruck machen. Aber bei Movie-Productions hatte jeder einen Schreibblock mit Firmenemblem und zwei Stifte vor sich, um Notizen zu machen. Sie hatte diese Utensilien zur Seite geschoben, um Platz für ihr Arbeitsgerät zu schaffen, was Ulf von Dornei mit pikierter Miene zur Kenntnis nahm.

Fabian war an Serienfolgen vorerst gar nicht interessiert. Er ergriff das Wort und versuchte, Heuser auf seine Seite zu ziehen. Natürlich hatte man ein gutes Drehbuch, doch auch Gutes ließ sich verbessern. Um wenigstens ein bisschen von Romys armseliger Kindheit und Jugend sowie der achtjährigen Liebesbeziehung im Film unterzubringen, schlug Fabian vor, mit Rückblenden zu arbeiten, wenn Romy durch die Stadt lief und Junkies mittels Nasenbluten ins Jenseits beförderte.

Ehe Gabriele Lutz dagegen protestieren konnte, sprach Ulf von Dornei. Er wollte mit der Villa eines Drogenbosses in Bolivien beginnen. Dieser Drogenboss sollte zu Romys Hauptfeind werden. Sie könnte ihn durch sämtliche Serienfolgen jagen. Damit hätte man einen roten Faden. Weil Romy den Drogenboss nämlich nie zu fassen bekäme, könnte sie ersatzweise die Russenmafia, die chinesischen Triaden, die internationale Terroristenszene und so weiter lichten.

«Nein», sagte Gabriele Lutz und warf Stella einen unwilligen Blick zu – nicht den ersten. «Ich dachte, das hätten wir geklärt. Keine Russen, keine Chinesen, keine Terroristen. Romy fliegt nicht in der Weltgeschichte herum.»

«Das muss sie auch gar nicht», meinte König Ulf aufgebracht. Energischen Widerspruch war er nicht gewöhnt. Er hatte sich eins von Fabians Büchern über Phänomene ausgeliehen und darin eine Lehrerin entdeckt, die ihren Astralkörper als Pausenaufsicht nach draußen schickte, während sie im Lehrerzimmer ein Nickerchen hielt. «Ein Mensch mit übernatürlichen Fähigkeiten kann an zwei Orten gleichzeitig sein», klärte er die Autorin auf.

«Ehrlich?», fragte Gabriele Lutz. Und Stella hätte nicht sagen können, ob sie spöttisch oder erstaunt klang. «Haben Sie eigene Erfahrungen auf dem Gebiet?» Als Ulf von Dornei den Kopf schüttelte, erkundigte sie sich noch: «Möchten Sie welche machen? Dann holen Sie uns doch mal Kaffee. Etwas Gebäck dazu wäre auch nicht schlecht. Das scheint sich ja hier zu ziehen. Und ich habe zu Mittag nur eine Kleinigkeit gegessen.»

Bis dahin hatte Heuser seinen Block mit Figuren bekritzelt und mehrfach gehüstelt, um deutlich zu machen, dass auch er das Palaver als Zeitverschwendung empfand. Nun prustete er los ohne Rücksicht auf Verluste. Aber er hatte auch nicht viel zu verlieren. Als Ulf von Dornei tatsächlich aufstand und den Besprechungsraum verließ, schaute der Redakteur Gabriele Lutz an und sagte: «Den Trick müssen Sie mir verraten. Wie macht man das?»

Gabriele Lutz lächelte. «Haben Sie es noch nie probiert? Es ist ganz einfach. Man denkt, jetzt hätte ich gerne einen Kaffee und etwas zu essen. Dann spricht man diesen Wunsch aus.»

«Das funktioniert aber nur, wenn man den Richtigen anspricht», meinte Heuser.

«Holt er sonst keinen Kaffee?», fragte Gabriele Lutz.

«Wenn sich jemand findet», erklärte Heuser, «lässt König Ulf sich noch den Hintern abwischen.»

Kaffee und Gebäck brachte wenig später die Sekretärin. Ulf von Dornei ließ sich nicht mehr blicken. Er hatte Nasenbluten bekommen wie all die Junkies im Roman. Bei ihm gab es allerdings eine natürliche Erklärung. Die Sekretärin erzählte, er sei in die Teeküche gestürmt, wo sie gerade für sich einen Kaffee machte. Sie solle eine ganze Kanne voll aufbrühen und in den Besprechungsraum bringen, habe er verlangt und die beiden Hängeschränke aufgerissen, um nachzuschauen, was an Gebäck vorrätig sei. Da er beide Schränke gleichzeitig aufgerissen hatte und dabei in einem ungünstigen Winkel stand, hatte er sich eine Tür vor die Nase gehauen. Alles ganz normal. Doch mit diesem Vorfall begann es für Stella; Unbehagen auf einer realen Ebene.

Fabian war selbstverständlich überzeugt, Gabriele Lutz habe ihnen eine Demonstration ihrer besonderen Kräfte geboten und telepathisch die Schritte des Geschäftsführers gelenkt, damit die Schranktür ihn auch richtig traf. «Sie hat es doch angekündigt, Stella. Warum glaubst du mir nicht?»

Weil es für sie ausgemachter Schwachsinn war. Aber man schickte einen König nicht ungestraft Kaffee und Kekse holen. Warum er gegangen war, wusste Ulf von Dornei vermutlich selbst nicht. Vielleicht hatte ihn Heusers Heiterkeitsausbruch in die Flucht getrieben. Vielleicht hatte er sich auch ausnahmsweise einmal im Eifer des Gefechts vor Gastfreundschaft überschlagen wollen. Manchmal hatte er solche Anwandlungen. Nur hätte ihm das mit der Schranktür nicht passieren dürfen.

König Ulf fühlte sich bis auf die Knochen blamiert und meinte, Frau Lutz habe ihn mit ihrer Aufforderung vor Heuser zur lächerlichen Figur gemacht. Für ihn war sie fortan nur noch die unmögliche Person. Und er hatte die Macht, sie zu schikanieren. Er ließ sie schreiben, monatelang. Und egal, was sie ablieferte, keine Zeile erreichte den Sender.

Das meiste war auch absolut überflüssig wie das Serienkonzept mit sämtlichen Haupt- und Nebenfiguren noch bis zu Folge hundertfünfundzwanzig.

Seine Befehle ließ Ulf von Dornei durch Fabian weiterleiten. Noch war der Film Fabians Projekt, das er sich auch um keinen Preis streitig machen lassen wollte, bestimmt nicht von einer Ungläubigen wie Stella. Das machte er jedes Mal deutlich, wenn sie versuchte, mitzureden oder wenigstens zu vermitteln.

In diesen Monaten war sie völlig machtlos, konnte nichts weiter tun, als Heuser und Gabriele Lutz bei Laune halten. Wenn die Autorin telefonisch nachfragte, das tat sie grundsätzlich bei Stella, geriet sie meist außer sich vor Wut, sah aber auch ein, dass sie sich das Elend selbst zuzuschreiben hatte.

«Zuerst quasselt dieser Spinner, dass ich schon dachte, hier komme ich heute nicht mehr raus», sagte sie einmal. «Dann ging mir auch noch der Fatzke mit seinem Drogenboss auf den Keks. Wenn ich geahnt hätte, dass er sich eine Schranktür vor die Nase knallt, hätte ich den Kaffee selber geholt. Bei nächster Gelegenheit krieche ich zu Kreuze.»

Diese Gelegenheit räumte Ulf von Dornei ihr nicht ein. Er erteilte ihr quasi Hausverbot, untersagte weitere Besprechungen in seinem Hoheitsbereich. Ob aus Furcht vor erneuten Eingriffen in seine ureigensten Gedanken, ließ er nicht erkennen. Stella nahm an, dass Fabian auch bei ihm eine entsprechende Bemerkung gemacht hatte. Bei Heuser hatte er es getan, zum Glück nahm der das nicht ernst. Und König Ulf behauptete, es gäbe ja nichts zu besprechen, solange die *unmögliche Person* nichts Vernünftiges abliefere. Solange Frau Lutz sich einbilde, sie könne fünf Herren gleichzeitig dienen, käme wohl nie ein gutes Serienkonzept zustande. Fabian hatte ihm verraten, dass Gabriele Lutz noch für andere Produktionen arbeitete.

Gabi, wie Stella und auch Fabian sie bald nannten, hatte Verträge zu erfüllen, die unterschrieben worden waren, ehe *Romys Schatten* überhaupt zur Debatte gestanden hatte. Daraus machte sie keinen Hehl. Stella verschwieg sie nicht einmal, dass sie danach auch noch ein paar Projekte angenommen hatte, weil sie doch von etwas leben musste. Und Handwerker bezahlen.

Im November 1999, eine knappe Woche vor der Besprechung mit nachhaltigen Nebenwirkungen, hatte Gabi das Haus gekauft, für das sie dem belauschten Telefongespräch nach ihre Seele gegeben hätte. Es sei ziemlich vernachlässigt, erwähnte sie einmal. Alles müsse von Grund auf renoviert und saniert werden.

Das Haus stand in Niederembt, durch Gabi hörte Stella zum ersten Mal von dem Dorf. Wenn Gabi ihren Ärger abgeladen hatte, kam sie manchmal auf ihre Sorge zu sprechen, doch nicht so schnell wie geplant in das Haus einziehen zu können, an dem ihr ganzes Herz hing. Und alles klang völlig normal.

Laut Gabi hatte das Haus ihren Großeltern gehört, bei denen sie unzählige schöne Stunden in ihrer Kindheit verbracht hatte. Nach dem Tod des Großvaters war es im Zuge eines Pflegeakts auf Gabis Schwester Uschi, die Kuh, überschrieben worden, die sich immer gut darauf verstanden hatte, sich alles unter den Nagel zu reißen.

«Aber ich war damals gerade mal zwanzig», sagte Gabi. «Ich hatte eine schöne Wohnung und zwei kleine Kinder, die mich auf Trab hielten. Da wäre ich mit dem Haus und meiner Großmutter wahrscheinlich überfordert gewesen.»

Selbstverständlich hatte Gabi ihre beiden Kinder nicht von einem Alkoholiker bekommen, den man mit Messern hätte bewerfen müssen, wie im *Traum von Rosen* gezeigt. Sie hatte zwar sehr jung geheiratet, war schon mit siebzehn zum ersten Mal Mutter geworden. Demnach war sie jetzt etwa im selben Alter wie Stella und Fabian. Älter sah sie auch wirklich nicht aus. Und ihre Ehe war nach ein paar Jahren daran gescheitert, dass ihr Mann nur noch die Füße hochlegen wollte, wenn er von der Arbeit kam. Mal ausgehen war mit ihm nicht drin gewesen.

Wenn sie mit Stella telefonierte, war sie nur eine Frau mit einer blühenden Phantasie, die aus lauter Langeweile auch ein paar Bücher über Phänomene gelesen hatte. Aber Gabi sprach ja auch mit Fabian. Nachdem die siebte Fassung eines Serienkonzepts in Ulf von Dorneis Papierkorb gelandet war, fuhr er zweimal die Woche am späten Nachmittag zu dem schäbigen Altbau in Köln, in dem Gabi immer noch lebte, weil das Haus in Niederembt einfach nicht bezugsfertig wurde.

Stella wäre zu gerne mitgefahren, das lehnte Fabian ab. So hörte sie nur von ihm oder von Gabi, wie die Arbeit voranging – gar nicht.

Sie machten die Nacht zum Tage, aber sie brachten nichts auf die Reihe, weil Fabian besessen war von dem Gedanken, Gabi und Romy seien ein und dieselbe Person. Zu Anfang bemühte Gabi sich noch darum, ihm das ausreden, lieh ihm die restlichen Taschenbücher und Videos von sämtlichen Filmen, für die sie die Drehbücher geschrieben hatte, um ihn zu überzeugen, dass sie mehr als genug Phantasie besaß und nicht darauf angewiesen war, reales Erleben zu verarbeiten.

Zum Beweis, dass sie nichts weiter könne als schreiben, führte sie auch immer wieder ihre triste Wohnung, die verschlissenen Möbel und das vergammelte Auto an. Mit übersinnlichen Fähigkeiten säße sie doch längst in einer Villa auf den Bahamas, hätte einen Rolls-Royce und einen eigenen Hubschrauber. Da Fabian jedoch nicht locker ließ, stimmte Gabi ihm schließlich wieder zu und erzählte ein Schauermärchen nach dem anderen – über ihre Ehe mit dem Alkoholiker. Da sie den schon mit sechzehn geheiratet hatte, konnte es vorher schwerlich einen anderen gegeben haben. Und was ihr Ex für Schulden gemacht hatte, für die Gabi hatte einstehen müssen, deshalb war sie doch jahrelang nicht auf einen grünen Zweig gekommen.

Immer wieder erklärte Stella ihrem Kollegen, was sie von Gabi hörte. Jedes Mal winkte Fabian ab, seiner Meinung nach wurden sie beide belogen. Er bildete sich ein, in Gabis Nähe ständig jemanden lachen zu hören, wenn er mit ihr allein in der Wohnung war. Und da lachte ein jüngerer Mann, das wollte Fabian beschwören – wahrscheinlich der Geist des Geliebten. «Das habe ich doch schon gehört, als wir zum ersten Mal bei ihr waren.»

Er hatte es behauptet. Aber Stella hatte nichts gehört – außer Elvis Presley. Sie vermutete, dass Fabian unter einem Tinitus litt. Mehrfach empfahl sie ihm, zum Arzt zu gehen, weil auch seine Kopfschmerzen immer unerträglicher wurden. Doch logischen Argumenten war er nicht mehr zugänglich. Er merkte nicht, wie er sich veränderte. Sie dagegen kannte die Zeichen der Furcht aus eigener Erfahrung. Das Zusammenzucken, wenn plötzlich jemand ins Zimmer kam. Die verstohlenen Blicke in dämmrige Ecken. Manchmal tat er ihr Leid. Und allmählich wurde sie wütend auf Gabi, die ihn nach dem Motto: Er will es doch so, lieber in seinem Wahnsinn bestätigte, statt mit ihm zu arbeiten.

Nachdem Gabi im Mai 2000 endlich in ihr Haus auf dem Land gezogen war, fuhr Fabian noch dreimal nach Niederembt und hörte den unsichtbaren Mann dort lauter lachen. Nach dem dritten Mal vertrat er die Ansicht, es sei Gabis Bruder, den er bei dieser Gelegenheit – ausnahmsweise mal sichtbar und natürlich lebendig – im Wohnzimmer angetroffen hatte.

«Ein unheimlicher Mann, wie Gabi gesagt hat», behauptete Fabian. «Du hättest seine Augen sehen müssen, Stella. Ich habe solche Augen noch nie bei einem Menschen gesehen. Sie waren gelblich grün wie bei einem Raubtier, es leuchtete richtig. Und wie er mich angeschaut hat – so durchdringend, ich konnte mich gar nicht mehr bewegen.»

Ein viertes Mal konnte er auch nicht mehr nach Niederembt fahren. Als zu seinen Kopfschmerzen noch Sehstörungen kamen und König Ulf ihn zu einer gründlichen Untersuchung förmlich zwang, stellte man einen Gehirntumor fest. Zwar war es nur eine gutartige Geschwulst, bestrahlt und entfernt werden musste sie trotzdem. Fabian fiel für längere Zeit aus und endgültig seinem Glauben ans Übersinnliche zum Opfer.

Stella besuchte ihn in der Klinik, sooft sie es einrichten konnte, und musste sich anhören, es sei nun höchste Zeit, den Film an den Mutterkonzern in München abzutreten. Zuerst begründete Fabian das noch rational. «Du hast keine Erfahrung mit Spielfilmen, Stella. Und du hast nicht die Zeit, dich um alles zu kümmern. Jetzt hast du doch auch noch meine Serie am Hals.»

«Irgendwie schaffe ich das schon», meinte sie zuversichtlich.

Daraufhin schlug Fabian einen anderen Ton an: «Tu dir selbst einen Gefallen und lass es. Du kommst gegen Gabi nicht an. Ich habe es versucht, du siehst, was dabei herausgekommen ist.»

«Jetzt hör aber auf», verlangte sie. «Du bildest dir doch hoffentlich nicht ein, Gabi hätte etwas mit deiner Erkrankung zu tun.»

Fabian schaute sie nur an, als sei sie es, die man bedauern müsse für ihre beharrliche Weigerung, die Dinge zu akzeptieren, wie sie nun einmal waren.

«Denk nach wie ein vernünftiger Mensch», forderte sie. «Du hattest schon ständig Kopfschmerzen, lange bevor wir Gabi kennen gelernt haben. Wenn sie übernatürliche Kräfte hätte, meinst du nicht, sie hätte damit längst Ulf schachmatt gesetzt, statt sich von ihm mit diesem blöden Serienkonzept schikanieren zu lassen?»

«Nein», sagte Fabian. «Über Ulf amüsiert sie sich. Der tanzte doch prompt nach ihrer Pfeife und wird das wieder tun, wenn er sie in seine Nähe lässt. Mich musste sie ausschalten, weil ich weiß, was sie kann. Wenn man weiß, dass man beeinflusst wird, funktioniert Gedankenübertragung nicht. So war es bei ihrem Mann auch, das hat sie doch selbst erzählt.»

Stella war versucht, den Kopf zu schütteln. Aber das hatte sie schon so oft getan, ohne Fabian damit zur Einsicht zu bringen. So sagte sie nur, um ihn zu beruhigen: «Keine Sorge, ich weiß es ja ebenfalls, bei mir werden ihre Gedanken wirkungslos verpuffen.»

«Keine Sorge?», wiederholte Fabian fassungslos. «Verstehst du nicht, was ich sage? Widersprich ihr oder tu etwas, was ihr nicht passt, dann bist du wahrscheinlich die Nächste.»

«Für einen guten Film muss ich das Risiko eingehen», erklärte Stella nun, weil sie es leid war. «Aber bei den ersten Anzeichen von Kopfschmerzen oder Sehstörungen gehe ich zum Arzt. Das verspreche ich dir.»

«Ihr Mann hatte keine Kopfschmerzen», sagte Fabian daraufhin. «Er ist aus Angst vor ihr zum Säufer geworden und an Leberzirrhose gestorben.»

Laut Gabi langweilte ihr Exmann seit Jahren eine andere und erfreute sich dabei bester Gesundheit, wovon Gabis Kinder sich regelmäßig jeden zweiten Sonntag überzeugen konnten. Aber das hatte Stella ihrem Kollegen schon so oft erzählt. Bisher hatte er ihr nicht geglaubt, jetzt täte er das bestimmt nicht.

«Könnte mir nie passieren», sagte sie stattdessen. «Das Zeug muss einem ja auch schmecken. Ich trinke am liebsten Wasser.»

Das war zu der Zeit die Wahrheit. Sie trank literweise Mineralwasser, weil es den Durst am besten löschte und der Figur nicht schadete. Nur zu besonderen Anlässen, wenn es bei Movie-Productions etwas zu feiern gab, selten genug, ließ sie sich ein Gläschen Sekt einschenken, um nicht als Trauerkloß zu gelten. Nur ein Glas. Das trug sie dann den ganzen Abend herum, damit niemand in Versuchung geriet, ihr ein weiteres aufzunötigen. Betrunken war sie noch nie gewesen. Schon das Gefühl, wenn sich ein leichter Rausch mit Schwindel bemerkbar machte, war ihr zuwider. Bei der Hochzeit ihrer Schwester hatte sie das erlebt und sich geschworen: Nie wieder.

Jederzeit Herrin ihrer Sinne, mit wachem Verstand und offenen Augen durch die Welt, sich von keinem Menschen mehr etwas einreden lassen, war ihre Devise. Vor zwanzig Jahren war es Madeleine gelungen, sie mit Horrorgeschichten verrückt zu machen. Die Chance, dieses Spielchen zu wiederholen, wollte sie keinem mehr einräumen. Niemandem mehr glauben, dass es Geschöpfe gab, die ein normaler Mensch mit seinen beschränkten mentalen Fähigkeiten nicht herausfordern sollte.

Ansichten der Ermittler

Donnerstag, 22. April 2004

Drei Komma acht Promille hatte Stella im Blut, als sie gegen zehn Uhr vormittags ins Bedburger Krankenhaus eingeliefert wurde. Ihre Leberwerte waren bedenklich, ihr Blutdruck besorgniserregend niedrig, die Blutgerinnung gestört.

Viel für sie tun konnten die Ärzte nicht. Man entkleidete sie, entnahm ihr auf polizeiliches Geheiß eine Blutprobe und untersuchte ihren Körper auf eventuelle Kampfspuren. Ein Chirurg beurteilte die verschorften Kratzer auf ihrer rechten Wange als schon etwas älter und höchstwahrscheinlich von einer Katzenpfote stammend. So spitze Fingernägel hatte kein Mensch.

Der Chirurg verarztete auch ihre zerschnittenen Fußsohlen, entfernte weitere Glassplitter und andere Fremdkörper, die sie sich im Hof und im Schuppen in die Wunden getreten, mit denen der Notarzt sich nicht länger hatte aufhalten wollen. Ein paar größere Schnitte wurden vernäht. Anschließend stabilisierte man ihren Kreislauf und schloss sie an eine Infusion an, um die Entgiftung zu beschleunigen und eine ausreichende Flüssigkeitszufuhr zu gewährleisten. Dann ließ man sie schlafen.

Das fleckige T-Shirt und ihr Unterhöschen wurden ebenso wie ihre Blutprobe zum gerichtsmedizinischen Institut nach Köln gebracht. Der Leiter der Mordkommission bemühte sich an dem Donnerstag nicht noch einmal darum, mit ihr sprechen zu können. Es wäre zwecklos gewesen.

Für Schöller und seine Leute gab es Wichtigeres zu tun, als neben ihrem Bett zu sitzen und darauf zu warten, dass sie die Augen aufschlug, Fragen verstand und beantworten konnte, womit nach Einschätzung der Ärzte in den nächsten vierundzwanzig Stunden nicht zu rechnen war. Eine Frau mit zerschnittenen Füßen lief nicht weg. Man hielt sich erst mal an die Nachbarschaft und ihren Mann. Aber niemand fragte, warum sie zur Alkoholikerin geworden war. Das schien offensichtlich: In einem Haushalt mit der resoluten Schwiegermutter zu leben ist nicht immer die wahre Freunde.

Teil 3
Notlügen

Der besorgte Ehemann

Donnerstag, 22. April 2004

Heiner Helling hatte erbärmliche Angst. Sein Problem war, er wusste nicht, was Stella auf die Idee gebracht hatte, seine Mutter habe ihr einen bösen Streich gespielt und die Kleine weggebracht. Dass vorher jemand im Wohnzimmer gewesen sein sollte, mit dem Therese über die Russen und eine volle Windel gesprochen habe, hatte sie ihm schließlich auch noch vorgelallt.

Er bezweifelte, ob es gut gewesen war, einen Eindringling zu erwähnen. Vielleicht hätte er besser sagen sollen: «Ich weiß nicht, was passiert ist. Sie sehen ja selbst, dass meine Frau keine Auskunft geben kann.» Aber in der Panik, man könne sie statt ins nächste Krankenhaus in eine Zelle schaffen! Und mit diesem Fragezeichen im Kopf: Warum sie auf blutenden Füßen überall herumgelaufen war, zwar eine Schnapsflasche von der Fensterbank genommen hatte, aber nicht das Telefon von Mamas Nachttisch!

Selbstverständlich hatte er sie danach gefragt, ehe er ihr noch zwei volle Trinkgläser von dem Aufgesetzten eingeflößt und ihr damit den Rest gegeben hatte, damit andere sie eben nicht sofort befragen konnten. Wie hieß es so schön: «Kleine Kinder und Betrunkene sagen die Wahrheit.» Nicht nur einmal, immer wieder hatte er gefragt: «Wann warst du oben? Warum hast du nicht sofort angerufen? Du musst doch gesehen haben, was passiert war.»

Jedes Mal hatte er nicht mehr von ihr gehört als ein brummeliges: «Lass mich schlafen.»

Erst als er sie bei den Schultern packte, heftig schüttelte und anschrie: «Schlafen kannst du später! Reiß dich zusammen und antworte mir. Mama liegt im Bad. Sie ist tot, verstehst du das? Tot!», bekam er eine andere Reaktion. Ein seliges Lächeln und ein zufrieden genuscheltes: «Dann kann sie ja nicht mehr mit meinem Vater reden.»

Und dann kam ausgerechnet Klinkhammer, der sich angeblich nicht mit den Opfern von Gewalttaten beschäftigen wollte. Aber wenn es ein Opfer gab, tat er genau das mit Ausdauer. Den schickte jemand los, nach dem Verbleib einer jugendlichen Ausreißerin zu forschen – und er kam mit einem Mordfall zurück. Der erhielt den Auftrag, einen scheinbar harmlosen Autofahrer zu überprüfen, der nichts weiter getan haben sollte, als verbotswidrig auf einem Waldweg zu parken – und er überführte den Mann als äußerst raffinierten Serienmörder, der sogar einen BKA-Sonderermittler austrickste, den Klinkhammer dann in einem Aufwasch davor bewahrte, mit Schimpf und Schande aus dem gehobenen Dienst entfernt zu werden.

Klinkhammers Bravourstück war Heiner bestens bekannt. Es war wochenlang das Tagesgespräch in der Dienststelle gewesen und nicht nur da. Schulterklopfen von allen Seiten, sogar vom Landrat und einer Oberstaatsanwältin, eine Lobeshymne nach der andern. Seitdem hielten ihn viele für eine Art Guru.

Der Leiter der Mordkommission schien eine Ausnahme zu sein. Er schätzte es offenbar nicht, dass ein *Provinzprofiler* – den Ausdruck hatte Heiner aus Schöllers Mund gehört, nur gemurmelt, aber gut zu verstehen – ihm erklärte, wie er die Lage beurteilte. Klinkhammer musste die abfällige Bezeichnung auch verstanden haben. Doch das hielt ihn nicht davon ab, Schöller noch ein paar Denkanstöße zu bieten. Mit seinen Einwürfen hatte er Heiner schon vor Stellas Abtransport suggeriert, er denke bereits in zwei Richtungen. *Anschließend war sie oben.* Das hätte Klinkhammer nun wirklich nicht sagen müssen. Es war doch nicht zu übersehen.

Nachdem Stella aus dem Haus geschafft worden war, stellte Schöller weitere Fragen. Und Klinkhammer mischte sich immer wieder ein. Am meisten beschäftigte ihn wohl das ungesicherte Schuppentor. «Halten Sie es für möglich, dass Ihre Mutter noch jemanden erwartet hat?»

Heiner hielt es für ausgeschlossen, nickte trotzdem, obwohl er ihnen damit die erste Ungereimtheit lieferte. Wenn man jederzeit zu einem Sterbefall gerufen werden konnte, wie er kurz zuvor behauptet hatte, traf man keine Verabredungen. Aber früher hatte Mama häufig Affären mit verheirateten Männern gehabt, die nach Einbruch der Dunkelheit durch den Garten gekommen waren, damit sie auf der Straße nicht gesehen wurden. Da war das Tor stets entriegelt worden, weil sich ein Liebhaber am Schuppen nicht bemerkbar machen konnte.

Kaum war das ausgesprochen, wollte Schöller Namen hören.

«Ich weiß nicht, wie die Männer hießen», redete Heiner sich heraus. «Meine Mutter war sehr diskret und hat ihren jeweiligen Freund nur empfangen, wenn ich Nachtdienst hatte.»

«Woher wissen Sie denn, dass es verheiratete Männer waren?»

Na, sein Vater, dieser verantwortungslose Schweinehund, war ja auch einer gewesen. «Sie hat einmal eine Bemerkung gemacht, aus der ich diesen Schluss gezogen habe.»

«Wie lange sind Sie verheiratet?»

«Seit zwei Jahren.»

«Und welche Art von Nachtdienst hat Ihre Frau in den beiden Jahren gemacht?»

Die Antwort darauf erübrigte sich. Schöllers Ton machte klar, was er dachte: Gesoffen.

Klinkhammer machte eine Bemerkung über die entwürdigende Lage der Toten. Möglicherweise habe man es mit einer sexuell motivierten Tat zu tun, meinte er. Durchaus denkbar, dass es sich bei den durchwühlten Schlafzimmern um ein Ablenkungsmanöver handle, mit dem ein persönliches Motiv verschleiert werden sollte. Er versäumte allerdings auch nicht zu erwähnen, dass er Therese am Dienstag noch gesehen und sie wertvollen Schmuck getragen hatte.

Schöllers Blicke versprühten inzwischen Gift und Galle. Aber inspirieren ließ er sich und setzte Heiner mächtig zu. Besondere Rücksicht auf einen Mann, der gerade die Mutter verloren hatte, nahm er wahrhaftig nicht. Heiner sollte nicht nur schnellstmöglich ihre Bekannten auflisten. Nach Klinkhammers Hinweis auf teure Schmuckstücke verlangte Schöller ihm auch noch Auskünfte über ihre Einkommensverhältnisse und eine Aufstellung der Wertgegenstände ab, die sich im Haus befunden haben müssten. Aus dem Gedächtnis! Dass er sich einen Überblick verschaffte, wurde ihm nicht erlaubt.

Als endlich die Spurensicherung eintraf, dicht gefolgt von einer jungen Gerichtsmedizinerin, wurden Heiner noch routinemäßig die Fingerabdrücke abgenommen, eine Speichelprobe hatte er auch prophylaktisch abzugeben. Danach hielt Schöller es für geraten, dass er das Haus verließ. Nachdem er sich umgezogen hatte, versteht sich. Seine blutverschmierte Jeans, das Polohemd und die Sportschuhe mit den Profilsohlen hatte er abzuliefern.

Es war demütigend. Bermann, der zuvor Ludwig Kehler in der Mangel gehabt hatte, begleitete Heiner ins Schlafzimmer, schaute ungeniert zu, wie er sich auszog, nahm alles in Empfang, tütete es ein und beäugte argwöhnisch jedes Teil, das Heiner vom Boden aufhob. Kleidung für sich, wovon er sofort etwas anzog. Nachthemden, Unterwäsche und den Bademantel für Stella. Ihre Sachen packte er in eine elegante Reisetasche, die ein kleines Vermögen gekostet hatte und noch im Schrank stand, zusammen mit einem Koffer, in den er seine Kleidung legte. Anschließend wies er Bermann darauf hin, dass seine alte Sporttasche fehle.

Auf sein Waschzeug und den Rasierapparat musste Heiner verzichten. Ins Bad, wo die Gerichtsmedizinerin sofort mit der ersten Untersuchung der Leiche begonnen hatte, wobei Schöller ihr zuschaute, ließ man ihn nicht mehr. Als er – dicht gefolgt von Bermann – mit Koffer und Reisetasche aus dem Schlafzimmer kam, wies Schöller Bermann an, ihn nach unten zu begleiten und vor der Haustür zu warten.

Ludwig Kehler stand immer noch draußen, rauchte die siebte, achte oder neunte Zigarette und lauschte der Unterhaltung zwischen Klinkhammer und dem jungen Grabowski, die kurz zuvor ebenfalls ins Freie getreten waren. «Kalle» Grabowski sollte mit der Befragung der Nachbarschaft beginnen. Klinkhammer, den Schöller schließlich unverblümt zum Rückzug aufgefordert hatte, damit er nicht auch noch die Gerichtsmedizinerin mit seinen Ansichten belästigte, sollte zurück nach Bergheim fahren. Da gäbe es doch bestimmt eine Menge für ihn zu tun, hatte Schöller gesagt, vielleicht noch einen Handtaschenraub aufzuklären oder eine räuberische Erpressung auf einem Schulhof.

Aber noch redeten «Kalle» und der Provinzprofiler, wie nicht anders zu erwarten, über Therese und die Unterschiede, die Klinkhammer zu dem Mord an Dora Sieger aus Bedburg sah. Da Bermann sich dazugesellte und Schöller noch minutenlang im Obergeschoss blieb, bekam Heiner Gelegenheit, genauso aufmerksam zuzuhören wie Grabowski.

Als Klinkhammer auffiel, dass Heiner seinen Autoschlüssel in der Hand hielt, sagte er: «Sie sollten in Ihrer Verfassung nicht selbst fahren, Herr Helling. Ich nehme Sie gerne mit.»

Daraufhin sagte Schöller, der endlich bei der Haustür auftauchte: «Vielen Dank für die Belehrung und das freundliche Angebot, Herr Kollege. Es beruhigt Sie hoffentlich zu hören, dass ich nicht vorhatte, ihn fahren zu lassen. Er kommt mit uns.»

Mit dem nächsten, nicht eben freundlichen Satz wandte Schöller sich an Grabowski: «Was stehst du hier noch herum, Kalle? Hatte ich dir nicht gesagt, was du tun sollst? Befragung der Nachbarschaft. Oder meinst du, das wäre unter deiner Würde?»

Und genau in dem Moment, als sich alle in Bewegung setzten, fuhr ein Wagen der Staatsanwaltschaft vor, dem nicht irgendwer entstieg, sondern Oberstaatsanwältin Carmen Rohdecker höchstpersönlich. Sie hatte den Serienmörder hinter Gitter gebracht, war damals zweimal in Bergheim gewesen, hatte mit ihren Lobeshymnen alle anderen übertroffen und Klinkhammer überreden wollen, sich nach Köln versetzen zu lassen.

Daher kannte Heiner sie und wusste auch, dass sie mit Klinkhammer per du war. Trotzdem glaubte er sekundenlang, es solle mit diesem Besuch demonstriert werden, dass die Ermordung einer Polizistenmutter sogar die höchsten Ränge mobilisierte. Aber für ihn oder die anderen hatte sie gar keinen Blick, begrüßte nur Klinkhammer mit äußerst unpassendem Humor.

«Jetzt verdrück dich nicht, Arno, ich bin eigens deinetwegen gekommen. Als ich hörte, wer uns alarmiert hat, dachte ich, ich schau mal selbst nach dem Rechten, ehe das hier ausufert. Eine Tote, eine

Leichtverletzte, und dabei bleibt es, ja? Ich hoffe, du hast nicht wieder ein paar Vermisste auf der Hinterhand.»

Sie spielte auf den Serienmörder an, dessen Opfer lange Jahre als vermisst gegolten hatten, das war Heiner klar.

Klinkhammer schüttelte den Kopf und sagte: «Das ist nicht der richtige Moment für Scherze, Carmen.»

Das musste auch Schöller begreifen lassen, dass der *Provinzprofiler* für die Oberstaatsanwältin kein kleines Licht war. Heiner sah, wie Schöllers Miene versteinerte. Er schickte ihn und Bermann zum Dienstwagen und sprach Carmen Rohdecker an. Was er sagte, verstand Heiner nicht mehr, weil Bermann ihn zum Einsteigen nötigte. Aber er sah noch, wie Carmen Rohdecker sich erneut Klinkhammer zuwendete. Ihr Lächeln dabei schien Bände zu sprechen. *Du hast den Trotteln aus der Großstadt also schon erklärt, was Sache ist. Und das passt ihnen nicht. Lass dich davon bloß nicht beirren, Arno.* Vermutlich hatte sie ein weit offenes Ohr für Klinkhammer. Und wenn er ihr da einen Floh hineinsetzte, wie ihm das bei Schöller dem Anschein nach schon gelungen war …

Weitere drei Stunden lang wurde Heiner in der Dienststelle Bergheim vernommen. Bermann saß nur dabei und machte Notizen. Schöller wollte Auskünfte über jede Art von Thereses Beziehungen: Freundschaften, Feindschaften, Abhängigkeiten. Er fragte noch einmal nach Liebhabern und immer wieder, wie gut oder schlecht Stella mit ihr ausgekommen sei.

«Selbst wenn ich Ihnen glauben würde, dass die Badezimmertür in der Nacht geschlossen und Ihre Frau der Überzeugung war, alleine im Haus zu sein, sehe ich einiges, was gegen ein herzliches Verhältnis spricht», sagte Schöller. «Die durchwühlten Schlafzimmer müssen Ihrer Frau doch aufgefallen sein. Oder sieht es bei Ihnen immer so aus?»

Heiner konnte dazu nur den Kopf schütteln.

«Na bitte», sagte Schöller. «Dann erklären Sie mir mal, warum Ihre Frau es nicht einmal für nötig befand, zumindest Sie sofort zu informieren, dass ein Vermummter im Haus gewesen war. Sie hatten in der Nacht doch Ihr Handy dabei, oder nicht?»

Wenn Heiner es ihm hätte erklären können, hätte er das getan. Er gab sich die allergrößte Mühe, Stellas ihm selbst schleierhaftes Verhalten mit ihrem Alkoholkonsum zu begründen und die Beziehung der beiden Frauen zueinander so positiv wie nur möglich darzustellen.

Früher hatten sie sich eigentlich auch recht gut verstanden. Es war zwar auch zu Anfang nicht alles eitel Sonnenschein gewesen. Therese hielt eben nicht viel von modernen jungen Frauen, die von der italienischen Küche schwärmten, weil ihre Kochkünste sich auf Spaghetti al dente mit Knoblauchsoße beschränkten. Zur Abwechslung hatte Stella im ersten Jahr ihrer Ehe höchstens Brot und Käse auf den Tisch bringen können. Und Salate mit Joghurtdressing aus der Flasche hielt sie immer noch für entschieden gesünder als zerkochtes Gemüse. Da waren doch Welten aufeinander geprallt.

Da Therese am Kochtopf selbst eine Niete und im Haushalt auch nicht unbedingt ein Ass war, hatte sie erwartet, dass Stella ihr gerade die ungeliebten Arbeiten abnahm, mal die Fenster putzte, die Teppichböden saugte und die Wäsche machte. Mit all dem hatte Stella monatelang Schwierigkeiten gehabt. Nicht nur, weil ihr die Zeit fehlte, auch die Erfahrung.

In ihrem Apartment in Köln-Weiden hatte sie eine Zugehfrau gehabt und ihre Wäsche entweder in die Reinigung gegeben oder ihrer Mutter vorbeigebracht. MitGhtereses Maschine kam sie nicht gleich zurecht, fand nicht die richtige Temperatureinstellung, mit dem Bügeleisen hatte sie dasselbe Problem. Wenn die Sachen verdorben waren, gab es Gemecker. Stellas Vorschläge, eine Haushalthilfe zu engagieren, lehnte Therese rundweg ab. Das kam überhaupt nicht infrage, dass in *ihrem* Haus eine Hilfe herumschnüffelte.

Aber zu der Zeit machte Stella noch den Eindruck einer dynamischen Karrierefrau und verdiente in einem Monat so viel wie Therese in einem Vierteljahr. Sie kam erst am späten Abend und meist im Mietwagen mit Fahrer nach Hause, nicht etwa in einem profanen Taxi. Das machte Eindruck. Dass sie gelegentlich nicht völlig nüchtern war, fiel Therese nur auf, wenn sie selbst noch nicht im Bett lag. Und das ließ sich anfangs mit Geschäftsessen erklären, bei denen Stella nicht ständig nein sagen konnte, wenn ein Kellner nachschenken wollte.

Nachdem Stella ihren Job verloren hatte, war Thereses Achtung zwar vorübergehend auf den Nullpunkt gesunken, aber rasch wieder gestiegen, weil Stella einige Monate lang keinen Tropfen mehr anrührte und während dieser Zeit schuftete wie ein Bauarbeiter. Erst als sie erneut zu trinken begann und ihr Alkoholkonsum jedes erträgliche Maß überschritt, obwohl sie zu dem Zeitpunkt schwanger war, war bei Therese der Ofen aus gewesen.

Da hatte Heiner sich oft gefühlt, als werde er zwischen zwei Mühlsteinen zerrieben. Doch das hatte er nicht einmal bei seinem Freund je über die Lippen gebracht, geschweige denn beim Leiter der Mordkommission, der gerade das «private Umfeld» nach einem Motiv abklopfte.

Heiner sprach von einer schweren Depression, ausgelöst durch die Geburt des Kindes Mitte Januar. Die Kleine sei untergewichtig zur Welt gekommen, man habe sie erst im Februar aus der Klinik nach Hause holen können. Sie sei immer noch zu zart für ihr Alter, anfällig für Atemwegsinfekte und Verdauungsprobleme. Ein Trauma für jede Frau, die sich so sehr gewünscht hatte, Mutter zu werden. Stella quäle sich seitdem mit Schuldkomplexen und greife deshalb *gelegentlich* zur Flasche, behauptete er.

Ähnlich harmlos hatte Therese es im März einer Nachbarin erklärt, der Stella tags zuvor auf dem Weg hinter den Gärten mit einer Tüte voller Weinflaschen in die Arme gelaufen war. Heiner stand dabei, als die Nachbarin sich scheinheilig erkundigte, warum man das Enkelkindchen noch nicht im von der stolzen Mutter geschobenen Kinderwagen auf der Straße gesehen habe.

«Ist noch zu kalt», sagte Therese. «Wir warten lieber auf besseres Wetter. Bis dahin hat die Kleine bestimmt ein bisschen zugelegt und Stella sich berappelt. Das war ein doch Schock für sie, dass sie nicht so einen Wonneproppen von sieben oder acht Pfund auf die Welt gebracht hat. Da knabbert sie noch tüchtig dran. Mit einem Gläschen Wein sieht das nur halb so wild aus. Aber so was kommt vor, sag ich ihr jeden Tag. Was da alles in den Brutkästen lag, war ein Jammer.

Würmchen von zwölfhundert Gramm oder noch weniger, dagegen war unsere mit ihren vier Pfund ja ein Schwergewicht.»

Stellas Trinkerei hatte Therese bei dieser Gelegenheit heruntergespielt. Und das bestimmt nicht nur, weil Heiner zuhörte. Sie hatte immer die Ansicht vertreten, dass es im privaten Bereich Dinge gab, die man untereinander klären, jedoch keinem Außenstehenden auf die Nase binden sollte. Sein Vater war das beste Beispiel dafür.

Dass die Ermittler in der Nachbarschaft oder dem Bekanntenkreis seiner Mutter etwas von Bedeutung über die häuslichen Verhältnisse herausfanden, konnte Heiner praktisch ausschließen. Dabei fürchtete er nicht einmal so sehr, dass seine schöngefärbte Schilderung schnell widerlegt würde. Von dem verfluchten Film sollten sie nichts erfahren. Und wie er das verhindern sollte, wusste er nicht. Garantiert gab es zwei Dutzend Leute, die davon erzählen konnten. Um Stellas Beruf hatte Therese bei Nachbarn oder Bekannten bestimmt kein Geheimnis gemacht. In der Dienststelle wussten es wahrscheinlich auch einige. Heiner hatte zwar nie darüber gesprochen, aber sein Freund vielleicht.

Und selbst wenn niemand, der heute oder morgen befragt wurde, den *Schatten mit den Mörderaugen* erwähnte, blieb immer noch Stellas Vater. Johannes Marquart würde kein Blatt vor den Mund nehmen, wenn er hörte, dass seine Jüngste wieder getrunken hatte. Und wenn Schöller oder sonst wer von dem Film erfuhr, wenn einer reinschaute und die Szene sah, in der Ursula in einem Badezimmer mit einer zerbrochenen Champagnerflasche um ihr Leben kämpfte und den Kürzeren zog, kam vermutlich auch einer auf die Idee, Stella habe das als Anregung genommen.

Es gab zwar im Haus keine Kopie mehr auf Video, die Kassette mit dem Aufkleber der Produktionsfirma hatte Heiner in aller Eile verschwinden lassen. Aber Johannes Marquart besaß auch einen Abzug und stellte ihn bestimmt gerne zur Verfügung. Wahrscheinlich reichte es schon, wenn er Schöller mit der Nase auf die Autorin stieß, um all die Dinge ans Licht zerren, die Heiner im Verborgenen lassen wollte.

Romys Schatten

Juni bis Dezember 2000

Den Stoff an den Mutterkonzern in München abzutreten, wie ihr Kollege dringend geraten hatte, als er mit einem Hirntumor in der Kölner Klinik lag, war für Stella natürlich nicht in infrage gekommen. Bestimmt nicht ausgerechnet in dem Moment, wo sie endlich alleine agieren konnte. Sie hatte doch bereits bei ihren Eltern damit geprahlt. «Lass dich überraschen, Vati. Du wirst staunen.»

Und bei jedem Besuch daheim in den vergangenen Monaten war ihr bewusst gewesen, dass sie nicht viel Anerkennung ernten könnte, weil irgendwann im Nachspann stünde: Herstellungsleitung: Fabian Becker. Sie hatte ihm nicht gewünscht, dass er so schwer erkrankte, völlig ungelegen kam ihr das jedoch nicht.

Gabriele Lutz und Heuser sahen es so ähnlich. Der Redakteur hatte die Hoffnung auf den Film oder gar eine Serie schon fast aufgegeben und freute sich zu hören, dass Stella das Projekt nun zügig vorantreiben wolle. Doch diese Rechnung hatte sie ohne den Geschäftsführer gemacht. Im Gegensatz zu Fabian verfügte sie nicht über ein Auto, hatte noch nicht mal einen Führerschein. Keine Zeit gehabt bisher, weder für eine Fahrschule noch dafür, eine Beziehung aufzubauen. Von morgens bis weit in den Abend hinein im Einsatz für die Firma. Aber dann waren die Nächte auch nicht so lang und einsam.

Dass sie nun auf Firmenkosten einen Mietwagen mit Fahrer nahm, nach Niederembt fuhr und Gabi bei einem akzeptablen Serienkonzept unterstützte, untersagte Ulf von Dornei. Wofür wurde die «unmögliche Person» denn bezahlt? Doch nicht dafür, dass man ihr vorsagte, was sie schreiben sollte.

Es war nicht nötig, Gabi etwas vorzusagen. Nachdem Fabian sie nicht mehr von der Arbeit abhielt, schickte sie binnen weniger Wochen ein weiteres Konzept, in dem auch Russen, Chinesen und Terroristen auftauchten. Insgesamt siebenundachtzig Seiten. Stella wollte sie an König Ulf vorbei zum Sender schmuggeln. Doch sie kamen mit der Post, landeten in seinem Büro und blieben als Trophäe auf seinem Schreibtisch liegen.

«Jetzt bin ich das Theater leid», erklärte Gabi zwei Tage später am Telefon. «Wenn du den Fatzke nicht an die Leine legen kannst, richte ihm aus, dass ich keine Zeile mehr schreibe, die nicht mit Heuser abgestimmt ist. Sehen wir doch mal, wer den längeren Atem hat. Wenn der Sender das Interesse verliert, habt ihr das Nachsehen.»

«Du aber auch», gab Stella zu bedenken.

«Ich kann mein Geld leichter mit Leuten verdienen, die weniger nachtragend sind», konterte Gabi. Als sie dann auch noch erklärte: «Von mir aus kann die Sache platzen», musste Stella etwas unternehmen. Sie zweifelte keine Sekunde daran, dass Gabi es ernst meinte.

Notgedrungen informierte sie den Mutterkonzern in München. Weil sie befürchtete, man könne ihr den Stoff wegnehmen, sprach sie nur von einer Serienentwicklung, die Ulf von Dornei mit seinen guten Ideen behindere. Damit verschaffte sie ihm einen längeren Aufenthalt in Hollywood – zur Fortbildung.

Unmittelbar nach dem Abflug des Geschäftsführers bestand Heuser auf einem Treffen im Sender, an dem auch Gabi teilnehmen sollte. Wie es schien, hatte Heuser zu viel Zeit zum Nachdenken bekommen. Nun gefielen ihm die ersten Szenen im vorliegenden Drehbuch nicht mehr, in denen Romys Geliebter als Lebender und seine jugendlichen Mörder mit dem Messer gezeigt wurden. Stattdessen wollte Heuser einen spektakulären Einstieg. Er stellte sich das so vor, dass Romy gerade von der Ermordung ihres Geliebten erfahren hatte.

Bild 1: Romy hetzt völlig außer sich einen Korridor im Polizeipräsidium entlang. Und hinter ihr ein Feuerwerk. Die Neonröhren an der Decke platzen eine nach der anderen. Bei jeder Röhre könnte man in einem kleinen Rückblick zeigen, worüber Romy sich so aufregte. Man könnte sogar einbauen, wie glücklich sie mit ihrem Geliebten gewesen war. Eine heiße Liebesszene wäre nicht schlecht, fand Heuser. Etwas Erotik und dieser grandiose Effekt, genau die richtige Mischung.

Stella erwartete, dass Gabi protestierte und ihre Einstiegsszenen verteidigte. Doch nach dem Desaster der Besprechung bei Movie-Productions war sie anscheinend klüger geworden. Sie hatte wieder ihren Laptop dabei, auf dem die eifrig herumtippte. Bei Heuser, der ihnen am Tisch gegenübersaß, musste der Eindruck entstehen, Gabi notiere seine Vorschläge. Stella konnte den Bildschirm einsehen und erkannte, dass Gabi an einem Text feilte, der verdächtig nach einem Roman aussah.

Als Heuser nach wenigen Minuten alles gesagt hatte, schaute Gabi auf und lächelte anerkennend. «Neonröhren sind gut, darauf wäre ich nicht gekommen. Ich hätte Glühbirnen eingesetzt, bei mir waren es immer Glühbirnen. Das hat Fabian bestimmt mal erzählt. Aber Röhren, das gibt mehr Spektakel.»

Heuser grinste geschmeichelt. Stella traute ihren Ohren nicht. *Bei mir waren es immer.* Das klang, als wolle Gabi nun Heuser mit paranormalen Kräften an die Kandare nehmen. Einen Kommentar verkniff Stella sich erst einmal. Auf dem Weg ins Freie fragte sie nur: «Du willst das doch nicht wirklich schreiben, oder?»

«Schon passiert», sagte Gabi, kramte in ihrer Tasche, zog eine Diskette heraus und behauptete, in den letzten Wochen mehrfach mit Heuser telefoniert zu haben. «Du hast dich nicht getraut, etwas gegen den Fatzke zu unternehmen. Ich dachte, Heuser könnte Druck machen. Bei so einer Gelegenheit haben wir das besprochen. Die Veranstaltung heute war überflüssig. Aber Heuser meinte, du wärst beleidigt, wenn du erfährst, dass wir hinter deinem Rücken agiert haben. Also sprich ihn nicht darauf an, lass es ausdrucken, bring es ihm und freu dich, wenn er sich freut.»

Ob sie wegen Gabis Eigenmächtigkeit beleidigt war, hätte Stella zu diesem Zeitpunkt gar nicht sagen können. Verblüfft war sie, weil Heuser sich benommen hatte, als trüge er auch Gabi etwas völlig Neues vor. So viel schauspielerisches Talent hatte sie ihm nicht zugetraut.

«Und was ist mit den beiden Jungs?», fragte Stella. «Wenn man sie nicht einmal mit dem Messer zeigt, rätselt am Ende jeder, wer den Geliebten umgebracht hat.»

«Genau das ist der Sinn der Sache», sagte Gabi. «Die Zuschauer werden erwarten, dass wir es in einer Serienfolge auflösen. So halten wir sie bei der Stange.»

Das klang einleuchtend. «Und irgendwann», sagte Gabi noch, «wenn wir genug Stammpublikum haben, löse ich das Rätsel. Dann steht Romy dem Mörder gegenüber.»

«Dem?», fragte Stella.

«Na, zwei werden nicht das Messer halten, um einem Mann die Kehle durchzuschneiden», meinte Gabi lässig. Von einer durchschnittenen Kehle war bisher noch nicht die Rede gewesen. Davon hatte nur Fabian einmal gesprochen, nachdem er von Romy Schneider und Elvis Presley geträumt hatte.

Sie erreichten die Eingangshalle, lieferten die Plastikkärtchen ab, die sie als Besucherinnen auswiesen, und traten ins Freie. Gegenüber dem Gebäude lag ein bewachter Parkplatz, auf dem nicht einmal Mitarbeiter des Senders wie Heuser ihre Autos abstellen durften. Die wenigen Plätze waren der Führungsebene vorbehalten. Ulf von Dornei hatte schon mehr als einmal versucht, auf diesen Parkplatz zu gelangen. Doch da war nichts zu machen. In dem Glashäuschen neben der Schranke saß ständig ein Mann vom Sicherheitsdienst, der jeden zu einer chronisch überfüllten Tiefgarage schickte.

Stella blieb stehen, steckte die Diskette ein, zog ihr Handy aus der Tasche und wollte den Fahrdienst anrufen, der sie auch hergebracht hatte.

«Musst du noch mal ins Büro?», fragte Gabi.

«Nein.» Stella hatte auch in ihrem Apartment einen Computer und wollte sich den Inhalt der Diskette in Ruhe anschauen.

«Dann kann ich dich mitnehmen», bot Gabi an. «Du wohnst doch in Weiden. Für mich ist das kein großer Umweg.»

Stella erinnerte sich nicht, ihr gesagt zu haben, wo sie wohnte, vermutlich hatte Fabian es einmal erwähnt. Als sie nickte und auf die Schranke zugehen wollte, weil sie annahm, Gabi habe entweder in der Tiefgarage oder irgendwo in der Umgebung geparkt, hielt Gabi sie zurück und zeigte zum Parkplatz hinüber. «Mein Auto steht da hinten.»

«Wie bist du denn an dem vorbeigekommen?», fragte Stella und wies auf den Wachmann im Glashäuschen.

«Ich habe ihn Kaffee holen geschickt», antwortete Gabi mit einem Lächeln, das sowohl spöttisch als auch erwartungsvoll sein konnte. Stella wusste es nicht einzuordnen, und nun musste sie reagieren.

«Wenn du weiterhin gut mit mir auskommen willst», sagte sie resolut, «solltest du dir solche Bemerkungen verkneifen. Mit Heuser kannst du von mir aus denselben Blödsinn veranstalten wie mit Fabian. Meinetwegen kannst du ihm sogar erzählen, du wärst der wiedergeborene Buddha. Du kannst auch mit ihm absprechen, was du willst, solange dabei ein gutes Drehbuch herauskommt, bin ich alles andere als beleidigt. Aber die Zeiten, in denen ich Horrorgeschichten für bare Münze genommen habe, sind lange vorbei.»

«Ich weiß», sagte Gabi immer noch lächelnd. «Fabian hat mal erzählt, dass du an gar nichts mehr glaubst. Es müssen auch schlimme Zeiten für dich gewesen sein, wenn du sogar versucht hast, deinen kleinen Bruder in seinem Bettchen zu verbrennen. Oder hat Fabian das erfunden, um mir Angst zu machen? Die Leute haben zu allen Zeiten geglaubt, Hexen seien mit Scheiterhaufen auszurotten. Es hat sich anscheinend nie jemand Gedanken darüber gemacht, dass eine richtige Hexe sogar dem Großinquisitor Sand in die Augen streut.»

Als Stella darauf nicht antwortete, meinte sie: «Schon gut. Ich kann's auch normal erklären. Charme und Vitamin B. Der Wachmann ist ein Kumpel meines Bruders, er kennt mich von klein auf. Ich hab ihn lieb angelächelt, erklärt, dass in der Tiefgarage nichts frei ist, und einen heiligen Schwur geleistet, dass es nicht lange dauert. Da hat er ein Auge zugedrückt. Es war ja auch Platz.»

Während sie sprach, steuerte Gabi auf ihren alten Audi zu. Stella folgte ihr, sie sah den Wagen an dem Tag zum ersten Mal aus der Nähe. Der cremefarbene Lack war matt und zerkratzt, die Vordersitze und Türverkleidungen genauso versaut, wie Ulf von Dornei es nach dem ersten Treffen im Restaurant behauptet hatte, schwarz-braune Flecken, vor allem auf der Beifahrerseite. Gabi setzte sich hinters Steuer. Stella suchte in ihrer Tasche erst noch nach Papiertüchern, um den Sitz abzudecken.

«Die brauchst du nicht», sagte Gabi. «Es färbt nicht ab.»

Stella legte trotzdem drei Tücher auf den Sitz und fragte dabei: «Was ist das denn?»

Gabi streckte kommentarlos ihren linken Arm zur Seite und deutete auf die Narbe unter dem breiten Plastikarmband der Uhr.

«Hast du dir hier drin die Pulsader aufgeschnitten? Warum?»

«Weil ich mir die Finger wund schrieb und nur Absagen bekam», antwortete Gabi. «Da dachte ich, ich sollte mal andere für mich schreiben lassen. Begnadete, leider noch unentdeckte Schriftstellerin wird von Ignoranten in den Selbstmord getrieben. Die Rechnung ist aufgegangen, es gab zwar keinen Medienrummel um meine Verzweiflungstat. Aber gefunden hat mich ein Mann mit ausgezeichneten Kontakten in der Branche.»

Während sie sprach, fuhr sie auf die Schranke zu und hob die Hand zu einem Winken. Der Wachmann winkte überschwänglich zurück. Doch er kannte weder Gabi noch ihren Bruder.

Das erfuhr Stella zwei Tage später, als sie das Drehbuch mit dem geänderten Einstieg persönlich zum Sender brachte, obwohl nicht zu erwarten stand, dass Heuser sich sofort die Zeit nahm, einen Blick hineinzuwerfen. Sie wollte auch nur von ihm hören, warum er hinter ihrem Rücken mit Gabi verhandelt hatte. Natürlich fragte sie ihn danach. Er bestritt es. Die Lutz habe ihn mal angerufen und gefragt, ob er den Fatzke zur Räson bringen könne, erklärte Heuser. Über etwas anderes hätten sie bei der Gelegenheit aber nicht gesprochen. Nun gab er sich sehr gespannt, wie sein Vorschlag umgesetzt worden war.

Dann stand Stella wieder im Freien und unterhielt sich noch kurz mit dem Wachmann. Nicht in der Absicht, Gabis Behauptung zu überprüfen. Sie sprach ihn auch nicht an, das tat er, während sie auf den Mietwagen wartete. Der Mann erinnerte sich sehr gut an den Audi und konnte sich nicht erklären, wie die vergammelte Kiste auf den Parkplatz der Führungsebene gekommen war. Er meinte, es hätte ein Star drin gesessen. Das erlebte er wohl gelegentlich, dass Leute, die man alle Naselang auf dem Bildschirm sah, herumliefen oder fuhren, als könnten sie sich die Butter aufs Brot nicht leisten.

«Das war Romy Schneider», beantwortete Stella seine Frage.

Der Wachmann runzelte ungläubig die Stirn. «Ach, ich dachte, die wäre tot. Hat die sich nicht umgebracht?»

«Ja», sagte Stella, «die Pulsader aufgeschnitten, der Länge nach, nicht etwa quer, wie es Leute tun, die eigentlich gar nicht sterben wollen. Sie ist in dem Audi verblutet. Jetzt fährt ihr Geist.»

Der Wachmann schaute sie an, als sei er nicht sicher, ob er an ihrem Verstand zweifeln oder eingeschnappt sein sollte, weil er eine derart blöde Antwort erhielt.

«Es war nur eine Autorin mit Künstlernamen», erklärte Stella nun. «Aber das müssten Sie doch besser wissen als ich.»

Der Wachmann wusste gar nichts und bestritt energisch, den Audi durchgelassen zu haben. «Wenn die Frau um vier Uhr hier angekommen ist, da habe ich Kaffeepause gemacht. Sie wird meinen Kollegen um den Finger gewickelt haben. Ich kann ihn ja mal fragen. Wie heißt sie denn mit bürgerlichem Namen?»

«Vergessen Sie es», sagte Stella. «Jetzt heißt sie Lutz, mit Mädchennamen angeblich Schneider. Ob das stimmt, weiß ich nicht.»

Es gab Ungereimtheiten wie diese Sache. Doch auch die ließ sich rational erklären. Kaffee holen. Vermutlich hatte der Kollege des Wachmanns Gabi von dessen Kaffeepause erzählt. Etwa in der Art: «Du hast Glück, dass ich hier sitze. Mein Kollege hätte dich nicht durchgelassen, aber er holt sich gerade einen Kaffee.»

The Great Pretender

Dezember 2000 bis März 2001

Fabian Becker sah es natürlich anders, obwohl Stella ihm nichts von dem Wachmann erzählte. Aber dass nun scheinbar alles wie am Schnürchen lief, verschwieg sie nicht, dafür war sie zu stolz auf ihren Erfolg. Und Fabian war fest überzeugt, es sei nicht ihr Verdienst. Für die positive Wende könnten nur übersinnliche Kräfte verantwortlich sein, die zuerst ein paar Hürden hatten beseitigen müssen. Ihn. Und König Ulf war nun auch aus dem Weg.

Gabi hatte angekündigt, sie würde sich etwas einfallen lassen, um Fabian loszuwerden. Vergessen hatte Stella das nicht. Trotzdem wäre es hirnverbrannt gewesen, sich von seinem wirren Gerede aus der Fassung bringen zu lassen. Stella tat er unverändert Leid, jetzt mehr als zuvor.

Fabian hatte unzählige Bestrahlungen erhalten, sein Tumor war geschrumpft. Mitte Dezember konnten die Ärzte es riskieren, die Geschwulst zu entfernen. Sein Zustand besserte sich nach der Operation jedoch nicht, im Gegenteil, er verschlechterte sich dramatisch. Körperlich erholte er sich relativ schnell und auch gut von dem Eingriff. Geistig dagegen …

Als Stella ihn das letzte Mal in der Klinik besuchte, saß er im Bett, hatte einen Block auf dem Schoß und einen Stift in der Hand. Mit angestrengt gerunzelter Stirn lauschte er auf etwas, was außer ihm niemand hörte, kritzelte dabei auf den Block und sagte bei ihrem Eintreten: «Moment noch.»

Sie ging zum Bett und las, was er schon geschrieben hatte. «Gebe vor, dass es mir gut geht. Bin allein, treibe in einer Welt nur für mich. Lache und scherze wie ein Clown, trage mein Herz wie eine Krone. Gebe vor, du wärst immer noch bei mir.»

Eine Übersetzung des Songs «The Great Pretender», über den Fabian sich nach ihrem ersten Besuch in Gabis schäbiger Kölner Wohnung so aufgeregt hatte, weil Elvis Presley dieses Lied seiner Meinung nach nie gesungen hatte. Und groß darüber stand: «Gabis Motto – Die große Täuschung.»

Fabian schaute auf und lächelte sie an. «Es ist noch nicht vollständig», erklärte er. «Ich kriege immer nur die Hälfte mit. Er lacht ja ständig dazwischen.»

«Wer?», fragte Stella. «Gabis Bruder?» Auf den hatte Fabian sich doch zuletzt eingeschossen, ihn als unheimliches Wesen mit leuchtend grünen Raubtieraugen gesehen.

Nun winkte er ab. «Da habe ich mich geirrt. Ihr Bruder ist harmlos. Ich weiß jetzt, mit wem sie zusammen war.» Er setzte eine gewichtige Miene auf, die Stella an ihren Bruder erinnerte. Tobi schaute immer genauso drein, wenn er neue Glasbilder zeigte. «Ich habe ihren Nachbarn angezapft», flüsterte er. «Gabi war acht Jahre lang die Geliebte von Elvis.»

«Elvis Presley?», fragte Stella.

Fabian nickte bedeutsam und wisperte weiter: «Du hast ihren Sohn doch auch mal gesehen, das ist ganz offensichtlich, der Junge ist von Elvis. Wenn du sie besuchst, musst du dir die Fotos auf ihrem Schrank mal genau anschauen. Aber besuch sie lieber nicht. Er will nicht gestört werden, wenn er bei ihr ist. Und seit er tot ist, ist er immer bei ihr. Er hat auch Uschi umgebracht, damit Gabi das Haus bekommt.»

«Elvis Presley?», wiederholte Stella mit mühsam unterdrückter Fassungslosigkeit. Ihres Wissens war der im August 1977 gestorben, Gabis Sohn war 1986 geboren.

«Von wem rede ich denn die ganze Zeit?», brauste Fabian auf. «Er ist ihr Leben. Und er will nicht, dass sie stirbt. Deshalb singt er für sie und lässt sie schreiben. Sie kann das nämlich nur, wenn er singt. Auf die Weise sagt er ihr alles vor.»

«Ist ja irre», sagte Stella und fragte sich, wie Heuser auf diese Auskunft reagieren würde: Elvis Presley spielt aus dem Jenseits den Ghostwriter für die Lutz.

«Sag es bloß keinem», verlangte Fabian. «Er tötet dich auch, wenn du sie verrätst. Ihr Nachbar hatte tierische Angst. Wenn ihr jemand schaden will, kennt Elvis keine Gnade. Und wenn das bekannt wird, ist sie als Autorin erledigt. Alleine bringt sie keine zwei Sätze zustande. Sie hat absolut keine Phantasie, nur übersinnliche Kräfte. Ich hatte auch welche. Hier.»

Er tippte gegen den Verband auf seinem kahlen Schädel. «Das war kein Tumor. Es war ein Verstärker. Er hat Bereiche in meinem Gehirn aktiviert, die ich vorher nicht nutzen konnte. Wenn ich das rechtzeitig gemerkt hätte, hätte ich ihn nicht entfernen lassen. Wieder einpflanzen wollen sie ihn nicht. Aber das ist vielleicht auch nicht notwendig. Mein Freund kennt einen Arzt in München, der auf solche Fälle spezialisiert ist. Er wird mich trainieren. Ich bin schon angemeldet.»

«Ist doch klasse», sagte Stella, mehr fiel ihr dazu nicht ein.

Sie überlegte, ob es überhaupt noch einen Sinn hatte, ihm die neue Einstiegsszene zu zeigen, mitgebracht hatte sie die Seiten. Er wollte sie auch unbedingt sehen, warf einen flüchtigen Blick darauf, nickte grimmig und erklärte: «Das hatte sie schon vor Monaten fertig. Ich hab mich geweigert, es Heuser zu geben. Aber ich wusste, dass es so kommt.»

Es war gut gekommen, fand Stella, eine brillante Szene. Heuser war mehr als zufrieden damit.

«Logisch», meinte Fabian, als sie es erwähnte. «Wahrscheinlich ist Heuser überzeugt, das wäre seine Idee. Der merkt doch nicht, wenn sich ein anderer in seinem Kopf breitmacht.»

Stella wusste nicht, was sie noch sagen sollte. Als sie sich verabschieden wollte, nahm Fabian ihr das Versprechen ab, Elvis auf gar keinen Fall zu reizen und Gabi nicht zu besuchen, damit es ihr nicht erginge wie Uschi.

«Er ist Uschi kurz vor ihrem Tod noch erschienen und wollte sie überreden, Gabi das Haus zu verkaufen. Das hat Uschi ihrem Nachbarn selbst noch erzählt, vorher war das ja ihr Nachbar. Als sie sich weigerte, hat Elvis sie wahrscheinlich die Kellertreppe hinuntergestoßen. Das Risiko ist für dich zu groß. Ich übernehme das. Ich komme zurück, wenn der Arzt mich trainiert hat.»

Stella versprach ihm, was er hören wollte. Dann ging sie. Auf dem Flur vor seinem Zimmer traf sie noch mit seinem Freund zusammen und hörte, dass Fabian an Schizophrenie erkrankt sei. Sein Freund hatte das auch erst vor wenigen Tagen vom behandelnden Arzt erfahren und wollte ihn deshalb schnellstmöglich nach München bringen, zurück in vertraute Gefilde, wo schon ein Psychiater auf ihn wartete. Schizophrenie. Wenn das keine einleuchtende Erklärung war! Sie war erleichtert, sich nicht noch einmal mit Fabian auseinander setzen zu müssen.

Für Besuche in der Klinik hätte sie auch schon bald keine Zeit mehr gehabt. Mitte Januar lernte sie bei Dreharbeiten für die Actionserie *Am Limit* Heiner kennen. Gedreht wurde auf einer Landstraße im Erftkreis. Heiner sperrte mit Kollegen die Straße ab, hielt Neugierige vom Drehort fern und beschwichtige aufgebrachte Anwohner, die nach Hause wollten und nicht den gewohnten Weg nehmen durften.

Sein Äußeres und die Ruhe, die er im Umgang mit den teilweise sehr erbosten Leuten ausstrahlte, sprachen sie auf Anhieb an. Umgekehrt war das wohl ebenso. Mit ihrer Größe und der kräftigen Statur verkörperte sie das, was man sich unter einer starken Frau vorstellt. Eine attraktive Frau noch dazu, teuer gekleidet, modische Frisur und dezentes Make-up. Souverän und gelassen über den Dingen stehend; eine Frau, die jedes Problem am Set in den Griff bekam und genau wusste, was zu tun war. So fühlte sie sich auch. Aber Heiner brachte sie ziemlich aus der Fassung.

Er verlor nicht viel Zeit, sich mit ihr zu verabreden. Bereits am nächsten Abend saßen sie sich in einem Restaurant gegenüber, und sie erfuhr, dass er in Niederembt lebte und Gabi von klein auf kannte. «Wer kennt sie nicht», sagte er. «Wir haben nicht viel Prominenz im Ort. Romy Schneider ist die Einzige.»

Es klang distanziert, beinahe abfällig. Aber Stella kam nicht auf den Gedanken, sich nach dem Grund seiner Antipathie zu erkundigen. Für eine verliebte Frau gab es interessantere Gesprächsthemen als eine Autorin mit einem Namenstick und einem Faible für Elvis Presley, das hatte Gabi zweifellos. Sie wollte sich auch nicht lächerlich machen mit Fabians Verrücktheit.

Schon nach wenigen Wochen hatte Stella das Gefühl, Heiner seit einer Ewigkeit zu kennen und perfekt mit ihm zu harmonieren. Jede freie Minute verbrachten sie miteinander in ihrem Apartment, wo sie ungestört waren. Aber einmal flogen sie auch für ein Wochenende nach Venedig. Privat schwebte sie auf Wolke sieben.

Beruflich wusste sie manchmal nicht, wo ihr der Kopf stand: Drei Serien, *Romys Schatten* und nur zwei Aushilfskräfte. Die Sekretärin nahm ihr einiges ab, war lange genug bei Movie-Productions, um *Auf eigenen Füßen* alleine betreuen zu können. Die Drehbuchentwicklung für *Urlaub und andere Katastrophen* übertrug Stella den Aushilfskräften, kontrollierte nur die fertigen Bücher und reichte sie an den Sender weiter. Als der Geschäftsführer aus Hollywood zurückkam, bestückte er *Am Limit* wieder mit Russen, Chinesen und Terroristen, wie er es auch vorher getan hatte. Ansonsten hielt Ulf von Dornei sich aus allem raus. Sein Vater hatte wohl ein ernstes Wort mit ihm geredet.

Ihr Vater war stolz auf sie, weil sie, wenn auch nicht offiziell, die gesamte Verantwortung in der Firma alleine trug und dabei war, einen außergewöhnlichen Film zu machen. Inzwischen wusste er, dass es um sein Lieblingsbuch ging, und konnte es gar nicht erwarten, die ersten Szenen auf dem Bildschirm zu sehen. Was er zu sehen bekäme, verriet Stella noch nicht, um ihm die Spannung nicht zu nehmen – oder ihn vorab zu enttäuschen, weil kein rächender Geist auftrat.

Ihre Mutter freute sich, dass sie mit Heiner auch ein privates Glück gefunden hatte. Ihre Schwester äußerte anlässlich eines Besuchs daheim sogar etwas Neid. Madeleine konnte es sich nicht leisten, sich in den teuersten Boutiquen einzukleiden oder mal spontan mit ihrem Mann Venedig zu besichtigen. Sie fand das ungerecht. Stella dagegen war mit sich und der Welt in Einklang – bis Gabi Wind von ihrer Beziehung zu Heiner bekam.

Gabi schrieb bereits eifrig Serienfolgen, obwohl es dafür noch keinen Auftrag vom Sender gab. Stella wies sie auch mehrfach darauf hin, dass alles von der Quote des Pilotfilms abhing. Aber Gabi vertrat den Standpunkt: Jetzt fällt mir gerade eine Menge ein. Was ich habe, brauche ich später nicht mehr zu schreiben. Die Möglichkeit, dass der Film ein Flop werden könnte, zog sie nicht in Betracht.

Sie rief an, um Stella einen brillanten Einfall für eine weitere Episode zu schildern. Kaum war sie damit durch, erkundigte sie sich: «Warst du mit Heintje in Venedig?»

«Mit wem?», fragte Stella verblüfft.

Und Gabi schmetterte unvermittelt los: «Ich bau dir ein Schloss, das wirst du sehen. Bald bin ich schon groß, dann zieh'n wir ...»

Stella war so irritiert, dass sie Gabi erst nach Sekunden unterbrechen konnte: «Was soll das?»

«Hat er mal gesungen», erklärte Gabi. «Als Kind. Für seine Mama. Ist aber nichts draus geworden. Ehe er groß genug war, hatte Resl ihr Schloss längst selbst umgebaut. Wenn heute etwas dran zu machen ist, muss sie sich auch alleine drum kümmern. Heintje ist ziemlich bequem, verspricht viel, hält aber nix. Er ist ein Aufschneider. Du solltest vorsichtig mit ihm sein. Glaub ihm lieber nur die Hälfte.»

«Das tue ich grundsätzlich bei allen Leuten», sagte Stella kühl und unangenehm berührt von Gabis Ausführungen. *Aufschneider.* Dass er mit irgendwas geprahlt hätte, war ihr noch nicht aufgefallen. Aber: *Seine Mama.* Heiner hatte sie schon mehrfach erwähnt, immer mit diesem Ausdruck, der für ihr Empfinden aus dem Mund eines erwachsenen Mannes lächerlich klang. Sie sagte zwar auch immer noch «Vati», allerdings nur, wenn sie mit ihm, nicht wenn sie über ihn sprach. Und: *Verspricht viel.* Heiner hatte auch schon ein paar Mal versprochen, sie Mama vorzustellen. Daraus war bisher nichts geworden, weil Mama immer dann keine Zeit hatte, wenn Stella es hätte einrichten können.

«Kennst du seine Mutter gut?», fragte sie.

«Wie man's nimmt», erwiderte Gabi. «Gut kennt man keinen, manchmal nicht mal sich selbst. Einige Leute kennt man nur besser als andere. Früher war Resl ein Biest, das sich von keinem in die Suppe spucken ließ. Aber man wird älter, reifer, einsichtiger und erträglicher für die Umwelt. Ich komme ganz gut mit ihr aus. Vor ein paar Tagen kam sie auf einen Kaffee vorbei. Sie hatte von Heintje gehört, dass ich dich kenne, und wollte wissen, mit wem er sich eingelassen hat. Erfreut von seiner Wahl ist sie nicht. Oder weißt du, wie man einen Betonmischer bedient?»

«Nein», sagte Stella.

«Das dachte ich mir», meinte Gabi. «Nimmst du einen guten Rat von mir an? Wenn du dich eine Weile mit ihm amüsieren willst, tu das. Er sieht klasse aus, dass du darauf abfährst, kann ich nachvollziehen. Aber lass keine ernste Sache daraus werden. Für Heintje wärst du nur ein Aushängeschild. Eine Filmproduzentin. Er wollte immer schon hoch hinaus.»

«Nenn ihn nicht Heintje», verlangte Stella unwillig.

Es klang so abwertend nach Muttersöhnchen. Eine verliebte Frau ließ nicht gerne am Lack des Angebeteten kratzen, bestimmt nicht, wenn ihr selbst schon eine kleine Schramme aufgefallen war. Seine Mama.

Wenige Tage nach diesem Telefonat verbrachte Stella wieder einen Abend mit Heiner. Sie hatte nicht die Absicht, Gabi zu erwähnen und damit die schönen Stunden zu trüben. Doch dann ergab es sich so. Heiner war sehr interessiert an ihrer Arbeit, vor allem an dem Film. Er hatte sogar gebeten, das Drehbuch lesen zu dürfen, und erkundigte sich regelmäßig nach dem Stand der Dinge.

Stella suchte inzwischen händeringend einen Regisseur. Keine leichte Aufgabe, einige hatten bereits abgewinkt. Keine Zeit, kein Interesse. Oder keine Lust, sich noch einmal mit einer Autorin auseinanderzusetzen, die mit ihrem Kopf durch die Wand ging, hatte der Regisseur gesagt, der die Alkoholikergeschichte mit dem kleinen, telekinetischen Touch umgesetzt und erlebt hatte, wie Gabi sich den zuständigen Redakteur in die Tasche steckte – nämlich Heuser – der auch jetzt die Redaktion machte.

«Ja», sagte Heiner verächtlich, als Stella ihm von dem Problem erzählte – nur davon. «Wie man Männer einwickelt, hat sie von der Pike auf gelernt.» Hatte er sich bis dahin bedeckt gehalten, machte er nun keinen Hehl mehr daraus, dass er Gabi nicht ausstehen konnte. Seine Antipathie erklärte er mit den Tiraden, die Gabi übers Filmgeschäft von sich gab, wenn sie mit Mama zusammentraf. Lauter Fatzkes und

Spinner, die sich und ihr Metier ungeheuer wichtig nähmen und stundenlang über Drogenbosse oder anderes Gesocks schwafeln könnten.

«Ich bin sicher», sagte Heiner, «sie hat auch über dich hergezogen. Wahrscheinlich hat Mama nur deshalb bisher nicht die Zeit gefunden, dich kennen zu lernen.»

Unverschämtheit! Stella spürte Zorn in sich aufsteigen, zum ersten Mal richtigen Zorn, nicht mehr bloß Verärgerung wie schon so oft zuvor. Und dieser Zorn verstärkte sich noch, als Heiner weitersprach und ihr klar wurde, dass man Gabi kein Wort glauben durfte.

Mit Mädchennamen hatte Gabi nicht Schneider, sondern Treber geheißen, und sie hatte nicht einen, sondern fünf legitime Brüder. Wie viele illegitime es gab, wusste Heiner nicht. Eine Schwester gab es auch, die allerdings nicht Uschi, sondern Karola hieß. Was es mit der Kuh Uschi auf sich hatte, erklärte Heiner nicht sofort. Stella kam auch nicht dazu, gleich nachzufragen, weil er ohne Pause weitersprach, als müsse er sich einen seit langem aufgestauten Groll von der Seele reden.

«Die müsste wirklich einmal jemand richtig in die Schranken verweisen», sagte er. «Sie erzählt immer, was ihr gerade in den Sinn kommt. Wahrscheinlich ist das genetisch bedingt. Ihre Brüder sind genauso. Zwei haben vor Jahren das Weite gesucht, nachdem sie höchstwahrscheinlich zwei Jugendliche umgebracht hatten. Die anderen drei scheinen vergessen zu haben, wo sie herkommen.»

Aus der Gosse! Asoziales Pack, sagte Heiner. Aufgewachsen sei Gabi nicht – wie die Romy im *Schatten* – in ärmlichen, sondern in erbärmlichen Verhältnissen, deshalb könne sie so eindrucksvoll und realistisch darüber schreiben. Neun Personen in einem kleinen, uralten Fachwerkhaus, wo der Lehm aus den Wänden bröckelte. Einen Wasseranschluss gab es nur in der Küche. Das Klo war auf dem Hof. Und wer nachts keine Lust hatte, ins Freie zu gehen, pinkelte in einen Eimer.

Die Großmutter mütterlicherseits war sehr jung im Kindbett gestorben. Einen Großvater hatte es von der Seite nicht gegeben. Gabis Mutter war von Verwandten mehr herumgestoßen als aufgezogen worden. Die Großmutter väterlicherseits war zuletzt ein Fall fürs Sozialamt gewesen und im Altenheim verschieden. Das alles wusste Heiner aus einer erstklassigen Quelle, von Mama, die dafür gesorgt hatte, dass die alte Frau Treber den Heimplatz bekam und das Sozialamt für die Unterbringung zahlte, weil die Familie sich nicht kümmerte und bei Trebers nichts zu holen war.

Damit war auszuschließen, dass Gabi nun im Haus ihrer Großeltern lebte. Doch auch die Frage danach konnte Stella nicht gleich vorbringen. Heiner sprach nun über Gabis Vater und war nicht zu bremsen.

«In Niederembt heißt er nur der Rammler, das sagt wohl alles.»

Wie viele Nachkommen der «Rammler» insgesamt gezeugt habe, wisse vermutlich nicht einmal er selbst genau, meinte Heiner. Begonnen habe Gabis Vater mit sechzehn oder siebzehn, sich eingearbeitet bei verheirateten Frauen, die etwaige Folgen ihren ahnungslosen Männern hatten unterjubeln können. Aber die so in die Welt gesetzten Kinder seien im Gegensatz zu Gabi und ihren legitimen Geschwistern noch gut dran gewesen, hätten in den meisten Fällen doch liebevolle Mütter und treu sorgende *Väter* gehabt. Die Trebers dagegen …

In seiner Kindheit sei es üblich gewesen, sie als mahnendes Beispiel anzuführen, wenn ein Kind nicht ins Bett, keine Schularbeiten machen oder seinen Teller nicht leer essen wollte, sagte Heiner. Nichts hätten sie gehabt, nur Rotznasen, Lumpen auf dem Leib und die Pausenbrote, die sie anderen auf dem Schulhof abpressten.

«Gabis jüngster Bruder ging in der Grundschule in dieselbe Klasse wie ich», erzählte er. «Ich habe es oft genug erlebt. Wer seine Brote, Tintenpatronen oder Radiergummis nicht freiwillig hergab, wurde verprügelt. Wer anschließend zur Lehrerin rannte, kam am nächsten Tag mit noch mehr blauen Flecken zur Schule, weil ihm die älteren Treber-Jungs aufgelauert hatten.»

Über Gabis Schulzeit konnte Heiner nichts sagen. Sie war neun Jahre älter als er, schon zweiundvierzig – und nicht etwa im selben Alter wie Stella. Aber Mama habe früher oft gesagt, dass einen die Treber-Mädchen aus tiefster Seele dauern könnten. Dass Gabi es trotzdem, wenn auch spät, zu etwas gebracht habe, davor könne man nur den Hut ziehen, sagte Mama heute. Zuerst habe es nicht danach ausgesehen.

Als Teenager seien Gabi und Karola von einer Hand in die nächste gereicht worden – männliche Hände, versteht sich. Bei Trebers galt es als überflüssig, den Mädchen eine Berufsausbildung angedeihen zu lassen. Sie sollten heiraten und Kinder bekommen, also gingen sie schon früh auf Männerfang, wobei Gabi am liebsten Jagd auf verheiratete Männer machte.

Damit kam Heiner auch ohne gezielte Frage auf Uschi zu sprechen und klärte in einem die ursprünglichen Eigentumsverhältnisse von Haus und Audi. Demzufolge handelte es sich bei Uschi um eine betrogene Ehefrau, deren Mann mit Gabi angebandelt hatte, während Uschi zur Kur gewesen war.

«In der Zeit hat sie in dem Haus gelebt, das sie vor zwei Jahren gekauft hat», sagte Heiner. «So ist sie, muss immer beweisen, dass sie doch bekommt, was sie haben will. Damals hat Uschi sie hinausgeworfen – und Gabi den Audi mitgenommen, samt Kfz-Brief. Uschi hat zwar einen Anwalt eingeschaltet, um das Auto zurückzubekommen. Aber da war nichts zu machen.»

«Und Uschis Mann hat nichts unternommen?», fragte Stella.

«Gegen Gabi?» Heiner lachte. «Nein, er hat sie bestärkt in dem Glauben, dass sie sich alles herausnehmen kann.»

Anschließend sei Gabi bei ihrer Schwester und dem Schwager untergekrochen und wahrscheinlich auch mit Karolas Mann ins Bett gestiegen, erzählte Heiner weiter. Im Dorf kursiere jedenfalls das Gerücht, Gabis Mäuschen müsse zum Onkel eigentlich Papa sagen. Die erste Schwangerschaft hätten die Trebers jedoch dem bedauernswerten Peter Lutz in die Schuhe geschoben. Der trank zwar häufig einen über den Durst. Aber in der Situation war das ganz nützlich. Da konnten sie keinen Mann gebrauchen, der imstande war, bis neun zu zählen.

«Heißt das, ihr Exmann ist Alkoholiker?», fragte Stella.

«Das kann man wohl sagen», antwortete Heiner. «Darüber hat sie sogar einen Roman geschrieben und einen Film gemacht. *Ein Traum von Rosen*. Das ganze Dorf hat sich darüber aufgeregt. Sie hatte es nicht leicht mit Lutz, das bestreitet keiner. Aber es derart publik zu machen, wäre nicht nötig gewesen. Da fragt sich jeder, was ihr als Nächstes in den Sinn kommt. Aber Lutz *ist* nicht mehr, vor sechs Jahren ist er an Leberzirrhose gestorben. Ach, was sag ich. Qualvoll zugrunde gegangen. Seine Mutter hat ihn gepflegt und Mama oft davon erzählt. Er muss so aufgeschwemmt gewesen sein in seinen letzten Wochen, dass ihn niemand mehr erkannt hätte. Er konnte nicht mehr aufrecht gehen, ist nur noch gekrochen. Das hatte er nicht verdient. Im Grunde war er kein übler Kerl, nur labil und leicht zu beeinflussen. Wenn er betrunken war, konnte man ihm erzählen, es würde gerade Frösche regnen – er hätte die Frösche vom Himmel fallen sehen. Er hat auch erst einmal geglaubt, er sei der Urheber von Gabis erster Schwangerschaft. Gott, war er stolz, aber nicht lange.»

Stella musste das erst einmal verdauen. *Ein Traum von Rosen* mit einem Alkoholiker. Und *Romys Schatten* mit der rechtmäßigen Witwe Ursula. Ihr lag auf der Zunge, nach Uschis Mann zu fragen. Aber Heiner sprach noch über Gabis Mann. Es widerstrebte ihr, ihn zu unterbrechen und eventuell eine Bestätigung zu erhalten für das, was bereits jetzt ihren Nacken in Abwehr verspannte: Der ermordete Geliebte.

Lutz habe schon kurz nach der Geburt der Tochter behauptet, er sei aufs Kreuz gelegt worden, erzählte Heiner. Die Vaterschaft des Jungen, den Gabi zwei Jahre später in die Welt gesetzt hatte, habe er vehement bestritten. «Von wem ihr Sohn ist, wissen wohl nur Gabi und die Hölle. Der Junge ist ein widerlicher Bengel, zu seiner Existenz könnte ohne weiteres Satan beigetragen haben. Luzifer hat ja ein Faible für eine bestimmte Sorte Frau.»

Inzwischen hatte Heiner so viele von Fabians Behauptungen bestätigt, dass Stella nicht mehr zornig war, nur noch fassungslos. Sie erzählte ihrerseits ein wenig von dem, was ihr *verrückter* Kollege, der so verrückt anscheinend gar nicht gewesen war, von sich gegeben hatte – erst einmal nur über Gabis Ehe und die Ängste eines Alkoholikers.

Heiner nickte zustimmend. Dass Peter Lutz aus Angst vor Gabi zum haltlosen Säufer geworden war, wollte auch er nicht völlig ausschließen. «Lutz hat sie oft als Hexe bezeichnet.» Und welcher Mann ging denn gerne aus der Kneipe nach Hause, wenn er der Meinung war, dort warte eine Frau auf ihn, die ihn jederzeit in eine Kröte verwandeln könne? Andererseits: Getrunken hatte Lutz schon vor der Hochzeit mehr, als seinem Verstand zuträglich war. Danach hatte er wohl zuerst mehr Angst vor Gabis Brüdern gehabt, als vor sonst etwas. Der Älteste, Reinhard, hatte ihn mehrfach aus der Kneipe nach Hause geprügelt, ehe Gabi selbst aktiv wurde und ihren Mann mit einem Messer attackierte.

Das fliegende Messer, das sich im *Traum von Rosen* so effektvoll in die Hand des Säufers gebohrt hatte, war auch nicht alleine Gabis Phantasie entsprungen.

«Lutz hat im ganzen Dorf davon erzählt», sagte Heiner. «Aber Messer fliegen eben, wenn man sie nach einem Mann wirft, der sich an Dingen vergreift, die ihm nicht gehören. Es gab zwischen den beiden ständig Streit um den Autoschlüssel. Dabei war Gabi auch im Recht. Lutz durfte man nicht mehr hinters Steuer lassen. Er stellte schon als Fußgänger eine Gefahr im Straßenverkehr dar. Und Gabi soll damals einen guten Freund bei der Polizei gehabt haben, da konnte sie ungestraft zum tätlichen Angriff übergehen. Bei einer innigen Beziehung zu einem Gesetzeshüter kann man es sich sogar leisten, unliebsame Mitmenschen über den Jordan zu schicken. Es geht garantiert als Unfall durch – wie bei Uschi.»

Stella musste sich räuspern, um ihre Stimme frei zu bekommen. «Uschi ist tot? Wie ist sie gestorben? Und wann?»

«Sturz auf der Kellertreppe, im Oktober neunundneunzig, einen knappen Monat bevor Gabi das Haus übernommen hat,», bestätigte Heiner auch Fabians diesbezügliche Erklärung und erlaubte sich eine Wortspielerei. «Uschi soll sturzbetrunken gewesen sein. Anscheinend bekommt jeder, der sich mit Gabi anlegt, ein massives Alkoholproblem. Es wird gemunkelt, Uschis Mann habe nachgeholfen. Zu beweisen war nichts. Aber fest steht: Uschi wollte das Haus unbedingt loswerden und war hocherfreut, als sich schnell ein Makler meldete. Irgendwie ist sie dahinter gekommen, wer den vorgeschickt hatte. Sie wollte die Sache sofort wieder rückgängig machen. Das hat sie nicht mehr geschafft. Verkauft hat ihr Mann.»

Nach all dem Unbehagen fühlte Stella nun etwas Erleichterung, weil es so klang, als habe Gabi ihrem ehemaligen Geliebten das Haus abgekauft. Und er mit ihr gemeinsame Sache gemacht? «Ist Gabi jetzt wieder mit Uschis Mann zusammen?», fragte sie.

Heiner nickte. «Das war sie die ganzen Jahre. Das wird sie auch für den Rest ihres Lebens bleiben. Die beiden bringt nichts und niemand auseinander.»

«Und ihn stört es nicht, wenn sie nebenher noch ein Verhältnis mit einem Polizisten hat?», fragte Stella.

«Ob sie es noch hat, weiß ich nicht», antwortete Heiner. «Aber als Uschi starb, hatte Gabi mit Sicherheit einen guten Freund in der richtigen Position, sonst wäre das nicht so einfach unter den Teppich gekehrt worden.»

Der besorgte Ehemann

Donnerstag, 22. April 2004

Nach dem dreistündigen Verhör, bei dem Schöller kein Interesse an Stellas früherem Beruf gezeigt, aber deutlich gemacht hatte, in welche Richtung er zu ermitteln gedachte; *zwei Frauen im Haus – eine tot*, wusste Heiner sich nicht mehr anders zu helfen: Er flüchtete sich in einen erneuten Tränenausbruch. Plötzlich fiel ihm auch ein, dass er sofort einen Pflegedienst informieren müsse, damit sich jemand um die Patienten seiner Mutter kümmere.

Damit verschaffte er sich etwas Luft. Während er mit einem Büro der Caritas telefonierte, besann Schöller sich darauf, dass es für ihn und Bermann am Tatort noch einiges zu tun gab. Sie überließen es den Beamten in der Dienststelle, Heiner zur Wohnung seines Freundes zu fahren.

Ludwig Kehler lebte in einer kleinen Mietwohnung in Glesch und wollte ihm für die nächsten Tage Quartier bieten. Bei ihm angekommen ließ Heiner sich zuerst schildern, was Bermann und Lüttich alles von Ludwig hatten wissen wollen. Was sein Freund geantwortet hatte, interessierte ihn genauso brennend. Kein Wort über den Film, danach war nicht gefragt worden.

«Wir wären besser in der Nacht doch mal bei dir vorbeigefahren», sagte Ludwig.

«Ja», stimmte Heiner zu. «Dass ich nicht auf dich gehört habe, werde ich mir nie verzeihen. Aber ich wollte Stella nicht das Gefühl geben, dass ich sie kontrolliere. Sie hatte mir versprochen, nicht zu trinken. Wer konnte denn so etwas ahnen?»

«Keiner», sagte Ludwig. «Aber nur weil Klinkhammer ein paar dumme Bemerkungen gemacht hat, heißt das noch lange nicht, dass er glaubt, Stella hätte Therese erschlagen. Er hat ja auch von einem Sexualdelikt gesprochen. Mach dich nicht verrückt.»

Das tat er aber. Es spielte doch keine Rolle mehr, was Klinkhammer dachte. Schöller dachte nun alleine weiter. Und wenn er Stella so zusetzte wie ihm in den letzten Stunden ... Nicht auszudenken, was dabei alles ans Licht kommen konnte. Vermutlich noch *Die Wiege des Bösen* und das Zündholz, das Stella als Elfjährige an der Bettdecke ihres Bruders gehalten hatte.

Unter dem Vorwand, die Reisetasche mit Stellas Sachen zum Krankenhaus nach Bedburg bringen zu müssen, verlangte Heiner seinem Freund das Auto ab und machte sich auf den Weg zu ihr. Stella lag allein, obwohl es keine Einzelzimmer gab. Dass man sie aufgrund ihrer Krankenversicherung als Privatpatientin behandelte, glaubte Heiner kaum. Er vermutete, dass es auf polizeiliche Anweisung geschehen war, damit man sie ungestört und ungehört von anderen Patientinnen befragen konnte, sobald sie aufwachte und ansprechbar war. Wahrscheinlich hatte der Stationsarzt die Anweisung erhalten, das umgehend zu melden.

Bis weit in den Abend hinein bemühte er sich, sie zu wecken. Irgendwann kam eine Nachtschwester dazu und ließ sich weder von Tränen noch von einer erschlagenen Mutter erweichen. Ihr Mitgefühl drückte sie ihm aus, bestand aber darauf, dass er den Stuhl neben dem Bett seiner Frau räumte. Nicht einmal der Hinweis, er wisse nicht, wo seine kleine Tochter sei, aber seine Frau müsse es wissen, beeindruckte die Schwester.

«Dann wird sie es Ihnen sagen, wenn sie aufwacht. Das kann noch dauern. Ihre Frau ist sehr krank, Herr Helling. Sie braucht jetzt vor allem Ruhe. Sie sollten ebenfalls versuchen, zu schlafen. Soll ich Ihnen etwas mitgeben?»

Heiner lehnte ab, er wollte nicht schlafen, fuhr auch nicht sofort zurück nach Glesch, sondern zuerst nach Niederembt. Sein Nissan stand noch vor dem Haus. Vom Fuhrpark aus Köln war nichts mehr zu sehen; verständlich, es war sehr spät und die Arbeit am Tatort wohl fürs Erste abgeschlossen. Auf der Haustür klebten Polizeisiegel.

Heiner nahm die Videokassette mit dem *Schatten* aus dem Handschuhfach seines Wagens und fuhr in Ludwigs Auto noch zum Garten. Das Schuppentor war zu und ebenfalls versiegelt. Also fuhr er nach Glesch und bestand darauf, dass Ludwig ihn wieder zurückbrachte, um den Nissan zu holen. Er wollte unbedingt mobil sein, und Ludwig brauchte den eigenen Wagen am Freitag doch selbst.

Der Dienststellenleiter hatte zwar eilig umdisponiert und sie beide für die nächsten Tage beurlauben wollen, schließlich hatte Ludwig Therese auch von Kindesbeinen an gekannt. Er war in Niederembt aufgewachsen und seit zwanzig Jahren mit Heiner befreundet. Deshalb sollte Ludwig ebenfalls Zeit bekommen, den Schock zu verarbeiten. Vor allem sollte er seinem Freund in diesen schweren Stunden beistehen. Aber Heiner wollte keinen Beistand. Ihm war es lieber, einen Vertrauten in der Dienststelle zu haben, der die Ohren offen hielt und vielleicht mal bei Klinkhammer nachfragte.

Den Rest der Nacht schrieb er in Ludwigs Wohnzimmer an den verlangten Listen. Was den Bekanntenkreis seiner Mutter betraf, hätte er ebenso gut das amtliche Melderegister vorlegen können. Es gab in Niederembt, Oberembt, Kirchtroisdorf, Kleintroisdorf, Elsdorf, Esch und Bedburg wahrscheinlich nicht allzu viele Menschen, die sie nicht gekannt hatten. Sie war doch fast eine Institution gewesen. Vierzig Jahre im Einsatz für andere, die ersten zehn als Krankenschwester, die restlichen dreißig in der Gemeinde und darüber hinaus.

Nur der Himmel wusste, wie viele kinderreiche Familien, allein erziehende Mütter, Kranke und Alte sie in der Zeit betreut hatte. Wahrscheinlich hätte sie nicht einmal mehr selbst gewusst, wie vielen Frauen sie eine Kinderbetreuung beschafft hatte, erschwingliche Wohnungen, Anwälte für Scheidungen und Unterhaltsklagen oder einen Job. Denen sie Ratschläge erteilt hatte für Verhandlungen mit zahlungsunwilligen Partnern oder Bittgänge zu diversen Ämtern. Für die sie Arbeitgebern auf die Pelle gerückt war, damit die ein Auge zudrückten, wenn ein Kind krank wurde und die Mutter daheim bleiben musste. Dazu kamen unzählige Angehörige von ehemaligen Patienten, denen sie nicht nur die Arbeit mit der heimischen Pflege, mehr noch das schlechte Gewissen abgenommen hatte, wenn sie über die letzten Stunden eines Lebens wachte. Und nicht zu vergessen die Gefälligkeiten, die sie irgendwelchen Leuten erwiesen hatte. Es konnte jemand eine Autoreparatur nicht bezahlen, brauchte aber das Auto dringend? Irgendwo war ein Wasserrohr geplatzt und kein Geld für den Klempner da? Wozu gab es Therese? Die dann entweder das Geld vorstreckte oder den Gläubigern klarmachte, dass auch Handwerker soziale Verpflichtungen gegenüber armen Mitmenschen hatten. Vermutlich gab es vier oder fünf Dutzend Leute, bei denen sie offene Türen eingerannt wäre, hätte sie mal um einen Gefallen gebeten.

Wie oft war Heiner daheim und sie unterwegs gewesen, wenn jemand kam, um Geld zurückzubringen, das sie verliehen hatte, oder einen Blumenstrauß abzuliefern, weil mit Geld nicht aufzuwiegen war, was sie getan hatte. Dann hatte er Blumen oder Geld und ganz liebe Grüße an seine Mutter in Empfang genommen, sich auch mit den Leuten unterhalten und ihre Namen erfahren, falls er die nicht schon kannte, weil es sich um Dorfbewohner handelte. Er hatte keine Veranlassung gehabt, die anderen nach Wohnort, Straße oder gar Hausnummer zu fragen.

Freitag, 23. April 2004

Als Ludwig um sechs Uhr wieder aus seinem Schlafzimmer kam, schrieb Heiner immer noch. Fertig war seiner Meinung nach nur die Liste mit den Wertgegenständen, die Schöller ebenfalls verlangt hatte. Ludwig steckte alle Seiten ein, als er um halb sieben aufbrach, um den ihm zugedachten Posten in der Dienststelle zu beziehen. Ehe er die Wohnung verließ, riet er dringend, Heiner solle sich endlich hinlegen und zu schlafen versuchen.

Diesmal folgte er dem Rat, streckte sich auf der Couch aus. Es war mehr als vierzig Stunden her, seit er aus dem Bett gestiegen war, um fettigen Schulterbraten, zermatschte Kartoffeln und zerkochten Broccoli zu essen. Er konnte die Augen kaum noch offen halten. Aber zur Ruhe kam er nicht bei der Vorstellung, dass Stella zur Todesnacht seiner Mutter befragt wurde, ehe er ihr eingeschärft hatte, was sie sagen durfte und was nicht.

Als Ludwig unerwartet zurückkam, hielt er es nicht länger aus, stand wieder auf, nahm eine heiße Dusche, ließ sich danach noch minutenlang kaltes Wasser über den Kopf laufen. Viel half es nicht. In seinem Schädel pochte der fehlende Schlaf, seine Augäpfel fühlten sich an, als hätte man ihm Sand hineingerieben. Er schluckte ein Aspirin, nahm zwei Flaschen Orangensaft aus dem Kühlschrank und machte sich damit erneut auf den Weg zum Krankenhaus.

Stella lag noch genauso im Bett wie am vergangenen Abend, als hätte sie sich nicht einmal bewegt. Auf dem Auszug ihres Nachttischs stand trotzdem ein Tablett mit einem Kännchen Kaffee und einem abgedeckten Frühstücksteller. Heiner gönnte sich einen Kaffee. Nachdem er getrunken hatte, füllte er die Tasse wieder auf, rief sie beim Namen und schlug leicht gegen ihre Wange. Darauf reagierte sie gar nicht.

Als er sie das erste Mal in den Arm kniff, bewegte sie den Kopf. Er kniff heftiger und hörte ein unwilliges Grunzen. Sie versuchte, ihm den Arm zu entziehen. Er hielt fest und drehte das Fleisch zwischen den Fingern. Eine bewährte Methode, so hatte er sie am vergangenen Morgen auch geweckt.

«Au», murmelte sie träge.

«Bist du wach?», fragte er.

Sie blinzelte kurz ins Tageslicht und schloss die Augen sofort wieder. Er bezweifelte, dass sie ihn wahrgenommen hatte. Minutenlang musste er weiter ihre Wange tätscheln und sie noch zweimal fest in den Arm kneifen, ehe er sie so weit hatte, dass sie wenigstens die Augen offen hielt und ihn anschaute.

«Durst», murmelte sie.

Er stützte ihren Kopf, ließ sie den Kaffee trinken und forderte schon dabei: «Erzähl mir, was passiert ist, Liebes.»

Ihr verständnisloser Blick zeigte ihm, dass sie nicht die geringste Vorstellung hatte, was passiert sein könnte. Also erzählte er ihr etwas, was sie notgedrungen glauben müsste. «Es war ein Einbrecher im Haus, Liebes. Die Schlafzimmer waren durchwühlt. Gestern früh hast du gesagt, du hättest ihn um halb eins gesehen und gegen Mitternacht draußen etwas poltern hören.»

Sie deutete ein Kopfschütteln an. Er wusste nicht, wie er es werten sollte, Verneinung oder Abwehr, die Aufforderung, sie in Ruhe zu lassen. «Versuch dich zu erinnern, Liebes», verlangte er. «Wie sah der Mann aus? War es wirklich nur einer? Jede Einzelheit ist wichtig. Die Kollegen aus Köln werden dich auch danach fragen, wenn sie kommen.»

«Warum?», fragte sie.

Er begann zu weinen. «Weil Mama tot ist. Das habe ich dir doch gestern Morgen gesagt. Weißt du das nicht mehr?»

Offenbar nicht. «Tot», wiederholte sie, als habe sie nicht die geringste Vorstellung, was dieses Wort bedeute.

«Ja», schluchzte Heiner und wollte wissen: «Warum hast du dich wieder so betrunken? Warst du traurig, weil Mama die Kleine weggebracht hat? Um welche Zeit ist sie denn gegangen?»

«Weiß ich nicht.»

«Du hast sie nicht gesehen? Weißt du denn, ob sie deine Eltern noch erreicht hat, nachdem ich zum Dienst gefahren war? Sie hat doch bestimmt noch etwas gesagt.»

«Morgen ist auch noch ein Tag», murmelte sie.

Ein paar Sekunden lang war Heiner still, dachte nach, wie er ihre Auskünfte bewerten sollte. Sie hoffte wohl bereits, er gäbe sich damit zufrieden und sie dürfe weiterschlafen, aber er ließ nicht locker. «Was soll das heißen? Hat Mama sonst nichts gesagt, und du hast auch nicht gesehen, dass sie aus dem Haus gegangen ist? Wie bist du denn darauf gekommen, dass sie die Kleine weggebracht hat?»

«Weiß ich nicht», wiederholte sie weinerlich.

«Dann denk nach», forderte Heiner. «Du warst oben. Hast du vielleicht nur die leeren Betten gesehen und daraus den Schluss gezogen, Mama sei zu Frau Müller gerufen worden und hätte die Kleine deswegen zu einer Bekannten gebracht?»

«Kann sein.» Ihre Miene machte deutlich, dass sie nicht den Schimmer einer Ahnung hatte. Aber dann begann sie zu grübeln, runzelte die Stirn, als fiele ihr doch etwas ein. «Sie hat ein Spucktuch verloren, glaube ich. Es lag bei der Schuppentür.»

«Das darfst du nicht erwähnen», erklärte Heiner. «Das habe ich weggeworfen.»

«Warum?»

«Warum, warum!», brauste er auf. «Weil ich nicht wusste, warum es draußen lag. Weil du die Leiter hinaufgestiegen sein musst und ich überall Blut gesehen habe. Ich wollte die Sprossen abwischen. Aber das Blut war schon trocken. Und die Zeit reichte einfach nicht, um alle Böden sauber zu machen.»

«Schrei nicht», bat sie gequält. «Gib mir noch was zu trinken.»

Er füllte ein Glas mit Orangensaft, hielt es ihr an die Lippen, stützte auch wieder ihren Kopf und verlangte dabei, sie solle der Reihe nach erzählen, alles, was ihr noch einfiele. «Ich bin um halb zehn zum Dienst gefahren», half er ihr. «Was hast du anschließend gemacht? Was hat Mama getan?»

Es dauerte, ehe sie zusammengekratzt hatte, was Rotwein und Aufgesetzter übrig gelassen hatten. Aber schließlich wusste er, dass seine Mutter nach oben gegangen war, Stella sich auf die Couch gesetzt und den Fernseher eingeschaltet hatte. Dass Therese kurz nach zehn das Baby ins Wohnzimmer gebracht, den Fernseher wieder ausgeschaltet und verlangt hatte, Stella solle der Kleinen ein Fläschchen machen.

Sie erzählte auch noch mit matter, stockender Stimme und vor Kopfschmerzen flatternden Lidern, dass sie die Pipette hatte nehmen müssen. Wie sehr sie sich fürchtete, das Baby auf diese Weise zu füttern, wusste er nur zu gut. Da hätte sie gar nicht betonen müssen, dass sie nur deshalb unbedingt ein Glas Wein gebraucht hatte, bloß um die Angst vor einem Hustenanfall des Kindes und die zitternden Hände unter Kontrolle zu bringen.

«Ein Glas», sagte er. «Es lagen aber zwei Weinflaschen im Wohnzimmer und eine oben im Flur, als ich nach Hause kam.»

Von der Flasche im Flur wusste sie anscheinend nichts. Aber dass sie um elf Uhr die zweite aus dem Betonmischer geholt und es sich damit auf der Couch gemütlich gemacht hatte, fiel ihr noch ein, ebenso, dass die Kleine danach schlafend im Sessel bei der Hoftür gelegen hatte und sie selbst eingeschlafen war, nachdem in *Urlaub und andere Katastrophen* der Grill explodiert war.

Heiner kannte die Kassette mit den Serienfolgen. Vom Beginn des Bandes bis zu dem genannten Spektakel vergingen etwa fünfunddreißig Minuten. Dass sie Therese anschließend noch mit jemandem über die Russen und eine volle Windel hatte sprechen hören, wie sie ihm am vergangenen Morgen erzählt hatte, wusste sie offenbar nicht mehr, erwähnte es jedenfalls nicht.

«Dann wäre Mama aber sehr spät gegangen», resümierte Heiner. «Ich habe den Kollegen schon erklärt, sie hätte das Haus mit der Kleinen zwischen halb zehn und zehn Uhr verlassen. Dabei bleiben wir.»

Er wollte sie einschwören auf all die Fragen, die unweigerlich kommen mussten. Doch so weit war sie noch lange nicht, das sah er auch ein. Also baute er für den Anfang nur die Version aus, die er Schöller bereits geboten hatte.

«Ich musste den Kollegen leider sagen, dass du schon am Dienstag etwas getrunken hast. Aber ich habe es Ihnen erklärt. Du warst depressiv, weil du mit der Arbeit im Anbau nicht vorangekommen bist. Am Mittwoch hast du weitergearbeitet, den ganzen Tag, und dich, nachdem ich zum Dienst gefahren war, in unserem Schlafzimmer aufs Bett gelegt. Du warst erschöpft und bist kurz eingeschlafen. Deshalb hast du nicht mitbekommen, dass Mama mit der Kleinen aus dem Haus ging. Um zehn bist du wieder aufgestanden, um Johanna zu versorgen. Aber es war niemand mehr da. Du warst traurig, weil Mama dir nicht zugetraut hatte, alleine mit der Kleinen zurechtzukommen. Deshalb hast du erneut zu trinken angefangen, bist auf der Couch eingeschlafen und hast nicht gehört, dass Mama zurückgekommen ist. Aufgewacht bist du erst gegen Mitternacht, als draußen etwas polterte. Danach hast du nichts weiter gehört und auch nichts gesehen, bis um halb eins der Einbrecher ins Wohnzimmer kam.»

Zweimal sprach Heiner ihr diese Fassung vor, einschließlich der Beschreibung des *vermummten Eindringlings*, jeden Satz ließ er sie wiederholen. Sie plapperte ihm nach wie ein Automat, bis er zufrieden war. Danach fragte er noch einmal: «Und du hast wirklich keine Ahnung, zu wem Mama die Kleine gebracht hat?»

«Nein.»

«Nicht so tragisch», meinte er. «Wer Johanna hat, wird sich bestimmt sofort melden, wenn sich herumspricht, was passiert ist. Es kannten Mama doch alle.»

An die Wiederholung des Films rührte Heiner mit keiner Silbe. Wenn sie sich eine ihrer Vorabendserien angeschaut hatte, wozu sie dann an den *Schatten* erinnern und Gefahr laufen, dass sie sich verplapperte in ihrem Zustand?

Geburt eines Monsters

April bis Oktober 2001

Nachdem Heiner ihr damals von Gabis armseliger Vergangenheit erzählt hatte, musste Stella noch eine Besprechung mit Heuser und Gabi ansetzen. Der Regisseur, den sie zwischenzeitlich mit großer Überredungskunst für das Projekt gewonnen hatte, wollte bei der Umsetzung des Drehbuchs seine eigene Kreativität entfalten und die rigiden Regieanweisungen gestrichen haben, die Gabi eingearbeitet hatte. Selber vortragen wollte er seinen verständlichen Wunsch jedoch nicht, das blieb ihr überlassen. Und kaum hatte sie begonnen, winkte Gabi ab. «An meinem Baby pfuscht keiner rum. Wenn der kreativ sein will, soll er selber ein Drehbuch schreiben.»

Heuser war natürlich sofort einer Meinung mit Gabi. Stella tickte unweigerlich Heiners Stimme im Hinterkopf. *«Wie man Männer einwickelt … Die müsste wirklich mal jemand richtig in die Schranken verweisen.»* Allerdings! Und in einem Punkt hatte Stella ihr etwas voraus. Sie kannte Heuser entschieden länger und wusste genau, worauf er beruflich abfuhr. Sie musste es nur geschickt anfangen, dann ließen sich vielleicht sogar zwei Fliegen mit einer Klappe schlagen. Gabi ihre Grenze zeigen und einen Film ganz nach dem Geschmack ihres Vaters machen. So fragte sie erst einmal harmlos: «Dann bleibt es also auch bei dem Titel?»

Heuser nickte nur, Gabi sagte: «Natürlich.»

«Wenn ihr meint», sagte Stella. «Ich finde, *Romys Schatten* klingt nichts sagend. Und ich hätte eine Alternative: *Der Schatten mit den Mörderaugen.*»

Heuser schaute sie verdutzt an. Gabi erinnerte: «Romy mordet, der Schatten verhindert nur, dass sie stirbt.»

«Das können wir ändern», sagte Stella. «Ich sehe da nämlich ein Problem auf uns zukommen, das wir vermeiden, wenn wir den Schatten als rächenden Geist zeigen. Romy kann telekinetische Fähigkeiten haben, sonst verlieren wir die erste Szene. Aber ihre Aktionen sollten wir als Ausdruck ihrer Hilflosigkeit zeigen. Sie muss die Sympathien der Zuschauer gewinnen. Wenn sie Selbstjustiz übt und Unschuldige umbringt, wird das problematisch.»

Gabi reagierte nicht. Heuser meinte zwar: «Das fällt dir aber früh ein», hörte danach jedoch aufmerksam zu, wie sie den Faden weiter spann. Der reißerische Titel gefiel ihm durchaus, den Rest fand er auch nicht übel. Platzende Köpfe statt Nasenbluten. Ursulas Tod nicht auf dem Friedhof. Außenszenen gab es schon mehr als genug. In einem Haus wäre besser. Stella wollte den Bogen nicht überspannen, indem sie als Alternative Uschis Treppensturz vorschlug. Stattdessen bot sie ein romantisch geschmücktes Badezimmer an. Und grün fluoreszierende Augen für den Schatten. Weil Fabian Becker behauptet hatte, Gabis Bruder hätte Raubtieraugen.

Heuser war schon nach wenigen Sätzen Feuer und Flamme für den mordenden Geist. Auch Gabi fügte sich überraschend schnell, maulte nur verhalten, das könne aber ein Weilchen dauern, jetzt müsse sie ja alles noch mal neu schreiben.

Ein Weilchen dauerte es nicht. Gabi brauchte nur drei Tage, um eine weitere Fassung abzuliefern, die sich nicht großartig von der vorherigen unterschied. Es tauchte halt nur in den entsprechenden Szenen statt Romy das konturlose schwarze Monster mit den fluoreszierenden Raubtieraugen auf.

Heuser war auch von diesem Buch hellauf begeistert. Stella hatte es nicht anders erwartet. Vermutlich hätte Heuer sich auch noch überschlagen, wenn Gabi statt des blutrünstigen Thrillers nun einen Märchenfilm abgeliefert hätte. Der Regisseur witterte seine Chance und schlug weitere Änderungen vor. Er wollte Romy sterben und Ursula überleben lassen.

«Der hat wohl einen Knall», kommentierte Gabi diese Idee, als Stella sie übermittelte. «Oder ist das auf deinem Mist gewachsen? Treib es nicht auf die Spitze, Stella, sonst müsste ich mich fragen, ob du neuerdings etwas gegen mich hast und wer dafür verantwortlich sein könnte.»

Mit dem nächsten Satz machte Gabi klar, dass sie schon eine bestimmte Person im Auge hatte: «Du kannst Heintje etwas von mir ausrichten. Oder nein, das mache ich lieber selbst. Dann weiß ich, dass es richtig rüberkommt.»

Das tat Gabi wohl noch am selben Abend. Und was immer sie Heiner ausrichtete, es führte dazu, dass Stella sich anschließend vor ihm rechtfertigen musste. Er rief an und fragte vorwurfsvoll: «Was, um alles in der Welt, hast du Gabi heute erzählt, Liebes? Wie kannst du so etwas tun? Ich habe nicht erwartet, dass du sie auf Dinge ansprichst, die du von mir erfahren hast.»

«Das habe ich nicht», erklärte sie. «Ich habe ihr nur zu verstehen gegeben, dass der Regisseur eine andere Vorstellung von Gerechtigkeit hat als sie.»

«Wie kommt sie dann auf die Idee, ich wäre dafür verantwortlich, dass du ihr plötzlich Schwierigkeiten machst?»

«Keine Ahnung», sagte Stella. «Wir haben gar nicht von dir gesprochen. Ich habe ihr auch keine Schwierigkeiten gemacht, nur einen Vorschlag des Regisseurs weitergegeben.»

«Dann solltest du dem Regisseur seinen Vorschlag ausreden», meinte Heiner.

«Wieso?», fragte sie. «Du warst doch selbst der Ansicht, man sollte Gabi einmal in die Schranken verweisen.»

«Aber doch nicht in beruflicher Hinsicht, Liebes. Wenn es ein gutes Drehbuch gibt, warum willst du das Risiko eingehen, dass es schlechter wird?»

Das wollte sie ja gar nicht. Es war schon ein Risiko gewesen, von Romy auf den Schatten umzusteigen. Das hätte leicht ins Auge gehen können. Gerade bei so einem Stoff musste man vorsichtig sein, damit es nicht in Schwachsinn ausartete. Wenn man Romy völlig ausschaltete, wie sollte es mit Ursula in der Hauptrolle noch funktionieren? Abgesehen davon: Nun war es ein Drehbuch, das durchaus mit den großen Horrorfilmen konkurrieren konnte, die in Hollywood produziert wurden – hatte sogar Ulf von Dornei gesagt. Daran herumzupfuschen machte keinen Sinn. Also schluckte Stella ihren Ärger hinunter.

Der Regisseur ging ihr danach noch wochenlang auf die Nerven, sah seine künstlerische Freiheit beschnitten und überlegte ernsthaft, ob er den Film unter diesen Voraussetzungen machen wollte. Ulf von Dornei schaffte es, ihn bei einem ausgezeichneten Essen in einem exklusiven Restaurant davon zu überzeugen, das letzte Wort sei noch nicht gesprochen und seiner künstlerischen Freiheit werde bei den Serienfolgen mit Russen, Chinesen, Terroristen und Drogenbossen Rechnung getragen.

König Ulf konnte sich wichtig und Versprechen machen, so viel er wollte. Halten konnte er nichts. Man hatte seine Kompetenzen arg beschnitten und Stella durch die Blume zu verstehen gegeben, dass der Geschäftsführer nur noch auf seinem Stuhl bei Movie-Productions saß, weil sein Vater nicht wusste, wohin er ihn sonst setzen sollte. Die Entscheidungen traf sie.

Und die Schauspielerin, die sie als Romy verpflichtete, fand Gnade in Gabis Augen. Auch mit den restlichen Darstellern war Gabi zufrieden und wieder versöhnt. Bekannte Gesichter waren nicht dabei, aus Kostengründen, und weil man auf die Schnelle gar keine bekannten Gesichter mehr hätte verpflichten können. Aber Heuser verkündete großspurig: «Wir brauchen keine Stars, wir machen welche.» Darauf hofften sie alle.

Es hatte lange gedauert. Doch nun ging es zügig voran. Im Juni konnte gedreht werden. Einundzwanzig Drehtage waren vorgesehen. Stella war täglich am Set. Auch Gabi erschien oft, um sicherzustellen, dass der Regisseur nicht eigenmächtig Ursula überleben ließ. Nebenher versorgte sie die Darsteller mit exakten Anweisungen und gab gute Tipps für die Kameraführung. Der Regisseur war davon verständlicherweise wenig begeistert.

Auch der Hauptdarsteller war unzufrieden. Die schwarze Kutte gefiel ihm nicht, weil sie ihn von Kopf bis Fuß verhüllte. Er hielt sich für unwiderstehlich und durfte sich nur in winzigen Sequenzen der spektakulären Einstiegsszene in voller Schönheit zeigen. Über die fluoreszierenden Kontaktlinsen beschwerte er sich andauernd, weil sie seine

Augen reizten. Auf den hohen Plateausohlen, die er tragen musste, weil er nur eins siebzig groß war und der Schatten alle überragen sollte, knickte er häufig um. Am letzten Drehtag zog er sich noch einen Bänderriss zu und musste für die Badezimmerszene gedoubelt werden.

Zum Glück hatte Heiner dienstfrei an dem Tag, war schon vormittags am Drehort und sprang bereitwillig ein, weil auf die Schnelle kein anderer Ersatz zu finden war. Gedreht werden musste die Szene jetzt und gleich. Das Badezimmer gehörte zur Kulisse einer Vorabendserie, war umdekoriert worden und stand nur kurz zur Verfügung. Zwar hatte Heiner keine schauspielerischen Erfahrungen, aber die brauchte er auch nicht unbedingt. Er musste nur, von Kopf bis Fuß in die schwarze Kutte gekleidet und mit den Kontaktlinsen ausgestattet, die er unter dem Umhang mit einer Taschenlampe anzustrahlen hatte, damit sie richtig leuchteten, vor der hysterisch schreienden und mit der zerbrochenen Champagnerflasche fuchtelnden Ursula stehen. Schuhe mit Plateausohlen brauchte Heiner nicht, weil er einen Meter sechsundneunzig groß war.

Natürlich war auch Gabi da an dem Tag. Nachdem Heiner sich wieder umgezogen hatte, hörte Stella zufällig ihren spöttischen Kommentar. «Warum hat Stella nicht gleich an dich gedacht? Die Rolle ist dir wie auf den Leib geschrieben. Du warst großartig als mörderische Bestie.»

Nun war endlich alles im Kasten. Und schon im Schneideraum hatte Stella ein gutes Gefühl. *Der Schatten mit den Mörderaugen* war *ihr* Film und unbestreitbar hervorragend geworden. Ihr Vater bekam sofort nach Fertigstellung einen Abzug auf Video und war voll des Lobes. Plötzlich hatte er schon immer gewusst, dass sie zu großartigen Leistungen fähig war. Madeleine, die auch eine Kopie bekommen hatte, rief aus Hamburg an und wusste sich gar nicht zu lassen. «Ich habe mich die ganze Zeit auf dem Bett in unserem Zimmer liegen sehen und mir die Nägel abgekaut. Das war ein Ausflug in die Jugend, ach, war das schön.»

Ja, es war der Gipfel, auf den Stella gewollt hatte. Anerkennung. Trotzdem waren die Monate bis zur Ausstrahlung im Oktober eine

Zitterpartie. Zwei Meinungen aus der Verwandtschaft zählten nicht. Und dann der Triumph! Fast sieben Millionen Zuschauer! Eine Traumquote.

Heuser konnte sein Glück gar nicht fassen. Aber er hatte ja von Anfang an gesagt: «Die Lutz hat's drauf.» König Ulf stolzierte wie ein Pfau herum und benahm sich, als sei der Erfolg sein Verdienst. Immerhin habe er Gabi, wie er sie inzwischen auch nannte, monatelang zu diszipliniertem Arbeiten erzogen, meinte er.

Fabian Becker meldete sich aus München, um Stella zu gratulieren. Er befand sich in ambulanter psychiatrischer Behandlung und bekam Medikamente gegen seine schizophrenen Schübe. Es ging ihm schon viel besser. Von Elvis Presley und einem Verstärker im eigenen Gehirn sprach er nicht mehr, sagte nur: «Es war ein phantastischer Film, Stella.»

Die halbe Wahrheit

Oktober 2001

Nur zwei Tage nach der Ausstrahlung fiel im Sender die Entscheidung. Der Auftrag für die erste Serienstaffel wurde erteilt. Ulf von Dornei spendierte eine Flasche Champagner für Gabi, genehmigte zusätzlich einen üppigen Blumenstrauß und einen Mietwagen, damit Stella die guten Gaben nach Niederembt bringen konnte. Sie sah das Dorf an dem Tag zum ersten Mal.

Obwohl Heiner bereits einen Termin für die Hochzeit ins Auge gefasst hatte und unentwegt von Mamas großem Haus mit dem geräumigen Anbau schwärmte – neuerdings bekam er in ihrem Apartment klaustrophobische Zustände – war bisher aus einem Kaffeenachmittag mit Mama nichts geworden.

Höchstwahrscheinlich Gabis Schuld. Heiner hütete sich zwar vor weiteren negativen Äußerungen über sie. Trotzdem machte er hin und wieder eine unbedachte Bemerkung, die nur den einen Schluss zuließ. Anscheinend saß Gabi mindestens zweimal die Woche mit Mama zusammen, machte spöttische Bemerkungen über Heiners Auftritt und ließ endlose Tiraden über Spinner und Fatzkes vom Stapel. Da brauchte man sich nicht wundern, dass Mama keinen Wert darauf legte, eine Produzentin als zukünftige Schwiegertochter zu empfangen. Vermutlich hoffte sie sogar noch, die Beziehung ihres Sohnes ginge – lieber über kurz als lang – in die Brüche. Doch wenn sie das tat, hatte sie die Rechnung ohne Heiner und Stella gemacht. Es war eben die große Liebe, ein Gefühl, wie es nur zwei Menschen füreinander entwickeln können, die etwas gemeinsam haben, und sei es nur die Sehnsucht nach Anerkennung und das Bedürfnis, etwas darzustellen in der Welt.

Nun dirigierte Stella den Mietwagenfahrer zumindest einmal an Heiners Adresse vorbei, schaute sich Mamas *großes* Haus von außen an, ehe sie ihn zum Ortrand fahren ließ, wo Gabi ein entschieden größeres auf einem riesigen Grundstück bewohnte. Zur Straße hin gab es nur vier Fenster. Die Haustür befand sich in der Giebelwand. Um sie zu erreichen, musste man erst mal durch eine breite Zufahrt in einen offenen Hof, auf dem man bequem drei oder vier Vierzigtonner mit Anhänger hätte parken können.

Auf der Grenze zum Nachbargrundstück stand nur ein kniehohes Mäuerchen. Weit hinten wurde das Areal jedoch von einer mannshohen Mauer begrenzt. Der Teil davor war überdacht und hatte Ähnlichkeit mit einer Müllhalde. Ein Haufen Schrott lag da, hauptsächlich Autoteile, rostige Kotflügel und alte Reifen. Daneben schwebte ein uralter Mercedes mit einem Taxischild auf dem Dach einen halben Meter über dem Boden – weil er auf einer Hebebühne stand, wie Stella erkannte, als der Fahrer zum Wenden dicht heranfuhr. An der Rückseite des Hauses gab es eine ebenfalls überdachte Terrasse.

Als Gabi sie hereinließ und ins Wohnzimmer führte, sang Elvis gerade: «… pretending that I'm doing well, my need is such, I pretend too much, I'm lonely but no one can tell. Oh, yes, I'm a great pretender.» Stella dachte noch einmal flüchtig an den Aufstand, den Fabian gemacht hatte, als er das zum ersten Mal vor der Tür von Gabis schäbiger Kölner Wohnung gehört hatte, und an die Übersetzung auf seinem Block im Krankenhaus. Gabis Motto, die große Täuschung. *Trage mein Herz wie eine Krone. – I'm wearing my heart like a crown. Gebe vor, du wärst immer noch hier. – Pretending that you're still around.*

Gabi schaltete die alte Stereoanlage aus, freute sich über den Champagner und die Blumen vom Geschäftsführer. «Hat der Fatzke mir endlich verziehen?»

«Sieht so aus», sagte Stella.

Und Gabi freute sich noch mehr, weil Fabian auch sie angerufen, zum Erfolg gratuliert und sich entschuldigt hatte, dass er ihr mit seinem Beharren, sie sei Romy, so lange auf die Nerven gegangen sei. Und das nur wegen seiner Schizophrenie. «Der arme Kerl», sagte sie.

«Wenn ich gewusst hätte, dass er geisteskrank ist, hätte ich ihn doch nicht so mit meiner Horrorehe aufgezogen.»

Während Gabi sich auf die Suche nach einem Gefäß machte, in dem sie den üppigen Strauß unterbringen könnte, schaute Stella sich um. Nach den langwierigen Renovierungen, von denen Gabi erzählt hatte, sah es nicht aus. An den Wänden klebte eine vergilbte Streifentapete, eine ähnliche hatte es vor mehr als zwanzig Jahren in Stellas Elternhaus gegeben. Auf dem Fußboden lag ein fleckiger und verschlissener Teppichboden. Vor dem Fenster hing eine altmodische Blümchengardine. Die Fensterrahmen hätten dringend einen neuen Anstrich gebraucht, die Terrassentür darüber hinaus eine neue Glasscheibe, in der vorhandenen war ein langer Sprung.

Dieselben Sitzmöbel wie in der Kölner Wohnung, derselbe Couchtisch. Dieselbe Schrankwand mit dem zerkratzten Furnier. In einem offenen Schrankfach das Häufchen dünner Taschenbücher, daneben die gerahmten Fotos. Gabis Kinder und Elvis Presley. Einmal in voller Schönheit mit Gitarre vor unscharfem Hintergrund, wahrscheinlich auf einer Bühne, das Gesicht war kaum größer als ein Fingernagel. Das zweite Foto; Elvis an den Kotflügel eines cremefarbenen Wagens gelehnt, wurde vom ersten teilweise verdeckt. Da er darauf von der Hüfte aufwärts zu sehen war, war das Gesicht etwas größer.

Stella trat näher heran und schaute genauer hin – wie Fabian es ihr einmal empfohlen, wobei er gleichzeitig vor einem Besuch bei Gabi gewarnt hatte. Zuerst erkannte sie, dass es normale Fotos waren, keine Autogrammkarten. Dann sah sie auch: Es war nicht Elvis Presley. Es gab nur eine verblüffende Ähnlichkeit, die von der Aufmachung – Glitzeranzug und Frisur – noch unterstrichen wurde. Vom Sessel in Gabis Kölner Wohnung aus war das nicht zu erkennen gewesen. Und so aus der Nähe betrachtet fiel Stella noch eine frappierende Ähnlichkeit auf – mit Heiner.

Gabi kam mit einem Eimer zurück, eine passende Vase für den Strauß besaß sie wohl nicht. Sie sah Stella vor den Fotos stehen und erklärte ungefragt: «Mein Bruder ist früher als Elvis-Double aufgetreten.»

Gabi sprach immer nur von einem. Dass es fünf offizielle und vermutlich ein halbes Dutzend inoffizieller Brüder gab, hatte sie noch nie erwähnt. Aber der Mann auf dem Foto hätte ohne weiteres ein Bruder von ihr sein können. Die Haarfarbe war dieselbe. Die Gesichtszüge stimmten ebenfalls überein, waren bei Gabi nur weicher und weiblicher gezeichnet. Sonst hätte ihr das auch viel eher auffallen müssen, meinte Stella.

Sie glaubte, einiges zu begreifen in dem Moment. Dass Heiner unehelich geboren war, wusste sie bereits. Vater unbekannt, mehr hatte er bisher nicht gesagt. Und diese abfälligen Bemerkungen über Gabis Familie hatte er gemacht. Kinder wie die Orgelpfeifen. Der jüngste Bruder im selben Alter wie er, der Älteste schon weit über fünfzig, also ungefähr so alt wie *Mama*. Asoziales Pack.

Pack stand selten zu seiner Verantwortung. Ob Mama deshalb davor zurückgeschreckt war, den Namen seines Erzeugers bekannt zu machen? Weil sie sich keine Blöße geben wollte. Ob Gabi deshalb so oft bei Heiners Mutter saß? Weil sie beinahe Schwägerinnen geworden wären. Ob Heiner deshalb einmal seine Verachtung und seinen Groll herausgelassen, aber sofort einen Rückzieher gemacht hatte? Weil er keinen Ärger mit seiner Tante haben wollte?

«Eine hübsche Familie seid ihr», sagte Stella – und traf dabei fast Gabis spöttischen Ton. «Schade, dass keiner für den Film entdeckt wurde. Dein Bruder hätte der deutsche Robert Redford werden können.»

Gabi lachte. «Vor zwanzig Jahren vielleicht, aber er ist mit der Zeit ziemlich aus dem Leim gegangen.»

«Das ist Elvis auch», erwiderte Stella. «Mit vierzig war er ein widerlich fetter Klops, fand ich immer. Wie alt war dein Bruder, als die Aufnahmen gemacht wurden?»

«Weiß ich nicht mehr genau», wich Gabi aus. «Fünfunddreißig, so um den Dreh herum.» Dann wechselte sie rasch das Thema. «Wie viele Folgen brauchen wir für die erste Staffel?»

«Acht», sagte Stella.

«Ich habe schon zwölf», triumphierte Gabi. «Die alten Exposés konnte ich alle umschreiben. Willst du mal sehen?»

«Jetzt nicht», sagte Stella.

Gabi grinste verstehend. «Du hast wohl noch was vor.»

Ehe Stella darauf antworten konnte, bekam sie den Blumenstrauß wieder in die Hände gedrückt.

«Nimm sie mit», sagte Gabi immer noch grinsend. «Das macht bestimmt Eindruck auf Resl. So einen Strauß hat sie garantiert noch nie bekommen. Heintje schenkt ihr immer nur Mon cherie.»

«Ich habe dich schon einmal gebeten, ihn nicht Heintje zu nennen», erinnerte Stella.

Gabi murmelte etwas von alter Gewohnheit, es klang nach einer Entschuldigung. Stella wollte ihr die Blumen zurückgeben und wies darauf hin, dass sie nicht vorhabe, ihren Aufenthalt im Dorf mit einem Besuch bei Heiners Mutter zu verbinden.

«Heute wäre es aber günstig», meinte Gabi. «Vor einer knappen Stunde habe ich noch mit Resl telefoniert, sie war sehr gut gelaunt. Ich glaube, heute würde sie sogar Norbert Blüm empfangen und zuvorkommend bewirten, obwohl sie den auf den Tod nicht ausstehen kann, weil er den Leuten immer weisgemacht hat, die Renten wären sicher.»

«Ich bin nicht Norbert Blüm und möchte nicht unangemeldet bei ihr auftauchen, wenn Heiner nicht da ist», sagte Stella.

«Gerade deshalb wäre es heute günstig», meinte Gabi. «Wenn er nicht da ist, kann er auch nicht dazwischen quasseln. Es scheint dir ja wirklich ernst mit ihm zu sein. Wenn du Resl für dich einnehmen kannst, ist das schon die halbe Miete. Aber vielleicht überzeugt sie dich auch, dass er nicht der Richtige für dich ist. Mir glaubst du das ja offenbar nicht. Anmelden kann ich dich schnell.»

Kaum ausgesprochen, hielt Gabi bereits ihr Mobiltelefon in der Hand und wählte.

Nur eine halbe Stunde später saß Stella in Therese Hellings Wohnzimmer, von dem zu der Zeit noch eine Verbindungstür in den Anbau führte. Die ursprünglich Gabi zugedachten Blumen machten tatsächlich Eindruck. Sie wurde zwar nicht mit offenen Armen, aber doch wohlwollend empfangen, keinesfalls so kühl oder zurückhaltend, wie sie erwartet hatte. Therese servierte Kaffee und Butterstreusel, den sie nach Gabis Anruf offenbar noch schnell besorgt hatte. Dazu gab es auch ein Gläschen Aufgesetzten, an dem Stella allerdings nur nippte.

Aus Likör machte sie sich gar nichts. Und die achtunddreißig Prozent Alkoholgehalt vom doppelten Weizenkorn brannten ihr unangenehm in der Kehle. Zu süß und viel zu scharf für eine Frau, die sich nun schon häufig zu einem halben Glas Rotwein überreden ließ. Wenn Heiner bei ihr übernachtete, brachte er regelmäßig eine Flasche mit für einen gemütlichen Abend. Und wenn sie bei ihrem Mineralwasser bleiben wollte, weil sie am nächsten Tag in der Firma ihren klaren Kopf brauchte, war er beleidigt. «Liebes, ich bitte dich, ein Glas. Davon spürst du nichts.»

Die Unterhaltung mit Therese kam nur schleppend in Gang, weil Stella befangen war und nicht wusste, worüber sie reden sollte. Sie hätte sich zu gerne nach Heiners Vater erkundigt, brannte darauf, eine Bestätigung für ihre Vermutung zu erhalten. Doch das wäre bestimmt ein schlechter Einstieg gewesen.

Therese fragte nach ihrer Familie. Madeleine bot Stoff für ein paar Minuten. Aber Forschungsarbeit am Tropeninstitut interessierte Therese nicht so sehr. Sie konnte sich eher für Tobi und seine bunten Glasbilder erwärmen. Nur erschöpfte sich dieses Thema bald, und Therese kam auf den Beruf zu sprechen.

«Heiner sagte, Sie machen auch ganz lustige Vorabendserien. Hätte ich nicht gedacht. Ich hab ja am frühen Abend keine Zeit, mich vor den Fernseher zu setzen.»

Den Film hatte sie natürlich gesehen, doch er war ganz und gar nicht ihr Geschmack gewesen. Dass Heiner ausgerechnet in der Badezimmerszene für den Hauptdarsteller eingesprungen und Ursula getötet hatte, regte seine Mutter sogar ein wenig auf.

«Ich hab Gabi gefragt, wie sie so etwas schreiben konnte. Sie behauptete, Martin hätte es so gewollt und vorgeschlagen, dass ein Gespenst auftreten und es Uschi im Bad erwischen soll.»

Für Stella klang das, als mache Gabi ihre Entscheidungen von der Zustimmung ihres Sohnes abhängig. Dass der Satansbraten Martin hieß, hatte Heiner mal erwähnt. Und Gabi hatte ja auch bei dem belauschten Telefongespräch mit dem scheinbar lästigen Arno von Martins Einverständnis geredet. Aber dass sie behauptet hatte, ihr Sohn habe vorgeschlagen ... «Der rächende Geist und die Szene im Bad waren meine Ideen», stellte sie richtig.

«Ach», sagte Therese verblüfft und machte mit ihren nächsten Sätzen deutlich, dass sie nicht von einem Halbwüchsigen sprach: «Als das Monster zum ersten Mal auftauchte, hab ich schlucken müssen. Da dachte ich, Martin wird sich im Grab umdrehen, wenn er noch sehen könnte, was Gabi aus ihm gemacht hat. Aber wenn's Ihre Idee war, Sie haben ihn ja nicht gekannt.»

In dem Moment dachte Stella, damit sei einer von Gabis Brüdern gemeint. Heiner hatte doch gesagt, zwei von ihnen hätten das Dorf vor Jahren verlassen müssen, weil sie höchstwahrscheinlich den Tod von zwei Jugendlichen verschuldet hätten. Durchaus denkbar, dass einer in der Zwischenzeit gestorben war und Gabi ihren Sohn nach ihm benannt hatte. Hatte Gabi deshalb eben so schnell das Thema gewechselt, weil es ihr unangenehm war, über einen toten Bruder zu reden?

Doch als Therese ins Plaudern geriet, gab es bald keine Fragezeichen mehr. Stella begriff, dass ihr Kollege zwar geisteskrank gewesen sein und eine Menge Schwachsinn erzählt haben mochte, aber Fabian Becker hatte tatsächlich Recht gehabt – von Anfang an. Und Heiner hatte sie nach Strich und Faden belogen.

Teil 4
Wahnsinnsstoff

Schatten der Vergangenheit

November 1983

Er hatte Martin Schneider geheißen, war Taxifahrer mit einem eigenen Unternehmen und noch nicht ganz vierzig Jahre alt gewesen, als er seine letzten Fahrgäste aufnahm. Martin Schneider hatte die genaue Zeit seiner Geburt gekannt, zwei Uhr zwanzig. Dann hatte er zu Hause sein und mit seiner Lebensgefährtin auf das neue Jahr und eine glückliche Zukunft anstoßen wollen.

Arno Klinkhammer wusste das alles ganz genau. Obwohl es fast einundzwanzig Jahre her war, erinnerte er sich an die Nacht, als sei es gestern gewesen. Er war damals sechsundzwanzig, trug noch Uniform, war seit drei Jahren mit Ines verheiratet, privat rundum glücklich, beruflich nicht gar so zufrieden. Er spielte bereits mit dem Gedanken, sich um Fortbildungsmaßnahmen zu bemühen; interne Schulungen für den Kriminaldienst, weil er auf Dauer nicht bei der Schutzpolizei bleiben wollte. Nicht dass er sich zu Höherem berufen gefühlt hätte. Es war nur das alltägliche Elend an der Basis, das ihm zu schaffen machte.

Blutig geprügelte Frauen, deren Nachbarn die Polizei rufen mussten, weil sie sich selbst niemals getraut hätten, etwas gegen ihre Männer zu unternehmen. Helfen konnte man ihnen nicht, wenn sie behaupteten, sich gestoßen zu haben oder gestürzt zu sein. Vor einundzwanzig Jahren konnte man höchstens den Männern einen finsteren Blick zuwerfen und anklingen lassen, nach dem nächsten Stoß oder Sturz könnte es durchaus passieren, dass sie mal unversehens bei Nacht an einer einsamen Straßenecke in eine Faust liefen. Natürlich durfte man so einem Kerl nicht draußen auflauern. Genau genommen durfte man ihm nicht einmal mit so etwas drohen. Man war ja ein Ordnungshüter. Und manchmal erschien ihm das wie eine Farce.

Noch schlimmer als die Frauen, die sich nicht wehren konnten, waren für ihn diese Häufchen Fleisch, Blut und Knochen, die kurz zuvor noch ein Mensch gewesen waren und nun eingeklemmt in einem zerfetzten Blechhaufen lagen. Er musste sie zwar nicht eigenhändig aus den Wracks schaben, das übernahm die Feuerwehr. Aber er musste oft zu den Angehörigen. Und wenn ein Mensch vor seinen Augen erstarrte oder weinend zusammenbrach, wusste er nie, was er tun oder sagen sollte.

An einen Unfall hatten sie zuerst gedacht in jener Novembernacht. Es war sehr neblig. Man sah kaum die Hand vor Augen, konnte nicht schneller als dreißig fahren. Und wer nicht unbedingt fahren musste, blieb zu Hause. Im zweiten Gang zuckelten Klinkhammer und sein Kollege über die Landstraßen im nördlichen Erftkreis. Es ging auf drei Uhr zu. Klinkhammer saß am Steuer.

Sein Kollege, Theo, auch daran erinnerte er sich noch genau, zog ihn wieder einmal mit der Tatsache auf, dass er Ines nach einem Einbruchversuch in die Villa ihrer Eltern kennen gelernt hatte. Spuren waren aber nicht gefunden worden, deshalb meinte Theo immer noch, es sei pure Langeweile gewesen. Papa und Mama waren in Urlaub, da wählte das Töchterchen eben mal den Notruf, um sich etwas Unterhaltung zu verschaffen.

Möglich, dass es so gewesen war. Klinkhammer mochte nicht an eine Vorspiegelung falscher Tatsachen glauben. Ines hatte es immer bestritten und einen so verschreckten und schutzbedürftigen Eindruck gemacht in ihrem dünnen, kurzen Nachthemd – Babydoll hieß das zu der Zeit. Doch bei seinem Anblick hatte sie sich schnell beruhigt – und nichts Eiligeres zu tun gehabt, als ihn zu einem Rendezvous zu überreden.

Ihre Freundin Carmen, mit der Ines schon seit der Schulzeit ein Herz und eine Seele war, hatte kurz zuvor geheiratet, hieß nun Rohdecker und investierte mehr Zeit in ihre junge Ehe als in die langjährige Freundschaft. Ines fühlte sich ein bisschen verlassen. Drei Monate später war sie Frau Klinkhammer.

Etliche Kollegen hatten ihm prophezeit, seine Ehe hielte im Höchstfall ein halbes Jahr. Ein verwöhntes Töchterchen aus schwerreichem Elternhaus könne sich nicht arrangieren mit Dienstplänen, die keine Rücksicht auf Feiertage oder private Interessen nahmen. Sie würde ihn bald vor die Wahl stellen, entweder dein Job oder ich, weil sie sich einen schönen Lenz mit ihm machen wollte. Und arbeiten müsse er ja eigentlich auch nicht mehr mit einem Krösus als Schwiegervater. Sie hatten alle keine Ahnung. Gerade ein Krösus legte Wert darauf, dass Tochter und Schwiegersohn einer regelmäßigen Beschäftigung nachgingen und finanziell auf eigenen Beinen standen.

An dem Auto, das unbeleuchtet und quer zur Fahrbahn an der Straße zwischen Niederembt und Kirchtroisdorf in einem Acker stand, war Klinkhammer schon vorbeigefahren, als Theo sich umdrehte und sagte: «Setz mal zurück, Arno, ich glaub, da hat einer die Fliege gemacht.»

Klinkhammer legte den Rückwärtsgang ein und steuerte an den Fahrbahnrand. Sie stiegen beide aus, mit Stablampen in den Händen, die im dichten Nebel kaum etwas ausrichteten. Es war ein cremefarbener Audi, praktisch nagelneu, erst knapp fünfhundert Kilometer auf dem Tacho. Einen Taxameter gab es nicht, auch kein Taxischild auf dem Dach, nur ein Funkgerät, das unter dem Armaturenbrett befestigt war.

Und die Fliege gemacht hatte der Wagen nicht, er musste in den Acker gesteuert worden sein. Danach war jemand auf der Fahrerseite aus dem Fond gestiegen, vielmehr gesprungen und zur Straße gelaufen. Fußspuren hatten sich tief in die feuchte Erde eingedrückt und waren auch auf den ersten Metern der Fahrbahn noch deutlich zu erkennen. Richtung Kirchtroisdorf.

Die Beifahrertür war offen, deshalb brannte die Innenraumbeleuchtung, die Theo – wenn überhaupt – in der Milchsuppe nur als schwaches Glimmen ausgemacht haben konnte.

«Du hast verdammt gute Augen», sagte Klinkhammer noch.

Dann hörte er das Stimmchen, das verzerrt aus dem Funkgerät drang. «Martin, sag doch was. Warum sagst du nichts mehr, Martin? Sag doch was, bitte. Sprich mit mir. Sag etwas.»

Martin konnte nichts mehr sagen. Seine Beine steckten noch unter dem Lenkrad. Mit dem Oberkörper lag er auf dem Beifahrersitz. Sein

Kopf baumelte im Freien. Das Gesicht war blutüberströmt. Und der Hals – Klinkhammer fühlte einen unbändigen Würgreiz. Er hatte noch keinen Menschen gesehen, dem man die Kehle von einem Ohr bis zum anderen durchgeschnitten hatte.

Das Stimmchen aus dem Funkgerät ging ihm durch Mark und Bein. Zu wem es gehörte, stellte Theo rasch fest. Der Audi war zugelassen auf Gabriele Rosmarie Treber, so hieß sie damals noch, war vierundzwanzig Jahre alt und sah aus wie fünfzehn mit ihrem Pferdeschwanz, der Jeans und dem Blüschen. Alle nannten sie Gabi, nur Martin nicht. Er fand, sie sähe aus wie Romy Schneider, deshalb war ihm ihr zweiter Vorname lieber. Wenn man den abkürzte, hieß es Romy, das erzählte sie Klinkhammer am nächsten Morgen.

In der Nacht wollten die für Tötungsdelikte zuständigen Kollegen sie zuerst in Schneiders Haus befragen. Aber dort stand auch ein Funkgerät, und obwohl man ihr schon mehrfach erklärt hatte, ihr Freund sei tot, drückte sie weiter auf die Taste und bettelte: «Martin, sag doch was. Warum sagst du denn nichts mehr, Martin? Sag doch was, bitte, sprich mit mir.»

So entschloss man sich, sie zur Dienststelle nach Bergheim zu schaffen. Auch dort war nichts aus ihr herauszubekommen, sie reagierte auf keine Frage, erzählte nur etwas von einem Lied, das sie im Kopf hätte, und wollte zurück ans Funkgerät. Klinkhammer, der eigentlich Dienstschluss hatte, erhielt dann den Auftrag, sie wieder nach Niederembt zu fahren. Als sie neben ihm im Streifenwagen saß, begann sie zu sprechen. Er hatte damals wohl so eine Wirkung auf junge Frauen, bei Ines war es ja genauso gewesen, dass er sie auf der Stelle beruhigt hatte.

Gabriele Treber war Ohrenzeugin des Überfalls geworden. Sie erzählte ihm, ursprünglich habe sie um elf eine vorbestellte Tour zum Kölner Hauptbahnhof übernehmen sollen. Ein älteres Ehepaar, das einen Nachtzug nach München nehmen wollte. Weil es so neblig war, sei Martin aber lieber selbst gefahren. Und weil der eine als Taxi ausgestattete Mercedes noch unterwegs und der andere nicht ganz in Ordnung war, habe er ihren Audi genommen. Mit dem älteren Ehepaar war ohnehin ein Festpreis vereinbart worden, da machte es nichts, wenn kein Taxameter mitlief.

Vor der Rückfahrt war Martin von zwei Jungs angesprochen worden, die nach Kirchtroisdorf wollten und sich keine Fahrkarten mehr kaufen konnten, weil sie auf der Domplatte von Junkies angemacht und beklaut worden seien – hatten sie Martin jedenfalls erzählt. Dabei wären sie in der Nacht auch mit einer Fahrkarte nicht mehr nach Kirchtroisdorf gekommen.

Aus reiner Gefälligkeit hatte Martin die Jungs einsteigen lassen und über Funk durchgegeben: «Ich fahr die zwei zu Muttern, ist ja gleich nebenan. In einer guten Stunde bin ich da. Hast du den Sekt schon in den Kühlschrank gelegt?»

Ab Mitternacht hatte er doch Geburtstag. «Die Flasche hatte ich völlig vergessen», sagte sie. «Ich war den ganzen Tag schon so nervös. Ich hab es dann aber sofort getan. Danach bin ich wieder ans Funkgerät gegangen.»

Und da war sie geblieben, hatte sich in Minutenabständen nach den Sichtverhältnissen, dem Verkehr und seinem Tempo erkundigt und jedes Mal gebeten: «Pass gut auf.»

«Ich dachte, ich hätte nur Angst wegen dem Nebel», sagte sie. «Martin fährt immer so dicht auf. Das tun alle Taxifahrer. Wenn sich mal ein Lkw querstellt, hängt man drunter, ehe man sich versieht. Wäre mir beinahe mal passiert. Ich fahre ja auch immer zu schnell. Deshalb wollte er mich die Tour doch nicht machen lassen. Martin sagte: ‹Beruhig dich. Es ist kaum ein Auto unterwegs.› Ich sagte: ‹Du kannst doch keine zwanzig Meter weit sehen.› Er sagte: ‹Ich fahr ja auch nur fünfzig.› Dann hat er die Jungs aufgefordert, zu bestätigen, dass er ganz vorsichtig fährt.»

Eine jugendliche Stimme hatte erklärt: «Wir kriechen nur.» Beruhigt hatte sie das keineswegs.

Etwa um Viertel nach eins hatte Martin durchgegeben: «In ein paar Minuten bin ich da.» Sie hatte daraufhin angenommen, er habe beide Jungs in Kirchtroisdorf abgesetzt. Etwas Gegenteiliges hatte sie von ihm auch nicht gehört.

«Er hat nur gefragt, ob ich noch was zu Essen machen kann. Das hatte ich schon vorbereitet, Lachsschnittchen, mit echtem Lachs, den mag Martin so gerne. Und zum Geburtstag darf es ruhig mal was kosten. Und dann sagte er plötzlich: ‹Scheiße, Romy. Ich hab … Mach keinen Quatsch, Junge, das lohnt doch nicht für die paar Kröten.› Dann kam noch so ein Gurgeln. Und dann war es still. Martin hatte wohl die Taste losgelassen.»

Klinkhammer blieb den ganzen Vormittag bei ihr und hörte sich das an. Martin, Martin. Martin! Vor acht Jahren hatte er Uschi rausgeworfen, seitdem lebte er mit ihr. Er hatte ihr den Audi geschenkt, und Uschi war vor Wut die Wände hochgegangen, weil die mit dem Geld lieber ihre Schulden bezahlt hätte. Aber dafür war doch nicht Martin verantwortlich.

«Uschi hat schon immer gesoffen wie ein Bauarbeiter. Einen Kasten Bier putzt die weg wie nix. Sie sollte eine Entziehungskur in einer Klinik machen und kam nach ein paar Tagen schon wieder besoffen nach Hause. Da hat Martin endlich die Konsequenzen gezogen. Aber Uschi hat schnell einen anderen Dummen gefunden und erzählt überall, Martin wäre schuld, dass sie so krank ist. Das war andersrum. Martin war krank damals, hat nur gearbeitet und hatte gar keine Freude am Leben.»

Martin hatte das große Grundstück von seinen Eltern geerbt und sein Haus mit eigenen Händen gebaut. Deshalb hatte er bisher gezögert, sich von Uschi scheiden zu lassen. Er hatte befürchtet, in dem Fall das Haus verkaufen zu müssen, um Uschi auszahlen zu können. Sie hatten keine Gütertrennung vereinbart, und in den letzten acht Jahren hatte Martin viel Geld verdient.

«Früher ist das Geschäft nicht gut gelaufen», sagte sie. «Aber seit wir zusammen sind, floriert es. Martin musste zwei meiner Brüder als Fahrer einstellen, sonst hätten wir keine Zeit mehr für uns gehabt.»

Und neulich hatte Martin sich von einem Anwalt beraten lassen und erfahren, dass er Uschi für die acht Jahre keinen Zugewinn zahlen musste, weil sie offiziell getrennt gelebt hatten. Und dass Uschi sich nach all der Zeit auch nicht mehr mit ihrer «Krankheit» querlegen konnte. Nun wollte Martin die Scheidung einreichen.

«Im Frühjahr werden wir richtig heiraten», sagte sie. «Bis dahin ist das bestimmt über die Bühne. Der Anwalt meinte, nach all den Jahren ginge das schnell.»

Vor der Hochzeit wollte Martin aber noch die Fensterrahmen streichen, die hatten es dringend nötig. Er wollte auch eine neue Scheibe in die Terrassentür einsetzen. Da war mal ein Steinchen reingeflogen. Und das Wohnzimmer musste neu tapeziert werden, damit es im Frühjahr schön aussah.

«Wir feiern nicht in einer Kneipe», sagte sie. «Das machen wir hier, das Wohnzimmer ist ja groß genug. Wir laden auch nur meine Brüder ein, mit ihren Frauen natürlich.»

Martin machte alles allein oder zusammen mit ihren Brüdern, auch wenn etwas an den Autos zu reparieren war. Der Mercedes auf der Hebebühne draußen, an dem hatte er am Nachmittag noch einen Ölwechsel gemacht und festgestellt, dass der Auspufftopf eine Roststelle hatte. Den wollte er morgen austauschen.

Und Martin war nicht nur handwerklich sehr geschickt. Er war ein Allroundtalent. Was konnte er für spannende Geschichten erfinden. Und singen konnte Martin wie Elvis, man hörte keinen Unterschied in der Stimme, wirklich nicht. Wenn Martin sich zurechtmachte, sah er auch genauso aus wie Elvis. In den letzten Jahren war er häufig im Dorf aufgetreten, bei Neujahrsbällen oder einer Kirmes, manchmal auch nur so zwischendurch, das nannten sie dann *bunten Abend.* Da gab es auch ein Rahmenprogramm.

Martin kostete die Veranstalter keine Unsummen. Er trat zwar mit Band auf, aber das waren nur ihre Brüder, die taten das aus Spaß, konnten im Chor singen und alle ein Instrument spielen, sie hatten auch welche. Der Älteste hatte sogar ein Klavier. Bei ihm probten sie immer. Martin konnte vier Instrumente spielen, Geige, Trompete, Klavier und Gitarre.

«Sie müssten mal hören, wenn Martin *Il Silencio* bläst, da läuft es Ihnen kalt den Rücken hinunter.»

Sie zeigte ihm Martins Gitarre und einen weißen Glitzeranzug, auch ein paar Fotos aus Martins Jugend, um zu beweisen, dass er schon damals ausgesehen hatte wie Elvis. Den hatte Martin auch noch persönlich erlebt, 1972 war er in Amerika gewesen.

Danach spielte sie ihm Tonbänder vor, die Martin besungen hatte: kein harter Rock, Elvis selbst hatte ja auch viel lieber Gospel gesungen. Und sie mochte nur die weichen Songs. Nicht alle Titel von Elvis, aber alle nur für sie. The Great Pretender. And I Love You So. Suspicious Mind. Love Me Tender. My Way. Thank You. One Night With You. Crying in the Chapel. Are You Lonesome Tonight. Und das Lied, das sie jetzt schon seit Stunden im Kopf hatte. Deshalb hatte sie doch eben gar nicht verstanden, was die Männer alles von ihr wissen wollten: On a cold and gray Chicago morning a poor little baby child is born – in the ghetto.

Sie meinte, Martin wolle ihr damit etwas Bestimmtes sagen, hoffentlich nicht, dass sie jetzt zurückmüsse. Da kam sie nämlich her, das erzählte sie Klinkhammer auch. Natürlich nicht aus Chicago, nur aus einem Ghetto. Das alte Fachwerkhaus mit winzigen Zimmerchen, zu wenige für eine große Familie, das Klo in einem Verschlag im Hof, kein Badezimmer. Fünf Brüder, eine Schwester und erst ein Bett für sich allein, als Martin sie zu sich nahm.

«Das glaubt hier kein Mensch», sagte sie. «Die denken alle, Martin hätte mich nur bei sich wohnen lassen, weil er Sex mit mir machen wollte. Das stimmt nicht. Zuerst hatte ich sogar ein Zimmer für mich allein. Martin hat mir extra neue Möbel dafür gekauft, rote Schränke, das war vor acht Jahren sehr modern.»

Da war sie sechzehn gewesen und Martin doppelt so alt. «Er wollte, dass ich erst mal erwachsen werde. Und dann sollte ich selbst entscheiden, ob ich mit ihm schlafen will. Fast zwei Jahre haben wir uns damit Zeit gelassen. Der bunte Abend vor sechs Jahren, das war eigentlich schon unsere Hochzeit. Offiziell war das eine Gedenkveranstaltung, weil Elvis gerade gestorben war. Ich hatte ein ganz tolles Kleid an, wie Romy Schneider in dem Sissi-Film. Das halbe Dorf hat uns zugeschaut, aber keiner wusste, was es bedeutete.»

Martin hatte ihr beigebracht, Ansprüche ans Leben zu stellen. Nicht in eine Wanne zu steigen, in deren Wasser zuvor schon drei ihrer Brüder gebadet hatten. So war es in ihrer Familie üblich gewesen. Da musste das Wasser auf dem Küchenherd heiß gemacht werden, also ging man sparsam damit um. Da hatten ihre Mutter, ihre Schwester und sie auch nur die Knochen der Hähnchen oder Koteletts bekommen. Das Fleisch stand den Männern zu, weil die bei Kräften bleiben mussten, um zu arbeiten und Geld zu verdienen, während Frauen nur Kinder bekamen und Geld ausgaben.

Martin hatte sie rausgeholt aus der Armseligkeit, ihrem ältesten Bruder erklärt, sie habe etwas Besseres verdient, weil sie etwas Besonderes sei. Was er Besonderes an ihr fand, wusste sie nicht, das wusste Martin selbst nicht so genau. Manchmal sagte er, es seien ihre Augen, etwas in ihrem Blick, das ihm das Gefühl gebe, sie schaue bis auf den Grund seiner Seele. Manchmal sagte er, es sei ihre Stimme, die höre er immer, auch ohne Funkgerät und sogar, wenn sie kilometerweit entfernt von ihm sei. Und manchmal sagte er, es läge an ihren Händen, schon bei der ersten Berührung habe er sich so lebendig gefühlt wie nie vorher. Wahrscheinlich könne sie mit ihren Händen Kranke heilen und sogar Tote aufwecken. Martin hatte sie gelehrt, ihren Wert zu erkennen. Sie hatte erst mit ihm richtig gelebt. Nun sollte er tot sein? Ausgerechnet jetzt, wo er sie ganz offiziell zu Romy Schneider machen wollte? Das konnte sie nicht akzeptieren.

Es drehte Klinkhammer das Herz um, als sie ihn anlächelte und sagte: «Martin hat mir versprochen, dass er mich nie allein lässt. Und nachdem er beim Anwalt war, hat er gesagt, dass nun alles seine Ordnung bekommt und ich mir keine Sorgen machen muss, egal, was die Leute über uns tratschen. Dass wir beide in diesem Haus gemeinsam alt werden. Was er verspricht, hält er immer. Er kommt bestimmt bald zurück.»

Natürlich war Martin Schneider nicht zurückgekommen. Man hatte ihn zwei Wochen später auf dem Friedhof in Niederembt beigesetzt. Noch so ein nebliger Novembertag, nichts für schwache Gemüter. Die treibenden Schwaden zwischen all den schwarz gekleideten Menschen – das halbe Dorf war auf den Beinen gewesen, um Martin die letzte Ehre zu erweisen. Das Wabern über dem offenen Grab. Man hätte wohl meinen können, da erhebe sich etwas aus dem Sarg, schwebe über dem Bukett mit den dunkelroten Rosen, um fortan als Schatten an Romys Seite zu sein.

Klopfzeichen gab es auch. Mit beiden Fäusten trommelte sie auf den Sarg ein und brüllte sich die Kehle heiser: «Macht den Deckel auf!

Ihr müsst den Deckel aufmachen! Martin hat gesagt, ich kann das wahrscheinlich. Ich muss ihn mal anfassen.»

Und als ihr niemand nachgab: «Tu etwas, Martin! Komm da raus! Bleib bei mir. Lass mich nicht allein. Was soll ich denn tun ohne dich? Ich kann den Auspuff nicht austauschen, auch die Scheibe nicht. Ich kann das doch alles nicht.»

Einen Mordsaufstand machte sie. Klinkhammer war dabei, ihr Vater und drei ihrer Brüder ebenfalls. Reinhard, der Älteste, Ulrich, der Mittlere, und Bernd, mit fünfzehn der Jüngste, aber schon fast so groß wie die beiden anderen, wahre Riesen, neben denen Klinkhammer sich irgendwie schmächtig fühlte, dabei war er bestimmt nicht kleinwüchsig, sondern gut eins achtzig groß.

Und selbst zu fünft hatten sie Mühe, Gabi vom Sarg wegzubekommen. Dass so viel Kraft in dem kleinen Persönchen steckte, hatte Klinkhammer nicht erwartet. Sie reichte ihm kaum bis zur Schulter und trat ihren Vater vors Schienbein, biss Reinhard in die Hand, rammte Ulrich das Knie in die Hoden, zerkratzte Bernd das Gesicht.

Als der Sarg endlich am Boden der Grube angekommen war, riss sie sich los und stürzte wieder nach vorne. Ursula Schneider oder Uschi, wie sie im Dorf genannt wurde, wollte gerade ein Schäufelchen Erde auf das Rosenbukett werfen. Gabi zerrte ihr die Schaufel aus der Hand und holte aus. Den Hieb fing Klinkhammer mit der Schulter ab, drei Tage lang konnte er seinen Arm nicht richtig bewegen und war trotzdem zufrieden, weil er ihr eine Anzeige wegen gefährlicher Körperverletzung erspart hatte. Mehr konnte er ihr nicht ersparen, damals.

Nach der Beerdigung verlor er sie für geraume Zeit aus den Augen – und sie alles, bis auf den Audi. Das hörte er von Reinhard Treber, der ein paar Mal in die Dienststelle nach Bergheim kam, um zu berichten. Reinhard stand in engem Kontakt zu den Kölner Ermittlern, die den Fall übernommen hatten.

Es gab wohl eine Menge Spuren und die Vermutung, dass es sich beim Täter um einen der beiden Jugendlichen handeln könnte, die Martin am Kölner Hauptbahnhof aufgenommen hatte. Aber wenn nur einer in Kirchtroisdorf ausgestiegen war, warum hatte Martin nicht gesagt, dass er den zweiten noch woanders hinbringen wolle? Und warum war derjenige, der auf dem Acker aus dem Wagen gesprungen war, dann Richtung Kirchtroisdorf gelaufen?

Wochenlang wurde alles, was in dem Ort männlich und zwischen sechzehn und zwanzig war, als Mörder verdächtigt. Beinahe täglich wurden Jugendliche abgeholt, mussten Gabi ein paar Sätze vorsprechen und wurden wieder nach Hause geschickt, weil sie die Stimme nicht wieder erkannte oder der Betreffende ein Alibi für die Tatzeit hatte.

Ihr Bruder erzählte, in Niederembt werde gemunkelt, es habe sich um einen Auftragsmord gehandelt, bestellt in der Kölner Drogenszene. Und eigentlich hätte Gabi das Opfer sein sollen. Martin war heiß begehrt gewesen und Gabi in den vergangenen Jahren von vielen glühend beneidet worden. Die nun bekannt gewordenen Scheidungs- und Heiratspläne mochten eine Frau veranlasst haben, die Rivalin aus der Welt schaffen zu lassen.

Die vorbestellte Fahrt des älteren Ehepaars war im ganzen Dorf bekannt gewesen. Nachtzug nach München; für die alten Leutchen war das eine Weltreise gewesen, von der sie überall erzählt hatten. Es hatten auch viele gewusst, dass ursprünglich Gabi diese Tour übernehmen sollte. Martin war den ganzen Tag im Einsatz gewesen und hätte vor seiner Geburtstagsfeier gerne noch ein paar Stunden Schlaf bekommen.

Die beiden Jungs hätten entweder Martin oder das Auto gekannt, meinte Reinhard. Sie hätten auch wissen müssen, in welche Richtung der Audi zurückfuhr. Allein aus dem Autokennzeichen hätten sie nicht auf Kirchtroisdorf kommen können. Welcher Junkie am Kölner Hauptbahnhof kannte das Dorf überhaupt?

Aber wenn man Süchtige anheuerte, die wohl nur ihren Lohn und den Stoff im Sinn hatten, den sie sich dafür in die Adern jagen konnten, durfte man sich nicht wundern, wenn der Auftrag nicht ordnungsgemäß erledigt wurde. Davon profitierte nun Uschi, vielleicht steckte die auch dahinter. Nach einer Scheidung hätte sie keinen Unterhalt mehr bekommen. So gesehen war sie die Einzige, die von Martins Tod einen Vorteil hatte.

Als der Audi von der Staatsanwaltschaft freigegeben wurde, holte Reinhard ihn ab und baute das Funkgerät aus. Der Wagen gehörte Gabi, mochte Ursula Schneider sich noch so darüber aufregen. Gabi das Auto zu überlassen, hielt ihr Bruder jedoch nicht für sinnvoll. «Sie setzt sich rein und steuert den nächsten Baum an», sagte er zu Klinkhammer.

Einen Personenbeförderungsschein hatte Gabi gemacht, als sie alt genug gewesen war. Einen Gewerbeschein für ein eigenes Taxiunternehmen hätte sie in ihrer derzeitigen Verfassung allerdings nie bekommen. Einen anderen Beruf hatte sie nicht erlernt. Keine guten Voraussetzungen für die Zukunft.

Ursula Schneider besann sich schnell auf ihre Rolle als rechtmäßige Witwe. Sie lebte mit ihrem Freund in Elsdorf zur Miete. Das Haus in Niederembt gehörte nun ihr, das Geschäft ebenso, doch das löste Uschi sofort auf. Ein Testament hatte Martin nicht gemacht, in seinem Alter kaum ans Sterben gedacht.

Vor Jahren, als er noch mit Uschi zusammen gewesen war, hatte er eine Lebensversicherung abgeschlossen und nach der Trennung Gabi als Begünstigte eintragen lassen. Zwanzigtausend Mark bekam sie ausbezahlt. Uschi war stinksauer deswegen und schaltete einen Rechtsanwalt ein, weil sie meinte, das könne ja wohl nicht angehen, dass man einfach einen Namen in einer Police austauschte und die Ehefrau keine müde Mark sah.

Sie ließ Gabi gerade mal die Zeit, ihre persönlichen Sachen zu packen. Die von Martin besungenen Bänder und ein paar Fotos von ihm ließ Gabi auch mitgehen. Die komplette Einrichtung, einschließlich Martins Garderobe, seiner Gitarre und der Trompete, verkaufte oder verschenkte Uschi, weil sie eigene Möbel mitbrachte und ihr Freund von anderer Statur war, ein kleiner Dicker. Martin war gut eins neunzig groß und schlank gewesen.

Die Schrankwand, die Couch mit zwei Sesseln, den Tisch und die Stereoanlage konnten Gabis Brüder sofort retten, kauften sie den Käufern wieder ab. Später sammelten sie auch einen Teil der Küche, das Schlafzimmer und das Jugendzimmer mit den roten Schränken ein, als die Sachen zum Sperrmüll an die Straße gestellt wurden. Alles wurde erst mal in einer Garage untergebracht, weil niemand wusste, wohin sonst damit.

Sie wussten ja nicht mal, wohin mit Gabi. Zurück in das alte Fachwerkhaus? Das wollte sie nicht, da war auch kein Platz mehr für sie. Es lebten immer noch fünf Erwachsene dort; ihre Eltern, der jüngste Bruder Bernd und Ulrich mit Frau und dem ersten Sohn, der zweite war unterwegs.

Es war zwar ein Zimmerchen frei geworden, weil zwei Brüder, Wolfgang und Thomas, ein paar Tage nach Martins Tod ausgezogen waren. Deshalb hatten sie nicht an der Beerdigung teilnehmen können. Wolfgang und Thomas waren bei Martin als Fahrer angestellt gewesen. Mit ihm hatten sie nicht nur einen guten Freund, sondern auch ihre Arbeitsplätze verloren, hörte Klinkhammer von Reinhard. Wolfgang und Thomas hatten sich entschlossen, ihr Geld fortan in einer Großstadt zu verdienen, nicht unbedingt in Köln, lieber weiter weg.

Die frei gewordene Kammer beanspruchte nun jedoch Ulrich für seinen Nachwuchs, der bisher im ehelichen Schlafzimmer untergebracht gewesen war. Solange ein Kind noch klein war, ginge das, meinte Reinhard, aber es wurde größer, und wo bald das zweite kam, brauchte Ulrich das Zimmer wirklich.

Reinhard bewohnte mit Frau und zwei Kindern ein Häuschen, in dem vorerst nur das Erdgeschoss genutzt werden konnte. Zwei Zimmer, Küche, Bad. Unterm Dach wollte Reinhard noch ausbauen. Im Wohnzimmer stand eine Schlafcouch für ihn und seine Frau. Das Zimmer der Kinder war winzig. Er hätte Gabi nur eine Luftmatratze neben das Klavier in den Keller legen können. Das wäre ja kein Zustand gewesen. So wurde sie erst einmal bei ihrer Schwester Karola einquartiert, die auch schon verheiratet war und ein Kind hatte. Doch da konnte man im Kinderzimmer noch ein Bett aufstellen.

Besuchen mochte Klinkhammer sie bei Karola nicht, um kein Gerede aufkommen zu lassen und Ines nicht grundlos eifersüchtig zu machen. Wie hätte er seiner Frau erklären sollen, dass Martin Schneiders Romy ihn als Frau überhaupt nicht reizte? Es war nur so, als verlange das Stimmchen aus dem Funkgerät unentwegt von ihm: «Helfen Sie mir.»

Hätte er gerne getan, er wusste nur nicht wie und betete sich immer wieder vor, es ginge ihn doch auch nichts an. Ein Polizist konnte nicht immer und überall helfen, musste Distanz wahren. Aber es verfolgte ihn sogar in den Schlaf, dieses Stimmchen.

In den ersten Wochen nach der Beerdigung träumte er zweimal so lebhaft, dass es sich ihm für alle Zeit einprägte. In einem Traum fuhr er mit Theo über die neblige, nächtliche Landstraße. Theo entdeckte den Audi mit der Leiche. Und Gabi war schon da, kniete im feuchten Acker neben der offenen Beifahrertür, drückte den Mund auf Martins Lippen und verlangte zwischen zwei Atemzügen: «Helfen Sie mir.»

Im Traum konnte Klinkhammer sich nicht rühren. Theo stand ebenfalls wie angewurzelt im Acker. Aber Gabi schaffte es auch allein, Martin wiederzubeleben. Irgendwann schlug er die Augen auf, wischte sich notdürftig das Blut aus dem Gesicht, richtete sich auf, lächelte Klinkhammer an und fragte mit dieser dunklen, samtweichen Elvis-Stimme: «Ist sie nicht ein besonderer Schatz, meine kleine Hexe? Ich wusste, dass sie es kann. Sie kann alles. Sie muss es nur wollen, das habe ich ihr immer gesagt.»

Dann setzte Martin sich hinters Steuer. Gabi stieg auf den blutgetränkten Beifahrersitz. Der Audi fuhr vom Acker und verschwand im Nebel. Unheimlich, aber es war ja nur ein Traum.

In dem zweiten sah Klinkhammer Gabi auf einer von Bäumen gesäumten Landstraße neben einem gestürzten Motorrad in einer großen Blutlache stehen. Sie hielt ein Foto in der Hand, auf dem ebenfalls ein Motorrad in einer großen Blutlache auf einer Straße lag. Als er näher kam, streckte sie ihm das Foto entgegen und sagte: «Sehen Sie, so macht man das.»

Eine Zeit lang befürchtete er, sie könne etwas *machen*. Jedes Mal, wenn das Wetter umschlug und er dieses Ziehen in der Schulter spürte, wo ihn auf dem Friedhof die Schaufel getroffen hatte, oder wenn Reinhard Treber wieder mal in Bergheim erschien, um mitzuteilen, Gabi habe sich erneut die Stimmen von Jugendlichen angehört und den Kopf geschüttelt, kamen ihm solche Gedanken. Da fragte er sich, ob sie den Kopf auch schütteln würde, wenn sie die junge

Stimme erkannte, die sie über Funk gehört hatte – weil sie meinte, ein paar Jahre Jugendstrafe seien nicht genug für Martins Leben.

Aber Reinhard sagte auch jedes Mal: «Sie geht vor die Hunde. Man sollte meinen, sie ist mit Martin gestorben. Bei uns ist sie jedenfalls nicht mehr. Es hat überhaupt keinen Zweck, sie ständig nach Köln zu holen. Sie hört garantiert nicht hin, wenn die wieder mal einen Jungen vorsprechen lassen.»

Und jedes Mal stellte Klinkhammer sich vor, dass der Tag käme, an dem Martins Mörder gefasst wurde. Er meinte, es wäre ihr ein Trost gewesen, hätte sie zurück ins Leben geholt, und er wäre zur Ruhe gekommen. Doch dazu kam es nie.

Es kam bloß ein Zeitpunkt, an dem Reinhard Treber seine Besuche in der Dienststelle aufgab und Klinkhammers Schulter sich nicht mehr meldete. Danach fragte er sich nur hin und wieder noch mal, was wohl aus Gabriele Treber geworden sein mochte. Das erfuhr er drei Jahre nach Martin Schneiders Tod.

Komische Dinge

Oktober 1986

Wieder war es eine nächtliche Streifenfahrt, diesmal zwischen Elsdorf und Bergheim und nicht mit Theo auf dem Beifahrersitz. Arno Klinkhammer erinnerte sich nicht mehr, mit wem er gefahren war, als der cremefarbene Audi sie mit mindestens hundertfünfzig, eher hundertsechzig Sachen überholte. Klinkhammer gab Gas, brauste mit Sonderzeichen hinterher und überholte «die wild gewordene Hummel», wie sein Kollege den Fahrer bezeichnete.

Als sie ihn gestoppt hatten, schlug ihnen eine Wolke entgegen wie aus einer Schnapsbrennerei. Und der Fahrer behauptete allen Ernstes, er sei auf der Flucht vor seiner Frau. Die wolle ihn umbringen und sei gerade noch hinter ihm gewesen. Das musste er geträumt haben, oder er hatte im Suff den Streifenwagen mit seiner Frau verwechselt.

Fahrzeugpapiere hatte der Mann nicht dabei, der Führerschein war ihm schon vor Jahren entzogen worden. Er hieß Peter Lutz und beteuerte: «Ich darf das Auto fahren. Es gehört meiner Frau.» Das war ein Argument, aber keine Berechtigung.

Der Audi sah noch fast so aus wie unmittelbar nach dem Mord, abgesehen vom fehlenden Funkgerät und einer karierten Wolldecke im Fond, die im November 83 nicht drin gelegen hatte. Die Blutflecken auf den Vordersitzen und an den Türverkleidungen waren mit der Zeit dunkelbraun geworden. Und nicht einmal die Spritzer auf dem Armaturenbrett waren abgewischt. Da musste Klinkhammer nicht fragen, wie die Frau von Peter Lutz hieß. Er fragte sich nur, warum ihr Bruder zwar das Funkgerät ausgebaut, aber den Innenraum nicht gereinigt hatte.

Es gruselte ihn, als er sich hinters Steuer setzte. Unwillkürlich musste er an seinen Traum von der Wiederauferstehung denken, hatte sekundenlang die samtweiche Stimme im Kopf – *Ist sie nicht ein besonderer Schatz, meine kleine Hexe?* – und das Gefühl, auf Martin Schneiders Schoß zu sitzen. Er war nahe daran, wieder auszusteigen. Aber er hätte es nicht übers Herz gebracht, den Audi am Rand der Straße stehen lassen. Also riss er sich zusammen und fuhr den Wagen zur Dienststelle nach Bergheim.

Nachdem die Formalitäten erledigt waren und man Peter Lutz eine Blutprobe entnommen hatte, fuhr Klinkhammer ihn auch nach Hause, obwohl Lutz partout nicht dorthin wollte, weil er um sein Leben fürchtete. Darauf beharrte er, bestand allerdings nicht mehr auf einer Verfolgung. Nun behauptete er, seine Frau habe ihn mit einem Messer angegriffen. Es sei ihm gar nichts anderes übrig geblieben, als zu fliehen und schnellstmöglich viel Abstand zu gewinnen, weil so ein Messer ganz schön weit und verdammt schnell fliegen könne.

Bei derart konfusem Geschwätz glaubte Klinkhammer keine Sekunde lang, dass von Gabriele Rosmarie Lutz, geborene Treber, eine Bedrohung ausginge. Natürlich hatte er bei Martin Schneiders Beerdigung erlebt, dass sie rabiat werden konnte. Doch das, meinte er, sei eine ganz andere Situation gewesen.

Sie lebte immer noch in Niederembt – nun auf einem umgebauten Bauernhof. Durch ein Tor ging es zu einer Küchentür mit einer vergitterten Glasscheibe, die mit einer Gardine verhängt war. Von innen steckte ein Schlüssel, so dass ihr Mann sich vergebens darum bemühte, von außen aufzuschließen. Als Klinkhammer klopfte, wurde die Gardine zur Seite geschoben. Sie öffnete mit einem wimmernden Säugling im Arm und einem kleinen Mädchen am Hosenbein.

Eine Jeans, die drei Nummern zu groß wirkte. Darüber ein Blüschen, unter dem sich die Schulterblätter abzeichneten und über den Rippen eine vage Ahnung dessen, was vor drei Jahren ein hübscher Busen gewesen war. Ein mageres, blasses Gesicht, das nur noch aus Augen bestand. Die Stirn verschwand unter dem Pony, die Wangen schienen mit dem zurückgekämmten, dunklen Haar in den Pferdeschwanz gebunden. Ein Körper, so mager und zerbrechlich, dass der geringste Windhauch ihn umwerfen musste. Sie sah immer noch aus wie ein Teenager, aber so entsetzlich verhärmt, ausgelaugt, müde, und das wohl kaum, weil es mitten in der Nacht war.

Das kleine Mädchen knabberte an einem trockenen, angeschimmelten Kanten Brot. Der Säugling in ihrem Arm wimmerte in schrillen Tönen unerbittlich weiter. Und ihr Mann keifte: «Ich hab einen Bullen mitgebracht. Jetzt kommst du in den Knast.»

Klinkhammer ließ sich nicht gerne als Bulle bezeichnen und fragte sie nur der Form halber, ob sie ihren Mann mit einem Messer angegriffen habe. Sie schüttelte den Kopf.

«Lüg doch nicht so dreckig!», schrie Peter Lutz mit sich überschlagender Stimme. «Du hast gewollt, dass es mich trifft.»

«Haben Sie ein Messer nach Ihrem Mann geworfen?», fragte Klinkhammer daraufhin. Geworfen wäre ja noch nicht unbedingt ein tätlicher Angriff gewesen, jedenfalls hatte er in dieser Situation nicht vor, es als einen solchen zu bewerten.

Sie schüttelte erneut den Kopf. Ihr Mann zerrte an Klinkhammers Arm und zeigte auf den Küchentisch. «Da hat sie gestanden und Brot geschnitten und gesagt, ich muss ihr Geld geben. Sie braucht Milch für Martin. Und Martina müsste auch mal wieder was anderes zwischen die Zähne bekommen als Brot.»

Großer Gott, dachte Klinkhammer, als er die Namen der Kinder hörte. Peter Lutz keifte weiter: «Was gehen mich die Bälger an, das sind nicht meine, die sind von Elvis. Jede Nacht macht sie mit ihm rum und meint, ich merk das nicht, weil sie es im Auto treiben. Aber ich hab Augen im Kopf. Sehen die etwa aus wie ich?»

Das kleine Mädchen sah ihm durchaus ähnlich, fand Klinkhammer. Ein blondes Lockenköpfchen mit blauen Augen. Der Säugling hatte nur ein wenig dunklen Flaum auf dem vom langen Weinen krebsroten Kopf. Sie war dunkelhaarig, ihre Brüder auch. Daran erinnerte Klinkhammer sich noch gut. Warum sollte nicht ein Kind nach der mütterlichen Linie kommen?

«Ich hab ihr gesagt, von mir gibt's keinen Pfennig mehr für die Brut», erklärte ihr Mann. «Da flog das Messer, ich konnte gerade noch ausweichen.»

«Haben Sie das Messer geworfen?», fragte Klinkhammer noch einmal. Und bei all den misshandelten Frauen, mit denen er schon zu tun gehabt hatte, er hätte es verstanden, beide Augen zugedrückt, wenn sie genickt oder ja gesagt hätte. Aber sie schüttelte zum dritten Mal den Kopf.

Und Peter Lutz räumte ein: «Nee, direkt geworfen hat sie es nicht. Sie hat's auf den Tisch gelegt. Das flog von alleine, aber nur, weil sie das wollte. Sie kann so was und noch ganz andere Sachen. Neulich hat sie mich vom Bier weggeholt, bloß mit ihren Gedanken. Wenn sie es mir nicht gesagt hätte, hätte ich gar nicht gemerkt, warum ich plötzlich nach Hause gehen wollte. Und beim Einkaufen bescheißt sie die Leute, zahlt mit einem Fünfer und lässt sich auf einen Zwanziger rausgeben, weil die Leute glauben, sie hätten einen Zwanziger gekriegt. Hab ich selbst gesehen. Sie braucht das nur zu denken, dann passiert es. Sie ist eine Hexe.»

Ist sie nicht ein besonderer Schatz, meine kleine Hexe?, hatte Klinkhammer wieder Martins Stimme im Kopf. Aber das war doch Schwachsinn, nur ein Albtraum gewesen. «Ja, dann», sagte er. «Warum hext sie denn keine Milch fürs Baby herbei? Das müsste doch eine Kleinigkeit sein, wenn man es kann.»

Peter Lutz starrte ihn verblüfft an, als müsse er darüber erst einmal nachdenken. Doch dann meinte er: «Genau, deshalb kriegt sie von mir ja nix mehr. Kann ich jetzt gehen? Ich will hier raus, bevor das Weib wieder ausrastet. Die macht einen kalt, ehe man sich versieht. Sie hat auch die Jungs umgebracht.»

«Welche Jungs?», fragte Klinkhammer.

«Die Schrebber-Zwillinge aus Kirchtroisdorf, Axel und Heiko», sagte Peter Lutz noch und ging. Wohin, kümmerte niemanden.

Klinkhammer war in dem Moment mehr an Axel und Heiko Schrebber interessiert. Die Vornamen waren ihm nicht präsent, doch beim Nachnamen schrillte anhaltend eine Alarmglocke. Es mochte drei Jahre her sein. An den genauen Zeitpunkt erinnerte er sich momentan nicht. Er selbst hatte auch nichts damit zu tun gehabt, nur durch Kollegen davon gehört. Von Mord war allerdings nicht die Rede gewesen, auch nicht von Kirchtroisdorf, da war er völlig sicher. Zwei Jugendliche aus Köln, hatte es geheißen. Zwillingsbrüder. Und ein Unfall ohne Fremdbeteiligung.

Ende 1983 hatte er bei diesen Informationen absolut keine Verbindung gesehen. Nun plagten ihn wieder die Zweifel, die ihn nach Martin Schneiders Tod beschäftigt hatten. Er wusste nicht, ob die Kölner Kripo nur junge Männer aus dem Erftkreis den Satz hatte vorsprechen lassen, den sie über Funk gehört hatte. Gut möglich, dass den Kollegen das im Dorf kursierende Gerücht zu Ohren gekommen war, es habe sich um einen Auftragsmord gehandelt, dass sie sich auch am Kölner Hauptbahnhof nach Verdächtigen umgeschaut und sie mit dem einen oder anderen konfrontiert hatten. Nur mal angenommen, sie hätte die Stimme eines Jugendlichen erkannt und trotzdem den Kopf geschüttelt … Jetzt stand ihm sein zweiter Traum vor Augen: Sie mit dem Foto vom Motorrad in einer Blutlache auf einer Straße neben einem Motorrad in einer Blutlache. Also fragte er sie, was mit Axel und Heiko Schrebber geschehen sei.

«Lutz spinnt», sagte sie. «Damit hatte ich nichts zu tun. Kann ich ja gar nicht, das ist an dem Tag passiert, als ich Sie mit der Schaufel gehauen habe. Das wissen Sie doch bestimmt noch.»

«Ja», sagte Klinkhammer und fand es seltsam, dass sie nicht vom Tag der Beerdigung sprach. Die war vormittags gewesen. Da hätte sie nachmittags durchaus noch etwas anderes tun können. «Was ist denn passiert und um welche Zeit?»

«Die hatten einen Unfall mit einem Mofa», sagte sie. «Wo genau und um welche Zeit, weiß ich nicht. Ich war ja nicht dabei. Wo ist mein Auto?»

«Das haben wir sichergestellt», sagte Klinkhammer.

«Hat Lutz es nicht kaputtgefahren?»

«Nein», sagte Klinkhammer und ging ebenfalls, weil er das klägliche Geschrei des Säuglings nicht länger ausgehalten hätte.

Was Axel und Heiko Schrebber betraf, konnte er in dieser Nacht nichts tun. Er fuhr nach Hause, weckte seine Frau und fragte, ob man ein Baby mit H-Milch füttern könne. Das wusste Ines nicht, sie musste ihre Mutter anrufen.

«Wie alt?», fragte Klinkhammers Schwiegermutter.

«Woher soll ich das wissen», sagte er. «Es ist noch ganz klein. Wahrscheinlich gerade ein paar Wochen alt.»

«Dann muss man Vollmilch mit Wasser verdünnen», sagte seine Schwiegermutter. «Dazu nimmt man am besten Haferflocken.» Hatten sie nicht im Haus. «Zur Not geht auch Speisestärke», erfuhr Ines. «Damit wird die Milch etwas sämiger und nahrhafter.»

Speisestärke hatten sie vorrätig. Klinkhammer nahm sie, dazu zwei Liter H-Milch, ein Päckchen Zucker, drei Bananen, ein halbes Brot, ein Stück Butter, Käse und einige Konserven. Damit machte er sich wieder auf den Weg.

In der knappen Stunde, die er unterwegs gewesen war, hatte sich die Situation in Niederembt nicht verändert. Schon erstaunlich, welch eine Energie hungrige kleine Kinder aufbrachten.

Gabriele Lutz dankte ihm nicht einmal, als er ihr die Lebensmittel auf den Küchentisch legte. Sie gab ihrer Tochter eine Banane, drückte Klinkhammer den hochroten, feuchten und zwischen den schrillen Tönen nach Luft oder sonst etwas schnappenden Säugling in den Arm und machte sich schweigend daran, aus Speisestärke, Milch, Wasser und Zucker einen dünnflüssigen Brei zu kochen, den sie ihrem Söhnchen mit der Flasche geben konnte.

Während sie den kleinen Schreihals endlich zufrieden stellte, erkundigte sie sich: «Sie glauben doch nicht, was Lutz gesagt hat, oder? Ich hab nicht mehr mit Martin geschlafen, seit er tot ist.»

«Natürlich nicht», sagte Klinkhammer.

«Und das mit dem Fünfmarkschein hab ich nur einmal gemacht. Ich hab aber nicht gewollt, dass die Frau in dem Laden glaubt, es wäre ein Zwanziger. Sie sieht nicht mehr gut und hat sich einfach vertan. Und ich hab nichts gesagt, weil ich – Lutz war doch dabei, wollte drei Flaschen Bier und ein Päckchen Zigaretten. Und ich musste – ich brauchte auch ganz dringend …»

«Schon gut», unterbrach Klinkhammer das Gestammel. «Das fällt unter Mundraub, es ist kein Verbrechen.»

Sie atmete durch, es klang nach ein wenig Erleichterung. Dann wollte sie wissen: «Hat Martin Sie geschickt?»

«Nein», sagte Klinkhammer.

«War er nicht im Auto?»

«Nein.»

«Dann hat Lutz also doch Recht», meinte sie bedrückt. «Er sagt, Martin verkriecht sich immer, wenn ich nicht da bin. Mein Bruder hat ihn auch nicht gesehen, als er sauber machen wollte. Er hat nur einen elektrischen Schlag gekriegt, als er das Funkgerät abgeklemmt hat. Da hat er den Rest so gelassen. Wann kann ich das Auto wiederhaben?»

«Das können Sie im Laufe des Tages abholen. Es steht in Bergheim bei der Wache.»

«Gut», sagte sie. «Ich frag Resl, ob sie mich fährt, macht sie bestimmt. Ich tu ihr furchtbar Leid, hat sie gesagt, als sie mir das Foto gegeben hat.»

«Welches Foto?», erkundigte Klinkhammer sich.

«Ach», sie winkte ab, «ein ganz altes. Das ist neunundvierzig gemacht worden. Da gab es Straßenräuber. Resls Vater hatte ein Motorrad und einen Fotoapparat. Ein Kollege von ihm hatte sich auch ein Motorrad gekauft. Das haben sie zusammen abgeholt. Auf der Rückfahrt ist Resls Vater hinterhergefahren und hat fotografiert. Dann ist der Kollege gestürzt. Da war nämlich ein Draht zwischen die Bäume gespannt. Es hat ihm den Hals zerfetzt wie Martin. Aber das sieht man auf dem Foto nicht. Da ist nur das Motorrad drauf und viel Blut.»

«Darf ich es mal sehen?», fragte Klinkhammer.

Sie klemmte sich die Milchflasche unters Kinn, um eine Hand frei zu bekommen, öffnete den Küchenschrank und zog eine alte Schwarz-Weiß-Aufnahme unter einem Stapel Teller hervor. Und es war – verdammt nochmal! – das Foto, das sie ihm in seinem Traum gezeigt hatte. Er musste sich zweimal räuspern, ehe er fragen konnte: «Warum hat Resl Ihnen das gegeben?»

«Sie meinte, ich soll Lutz damit mal richtig Angst machen. Martin tut es doch nicht. Und wenn Lutz besoffen ist, können Sie ihm jeden Scheiß erzählen, er glaubt es. Er hat nicht gesehen, dass es ein altes Bild ist. Er kann ja nicht mal ein Motorrad von einem Mofa unterscheiden. Ich hab gesagt, das Blut wäre von den Schrebber-Jungs. Dass die den Unfall hatten, wusste ich von Resl, die hat sich ja um die Oma gekümmert. Und da hab ich zu Lutz gesagt, ich hätte gewollt, dass ihnen was passiert, weil sie Martin die Kehle durchgeschnitten haben. Das stimmt natürlich nicht. Aber Lutz hat es geglaubt.»

Danach widmete sie sich ihrer Tochter. «Du bist sicher müde, Mäuschen, leg dich ins große Bett. Heute musst du da schlafen. Papa kommt nicht. Morgen haben wir das Auto wieder.»

Klinkhammer war dankbar für die paar Sekunden, die sie ihm damit verschaffte. Wenigstens ein bisschen Zeit, um seine Gedanken zu ordnen. Das mulmige Gefühl ließ sich nicht so leicht abschütteln, und irgendwie ging Resl darin unter. Sich zu erkundigen, wer das sei, kam ihm nicht in den Sinn.

Nachdem das kleine Mädchen die Küche verlassen hatte, wiegte Gabriele Lutz ihr Söhnchen auf dem Arm in den Schlaf und erzählte, dass sie jede Nacht mit den Kindern im Auto verbrachte. Nicht aus Angst vor ihrem Mann, wie Klinkhammer sofort dachte. Den bezeichnete sie als nicht mehr gewalttätig.

«Früher hat Lutz mir oft eine gescheuert. Jetzt quatscht er nur noch. Das hat wirklich geholfen mit dem Foto. Neulich hat er gesagt, er schickt mir welche vorbei, die mich zusammenschlagen. Da soll er mal sehen, wo er welche findet, die sich das trauen. Hier bestimmt nicht. Hier haben jetzt alle Angst vor mir, dafür hat er auch noch selbst gesorgt. Er erzählt ja jeden Quatsch.»

Sie hatte keine Kinderbetten, auch kein Kinderzimmer. Ihre Wohnung bestand nur aus zwei Räumen, der Küche und einem Schlafzimmer, das sie nicht mit ihrem Mann teilen mochte, weil der im Bett rauchte. Da er stets und ständig betrunken war, schlief er oft mit einer brennenden Zigarette zwischen den Fingern ein. Bisher war es noch immer gut gegangen, weil er auf dem Rücken schlief. Da fiel ihm die qualmende Kippe auf den eigenen Bauch, wovon er in der Regel aufwachte. Aber man konnte ja nie wissen, wenn er sich mal auf die Seite drehte, sah die Sache anders aus.

Ein Bad mit Toilette gab es auch, das sie jedoch nur über den Hof erreichen konnte. Sie war in den umgebauten Stallungen des ehemaligen Bauernhofs untergekommen.

«Macht mir nichts aus», behauptete sie, «solange ich das Auto hab. Im Auto ist Martin immer bei uns. Finde ich komisch, dass Sie ihn nicht gesehen haben. Er kann sich nämlich gut an Sie erinnern und meint, Sie wären in Ordnung. Vielleicht wollte er Sie nicht erschrecken. Ich hab Ihnen doch gesagt, er kommt zurück. Das hat nur eine Weile gedauert. Wenn man tot ist, merkt man nicht, wie die Zeit vergeht, da ist im Rutsch ein Jahr um. Aber er kann immer noch so tolle Geschichten erzählen. Neulich hat er gesagt, ich soll sie aufschreiben. Damit könnte ich viel Geld verdienen und ihm einen Schal kaufen.»

«Warum tun Sie es nicht?», fragte Klinkhammer.

«Ach Gott.» Sie winkte ab. «Das sieht zwar nicht schön aus mit seinem Hals, aber ich hab mich dran gewöhnt. Die Kinder auch, die kennen ihn ja gar nicht anders.»

«Nein», sagte Klinkhammer und räusperte sich erneut. «Ich – eh – ich meine, Geschichten aufschreiben.»

«Ich hab doch keine Schreibmaschine und auch kein Geld für Papier», erklärte sie. «Von Lutz kriege ich schon lange nichts mehr. Er hat nur seine Stütze, damit kommt er nicht weit. Wenn seine Mutter mir mal ein paar Mark gibt, nimmt er sie mir wieder weg, weil's ja *seine* Mutter ist. Früher hat sie dreimal die Woche mein Mäuschen gehütet für ein paar Stunden. Da hab ich im Altenheim in der Küche ausgeholfen. Davon konnte ich die Miete und den Strom hier zahlen, auch die Versicherung und die Steuer fürs Auto. Manchmal konnte ich sogar tanken. Essen durfte ich immer mitnehmen. Da habe ich mein Mäuschen jeden Tag satt bekommen. Aber seit Martin da ist, geht das nur noch einmal die Woche, das reicht hinten und vorne nicht. Mit der Miete bin ich schon im Rückstand. Wahrscheinlich muss ich bald ganz aufhören. Meine Schwiegermutter kann Martin nicht leiden. Die glaubt auch jeden Quatsch, den Lutz erzählt.»

Der Martin in ihrem Arm war drei Monate, Martina gerade zwei Jahre alt geworden. «Wenn ich geahnt hätte, dass ich noch einen Jungen bekomme, hätte ich sie Romy genannt», sagte sie. «Das wäre schön gewesen. Martin und Romy. Aber das konnte ich ja nicht wissen.»

Wie sie mit ihrer Tochter schwanger geworden war, wusste sie auch nicht. Ihre Schwester, mehr noch ihr Schwager, hatte ihr immer wieder erklärt, das Leben ginge weiter, auch ohne Martin. Irgendwann hatten sie eine Party gegeben, bei der reichlich Bier und Schnaps geflossen waren, für sie wie für alle anderen. Lutz war unter den Gästen gewesen, daran erinnerte sie sich auch vage. Als kurz darauf ihre Periode ausblieb, sagte ihr Schwager. «Das war Lutz. Sprich mal mit ihm, ich meine, sagen musst du ihm das ja. Und er ist ein patenter Kerl, er steht bestimmt dafür ein.»

Als er das hörte, empfand Klinkhammer Mitleid für ihren Mann. Ein patenter Kerl, das mochte Peter Lutz einmal gewesen sein. Aber welche Chance hatte er als Mann gehabt gegen Martin? Gar keine. Er wurde ja von seiner eigenen Frau nicht mal beim Vornamen genannt, bekam stattdessen Horrorgeschichten erzählt. So konnte man einen Menschen auch fertig machen.

«Lutz war wohl sofort bereit, mich zu heiraten», fuhr sie fort. «Er dachte, ich wäre eine gute Partie, weil ich Geld von der Versicherung bekommen hatte. Aber davon hatte mein Schwager sich schon ein Auto gekauft. Das habe ich auch nicht mitbekommen. Ich glaube, ich bin irgendwie eingeschlafen, als wir vom Friedhof weggegangen sind. Aufgewacht bin ich erst, als die Wehen anfingen und mein Mäuschen auf die Welt wollte. Ich wusste gar nicht, was los war, hab gedacht, jetzt sterbe ich. Da hab ich mich ins Auto gesetzt. Und dann war Martin da. Er hat gesagt, ich soll zum Krankenhaus fahren. Ich konnte eigentlich nicht mehr fahren, er hat dafür gesorgt, dass wir alle heil angekommen sind.»

Klinkhammer hatte das Gefühl, dass sie immer noch schlief und ihn Stück für Stück in diesen Schlaf hineinzog. Ein angenehmes Gefühl war das nicht, weil er vor sich sah, was sie schilderte – so plastisch, als hätte er es mit eigenen Augen gesehen: Sie mit dickem Bauch und schmerzverzerrtem Gesicht hinter dem Steuer des Audi und Martin mit durchschnittener Kehle auf dem Beifahrersitz, einen Arm um ihre Schultern, die freie Hand am Lenkrad, damit sie und das Mäuschen in ihrem Leib heil beim Krankenhaus ankamen. Er hatte das Bedürfnis, sich schnellstmöglich zu verabschieden, ehe sie noch mehr erzählte, was er nicht sehen wollte.

«Wenn Sie das Auto abholen», empfahl er, «fahren Sie zuerst zu einem Anwalt und sehen zu, dass Sie Ihren Mann loswerden.» Auf die

Weise, dachte er, hätten vielleicht beide eine Chance. «Danach fahren Sie zum Sozialamt, dort wird man Ihnen helfen.»

«Nein», widersprach sie. «Da war ich schon mal. Die wollen, dass ich das Auto verkaufe.»

«Das halte ich für vernünftig», sagte Klinkhammer. «Jetzt würden Sie wahrscheinlich noch einen guten Preis dafür bekommen. Man müsste es nur mal gründlich sauber machen, die Sitze austauschen und die Türverkleidungen. Sie könnten sich eine Schreibmaschine leisten. Davon hätten Sie mehr.»

«Nein», sagte sie noch einmal. «Dann hätte ich gar nichts mehr. Wo soll ich Martin denn treffen, wenn ich das Auto nicht mehr habe? Wenn man tot ist, ist man nicht mehr so beweglich. Er kann nur sein, wo er vorher war. Soll ich mich mit den Kindern vor sein Haus setzen? Da darf ich nicht mal spazieren gehen, seit Uschi wieder eingezogen ist. Wenn sie mich sieht, kommt die Kuh raus und brüllt, ich soll verschwinden. Einmal hat sie mir sogar ihren Köter auf den Hals gehetzt. Aber dem hab ich's gezeigt. Und ihr zeig ich's auch noch, irgendwann.»

Da kam ein kurzer Ton über ihre Lippen, Klinkhammer hätte nicht sagen können, ob es ein Lachen oder ein Schluchzen war. Wahrscheinlich nur ein Atemzug. Lachen konnte sie vermutlich schon lange nicht mehr. Und weinen – dafür musste man Tränen haben. Sie schien ausgetrocknet.

«Alles hat die Kuh mir weggenommen», stieß sie hervor. «Nicht mal die Sachen, die sie gar nicht gebrauchen konnte, wollte sie mir lassen. Was meine Brüder besorgt haben, kann ich hier nicht aufstellen, Lutz würde sofort alles verscheuern. Ich hätte so gerne ein Hemd von Martin behalten, es waren zwei in der Wäsche. Ihrem Freund passten die nicht. Da hätte sie mir doch eins geben können. Nein. Die sauberen hat sie alle dem Roten Kreuz geschenkt. Und die beiden aus der Wäsche hat sie weggeworfen. Sie wollte auch die Versicherung und das Auto haben. Aber das gehört mir! Und ich will nicht, dass Lutz damit fährt. Nachher fährt er es kaputt, was mache ich dann? Vielleicht ist das Messer nur geflogen, weil er wieder den Autoschlüssel genommen hat.»

«Sie haben das Messer doch nach Ihrem Mann geworfen», stellte Klinkhammer fest.

«Nein», beteuerte sie. «Es war so, wie Lutz gesagt hat. Ich wollte den Schimmel vom Brot schneiden, damit Martina den nicht mit isst, das ist ja nicht gesund. Als ich sah, dass Lutz im Schrank rumwühlt, hab ich das Messer auf den Tisch gelegt und wollte ihn vom Schrank wegziehen. Aber er hatte den Schlüssel schon, hat mich geschubst und gesagt: ‹Hol ihn dir doch, oder sag Elvis, er soll ihn mir abnehmen. Aber die feige Sau lässt sich bei mir ja nicht blicken.› Ich bin gegen den Herd gefallen. Hier, sehen Sie.»

Sie zerrte die dünne Bluse aus dem Hosenbund, präsentierte ihm einen blau-roten Fleck auf den Rippen und erklärte. «Ich hab mir wehgetan und geschrien. Da drehte sich das Messer auf dem Tisch, bis die Spitze auf Lutz zeigte. Dann hob es ab wie ein kleiner Flieger. Ich hab's nicht angefasst. Das kann ich schwören.»

Zwei, drei Sekunden lang schaute sie ihn an, als wolle sie von seiner Miene ablesen, ob er ihr glaubte. Dann zuckte sie mit den Achseln und sagte trotzig: «Manchmal passieren mir so komische Dinge. Mir gehen auch oft die Glühbirnen kaputt. Das mache ich nicht mit Absicht. Ich weiß nur nicht, was ich dagegen tun soll. Ich fühle, wenn es kommt, das ist, als ob sich zwischen Herz und Magen eine Sehne spannt. Wie bei einem Flitzebogen. Dann reißt die Sehne, und dann knallt's. Aber ich komme schon klar damit. Ich brauche hier ja eigentlich keine Glühbirnen, wenn es dunkel ist, sind wir im Auto. Das gebe ich nie her, nie im Leben.»

Zwischenstation

Von April 1987 bis Sommer 2000

Die Scheidung hatte sie eingereicht, nachdem ihr Mann wieder mal den Autoschlüssel erwischt und den Audi gegen einen Baum gesetzt hatte. Zu dem Zeitpunkt nannte Klinkhammer sie bereits Gabi und hatte schon einige Kilo Bananen oder andere Lebensmittel, ein Püppchen und eine bunte Rassel nach Niederembt gebracht. Ihre Mietrückstände beglichen und ihr so manchen Geldschein zugesteckt, damit sie ihrem Mäuschen ein Paar Schuhe oder Martin ein Jäckchen kaufen konnte. Kleine Kinder wuchsen halt schnell aus allem raus.

Dass sie jede Wohltat als Selbstverständlichkeit nahm und nie ein Dankeswort über die Lippen brachte, störte ihn nicht weiter. Wenn Mäuschen ihn anstrahlte, war ihm das Dank genug. Gelegentlich brachte er sogar Martin zum Lächeln.

Und was immer er tat, tat er mit ruhigem Gewissen. Er hatte gleich am Tag nach der ersten Lebensmittellieferung und dem denkwürdigen Gespräch nachgeforscht, auf welche Weise nun genau und um welche Zeit Axel und Heiko Schrebber im November 83 ums Leben gekommen waren.

Die Zwillingsbrüder waren im August 82 mit ihren Eltern von Kirchtroisdorf nach Köln verzogen. Axel war drogenabhängig gewesen und nur einen Tag vor seinem Tod aus einer Klinik abgehauen. Am Tag der Beerdigung von Martin Schneider waren beide nach einem Besuch bei der bettlägerigen Großmutter in Kirchtroisdorf auf der Rückfahrt gegen zehn Uhr dreißig vormittags kurz hinter Großkönigsdorf mit einem gestohlenen Mofa gestürzt. Helme hatten sie nicht getragen, beide tödliche Kopfverletzungen erlitten. Unfallursache war wahrscheinlich überhöhte Geschwindigkeit, das Mofa frisiert gewesen, die Straße von feuchtem Laub bedeckt. Fremdverschulden ausgeschlossen.

Für Martin Schneiders Ermordung kamen Axel und Heiko Schrebber als Täter kaum infrage, jedenfalls nicht beide, weil Axel an dem Tag noch in der Klinik gelegen hatte, eingeliefert nach einer Überdosis. Ob Heiko mit einem anderen am Kölner Hauptbahnhof auf Martin Schneider gewartet hatte, wer wollte das nach drei Jahren noch feststellen?

Den Kölner Kollegen sagte der Name Schrebber überhaupt nichts. Und Gabi konnte mit dem tödlichen Unfall nichts zu tun haben. Es sei denn, sie hätte tatsächlich hexen können. Aber das konnte ein vernünftiger Mensch mal träumen, wenn er es glaubte, durfte man ihn nicht mehr als vernünftig bezeichnen. Um zehn Uhr dreißig hatte sie noch wie eine Irre auf Martin Schneiders Sarg getrommelt und anschließend mit der kleinen Schaufel auf Klinkhammers Schulter gehauen, wie sie das ausgedrückt hatte. Damit war diese Sache für ihn erledigt.

Ein paar Gespräche mit seiner Frau hatte er auch geführt. Mit wem hätte er sonst reden sollen über das alte Foto, seine Träume, eine Sehne zwischen Herz und Magen, fliegende Messer, Glühbirnen, die oft kaputtgingen, und einen Toten, der einer Frau, die ohne ihn nicht leben konnte, spannende Geschichten erzählte, wenn sie sich mit ihren Kindern in sein Blut setzte?

Ines hielt telekinetische Phänomene für durchaus denkbar. Unter enormem psychischen Stress, in dem Gabi sich seit Martin Schneiders Tod, mehr noch in ihrer Ehe, zweifellos befand. Ines wollte nicht einmal ausschließen, dass Gabi ihren Martin tatsächlich sah und mit ihm reden konnte, weil sie ihn eben sehen und mit ihm reden wollte. Aber Ines hatte mit vielen Spinnern zu tun. Eine Kollegin im Verlag erzählte ihr ständig, sie hätte Kontakt zum verstorbenen Vater. Die traf keine Entscheidung, ohne vorher eine Séance abgehalten zu haben.

Klinkhammer glaubte nicht an solch einen Blödsinn. Er wurde auch nicht von Martins Geist auf den Weg gebracht, um Gabi in letzter Sekunde aus der Badewanne zu ziehen und ihr den Arm abzubinden. Der Notarzt meinte, er müsse den sechsten Sinn haben. Quatsch!

Er hatte sich nur denken können, dass sie eine Dummheit machen würde, als er von Kollegen hörte, was mit dem Audi geschehen war. Und er konnte von Glück sagen, dass ihr Badezimmer über den Hof zu erreichen war. Das Fenster dort war nicht vergittert, er brauchte bloß die Scheibe einzuschlagen und konnte einsteigen.

Auch ein Anblick, den er nie im Leben vergessen würde. Wie sie da lag in dem roten Wasser, komplett angezogen, ein Kleid wie aus einem alten Kostümfilm, das lange Haar in einem mit Perlen bestickten Netz zusammengefasst. Romy im Brautkleid. Sie war so bleich, dass er dachte, sie sei bereits tot. Martin lag auf einem Handtuch vor der Wanne und kaute auf der bunten Rassel. Martina badete ihr Püppchen in Gabis Blut, strahlte ihn erwartungsvoll an und fragte: «Nane?» Mäuschen hatte offenbar Hunger und wusste inzwischen, dass er der Mann mit den Bananen war.

Sechs Konserven Vollblut brauchte Gabi und einige Beutel Plasma. Vier Wochen lag sie im Krankenhaus, die Kinder waren derweil bei ihrem ältesten Bruder. Und in den ersten beiden Wochen sah es so aus, als müssten sie bei Reinhard Treber bleiben, weil Gabi keine Anstalten machte, ihre Augen noch einmal aufzuschlagen. Das tat sie erst, als ihr jüngster Bruder Bernd sich in der dritten Woche mit einem Kassettenrecorder neben ihr Bett setzte und ihr Martins gesamtes Repertoire vorspielte. «And a hungry little boy with a runny nose», bei der Zeile hätte sie endlich reagiert, erzählte Reinhard Treber später mal.

Als Klinkhammer sie zu Beginn der vierten Woche das erste Mal besuchte, hörte er nicht etwa das erste «Danke», sie war nur wütend auf ihn. «Warum hast du mich nicht in Ruhe gelassen?»

«Weil du eine Verantwortung hast», sagte er. «Was soll aus deinen Kindern werden, wenn du dich davonstiehlst? Dein Mann wird sich nicht um die beiden kümmern. Und Martin kann das nicht. Er ist ja nicht mehr so beweglich und in großer Sorge.»

«Woher willst du das wissen?», fragte sie. «Du glaubst ja nicht mal, dass er noch da ist. Keiner glaubt das.»

Und diesmal behauptete Klinkhammer: «Er hat mich eines Besseren belehrt.» Weil ihm das die einfachste Lösung schien.

Sie war immer noch skeptisch. «Wo denn?»

«Im Auto», sagte er. «Ich wollte sehen, ob man es reparieren lassen kann. Und diesmal war es ihm egal, ob er mich erschreckt. Er meinte, ich hätte ihn ja genauso kennen gelernt, wie er jetzt aussieht. Da dürfte mir das eigentlich nichts ausmachen. Er hat mich gebeten, dir Geld für die Reparatur zu geben und eine Schreibmaschine. Bei mir steht eine. Sie gehört meiner Frau, die benutzt sie nicht mehr. Du kannst die Maschine haben, wenn du vernünftig bist. Martin will, dass du vernünftig bist. Ich soll dafür sorgen, dass du zum Anwalt gehst und nach Köln ziehst.»

Dort lebte eine Kusine von Martin Schneider, wie er von Reinhard Treber erfahren hatte. Mit der Kusine hatte er schon gesprochen, sie war kinderlos verheiratet, nicht berufstätig und bereit, sich um Gabis Kinder zu kümmern, damit sie arbeiten könnte.

«Du hast schon mal einen Taxischein gemacht», sagte er. «Den bekommst du in Köln garantiert auch. Martin will dafür sorgen, dass du Arbeit findest.»

«Dann sag denen hier, dass du ihn gesehen und mit ihm gesprochen hast», verlangte sie. «Die meinen, ich wäre verrückt.»

«In dem Glauben müssen wir sie lassen», sagte Klinkhammer. «Martin will nicht, dass jemand von ihm erfährt. Das wird er dir auch noch selbst sagen. Normale Leute sind damit überfordert.»

Das schien sie zu überzeugen, Martin habe mit ihm gesprochen. Und ihr das wieder auszureden, kam Klinkhammer nicht so schnell in den Sinn, damals glaubte er, beim nächsten Notfall könne Martin ganz nützlich sein. So war es auch. Und im Laufe der Jahre hatte er eingesehen, dass es so bleiben musste.

Kurz darauf hatte sie das Dorf verlassen, lange Jahre mit ihren Kindern in Köln gelebt, im selben Mietshaus wie Martins Kusine. Sie fuhr Taxi und tippte sich die Finger wund an den Stationen ihres Lebens, bis sich endlich ein Verlag fand, der das erste Taschenbuch herausbrachte. Verdient hatte sie damit so gut wie nichts, auch nicht mit den nächsten. Sie hatte sich noch geraume Zeit als Fahrerin über Wasser gehalten und jede freie Stunde in dem cremefarbenen Audi verbracht.

Ein Vermögen hatte sie in den Wagen gesteckt, um ihn fahrtüchtig zu halten. Lieber eine Scheibe Brot weniger auf dem Tisch, als der Versicherung eine Prämie schuldig zu bleiben und Gefahr zu laufen, das Auto abmelden zu müssen und dann in einer Großstadt nicht zu wissen, wohin damit. Finanziell besser ging es ihr erst, als sie Drehbücher zu schreiben begann. Da bekam der Audi sofort eine neue Maschine unter die Haube. Für neues Blech rundum hatte Klinkhammer ja vorher schon gesorgt. Nur der Innenraum war immer unverändert geblieben. Man hatte ihr Martin nehmen können, nicht sein Blut.

Und sein Haus holte sie sich zurück. Klinkhammer versuchte zwar, ihr das auszureden. Aber er hatte ihr zu oft zugehört und zugestimmt oder sie mit Martins Willen aufgerichtet, wenn sie am Boden zerstört war. Er hatte sie sogar davon überzeugt, dass er sich auf diesem Acker zwischen Niederembt und Kirchtroisdorf mit Martin unterhalten konnte. 1999 wusste er längst, dass er nur Schaden anrichtete mit der Erklärung: «Gabi, Martin ist seit zig Jahren tot. Ich habe nie ein Wort mit ihm gewechselt. Du bildest dir nur ein, dass er mit dir spricht.»

Also verkniff er sich das und setzte seine Hoffnungen lieber auf Uschi, die seit Jahren mit ihrem damaligen Freund Heinz Mödder verheiratet war. Weil er nicht persönlich in Erscheinung treten wollte, sprach er mit Gabis ältestem Bruder. Reinhard Treber war doch auch der Meinung, Gabi solle bleiben, wo sie war. In Niederembt würde ihr kein Mensch den roten Teppich ausrollen. Dafür erinnerten sich noch zu viele an die Schauergeschichten, die Peter Lutz zu seinen Lebzeiten verbreitet hatte. Auf mysteriöse Weise erfuhr Ursula Mödder dann, wer ihr das Haus abkaufen wollte. Nur der Himmel, Reinhard Treber und Arno Klinkhammer wussten, welches Vögelchen ihr das gezwitschert hatte.

Und dann war Uschi tot. Mit eins Komma acht Promille in alten Latschen die Kellertreppe runtergestürzt. Für Klinkhammer war es ein mordsmäßiger Schock, als er an dem Morgen im Oktober 99 in die Dienststelle kam und davon hörte. Ein Unfall. Zu der Überzeugung waren die Kollegen bereits gelangt, als er sich nach Einzelheiten erkundigte. Und nicht mal ein tragischer Unfall, nur ein dämlicher.

Uschi wäre besser ins Bett gegangen und hätte ihren Rausch ausgeschlafen. Was hatte sie denn mitten in der Nacht im Keller zu suchen gehabt? Noch eine Flasche Bier raufholen?

Ihr Mann konnte es nicht sagen, auch nicht nachgeholfen haben. Heinz Mödder war erst morgens von der Arbeit gekommen und hatte sie mit gebrochenem Genick am Fuß der Kellertreppe gefunden. Gestorben war sie vermutlich zwischen Mitternacht und ein Uhr. Geisterstunde. Dafür hatte Heinz Mödder ein wasserdichtes Alibi. Abgesehen davon nannten Nachbarn, Arbeitskollegen und Verwandte ihn übereinstimmend einen gutmütigen Kerl, der mit Engelsgeduld Uschis Launen und ihre Sauferei ertragen hatte.

Uschi kam nicht so gut weg. Man sollte zwar über Tote nichts Schlechtes sagen. Doch wozu verschweigen, dass sie noch nie alle Tassen im Schrank gehabt hatte, wenn die Polizei ohnehin schon über den merkwürdigen Fußabtreter vor der Haustür gestolpert war? Ein Pentagramm zur Abwehr von Hexen.

Einen esoterischen Tick hatte Uschi schon immer gehabt und sich nebenher um den Verstand gesoffen. In den letzten Monaten hatte sie sich zunehmend von Erdstrahlen und unterirdischen Wasseradern belästigt gefühlt, unentwegt das Schlafzimmer umgeräumt und das Wohnzimmer ausgependelt. Die ganze Zeit hatte sie ihrem Mann in den Ohren gelegen, das Haus zu verkaufen. Und dann wollte sie plötzlich nicht mehr, weil die Kaufinteressentin eine Hexe war.

Damit nicht genug. Ihren Nachbarn, dem Ehepaar Müller, hatte Uschi am Abend vor ihrem Tod anvertraut, in der vergangenen Nacht sei ihr Martins Geist erschienen und habe sie überreden wollen, das Haus an Gabi zu verkaufen. Aber da könne er noch tausendmal kommen, Kopfstand machen oder die halbe Nacht Balladen singen, Gabi bekäme das Haus «nur über meine Leiche».

So war es dann ja auch. Und weil kein vernünftiger Mensch in Betracht zog, Martins Geist habe Uschi die Kellertreppe hinuntergeschubst, war Fremdverschulden nicht nachweisbar. Wie beim tödlichen Unfall der Schrebber-Zwillinge. Klinkhammer hätte es dabei belassen können. Das tat er nicht, weil ihm Gabis Stimme im Ohr klang. *Und ihr zeig ich's auch noch, irgendwann.*

Es fiel ihm nicht leicht, doch er sorgte dafür, dass die Sache gründlicher durchleuchtet wurde, als es bei dem Mofaunfall vor sechzehn Jahren der Fall gewesen war, schilderte den Kollegen die Hintergründe und bat, das Alibi von Gabriele Lutz zu überprüfen. In Niederembt war sie gewesen in der Nacht, hatte mit einem Großteil der Familie, einigen Freunden ihrer Brüder und ihren Kindern den Geburtstag von Reinhards Frau gefeiert und die Party nicht für eine Minute verlassen. Dreißig Leute waren bereit, dafür die Hände zum Schwur zu heben. Sollte er daran zweifeln, nur weil er ein mulmiges Gefühl hatte? Ein Schuldgefühl wahrscheinlich. Er hätte den Dingen ja ihren Lauf lassen können, statt sich einzumischen.

Einerseits war Klinkhammer erleichtert, andererseits nicht, weil er meinte, Gabi würde sich nun völlig in die Vergangenheit zurückziehen. Als er sie nach ihrem Umzug das erste Mal besuchte, sah er seine Befürchtungen bestätigt, fühlte sich zurückversetzt in den Novembermorgen unmittelbar nach Martins Tod. Die alten Möbel standen wieder an ihren angestammten Plätzen. Dazu die vergilbten Streifentapeten, Blümchengardinen, ein verschrammter PVC-Belag auf dem Küchenfußboden und im Wohnzimmer der fleckige Schlingenflor.

Sie war überglücklich, erzählte stolz, wie viel Mühe und Geld es gekostet hatte, alles wieder so herzurichten. Monatelang hatte sie in unzähligen Geschäften nach diesen *Antiquitäten* suchen müssen. In irgendwelchen alten Lagerbeständen war sie fündig geworden. Sie amüsierte sich über die Handwerker, die sich an die Stirn getippt hatten, als sie die Terrassentür und die Fenster mit den Alurahmen, die Heinz Mödder in den vergangenen Jahren hatte einsetzen lassen, herausreißen ließ. Sie brauchte Holzrahmen, von denen man die Farbe abblättern lassen konnte. Martin war doch nicht mehr dazu gekommen, die Rahmen zu streichen.

Sie brauchte eine Terrassentür mit demselben Sprung wie damals. Vier Glasscheiben waren draufgegangen, weil das auf Anhieb nicht klappte. Sie brauchte den Haufen alter Autoteile unter der Überdachung im Hof und den Mercedes Baujahr 79 mit dem Taxischild und einer Roststelle am Auspuff auf der Hebebühne. «Du glaubst nicht, wie viele Schrottplätze ich abgeklappert habe, Arno. Schließlich habe ich eine Anzeige aufgegeben. Reinhard hat den Wagen hergerichtet, sogar der Kilometerstand stimmt.»

Zum Glück hatte Heinz Mödder die Hebebühne nicht entfernen, nur eine Garage neben die Überdachung bauen lassen. Die konnte auch stehen bleiben, da war der Audi wenigstens nicht länger der Witterung ausgesetzt. Abgesehen von der Garage war nun alles wieder wie früher, nur das Funkgerät fehlte. Und Martin, meinte Klinkhammer.

Verwischte Grenzen

Freitag, 23. April 2004

Während Heiner Helling sich den halben Vormittag im Bedburger Krankenhaus darum bemühte, Stella für die erste polizeiliche Befragung zu präparieren, und inständig hoffte, die Ermittler von Gabi fernhalten zu können, hatte Arno Klinkhammer noch nicht den Schimmer einer Ahnung, dass es für ihn knüppeldick nachkommen sollte. Ohne Hinweis auf den Film gab es für ihn keine Verbindung zwischen Hellings Frau und Gabi. Und Resl – es war achtzehn Jahre her, dass Gabi diesen Namen genannt und ein altes Foto gezeigt hatte.

In seinem Gedächtnis ging zwar äußerst selten etwas völlig verloren, Nebensächlichkeiten legte er meist in einem Teil seines Hirns ab, wo sie nicht störten und ruhen konnten, bis sie eines Tages vielleicht irgendeine Bedeutung bekamen, wofür es in der Regel nur einen kleinen Anstoß von außen brauchte. Den Schubs hatte er aber noch nicht bekommen.

1986 war Helling gerade mal achtzehn, noch kein Polizist und Resl nur eine Nebensächlichkeit gewesen, irgendeine Frau, die Gabi einen Tipp gegeben hatte, wie man einen Säufer in Schach hielt. Gabi hatte danach nie wieder von ihr gesprochen und Klinkhammer nie eine Veranlassung gehabt, nachzufragen. Wie sollte er nach all der Zeit mal einfach so auf die Idee kommen, Resl sei identisch mit der sympathischen Frau, die er am Dienstag noch lebend beim Frisör und am Donnerstag tot in ihrem Blut liegend gesehen hatte? Und selbst wenn ihm so ein Geistesblitz gekommen wäre, hätte er daraus noch lange nicht schließen können, Gabi sei möglicherweise in diesen Mord verwickelt.

Er dachte gar nicht an sie, obwohl sie ihn am Dienstagabend noch angerufen hatte. Aber er hatte nach dem zweiten Mord binnen weniger Tage alles andere im Kopf als eine Freundschaft, die er gar nicht so bezeichnet hätte. Gabi war eine Verantwortung. Sie meldete sich nur bei ihm, wenn etwas Besonderes anlag. Oft hörte er wochenlang nichts von ihr, in letzter Zeit öfter – durch seine Frau, die ihm Grüße ausrichtete, wenn Gabi im Verlag angerufen oder Ines sich in Köln mit ihr getroffen hatte. Da fragte er sich jedes Mal, ob Gabi die Grüße tatsächlich aufgetragen hatte, oder ob Ines es nur sagte, damit er sich nicht übergangen fühlte.

Wenn zu lange Funkstille herrschte, überfiel ihn schon mal das Bedürfnis, bei Gabi nach dem Rechten zu sehen. Nur um sich zu überzeugen, dass sie in Ordnung war. Um etwas anderes war es ihm noch nie gegangen. Seine Gefühle für Gabi beschränkten sich auf penetrante Sorge in den ersten Jahren und ein wenig Stolz in den letzten. Immerhin war sie mit seiner Hilfe nicht nur am Leben geblieben, sie hatte auch noch Karriere gemacht und sogar gelernt, zumindest zeitweise in der Gegenwart zu leben. Darauf durfte er sich wohl etwas einbilden. Ein Psychiater hätte das auch nicht besser hinbekommen.

Mit Gabi zu schlafen, daran hatte er noch nie gedacht. Sie auch nicht, da war er völlig sicher. Mit Männern hatte sie seit Martin Schneiders Tod nichts mehr im Sinn, trotz der beiden Kinder, die sie von Peter Lutz bekommen hatte. Mit Frauen konnte sie noch weniger anfangen. Gabi war asexuell wie ein Kind. Sie lebte nur, wenn sie schrieb und Martin sang, von morgens bis abends und die Nächte hindurch. *Are you lonesome tonight in the ghetto.* Immer wieder wurden die Originalbänder kopiert und nur die Kopien abgespielt. Wie oft einer ihrer Brüder früher die alte Stereoanlage repariert hatte, wusste keiner. Inzwischen hatte Gabi eine neue, aber die stand versteckt.

Obwohl er Gabi seit einer halben Ewigkeit kannte, wusste Klinkhammer wirklich nicht, mal abgesehen von ihrer Familie, Martin Schneiders Kusine, seiner Frau und ein paar Angestellten im Verlag, welchen Umgang sie sonst noch pflegte oder gepflegt hatte. Wenn Gabi bei ihren Anrufen oder seinen Stippvisiten in den letzten zehn, fünfzehn Jahren etwas erzählt hatte, dann meist einen Roman oder ein Drehbuch.

Hatte sie gelegentlich mal ein paar Worte über ihren realen Alltag verloren und dabei jemanden erwähnen müssen, war so gut wie nie ein Name gefallen. Ihr Hausverwalter in Köln war ein Knauser gewesen, der für sie zuständige Beamte im Finanzamt ein Holzkopf, ihr erster Verleger eine Rechenmaschine. Frauen, die sich nicht so verhielten, wie es Gabi lieb gewesen wäre, oder wie sie es als Norm sah, nannte sie grundsätzlich Kühe. Uschi war weiß Gott nicht die einzige gewesen. In dem schäbigen Kölner Wohnblock hatte es ein halbes Dutzend Kühe gegeben, die ihre Kinder ohne Frühstück zur Schule schickten oder Gabi mal stark angeheitert im Treppenhaus begegnet waren.

Im Zusammenhang mit der Verfilmung von *Romys Schatten* hatte sie allerdings nie von einer Kuh gesprochen, nur von dem Fatzke, dem Spinner und *dem* Predator, sodass Klinkhammer der Meinung war, es seien an dieser Produktion nur Männer beteiligt gewesen. Und für ihn erklärten sich ihre Schimpfkanonaden mit der Tatsache, dass die Filmentwicklung so ein langwieriger Prozess gewesen und am Ende etwas herausgekommen war, was nur Eingeweihte noch als *Romys Schatten* erkannten.

Drehbücher hatte sie danach keine mehr geschrieben. Nur noch Romane. «Da redet mir bloß einer rein, und dem kann ich es garantiert ausreden!»

Schwester des Todes, das Buch, das Klinkhammers Frau im vergangenen Frühjahr mit großem Erfolg herausgebracht hatte, war zu der Zeit schon fertig geschrieben. Im Grunde eine Neufassung von *Romys Schatten*, diesmal aber realitätsnah. Kein Mensch hatte ungewöhnliche Kräfte, der Mofaunfall der Schrebber-Zwillinge war als Mord dargestellt, begangen von den Brüdern der verzweifelten Geliebten, die vorher andere Jungs auf unterschiedliche Weisen umgebracht hatten, ehe sie endlich die richtigen erwischten.

Für den Ermittlungsstrang hatte Gabi sich unzählige Tipps bei ihm geholt. Wie arbeitet die Spurensicherung? Was lässt sich nachweisen, und was ist nicht zu beweisen? Und alles, was man nicht beweisen konnte, hatte Gabi in den Roman eingebaut. Klinkhammer hatte sich darüber geärgert. Er mochte keine Krimis, in denen Polizisten die

Dummen waren. Das Nachsehen hatten sie in der Realität schon oft genug. Um diese Scharte auszuwetzen, hatte Gabi versprochen, im nächsten Buch werde ein Mann wie er den Sieg davontragen.

Sofort nach Fertigstellung von *Schwester des Todes* hatte sie einen neuen Roman begonnen, schrieb immer noch daran, brauchte dafür jedoch von ihm keine Beratung mehr. Über die Möglichkeiten der kriminaltechnischen Labors und der gerichtsmedizinischen Institute wusste sie inzwischen mehr als er, weil sie sich nun lieber bei Leuten informierte, die kompetenter waren als der «Leiter Ermittlungsdienst» in einer kleinen Dienststelle, der zwar ein paar Fortbildungsseminare besucht und sogar einen Freund beim BKA hatte, sich normalerweise aber nicht mit Tötungsdelikten befasste. Die Telefonnummer seines Bekannten in Wiesbaden hatte sie ihm natürlich längst abgeschwatzt.

In Gabis neuem Roman wäre das Schuppentor, die Leiter im Anbau, jeder Zentimeter Teppichboden und jedes Möbelstück in Therese Hellings Haus komplett abgeklebt oder zumindest abgesaugt worden. Niemand hätte auch nur einen Gedanken an die Staatsanwaltschaft verschwendet, die davon wenig begeistert wäre, weil sie den ganzen Aufwand der nachfolgenden Untersuchungen bezahlen müsste. In Gabis Roman hätte die Staatsanwaltschaft sich auch keine Gedanken um ihren Etat gemacht.

Die Ermittler hätten jedem Anwesenden die Kleidung und die Schuhe abverlangt, was die Kölner Kollegen nur bei Helling getan hatten. Man konnte doch all die anderen, die im Haus und auf dem Grundstück herumgelaufen waren, nicht in Unterwäsche und auf Socken losschicken, um den Garten und den Weg dahinter abzusperren. In Gabis neuem Roman hätte in dem Moment ein Mann wie Klinkhammer das Kommando übernommen und dafür gesorgt, dass die Kriminaltechnik und das gerichtsmedizinische Institut auf Monate hinaus mit Arbeit eingedeckt wurden. Natürlich hätten die Ergebnisse schon zwei Seiten später vorgelegen.

Der Klinkhammer in Gabis Roman hätte sich keine Sekunde lang um die unwilligen Blicke vom Leiter der Mordkommission geschert, den gemurmelten «Provinzprofiler» ebenso ignoriert wie die unverblümten Aufforderungen zum Gehen. Und der Oberstaatsanwältin, die ihn seit einem Vierteljahrhundert kannte und jeden zweiten oder dritten Sonntag sah, einmal jährlich sogar mindestens zwei Wochen am Stück, wenn sie gemeinsam Urlaub machten, hätte dieser Klinkhammer den Kopf zurechtgesetzt, nachdem sie ihn vor dem Leiter der Mordkommission auf eine Stufe mit sehgeschädigtem Federvieh gestellt hatte.

Natürlich hatte Carmen Rohdecker etwas sagen müssen, als Schöller sich bei ihr über Klinkhammers Einmischung beschwert hatte. Aber sie hätte ja auch Schöller darauf hinweisen können, dass er über spezielles Wissen verfügte und es deshalb vielleicht – der persönlichen Betroffenheit zum Trotz – besser beurteilen konnte als ein einfacher Mordermittler aus der Großstadt.

Stattdessen hatte sie zu Klinkhammer gesagt, bei der Überführung des Serienmörders vor vier Jahren hätte er ungefähr so viel Glück gehabt wie das sprichwörtlich blinde Huhn, das eben auch mal ein Korn fand. In der Regel standen blinde Hühner aber nur im Weg, wenn erfahrene Menschen sich darum bemühten, zwei Morde aufzuklären, die verblüffende Parallelen aufwiesen.

Der Klinkhammer in Gabis Roman hätte sich das garantiert nicht bieten lassen. Der hätte Carmen notfalls an den Haaren die Treppe hinauf oder in den Schuppen geschleift, um ihr zu zeigen, dass es mit den Parallelen nicht so weit her war. Aber er war doch nur ein Mensch, wollte keinen unnötigen Ärger, hatte sich zwar den Kopf voll gestopft mit Täterverhalten, Opferverhalten und Spurendeutung, allerdings nicht den Drang, in der Profiliga mitzuspielen. Wenn man ihn um seine Meinung bat, war er gerne bereit, sie zu sagen. Er sagte sie ja auch, wenn man ihn nicht ausdrücklich darum bat. Wenn man ihn jedoch dermaßen beleidigte, überlegte er sich gut, ob er in Zukunft überhaupt nochmal den Mund aufmachte.

Seit er am Donnerstagvormittag gezwungenermaßen den Tatort in Niederembt verlassen hatte, stritten drei Seelen in Klinkhammers Brust: Die des Kollegen, der den Sohn eines Mordopfers für einen

Snob hielt und kein Wort der Anteilnahme für den völlig verzweifelten Mann gefunden hatte; der die scheintote Schwiegertochter liebend gerne auf das steinerne Bett einer lauschigen Bergheimer Gewahrsamszelle verfrachtet hätte. Die des gekränkten Freundes einer Oberstaatsanwältin, der in nächster Zeit nicht beabsichtigte, sonntags noch einmal den Koch für die Dame zu spielen. Und die Seele des Polizisten, der die Bilder nicht loswurde. All diese Details, die er aufgenommen hatte wie eine Digitalkamera, die den Film jederzeit abspielen konnte.

Der trockene Blutfleck bei der Wohnzimmertür und der noch feuchte Weinfleck auf dem oberen Flur. Die Trippelschritte im Hof, die Blutspuren an der Leiter im Anbau, der dünne Kratzer am Schloss des Schuppentors, als wäre ein Schraubendreher abgerutscht. Der heruntergezogene Riegel und die über dem Nagel eingehängte Eisenstange am breiten Torflügel – bodenloser Leichtsinn oder Absicht?

An bodenlosen Leichtsinn konnte er einfach nicht glauben. Und wenn Therese kurz vor ihrem Tod noch Besuch von einem Freund gehabt hätte, wäre damit zumindest das erklärt. Nur weil Helling nicht mit Namen aufwarten konnte oder wollte, durfte man doch nicht ausschließen, dass Therese Affären gehabt hätte. Sie war nie ein Kind von Traurigkeit gewesen, das hatte sie ihm selbst einmal erzählt.

«Ich war auch mal jung und hübsch und heiß begehrt, Herr Klinkhammer. Ich konnte mich nur nie entscheiden. Die schönen Männer waren alle schon in festen Händen. Ich hab's mal mit dem probiert und mal mit dem. Dafür muss man ja nicht gleich eine Ehe kaputtmachen. Auf dem Standpunkt stehe ich heute noch. Als damals Heiner unterwegs war, dachte ich, das schaffst du allein besser, als wenn so ein Mannsbild dir reinredet, das auch noch hinten und vorne bedient werden will.»

Warum sollte sie nicht auch in letzter Zeit einen Freund gehabt haben? Einen verheirateten Mann, der ihr die teure, goldene Armbanduhr geschenkt und nur, wenn ihr Sohn Nachtdienst hatte, durch den Garten kam, um auf der Straße nicht gesehen zu werden, wie Helling gesagt hatte. Therese war eine adrette, gepflegte Person, die großen Wert auf ihr äußeres Erscheinungsbild gelegt hatte, zwar klein und pummelig, aber nicht fett und unattraktiv.

Unbemerkt von der besoffenen Schwiegertochter durchs Wohnzimmer ins Obergeschoss und wieder raus zu kommen, wäre kein Problem gewesen für einen Mann, der auf Diskretion bedacht war, meinte Klinkhammer. Als der Liebhaber ging, zog er das Schuppentor nur hinter sich zu. Und dann kam der Nächste.

Seinen Bekannten in Wiesbaden konnte Klinkhammer am Donnerstagnachmittag nicht erreichen, sonst hätte er es mal mit ihm durchgesprochen. So saß er bis Feierabend allein in seinem Büro, fuhr dann nach Hause und hatte es dort weiter vor Augen, weil Ines noch in London war und ihn nicht auf andere Gedanken bringen konnte.

Die halbe Nacht sah er Hellings Frau dreckig und stockbesoffen auf der Couch in dem versauten Wohnzimmer liegen. Und Therese im Bad mit dem hochgeschobenen Nachthemd und dem heruntergezogenen Schlüpfer, als hätte der Eindringling sich an ihr vergangen, es zumindest versucht.

Hatte Therese nichts von dem Poltern um Mitternacht gehört? Ihr Schlafzimmer lag zur Straße, bis zum Schuppen waren das mindestens zwanzig Meter Luftlinie. Wenn kurz vorher ihr Freund bei ihr gewesen wäre; vielleicht hatte sie angenommen, er käme noch einmal zurück, weil er etwas vergessen hatte. Oder jetzt ginge ihre Schwiegertochter ins Bett. An eine Gefahr konnte sie nicht gedacht haben, sonst hätte sie doch ihre Pantoffel und einen Morgenrock angezogen, um nachzuschauen.

Seine Liebhabertheorie hatte allerdings einen kleinen Haken: Thereses Bett hatte nicht ausgesehen, als habe sie sich noch mit einem Freund darin amüsiert. Aber das musste sie ja auch nicht unbedingt, vielleicht hatten sie nur geredet – über den Ärger mit der Schwiegertochter. Einer überforderten Großmutter stand vermutlich nicht der Sinn nach einem Schäferstündchen, wenn sie ihr Enkelkind kurz vorher in fremde Hände hatte geben müssen, weil sie damit rechnete, noch zu einem Sterbefall gerufen zu werden.

An dem Punkt seiner Bemühungen, mit Hilfe der gesammelten Eindrücke nachzuvollziehen, was sich abgespielt haben könnte, dachte Klinkhammer auch einmal: Schwiegermutter bringt Baby weg, weil Schwiegertochter sich die Hucke voll säuft und weder nachts noch frühmorgens ihren Hintern hochkriegt. Schwiegertochter ist nicht einverstanden mit dieser Eigenmächtigkeit, Sohn wäre das auch nicht – hatte Helling ja gesagt. Deshalb bricht Schwiegermutter erst auf, nachdem Sohn zum Dienst gefahren ist. Schwiegertochter spült ihren Frust mit der ersten Ration Wein runter. Als Schwiegermutter zurückkommt, gibt's mächtig Krach.

Dabei mochte das Trinkglas zu Bruch gegangen sein. Vielleicht war sie auch bei der Gelegenheit in die Scherben getreten. Nein, gesprungen! Wenn man nur von einer Couch aufstand, zog man reflexartig den Fuß zurück, sobald er mit Glassplittern in Berührung kam, ob man nun besoffen war oder nicht. Wenn man dagegen in Rage war, sprang man hoch und geriet noch mehr in Wut, weil man sich übel verletzt hatte.

Zu dieser Theorie passten die Pantoffel vor Thereses Bett und der fehlende Morgenrock über dem Nachthemd fast noch besser, ebenso die entwürdigende Position der Leiche: Schwiegermutter geht nach oben und legt sich hin. Schwiegertochter holt sich auf blutenden Füßen noch eine Pulle aus dem Schuppen, randaliert vielleicht, reißt das Tor auf und kippt das Motorrad um, legt danach im Goggo eine Pause ein und kommt auf die Idee: Jetzt zahl ich es der Alten heim.

Dann steigt sie im Anbau die Leiter rauf, geht zuerst ins Kinderzimmer, heult am leeren, frisch bezogenen Gitterbett Rotz und Wasser. Schwiegermutter huscht auf nackten Füßen über die Auslegware hinüber, sagt noch ein paar Worte, wahrscheinlich die falschen, und geht arglos noch mal aufs Klo. Schwiegertochter folgt ihr, packt auf dem Flur den Flaschenhals, der restliche Wein läuft auf den Teppichboden, aber das kümmert sie nicht. Jetzt hat sie eine Schlagwaffe, zertrümmert damit Schwiegermutters Schädel, die fällt vors Waschbecken. Schwiegertochter holt sich etwas Stärkeres von der Fensterbank.

Schien plausibel, ließ sich aber nicht mit den Spuren der blutigen Füße im Wohnzimmer vereinbaren. Beide Füße mit Splittern gespickt: Das musste höllisch wehgetan haben. Und man rannte nicht auf solchermaßen verletzten Fußsohlen zwischen zwei Türen hin und her, wenn man nur außer sich vor Wut auf die Schwiegermutter war.

Da machte bloß die Flurtür Sinn: Schwiegermutter steigt schimpfend die Treppe rauf, Schwiegertochter will nichts mehr hören und knallt diese Tür zu.

Aber sie war zuerst zur Hoftür gehetzt, darauf hätte er geschworen. Weil sie befürchtete, Therese käme hintenrum noch mal zurück, um weiterzuschimpfen? Quatsch. Es musste einen Eindringling gegeben haben, der davon ausgegangen war, das Tor sei verschlossen und verriegelt. Vielleicht ein verflossener Liebhaber, der vor Eifersucht ausgerastet war. Oder einer, dem Therese mit ihrer resoluten Art mal kräftig auf die Füße getreten war. Möglichkeiten gab es einige.

Dass Hellings Frau ihren Kopf noch unversehrt auf den Schultern trug: Nun, wenn es gar nicht um sie gegangen war, hätte der Täter keine Veranlassung gehabt, sie anzugreifen. Außerdem war sie im Gegensatz zu Therese relativ jung und ein tüchtiger Brocken. Doch auch eine kräftige Frau bekam einen Riesenschreck, wenn unvermittelt ein Vermummter im Wohnzimmer auftauchte.

Dann sprang man hoch, ohne darauf zu achten, dass zerbrochenes Glas auf dem Boden lag. Der Eindringling nahm ebenfalls die Beine in die Hand, als dieses nicht eben zierliche Frauchen von der Couch hochschoss. Nachdem er draußen war, sprintete sie zur Hoftür, ungeachtet ihrer verletzten Füße. Sie schloss diese Tür ab, rannte hinter der Couch vorbei zur Flurtür, knallte auch die zu, lehnte sich mit dem Rücken dagegen und blieb eine Weile so stehen. Verständlich! Es hatte kein Schlüssel in dieser Tür gesteckt. Und mit dem Mauerdurchbruch zwischen Schuppen und Anbau musste sie befürchten, er käme durchs Obergeschoss noch mal zurück.

Erst als sie hundertprozentig sicher sein durfte, dass keine Gefahr mehr bestand, vermutlich erst, als es draußen hell wurde, wagte sie sich ins Freie, holte sich noch eine Flasche Wein aus dem Goggo, trank sich Mut an und stieg über die Leiter ins Obergeschoss. Als sie aus ihrem Schlafzimmer trat und Therese im Bad liegen sah – die Tür war selbstverständlich nicht zu, wie Helling behauptet hatte –, fiel ihr vor Entsetzen die Flasche aus der Hand. Sie holte sich als Ersatz etwas Stärkeres aus Thereses Schlafzimmer. Damit wäre dann auch erklärt, warum sie die ganze Nacht nichts unternommen hatte. Morgens lohnte sich das nicht mehr, da konnte sie warten, bis ihr Mann nach Hause kam.

So sah Arno Klinkhammer es, der vorerst nicht mehr hatte als seinen Eindruck vom Tatort und das Wissen über Opferverhalten, Täterverhalten und Spurendeutung, das er sich in den letzten Jahren angeeignet hatte.

Trügerische Sicherheit

Am Freitagmorgen fuhr Klinkhammer zwar früher zum Dienst als sonst, kam aber trotzdem zu spät, um noch einen Blick auf die Listen zu werfen, die Heiner Helling in der vergangenen Nacht erstellt, die Ludwig Kehler früh um sieben abgeliefert hatte.

Die auf zwölf Personen aufgestockte Mordkommission hatte sich in Bergheim eine provisorische Einsatzzentrale eingerichtet. Diese Dienststelle lag den beiden Tatorten Bedburg und Niederembt am nächsten. Aus Köln waren sieben Leute im Einsatz, dazu kamen noch fünf von der Kreispolizeibehörde als ortskundige Begleiter. Sie waren – bis auf eine Frau – schon alle unterwegs. Wohin und zu welchem Zweck, hörte Klinkhammer vom Dienststellenleiter, der frühmorgens die Aufgabenverteilung belauscht hatte.

Der junge Karl-Josef Grabowski war anscheinend in Ungnade gefallen und zum Klinkenputzen abkommandiert worden. Es hatte ihm nicht gepasst, dass ausgerechnet er auch noch dazu verdonnert worden war, Thereses Patienten zu interviewen. Dazu hatte es Unterlagen im Haus gegeben, in denen die Adressen vermerkt waren. Aber es könne niemand im Ernst annehmen, dass man von den alten Leuten etwas Bedeutsames erführe, hatte «Kalle» gemault. Bisher war er wohl so etwas wie die rechte Hand für Schöller gewesen.

Aber nun wollte Schöller sich in aller Ruhe, also ungestört von den Ansichten, die Kalle am Dienstagvormittag und gestern vom «Provinzprofiler» übernommen hatte, noch mal auf dem Hellingschen Grundstück umsehen. Bermann und Lüttich waren mit Schöller, jedoch in einem zweiten Wagen nach Niederembt gefahren. Sie sollten

feststellen, was gestohlen worden war, und hatten die Liste der Wertgegenstände mitgenommen.

Ein Blatt von einem Schreibblock sei knapp zur Hälfte, hauptsächlich mit Schmuckstücken, beschrieben gewesen, hörte Klinkhammer.
Die Bekannten von Therese hätten sich auf vier Blättern verteilt, beidseitig voll geschrieben, pro Zeile ein Name. Schöller habe sich mächtig
darüber aufgeregt.

Das konnte Klinkhammer nachvollziehen. Mit etwa hundert
Namen binnen weniger Stunden die Frau ausfindig zu machen, die
am späten Mittwochabend einen drei Monate alten Säugling in ihre
Obhut genommen haben sollte, war völlig ausgeschlossen. Es fehlten
ja nicht nur bei vielen die Anschriften, sondern auch jeder Anhalts-
punkt, wer für solch eine, nicht eben kleine Gefälligkeit überhaupt infrage käme. Eine gute Freundin, bei der man hätte ansetzen können,
hatte Therese dem Anschein nach nicht gehabt, es war jedenfalls keine
der Frauen als solche bezeichnet gewesen.

Und dass ein Sohn, der zeit seines Lebens mit der Mutter unter
einem Dach gelebt hatte, deren Bekanntenkreis nicht etwas hätte ein-
grenzen können; da sollte man annehmen, Helling wolle verhindern,
dass so bald jemand mit der Babysitterin sprach, weil die etwas Negatives erzählen könnte, hatte Schöller gesagt, vielmehr getobt. An die
beste Absicht und die Furcht, längst nicht alle Bekannten seiner Mutter aufgelistet zu haben, womit Ludwig Kehler seinen Freund hatte
verteidigen wollen, hatte Schöller wohl keine Sekunde lang geglaubt.
Das tat Klinkhammer auch nicht.

Zwar stand der Verbleib des Kindes nicht im Vordergrund der
Ermittlungen. Für die Mordkommission ging es um zwei brutal er-
schlagene ältere Frauen. Angesichts der häuslichen Umstände gab es
nicht den geringsten Anlass zu bezweifeln, dass Therese das Baby am
Mittwochabend aus dem Haus gebracht hatte. Schöller hätte sich nur
zu gerne mit der Babysitterin unterhalten, um zu erfahren, wie Therese ihre Bitte um eine Betreuung ihrer Enkelin begründet, was sie
sonst noch erzählt hatte, wann sie gekommen und wann sie wieder
nach Hause gefahren war. Und da hofften alle erst einmal auf die Me-
dien.

An dem Morgen war in den im Rhein-Erft-Kreis verbreiteten Tageszeitungen ein großer Bericht über den zweiten Mord binnen weniger Tage und die Parallelen erschienen. Zwei tote Mütter, beide etwa im selben Alter, zwei verzweifelte Söhne, die nicht daheim gewesen waren, als sie dort dringend gebraucht wurden. In Niederembt zusätzlich eine verletzte junge Frau, die einen Schock erlitten haben sollte. Welcher Art Stellas Verletzungen waren, hatten die Journalisten nicht erfahren. Aber dass Polizeikommissar Heiner H. der erste Polizist gewesen war, der die tote Dora Sieger zu Gesicht bekommen hatte, war bekannt geworden und wurde als besondere Tragik bezeichnet. Das Baby war nicht eigens erwähnt worden. Die Berichte schlossen mit den üblichen Bitten um sachdienliche Hinweise an die Polizeidienststelle Bergheim.

Die einzige Frau in Schöllers Truppe war zurückgeblieben, um Meldungen entgegenzunehmen und die Aktivitäten der anderen zu koordinieren. Sehr auskunftsfreudig war sie nicht, als Klinkhammer zu ihr reinschaute. Sie konnte oder durfte ihm nicht mal sagen, was die gestrige Befragung der Helling'schen Nachbarschaft ergeben hatte.

Ein Gespräch mit Kehler, das Klinkhammer sich vorgenommen hatte, um etwas über dessen Gründe für den Vorschlag zu erfahren, in der Todesnacht mal bei Hellings vorbeizufahren, war auch nicht möglich. Der Dienststellenleiter hatte Hellings Freund wieder nach Hause geschickt, damit der eben nicht herumlief und die Ohren aufsperrte. Gutmütig und einfältig, wie Kehler nun einmal war, hatte er erklärt, dass er nur aus dem Grund und auf Heiners ausdrücklichen Wunsch heute zum Dienst erschienen wäre. Aber er war ja für die nächsten Tage zur Nachtschicht eingeteilt, da reichte es vollkommen, wenn er am Abend wiederkam.

Klinkhammer setzte sich an seinen Schreibtisch. In weiser Voraussicht war der Raum neben seinem Büro als provisorische Einsatzzentrale zur Verfügung gestellt worden. Die Wand dazwischen war sehr hellhörig, wenn es still war, konnte ihm gar nicht entgehen, welche Meldungen hereinkamen, weil die Dame am Telefon sie umgehend an Schöller weitergeben musste.

Auf die Weise erfuhr Klinkhammer schon um zehn Uhr, dass Grabowski wider Erwarten doch etwas Bedeutsames erfahren hatte, nämlich: dass Therese am Mittwochabend noch etwas vorgehabt haben musste und nur zwei ihrer sieben Patienten selbst versorgt hatte.

Eine Stunde später meldete der Stationsarzt des Bedburger Krankenhauses, Stella Helling sei aufgewacht und ansprechbar. Schöller machte sich sofort auf den Weg und zitierte Grabowski nun an seine Seite. Außerdem wurde jemand vom örtlichen Erkennungsdienst zum Krankenhaus beordert. Man brauchte Stellas Fingerabdrücke und eine Speichelprobe, um eventuelle Spuren von Fremden überhaupt als solche identifizieren zu können.

Anrufe aus der Bevölkerung waren zu dem Zeitpunkt noch keine eingegangen, nicht mal von den üblichen Spinnern. Doch ehe Klinkhammer sich darüber Gedanken machen und bezweifeln konnte, Hellings Töchterchen sei gut aufgehoben, kehrte Schöller aus dem Krankenhaus zurück und kurz in der Wache ein, um sich nach einem geeigneten Platz für eine Mittagspause zu erkundigen. Nachdem er wieder weg war, hieß es, das Baby sei bei den anderen Großeltern.

Klinkhammer ging davon aus, diese Auskunft habe Schöller von Hellings Frau erhalten. Er wunderte sich, weil sie das ihrem Mann gestern früh anscheinend nicht gesagt hatte. Warum hätte Helling sonst von einer Bekannten sprechen und diese ellenlange Liste schreiben sollen? «Wenn ich meine Frau richtig verstanden habe», hörte Klinkhammer ihn im Geist noch einmal sagen. Hatte er also nicht.

Schöller habe sich auch darüber gewundert, erklärte der Wachhabende, der Klinkhammer informierte. Er hatte eine Bemerkung aufgeschnappt. Warum die *Schnapsdrossel*, vielmehr ihr *Göttergatte* nicht schon gestern auf das Großelternpaar verwiesen hätte. Oma und Opa seien doch entschieden naheliegender als irgendeine Bekannte, vor allem, wenn es um ein Baby ging, das «nicht ganz gesund» sein sollte.

Danach tat sich bis zum späten Nachmittag nichts mehr. Klinkhammer hätte theoretisch Feierabend machen können, wollte jedoch warten, bis Kehler zum Dienst käme, und sich mit Hellings Freund über die Nacht unterhalten. Dass Grabowski bereit wäre, das Risiko eines weiteren Gesprächs mit ihm einzugehen, erwartete er nicht. Doch dazu war der ehrgeizige Kommissar nicht nur bereit. Er suchte sogar den Dialog mit dem Mann, von dem es hieß, er habe einen heißen Draht zum BKA und Lehrgänge absolvieren dürfen, nach denen andere sich sämtliche Finger leckten.

Um halb sechs schneite Grabowski in Klinkhammers Büro und schloss mit einem argwöhnischen Blick auf den Korridor die Tür hinter sich. Er war den Tag über mit wechselnden Partnern von Pontius zu Pilatus gescheucht worden, wie er das ausdrückte. Gerade kam er aus Köln zurück, wo er mit Bermann an der Obduktion hatte teilnehmen müssen. Weil er keine Mittagspause gehabt hatte und ihm übel geworden war, durfte er sich nun eine kleine Auszeit gönnen.

Klinkhammer versorgte ihn mit Kaffee, wollte ihm auch ein Brötchen holen lassen. Das lehnte Grabowski dankend ab. Er war überhaupt nicht hungrig. Noch leicht grünlich im Gesicht äußerte er sich nur vage zum vorläufigen Ergebnis der Sektion. Genau bekäme man es morgen schriftlich, allerdings nicht nach Bergheim, sondern ins Kölner Polizeipräsidium.

Angaben zur Todeszeit hatte Grabowski nicht gehört, weil er sich etwas im Hintergrund gehalten hatte. Die Todesursache war gestern schon offensichtlich gewesen und bestätigt worden. Der gesamte Vorderschädel einschließlich Stirnbein zertrümmert – mit mindestens drei, eher vier Hieben. Bei Dora Sieger aus Bedburg war es nur ein Schlag auf den Hinterkopf gewesen. Der Täter habe kaum die Absicht gehabt, Dora Sieger zu töten, hatte die junge Forensikerin, die auch Therese obduziert hatte, zum Vergleich erläutert. Dora Sieger sei einfach unglücklich getroffen worden.

Zudem sei Therese Hellings rechtes Handgelenk gebrochen, sagte Grabowski. Keine Tatwaffe im Badezimmer, auch nicht sonst wo im Haus oder auf dem Grundstück. Keine Anzeichen für ein Sexualdelikt. Sie sei wohl bei der Verrichtung ihrer Notdurft überrascht worden, hatte es geheißen.

«Das gibt's doch nicht», murmelte Klinkhammer.

Grabowski zuckte mit den Achseln, nippte an seinem Kaffee und berichtete, was er sonst noch aus dem Hintergrund aufgeschnappt hatte. Die Beurteilung der tiefen Kratzwunden in Stellas rechter Wange, die der Chirurg im Bedburger Krankenhaus gestern einer Katze zugeordnet hatte, war im gerichtsmedizinischen Institut Köln insofern bestätigt worden, dass man unter Thereses Fingernägeln kein Fremdgewebe gefunden hatte.

Es war an der Kleidung, die Stella am vergangenen Morgen getragen hatte, auch kein Blut von ihrer Schwiegermutter nachgewiesen worden. Kein einziger Spritzer. Und bei den schweren Kopfverletzungen müsse es viele Spritzer gegeben haben, meinte Grabowski. Nun sollten T-Shirt und Unterhöschen im LKA-Labor noch auf Faserspuren untersucht werden.

Sie hätten besser das Schuppentor auf Fasern untersucht, fand Klinkhammer. Ob sie es getan hatten, wusste Grabowski nicht. Er war doch in die Nachbarschaft gescheucht worden, was aber sehr aufschlussreich gewesen war.

Auch heute hatte «Kalle» trotz Strafdienst eine wichtige Aussage aufgenommen. Er vermutete, dass Schöller ihn nur deshalb zum Krankenhaus beordert hatte. Sonst hätte er womöglich im Alleingang alle zur Aufklärung nötigen Fakten zusammengetragen, während der Leiter der Mordkommission noch grübelte, was er von Helling und dessen Frau halten sollte. An Schöllers Seite hatte er dann Stellas erste Aussage sogar mitschreiben können, vielmehr müssen.

«Sie konnte kaum aus den Augen gucken, hat zwischendurch ein paar Tränchen vergossen, sich aber tapfer geschlagen», erklärte er. «Wahrscheinlich hatte Helling mit ihr geübt. Er saß schon seit dem frühen Morgen an ihrem Bett, haben wir von der Stationsschwester gehört. Seine Frau ließ den Blick nicht von seinen Händen, er hatte einen sehr nervösen Daumen. Wenn der unten war, konnte sie sich gar nicht erinnern.»

Im Prinzip, erfuhr Klinkhammer, habe Stella alles bestätigt, was ihr Mann gestern schon behauptet hatte. Dass Therese mit dem Kind kurz vor zehn aus dem Haus gegangen sei, wollte sie nicht mitbekommen haben. Angeblich hatte sie sich hingelegt. Natürlich hatten sie vorher keinen Streit gehabt, gestritten hatte sie nie mit ihrer Schwiegermutter. Sie hatte sich aus Kummer besoffen, war auf der Couch eingeschlafen und aufgewacht, als es um Mitternacht draußen polterte. Eine halbe Stunde später war der Eindringling ins Wohnzimmer gekommen. Dazwischen hatte sie absolut nichts gehört.

«Sie will dem Kerl tatsächlich sofort nachgerannt sein», schloss Grabowski den Teil, an dem er Zweifel hegte.

«Kann ich mir nicht vorstellen», sagte Klinkhammer, weil von Grabowskis Miene abzulesen war, dass er das auch nicht konnte und auf eine Bestätigung wartete. «Ich schätze, sie war erst am Morgen draußen, als es schon hell war, hat sich noch eine Pulle aus dem Goggo geholt und eine Weile in dem Auto gesessen. Vor der Fahrertür war Blut auf dem Boden, da lag auch ein Flaschenverschluss.»

«Hab ich gesehen», sagte Grabowski und gab die Beschreibung wieder, die Stella vom Eindringling geboten hatte. Zweifellos ein Mann, etwa ihre Größe, also zwischen eins fünfundachtzig und eins neunzig, schlank, eine Mütze mit Sehschlitzen über dem Gesicht, eine Sporttasche in der Hand und ein Hinkebein.

«Helling hat gestern darauf hingewiesen, dass seine Sporttasche fehlt», erklärte Grabowski. «Von einer Behinderung des Täters hat er allerdings nichts gesagt. Das macht auch nur Sinn, wenn es auf eine bestimmte Person abzielt, wie Schöller meint, oder ...» Er legte eine kurze Pause ein, um damit den Unterschied zwischen Schöllers Meinung und seiner eigenen zu betonen. «... wenn der Täter tatsächlich humpelte. Ich könnte mir vorstellen, dass er so schnell aus dem Wohnzimmer verschwunden ist, weil er sich verletzt hat, als er überflüssigerweise das Tor aufhebeln wollte. Oder sehen Sie das anders?»

Das tat Klinkhammer nicht. Auch wenn es nur «Kalles» persönliche Ansicht war, hörte er sie mit Genugtuung. Immerhin bedeutete es, dass zumindest einer von den *erfahrenen Menschen* aus Köln im Schuppen denselben Schluss gezogen hatte wie er.

Gar so tüchtig, wie er annahm, hatte es jedoch nicht gerumpelt, als das Tor aufflog und das Motorrad umkippte. Die Leute von der Spurensicherung hatten es gestern Nachmittag ausprobiert: Die NSU auf ihren ursprünglichen Platz gehievt und nochmal gegen den Goggo fallen lassen. Wenn man wach war und wusste, dass gleich etwas zu hören wäre, wie Grabowski, der als Testperson eingesetzt worden war, hörte man es in den umliegenden Häusern auch. Ohne entsprechende Vorankündigung sah das wahrscheinlich anders aus.

Im Haus Nummer 13 – das Anwesen neben dem Anbau – hatte niemand etwas mitbekommen; der Mann Nachtschicht gehabt, die Frau eine Schlaftablette geschluckt. Aber Familie Bündchen aus Nummer 17, das Grundstück neben der Hofmauer, hatte interessante Angaben gemacht.

«Die Frau war die halbe Nacht mit einem fiebernden Dreijährigen beschäftigt», fuhr Grabowski fort. «Kurz nach Mitternacht hat sie zuerst einen Automotor und danach ein Scheppern gehört, sich aber nichts dabei gedacht. Es kommt wohl häufiger vor, dass nachts in den umliegenden Gärten noch eine Autotür oder ein Garagentor zugeschlagen wird. Das Fenster war offen, Bündchens Schlafzimmer liegt zur Hofseite. Und so um zwanzig nach zwei hat die Frau einen fürchterlichen Schrei gehört, wie ihn nur ein Mensch in Todesangst ausstößt, meinte sie jedenfalls.»

«Therese Helling?», fragte Klinkhammer.

«Konnte Frau Bündchen nicht sagen. Wenn jemand um sein Leben schreit, ist eine Stimme nicht leicht zu identifizieren. Sie meinte, es wäre aus dem Wohnzimmer gekommen, ist runter in ihren Hof und hat gerufen, ob alles in Ordnung sei. Antwort hat Hellings Frau gegeben, sich entschuldigt, es wäre der Fernseher gewesen.»

«Der Fernseher?», wiederholte Klinkhammer skeptisch.

Grabowski zuckte wieder mit den Achseln. «Soll sie gesagt haben. Erwähnt hat sie es nicht, als wir bei ihr waren. Schöller hat sie eigens gefragt, ob sie mit jemanden gesprochen hat, nachdem der Eindringling verschwunden war. Das hat sie verneint, weiß es wohl nicht mehr. So besoffen wie sie war, muss sie einen Filmriss haben. Drei Komma acht Promille. Dass die heute schon wieder ansprechbar war, spricht für eine geübte Leber.»

«Ja», sagte Klinkhammer nur.

«Und was halten Sie davon?», wollte Grabowski wissen.

Wusste er nicht auf Anhieb. Wer setzte sich denn fast zwei Stunden vor den Fernseher, nachdem ein vermummter Eindringling durchs Wohnzimmer gehumpelt war? «Von Hellings Frau oder insgesamt?», antwortete er ausweichend mit einer Gegenfrage.

«Insgesamt sieht es nach Raubmord aus wie in Bedburg», erwiderte Grabowski und zählte auf: Der gesamte, aufgelistete Schmuck fehlte, ebenso eine größere Summe Bargeld.

Therese war dienstags nicht nur beim Frisör, vorher noch in der Kreissparkasse gewesen. Achtzehnhundert Euro hatte sie per Scheck von ihrem Girokonto abgehoben, es damit praktisch abgeräumt, und säuberlich im Scheckheft notiert, Datum, Summe und Verwendungszweck. «Eigenbedarf.»

Ausgegeben hatte sie davon bis Mittwochabend dem Anschein nach rund hundert, mittwochs allerdings keinen Cent. Gut die Hälfte dienstags beim Frisör, den Rest am selben Nachmittag in einem Drogeriemarkt. Der Kassenbon hatte noch, wie auch der Bon vom Frisör, in der ansonsten leeren Börse gesteckt. Dem zufolge hatte sie einen Karton Windeln, eine Dose Milchpulver, drei Gläser Möhrenbrei und ein Non-Food für drei Euro fünfundneunzig gekauft, vielleicht einen Schnuller fürs Baby.

In dem Zusammenhang erwähnte Grabowski dann, das Kind sei am Mittwoch nach Köln-Dellbrück gebracht worden.

«Heute Mittag hieß es, die Kleine sei bei Hellings Schwiegereltern», sagte Klinkhammer.

«Ja, die wohnen in Dellbrück», erklärte Grabowski. «Zurzeit sind sie aber verreist, das Baby haben sie mitgenommen.»

Wie er das sagte, klang es nach einer feststehenden Tatsache. Dabei wusste niemand, wohin Hellings Schwiegereltern mit dem Baby in Urlaub gefahren sein könnten. Schöller hatte sich am frühen Nachmittag Helling deswegen noch einmal vorgeknöpft und gehört: Die Eltern seiner Frau führen immer ohne Vorankündigung und ohne ihr Ziel zu nennen.

Klinkhammer erfuhr auch noch, dass Grabowski seine Mittagspause in Dellbrück verbracht und mit den Nachbarn von Hellings Schwiegereltern gesprochen hatte. Dass die noch einen behinderten Sohn hatten und deswegen immer nachts führen, weil das erträglicher für alle wäre. Und dass der erste Hinweis auf dieses Großelternpaar nicht von der *Schnapsdrossel* oder ihrem *Göttergatten* gekommen sei, sondern von einer Frau Lutz.

Da dachte Klinkhammer natürlich sofort an Gabi, gemeint war jedoch eine 85-jährige, gehbehinderte Frau mit dem Vornamen Maria, die am Mittwochabend von Therese versorgt worden war – wie auch die sterbende Frau Müller, deren Mann im Rollstuhl saß.

Von Herrn Müller hatte Grabowski in Begleitung einer ortskundigen Beamtin nicht viel mehr gehört, als dass er es noch gar nicht fassen könne und Therese bei ihrem letzten Besuch von dringend nötiger Ruhe gesprochen habe. Aber die ewige Ruhe habe sie damit bestimmt nicht gemeint. Da sollte man nicht an einem gerechten Gott zweifeln. Seine Frau ertrüge den Rest ihres Lebens nur noch mit Morphiumpflaster, und eine tatkräftige, kerngesunde Frau wie Therese würde blindwütig dahingerafft.

Kein negatives Wort über die Schwiegertochter und deren Alkoholkonsum, auch nicht auf explizite Nachfrage. Was das betraf, hatte Therese sich offenbar bei Nachbarn, Patienten, auch bei den Bekannten, die zwischenzeitlich befragt worden waren, stets bedeckt gehalten. Nur bei der alten Frau Lutz hatte sie anscheinend keine Hemmungen gehabt.

Warum Maria Lutz eine Ausnahme gewesen war, erklärte sich für Grabowski damit, dass die alte Frau eigene Erfahrungen mit Alkoholikern gemacht hatte – den einzigen Sohn zu Tode gepflegt – hatte sie ihm unter anderem erzählt. Wahrscheinlich hatte sie sagen wollen: «Bis zum Tod gepflegt.»

Es hatte noch mehr solch kleiner Versprecher gegeben. Oder er habe sich mal verhört, meinte Grabowski. Frau Lutz habe fürchterlich genuschelt, weil sie ihre Zähne noch nicht gefunden hatte. Darüber habe sie eine Weile lamentiert und von ihm verlangt, dass er sich auf die Suche mache. Es sei ihr einfach nicht zu vermitteln gewesen, dass sie Kriminalbeamte vor sich hatte. «Die dachte, wir kommen von der Caritas.»

Trotzdem war es ein aufschlussreiches Gespräch gewesen. Maria Lutz hatte Hellings Märchen vom guten Einvernehmen zwischen Ehefrau und Mutter binnen weniger Minuten widerlegt. Freimütig hatte sie erzählt, dass Therese neulich – vor einer Weile – es war schon ein paar Wochen her – wieder mächtig geschimpft habe. Eine genaue

Zeitangabe war von ihr nicht zu bekommen gewesen. Den Wortlaut dagegen hatte sie noch ganz genau im Kopf gehabt.

«Wenn's noch mal passiert, bring ich die Kleine zu ihren Eltern und schmeiß das versoffene Aas raus», sollte Therese neulich gesagt haben. «Letzte Nacht hat sie sich wieder dermaßen zugekippt, dass sie nicht in der Lage war, ein Fläschchen zu machen. Statt zu füttern, hat sie dem armen Wurm was vorgesungen und behauptet, es hätte nicht trinken wollen. Mal hören, was ihr Vater dazu sagt, den ruf ich heute Abend an.»

Auch von Stellas jüngstem Exzess hatte Therese am Mittwoch bei der abendlichen Pflege berichtet und nicht nur – wie bei Herrn Müller – etwas von dringend nötiger Ruhe gesagt. Bei Frau Lutz hatte sie die Dinge beim Namen genannt; von einer Fahrt nach Köln-Dellbrück gesprochen und von Urlaub – dem der Schwiegereltern ihres Sohnes, glaubte Grabowski, weil Therese gesagt haben sollte: Mäuschen müsse sich trotzdem um Oma kümmern. Kleiner Versprecher. Das hätte natürlich heißen müssen, Oma müsse sich trotzdem ums Mäuschen kümmern.

Außerdem sollte Therese etwas von einer Katze gesagt haben, die aus dem Haus sei, da wäre es günstig. Vielleicht noch ein Versprecher. Die Katze war ja nachweislich und zwar schon eine Nacht vorher *im* Haus gewesen und hatte sich auf Stellas rechter Wange verewigt. Ebenso war denkbar, dass Therese mit dieser Bemerkung auf ihren Sohn abgezielt hatte, der um halb zehn zum Dienst hatte fahren müssen.

Bei Frau Lutz gewesen sein sollte Therese am Mittwochabend zwischen sieben und acht Uhr. Den im Haus gefundenen Unterlagen zufolge hatte sie Maria Lutz sonst zwar immer von siebzehn Uhr fünfundvierzig bis achtzehn Uhr dreißig für die Nacht vorbereitet. Aber es war ja offenkundig am Mittwoch bei Hellings drunter und drüber gegangen. Therese hatte doch nicht mal die Zeit gefunden, fünf ihrer sieben Pflegefälle selbst zu versorgen, da konnte sie sich durchaus bei Frau Lutz verspätet haben. Für das Wohlergehen des Kindes spielte das keine Rolle. Bei Oma und Opa sei das Baby bestimmt gut aufgehoben, hatte Schöller gesagt. Und für diese Annahme hatte sich im Laufe des Freitags eine an Sicherheit grenzende Wahrscheinlichkeit ergeben.

Der erste Anstoß

Grabowski verabschiedete sich mit dem Versprechen, Klinkhammer auf dem Laufenden zu halten, Schöller müsse das ja nicht unbedingt erfahren. Als der junge Kommissar die Bürotür von außen schloss, war Arno Klinkhammers Absicht, mit Ludwig Kehler zu sprechen, in Vergessenheit geraten. Nun kreisten seine Gedanken ausschließlich um Gabi.

Die alte Frau Lutz war ohne Zweifel ihre ehemalige Schwiegermutter. Mäuschen, das sich um Oma kümmern müsse, ein Versprecher war das kaum gewesen. Und eine Katze, die *aus* dem Haus war, von eben dieser Katze und von Urlaub hatte Gabi bei ihrem Anruf am Dienstag auch gesprochen.

Sie hatte an dem Abend nicht mit ihm, sondern mit seiner Frau reden wollen und sich erst einmal aufgeregt, weil Ines nicht daheim war. «Wo treibt sie sich denn rum? Im Verlag hieß es nur, sie wäre nicht da. Auf ihrem Handy meldet sich die blöde Mailbox. Ich hasse Anrufbeantworter.»

Ja, Gabi hasste alles, was nicht sofort nach ihrer Nase tanzen und Hürden beseitigen konnte. Aber er hörte sie gerne schimpfen, lästern und fluchen, dann war sie hundertprozentig in Ordnung. Bei einem spöttischen Ton waren es immer noch fünfzig Prozent. Erst wenn sie ganz gesittet klang, wurde es kritisch. Dann war höchste Aufmerksamkeit geboten, weil ihr möglicherweise mal wieder bewusst geworden war, dass es doch einen großen Unterschied gab zwischen den ersten acht Jahren mit Martin und den letzten zwanzig.

«Ines musste nach London», sagte er. «Sie ist heute Nachmittag geflogen. Worum geht es denn?»

Um eine Lesereise, die Gabi mittwochs antreten sollte. Sie schimpfte weiter: «Da hat einer Mist gebaut. Am Freitag lese ich nicht in Bremen, sondern in Bremerhaven. In Bremen bin ich am Donnerstag und morgen in Hannover. Die Daten wurden alle vertauscht, so was darf nicht passieren, Arno. Zum Glück hat sich der Buchhändler aus Hannover heute bei mir gemeldet, um nachzufragen, ob ich wirklich ein Stehpult haben will. Das immerhin hatten sie richtig durchgegeben. Wenn er das nicht bezweifelt hätte, hätte er morgen lange auf mich warten können. Ach, und noch was, sag deiner Frau, dass ich einen kurzen Urlaub anhänge. Wenn ich einmal im Norden bin, gönne ich mir ein bisschen Seeluft. Ich komme im Moment nicht richtig weiter und brauche eine schöpferische Pause. Auf die Gefahr hin, dass mein Nachwuchs wilde Partys feiert und mir sämtliche Blumen eingehen. Wenn die Katze aus dem Haus ist, tanzen die Mäuse ja bekanntlich auf dem Tisch und denken nicht daran, Muttis grüne Babys zu gießen.»

Mit der Erinnerung daran verspürte Klinkhammer das dringende Bedürfnis, sich zu überzeugen, dass Gabis Pflanzen genügend Wasser bekamen. Und mal zu fragen, ob Therese Helling am Mittwochabend vorbeigekommen sei und verlangt habe, es solle sich trotz der Querelen vergangener Jahre mal jemand um Oma kümmern. Und ob sie bei dieser Gelegenheit vielleicht etwas über ihre Pläne mit dem Baby erzählt habe.

An Sicherheit grenzend war nicht hundertprozentig sicher, und wenn vorerst niemand wusste, wo Hellings Schwiegereltern waren: Köln-Dellbrück war eine nette Strecke für einen Fiat Punto und das Heumarer Dreieck immer stark frequentiert. Spätabends herrschte zwar kein Berufsverkehr mehr, man kam schneller voran. Doch selbst wenn Therese nonstop durchgekommen wäre und sich bei den Schwiegereltern ihres Sohnes nicht lange aufgehalten hätte, musste man zwei Stunden ansetzen.

Dann wäre sie gegen Mitternacht wieder daheim gewesen. Also zu der Zeit, als die Nachbarn einen Automotor und etwas wie das Scheppern eines Garagentors gehört hatten. Thereses Garage? Möglich. Aber hätte sie um die Zeit noch das Schuppentor für einen

Freund offen gelassen? Unwahrscheinlich. Sie wäre auch kaum im stockfinsteren Anbau die Leiter hinaufgestiegen, sondern über den Hof und durchs Wohnzimmer ins Haus gegangen. Da hätte Hellings Frau sie sehen müssen. Es sei denn, die hätte zu dem Zeitpunkt fest geschlafen. Dann hätte sie aber auch kein Poltern von draußen hören dürfen.

Schwiegermutter bringt Baby weg, dachte er wieder. Oder hatte es am Donnerstagmorgen zwischen Helling und seiner Frau ein Missverständnis bei der Zeit gegeben? *Wenn ich meine Frau richtig verstanden habe.* Zwanzig nach zwei. Man musste auch mal bedenken, dass verheiratete Männer zu Hause ein Alibi für ein Schäferstündchen bieten mussten. *Ich geh ein Bier trinken.* Kneipen schlossen um eins, da wäre nach Thereses Rückkehr noch Zeit für eine Unterhaltung gewesen.

Bei Gabi fand er alles vor wie erwartet. Zwei Birkenfeigen, drei Yucca-Palmen und ein Efeu standen üppig grün in feuchter Erde. Niemand tanzte auf dem Tisch. Das war auch nur ein Scherz gewesen. Gabis Nachwuchs war zwar nicht komplett von der stillen Sorte. Aber ihre Tochter Martina, eine ernsthafte junge Frau von zwanzig Jahren, wusste vermutlich gar nicht, wie man wilde Partys feierte, und hätte ihrem Bruder den Riegel vor eine wüste Fete geschoben.

Martina war allein, als er kam. Das passte ihm sehr gut. Gabis «Mäuschen» ratterte immer los wie ein Maschinengewehr. Von ihr bekam er sämtliche Auskünfte, die er haben wollte – glaubte er jedenfalls. Er war schließlich der Mann mit den Bananen. Voraussetzung für ihre Redseligkeit war allerdings, dass weder Mutti noch Martin in der Nähe waren.

Mit Gabis nun achtzehnjährigem Sohn hatte er in letzter Zeit Probleme. Der Knabe war ein furchtbar arroganter Bengel, spielte den Hausherrn und lief herum wie ein Elvis-Verschnitt, was Klinkhammer ein diffuses Unbehagen bereitete. Nicht dass er in Betracht gezogen hätte, es könne ein Fünkchen Wahrheit sein an dem Unsinn, den der Vater des Jungen vor achtzehn Jahren von sich gegeben hatte. Dass ein Mordopfer nach seinem Tod noch Kinder gezeugt haben sollte, war horrender Schwachsinn. Aber die Ähnlichkeit war im Laufe der Zeit unübersehbar geworden. Martin Lutz sah aus, wie Martin Schneider in dem Alter ausgesehen hatte. Oder wie der blutjunge Elvis, der von den Landungsbrücken aus seinen Fans in Bremerhaven zugewinkt hatte.

Aus dem dunklen Flaum auf dem hochroten Kopf des Säuglings, der Klinkhammer damals in den Arm gedrückt worden war, war eine üppige Tolle geworden. Aber Haarfarbe und Gesichtszüge begründeten sich in mütterlichem Erbgut. Die Trebers sahen alle so aus, waren in ihrer Jugend auch alle so bildhübsche Kerle gewesen, wie Martin nun einer war. Klinkhammer hatte im Laufe der Zeit genug alte Fotos gesehen, um das beurteilen zu können.

Der Rest war Erziehung und Heiligenverehrung. Martin frisierte sich wie der King, spielte daheim Gitarre oder Trompete und beim ältesten Onkel Klavier, sang natürlich auch, seit er aus dem Stimmbruch war mit dieser samtweichen, dunklen Stimme wie das Original. Manchmal erzählte Gabi, dass ihr Sohn sich der jungen Mädchen kaum erwehren könne und nichts anbrennen ließe. Aber er ging auch für seine Mutter durchs Feuer, nannte sie neuerdings sogar Romy. Und wenn sie von Martin sprach, wusste Klinkhammer in letzter Zeit nicht mehr so genau, wen sie meinte.

Ihre Tochter hatte gerade Gardinen gewaschen. Im Wohnzimmer standen ein Stuhl beim Fenster und ein Wäschekorb mit dem feuchten, nach Weichspüler duftenden Blümchenstore. Einige Röllchen hatten sich in den Fäden des Raffbandes verheddert, da war Arno, wie er auch von Gabis Kindern genannt wurde, höchst willkommen. Er konnte beim Aufhängen assistieren.

Nach dem Grund seines Besuchs fragte Martina nicht. Sie kannte es zur Genüge, dass er alle paar Wochen mal unangemeldet auftauchte, sagte nur, während sie bereits auf den Stuhl stieg: «Mutti ist noch nicht da. Sie wird auch erst im Laufe der Nacht eintrudeln. Ich hoffe, sie rast nicht wieder wie eine Irre. Kannst du ihr nicht mal klarmachen, dass man mit hundertdreißig auch und sogar eher in einem Stück ans Ziel kommt als mit zweihundertzwanzig?»

Was ihren Fahrstil anging, hätte Gabi sich von ihm bestimmt keine Vorschriften machen oder ins Gewissen reden lassen. «Wieso kommt sie denn nach Hause?», fragte er. «Hat sie in Bremerhaven kein Hotelzimmer?» Dann hätte aber wirklich jemand Mist gebaut.

«Doch, nur muss sie das ja nicht nutzen», sagte Martina.

«Und was ist mit ihrem Urlaub?»

«Gestrichen», bekam er zur Antwort. «Martin ist krank. Gestern Abend ging es ihm noch top. Heute Morgen hat er gekotzt wie ein Reiher. Er war weiß wie eine Wand, zitterte vor Kälte und behauptete, ihm sei furchtbar heiß. Das war Schüttelfrost, glaubst du? Er meinte, es wäre nicht so schlimm, und war sauer auf mich, weil ich Mutti angerufen habe. Sie wollte sofort die Lesung absagen. Aber nach dem Vorverkauf waren die Karten schon restlos weg gewesen. Sie wollten noch Stehplätze anbieten. Und hängen lassen wollte sie die Leute dann doch nicht.»

Gekotzt wie ein Reiher und Schüttelfrost, das klang nach einer Magenverstimmung und einem Kreislaufproblem. Irgendein ekliges Virus, vermutete Klinkhammer. So was kam immer plötzlich, war ihm auch schon passiert.

Während er Gardinenröllchen und Fäden entwirrte und Gabis Tochter ein Röllchen nach dem anderen in die Leiste schob, verlor sie noch ein paar Sätze über den frühen Morgen. Da Mutti sich nicht sofort selbst um Martin kümmern konnte und sie zur Arbeit musste, hatte sie auch noch Onkel Reinhard angerufen. Der war letztes Jahr vorzeitig in Rente geschickt worden und stand nun für Notfälle immer zur Verfügung. Onkel Reinhard hatte Martin abgeholt und überlegt, ob er ihn nicht besser ins Krankenhaus bringen sollte. Aber da wollte Martin partout nicht hin, es hätte ihn jemand piksen können.

«Männer», sagte sie noch mit einem abwertenden Kopfschütteln und kam dann scheinbar übergangslos auf das Thema, das ihn zu seinem Besuch veranlasst hatte. «Ist das nicht ganz furchtbar mit Frau Helling? Mir ist auch schlecht geworden, als ich es las. Sie war so eine liebe Frau. Ich kann noch gar nicht glauben, dass sie tot sein soll. Am Mittwochabend war sie noch hier.»

Volltreffer! «Kam sie öfter?», fragte er.

«Wenn sie nebenan bei Müllers gewesen war, schaute sie manchmal kurz rein», antwortete Martina. «Viel Zeit hatte sie ja nie bei all den Leuten, um die sie sich kümmern musste.» Ihre Stimme schwankte verdächtig, sie schniefte: «Immer war sie im Einsatz für andere. Und wenn einer etwas brauchte – dem alten Herrn Müller hat sie letztes Jahr einen elektrischen Rollstuhl gekauft. Die Krankenkasse wollte ihm den nicht bezahlen, er hatte ja schon einen anderen, mit dem er auch gut klarkommt, aber nur, wenn er nicht weit fahren muss. Er war so glücklich.»

Ein elektrischer Rollstuhl, dachte Klinkhammer. Was mochte so ein Ding kosten? Auf jeden Fall mehr, als eine Gemeindeschwester einfach so verschenken konnte. Und Martina erzählte auch noch von einer größeren Reparatur nach einem Wasserrohrbruch, die Therese für eine allein erziehende Mutter bezahlt hatte, wischte sich mit einem Handrücken über die Augen und schloss mit den Worten: «Und als sie Hilfe brauchte, war keiner da.»

«Ihre Schwiegertochter war im Haus», sagte er.

Mäuschen gab einen verächtlichen Laut von sich. «Hab ich gelesen. Sie wäre auch verletzt und hätte einen Schock. Der hätten sie besser den Schädel eingeschlagen.»

Hätte er sich nun nach dem Grund für diesen wenig frommen Wunsch erkundigt, von Mäuschen hätte er vielleicht erfahren, wen Gabi im Hinblick auf die leidige Filmgeschichte als *Predator* bezeichnet hatte. Doch seine Vermutungen gingen in eine andere Richtung. «Hat Frau Helling mit deiner Mutter mal über ihre Schwiegertochter gesprochen?»

Noch so ein verächtlicher Laut – wie ein Schnauben. Auf Alkoholiker war Martina verständlicherweise nicht gut zu sprechen. Auch wenn sie damals noch zu klein gewesen war, um eine lebhafte Erinnerung an ihren Vater zu haben; Gabi erzählte immer so anschaulich. «Dass die säuft wie in Loch? – Logisch. Ein anderes Thema hatte sie doch gar nicht mehr wegen dem armen Kind. Darüber hat sie nicht nur gesprochen, geweint hat sie mal, weil das nun wirklich nicht hätte sein müssen.»

«Was ist denn mit dem Kind?», fragte er.

«Was soll schon sein?», gab Martina zurück. «Schwer behindert ist es. Du kannst dir gar nicht vorstellen, was die während der Schwangerschaft gekippt hat. Grappa, Wodka, sogar Rum. Alles, was richtig reinknallt. Und zur Vorsorge ist sie nicht gegangen. Sonst wäre das arme Würmchen gar nicht auf die Welt gekommen. Die Ärzte haben gesagt, eigentlich hätte man es abtreiben müssen. Und dann wollte sie es nicht mal aus der Klinik holen. Das musste Frau Helling tun. ‹Auch wenn es nicht so aussieht, wie es einem lieb wäre, es hat ein Recht auf Wärme und ein Paar Arme, die es halten›, hat sie gesagt. Ist das nicht ganz furchtbar?»

«Doch», sagte er und atmete tief durch. Es war noch gar nicht lange her, da hatte er sich im Fernseher einen Bericht über die Kinder alkoholkranker Mütter angeschaut. Ein Arzt hatte die geistigen, auch körperlichen Beeinträchtigungen und die typischen Gesichtszüge sehr anschaulich erläutert. Da brauchte man sich nicht wundern, dass Helling im Kollegenkreis keine Fotos vom Töchterchen zeigte.

«Hat Frau Helling am Mittwoch auch etwas über das Baby gesagt?», fragte er. «Dass sie es wegbringen wollte? Zu wem? Um welche Zeit war sie überhaupt hier?»

Vier Fragen auf einmal, Gabis Tochter konnte nur die letzte aus eigenem Erleben beantworten. «Nach neun Uhr. Sie fuhr gerade ab, als ich nach Hause kam. Martin sagte, sie hat nur nach Mutti gefragt und ist gleich wieder weg, weil sie noch was Wichtiges zu erledigen hatte. Ich hab bloß noch ihr Auto gesehen und ihr nicht mal mehr guten Abend sagen können. Onkel Ulrich und seine Jungs hatten wieder mal selbst das Lager aufgeräumt. Und ich durfte dafür sorgen, dass sie auch alles wieder finden.»

Nach der Trauer um Therese Helling und dem Bedauern für das Baby klang nun persönlicher Ärger durch. Martina hatte vor zwei Jahren, kurz vor dem Abitur, die Schule geschmissen und in dem Handwerksbetrieb ihres Onkels zu arbeiten begonnen, um Geld zu verdienen. Sofort voll rein, ohne Ausbildung.

Er hatte es damals nicht verstanden. Martina war begabt, hatte sehr gute Noten gehabt und große Pläne. Für sein Empfinden war sie auch mit Feuereifer bei der Sache gewesen. Aber wenn so ein junges Ding plötzlich keine Lust mehr hatte … «Schau dir doch all die Akademiker an, die keine Arbeit finden, Arno», hatte er gehört, als er versuchte, sie umzustimmen.

«Du musst ja nicht unbedingt studieren, Martina. Aber das Abitur solltest du machen, damit hast du bessere Chancen.»

«Bei Onkel Ulrich hab ich die auch so.» Und damit Basta!

Gabi hatte nicht die Notwendigkeit gesehen, ihrer Tochter Laune für den Endspurt zu machen. Und ihr bei der Kindererziehung reinzureden, war ebenso aussichtsreich wie ein Vortrag über angemessene Geschwindigkeiten im Straßenverkehr. Versucht hatte er es schon mehr als einmal und sich immer vorhalten lassen müssen, das könne er nicht beurteilen, er hätte ja keine Kinder.

«Wenn ich nicht darauf hingewiesen hätte, dass ‹Der Schatten› wiederholt wird, hätte ich wahrscheinlich noch um elf Uhr im Lager gesessen und Rohre sortiert», schloss Martina.

«Ach», sagte Klinkhammer und wunderte sich, dass Gabi am Dienstag kein Wort über die zweite Ausstrahlung des Films verloren hatte. «Dass der nochmal läuft, hat sie mir gar nicht erzählt.»

«Wir hatten ja auch nichts davon», erklärte Martina. «Das war ein Buy-out-Vertrag. Da gibt's nur einmal Geld. Ich glaube, Mutti war sauer deswegen. Die können den Film noch zwanzigmal wiederholen, wir kriegen nichts mehr.»

Klinkhammer verabschiedete sich, nachdem die Gardine hing. Nebenan bei Müllers klingelte er nicht, obwohl es ihn in den Fingern juckte. Aber es widerstrebte ihm, den alten Mann mit dem elektrischen Rollstuhl und eine sterbende Frau zu belästigen. Auch bei Gabis ältestem Bruder fuhr er nicht noch vorbei. Zum einen wusste er nicht genau, wo Reinhard Treber jetzt wohnte. Der hatte vor drei Jahren neu gebaut und war umgezogen. Zum anderen: Wozu sollte er sich von dem magenkranken Elvis-Verschnitt bestätigen lassen, dass Frau Helling am Mittwochabend *nur kurz nach Mutti gefragt und noch etwas zu erledigen gehabt hatte?* Wenn sie dem Bengel ins Gewissen geredet und auf Oma verwiesen hatte, das gäbe Martin nie zu. Am Ende steckte er sich an, das musste nicht sein.

Dass Therese den arroganten Schnösel in ihren Ärger mit der Schwiegertochter und die Sorge ums Baby eingeweiht hätte, konnte er sich nicht vorstellen, weil ihm der Knabe suspekt war. Er nahm sich vor, samstags mit Gabi zu sprechen. Was die späte Fahrt nach Köln-Dellbrück anging, bezweifelte er nicht länger, das Baby sei zu den Großeltern gebracht worden. Einen schwer behinderten Säugling lieferte man wirklich nicht im Bekanntenkreis ab. Eine Bekannte hätte sich ja auch längst gemeldet.

Teil 5
Unter Verdacht

Bruchstücke

Freitag, 23. April 2004

Von Heiner schon früh am Morgen wach gekniffen, war der Tag, an dem die Ermittler und schließlich auch Arno Klinkhammer zu der Überzeugung gelangten, die kleine Johanna Helling sei bei ihren Großeltern in den besten Händen, für Stella ein einziges Martyrium. Zuerst Heiner mit seinen Tränen, den Fragen und all den Vorgaben, die sie nachsprechen und sich einprägen sollte.

Dann die beiden Ermittler und der Beamte vom Erkennungsdienst, die kurz vor Mittag erschienen. Gepeinigt von rasenden Kopfschmerzen und noch unfähig, auf eigenes Erleben zurückzugreifen, öffnete sie brav den Mund fürs Wattestäbchen, ließ ihre Fingerkuppen schwärzen und auf Kärtchen abrollen, sagte auch ihre Sprüchlein auf. Dabei wusste sie zu diesem Zeitpunkt noch nicht viel mehr, als dass etwas Schlimmes passiert war und Heiner Angst vor diesen Männern hatte.

Nachdem sie das Zimmer wieder verlassen hatten, kam der Stationsarzt und forderte auch Heiner nachdrücklich zum Gehen auf. Heiner strich ihr noch einmal über die Stirn. «Dann schlaf jetzt, Liebes. Ich komme heute Abend noch einmal zu dir.»

Sie konnte nicht mehr schlafen. In ihren Füßen pochte und stach es, als liefe sie noch einmal mit Glassplittern in den Fußsohlen zur Hoftür. In ihrem Schädel hämmerte der Aufgesetzte. All der Zucker, den Therese zu den Beeren in die Flaschen gekippt hatte. Es war ein Gefühl, als würde ihr Gehirn von den Kristallen zerrieben. Dazu kam der Durst. Und das allmähliche Begreifen. *Es kannten Mama doch alle.*

Dieser Satz von Heiner hallte wie ein Echo in ihr nach und machte ihr eindringlicher als die Befragung durch Schöller klar, was sie bis dahin nur mit Anflügen von Erleichterung erfasst hatte. Therese war tot! Das erfüllte sie weder mit Schmerz noch mit Trauer. Für heftige Emotionen war sie noch viel zu sehr mit ihren eigenen Empfindungen beschäftigt.

Zweimal klingelte sie nach der Krankenschwester. Die kam auch beim ersten Mal sofort, füllte das Glas mit dem Orangensaft, den Heiner morgens mitgebracht hatte, und ließ sie trinken. Dann stellte die Schwester ihr beide Flaschen und das Glas griffbereit auf den Auszug vom Nachttisch, damit sie sich alleine bedienen konnte. Doch der Saft reichte nicht lange.

Beim zweiten Mal brachte die Schwester ihr eine Flasche Mineralwasser und sagte, sie könne auch Tee haben, so viel sie wolle. Sie wollte gar keinen Tee und kein Wasser. Sie brauchte etwas Stärkeres, ein Glas Wein. Doch das wollte die Schwester ihr nicht besorgen, ihr ebenso wenig ein Schmerzmittel geben.

«Aber mir platzt der Schädel», jammerte sie.

Es war der Schwester anzusehen, was sie dachte: Selber schuld. Das sprach sie nicht aus, bemühte sich, es ihr erträglicher zu machen. Auch wenn sie keinen Tee wollte, sie bekam eine volle Kanne ans Bett gestellt. Im Laufe des Nachmittags leerte sie noch eine zweite und dazu drei Flaschen Wasser. Zur Toilette in das zum Zimmer gehörende kleine Duschbad musste sie nicht. Weil niemand damit gerechnet hatte, dass sie so bald wieder bei Bewusstsein wäre, und weil sie auf ihren verletzten Füßen nicht herumlaufen sollte, hatte man ihr einen Blasenkatheter gelegt.

Um fünf kam der Stationsarzt noch einmal zu ihr und veranlasste, dass etwas in die Infusionsflasche gespritzt wurde. Was immer es war, es schaltete die Schmerzen nicht völlig aus, füllte ihren Kopf nur zusätzlich mit einer Trägheit, die es ihr erlaubte, die Augen zu schließen und vor sich hin zu dämmern. Bis Heiner am Abend kam und sie wieder aus diesem einigermaßen erträglichen Zustand riss. Er wollte sie nun auf eine intensive Befragung vorbereiten. Es sei blauäugig, zu glauben, Schöller gäbe sich mit den Auskünften zufrieden, die sie vormittags gegeben hatte, sagte er.

Sie konnte nicht mit ihm reden, wollte ihm auch nicht noch einmal stundenlang zuhören und greinte nur. «Du musst mir etwas zu trinken besorgen. Bitte. Nur eine Flasche Wein und ein Aspirin. Ich hab furchtbare Kopfschmerzen. Die Füße tun mir auch weh.»

Heiner wollte nach einer Schwester klingeln, sie hielt ihm den Arm fest, wie sie es vor fünf Jahren in Gabis Kölner Wohnung bei Fabian Becker getan hatte. Und für einen Moment hörte sie Elvis singen: «The shadows follow me, and the night won't set me free.»

Für den Bruchteil einer Sekunde sah sie eine schwarze Gestalt mit dem dunklen Viereck der Schuppentür verschmelzen und etwas Weißes zu Boden segeln. Aber das Bild war zu flüchtig, um zu begreifen, was da aus den Löchern in ihrem Hirn hervorkroch.

«Das hat keinen Zweck», erklärte sie weinerlich. «Die bringen mir immer nur Wasser oder Tee. Ich brauche eine Flasche Wein, bitte, nur eine Flasche, Heiner. Ich verstecke sie gut.»

«Nein, Liebes», sagte er bestimmt. «Keinen Tropfen. Du musst einen klaren Kopf bekommen.»

«Den bekomme ich aber nur, wenn ich was zu trinken kriege», beharrte sie. «Bitte, du musst mir was holen.»

«Nein», sagte er erneut und erzählte, er habe bereits das halbe Dorf angerufen. Alle Frauen, mit denen Mama in letzter Zeit zu tun gehabt hätte. Hauptsächlich Mütter, die wegen ihrer eigenen Kinder nicht berufstätig waren und sowohl die Zeit als auch die Erfahrung gehabt hätten, einen Säugling zu versorgen, der sehr viel Aufmerksamkeit und Pflege brauchte. Es hätten schon alle gewusst, was mit Mama geschehen sei. Es hätten ihm auch alle ihr aufrichtiges Mitgefühl ausgesprochen. Aber keine Frau hätte eine Ahnung gehabt, wo die Kleine sein könne.

Sie hatte auch keine und konnte noch nicht darüber nachdenken, was das bedeutete.

«Bei deinen Eltern ist sie anscheinend doch nicht», sagte Heiner. «Sie sind schon seit Dienstag mit Tobi in Hamburg, behauptete Madeleine. Bei ihr habe ich auch angerufen.»

«Warum?» Mit dem Hämmern im Kopf klang es nur matt und keinesfalls nach dem Entsetzen, das sie in dem Moment empfand. Ausgerechnet ihre Schwester, wie hatte er das tun können?

«Es ist mir nichts anderes übrig geblieben», erklärte Heiner. «Mama war am Mittwoch in Köln-Dellbrück und hat mit irgendwem darüber gesprochen. Vor zwei Stunden bin ich dazu noch einmal befragt worden. Schöller wollte wissen, wohin deine Eltern in Urlaub gefahren sein könnten. Ich habe ihm nicht gesagt, dass sie normalerweise nur Madeleine besuchen. Aber ich musste wenigstens bei ihr nachfragen. Gerne getan habe ich das nicht. Deine Eltern müssen zwar wissen, was geschehen ist, aber ich hätte es lieber noch ein paar Tage hinausgezögert, sie auf den Heimweg zu bringen. Morgen kommen sie wahrscheinlich zurück.»

Wäre ihr nicht so elend gewesen, hätte sie geweint. «Wenn mein Vater erfährt, dass ich wieder …»

«Mach dir darüber keine Gedanken», unterbrach Heiner sie. «Ich habe auch Madeleine erklärt, dass du dich im Anbau total verausgabt hast und depressiv warst, dass Mama die Kleine nur weggebracht hat, damit du etwas Ruhe bekommst. Ehe sie hier sind, geht es dir bestimmt besser. Ich lasse dich jetzt allein. Wir reden morgen über alles, ruh dich aus.»

Mehr als sich auszuruhen, konnte sie auch nicht tun. Ihr Kopf fühlte sich an, als bearbeite ihn jemand von innen mit glühenden Nadeln und kleinen Spitzhacken. Die ganze Nacht döste sie vor sich hin, lag reglos auf dem Rücken, wagte es nicht, den Kopf auf die Seite zu drehen, weil sie meinte, bei der geringsten Bewegung wäre ihr der Schädel garantiert geplatzt wie Ursula im Film und Therese im Badezimmer.

Die Szene schwebte ihr sekundenlang vor Augen. Wo das Bild herkam, wusste sie nicht. Sie sah auch nicht die Schauspielerin, sondern ihre Schwiegermutter. Therese saß eingeklemmt zwischen der Wand und dem Klo, ein großes Loch in der frischen Dauerwelle, das jugendliche Blond tiefrot gefärbt.

Vielleicht hatte sie sich das ausgemalt, als sie vor der Leiter im Anbau stand, fest entschlossen, Therese zur Rede zu stellen, in einer Hand die letzte Rotweinflasche, in der anderen den Meißel, mit dem sie den Goggo aufgebrochen hatte. Das sah sie auch vor sich. Danach tauchten vereinzelt weitere Sekunden der Nacht auf. Anfangs schwammen sie wie kleine Inseln in einem unüberschaubaren Ozean. Verbindungen dazwischen gab es nicht sofort, auch keine richtige zeitliche Abfolge.

Unmittelbar auf die Leiter im Anbau folgten das sperrangelweit offene Schuppentor und das alte Motorrad, das die Fahrertür am Goggomobil blockierte. Sie mühte sich noch einmal ab, an die letzte Rotweinflasche zu gelangen, gierte nach einem kräftigen Schluck genauso wie jetzt. Kurz darauf balancierte der fette Kater über die Hofmauer zum Schuppendach. Und die Leuchtziffern der Uhr am Videorecorder zeigten zehn Minuten nach vier.

Noch eine Nacht, die kein Ende nehmen wollte. Sie lauschte in die Stille, wartete sehnsüchtig auf irgendein Geräusch, hörte Schritte und Stimmen. Therese, die endlich herunterkam und die Pinzette aus dem Bad holte? Nein, Therese sagte: «Siebzehnhundert ist ein guter Preis, Anni. Bedenk mal, wie alt der Polo ist. Ich würde dich nicht übers Ohr hauen, du kennst mich doch. Ich komme morgen vorbei, dann machen wir das perfekt.»

Dann lief Therese wieder herum und sagte: «Das wird ihr eine Lehre sein, die vergisst sie ihr Leben lang nicht.»

Danach polterte etwas und Therese fragte: «Hast du den Krach gemacht? Wie siehst du aus?» Anschließend kam noch ein Satz in der betulichen Art, in der sie immer mit der Kleinen redete: «Ja, ja, hast ein dickes Stinkerchen in der Hose, ich kann's riechen.»

Sie meinte, Therese hätte zuvor mit einem Mann gesprochen und auch Antwort bekommen. Aber vielleicht spielte ihr das Gedächtnis einen Streich und holte Erinnerungen aus irgendeiner Nacht hervor. Vielleicht hörte sie in dem Moment auch nur einen Patienten, der über den Korridor lief und von der Nachtschwester angesprochen wurde. Es gab auch Männer auf der Station. Die Stimme war zu leise. Was der Mann sagte, verstand sie nicht.

Sie hoffte, die Schwester käme einmal zu ihr und würde etwas gegen die rasenden Schmerzen unternehmen. Aber es kam niemand. Sie war ganz allein, lag in einem sauberen Bett, saß gleichzeitig auf der blutverschmierten Couch, pulte vergebens an den Splittern in ihren Füßen und hatte schreckliche Angst, weil etwas geschehen war, was die Realität zu einer Farce machte.

Die Fernbedienung lag auf dem Tisch und die Taschenlampe in einer Kabelrolle beim Mauerdurchbruch. Hinter dem Tisch schlängelte etwas

Schwarzes vorbei, das zuvor in Wellen aus dem Fernseher geflossen war. Ursula fuchtelte hilflos mit einem scharfkantigen Flaschenstumpf und schrie durchdringend um ihr Leben. Die Weinflasche rollte vom Tisch und zertrümmerte das Senfglas, aus dem sie getrunken hatte.

Und dann kam er! Der Schatten mit den Mörderaugen! Versetzte ihr einen Stoß vor die Brust, beugte sich über sie, stank wie die Pest, fixierte sie aus leuchtend grünen Raubtieraugen und sagte mit kehliger Stimme etwas von bezahlen.

Samstag, 24. April 2004

Am Morgen ging es ihr etwas besser. Zwar brannten ihre Füße noch, als sei sie über glühende Kohlen gelaufen. Die Wunden hatten sich entzündet. Auch unter ihrer Schädeldecke pochte es weiter unangenehm. Aber im Hirn hatten sich die ersten Brücken gespannt.

Um halb acht kam eine Krankenschwester mit einem fröhlichen Morgengruß herein, entfernte den Blasenkatheter, wusch sie und half ihr in ein frisches Nachthemd. Zum Frühstück bekam sie einen extra starken Kaffee und gleich drei Flaschen Wasser. Der Kaffee brachte ihren niedrigen Blutdruck beinahe auf den Normalwert und besänftigte das Pochen im Schädel, das Wasser schwemmte weiteres Gift aus ihrem Körper. Sie musste nur häufig nach der Schwester klingeln, weil sie nicht aufstehen und zur Toilette gehen durfte.

Den ganzen Vormittag wartete sie auf Heiner. Er kam erst um die Mittagszeit mit einer prall gefüllten Tüte, war am frühen Morgen von zwei Ermittlern aus einem unruhigen Schlaf auf Ludwigs Couch geklingelt worden und hatte erneut drei Stunden lang Rede und Antwort stehen müssen, wie er ihr als Erstes erzählte. Seinen gestrigen Anruf bei Madeleine und die Auskunft, ihre Eltern seien schon am Dienstag in Hamburg angekommen, hatte er nicht erwähnt. Sie durfte das auch nicht tun.

«Ludwig meint, ich soll abwarten», sagte er. «Madeleine ist ein Biest, wer weiß, ob sie mir die Wahrheit gesagt hat? Wenn deine Eltern heute zurückkommen, sehen wir ja, ob sie die Kleine mitbringen.»

Danach hatte er noch Einkäufe für sie gemacht. Nun war er nervös und in Sorge, weil er befürchtete, auch sie wäre bereits ein zweites Mal befragt worden und hätte etwas gesagt, was sie nicht sagen durfte. Als sie den Kopf schüttelte, entspannte er sich und packte die Tüte aus. Shampoo, Seife, Zahncreme, Zahnbürste, zwei Waschlappen, zwei Handtücher, einen Kamm, einen Föhn, ein Deo, Make-up, etwas Obst, drei Flaschen Saft und vier Röhrchen mit löslichen Magnesium-Tabletten hatte er gekauft.

Und sie sah sich wieder in der Küche am Wasserhahn stehen, zwei Magnesium-Tabletten in ein gefülltes Glas werfen, während er am Tisch vor grüner Pampe saß und Therese zeterte: «Jetzt ist Schluss!» Das war es dann ja auch gewesen – für Therese! Trauer empfand sie immer noch nicht, aber auch keine Erleichterung mehr. *Ich rede morgen noch mal mit deinem Vater.* Nun müsste sie bald mit ihm reden.

Nachdem Heiner einen Teil der Einkäufe im Nachttisch verstaut und die Pflegeutensilien ins Duschbad gebracht hatte, bestand er darauf, ihr die Haare zu waschen. Dass sie nicht aufstehen sollte, hielt ihn nicht ab. «Willst du so im Bett liegen, wenn dein Vater kommt?» Nein, wollte sie nicht. Schlimm genug, dass seine Kollegen sie so gesehen hatten.

Er half ihr, tragen konnte er sie nicht, nur stützen. Im Duschbad konnte sie knien und anschließend auf der Toilette sitzen, während er ihr die Haare trocken föhnte. Nachdem er noch die tiefen Kratzer auf ihrer rechten Wange mit Make-up betupft hatte, meinte er: «So ist es besser.»

Als sie wieder im Bett lag, zog er sich einen Stuhl heran und wollte sofort zur Sache kommen. Doch zuerst wollte sie loswerden, was ihr in der Nacht eingefallen war. Der Schatten! Und weil es keine rächenden Geister gab, die aus Fernsehern flossen, konnte es nur Therese gewesen sein, die sich im Dorf ein Karnevalskostüm ausgeliehen – oder sich das hatte bringen lassen. Das wäre eine Erklärung für die Sätze gewesen, die sie im Halbschlaf noch registriert hatte.

Vielleicht hätte es ihr gereicht, einmal aus dem Mund ihres Mannes zu hören, dass er seiner *Mama* durchaus eine bodenlose Gemeinheit zutraute. Aber sie kam nur zu einem halben Satz: «Ich glaube, Therese hat ...»

«Was du glaubst, ist nicht wichtig», schnitt Heiner ihr das Wort ab und verlangte ihre ungeteilte Aufmerksamkeit für all die Antworten, die sie höchstwahrscheinlich noch geben musste.

Das meiste, was er sagte, stimmte nicht. Das wusste sie auch ganz genau, weil es geschehen war, ehe sie sich sinnlos betrunken hatte. Sie hatte es sich nicht in T-Shirt und Unterhöschen auf der Couch bequem gemacht. Eine Arbeitshose hatte sie getragen, dazu ein kariertes Hemd, ein altes von Heiner, dieselben Sachen wie am Dienstagnachmittag, als sie noch versucht hatte, im Anbau guten Willen und Tatkraft zu demonstrieren, um Therese zu besänftigen und davon abzuhalten, diese Drohung wahr zu machen. «Ich rede morgen noch mal mit deinem Vater.»

Heiner hatte nach dem Mittagessen die Kleine versorgt und war mit ihr nach Düren gefahren zur üblichen Untersuchung in der Kinderklinik. Einmal die Woche musste Johanna den Ärzten dort vorgestellt werden. Da mochte sie nie mitfahren, weil sie das nicht mehr hören konnte. Zu klein, zu leicht und all diese Defekte, mit denen ihr Kind auf die Welt gekommen war.

Nachdem Heiner weg war, ging auch Therese, wollte Einkäufe machen und ihre neue Dauerwelle bewundern lassen. Stella blieb allein zurück, stieg mit zwei Gläsern Rotwein und Spaghetti mit Knoblauchsoße im Leib die Treppe hinauf und zog sich um.

Den halben Nachmittag verbrachte sie damit, alte Textiltapeten von den Wänden des ehemaligen Schlafzimmers von Heiners Großeltern zu reißen. Die Tapeten klebten seit mehr als zwanzig Jahren, genauso lange hatte sich der Staub in ihnen festgesetzt. Es war eine Arbeit, die man laut Therese keinem Maler zumuten durfte. Aber ihr!

Bei jedem Stoß mit dem Spachtel stiegen dicke Staubwolken auf und legten sich auf sämtliche Schleimhäute. Das Textilgewebe löste sich nur in einzelnen Fäden vom Untergrund. Und der pappte so fest, dass sie schließlich kapitulierte und sich über die für den Notfall versteckte, angebrochene Weinflasche hermachte, weil sie es nicht wagte, einen Eimer Wasser aus der Küche zu holen, um das vergilbte Material einzuweichen.

Sie hätte einen Eimer zwar auch im Bad füllen können, aber trotzdem zuerst nach unten gehen müssen. Die Eimer standen im Keller. Und Therese war inzwischen zurück. Sie hätte nur wieder gefragt: «Klappt's», und erklärt: «Wie soll es auch, wenn du nicht geradeaus gucken kannst?»

Sie hatte sehr wohl noch geradeaus gucken können am Dienstagnachmittag. Aber nach zwei weiteren Flaschen fehlte ihr die Erinnerung daran, wie sie in der Nacht zum Mittwoch die Treppe hinauf in ihr Schlafzimmer gekommen war und sich ausgezogen hatte. Das musste sie getan haben. Die Hose und das Hemd hatten mittwochs neben ihrem Bett auf dem Fußboden gelegen.

Als Heiner um eins aufgestanden war und darauf gedrängt hatte, dass sie mit nach unten kam, war es viel zu mühsam gewesen, saubere Kleidung aus dem Schrank zu nehmen. Sie hatte sich auch nicht dazu aufraffen können, unter die Dusche zu gehen, war den Rest vom Tag verschwitzt und verstaubt herumgelaufen, hatte sich so am Abend auf die Couch gesetzt.

«Liebes, es ist aber glaubwürdiger, wenn du sagst, du hättest dich umgezogen», erklärte Heiner nachdrücklich. «Man macht es sich nicht in schmutziger Arbeitskleidung auf der Couch bequem.»

«Aber wenn ich die doch anhatte», beharrte sie. «Das müssen deine Kollegen ja gesehen haben.»

«Nein», sagte er. «Die Sachen waren voller Blut, ich habe …»

«Das war von meinen Füßen», unterbrach sie ihn. «Sie haben die ganze Zeit geblutet. Ich hab mir oft die Hände abgewischt, an der Hose, am Hemd, sogar an der Couch.»

«Das wusste ich aber nicht, von dir bekam ich keine vernünftige Auskunft. In einer Hosentasche steckte ein Meißel, der war auch blutig. Und ich dachte …»

Er brach ab, musste gar nicht weitersprechen. Ihr fiel ein, dass sie den Meißel und die letzte Rotweinflasche in die Hosentaschen gesteckt hatte, als sie vor der Leiter im Anbau stand, um beide Hände frei zu haben für den Aufstieg. Sie glaubte zu begreifen, was er gedacht hatte. Vielleicht immer noch dachte? «Du meinst, ich hätte Therese …»

«Nein», widersprach er hastig, nahm ihre Hand und zog sie an seine Lippen. «Nein, Liebes, das meine ich nicht. Aber du warst im Bad, das war nicht zu übersehen. Vielleicht hast du Mamas Leiche angefasst und auch ihr Blut an der Hose abgewischt. Könnte ich die Hand küssen, die meine Mutter erschlagen hat?»

Es klang sehr pathetisch, so sprach er häufig. Manchmal mochte sie es, weil es ihr stilvoll erschien. Aber jetzt störte es, weil es falsch klang und Gabi in ihrem Hinterkopf wisperte: «Glaub ihm lieber nur die Hälfte.»

Sie entzog ihm ihre Hand und hörte weiter zu, prägte sich ein, was sie den Ermittlern sagen sollte und was sie unbedingt verschweigen musste. Sie begriff sogar, warum sie nicht erwähnen durfte, dass sie in der Nacht geglaubt hatte – und immer noch glaubte –, Therese habe ihr einen bitterbösen Streich gespielt. Man hätte es als Motiv werten können; als das Bedürfnis, ihrer Schwiegermutter den Schrecken und etliche Demütigungen darüber hinaus heimzuzahlen.

Der Verbindungsmann

Arno Klinkhammer fuhr an diesem Samstagvormittag wie geplant noch einmal nach Niederembt, um mit Gabi über Resl zu sprechen, obwohl er nicht davon ausging, dass dabei etwas von Bedeutung für die Ermittlungen herauskäme. Es öffnete ihm auch niemand. Das Auto ihrer Tochter und ihr eigenes standen nicht im Hof. Die Garage diente als Museum.

Als *Schwester des Todes* im letzten Frühjahr binnen drei Wochen in die Bestenliste gesprungen war, hatte Gabi sich mit der Aussicht auf ein stattliches Honorar einen roten Sportflitzer gegönnt. Deshalb befürchtete ihre Tochter, sie käme eines Tages nicht mehr in einem Stück nach Hause. Gabi wollte unbedingt feststellen, ob die Maschine tatsächlich hergab, was der Hersteller versprach: Zweihundertvierzig Spitzengeschwindigkeit. Mehr als zweihundertzwanzig hatte sie noch nicht geschafft.

Der alte Audi stand seitdem liebevoll eingewachst in der zum Grundstück gehörenden Garage. Und manchmal bedauerte Klinkhammer das. Mit der vergammelten Kiste hätte Gabi im Höchstfall hundertsechzig fahren können und wäre dann freiwillig vom Gas gegangen, damit das Auto nicht auseinanderbrach.

Er nahm an, Gabi mache Besorgungen oder säße im neuen Haus ihres ältesten Bruders beim magenkranken Sohn. Martina machte entweder Überstunden bei Onkel Ulrich oder war bei ihrem Freund. Seit gut einem Jahr hatte sie einen, stand ihr ja zu in ihrem Alter. Große Lust, untätig im Auto zu sitzen und darauf zu warten, dass jemand nach Hause käme, hatte er nicht. Telefonisch erreichen konnte man weder Gabi noch ihre Kinder, wenn sie unterwegs waren. Handys besaßen sie nicht. Das hielten sie für albern.

Er hatte natürlich eins und hätte die Auskunft anrufen können, um Reinhard Trebers neue Adresse in Erfahrung zu bringen. Aber nebenan war Müllers Haustür. Und diese Berufskrankheit; Neugier. Und ehe er sich versah, stand Klinkhammer vor Müllers Tür und drückte auf den Klingelknopf.

Zwei, drei Minuten vergingen, im Haus benutzte Herr Müller den elektrischen Rollstuhl nicht. Er kam in einem Gefährt durch den Flur, das er mit den Händen schieben musste. Seinen Dienstausweis brauchte Klinkhammer nicht vorzuzeigen. Herr Müller kannte ihn – als Bekannten von Gabi.

Offenbar hatte Herr Müller von einem Fenster aus beobachtet, dass Klinkhammer zuerst an ihrer Tür gewesen war. «Die ist verreist», erklärte er, noch ehe Klinkhammer den Mund aufmachen konnte. «Schon seit Mittwoch.»

«Sie wollte letzte Nacht zurückkommen», sagte Klinkhammer. «Aber deshalb bin ich nicht hier. Es geht um Therese Helling. Sie war am Mittwochabend noch bei Ihnen, habe ich gehört.»

«Ja.» Herr Müller nickte betrübt. «Sie hat meiner Frau ein neues Morphiumpflaster aufgeklebt. So hatten wir beide eine ruhige Nacht. Ich bin erst um Viertel vor sieben wach geworden und hab mich gewundert, dass Therese noch nicht da war. Sie hat ja einen Schlüssel und kommt normalerweise immer um halb. Ab sieben hab ich ein paarmal bei ihr angerufen und schon gedacht, es wäre was mit dem Enkelchen, weil keiner ranging. Wer denkt denn gleich an Mord? Als ich endlich den Heiner an den Apparat bekam, hab ich gedacht, mich trifft der Schlag. Mein Gott, hat der gebrüllt, in dem Moment hat er sie wohl gefunden.»

Ein aufschlussreicher Aspekt, fand Klinkhammer. Wenn Herr Müller ab sieben ein paarmal hatte durchklingeln lassen und niemand darauf reagiert hatte, musste Hellings Frau Nerven wie Drahtseile oder um die Zeit wie ein Murmeltier geschlafen haben.

«Wissen Sie noch, wie oft Sie es versucht und um welche Zeit Sie Heiner Helling an den Apparat bekommen haben?»

«Zwischen sieben und halb acht bestimmt ein halbes Dutzend Mal», antwortete Herr Müller. «Als Heiner sich meldete, war es kurz vor acht. Auf die Minute weiß ich das nicht mehr. – Meiner Frau kann ich das gar nicht sagen. Ich hab ihr erzählt, Therese macht ein paar Tage Ferien. Sie hat ja am Mittwochabend selbst gesagt, sie bräuchte dringend Ruhe.»

Ja, davon hatte er Grabowski auch erzählt, den wesentlich wichtigeren Rest allerdings nicht.

«Um welche Zeit war sie am Mittwochabend denn bei Ihnen?», fragte Klinkhammer.

«Von Viertel vor bis Viertel nach sieben», sagte Herr Müller. «Sonst kam sie auch abends immer um halb. Sie war etwas später dran als sonst, hatte sich bei der Frau Lutz länger aufgehalten.»

«Bei Gabi?»

«Nein, bei Maria. Die hat ja sonst keinen. Eine Schande ist das, zwei Enkel im Ort, aber die kommen nicht von allein auf die Idee, mal nachzuschauen, wie es der Oma geht.»

Klinkhammer wusste nicht, was er darauf erwidern sollte. Herr Müller erwartete anscheinend auch keine Antwort, sprach weiter: «Therese hat dem jungen Gemüse noch den Kopf zurechtgesetzt, glaube ich. Von uns aus ist sie rüber. Bis nach neun stand ihr Auto im Hof. Das Mädchen war ja leider noch nicht zu Hause. Aber bei dem Jungen hat es gefruchtet. Kurz nachdem Therese weg war, hat er sich auf sein Rad gesetzt.»

Da müsste er Martin bei Gelegenheit wohl mal fragen, warum er seiner Schwester erzählt hatte, Frau Helling habe sich nur nach Mutti erkundigt und sei gleich wieder weg, weil sie noch was zu erledigen hatte. Zwei Stunden! Ob Therese dem Schnösel so lange ins Gewissen geredet hatte?

Klinkhammer fragte nach der Adresse der alten Frau Lutz, bedankte sich bei Herrn Müller. Und nur eine Viertelstunde später wusste er bereits, dass Martin seine Oma am Mittwochabend nicht besucht hatte, worauf die auch gar keinen Wert legte. Wenn Mäuschen mal gekommen wäre, hätte sie sich gefreut. Aber mit ihrem Enkel wollte Frau Lutz nichts zu tun haben.

Der Martin sah nun wirklich nicht so aus, als wäre er von ihrem Peter. Ihr Peter hatte ja auch immer gesagt, der Martin wäre vom Elvis. Deshalb fühlte Frau Lutz sich gar nicht als die Oma vom Martin. Sie sah ihn hin und wieder. Zweimal die Woche kam der Zivi, der Einkäufe mit ihr machte, sie zum Arzt fuhr, auch mal mit ihr spazieren ging und aufpasste, dass sie mit ihrer Gehhilfe nicht mitten auf der Straße lief.

Nachdem Frau Lutz geschildert hatte, wie überaus nützlich ihre Gehhilfe mit dem praktischen Einkaufskorb und wie nett der Zivi war, kam sie zurück auf ihren Enkel und ereiferte sich weiter über Martins Erscheinungsbild, das auch Klinkhammer in letzter Zeit dieses diffuse Unbehagen verursachte.

Nur mit Mühe brachte er das Gespräch auf Therese. Doch die Mühe zahlte sich aus. Er erfuhr nämlich, dass *Resl* schon am Mittwochnachmittag nach Köln-Dellbrück gefahren war. Es war aber keiner da gewesen. Ob sie am späten Abend einen weiteren Versuch unternommen hatte, das arme Wurm abzuliefern, wusste Frau Lutz nicht. Über die Kleine hatte Resl bei ihrem letzten Besuch nicht viele Worte verloren, nur beiläufig ihre Hoffnung auf eine angenehme Nacht ausgedrückt.

Das klang doch nach Liebhaber. «Hatte sie einen Freund?», fragte Klinkhammer.

«Ja, sicher», sagte Frau Lutz, «mehr als einen. Resl ist doch ein properes Mädchen, die nimmt mit, was sie kriegen kann.»

Als Mädchen hätte Klinkhammer eine 56-jährige Frau nicht bezeichnet, aber für eine 85-Jährige war Therese vermutlich blutjung gewesen. Leider hatte sie am Mittwochabend auch nichts über eine Verabredung erzählt, die meiste Zeit auf ihre Schwiegertochter geflucht – und auf Gabi.

«Wieso auf Gabi?», fragte Klinkhammer.

Der Grund seines Interesses an ihrer früheren Schwiegertochter kümmerte Frau Lutz nicht. Er hatte sich auch bei ihr nicht als Polizist outen müssen. Sie freute sich vorerst noch, dass jemand da war, der ihr geduldig zuhörte, und holte etwas weiter aus.

Bis vor einem Jahr oder so hatten die zwei sich ja gut verstanden. Resl hatte nix auf Gabi kommen lassen, sogar mal gesagt, die Leute könnten sagen, was sie wollten, Gabi wäre auf ihre Art ein Goldstück. Aber dann hatte Gabi was gesagt, was Resl gegen den Strich gegangen war. Das wäre nicht nötig gewesen, hatte Resl danach gesagt, das arme Würmchen könne doch nichts dafür. Und seitdem war der Wurm drin! Seitdem ging oder fuhr Resl nur noch zu Gabi, wenn Gabi nicht da war. So wie am Mittwochabend.

Dass die Katze aus dem Haus war, hatte Resl morgens von Martin gehört. Den mochte Resl nämlich sehr gerne, deshalb versorgte sie die Müllers morgens ja immer um die Zeit, wenn Martin zur Schule musste. Dann lag Gabi noch in den Federn und bekam nicht mit, wenn Resl sich mit Martin unterhielt. Und am Mittwochabend hatte Resl gesagt, sie wolle Martin ein Auto kaufen. Der kleine Polo von Neffters Anni täte es ja für den Anfang. Anni könnte nach ihrem Schlaganfall doch nicht mehr hinters Steuer. Der Polo sei zwar schon alt, aber sehr gepflegt. Mal hören, was Martin dazu sagte und ob er ihr einen Gefallen täte. Wenn Gabi ihr dafür an die Kehle ginge, auch gut.

Sieh an, dachte Klinkhammer, ein Auto. Damit war ihm klar, warum Martin seine Schwester beschwindelt hatte. Und er hatte schon befürchtet, er müsse sich der Gefahr einer Virusinfektion aussetzen und dem Elvis-Verschnitt ein paar Fragen stellen. Das erübrigte sich nun.

«Um welche Zeit war Resl denn bei Ihnen?», fragte er.

«Von Viertel vor sechs bis halb sieben», sagte Frau Lutz.

Nach dem Gespräch mit Herrn Müller hatte Klinkhammer sich das schon gedacht. «Warum haben Sie meinem Kollegen denn gestern eine andere Zeit genannt, zwischen sieben und acht Uhr», erkundigte er sich und verscherzte sich damit ihre Sympathie.

Kollege? Das hätte er gleich sagen sollen, dann hätte Frau Lutz ihn nicht reingelassen. Sie wusste noch nichts von Thereses Tod. Am Donnerstagnachmittag war zwar jemand von der Caritas aus Elsdorf bei ihr gewesen und hatte erklärt, man wolle gerne ihre weitere Betreuung übernehmen. Den hatte sie aber wieder weggeschickt mit dem Hinweis, sie werde ausgezeichnet betreut, obwohl Resl am Donnerstag nicht gekommen war. Sie hatte ja gesagt, sie bräuchte dringend Erholung. Da nahm Frau Lutz an, sie mache endlich mal ein paar Tage Urlaub.

Am Donnerstag war der Zivi da gewesen, so hatte Frau Lutz keine Probleme gehabt. Gestern Morgen hatte sie leider ihre Zähne, die Brille und das Hörgerät nicht gefunden. Resl hatte das Glas mit den Zähnen immer griffbereit auf den Nachttisch gestellt, das Hörgerät und die Brille dazu gelegt. Ohne ihre Brille hatte Frau Lutz nicht erkannt, was für einen Ausweis ihr die beiden jungen Leute unter die Nase gehalten hatten, die gestern Morgen da gewesen waren. Ohne Hörgerät hatte sie auch nicht genau verstanden, was die von ihr wollten. Sie hätten sich aber trotzdem eine Weile gut unterhalten, meinte Frau Lutz. Und vor zwei Fremden hatte sie sich vornehm ausgedrückt und gesagt, zwischen siebzehn und achtzehn Uhr.

Da waren die Zehner wohl irgendwie untergegangen, aber für die Ermittlungen auch gar nicht wichtig. Therese hätte nach ihrem Besuch bei Martin noch fast eine Stunde Zeit gehabt, das Baby für die Fahrt nach Köln-Dellbrück einzuwickeln.

Frau Lutz regte sich weiter auf. Dass nun schon zum dritten Mal jemand von der Caritas kam, betrachtete sie als Unverschämtheit. Was waren denn das für Methoden, einer tüchtigen Gemeindeschwester wie Resl die Kunden abspenstig zu machen, nur weil sie sich mal ein bisschen Erholung gönnte? Klinkhammer musste ihr nachdrücklich klarmachen, dass die tüchtige Gemeindeschwester nicht mehr kommen konnte, weil sie einem Verbrechen zum Opfer gefallen war.

«Ja, so was», sagte Frau Lutz. «Hört das denn nie auf? Sie glauben gar nicht, wie viele Verbrechen hier schon passiert sind. Was machen wir denn jetzt? Da muss ich wohl mit der Caritas vorlieb nehmen, aber dann will ich die aus Elsdorf. Tut mir Leid für Sie, junger Mann, wer zuerst kommt, mahlt zuerst.»

«Das ist für mich kein Problem», sagte Klinkhammer. «Ich rufe meinen Kollegen an und sorge dafür, dass jemand kommt.»

Nachdem das erledigt war, fuhr er noch einmal zurück zu Gabis Haus, ohne Erfolg. Sein Magen hatte schon gemeldet, es sei Mittag. Seine Frau, die am vergangenen Abend aus London zurückgekommen war, wartete garantiert mit dem Essen auf ihn, also fuhr er nach Hause.

Den Nachmittag verbrachte er im eigenen Garten, zupfte Unkraut und mähte den Rasen. Während Ines mit ihrer Freundin Carmen telefonierte, fragte er sich, was Gabi gesagt haben mochte, um Therese derart gegen sich aufzubringen, dass sie Martin ein Auto kaufen wollte. Etwas Schlimmeres konnte man Gabi nicht antun. Bei ihr durfte Martin alles; sich wie ein Rüpel benehmen, langjährige Bekannte auf die Palme bringen, reihenweise Mädchen in seinem Zimmer vernaschen. Bloß nicht alleine Auto fahren. Er hätte ja mal Jungs mitnehmen können. Den Führerschein hatte er machen dürfen, schon vor dem achtzehnten Geburtstag in der Fahrschule gesessen, damit er das begehrte Papier rechtzeitig in die Hände bekam. Sie ließ ihn sogar ans Steuer ihres Sportflitzers, aber nur, wenn sie neben ihm saß.

Wahrscheinlich hatte sie eine lästerliche Bemerkung über das arme Wurm gemacht. Sie hatte kein Gespür für die Gefühle anderer Menschen. Doch welches Gespür sollte man auch noch bei einer Frau erwarten, der man ihr *Leben* genommen hatte? Und andere konnten das genauso gut, wenn nicht besser.

Die Einladung für den Sonntagnachmittag, die Ines am Telefon aussprach, behagte ihm gar nicht. Er legte keinen Wert darauf, Kaffee zu trinken mit einer Oberstaatsanwältin, die Gabi in puncto Biestigkeit jederzeit das Wasser reichen konnte.

Der Großvater

Während Arno Klinkhammer bei der Gartenarbeit seine Gedanken schweifen ließ, wurde Stella mit der Situation konfrontiert, vor der ihr mehr graute als vor sonst etwas. Heiner saß noch bei ihr, als am späten Nachmittag ihre Eltern und ihr Bruder das Krankenzimmer betraten. Es war alles gesagt, was Heiner für wichtig hielt. Sie war nicht zu Wort gekommen, hätte zuletzt auch nicht mehr gewusst, was sie noch sagen sollte. Obwohl Heiner es bestritt; er hielt sie für schuldig, sein Verhalten ließ doch gar keine andere Deutung zu. All diese Vorschriften, was sie sagen durfte und bei welchen Fragen sie lügen musste. Er hatte ihr sogar diktieren wollen, wie sie sich mit ihrem Vater auseinandersetzen sollte, aber schließlich gesagt: «Lass nur, Liebes. Es ist besser, wenn du schweigst und ich rede.»

Johannes und Astrid Marquart kamen geradewegs aus Hamburg. Sie waren nach dem Frühstück aufgebrochen, hatten jedoch unterwegs zweimal eine längere Rast für Tobi einlegen müssen. Auch mit seinen nun sechsundzwanzig Jahren konnte man ihn nicht wie einen erwachsenen Mann behandeln. Er war ein Kind geblieben, nur eins sechzig groß, kompakt, mit den für das Down-Syndrom typischen Gesichtszügen und einem liebenswerten, heiteren Gemüt.

Beim zweiten Stopp hatte er darauf gedrängt, etwas für Stella zu kaufen. Sie war die Schwester, an der sein Herz hing. Er war noch so klein gewesen, als Madeleine daheim ausgezogen war, dass er sich nicht an die Zeit mit ihr unter einem Dach erinnerte, nur an unzählige Nächte, in denen er zu Stella ins Zimmer geschlichen war. Bis sie Heiner kennen gelernt hatte, war sie doch auch jeden Sonntag nach Hause gekommen. So viel Kontakt hatte er zu Madeleine nie gehabt.

Bei den Besuchen in Hamburg waren die Eltern meist den ganzen Tag mit ihm unterwegs, weil Madeleine und ihr Mann arbeiten mussten und er etwas sehen sollte von der Welt, nicht nur die Schiffe im Hafen. Gestern hatten sie den Vogelpark Walsrode besucht. Da hatte er eine bunte Postkarte mit einem Papagei für Stella erstanden. Aber wenn sie im Krankenhaus lag, reichte das nicht. Die Postkarte konnte er auch selbst gut gebrauchen – als Vorlage für neue Glasbilder.

Einen Blumenstrauß hielt er in der Hand und verstand nicht, warum sie zu weinen begann, als er ihr den aufs Bett legte. «Magst du die nicht leiden, Stella? Willst du lieber einen Vogel?»

Nein, nur ein Wort und einen Händedruck von ihrem Vater. Er schaute sie voller Verachtung an, sprach nicht einmal Heiner sein Beileid aus. «Die Blumen sind wunderschön», schluchzte sie.

«Warum weinst du denn?», fragte Tobi. «Hast du schlimme Schmerzen?»

«Stella weint vor Freude», antwortete Heiner für sie. «Weil du sie besuchst und ihr so schöne Blumen mitbringst. Daran habe ich nämlich nicht gedacht.»

«Du hattest wohl auch etwas anderes zu bedenken», meinte Johannes Marquart statt einer Begrüßung.

«Wenn ich aus Glas welche mache, sind die noch schöner», behauptete Tobi gewichtig. «Viele Leute wollen die kaufen und bezahlen Geld dafür. Soll ich für Stella auch welche machen? Oder lieber Vögel? Ich kann jetzt bunte Papageien.»

«Ja, das wäre toll», sagte Heiner. «Darüber freut sie sich bestimmt noch mehr.»

Und sie sah sich am Bettchen ihres Bruders stehen. Ein Zündholz flammte auf. Sie hielt es an seine Bettdecke. Wie hatte sie sich vor ihm gefürchtet damals, weil Madeleine behauptet hatte, er sei ein Kind wie das aus dem Film *Die Wiege des Bösen*. Und wie hatte sie Therese gefürchtet nach dieser Drohung: *Ich rede morgen noch mal mit deinem Vater!*

Vielleicht sah Heiner es richtig, und sie hatte zugeschlagen – morgens um sechs. Wahrscheinlich wussten die Ermittler längst, um welche Zeit

Therese gestorben war. Wenn sie das nächste Mal kamen, halfen keine Lügen mehr. Man würde sie festnehmen und ins Gefängnis schaffen.

Ihre Mutter nahm die Blumen wieder vom Bett und beauftragte Tobi, im Stationszimmer um eine Vase und ein Messer zu bitten, damit man die Stiele beschneiden könne. Nachdem Tobi draußen war, kam ihr Vater ohne Umschweife zur Sache. «Wo ist Johanna? Ich halte es für das Beste, wenn wir sie zu uns nehmen.»

«Wenn du nicht weißt, wo sie ist», sagte Heiner, «wir wissen es auch nicht.»

Johannes Marquart reagierte nicht sofort, weil Tobi umgehend mit einer Vase und einer Schere zurückkam. Astrid Marquart drückte ihm auch noch den Blumenstrauß in die Hände, schickte ihn ins Duschbad und bezog Posten vor der Tür.

«Warum sitzt du dann hier?», fragte Johannes Marquart nun. Auf die Anspielung, ihm sei der Aufenthaltsort des Kindes bekannt, ging er nicht ein.

«Weil ich mir schon die Ohren wund telefoniert habe», erklärte Heiner. «Aber Auskünfte habe ich nicht bekommen.»

«Das ist doch lächerlich!», fuhr Johannes Marquart auf. «Du bist der Vater!»

«Nicht so laut, Johannes», mahnte Astrid Marquart mit dezentem Wink ins Duschbad.

Er kümmerte sich nicht um den Einwand seiner Frau, sprach in unverminderter Lautstärke weiter zu Heiner. «Deine Mutter mag ja viele Leute gekannt haben. Aber es werden nur wenige darunter sein, denen man einen Säugling wie Johanna anvertrauen kann. Wenn sich überhaupt jemand findet, der bereit ist, solch eine Verantwortung zu übernehmen, muss man das vorher abklären.»

«Ich nehme an, das hat sie getan», erwiderte Heiner ebenfalls in schärferem Ton. «Sie war den ganzen Mittwoch unterwegs, sogar bei euch. Deshalb dachte ich ja, ihr hättet die Kleine mit zu Madeleine genommen. Uns wollte Mama nicht sagen, wen sie sonst noch besucht hat.»

«Und warum meldet diese Person sich nicht?», wollte Johannes Marquart wissen. «Sie wird doch inzwischen erfahren haben, dass deine Mutter nicht mehr lebt.»

«Nicht unbedingt», sagte Heiner. «Wenn die Frau keine Zeitung liest und nicht in Niederembt wohnt, weiß sie es vielleicht noch nicht. Vielleicht hat sie aber auch die Anweisung erhalten, mir zu verschweigen, dass die Kleine bei ihr ist. Das halte ich ...»

«Interessant», schnitt Johannes Marquart ihm das Wort ab. «Darf ich daraus schließen, dass es nicht Stellas Depressionen waren, die deine Mutter zu dieser Maßnahme bewogen haben? Wen kannte sie denn so gut, dass sie ihn um solch einen Gefallen bitten konnte? Es müsste es sich um eine Frau handeln, mit der sie sehr vertraut war. Und ihre Vertrauten solltest du eigentlich kennen. Da säße ich an deiner Stelle nicht hier und hielte Händchen. Ich wäre unterwegs, um mein Kind abzuholen.»

«Nicht so laut, Johannes», mahnte Astrid Marquart erneut und versuchte, ihren Sohn noch einmal abzulenken mit der Anweisung, den Strauß in der Vase anders zu sortieren.

Aber Tobi war längst aufmerksam geworden. Er kümmerte sich nicht weiter um die Blumen, kam aus dem Duschbad, um seine Schwester zu verteidigen. «Du darfst nicht schimpfen, Papa», verlangte er. «Stella ist krank.»

«Das ist sie in der Tat», erwiderte Johannes Marquart und richtete endlich auch einmal das Wort an sie. Um ein Ultimatum zu stellen! «Wenn dein Mann nicht bis morgen Mittag mein Enkelkind zu uns gebracht hat, sehe ich mich gezwungen, die Polizei über frühere Krankheitsschübe zu unterrichten.»

«Bist du übergeschnappt?», wurde nun auch Heiner laut. «Mein Gott, sie war elf Jahre alt damals! Die Kranke war doch eher Madeleine. Wer hatte ihr denn diesen Schwachsinn eingeredet?»

Johannes Marquart antwortete ihm nicht mehr, sagte nur noch zu ihr: «Gnade dir Gott, wenn du Johanna etwas angetan hast.» Dann winkte er seine Frau und den Sohn zur Tür. Nur Tobi verabschiedete sich von Stella, kam noch einmal zum Bett, drückte ihr einen Kuss auf die Wange und tröstete sie: «Musst nicht weinen, morgen ist Papa bestimmt wieder gut.»

Nachdem Tobi die Tür hinter sich zugezogen hatte, gab Heiner sich alle Mühe, sie zu beruhigen. «Das wird er nicht tun, Liebes. Das ist doch verrückt. Ich garantiere dir, sie sind erst in der Nacht zum Donnerstag nach Hamburg gefahren. Warum durfte Tobi nicht zuhören? Weil er nicht lügen kann. Das ist Kindesentzug. Dein Vater wird es nicht wagen, das Maul aufzureißen.»

Sonntag, 25. April 2004

Schon kurz nach sieben rief Heiner im Krankenhaus an, um ihr zu sagen, dass er jetzt nach Hamburg führe. Ihr wäre es entschieden lieber gewesen, er hätte sich stattdessen noch einmal im Dorf und in den Nachbarorten umgehört. Aber er ließ sich das nicht ausreden. «Liebes, sei vernünftig und denk nach», unterbrach er sie, kaum dass sie einen halben Satz über die Lippen gebracht hatte. «Als ich am Freitag bei Madeleine angerufen habe, waren deine Eltern mit Tobi unterwegs, und sie war zu Hause. Warum? Sie hat einen aufreibenden Job am Tropeninstitut und kann nicht Urlaub nehmen, nur weil sie Besuch bekommt. Das hat sie bisher noch nie getan. Die Kleine muss bei ihr sein. Ludwig meint das auch.»

Ja, natürlich. Ludwig Kehler war ein gutmütiger Trottel, ein Einfaltspinsel und leicht zu überzeugen. Normalerweise gab Heiner nichts auf die Meinung seines Freundes.

«Jetzt denk du doch einmal nach», bat sie. «Therese ist nicht kurz vor zehn aus dem Haus gegangen, wie wir behauptet haben. Ich bin gegen halb zwölf eingeschlafen, da war die Kleine noch bei mir im Wohnzimmer. Danach habe ich Therese noch reden hören. Wann soll sie denn nach Köln-Dellbrück gefahren sein? Mitten in der Nacht?»

«Das steht doch wohl außer Frage», hielt Heiner dagegen. «Und deshalb halte ich deine Eltern für wahrscheinlicher als alles andere. Ich kann mir auch denken, warum Mama das getan hat. Ich hatte ihr am Mittwoch etwas gesagt, was ich dir verschwiegen habe, weil ich dir keine voreiligen Hoffnungen machen wollte, die sich vielleicht zerschlagen hätten. In Glesch, ganz in der Nähe von Ludwigs Wohnung, wird in Kürze eine schöne, geräumige Wohnung frei. Sie wäre ideal für uns gewesen. Ich wollte mich in den nächsten Tagen darum bemühen. Mama hat sich sehr darüber aufgeregt. Womöglich dachte sie, dass ich mir einen Umzug noch einmal überlege, wenn deine Eltern intervenieren. Johanna mitzunehmen und bei ihnen zu lassen, war die beste Methode, ihnen auf drastische Weise zu zeigen, dass du dich nicht um die Kleine kümmern kannst. Aber ich bringe sie mit zurück, Liebes, das verspreche ich dir.»

Und in ihrem Hinterkopf wisperte Gabi wieder: «Glaub ihm lieber nur die Hälfte.»

Eine Wohnung. Wovon denn? Wie oft in den letzten Monaten hatte sie ihn gebeten, eine Wohnung zu suchen? Jedes Mal hatte sie gehört, er verdiene nicht genug. Andererseits; wenn er Therese damit gedroht hätte … Was hatte sie noch gleich gesagt, als sie um zehn die Kleine ins Wohnzimmer brachte und verlangte: «Mach ihr ein Fläschchen … Wirst du in Zukunft ja öfter müssen. Und bilde dir nicht ein, ich bleibe hier im Dreck sitzen.» Vielleicht tat sie ihm jetzt Unrecht, zumindest was die Wohnung anging.

Den Vormittag über hörte sie nichts mehr von ihm. Das war noch verständlich. Vier bis fünf Stunden Fahrt brauchte man bis zu Madeleine, wenn es unterwegs nicht zu viele Baustellen und keine Staus gab. Und worüber hätte er während der Fahrt mit ihr reden sollen?

Um halb zwölf wurde das Mittagessen gebracht, es gab auch einen Kaffee dazu. Nachdem das Tablett wieder abgeholt worden war, versuchte sie, Heiner zu erreichen. Dass er schon am Ziel wäre, glaubte sie nicht, wollte ihm nur sagen, er solle um Gottes willen kein Theater machen bei Madeleine. Aber sein Handy war nicht in Betrieb. Vermutlich hatte er es ausgeschaltet, weil das Ultimatum ablief und er einen bestimmten Anruf nicht entgegennehmen wollte.

Kurz nach Mittag kam ihr Vater noch einmal ins Krankenhaus, allein und entsetzlich wütend. Auch er hatte schon versucht, Heiner anzurufen. Jetzt machte er sich Vorwürfe, dass er überhaupt eine Frist gesetzt und Heiner damit womöglich die Zeit verschafft hatte, die Leiche des Kindes gründlicher zu beseitigen, als das bisher der Fall gewesen war.

«Ich habe so etwas gestern schon befürchtet», sagte er. «Ich wollte auch gestern Abend noch zum Polizeipräsidium fahren. Deine Mutter hat das verhindert. Sie traut es dir nicht zu. Ich könnte mich ohrfeigen, dass ich auf sie gehört habe.»

Sie konnte ihm nicht viel entgegensetzen, erklärte zwar, Heiner sei im Dorf unterwegs, um die Kleine zu suchen. Und er wolle nicht eher aufgeben, bis er Johanna gefunden hätte. Danach werde er sie selbstverständlich sofort nach Köln-Dellbrück bringen. Doch damit beschwichtigte sie ihren Vater nicht.

«Mir ist nicht nach einer Märchenstunde», sagte er. «Wir sind unter uns. Jetzt will ich wissen, was tatsächlich geschehen ist.»

Wenn sie es nur gewusst hätte! Dass sie Therese erschlagen haben könnte, zog er offenbar nicht in Betracht. Er glaubte stattdessen, sie habe den Einbruch und den Tod ihrer Schwiegermutter genutzt, um sich ein Bündel Elend vom Hals zu schaffen, das rechtzeitig abzutreiben sie im Tran versäumt hätte. Genauso drückte er das aus. «Wie hast du es gemacht? Wieder ein Zündholz an die Bettdecke? Nein, so dumm warst du nicht. Hast du ihr ein Kissen aufs Gesicht gedrückt? Und dann? Sie im Garten verbuddelt? Hat dein Mann sie in der Nacht ausgegraben und schafft sie jetzt woanders hin?»

Noch ehe sie ihm antworten oder auch nur den Kopf schütteln konnte, sagte er: «Da hast du dich aber verspekuliert. Einbrecher mögen eine Frau erschlagen, die sich ihnen in den Weg stellt. Aber sie stehlen keine Babys.»

«Das weiß ich, Vati», stammelte sie. «Ich bin auch sicher, dass ich in der Nacht keinen Einbrecher gesehen habe.»

«Wen dann?», fragte er in einem so kalten Ton, dass es sie fröstelte. «Gevatter Tod mit der Sichel? Oder die heilige Maria, die ein armes Geschöpf in den Himmel holen wollte?»

Sie hatte ihn schon mehr als einmal sehr wütend erlebt, aber noch nie so eisig. Als wäre sie für ihn nicht nur gestorben, wie er angedroht hatte, nein, als wäre sie schon in Verwesung übergegangen. Wie das göttliche Strafgericht stand er am Fußende des Bettes, als ekle es ihn, sich auf einen Stuhl neben eine stinkende Leiche zu setzen.

Es war ein Fehler, ihm die Wahrheit zu sagen, das wusste sie. Doch unter seinem Blick, seiner Verachtung und dieser Verdächtigung schaffte sie es einfach nicht, bei der Version zu bleiben, die Heiner vorgegeben hatte. Auf die Gefahr hin, dass ihr Vater es an die Ermittler weitergab, offenbarte sie ihm den Teil, der ihr inzwischen bewusst war.

Dazu gehörte, dass ihre Tochter schlafend im Sessel bei der Hoftür gelegen hatte, als sie selbst eingeschlafen war. Dass die Tür ins Freie zu diesem Zeitpunkt geschlossen war, das Licht im Wohnzimmer brannte und im Fernseher das Video von *Urlaub und andere Katastrophen* lief. Dass Therese lange telefoniert und gesagt hatte: «Das wird ihr eine Lehre sein, die vergisst sie ihr Leben lang nicht.»

Dass sie um siebzehn Minuten nach zwei aufgewacht war von Ursulas Todesschrei. Dass sie hinter dem Tisch etwas Schwarzes gesehen hatte, das zur Seite geschlängelt war. Als sei dort jemand gekrochen. Dass dann die Weinflasche vom Tisch fiel und das wertlose Senfglas zerbrach. Dass die Fernbedienung auf dem Tisch lag. Dass sie unmittelbar nach der Badezimmerszene den Abspann gesehen hatte, obwohl der im Originalfilm etwa zwanzig Minuten später kam. Und dass sie zu guter Letzt eine unbeschriebene Videokassette aus dem Recorder gezogen hatte.

Heiner hatte sie davon noch gar nichts erzählt, die Kassette war bisher auch nicht präsent gewesen. Und er hatte sie ja beim Thema Schatten überhaupt nicht zu Wort kommen lassen, weil er nicht glaubte, dass sie ein Monster gesehen hatte. Ihr Vater glaubte es ebenso wenig.

«Sieh an», meinte er sarkastisch. «Das Gespenst bringt eine Filmkopie mit, damit nur ja niemand zweifelt, dass es erschienen ist. Ist das die Version für den Notfall? Wer hat sich die ausgedacht, dein Mann oder du?»

«Niemand», erklärte sie mit einigermaßen fester Stimme. «Heiner will gar nicht, dass ich darüber rede.»

«Warum tust du es dann?», fragte Johannes Marquart. «Spekulierst du auf Unzurechnungsfähigkeit?»

«Nein, Vati», beteuerte sie. «Ich behaupte doch nicht, mir sei ein Geist erschienen. Es muss Therese gewesen sein. Heiner kann sich das nicht vorstellen. Aber was hat sie denn sonst gemeint mit der Lehre, die ich nie vergesse? Es gab vor zwei Jahren zu Karneval einen ganzen Wagen voller Schatten im Dorf. Bestimmt haben einige Leute ihre

Kostüme aufbewahrt. Therese hätte sich eins borgen können. Ich glaube, jemand hat ihr eins gebracht, nachdem ich eingeschlafen war.»

Er nickte zwar, es sah jedoch nicht so aus, als habe sie ihn damit überzeugt.

«Es war jemand im Zimmer, Vati», erklärte sie eindringlich. «Er war von Kopf bis Fuß schwarz, hatte keine Arme, keine Beine und kein Gesicht, nur seine Augen leuchteten grün. Glaub mir, bitte. Ich habe ihn gesehen. Ich habe ihn gefühlt. Ich habe ihn gerochen. Ich habe ihn reden hören.»

«Was denn?», fragte er in unverändert sarkastischem Ton. «Reden kann er auch. Das ist aber neu. Was hat er denn gesagt? Hey, Mami, ich bin's, dein Großer? Jetzt kümmere ich mich mal um die Kleine, dann bist du sie los? Oder hat er dir einen schönen Gruß von Romy bestellt? ‹Dein Baby für meins.› Wag es, diese Frau zu beschuldigen, dann lernst du mich von einer Seite kennen, die du bisher noch nicht kennen gelernt hast.»

Diese Frau! Seine Lieblingsautorin, auf die er nichts kommen ließ, egal, was geschah. Er hatte sie doch schon verehrt, als er noch nicht wusste, dass sie in seinem liebsten Buch ihr eigenes Leben verarbeitet hatte. Er hatte darauf gehofft, Gabi bei der Hochzeit seiner jüngeren Tochter die Hand schütteln zu dürfen und ihr seine Bewunderung persönlich aussprechen zu können. Bitter enttäuscht war er gewesen, dass sie nicht eingeladen worden war. Den Grund dafür hatte ihm niemand verraten, Therese hatte nur einen kleinen Teil dessen erzählt, was Stella zwei Tage nach der Ausstrahlung des Films gehört hatte, als sie mit Blumen und Champagner nach Niederembt gefahren und von Gabi zu Heiners Mama geschickt worden war.

Die andere Hälfte der Wahrheit

Oktober 2001

Wahrscheinlich hatte Gabi an dem Nachmittag die ungestörte Kaffeestunde mit *Resl* bloß arrangiert, weil sie sicher sein konnte, dass Heiners Mutter eine andere Fassung von der Vergangenheit erzählen würde als er, dem man nur die Hälfte glauben durfte – oder noch weniger, wie Stella begreifen musste.

In Thereses Version war Gabi ein armes Ding, das nach Martin Schneiders Tod den Verstand verloren hatte, von einem verantwortungslosen Schwager mit einem haltlosen Säufer verkuppelt worden und mit dem jeden Tag durch die Hölle gegangen war. Aber Gabis Ehe mit Peter Lutz streifte Therese nur am Rande.

Hauptsächlich sprach sie von dem Mann, der dem King of Rock 'n' Roll so ähnlich gesehen hatte. Dieser sinnliche Mund. Und eine Stimme hatte Martin gehabt – wie das Original. Man schmolz nur so dahin, wenn er sang: «Are you lonesome tonight, do you miss me tonight, are you sorry we drifted apart.»

Therese war ja auch immer alleine gewesen; einen Sohn, aber keine Aussicht auf den dazugehörigen Vater. Sie erläuterte ihre Jugendsünde mit Folgen, machte keinen Hehl daraus, dass Martin Schneider derjenige gewesen war, den sie bei einer Kirmes unter dem Einfluss unzähliger Likörchen *getröstet* hatte.

«Da war ich noch sehr jung», erzählte sie, «und Martin seit zwei Jahren mit Uschi verheiratet. Er war todunglücklich in seiner Ehe, aber viel zu anständig, um Uschi vor die Tür zu setzen. Deshalb habe ich ihm auch nicht sofort gesagt, dass er Vater wurde. Nicht mal meinen Eltern habe ich auf die Nase gebunden, von wem ich das Kind kriege. Unterhalt für Heiner hätte Martin sowieso nicht zahlen können. Uschi gab ein Vermögen für Bier aus. Wenn ich auch noch die Hand aufgehalten hätte, wäre ihm gar nichts geblieben. Erst später, nachdem er Uschi vor die Tür gesetzt hatte, hab ich mal mit ihm darüber gesprochen. Da war Heiner sechs. Martin fiel aus allen Wolken und wollte wissen, warum ich nicht längst etwas gesagt hätte.»

Dass sie sich ab diesem Zeitpunkt daran gemacht hatte, ihr Elternhaus um- und auch noch anzubauen, um Martin für sich zu gewinnen, erzählte Therese nicht – das tat Heiner später. Stella erfuhr erst einmal nur, dass viele Frauen im Dorf darauf erpicht gewesen seien, Martin nun für die trostlosen Ehejahre zu entschädigen. Aber er wollte keine mehr, die altersmäßig zu ihm gepasst hätte, entschied sich ausgerechnet für dieses Küken Gabi.

Es hatte viel Gerede gegeben und üble Spekulationen. Hinter vorgehaltenen Händen war gemunkelt worden, dass die alte Schneider damals auch mit dem alten Treber; dass Martins Mutter sogar eine der Ersten gewesen sei, bei denen Gabis Vater im zarten Alter von sechzehn Jahren geübt hatte, wie man eine Frau bestieg, dass also Martin genau genommen der älteste Treber-Sohn war und nun Bruder und Schwester, besser gesagt: Halbbruder und Halbschwester …

Beweisen können hatte es niemand. Aber es war offensichtlich gewesen, man musste Martin nur zusammen mit den vier älteren Treber-Jungs auf der Bühne sehen. Der Jüngste, Bernd, war ja damals noch zu klein gewesen für solche Auftritte. Reinhard, Wolfgang, Ulrich und Thomas hatten es wahrscheinlich auch mal vom Vater gehört. Der alte Treber hatte zu Hause oft mit seinen Seitensprüngen geprahlt und Gabis Mutter mal zu Therese gesagt: «Wenn ich durchs Dorf geh und all seine Jungs seh, bin ich froh, dass ich die nicht alle kriegen musste.»

Einige Frauen hatten damit gedroht, das Jugendamt einzuschalten oder gar bei der Polizei Anzeige wegen Blutschande zu erstatten. Doch da hätten sie ihre Träume auch begraben können, meinte Therese. Getan hatte letztlich keine etwas, alle nur abgewartet. Eine gab Gabi zwei Monate, eine andere ein halbes Jahr, weil alle meinten, ein gestandener Mann wie Martin könne mit einem halben Kind nicht lange zufrieden sein. Oder das halbe Kind hätte bald die Nase voll von ihm und seinen Depressionen. Gerade so ein Teenager wollte doch mal raus und sich amüsieren.

Aber es hielt, acht Jahre lang. Martin blühte auf, war schon nach kurzer Zeit nicht wieder zu erkennen. Er blies nicht mehr im stillen Kämmerlein elegische Melodien auf der Trompete. Nun trat er öffentlich auf mit der Gitarre. Therese erzählte von einem *bunten Abend;* im September 77 war das gewesen, als der echte Elvis seit gut einem Monat unter der Erde und Gabi als junge Kaiserin Sissi auf die Bühne getreten war. Und Martin hatte sie angeschmachtet, vor ihr kniend von den Schatten gesungen, die ihn verfolgt hatten. «And I love you so.» Und danach: «Thank you, thank you for making dreams reality. Thank you, thank you for loving me eternally.» Und so weiter bis hin zu: «Thank you, thank you for being my wife.»

Therese konnte den kompletten Text wiedergeben, obwohl sie vermutlich nur den letzten Satz verstanden und sich gewünscht haben mochte, Martin hätte für sie gesungen: *Danke, dass du meine Frau bist.* So unbesehen nahm Stella ihr den großmütigen Verzicht nicht ab.

Unzählige Frauen im Saal hatten sich verstohlen die Augen getupft und Gabi vermutlich zum Teufel gewünscht, weil in dem Moment jede begreifen musste, dass niemand die beiden da vorne auf der Bühne auseinander bringen konnte. Sie waren einfach füreinander geschaffen. Ein Paar wie ein Naturgesetz, das musste man akzeptieren, auch wenn es schwer fiel.

Elvis und seine Romy. Sie wären garantiert heute noch zusammen, meinte Therese, wäre Martin nicht verblutet – in dem Audi, den Gabi heute noch fuhr. Das erwähnte sie auch, um damit noch einmal zu unterstreichen, dass Gabi ihren Verstand verloren haben musste. Eine normale Frau konnte doch nicht den Schauplatz eines Verbrechens hegen, wie Gabi es mit dem Auto tat.

Warum Heiners Mutter ihr das alles erzählte, einer Frau, die sie an dem Nachmittag zum ersten Mal sah, blieb Stella ein Rätsel, um dessen Lösung sie sich gar nicht bemühte. Therese wollte wohl angesichts der Hochzeitspläne ihres Sohnes klarstellen, dass sie sich in ihrer Jugend nicht wahllos mit jedem vergnügt und deshalb keinen Vater für ihren Sohn hatte benennen können. Vielleicht warb sie auch um Verständnis für Gabi. Was hatte die denn noch von ihrem Leben? Nur Erinnerungen.

Stella empfand kein Mitleid. Es hatte sich schon vorher eine Menge Ärger aufgestaut, den sie nur für einen guten Film geschluckt hatte. Das war nun der Gipfel. Armer Fabian, dachte sie. Wie ihr ehemaliger Kollege die Wahrheit erfahren hatte, war keine Frage. Einen Verstärker im Hirn hatte er bestimmt nicht gehabt. Er war mehrfach in Niederembt gewesen, vermutlich hatte er sich einmal mit Gabis Nachbarn unterhalten.

Die *Elvis-Fotos* auf dem Schrank hatte Fabian sich garantiert mehr als einmal angeschaut und wahrscheinlich erkannt, dass der cremefarbene Kotflügel zum Audi gehörte und nicht zu einem Straßenkreuzer, wie der echte Elvis einen gefahren haben dürfte. Männer hatten für so etwas eher einen Blick als eine Frau, die bisher nicht mal die Zeit für eine Fahrschule gefunden hatte.

Doch der Tropfen, der das Fass zum Überlaufen brachte, war die Tatsache, dass Gabi ohne Not gelogen, ihr *Leben* geleugnet, sich sogar erdreistet hatte, Stella in diesem Auto mitzunehmen. Sie im Blut eines Mordopfers Platz nehmen zu lassen und zu behaupten, die Sitze seien beim eigenen Selbstmordversuch versaut worden!

Therese musste um halb sechs aufbrechen, um ihre Patienten zu versorgen. Stella wollte sich ein Taxi rufen, das hielt Therese für überflüssig. «Sie können gerne auf Heiner warten», bot sie an. «Sonst denkt er weiß Gott was, wenn er hört, dass Sie hier waren und nicht auf ihn warten wollten. Ich sag ihm schnell Bescheid, dass Sie da sind, damit er nach Dienstschluss nicht bummelt. Sie können sich in der Zeit ja den Anbau ansehen. Soviel Platz, wie Heiner meint, ist da gar nicht.»

Auf eine Besichtigung des Anbaus hatte Stella wahrhaftig keine Lust. Sie saß noch im Wohnzimmer, als Heiner nach Hause kam. Auf seine anfängliche Freude, sie zu sehen und zu hören, dass sie sich *ausgezeichnet* mit seiner Mutter unterhalten habe, folgte bald die Ernüchterung.

Er fuhr sie nach Hause. Und schon während der Fahrt ließ sie ihrer Wut freien Lauf, machte ihm Vorwürfe, weil er sie belogen und alles Wesentliche verschwiegen hatte.

«Was heißt denn alles Wesentliche?», rechtfertigte er sich zunächst. «Mehr als die Hälfte ist doch nicht bewiesen. Du weißt nicht, wie das in einem Dorf zugeht. Einer schnappt etwas auf und gibt es als Tatsache weiter, der Nächste dichtet etwas dazu.»

«Ist Martin Schneider etwa ein Gedicht?»

«Nein», sagte Heiner. «Er war ein Schweinehund, der das Wort Verantwortung nicht buchstabieren konnte und sich möglicherweise die eigene Schwester ins Bett geholt hat. Aber er ist tot, und ...»

«Allerdings», schnitt Stella ihm aufgebracht das Wort ab. «Und du erzählst mir, dass Gabi mit ihm lebt.»

«Das tut sie», behauptete Heiner. «Nach seiner Beerdigung hat kein Mensch sie noch einmal auf dem Friedhof gesehen. Früher haben ihre Brüder das Grab gepflegt, jetzt macht es eine Gärtnerei. Sie zahlt dafür, aber sie geht nicht hin.»

«Gräber sind auch nicht jedermanns Sache», erwiderte Stella. «Trauern kann man überall.»

Heiner schwieg sekundenlang, dann bat er: «Lass uns deswegen nicht streiten, Liebes. Ich verstehe nicht, was Mama sich dabei gedacht hat, dir das alles zu erzählen. Gabi wird davon nicht begeistert sein.»

«Das denke ich auch», sagte Stella immer noch wütend, sowohl auf ihn als auf Gabi. «Das wird sie nämlich bereuen. Wer, meint sie denn, ist sie, dass sie alle Leute für dumm verkaufen kann? Warum hat sie mir dieses Märchen von Großmutters Haus und ihrer Schwester Uschi aufgetischt? Ich habe sie nicht danach gefragt. Ich habe sie auch nicht gebeten, mich nach Hause zu fahren in diesem Auto. Ihre Serie kann sie sich abschminken!»

«Tu nichts Unüberlegtes, Liebes», mahnte Heiner. «Ich verstehe, dass du sehr aufgebracht bist. Aber ich habe dir schon einmal gesagt, Gabi erzählt, was ihr gerade in den Sinn kommt. Das darf man nicht ernst nehmen. Es ist nicht nur ihre Serie. Es ist deine Arbeit. Dir hat sie bisher in keiner Weise geschadet. Du hast nicht mal Flecken aufs Kostüm bekommen.»

Darum ging es doch gar nicht. «Mein Kollege ist verrückt geworden wegen dieser Geschichte. Hätte Gabi nicht einmal sagen können: Ja, Fabian, du hast Recht, es gab einen Mann, der mir alles bedeutet hat?»

Da schlug Heiner plötzlich einen anderen Ton an, genervt und nicht weniger wütend als sie. «Mein Gott, sie wollte eben nicht mit ihm darüber reden. Er hätte sie in Ruhe lassen sollen, dann wäre ihm das erspart geblieben.»

«Was soll das heißen?», fragte sie. «Willst du Gabi jetzt auch für Fabians Krankheit verantwortlich machen?»

Aus den Augenwinkeln sah sie ihn mit den Achseln zucken. «Im Mittelalter hätte man sie wahrscheinlich als Hexe verbrannt. Heutzutage muss man mit ihr leben, weil sie nichts tut, was gesetzlich verboten oder zu beweisen wäre.»

«Nein», sagte Stella. «Das besorgen ihre Brüder, und ihr Polizistenfreund deckt es.»

«Ihre Brüder können nicht alles besorgen», erklärte Heiner. «Müssen sie auch nicht, Gabi kommt sehr gut alleine zurecht. Sie kann Dinge, die andere nicht können.»

«Zum Beispiel?», fragte Stella.

Und er erzählte eine schier unglaubliche Geschichte, die er als Jugendlicher selbst erlebt haben wollte. Ein Sonntagabend sei es gewesen, ein paar Wochen nach Gabis Hochzeit mit Peter Lutz, der zu dieser Zeit aktives Mitglied im 1. FC Niederembt und der Meinung war, mit Gabi das große Los gezogen zu haben. Uschi hatte verbreitet, Gabi hätte nach Martins Tod eine hohe Lebensversicherung kassiert. Aber mit Ausnahme von Lutz wusste bereits jeder, dass Karola und ihr Mann Gabi nur deshalb so bereitwillig aufgenommen hatten, weil der Schwager sich einen Mercedes kaufen wollte und Karola eine Einbauküche. Das hatten sie auch getan. Für beides hatte es gar nicht gereicht, Karola und ihr Mann waren nun hoch verschuldet. Und Peter Lutz spekulierte immer noch darauf, dass Gabi ihm endlich Vollmacht für ein leeres Konto erteilte.

An besagtem Nachmittag hatte der 1. FC haushoch gewonnen. Peter Lutz schleppte seine hochschwangere Frau zur Siegesfeier in die Kneipe, warf eine Münze nach der anderen in die Musikbox und drückte immerzu Christian Anders. «Du gehörst zu mir, die andern werden sagen, lass ihn gehen.»

Heiner spielte mit einem Vereinskameraden aus der Jugendmannschaft am Flipper. Gabis ältester Bruder stand mit ein paar Männern an der Theke. Auch Reinhard Treber war damals aktives Vereinsmitglied, Torwart wie Heiner. Auf seinen neuen Schwager, der mal als Stürmer und mal als Verteidiger aufgestellt wurde, war Reinhard noch nie gut zu sprechen gewesen. Vor Gabis Hochzeit hatte er sich nur darüber aufgeregt, dass Lutz oft schon am Sonntagnachmittag auf dem Sportplatz einen in der Krone hatte und den Ball doppelt sah. Wie sollte man sonst erklären, dass er stets danebentrat? Nun missfiel ihm zusätzlich – und zu Recht, dass Gabi bei ihrem Mann nicht das Nötigste zum Leben hatte. Wäre der Babybauch nicht gewesen, hätte man meinen können, unter dem Kleid, das sie tragen musste, weil sie in ihre obligatorischen Jeans nicht mehr hineinpasste, stecke ein Gerippe.

Als Christian Anders zum siebten oder achten Mal mit seiner Schnulze begann, sagte Reinhard: «Das reicht jetzt, Lutz. Drück mal was anderes oder kauf meiner Schwester eine Frikadelle, ehe mir die Galle überläuft.»

«Ich kann mit meinem Geld tun, was ich will», erwiderte Peter Lutz noch.

Im nächsten Moment zog ein brenzliger Geruch durchs Lokal. Die Musikbox begann zu glühen. Christian Anders verstummte abrupt, der Flipper gab den Geist auf, alle saßen im Dunkeln. Und dann sang Elvis: «And yes, I know, how lonely life can be. The shadows follow me, and the night won't set me free.»

Wie sollte man das erklären, wenn nicht mit den Dingen zwischen Himmel und Erde, die der Mensch eben nicht erklären konnte?

«Ein Kurzschluss», sagte Stella.

«Und wer hat danach gesungen?», fragte Heiner.

«Gabis Bruder wahrscheinlich.»

Heiner ließ ein paar Sekunden verstreichen, ehe er feststellte: «Du glaubst nicht an solche Dinge, vielleicht ist das sogar besser. Wenn man es selbst erlebt hat, denkt man anders darüber.»

Dann erzählte er auch noch, er sei einmal Zeuge geworden, wie Uschi den Hund auf Gabi hetzte. Ein Rottweiler, ein widerliches Vieh. Gabi stand wie ein Pfahl auf der Straße. Obwohl sie ihr Mäuschen auf dem Arm trug, schaute sie dem Tier nur entgegen, als lege sie es darauf an, sich mitsamt ihrer kleinen Tochter zerfleischen zu lassen.

«Ich war zu weit weg, um eingreifen zu können», behauptete Heiner. «Gabi ließ das Tier bis auf wenige Meter herankommen, dann hob sie die freie Hand. Es sah fast aus, als wolle sie dem Hund zuwinken. Der jaulte auf, verlor das Gleichgewicht und wälzte sich auf der Straße, als würde auf ihn eingedroschen.»

«So etwas tun Hunde, wenn sie einen Menschen mögen und gekrault werden wollen», sagte Stella. «Immerhin hatte Gabi acht Jahre lang mit seinem Herrchen zusammengelebt.»

«Es war Uschis Rottweiler», sagte Heiner. «Und er stand nicht auf, als ein Lastwagen kam. Der Fahrer konnte nicht rechtzeitig bremsen.»

«Na, jetzt weiß ich doch wenigstens, wie unser Geschäftsführer zu seiner blutigen Nase gekommen ist», sagte Stella ironisch, weil Spott das einzige Mittel gegen das aufkeimende Unbehagen war. Was Heiner von sich gab, passte nicht zu dem Bild, das sie von ihm und mehr noch von der Realität hatte. «Gabi saß zwar bei uns im Besprechungsraum, aber wenn ich mich recht entsinne, meine ich, sie hätte kurz die Hand gehoben.»

«Lutz hat immer behauptet, dass sie es kann», sagte Heiner.

«Wer gibt denn etwas auf das Gerede eines Säufers?»

Er zuckte noch einmal mit den Achseln. «Zur Feindin möchte ich Gabi nicht haben.»

«Darf sich denn ein großer Polizist vor einer kleinen Hexe fürchten?», spottete sie.

Heintje

Warum nicht? Wenn die kleine Hexe den großen Polizisten mit einem einzigen Wort zurück in einen hilflosen Neunjährigen verwandeln konnte. *Jungchen.* Es mochte damals in der Kneipe ein Kurzschluss gewesen sein. Vielleicht hatte danach Reinhard gesungen, den Elvis-Ton hätte er wohl getroffen, den traf Heiner zur Not auch. Vielleicht war Uschis scheußlicher Köter im Blutrausch über seine eigenen Beine gestolpert und bedauerlicherweise nicht mehr rechtzeitig hochgekommen, um Gabi an die Kehle zu springen. Vielleicht hatte Gabi auch irgendetwas nach dem Vieh geworfen, eine Handvoll Pfeffer möglicherweise. Aus der Entfernung hatte Heiner das nicht sehen können.

Aber selbst wenn er nahe genug gewesen wäre, um etwas zu erkennen und eingreifen zu können, er hätte nichts getan. Zum einen hätte er sich gar nicht getraut, sich mit Uschis Rottweiler anzulegen, zum anderen hatte er sich inständig gewünscht, das Tier fiele über Gabi her und ließe nichts von ihr übrig. Wie hatte er sie damals gehasst. Und wie hatte er sie gefürchtet.

Er hatte aufgeatmet, als sie aus dem Dorf verschwand, doch nun war sie wieder da. Und wer diesem Weib auf die Füße trat, konnte nur noch den Kopf einziehen. Auch wenn es klang, als scherze sie nur, versetzte sie Nadelstiche, die bis ins Mark trafen, hielt Spiegel vor, in die man nicht schauen wollte.

«Fährst du etwa immer noch Streife? Macht Spaß, was? Tatütata und Blaulicht, und alle Leute kuschen, wenn Heintje kommt. Bernd solltest du aber nicht ständig schikanieren, nur weil er früher nicht mit dir spielen wollte. Unser Jüngster hatte es damals eben nicht so mit Großmäuligen. Du hast doch auch schnell einen Ersatz für ihn gefunden, der deiner viel würdiger war.»

Das war im Januar gewesen, nur eine knappe Woche vor seinem Einsatz bei den Dreharbeiten der Actionserie, bei dem er dann Stella kennen gelernt hatte. Und vielleicht hatte er im März, als er ihr seine Version von Gabis Vergangenheit bot, insgeheim gehofft, diese starke Frau könne tun, wozu er nicht imstande war: Gabi nicht nur in die Schranken verweisen, sondern ihr ein für alle Mal das Maul stopfen. Er war meilenweit von der Wahrheit ferngeblieben. Wenn man immerzu gezwungen war, sich selbst zu verleugnen, ging einem das mit der Zeit in Fleisch und Blut über.

Asoziales Pack, die Trebers. Und er hätte so gerne dazu gehört, vom ersten Schultag an, als er neben Gabis jüngstem Bruder auf dem Pausenhof stand mit der Zuckertüte im Arm und dem Zahnlückenlächeln im Gesicht. Er war nur der Kleine von Resl, wie sie damals von den meisten genannt wurde. Und Resl war zu der Zeit nicht wohlgelitten. Sie galt als Kratzbürste, die alles besser wusste, jedem Vorschriften machte und meinte, sie habe das Recht dazu, weil ihr Vater mal Bürgermeister gewesen war. Die Trebers dagegen waren ein lustiges Völkchen, sie lebten, wie es ihnen gefiel. Und irgendwie hatte er schon damals gespürt, dass er dazu gehörte, einer von ihnen war. Blutsbande, die fühlte man eben irgendwie.

Nur hätte er das nie über die Lippen gebracht. Er musste das Pack verteufeln beim Gedanken an den Mann, der sein Vater gewesen war. Der Schönste, der Beste von all den großen, starken Söhnen des *Rammlers*. Martin Schneider oder Elvis, der King, den alle Frauen angehimmelt, um dessen Freundschaft alle Männer gebuhlt hatten – seit er mit Gabi zusammenlebte, vorher nicht. Aber vorher hatte Heiner ihn auch nicht wahrgenommen.

Danach hatte er einmal mit ihm auf der Bühne stehen dürfen. Nein, das stimmte auch nicht, vor ihm, während die Trebers im Hintergrund ihre Instrumente aufbauten und im Saal noch diese Unruhe herrschte. Stühle rücken, lautstarke Unterhaltungen. Da schrie einer nach einem Bier, dort erkundigte sich ein anderer brüllend, ob man auch ein Schnitzel bestellen könne.

Ganze neun Jahre alt war er und gab sein Bestes, weil Mama es so wollte und wochenlang mit ihm geübt hatte. *Mama, du sollst doch nicht um deinen Jungen weinen. Mama, bald wird das Schicksal wieder uns vereinen. Ich werde nie vergessen, was ich an dir hab besessen. Mama, ich will keine Tränen sehn, wenn ich von dir dann muss gehn. Mama, und bringt das Leben mir auch Kummer und Schmerz, dann denk ich nur an dich. Es betet ja für mich, o Mama, dein Herz.*

Und viel wichtiger war das zweite Lied. *Ich bau dir ein Schloss.* Am Schloss für Elvis baute Mama seit drei Jahren, seit Uschi nach Elsdorf gezogen war. Mama glaubte, wenn der Anbau fertig wäre, würde Martin das Küken abservieren, sein großes Haus verkaufen, Uschi ausbezahlen und bei ihnen einziehen.

Die Begleitmusik für ihn kam vom Tonband. Dann waren die Trebers fertig mit ihren Vorbereitungen. Und dann kam Elvis auf die Bühne. Er schob ihn hinüber zu dem Treppchen und lobte gönnerhaft. «Das hast du fein gemacht, Jungchen. Jetzt geh mal wieder zu Mama. Wenn wir Pause machen, darfst du noch mal singen.» Daraus war nichts geworden.

Heiner hatte noch nicht gewusst, wer ihn da wegschickte. An dem Abend damals war Martin Schneider nur der Mann gewesen, den Mama unbedingt haben wollte. Aber gefühlt hatte er etwas; einen nagenden Schmerz im Innern, Ohnmacht und hilflose Wut, als er die vier Stufen in den Saal hinunterstieg und ganz außen auftreten musste, weil Romy ihm entgegenkam, als wolle sie Hochzeit halten. So hatte er es damals gesehen, weil er zu jung war und nichts von der Kaiserin Sissi wusste, die alle anderen in diesem aufwändigen Kostüm sahen. Ihre langen, dunklen Haare wurden von einem Netz mit kleinen, weißen Perlen gehalten. Ein Schleier wäre auch zu auffällig gewesen.

Alle im Saal hielten den Atem an, als Elvis vor ihr in die Knie ging und zu singen begann. «And I love you so.» Dann brandete der Applaus auf. Für Heiner hatte kaum ein Händepaar geklatscht. Und dann weinten alle, Mama auch, die wollte sich gar nicht mehr beruhigen. Für ihn, der neben ihr auf der Bank Tränen der Schmach und des Zorns vergoss, hatte sie keinen Blick, bemerkte vermutlich im eigenen Elend gar nichts von seinem.

Es war lange her, doch Heiner fühlte den Schmerz und die Wut immer noch wie ein Messer in der Brust. Wenn Romy kam, musste Heintje gehen. Aber nicht bei Stella! Er hatte noch nie für eine Frau so empfunden wie für sie, verlieren wollte er sie um keinen Preis. Dass sich sein Versuch, sie gegen Gabi aufzubringen, gegen ihn richten könne, hatte er einfach nicht bedacht, allerdings schnell begreifen müssen.

Wie war das denn gewesen an dem Abend im März, nachdem Stella ihr einen Vorschlag des Regisseurs übermittelt hatte und Gabi der Meinung gewesen war, er stecke dahinter? Auf der Straße hatte sie ihn abgefangen, als er vom Dienst kam. Mama war bei ihren Pflegefällen um die Zeit.

«Gehen wir rein», sagte Gabi. «Ich glaube nicht, dass du die Nachbarschaft mithören lassen willst.»

Sie war zwei Köpfe kleiner als er, aber kaum stand sie im Hausflur, nagelte sie ihn mit dem Zauberwort an die Wand. «Pass mal gut auf, Jungchen. Ich hatte neulich ein aufschlussreiches Gespräch mit Mama. Es ging um die Wahrheit. Die kenne ich jetzt. Wenn du meinst, Stella sollte sie auch kennen, halte dich an Tatsachen, sonst tu ich das. Ich bin gut mit ihr ausgekommen, ehe sie sich in dich verknallt hat. Bisher hab ich mich zurückgehalten, aber das können wir jederzeit ändern. Ich mag Stella. Und Leute, die ich mag, lasse ich nicht gerne ins offene Messer laufen. Du kennst mich doch.»

Und wie er sie kannte, dieses verfluchte Weib. Also zog er den Kopf wieder ein. Und das würde er auch beim nächsten Mal tun und beim übernächsten.

Doch das konnte er Stella nicht sagen. «Mach dich nur lustig über mich», sagte er stattdessen, als sie ihn verspottete. «Aber man fährt entschieden besser, wenn man gut mit Gabi auskommt.»

Als Beispiele führte er Gabis offizielle Geschwister an. Karola und ihrem Mann fehlte das Nötigste zum Leben. Gabi hatte ihnen die Sache mit der Lebensversicherung und Lutz nie verziehen. Ihren Brüdern dagegen ging es prächtig. Über die zwei verschollenen konnte zwar niemand etwas Genaues sagen. Aber es ging das Gerücht, Wolfgang und Thomas Treber hätten unter anderen Namen Karriere als Studiomusiker gemacht.

Reinhard war Vorsitzender des Fußballvereins geworden. Das war immer sein Traum gewesen, es hatte ihn wegen seiner cholerischen Art nur niemand auf dem Posten sehen wollen, solange Gabi in Köln lebte. Ulrich war lange arbeitslos gewesen, hatte sich kurz nach Gabis Rückkehr ins Dorf als Installateur selbständig gemacht; mit einem Bankkredit, der ihm vorher verweigert worden war. Bernd arbeitete nicht, fuhr jedoch neuerdings einen Porsche und hatte sich in Elsdorf eine Eigentumswohnung gekauft. Es wurde gemunkelt, er hätte im Lotto gewonnen.

«Und Gabi hat mental die Kugeln in der Trommel dirigiert.» Stella lachte abfällig. «Hat sie auch für sich einen Schein ausgefüllt?»

«Warum sollte sie?», fragte Heiner. «Aus Geld hat sie sich noch nie viel gemacht. Solange sie ihre Kinder satt bekommt, ihren Audi in Schuss halten und das Haus abstottern kann, ist sie vollauf zufrieden. An dem Zustand solltest du nichts ändern, Liebes.»

Der Bruch

Stella musste diesen Zustand ändern, sich und mehr noch Heiner beweisen, dass man Gabi die Stirn bieten konnte, ohne auf übernatürliche Weise irgendeinen Schaden zu nehmen. Der Zorn auf Heiner verflog noch am selben Abend wieder. Die Wut auf Gabi blieb, steigerte sich sogar noch, als ihr einfiel, dass Gabi sie zu Heiners Mutter geschickt hatte mit dem Hinweis, Resl könne sie vielleicht davon überzeugen, dass Heiner nicht der richtige Mann für sie wäre. Warum Gabi unbedingt einen Keil zwischen sie und Heiner treiben wollte? Vielleicht war es Neid, Gabi lebte seit ewigen Zeiten mit der Erinnerung und gönnte anderen ihr Glück nicht. Hätte ja sein können, Stella jedenfalls erschien es plausibel.

Wenige Tage später schickte Gabi zwölf Exposés mit der Post. Einen Internetanschluss besaß sie nicht. Am Tag darauf rief sie bereits an und wollte wissen: «Welchen Plot nehmen wir für Folge eins? Ich will morgen mit dem Drehbuch anfangen.»

«Ich bin noch nicht dazu gekommen, etwas zu lesen», sagte Stella. «Es eilt auch nicht, wir haben Zeit. Du hast phantastische Arbeit geleistet. Jetzt machst du mal richtig Urlaub. Ich verordne dir zwei Wochen, in denen ich von dir nichts sehen oder hören will. Danach gehen wir mit frischer Kraft ans Werk.»

In den nächsten beiden Wochen lief der Vertrag über die Entwicklung des Serienkonzepts aus. Darin waren Gabi zwar absolut keine Rechte eingeräumt worden, trotzdem: Sicher war sicher.

Ob Gabi sich tatsächlich einen Urlaub gönnte, erfuhr Stella nicht. Das interessierte sie auch nur insofern, dass die Gefahr bestand, Gabi hielte sich nicht an die verordnete Zeit. Die war ohnehin knapp, doch sie reichte. Ulf von Dornei zu überzeugen, dauerte nur eine halbe Stunde, er kannte es ja gar nicht anders, als dass an einer Serie mehrere Autoren schrieben.

Mit dem Regisseur hatte Stella etwas mehr Mühe. Er stimmte erst zu, an einer Besprechung im großen Kreis teilzunehmen, als sie ihm versicherte, Frau Lutz sei nicht anwesend. Andere Autoren waren schnell gefunden. Sie wählte zwei aus der Actionserie und fünf aus den Vorabendserien. Blieb eine Folge für Gabi.

Heuser wurde nicht zur großen Besprechung gebeten. Den Redakteur wollte Stella nicht zu früh mit neuen Leuten konfrontieren, damit er keine Einwände erheben oder Gabi vorwarnen konnte. Sie schauten sich gemeinsam den Film an. Der Regisseur erläuterte, wie er sich das vorgestellt hatte. Wenn Romy gestorben wäre statt Ursula, hätte man ein ganz anderes Potenzial für eine Mystery-Serie gehabt, nämlich einen Geist, der nicht nur seine eigene Ermordung rächte. Aber Romys Tod ließ sich in Folge eins arrangieren. Stella hatte einmal bezweifelt, dass die Serie ohne Romy funktionieren würde, doch was der Regisseur vortrug, klang gar nicht mal so schlecht. Und das war's im Prinzip.

Als Gabi sich nach zwei Wochen meldete, hatten die beiden Autoren, die für *Am Limit* schrieben, schon Exposés eingereicht. Die anderen fünf waren nicht so fix, aber Ideen hatten sie und auch bereits Verträge bekommen. Gabi war völlig arglos, der beste Beweis, dass sie über keinerlei außergewöhnliche Fähigkeiten verfügte und nichts anderes konnte als schreiben – und hetzen.

«Ich habe im Urlaub ein bisschen gearbeitet», sagte sie. «Sonst wäre ich vor Langeweile umgekommen. Vier weitere Plots, damit haben wir schon zwei Staffeln.»

«Wir brauchen vorerst nur einen», erklärte Stella und erzählte von der Besprechung, bei der Ulf von Dornei wieder einmal das große Wort geführt habe. Das musste Gabi glauben. Es klang ebenso glaubhaft, dass König Ulf weitere Autoren verpflichtet und der Regisseur die grandiose Idee gehabt hatte, Romy sterben zu lassen. Über diesen Vorschlag hatte sie Gabi ja bereits einmal informiert. Warum sie die Schuld auf andere abwälzte, war Stella sehr wohl bewusst. Feigheit. Sie schämte sich auch dafür.

Aber Feigheit und Scham ließen sich abends mit einer halben Flasche Rotwein hinunterspülen. An dem Abend trank sie zum ersten Mal bewusst, um die widerlichen Gedanken und Vorstellungen auszuschalten. Sie begann nicht etwa zu glauben, es könne ein Fünkchen Wahrheit an den verrückten Geschichten sein, die Heiner erzählt hatte. Aber es gab immerhin noch drei Brüder in der näheren Umgebung. Erst mal sehen, ob König Ulf oder der Regisseur an einem der nächsten Tage irgendwelche Treppen hinunterstürzten oder von Lkws überfahren wurden. Sich selbst eine Hintertür offen halten.

«Ich hatte Mühe, die erste Folge für dich zu reservieren», sagte sie. «Davon hängt alles ab, die will ich keinem anderen überlassen. Ich habe die Elemente notiert, die unbedingt rein müssen.»

Gabi lachte, keinesfalls amüsiert, nur ungläubig und entsetzt, wie es schien. «Das ist nicht dein Ernst, oder? Du nimmst mich auf den Arm. Ihr könnt Romy nicht umbringen. Der Schatten ist an sie gebunden, ohne sie kann er gar nicht existieren.»

«Natürlich kann er», widersprach Stella. «Er ist ein eigenständiges Wesen. Das sind Geister immer. Wir haben uns das gut überlegt. Er bekommt eine Gegenspielerin, eine Journalistin, die mit Ursula befreundet war. Die Journalistin sucht einen Parapsychologen auf, der sie berät und unterstützt. Zwischen den beiden entwickelt sich später eine Liebesbeziehung. Zuerst geht es nur darum, Romy auszuschalten. Die Journalistin und der Parapsychologe kidnappen sie und versuchen eine Art Teufelsaustreibung. Dabei stirbt Romy. Wir sollten zeigen, dass der Schatten sie erlöst, weil er sie liebt und ihr diese Qualen ersparen will. Das ist bestimmt rührend.»

«Das ist bescheuert», meinte Gabi.

«Es ist beschlossene Sache», sagte Stella. «Ich faxe dir meine Notizen rüber. Schau sie dir an, danach kannst du entscheiden, ob du das Buch schreiben willst oder nicht.»

«Das kann ich dir sofort sagen», erklärte Gabi. «Ich schreibe es mit Sicherheit nicht. Und wir haben einen Vertrag, Stella.»

«Nein», widersprach sie. «Wir hatten. Der Vertrag für die Serienentwicklung war auf zwei Jahre befristet, die sind um. Abgesehen davon ging es nur um ein Konzept. Ulf hat sich rundum abgesichert. Das macht er immer so.»

«Aber das kann er nicht machen», sagte Gabi und klang nun, als sei sie den Tränen nahe. «Ich habe so viel Arbeit reingesteckt.»

«Und ich habe dich die ganze Zeit davor gewarnt», erinnerte Stella. «Es war nie die Rede davon, dass du die Serie alleine machen kannst. Wir arbeiten bei solchen Projekten immer mit mehreren Autoren. Etwas anderes käme für Ulf gar nicht infrage. Das Risiko wäre ihm zu groß. Stell dir vor, du fällst einmal aus. Du könntest krank werden oder einen Unfall haben.»

«Ich werde nie krank», erwiderte Gabi. «Unfälle habe ich auch nicht. Ich habe einen guten Schutzengel, Stella. Wünsch dir, dass du ihn nie kennen lernst. Es war nicht irgendein Projekt, das weißt du inzwischen genau. Glaubst du, ich lasse mir mein Leben noch einmal ungestraft wegnehmen und Scheiße daraus machen?»

Verpasste Chance

Sonntag, 25. April 2004

Etwa zur selben Zeit, als Stella vom eigenen Vater beschuldigt wurde, sich *ein Bündel Elend vom Hals geschafft zu haben*, erhielten Ines und Arno Klinkhammer Besuch. Die Einladung war zwar für den Kaffee ausgesprochen worden, aber die Oberstaatsanwältin und ihr Mann standen schon um ein Uhr vor der Tür. Es war nicht weiter tragisch, weil Klinkhammers spät aufgestanden waren, reichlich gefrühstückt hatten und das sonntägliche Mittagessen deshalb ausfiel. Von einem blinden Huhn konnte Carmen Rohdecker auch kaum erwarten, dass es den Elektrogrill anwarf und aus den immer vorrätigen Steaks im Gefrierschrank ein Passendes für sie heraussuchte.

Statt der sonst üblichen Begrüßung überfiel sie ihn mit einem unerwarteten Erfolg. In der Nacht zum Samstag hatte die Autobahnpolizei ein verdächtiges Fahrzeug gestoppt, unmittelbar nach frischer Tat sozusagen. Drei der vier Insassen, Bulgaren übrigens und keine Russen, waren bereits von den Opfern der Raubüberfälle zweifelsfrei identifiziert worden. Mit Dora Siegers Tod wollten sie nichts zu tun haben. Aber sie hatten ein Werkzeug dabei gehabt, mit dem sich das Küchenfenster des Bungalows so sauber hätte herausnehmen lassen.

Für den Nachmittag besorgte Ines ein Tablett voll Torte. Die Unterhaltung plätscherte dann bei Kaffee und Kuchen erst mal gemächlich dahin. Klinkhammer beteiligte sich nicht daran. In ihm kämpften Neugier und verletzter Stolz darum, ob er nachfragen sollte, wie es denn im Fall Helling stand. Der Stolz siegte, weil er auf den ehrgeizigen Grabowski baute. Er erkundigte sich nicht einmal, ob auf Hellings Liste die Namen Gabriele oder Martin Lutz auftauchten. Es war nicht anzunehmen, dass Carmen die vier beidseitig beschriebenen Blätter zu Gesicht bekommen hatte.

Und bisher war es ihm gelungen, seine Bekanntschaft mit Gabi vor der Freundin seiner Frau geheim zu halten. Das gedachte er weiterhin zu tun, auch Ines hielt das für sinnvoll. Es hätte sonst nur Sticheleien gegeben. Dass ein Mann sich seit fast zwei Jahrzehnten um eine andere als die eigene Frau bemühte und dabei nicht den geringsten Hintergedanken haben sollte, hätte Carmen nie geglaubt. Sie wusste nur, dass Ines im letzten Frühjahr ein erfolgreiches Buch herausgebracht hatte. *Schwester des Todes* von *Martina Schneider.*

Gabi schrieb nun ihre Romane unter diesem Pseudonym. Sie hatte zwar hartnäckig versucht, Romy Schneider durchzusetzen. Aber Ines hatte ihr begreiflich machen können, aus welchen Gründen das nun wirklich nicht ging. Und da Ines ihre Freundin regelmäßig mit Lektüre versorgte, hatte sie ihr natürlich auch ein Exemplar des Romans geschenkt, sich allerdings den Hinweis verkniffen, die Autorin sei Arnos Entdeckung. Ihn damit bei Carmen aufzuwerten oder wichtig zu machen, wäre unter ihrer und seiner Würde gewesen, darüber hinaus überflüssig.

Carmen hatte das Buch sogar gelesen, obwohl sie sich normalerweise nichts aus Romanen machte, aus Krimis schon gar nicht. Doch den hatte sie für gut befunden. Anrührende Geschichte, ungeheuer spannend und so realistisch, vor allem, was die Schlampereien bei der Spurensicherung betraf. Ihr wäre nie der Gedanke gekommen, dass der blinde Arno zu diesen realistischen Schilderungen seinen Teil beigetragen hatte.

Als Carmens Mann ein Zwiegespräch mit Ines begann – er sprach seit geraumer Zeit davon, ein Fachbuch zu schreiben, wollte aber erst mal wissen, mit welchem Vorschuss er rechnen könne –, erkundigte Carmen sich: «Ist dir eine Laus über die Leber gelaufen, Arno?»

Nein, ein Huhn. «Wieso?», fragte er.

«Du bringst die Zähne nicht auseinander. Ich dachte, du freust dich, dass wir die Russen aus dem Verkehr gezogen haben. Du bist doch nicht etwa sauer auf mich wegen der kleinen Zurechtweisung von Donnerstag?»

Kleine Zurechtweisung! Ihn vor Schöller derart herunterzuputzen. Was verstand sie denn unter einer großen Zurechtweisung?

«Wenn du in Niederembt unbedingt etwas hättest tun wollen, hättest du dafür sorgen können, dass nicht die halbe Dienststelle durchs Haus trampelt wie eine Horde Elefanten», meinte sie erklären zu müssen. «So einen Tatort hatten wir bisher noch nicht.»

Sie darauf hinzuweisen, dass er aus genau dem Grund hingefahren und leider zu spät gekommen war, ersparte er sich. Das sollte sie sich eigentlich denken können.

Tat sie auch. «Versteh mich nicht falsch», sagte sie. «Es macht dir keiner einen Vorwurf daraus, dass die Trampeltiere schneller waren als du. Aber du solltest dir abgewöhnen, alle anderen für blöd zu halten. Gib ihnen wenigstens die Chance, zu denselben Erkenntnissen zu gelangen, zu denen du schon in den ersten fünf Minuten gekommen bist. Du hättest mir ja unter vier Augen sagen können, was du denkst.»

«Hatte ich vor», sagte er nun.

Carmen lachte. «Ja, nachdem du Schöller damit auf die Nerven gegangen warst. Wenn es dich beruhigt, er denkt genauso. Schöller ist ein guter Mann, er kann es nur nicht ab, wenn einer wie du den Profiler spielt. Du bist doch keiner, Arno, hast nur mal einen durch die Gegend kutschiert.»

Etwas mehr hatte er schon getan. Den Karren aus dem Dreck gezogen. So hatte sie es ausgedrückt, als sie die Anklage gegen den Serienmörder vorbereiten konnte. Aber sie jetzt daran zu erinnern, wozu? Er hatte sich doch vorgenommen, den Mund bei ihr nicht mehr aufzumachen.

«Komm schon, Arno», lockte sie. «So schlimm kann es nicht gewesen sein. Von mir bist du doch ganz andere Dinge gewohnt.»

Allerdings. «*Ist der niedlich, wo hast du den gefunden, Ines? Wie sieht er denn ohne den schicken, grünen Anzug aus? Oder weißt du das noch nicht? Geniert er sich, den abzulegen?*»

Aber das war lange her. Deshalb hatte Ines sich doch damals so beeilt, ihn aufs Standesamt zu schleppen. Pure Not war das gewesen, der grüne Junge – wie Carmen ihn wegen des Altersunterschieds und der Uniform, die er zu der Zeit trug, mit Vorliebe genannt hatte – könne sich von der Kodderschnauze ihrer Freundin in die Flucht schlagen lassen.

Er doch nicht. Er konnte das auch, damals vielleicht noch nicht so gut wie sie. Aber er war lernfähig, hatte gekontert und allmählich Carmens Respekt gewonnen. Danach hatte er sich mit ihr ausgezeichnet verstanden – bis zu den Fortbildungsseminaren, zu denen sein Bekannter beim BKA ihm verholfen hatte. Dass er sich anschließend nur zum Leiter Ermittlungsdienst in Bergheim hatte befördern lassen, nicht bereit gewesen war, um eine Versetzung nach Köln zu ersuchen und sich fortan nur noch mit Schwerkriminalität zu befassen, hatte sie nicht verstanden und bis heute nicht verziehen. Er konnte es doch, verdammt noch mal! Dann sollte er es gefälligst auch tun. Und zwar offiziell.

«Ich wüsste nicht, was ich sagen soll, wenn Schöller einer Meinung mit mir ist», sagte er.

«Erzähl mir doch einfach, mit wem du dich seit Donnerstag so alles unterhalten hast», verlangte sie. «Du hast dir doch garantiert unseren jungen Überflieger noch mal vorgeknöpft.»

Gemeint war Grabowski, über dessen Faible für Klinkhammer Schöller sich fast mehr geärgert hatte als über den *Provinzprofiler* selbst. Carmen amüsierte sich darüber. Zwistigkeiten unter Ermittlern waren der Aufklärung zwar nicht unbedingt förderlich. Aber der gute Arno sollte ja gar nicht ermitteln oder aufklären. Und wenn Grabowski sich einbildete, er könne mit Klinkhammers freundlicher Unterstützung den Fall Helling im Alleingang lösen, schadete es auch nicht, wenn «Kalle» einen Dämpfer bekam.

«Der hat schon genug Flausen im Kopf», meinte Carmen. «Da solltest du ihm nicht noch mehr hineinsetzen.» Anschließend wollte sie wissen, ob er sonst noch jemanden interviewt und etwas von Bedeutung erfahren hätte.

Von Bedeutung wäre das, was er von Herrn Müller und der alten Frau Lutz gehört hatte, nicht wirklich, dachte er. Als er den Kopf schüttelte, erkundigte Carmen sich noch, ob ihm etwas über Therese Hellings Vermögensverhältnisse bekannt sei. Der angeblich verschwundene Schmuck habe doch einen beträchtlichen Wert gehabt.

«Was heißt angeblich?», fragte er. «Meint ihr, Helling hätte etwas dazu erfunden, um bei der Versicherung abzukassieren?»

«Erfinden musste er nichts», sagte Carmen.

Man hatte in der Vitrine im Wohnzimmer Ordner mit säuberlich abgehefteten Belegen gefunden, darunter auch das Testament von Hellings Großeltern, in dem die gesamte Erbmasse angeführt war, unter anderem die hölzerne Schmuckschatulle mit detailliert beschriebenem Inhalt. «Der Mann muss zuviel Zeit gehabt haben», sagte Carmen. «Wir wissen sogar, dass es eine Kette mit siebenundachtzig Perlen gab.»

Pedantisch, aber ganz nützlich. Ihrem Enkel hatten Thereses Eltern ein Sparbuch vermacht, auf das sie seit seiner Geburt jeden Monat etwas eingezahlt hatten. Da waren achtundvierzigtausend und ein paar zerquetschte Mark zusammengekommen. Den gesamten Rest, allerdings weder eine größere Summe Geld noch Wertpapiere, hatte Therese geerbt. Offenbar auch die Pedanterie ihres Vaters, von allem, was sie in den letzten Jahren selbst angeschafft hatte, gab es noch eine Kaufquittung.

Bis November 2001 hatte sie sehr sparsam gelebt von dem, was sie verdiente, und dann plötzlich losgelegt: Der Fiat Punto mit Sonderausstattung. Ein goldenes Collier mit ein paar Brillanten und passendem Armband, die sauteure Armbanduhr. Ein Geschenk von einem Freund, wie sie Klinkhammer erzählt hatte, war das nicht gewesen, es sei denn, der Freund hätte ihr das Geld für die Uhr gegeben.

Auch beim Ring mit dem großen, schwarzen Saphir, den sie immer getragen und einmal als Erbstück bezeichnet hatte, hatte sie geschwindelt. In der Auflistung ihres Vaters tauchte das Prachtexemplar nicht auf, einen Kaufbeleg dafür gab es nicht. Wahrscheinlich sei das ein Liebesbeweis von einem Freund, vermutete Carmen, vor einer Ewigkeit geschenkt. Selbst langjährige Nachbarn und alte Bekannte erinnerten sich nicht mehr, Therese einmal ohne diesen Ring gesehen zu haben. Sie hätte ihn wohl auch nicht so ohne weiteres abnehmen können, weil ihre Finger mit den Jahren etwas dicker geworden waren.

Therese selbst hatte für Schmuck in den letzten zweieinhalb Jahren runde zwanzigtausend Euro ausgegeben. Dazu kamen noch das Auto, eine neue Wohnzimmereinrichtung, die hatte mit knapp fünfzehntausend zu Buche geschlagen, ein hypermoderner Elektroherd und ein bisschen Garderobe mit etwa dreitausend. Ihre finanzielle Situation musste sich also im November 2001 grundlegend geändert haben.

Bis dahin hatte sie jeden Pfennig, den sie nicht unbedingt für ihren persönlichen Bedarf oder den ihres Sohnes brauchte, auf die hohe Kante gelegt. Das hatte Schöller am Freitag von einer Sparkassenangestellten gehört, der Therese einmal erklärt hatte, wie wichtig es sei, Vorsorge fürs Alter zu treffen, weil Norbert Blüm die Leute doch immer mit der sicheren Rente belogen habe. Therese hatte auf ihre alten Tage kein Fall fürs Sozialamt werden, auch ihrem Sohn nicht zur Last fallen wollen.

Man hatte ihr mehrfach empfohlen, ihre Ersparnisse zu einem höheren Zins anzulegen, als es auf übliche Sparbücher gab. Das hatte sie schließlich getan. Ihr Guthaben bei der Kreissparkasse hatte sich zu dem Zeitpunkt auf etwas über fünfzigtausend belaufen. Glatte dreißig hatte sie Ende Oktober 2001 in festverzinsliche Wertpapiere investiert. Den Rest auf dem Sparbuch gelassen, das Klinkhammer im Schlafzimmer auf dem Fußboden hatte liegen sehen. Von diesem Rest hatte sie einen Teil ihrer Einkäufe getätigt. Das Guthaben belief sich derzeit noch auf knapp zehntausend Euro, was bedeutete, dass sie nicht für jede Neuanschaffung Geld vom Sparbuch geholt hatte. Eingezahlt hatte sie auch nichts mehr. Es stand zu vermuten, dass sie noch ein Konto bei einer anderen Bank unterhalten hatte. Dem wollte Schöller morgen nachgehen lassen.

Es musste im Oktober/November 2001 noch von irgendwoher Geld geflossen sein. Vielleicht einmal eine größere Summe, die Therese eine gewisse Großzügigkeit erlaubt und es überflüssig gemacht hatte, weiterhin jeden Monat etwas fürs Alter auf die hohe Kante zu legen. Zum regulären Einkommen einer Gemeindeschwester passte ja auch die letzte Barabhebung nicht.

Achtzehnhundert; nur für den Haushalt wäre das viel gewesen, vor allem, wenn man bedachte, dass Therese um den Ersten herum schon einmal achthundert von ihrem Girokonto geholt hatte. Die Summe sah doch eher nach Haushaltsgeld aus. Was hatte sie mit den achtzehnhundert vorgehabt?

Klinkhammer dachte an den alten Polo von Neffters Anni, den elektrischen Rollstuhl für Herrn Müller und die bezahlte Klempnerrechnung für eine allein erziehende Mutter, die Gabis Tochter am Freitagabend angeführt hatte. Ihm lag auf der Zunge, es zu erwähnen. Er tat es nicht. «Vielleicht hat sie noch jemanden beerbt», sagte er. «Soll vorkommen, dass alte Leute, die keine Angehörigen haben, ihr Vermögen der Person hinterlassen, die sich zuletzt um sie gekümmert hat.»

Carmen nickte. «Daran haben wir auch schon gedacht.»

«Was sagt denn Helling dazu?»

«Sein Name ist Hase, er weiß rein gar nichts, wundert mich, dass er sein Geburtsdatum kennt. Es muss eine überaus verschwiegene Familie sein. Die Schwiegereltern verraten nie, wohin sie in Urlaub fahren. Seine Mutter war nicht nur bei ihren Affären sehr diskret, auch, was ihre Einkommensverhältnisse anging.»

«Und das glaubt ihr nicht», stellte Klinkhammer fest.

«Nein. Wir haben keine Kontoauszüge gefunden. Finde ich sehr merkwürdig bei einer Frau, die jeden Kassenbon abgeheftet hat. Vermutlich waren Bankunterlagen und andere Dinge, die man nicht gerne herumliegen lässt, im Keller deponiert. Da gibt es ein Wertfach. So etwas gehört nicht unbedingt zur Standardeinrichtung einer Gemeindeschwester.»

Das Fach wurde mit einer Zahlenkombination geöffnet, die immerhin hatte Schöller von Helling erfahren, aber das war auch Hellings Geburtsdatum. Es hatte allerdings nur die Kfz-Scheine von Nissan und Fiat Punto, die Ersatzschlüssel beider Fahrzeuge sowie ein paar leere Schmuckdöschen enthalten.

«Helling behauptete, seine Mutter hätte das Fach nie wirklich genutzt», fuhr Carmen fort. «Sporadisch hätte sie ihren Schmuck reingelegt, ihn dann aber wieder griffbereit in der Schatulle aufbewahrt. Warum hat sie sich dann so ein Ding angeschafft?»

«Das Sparbuch kann ja auch nicht weggeschlossen gewesen sein», sagte Klinkhammer.

Carmen lächelte. «Wieso nicht? Wenn er das Fach ausgeräumt hat. Aber das Buch konnte seine Mutter getrost herumliegen lassen. Es ist mit einem Kennwort gesichert und trägt einen Sperrvermerk. Die Zehntausend bekommt er nur mit einem Erbschein.»

«Erbschein», wiederholte Klinkhammer.

Ihr Lächeln erlosch. «Gefällt dir nicht, die Vorstellung, dass es darum gegangen sein könnte? Helling war im Bungalow von Dora Sieger, er wusste, wie es dort aussah – genauso wie in den Schlafzimmern in Niederembt, sagte Schöller.»

«Als seine Mutter starb, war Helling im Dienst.»

«Und seine Frau zu Hause», ergänzte Carmen. «Sie hat mal entschieden besser gelebt als von seinen Bezügen. Du bist doch überall herumgelaufen. Hast du nicht gesehen, was in ihrem Schlafzimmer noch so alles im Schrank hing? Da waren ein paar edle Stücke dabei, Marken, bei denen ich mir dreimal überlegt hätte, ob ich mir das leisten kann. Und ich muss nicht knausern.»

Nein, als Oberstaatsanwältin hatte sie ein solides Einkommen, und ihr Mann verdiente als Chefarzt der Neurologie in einer großen Kölner Klinik noch etwas dazu. Er unterhielt Ines inzwischen mit den Problemen, die unvermittelt bei einer Routineoperation aufgetaucht waren. Das ließe sich in einem Fachbuch anschaulich und auch für Laien verständlich erläutern, meinte er.

Das bekam Klinkhammer am Rande mit. Ihm schwebte noch einmal vor Augen, wie Hellings Frau auf der Couch gelegen hatte. Den Klamotten in dem düsteren Schlafzimmer hatte er keine besondere Aufmerksamkeit geschenkt. Aber Helling kleidete sich ja auch nicht gerade bescheiden. Kein Wunder, wenn zuerst er von den Großeltern und Mama dann von irgendwem geerbt hatte.

Carmen sprach weiter über Hellings Frau: Wer an der Flasche hing und keine eigenen Einkünfte hatte, war auf Almosen angewiesen oder musste lange Finger machen. Das hätte sich nachEthereses letztem Besuch in der Kreissparkasse gelohnt. Achtzehnhundert minus hundert. Es wusste zwar niemand, ob Therese die gesamte Summe in ihrer Börse gelassen hatte. Aber etwas dürfte da noch drin gewesen sein. Und ein Fremdtäter hätte die Kassenbons vom Drogeriemarkt und dem Frisör mit dem Geld herausgezogen.

«Dabei glaube ich nicht einmal, dass es ihr ums Geld ging», sagte Carmen. «Für sie ging es ums Ganze. Ihre Schwiegermutter hatte angekündigt, sie vor die Tür zu setzen, wenn sie noch mal trinkt. Das hat sie schon letzten Dienstag getan. Vielleicht hat sie mittwochs befürchtet, dass ihr Mann sich vor die Wahl gestellt sieht: Weiter ein bequemes Leben bei Mutter oder einen eigenen Haushalt mit einem nicht ganz gesunden Säugling und einer Alkoholikerin, den er die meiste Zeit selbst führen müsste.»

Klinkhammer hatte das Gefühl, er sollte ein paar Worte zum nicht ganz gesunden Säugling sagen, das klang so harmlos. Aber da stand er vor dem Problem, die Informationsquelle nennen zu müssen. Also wies er Carmen nur darauf hin, dass er es doch etwas anders beurteilte als Schöller. «Sie war es nicht.»

Carmen runzelte kurz die Stirn. «Ach, auf einmal nicht mehr? Woher denn dieser Sinneswandel? Du hast Schöller am Donnerstag doch förmlich mit der Nase auf sie gestoßen. Tut es dir jetzt Leid, den Anstoß gegeben zu haben, dass ein Kollege nach der Mutter auch noch die Frau verliert? Und den Job, wenn ich ihm beweisen kann, dass er hinter ihr aufgeräumt hat.»

«Ich habe nicht auf Hellings Frau hingewiesen», sagte er. «Da muss Schöller etwas in die falsche Kehle bekommen haben.»

«Macht nichts», meinte Carmen. «Hauptsache, er hat es richtig interpretiert.»

Indizien

Carmen Rohdecker hatte den halben Samstag darauf verwendet, mit Schöller die bisherige Beweislage durchzugehen. Die schien eindeutig – wie Klinkhammer in der folgenden Stunde erfuhr. Mit Ausnahme des Obduktionsbefundes und weiterer Berichte der Forensik lagen zwar noch keine Laborergebnisse vor. Spurenauswertung brauchte eben ihre Zeit, vor allem, wenn eine Horde Elefanten durch den Tatort getrampelt war und der Sohn des Opfers seiner *Verzweiflung* im Badezimmer freien Lauf gelassen hatte, wie Carmen das ausdrückte. Trotzdem war bereits jetzt auszuschließen, dass sich in der Tatnacht eine nicht zum Haushalt gehörende Person im Obergeschoss aufgehalten hatte.

Das Motiv lag auf der Hand: Junge Mütter hatten es nicht gerne, wenn die Schwiegermama auf eigene Faust das Baby zu den anderen Großeltern brachte und bei der Gelegenheit wohl auch über die Schwiegertochter herzog. Da hätte es anschließend selbstverständlich Streit gegeben. Eine resolute Frau wie Therese hätte garantiert nicht gesagt: «Ich habe die Kleine zu deinen Eltern gebracht, liebe Stella, damit sie dich nicht beim Saufen stört.»

Die Aussage, die Stella am Freitag gemacht hatte, sei keinen Pfifferling wert, meinte Carmen. Der wippende Daumen des Ehemanns und ihre Blicke darauf waren auch Schöller nicht entgangen. Damit war der hinkende Eindringling mit Sporttasche als Phantasieprodukt abgetan. Warum der hatte hinken müssen – nun, so ein kleines Detail machte sich doch gut. Es verlieh einer freien Erfindung das Quäntchen Wahrhaftigkeit, auf das unerfahrene, aber karrieregeile Männer wie Grabowski hereinfielen.

«Die Sporttasche mit der Beute dürfte Helling morgens rausgetragen haben», sagte Carmen. «Aber ihn unter Druck zu setzen, solange wir keine unumstößlichen Beweise haben, hat nicht viel Sinn. Der Kerl ist aalglatt. Irgendwie erinnert er mich an deinen großen Fang.» Das bezog sich zweifellos auf den Serienmörder. Dass sie den nun als «deinen großen Fang» bezeichnete, sollte vermutlich das blinde Huhn aus der Welt schaffen.

Im Laufe des nächsten Tages wollte sie sich mit der *Schnapsdrossel* unterhalten, mal hören, was die erzählte, wenn der Gatte nicht soufflierte. Damit Helling dazu keine Gelegenheit mehr bekam, sollte ab dem frühen Montagmorgen ein Kölner Polizist Posten neben dem Krankenzimmer beziehen. Einer von Hellings Kollegen aus dem Rhein-Erft-Kreis hätte vielleicht ein Auge zugedrückt und ihn doch zu ihr gelassen. Bis Montagmittag hätte sie ihre drei Komma acht Promille wohl ausgeschwitzt, meinte Carmen. Dann konnte später kein Anwalt behaupten, man habe ihren Zustand ausgenutzt, um ihr ein Geständnis abzupressen.

Nach dieser Einleitung wurde sie konkret: Schöller hatte für eine Fahrt nach Köln-Dellbrück dieselbe Zeit veranschlagt wie Klinkhammer. Gute zwei Stunden. Längerer Aufenthalt bei dem Großelternpaar ausgeschlossen, sonst kam es zeitlich nicht hin. Bei dem Angriff waren nämlich nicht nur Thereses Vorderschädel und ihr rechtes Handgelenk zertrümmert worden – weil sie den Arm vermutlich hochgerissen hatte, um sich zu schützen –, auch ihre edle Uhr hatte den Hieb nicht überstanden.

Die verantwortliche Gerichtsmedizinerin hatte die Todeszeit wie üblich nur schätzen können. Mit der stehen gebliebenen Armbanduhr hatte man es – plus/minus fünf Minuten, man wusste ja nicht, ob die Uhr vor- oder nachgegangen war – ganz genau. Null Uhr achtzehn. Dazu passten die Zeiten, die Helling am Donnerstagmorgen genannt, die seine Frau am Freitag wiederholt hatte. Poltern um Mitternacht, Eindringling im Wohnzimmer eine halbe Stunde später. Da lag der Tod im Bad hübsch in der Mitte. Doch da hätte ein Fremder Therese dicht auf den Fersen oder schon im Haus gewesen sein müssen. Es hätte alles anders ausgesehen.

Dicht auf den Fersen – da konnte man sich zwar vorstellen, dass Therese in der Hast beide Torflügel aufgestoßen und das Motorrad umgekippt hatte. Aber dann wäre sie doch garantiert ins Wohnzimmer gerannt, hätte Zeter und Mordio geschrien, nicht nur die besoffene Schwiegertochter geweckt, auch die Nachbarschaft alarmiert. Und wäre das Tor bei ihrer Rückkehr bereits sperrangelweit offen gewesen, hätte sie sich bestimmt nicht arglos für die Nacht fertig gemacht. Sie hätte das Tor auch nicht während einer zweistündigen Abwesenheit ungesichert gelassen, wo sie von dem Mord in Bedburg wusste, vertrat Carmen Schöllers diesbezügliche Ansicht.

«Ist das Tor abgeklebt worden?», fragte Klinkhammer.

«Ja», kam es ein wenig gereizt zurück, weil er den Kölner Kollegen Nachlässigkeit unterstellte. Man hatte jede Menge Fasern gesichert, kein Wunder bei einem witterungsbedingt klemmenden Tor. Es hatten sich Therese, Sohn und Schwiegertochter wohl mehr als einmal dagegen stemmen müssen, in verschiedenen Mänteln, Jacken und Pullovern. Das würde eine Weile dauern, all diese Fasern mit dem Inhalt der Kleiderschränke abzugleichen. Und dabei, meinte Carmen, käme garantiert nicht mehr heraus als die Gewissheit, dass sich kein Fremder gegen das Tor gelehnt hatte, um es aufzubrechen. Pure Zeitverschwendung, und nicht zu vergessen die Steuergelder, die dafür sinnlos verpulvert werden mussten.

Der Schuppen sei morgens hergerichtet worden, davon war Carmen genauso überzeugt wie der Leiter der Mordkommission. Am frühen Morgen klappten etliche Garagentore, da fiel ein umkippendes Motorrad noch weniger auf als in der Nacht. Wenn es absichtlich umgeworfen wurde, konnte man den Lärm dosieren.

Klinkhammer sah das anders. Es wäre doch nicht nötig gewesen, Krach zu machen. Wenn Helling morgens etwas inszeniert hätte, hätte er bloß einen Schraubendreher am Schloss ansetzen müssen. Aber mit der nun feststehenden Todeszeit schwieg er erst einmal und hörte sich an, was sie sonst noch hatten.

Am breiten Torflügel hatten sich nur Fingerabdrücke von Stella befunden. An Riegel und Eisenstange, mit denen dieser Flügel arretiert wurde, waren auch Teilabdrücke von Thereses Fingern gesichert worden. Doch die konnten von Montag, Dienstag oder aus der Vorwoche stammen. Der Riegel und die über dem Nagel eingehängte Stange ließen sich auch mit einer Zange bewegen. Es hatte genug Werkzeug auf dem Büfett gelegen.

Der Schrei, den die Nachbarin um zwanzig nach zwei gehört hatte, sei entweder tatsächlich aus dem Fernseher gekommen, weil Stella nach den jüngsten Ereignissen etwas Zerstreuung gesucht habe. Oder sie habe gebrüllt, als sie in die Scherben trat, meinte Carmen.

«Sie ist nicht getreten», stellte Klinkhammer richtig. «Sie ist gesprungen und zwar mit beiden Füßen gleichzeitig. Das tut man nur, wenn man in Panik ist.»

«Dann war es eben in der Nacht der Fernseher und sie ist in Panik geraten, als ihr Mann morgens nach Hause kam», hielt Carmen dagegen. «Helling hatte ein sehr inniges Verhältnis zu seiner Mutter, haben wir von allen Leuten gehört. Begeistert wird er nicht gewesen sein. Wahrscheinlich hat er seine Frau quer durchs Zimmer gehetzt, nachdem er die Leiche gefunden hatte.»

Um welche Zeit die Blutspuren auf den Fußböden, im Hof und im Schuppen entstanden waren, konnte niemand sagen. Der große Blutfleck bei der Flurtür wäre in einem geheizten Zimmer bald getrocknet. Und der Weinfleck auf dem oberen Flur war noch feucht gewesen, wie Klinkhammer selbst festgestellt hatte.

Carmen zählte weitere Belastungsmomente auf: Keine nicht identifizierbaren DNA-Spuren im Bad oder an der Leiche. Und etwas fand sich immer, ein Haar, ein Hautschüppchen, ein Speicheltröpfchen oder Schweiß vom Täter. Keine Fingerabdrücke von Fremden an Schranktüren und Schubfächern in den Schlafzimmern. Gut; Profis trugen Handschuhe. Auch unbedarfte Täter wussten, dass man die Finger schützen oder hinterher wischen musste. Aber im Bad hatte es auch bloß an der Türklinke welche gegeben. Von Helling, der die Tür morgens um acht geöffnet haben wollte, um ein Handtuch zu holen. Es hätte jedoch in der Nacht auch seine Mutter die Tür öffnen müssen, wenn die, wie behauptet, immer geschlossen gewesen wäre.

Alles abgewischt, sogar die Wasserspülung der Toilette. Dabei war abgedrückt worden, nur nicht gründlich. Wie Grabowski freitags gesagt hatte: Therese hatte tatsächlich auf dem Klo gesessen, als sie angegriffen wurde. Wen hätte sie denn so nahe an sich herankommen lassen, dass ihr in solch einer Situation der Schädel eingeschlagen werden konnte? Hätte sie sich nicht vollkommen sicher gefühlt, hätte sie wohl die Tür abgeschlossen. Und wäre unerwartet ein vermummter Eindringling hereingekommen, wäre sie bestimmt aufgesprungen.

«Nicht unbedingt», sagte Klinkhammer. «Es gibt Dinge, die kann man nicht mittendrin unterbrechen. Sie wird erwartet haben, ihre Schwiegertochter zu sehen. Da muss man eine Schrecksekunde einkalkulieren. So groß war das Badezimmer nicht, zwei, drei Schritte, und du stehst vor dem Klo. Das reicht nur, um den Irrtum zu erkennen und einen Arm hochzureißen.»

Was ihn veranlasste, den Anwalt für Hellings Frau zu spielen, wusste er nicht. Mit Sympathie hatte es nichts zu tun, nur mit dem Szenario im Schuppen und den Spuren ihrer Füße. Hätte Helling sie durchs Wohnzimmer gehetzt, wäre sie in eine Richtung, vermutlich hinaus in den Hof geflohen und auch draußen zuerst noch mit dem ganzen Fuß aufgetreten, weil sie eben in Panik, vielleicht sogar in Todesangst gewesen wäre. Aber sie wäre nicht zwischen den beiden Türen hin und her gelaufen.

Und es war eine Sache, eine Frau mit drei Komma acht Promille in eine lauschige Bergheimer Gewahrsamszelle verfrachten zu wollen, um sie, wenn sie ihren Rausch auf einer Steinbank ausgeschlafen hätte, fragen zu können: «Warum, zum Teufel, hast du die ganze Nacht nichts weiter getan, als dich zu besaufen?»

Das glaubte er doch inzwischen zu wissen: Weil sie sich erst ins Freie getraut hatte, als es draußen hell wurde. Nur konnte man mit einer Meinung keinen Untersuchungs- oder Haftrichter beeindrucken. Carmen orientierte sich an Fakten. Zertrümmerter Vorderschädel, der erste Hieb zwischen die Augen, von Angesicht zu Angesicht, das sprach für eine Beziehungstat.

«Von hinten erschlagen war schlecht möglich», brachte er den nächsten Einwand vor. «Da war die Wand. Sie wird auch zur Tür geschaut, also das Gesicht zum Täter hingedreht haben.»

«Vier Hiebe, Arno», sagte Carmen nachdrücklich. «Da muss eine Menge Wut im Spiel gewesen sein.»

«Bestreite ich doch gar nicht», sagte er. «Stell dir einen Mann vor, dessen Frau von Therese zur Scheidung überredet wurde. Sie hat ja nicht nur alte Leute gepflegt und dürfte mehr als einen in Wut versetzt haben. Dem solltet ihr nachgehen.»

Carmen winkte ab und beschrieb die Tatwaffe. Ein eckiger, vollkommen glatter Gegenstand. Höchstwahrscheinlich einer der Pokale vom Regal über der Wickelkommode. Die Sockel waren aus Marmor, manche brachten es auf zwei Kilo. Damit war die Sache doch wohl klar. Ein Fremdtäter hätte sich nicht ins Kinderzimmer verirrt, um sich dort zu bewaffnen. An den sieben vorhandenen Pokalen waren keine Blutspuren nachgewiesen worden. Aber Helling hatte am Samstag erklärt, in seiner Jugend bei acht Schachturnieren eine solche Trophäe und bei unzähligen anderen nur Urkunden gewonnen zu haben. Es fehlte also ein Pokal.

Und das war noch nicht alles, kam Carmen auf das Obduktionsergebnis zurück. Therese war nämlich nicht von der Toilette gefallen, wie Klinkhammer schon annahm, bestimmt nicht mit dem Oberkörper vors Waschbecken. Sie war zuerst gegen das Wandstück neben dem Fenster gesunken und nach Erschlaffen der Muskulatur in den Spalt zwischen Wand und Klo gerutscht.

Die stumpfen Stellen auf den ansonsten hochglänzenden Fliesen, die auch er bemerkt hatte. Es waren Wischspuren gewesen. Dort dürfte ihr Kopf aufgekommen sein. Auf den Fliesen hatte sich Blut sichtbar machen lassen. Und kein Fremder hätte sich die Mühe gemacht, das Blut seines Opfers von der Wand zu putzen. Es wäre auch kein Fremder stundenlang im Haus geblieben oder noch mal zurückgekommen, um die Position der Leiche zu verändern und noch ein Schmuckstück zu holen.

Therese musste etliche Stunden in Hockstellung in dem Spalt gesessen haben. Das hatte die Verteilung und Ausprägung der Leichenflecken ergeben. Schürfwunden am Mittelgelenk des linken Ringfingers bewiesen zudem, dass ihr der Saphirring mit Gewalt vom Finger gerissen worden war und zwar geraume Zeit nach Eintritt des Todes. Wie lange danach, ließ sich nicht sagen.

Es kamen für diese Aktion sowohl Sohn als auch Schwiegertochter infrage. Aber der traute Carmen es nicht zu. Aus Wut und Verzweiflung viermal mit dem Sockel eines Schachpokals auf einen Schädel einzudreschen, sich anschließend vor den Fernseher zu setzen und sich sinnlos zu besaufen, ja. Sich später der Leiche noch einmal zu nähern und Manipulationen vorzunehmen, das setzte Kaltblütigkeit und einen klaren Kopf voraus. Den dürfte sie in der Nacht nicht gehabt haben. Für den richtigen Eindruck hätte dann Helling gesorgt, meinte Carmen.

Als er nach Hause gekommen war, musste die Leichenstarre stark ausgeprägt gewesen sein. Der linke Arm war nach hinten gebogen und vom Toilettenrand eingeklemmt. An die Hand kam er nur heran, wenn er seine Mutter aus dem Spalt zog. Kein Einbrecher oder Raubmörder hätte den Ring steckenlassen.

Klinkhammer brauchte einen Moment, um das zu schlucken. Brachte ein Sohn so etwas übers Herz, der toten Mutter den Ring vom Finger reißen, weil er glaubte, seine Frau habe sie erschlagen? Aber Carmen und Schöller glaubten es ja auch. Und wenn man eine Frau liebte, tat man viel. Er hätte für Ines alles getan.

«Das werde ich ihm allerdings kaum beweisen können», sagte Carmen. «Seine Mutter lag vor dem Waschbecken, als er sie fand, das will er beschwören. Ihre Hand hat er selbstverständlich nicht angefasst, sie nur in den Arm genommen, wie seine Klamotten beweisen. Er hat nicht nachgedacht in dem Moment, stand eben unter Schock.»

«Grabowski sagte am Freitag, am T-Shirt seiner Frau wäre kein Blut von Therese nachgewiesen worden», brachte Klinkhammer noch einen Einwand vor. «Bei vier Hieben hätte sie einiges abbekommen müssen, wenn sie die Leiche bewegt hätte ebenso.»

«Vorausgesetzt, sie hätte das T-Shirt auf dem Leib gehabt», sagte Carmen. «Daran gab es nicht mal Blut von ihr. Die roten Flecken stammten von den Johannisbeeren. Die Couch war mit ihrem Blut versaut. Dabei wischt man sich die Finger doch erst mal an den Klamotten ab und nicht an den Möbeln.»

Sie hoffte, dass im LKA-Labor morgen der Nachweis erbracht wurde, dass das fleckige T-Shirt aus einem Haufen Schmutzwäsche vor der Waschmaschine im Keller gezogen worden war. Oben auf dem Haufen hatten Sachen vom Baby gelegen, unter anderem ein Hemdchen mit deutlichen Spuren von Kot. Am T-Shirt war etwas Kacke nachgewiesen worden, die stammte vom Baby. Das Shirt musste mit dem Hemdchen in Berührung gekommen sein, als das frisch beschissen gewesen war.

«So was passiert, wenn man ein Kind mit einer vollen Windel trägt», sagte Klinkhammer.

«Da spricht die Erfahrung», spottete Carmen. «Wie hast du all deine Kinder mit vollen Windeln denn getragen? Auf dem Arm, nehme ich doch an. Auf dem Rücken trägt man sie normalerweise nicht. Man lehnt sie sich vorne gegen die Schulter, wenn sie ein Bäuerchen machen sollen, habe ich mir von Schöller sagen lassen. Er ist Experte auf dem Gebiet. Der Fleck war hinten, unterhalb des linken Schulterblatts.»

«Scheiße», murmelte Klinkhammer.

«Im wahrsten Sinne des Wortes», sagte Carmen. «Glaub nicht, dass es mir Spaß macht, eine Polizistenfrau unter Mordanklage zu stellen. Und darauf wird es hinauslaufen. Mit einem Totschlag im Affekt kommt sie nur davon, wenn ihr Mann zugibt, dass er das Ablenkungsmanöver gestartet hat. Dass er das freiwillig tut, wage ich zu bezweifeln.»

Dafür sprach auch nur ein winziges Indiz. Es hatten sich unter den aus dem Schrank gerissenen Kleidungsstücken in Hellings Schlafzimmer ein paar Bluttupfen befunden. Leider bewiesen die nicht, dass Stella auf zerschnittenen Füßen über den Fußboden getrippelt war, ehe der Kleiderschrank ausgeräumt wurde. Die Sachen konnten auch verschoben worden sein, als Helling Nachthemden und Unterwäsche aufsammelte.

Spuren von blutverschmierten Profilsohlen hatte man in den Schlafzimmern gar keine nachweisen können. Und so wie Helling im Bad herumgetrampelt war, hätte man da etwas finden müssen. Aber Schuhe konnte man ausziehen und Handschuhe an. Schränke, Schubfächer und das Wertfach im Keller weitgehend ausräumen, das ging schnell. Man riss alles raus, warf Schmuck, blutbespritzte Kleidung der Ehefrau und die Tatwaffe in die eigene Sporttasche, die Carmen übrigens sehr aufschlussreich fand. Ein Fremder hätte eher nach der teuren Reisetasche gegriffen, die Helling für seine Frau gepackt hatte. Wenn man es wegwerfen musste, trennte man selbst sich lieber von einem alten Ding. Das Bargeld steckte man ein, legte die Tasche in den Kofferraum, konnte den Schmuck wieder rausnehmen und den Rest verschwinden lassen, wenn man ein bisschen Luft hatte.

Hellings Nissan hatte am Donnerstagmorgen vor dem Haus gestanden. Um sein Auto hatte sich an dem Tag kein Mensch gekümmert, was Carmen nun als bodenlose Schlamperei erachtete, obwohl sie selbst auch nicht daran gedacht hatte. Aber sie hatte sich ja auch nicht lange aufgehalten, und wo Schöller gleich mit dieser Beschwerde über sie hergefallen war. «Schaffen Sie mir den Provinzprofiler vom Leib.» Danach hatten sich alle verkrümelt, die etwas von Bedeutung hätten sagen können.

Wenn man jedoch unter Zeitdruck und Stress stand wie Helling am Donnerstagmorgen, unterliefen einem immer kleine Fehler. Keine Frau holte sich freiwillig etwas zum Anziehen aus der Schmutzwäsche im Keller. Er hatte vermutlich gedacht, schmuddelig sähe sie in dem versauten Wohnzimmer glaubwürdiger aus. Und er hatte in der Hektik kaum darauf geachtet, dass es nicht reichte, Kleidungsstücke mit verräterischen Blutspuren verschwinden zu lassen, wenn aus diesen Stücken Mörtelstaub und kleine Bröckchen von Verputz gerieselt waren.

Auf der Couch hatte man den Staub massenhaft nachgewiesen. Auch etwas auf dem Fußteil von Thereses Bett, da hatte Stella sich offenbar hingesetzt, nachdem sie die Schnapsflasche von der Fensterbank genommen hatte. Und im Bad: Helling hatte zwar vor der Tür dort regelrechte Stepptänze aufgeführt und die Leiche seiner Mutter auf dem Fußboden hin und her bewegt – um die Schritte seiner Frau zu verwischen. Aber den Staub und ein paar winzige Splitter vom Verputz hatte er damit nicht beseitigt, die verräterischen Spuren wahrscheinlich gar nicht bemerkt.

Zeit genug, um den Tatort zu manipulieren und Beweise verschwinden zu lassen, hatte er gehabt. Um sieben Dienstschluss. Keine besonderen Vorkommnisse. Kehler hatte den Streifenbeleg ausgefüllt, Helling sich währenddessen umgezogen und noch mit einem Kollegen über die ruhige Nacht geplaudert. Eilig hatte er es anscheinend nicht gehabt. Etwa zwanzig Minuten für den Heimweg. Zu schaffen war es auch in einer Viertelstunde.

Seinen Freund hatte er erst um Viertel nach acht Uhr angerufen. Kehler hatte dann noch ein paar Minuten gebraucht, ehe er sich endlich dazu aufraffen konnte, die Wache zu verständigen. Die Wache! Darüber regte Carmen sich auf. Das nannte sich nun Polizist, Hauptsache, die Kollegen wussten sofort Bescheid.

Sie vermutete, Kehler sei von Helling gebeten worden, ihm noch etwas mehr Zeit zu verschaffen. Kehler hatte das natürlich bestritten. Wie auch immer: Bis zum Eintreffen der ersten Streifenwagen war mehr als eine Stunde vergangen, in der Heiner Helling wohl mehr Ehemann als Sohn gewesen war.

Und seiner Frau die Schlinge richtig um den Hals gelegt hatte, fand Klinkhammer. Für ihn waren Splitter vom Verputz im Bad noch keine verräterischen Spuren. Die konnten auch im Laufe des Tages aus der Kleidung gerieselt sein. Wenn Hellings Frau sich im Anbau beschäftigt hätte und zur Toilette gegangen wäre, hätte sie logischerweise das Bad benutzt.

Er war er immer noch nicht restlos von ihrer Schuld überzeugt. Die Todeszeit war natürlich sehr belastend. Und deshalb war er sicher, dass Carmen sie vor Gericht bringen und höchstwahrscheinlich eine Verurteilung erreichen würde, weil kein Ermittler mehr an den vermummten Eindringling glaubte. Woran man nicht glaubte, das jagte man auch nicht.

Teil 6
Stellas Baby

Kampf um die Wahrheit

Sonntag, 25. April 2004

Heiner brachte die Kleine nicht mit aus Hamburg zurück, wie er es Stella frühmorgens am Telefon versprochen hatte. Erst nach acht Uhr abends rief er im Krankenhaus an, um zu gestehen, dass er die weite Fahrt umsonst gemacht habe. Nun war er auf dem Heimweg, machte gerade Rast, weil er den ganzen Tag noch nichts Richtiges gegessen hatte. Madeleine habe ihm nicht mal einen Kaffee angeboten, behauptete er. Das glaubte sie ihm sogar. Madeleine habe nur wissen wollen, ob sie wieder gesoffen hätte. «Warum sonst sollte deine Mutter Johanna aus dem Haus geschafft haben?» Daran zweifelte ihre Schwester also nicht, darüber hinaus konnte man Madeleine jedoch nichts vormachen.

Die Verbindung war zu Anfang sehr schlecht, und fast war sie dankbar, nicht jedes Wort zu verstehen. Madeleine hatte noch einmal wiederholt, ihre Eltern und Tobi seien am Dienstag bei ihr angekommen. Zwei von Madeleines Nachbarn hatten das bestätigt. Heiner glaubte es anscheinend trotzdem nicht oder wollte es nicht glauben. «Sie können sich doch nicht einbilden, damit durchzukommen», regte er sich auf. «Ich begreife nicht, was in ihren Hirnen vorgeht.»

Sie begriff nicht, was in seinem Hirn vorging. Da sie übers Wochenende von der Polizei unbehelligt geblieben war, nahm er an, seine Mühe habe sich ausgezahlt. Aber er konnte nicht allen Ernstes glauben, dass es so blieb, wenn ihr Vater zur Polizei ging und dort erklärte, sie habe sich ein Bündel Elend vom Hals geschafft. Das sagte sie ihm auch.

Seit Stunden hatte sie die Stimme ihres Vaters im Kopf. Die Kälte, die Wut, seinen Sarkasmus. *Einbrecher stehlen keine Babys.* Natürlich nicht. *Einen schönen Gruß von Romy. Dein Baby gegen meins.* Gabi mit ihrem *Schutzengel* und ihrem *Leben*, das sie sich nicht zum zweiten Mal ungestraft wegnehmen lassen wollte. Und der Schatten hatte von *bezahlen* gesprochen.

«Liebes», unterbrach Heiner sie gereizt, als sie von der Erscheinung anfing und ihr auch noch ein Wort in den Mund legte. «Diese Einbrecherbande, vor der ich in den letzten Wochen so oft gewarnt habe, kommt aus Osteuropa. Es steht nicht fest, dass der Täter zu ihnen gehört. Aber wenn tatsächlich einer im Wohnzimmer gewesen sein sollte, vielleicht hat er auf Polnisch, Kroatisch oder Russisch geflucht, als er dich sah. Und es hat sich in deinen Ohren nur so angehört wie bezahlen.»

«Nach allem, was du über die Bande erzählt hast, hätte sich keiner von denen damit begnügt zu fluchen», hielt sie dagegen.

«Dann bist du vielleicht aus einem Albtraum aufgeschreckt.»

«Nein», erklärte sie und wiederholte fast wörtlich, doch diesmal mit fester Stimme, die Sätze, mit denen sie ihren Vater angebettelt hatte, einschließlich des Gestanks, der leuchtend grünen Augen und der vom Tisch gefallenen Weinflasche.

«Es wird wieder Bündchens Kater gewesen sein», meinte Heiner daraufhin. «Wenn er zuerst auf dem Tisch war, kann er die Flasche umgestoßen haben. Wenn er anschließend auf deine Brust gesprungen ist und dabei mit den Augen eine Lichtquelle reflektiert hat – Katzenaugen leuchten. Ein ausgewachsener Kater mag im Sprung den Eindruck von etwas Großem, Schwarzem wecken, das hoch aufgerichtet vor einem steht. Damit wäre auch der Gestank erklärt. Katzen sind Raubtiere und stinken aus dem Maul. Ein nicht kastrierter Kater stinkt noch nach ganz etwas anderem. Und jetzt hör auf damit.»

«Nein», sagte sie energisch. «Ich höre nicht auf. Jetzt hörst du mir zu. Katzen können keine Videos austauschen. Und ein Einbrecher hätte das auch nicht getan. Ich hatte eine Kassette mit sechs Folgen von *Urlaub und andere Katastrophen* eingelegt, als ich aufwachte, lief eine Szene aus dem *Schatten*.»

Sekundenlang war es still in der Leitung. Sie sah förmlich vor sich, wie Heiner die Lippen schürzte, wahrscheinlich verdrehte er noch die Augen, weil sie ihm auf die Nerven ging mit ihrem Beharren. «Du wirst im Schlaf an die Fernbedienung gekommen und in den Film geraten sein», sagte er dann.

«Nein!», protestierte sie erneut. «Es kam nicht vom Sender, dafür war es schon viel zu spät.» Siebzehn Minuten nach zwei. Sie hatte die grünen Leuchtziffern der Uhr am Videorecorder doch gesehen. Auch wenn sie in dem Moment nicht klar im Kopf gewesen war, danach hatte sie häufig auf die Uhr geschaut. Deshalb war sie bei der Zeit sicher und beim Rest ebenso. «Es war eine unbeschriftete Kassette. Ich habe sie aus dem Recorder genommen.»

«Wieso sagst du das erst jetzt?», fragte er ungläubig.

Wann hätte sie es ihm denn sagen sollen? «Ich hatte es vergessen. Es fiel mir ein, als mein Vater hier war. Es muss ein Zusammenschnitt gewesen sein, unmittelbar hinter Ursulas Tod kam der Abspann.»

Nun hörte er ihr wenigstens zu, wechselte sogar seinen Standort, um einen besseren Empfang zu bekommen. «Wo hast du die Kassette hingelegt?»

Das wusste sie nicht mehr, auf den Fußboden oder den Tisch.

«Da lag nichts, das wäre mir aufgefallen.»

«Dann habe ich sie vermutlich in den Schrank zu den anderen geschoben. Sie muss noch da sein.»

Darauf reagierte er nicht sofort. Es fiel ihr nicht leicht, weiter zu sprechen, aber sie tat es. «Dass Therese mir einen Streich gespielt hat, hältst du für ausgeschlossen. Wie kannst du dann so überzeugt sein, sie hätte die Kleine weggebracht? Das hast du doch auch nur von mir gehört. Habe ich das wirklich gesagt?» *Glaub ihm lieber nur die Hälfte.*

«Ja, hast du», erklärte er. «Und ich habe dir geglaubt. War das ein Fehler? Wenn es noch etwas gibt, was du mir bisher verschwiegen hast, sag es mir jetzt.»

Das versetzte ihr einen heftigen Stich. Wie er das meinte, lag auf der Hand. Aber er konnte nicht wirklich annehmen, sie hätte auch noch ihr Kind umgebracht. Da hätte er doch zwei Leichen finden müssen, als er morgens nach Hause kam. «Ich kann dir nur sagen, woran ich mich erinnere», antwortete sie kühl. «Vielleicht hat Therese mit Johanna das Haus verlassen, nachdem ich fest eingeschlafen war. Das weiß ich nicht. Aber was um siebzehn Minuten nach zwei passiert ist, weiß ich genau. Und es sind jetzt vier Tage vergangen! Du fährst herum, rufst alle Leute an, und keiner weiß etwas von Johanna. Wie lange soll das denn noch so weitergehen? Meinst du nicht, es wird höchste Zeit, dass wir auch eine andere Möglichkeit in Betracht ziehen? Wenn Therese sie nicht weggebracht hat, muss jemand sie geholt haben. Und es gibt nicht viele, die einen Grund hatten, mir ausgerechnet in der Nacht, als der Film wiederholt wurde, einen bestimmten Ausschnitt zu zeigen und mein Baby mitzunehmen.»

Heiner musste auf Anhieb begreifen, auf wen sie abzielte. Er musste sich auch ebenso gut wie sie an den vergangenen Sonntag erinnern, als das ganze Elend erneut hochgekommen war.

Nach dem Mittagessen hatte er einen Spaziergang vorgeschlagen. Sie hätte ihr Kind gerne mitgenommen. Johanna war satt, trocken und zufrieden, das Wetter recht angenehm, nur Therese nicht einverstanden. «Geht mal allein. Ich bin ja hier. Für die Kleine ist es noch zu frisch.»

Das war nicht der Grund. Therese wollte nicht, dass jemand in den Kinderwagen schaute und dumme Fragen stellte. Dabei sah Johanna fast normal aus, wenn sie auf dem Rücken lag. Ihr Kinn und das Mündchen waren nicht viel kleiner als bei anderen Babys, ihre Augen auch nicht gravierend missgestaltet. Wenn sie schlief, sah man es kaum. Über die Ohren konnte man ein Mützchen ziehen und die Händchen unter der Decke verbergen. Aber Heiner stimmte sofort zu, Mama hatte Recht wie immer, es war noch ein bisschen zu kühl.

Wie nicht anders zu erwarten, zog es ihn zum Sportplatz. Der 1. FC Niederembt spielte gegen weiß der Teufel wen. Heiner war immer noch Vereinsmitglied, ging nach Möglichkeit sogar zum Training, obwohl er seit langem nicht mehr aufgestellt wurde. Die sonntäglichen Spiele schaute er sich normalerweise alleine an, weil sie sich nicht für Fußball interessierte und bisher selten in einer Verfassung gewesen war, die man gerne in der Öffentlichkeit vorführte.

Er feuerte die Spieler an und fluchte auf den Torwart, der zwei Bälle durchließ, während sie sich langweilte, aber auch unendlich stolz auf sich war. Seit drei Wochen wieder trocken! Keinen Tropfen mehr angerührt, seit sie es ihrem Vater in die Hand versprochen hatte. Endlich fähig, ihr Kind zu wickeln und zu füttern, auch wenn es eine Stunde dauerte, weil die Kleine wieder mal nicht richtig trank. Johanna im Arm halten zu können, ohne das Bedürfnis zu verspüren, laut schreiend und sich die Haare raufend davonzulaufen. Sie in den Schlaf zu wiegen, das selbst gedichtete Lied für sie singen, mit fester Stimme, nicht mit einer, die bei jeder Zeile zu brechen drohte. «Schlafe, mein Kindchen, schlaf ein, der Himmel ist noch viel zu klein.» Sie meinte, man müsse ihr ansehen, dass sie es geschafft hatte.

Das Grüppchen, das etwa dreißig, vierzig Meter entfernt von ihnen stand, beachtete sie kaum. Ihr fiel zwar auf, dass ein großer, dicker Mann mittleren Alters heftig gestikulierte und: «Foul! Foul!», brüllte, als am anderen Ende des Platzes der Torwart nach einer Rangelei um den Ball zu Boden ging und sich auf dem Rasen krümmte. Offenbar hatte ihn jemand getreten.

Heiner sagte mit unüberhörbarer Genugtuung: «Ich glaube, es hat ihn tüchtig erwischt. Hoffentlich haben sie einen Ersatz für ihn. Dieser Flasche sollte erst mal jemand erklären, wie ein Ball aussieht. Vielleicht hält er dann einen.»

Der große Dicke setzte sich überraschend flink in Bewegung und kam als Erster bei dem Torwart an. Sekunden später waren beide von Spielern umringt. Der Schiedsrichter, der ebenfalls nachschauen wollte, kam zuerst gar nicht durch den Pulk von Leibern. Als sie ihm endlich Platz machten, kniete der Dicke neben dem Torwart, machte etwas mit dessen Bein und brüllte dabei: «Rot, das ist Rot!» Ja, das war sogar aus der Entfernung deutlich zu sehen. Der Torwart schien ernsthaft verletzt zu sein und sehr viel Blut zu verlieren.

Der Gedanke, der Brüllaffe könne Reinhard Treber sein, kam Stella erst, als sich eine Gestalt aus der Mitte des restlichen Grüppchens löste und auf sie zu geschlendert kam. Gabi – mit Pferdeschwanz und Pony. Sie war nun fünfundvierzig Jahre alt und sah von weitem immer noch aus wie der Teenager, den Martin Schneider vor neunundzwanzig Jahren bei sich aufgenommen hatte. Es mochte an der Kleidung liegen, die unvermeidliche verwaschene Jeans und ein knappes Blüschen, das sie über dem Nabel verknotet hatte, obwohl es für einen halbnackten Bauch nun wirklich noch zu kühl war.

Der Eindruck, Gabi sei mit der Zeit jünger statt älter geworden, verlor sich zwar, als sie nahe genug herangekommen war. Trotzdem war ihr glattes Gesicht mit einer guten Antifaltencreme allein nicht zu erklären. Aber es gab ja auch plastische Chirurgen. Vielleicht hatte Gabi sich liften oder Gift in ihre Falten spritzen lassen. Oder sie mixte sich Zaubertränke. Hexen kannten diverse Kräuter, die bei Vollmond gesammelt werden mussten. Vielleicht aß sie auch Krötenbeine, um sich die ewige Jugend zu bewahren.

Allein ihr Lächeln beschleunigte Stellas Puls. Heiner grinste ihr auch noch entgegen. Immer lieb, immer devot, damit nicht eines Tages Blut aus der Wasserleitung floss, Heuschreckenschwärme in Thereses Garten einfielen oder der älteste Sohn des Dorfvorstands sterben musste wie bei den sieben Plagen in der Bibel.

Er hasste Gabi wie die Pest und fürchtete sie wie den Teufel, das wusste Stella inzwischen zur Genüge. Er traute sich nicht einmal, Gabis jüngstem Bruder ein Verwarnungsgeld wegen Geschwindigkeitsübertretung aufzubrummen. Zweimal hatte er Bernd Treber in den vergangenen Monaten beim Rasen erwischt und es bei Ermahnungen belassen. Das erzählte er ihr auch noch, als müsse sie ihm dafür auf Knien dankbar sein.

Hör nur, Liebes, was ich tue, um den Schaden wieder gutzumachen, den du angerichtet hast. Ich drücke sogar im Dienst ein Auge zu, damit uns nicht noch mehr Leid widerfährt. Mit deiner Krankheit – er nannte es natürlich genauso wie Therese – *und der Kleinen sind wir doch genug gestraft – oder verflucht.* Das musste er nicht aussprechen, sie las es von seiner Stirn ab.

Hätte er Gabi nicht beachtet, wäre sie vielleicht vorbeigegangen. So blieb sie natürlich stehen, wandte sich Heiner zu und machte eine Bemerkung über den verletzten Torwart: «Hoffentlich kann er weiterspielen.»

«Willst du nicht eine heilende Hand auflegen?», fragte Heiner.

Gabi warf einen Blick zurück: «Das macht Reinhard schon.» Dann fragte sie: «Wie geht's Resl? Was macht die Kleine?»

«Wächst und gedeiht», antwortete Heiner. «Und wie geht's dir?»

«Bestens», sagte Gabi. «Wenn man seine Seele verkauft hat, muss es einem doch prächtig gehen, oder?»

«Keine Ahnung», sagte Heiner. «Für meine Seele hat sich noch keiner interessiert.»

Gabi lachte: «Bist du da ganz sicher?»

Als Heiner ihr darauf nicht antwortete, gönnte sie Stella einen Blick. «Schon gelesen?», fragte sie mit einem Lächeln, an dem Stella zu ersticken glaubte. «Am Mittwochabend hat dein Schwiegervater seinen zweiten Auftritt, leider ziemlich spät. Da wird er nicht viel Quote machen. Aber wer hat schon mitten in der Woche die Zeit, sich bis um zwölf vor den Fernseher zu setzen?»

«Du wirst dir die Zeit doch bestimmt nehmen», meinte Heiner. «Allein schon, um zu sehen, wie Uschi noch einmal das Zeitliche segnet.» Vermutlich hielt er das bereits für kühn.

«Geht leider nicht», bedauerte Gabi. «Ich muss arbeiten.»

«Reicht dir der Tag nicht, um Leute abzuschlachten?», fragte er.

Gabi lachte noch einmal. «Das machen wir doch immer nur nachts. Untote sind nachtaktiv, frag deine Frau, die kennt sich damit aus. Aber zur Zeit schlachten wir keine Leute. Wir lassen sie lieber verschwinden, das bringt mehr Spannung, wahrscheinlich auch mehr in die Kasse, wir werden sehen.»

Dann ging sie weiter. Und Stella wünschte ihren Mann zum Teufel. Auf dem Nachhauseweg entschuldigte er sich. Er habe nicht damit gerechnet, Gabi auf dem Sportplatz zu begegnen. Sie hätte doch mit Fußball nichts am Hut. Aber Gabis ältester Bruder war Vereinsvorstand, das wusste er seit Jahren. Und neuerdings stand Gabis Sohn im Tor, das glitt ihm wohl versehentlich über die Lippen. Deshalb also seine Genugtuung, als der Satansbraten zu Boden gegangen war.

Den Jungen hasste Heiner nicht weniger als Gabi. Ein widerlicher Bengel, der keinen Respekt vor Erwachsenen kannte, den nicht einmal eine Polizeiuniform beeindruckte. Kürzlich hatte Heiner ihn angehalten, weil Martin Lutz auf einem Fahrrad ohne Licht unterwegs gewesen war. Und was hatte der Satansbraten zu ihm gesagt? «Mach keinen Stress, Jungchen. Es ist heller Tag. Und ich brauche auch nachts kein Licht, ich habe Katzenaugen.»

Als Heiner ihr das erzählt hatte, war sein Atem nicht so frisch gewesen wie sonst. Er hatte nach Schnaps gerochen. Und nun weigerte er sich, mit ihr noch einen Abstecher in eine Gaststätte zu machen. «Sei vernünftig, Liebes. Du hast schon drei Wochen durchgehalten. Denk an deinen Vater und an die Kleine. Sie braucht dich. Wir wollen doch kein Risiko eingehen.»

Kein Risiko. Dass sie stattdessen auf dem Zahnfleisch ging, kümmerte ihn nicht. Den Rest vom Sonntag, den ganzen Montag, bis Therese am Dienstag den Frisörbesuch einschob und ihr damit etwas Luft verschaffte.

Niemand, der diese Hölle nicht kannte, konnte nachvollziehen, wie ihr zumute war. Ohne Einkommen, Auto und Führerschein gefangen im Mittelalter. Keine Möglichkeit, wenigstens zeitweise zu fliehen aus einem Dorf, dessen Ureinwohner an Geister, Hexerei und böse Flüche glaubten. Immer diese Blicke, wenn sie sich mal im Ort zeigte. Manchmal glaubte sie, das Tuscheln hinter vorgehaltener Hand zu hören. «Seht mal, das ist die Frau, die aus Elvis ein blutrünstiges Monster gemacht hat. Gabi hat sie bitter dafür zahlen lassen. Das arme Kindchen kann einem Leid tun.»

Das ertrug man nur, wenn man sich das Hirn vernebelte. Sie soff sich nicht um den Verstand, wie Therese immer behauptete. Sie trank, um den Verstand nicht zu verlieren. Zwei Gläser – und das Zittern der Hände hörte auf. Vier – und die Beklemmung, die sie sich nicht eingestehen wollte, wich allmählich. Sechs – und im Kopf breitete sich diese Gelassenheit aus. Nach dem siebten und achten Glas spielte es schon gar keine Rolle mehr, dass Gabis Exmann an Leberzirrhose gestorben, Uschi in volltrunkenem Zustand ihre Kellertreppe hinuntergestürzt war und Fabian Becker einmal gesagt hatte: «Dann bist du wahrscheinlich die Nächste.»

Im Telefonhörer knisterte es wieder. Heiner war auf dem Weg zu seinem Wagen. Geantwortet hatte er ihr noch nicht. «Gabi hat es doch letzten Sonntag regelrecht angekündigt», sagte sie.

«Jetzt rede dir doch nichts ein», verlangte er unwillig, während er ins Auto stieg und die Tür zuzog. Das Knistern in der Leitung war nun nicht mehr zu hören, stattdessen der Unmut in seiner Stimme. Er schien genau zu wissen, auf welchen Satz der *Hexe* sie anspielte. *Wir lassen sie lieber verschwinden.* «Sie wird von ihrem nächsten Buch gesprochen haben. Was soll sie denn mit einem Baby? Du hast doch auch nicht gesehen, dass der – die Erscheinung die Kleine genommen hat, oder?»

Sie rief sich erneut den kurzen Moment ins Gedächtnis, als der Schatten vor ihr aufgetaucht war, von rechts. Nach links, zum Sessel bei der Hoftür, hatte sie nicht geschaut. Nach dem Stoß gegen die Brust war sie mit Blickrichtung auf die Flurtür zurückgefallen. Da hatte sie den Sessel gar nicht sehen können. Er konnte sehr wohl etwas herausgenommen haben, musste er sogar, immerhin hatte er das Spucktuch gehabt. Und das hätte Therese mitgenommen, wenn sie die Kleine geholt hätte.

«Ich habe ihn nur noch von hinten gesehen», sagte sie. «Wenn er etwas vor der Brust getragen hat, war das für mich nicht zu erkennen. Aber vielleicht hat er das Spucktuch bei der Schuppentür zu Boden fallen lassen, um mir zu zeigen, dass er die Kleine hat.»

Heiner seufzte so vernehmlich, dass sie es deutlich hörte. Es klang gequält. «Liebes, wenn du das Tuch erwähnst, kannst du auch gleich sagen, dass ich dich umgezogen habe. Was sie dann denken, muss ich dir nicht erklären, oder? Das hat dein Vater doch schon getan. Ein behindertes Kind ist eine große Belastung. Wenn man die Behinderung selbst verschuldet hat, ist es darüber hinaus auch eine fortwährende Anklage. Sie werden annehmen, du hättest die Kleine umgebracht, nachdem Mama ins Bett gegangen war. Aber du wusstest, dass sie es merken würde, spätestens wenn sie aufsteht. Also hast du …»

«Du denkst, dass es so war», schnitt sie ihm das Wort ab.

«Ich weiß nicht mehr, was ich denken soll», sagte er. «Morgen früh fahre ich nach Düren. Die Möglichkeit haben wir noch gar nicht bedacht. Vielleicht musste Mama die Kleine in die Klinik bringen. Wenn sie dort auch nicht ist, müssen wir …»

«Nein», unterbrach sie bestimmt. «*Wir* müssen nicht. Jetzt muss ich alleine. Du glaubst, dass ich es getan habe. Du bist nur zu feige, es auszusprechen. Wahrscheinlich meinst du auch, ich hätte Johanna im

Garten verbuddelt. Wenn deine Kollegen kommen, werde ich ihnen sagen, wen ich gesehen habe, um welche Zeit, und dass sie Frau Bündchen danach fragen können. Mit ihr habe ich danach noch kurz gesprochen».

Auch der Ruf der Nachbarin über die Hofmauer und ihre Antwort darauf waren ihr nach der Auseinandersetzung mit ihrem Vater wieder eingefallen.

«Was?», wurde Heiner laut. «Warum hast du mir davon bisher nichts gesagt? Als Schöller dich am Freitag gefragt hat, ob du dich noch mit jemandem unterhalten hast, hast du ...»

«Am Freitag», unterbrach sie ihn erneut, «konnte ich nicht klar denken. Als ich gestern über den Schatten reden wollte, bist du mir sofort über den Mund gefahren. Du hast mich veranlasst, eine Aussage zu machen, die nicht stimmt.»

«Ich wollte doch nur verhindern, dass du ...», versuchte er eine Rechtfertigung. Weiter ließ sie ihn nicht kommen.

«Was du verhindern willst, kann ich mir vorstellen. Hast du Gabi angerufen? Warst du bei ihr? Nein. Du glaubst lieber an ein Komplott der ganzen Familie, an dem sich auch noch Madeleines Nachbarn beteiligen, damit du dich nicht mit der Hexe anlegen musst. Sonst verwandelt sie dich auch noch in einen Säufer.»

In dem Ton hatte sie noch nie mit ihm gesprochen. Antwort bekam sie nicht sofort. Erst nach etlichen Sekunden fragte er: «Und was ist mit Mama? Die hat keiner mitgenommen. Die Trebers sind Schlitzohren, aber keine Diebe und bestimmt keine Mörder.»

Darüber konnte man geteilter Meinung sein. Zwei von ihnen mussten vor Jahren doch einen guten Grund gehabt haben, aus Niederembt zu verschwinden. Dass er einmal behauptet hatte, die beiden hätten höchstwahrscheinlich zwei Jugendliche umgebracht, bezeichnete er inzwischen als unbewiesenes Gerücht, an dem gar nichts dran sein könne. Sonst hätte Gabi es niemals gewagt, in ihrem letzten Roman die Brüder der Hauptfigur als Rächer darzustellen.

Wenn das nur Phantasie gewesen sein sollte, blieb immer noch Uschi. Zwar hatte die ein anderes Verhältnis zu Gabi gehabt als Heiners Mama. Doch das gute Einvernehmen zwischen Mama und der Hexe hatte sich im letzten Jahr stark getrübt.

Es war noch gar nicht lange her, da war Stella Zeugin einer Auseinandersetzung geworden. Anfang Februar. Die Kleine lag noch in der Kinderklinik, aber Therese sprach schon davon, sie nach Hause zu holen, obwohl die Ärzte dringend davon abrieten. Heiner hatte Frühdienst an dem Tag, sie blieb im Bett, bis sie gegen elf Uhr Thereses Stimme hörte. Und Gabi. Ins Haus ließ Therese sie schon länger nicht mehr. Sie stritten vor der offenen Haustür, worüber, verstand Stella in ihrem Schlafzimmer nicht. Als sie aufstand und zur Treppe schlich, hörte sie Gabi nur noch sagen: «Du nimmst das zurück.»

«Ich denke nicht daran», antwortete Therese. «Wir sind damit quitt. Und jetzt geh, geh endlich.»

Sie hatte Heiner an dem Tag sofort davon erzählt.

«Ja, ja», sagte er jetzt wieder in diesem unwirschen Ton, als sie ihn auch noch daran erinnerte. «Wahrscheinlich hatte Mama etwas gesagt, was Gabi nicht gerne hörte. Als Motiv für einen Mord ist das sehr dürftig. Und ich garantiere dir, Gabi hat für die Nacht ein erstklassiges Alibi. Tu dir und mir einen großen Gefallen und lass sie aus dem Spiel. Du bringst dich nur unnötig in Schwierigkeiten und mich gleich mit.»

Mit dem nächsten Satz klang er etwas verständnisvoller. «Liebes, ich weiß, dass es nicht leicht für dich ist. Aber wir dürfen nichts Unüberlegtes tun. Wenn die Kleine nicht in der Klinik ist, rede ich mit Schöller. Das muss ich ohnehin, ehe dein Vater ihn rebellisch macht. Ich kann mich unverfänglich erkundigen, wann ich mich um die Beerdigung kümmern darf, und wann das Haus wieder freigegeben wird. Ich sehe zu, dass Schöller mich reinlässt. Das kann er mir nicht verweigern, wenn ich behaupte, ich müsste noch Wäsche für dich holen. Ich schaue nach der Kassette, wenn sie da ist, werde ich ihm erklären, was es damit auf sich hat, das verspreche ich dir. Dann kann er mit Gabi reden.»

Im Gegenzug nahm er ihr das Versprechen ab, bei ihrer bisherigen Aussage zu bleiben, über den Schatten zu schweigen und Gabi mit keinem Wort zu erwähnen, wenn Schöller oder sonst jemand zu ihr käme, ehe man ihn ins Haus gelassen hätte. «Ich rufe dich an, sobald ich mit ihm gesprochen habe», war das Letzte, was sie an dem Abend von ihm hörte.

And his mama cries

Montag, 26. April 2004

Früh am Montagmorgen war noch alles wie gewohnt. Um sieben kam eine Krankenschwester mit dem üblichen Gruß herein, erkundigte sich, ob sie gut geschlafen habe und wie sie sich fühle, schob ihr eine Bettpfanne unter, half ihr danach, sich zu waschen, strich das Laken glatt, gab Tobis Blumenstrauß frisches Wasser und stellte ihn von der Fensterbank auf den Nachttisch.

Um acht brachte Schwester Hilde, wie das Namensschild an ihrem Kittel zeigte, das Frühstück, da wirkte sie schon etwas in Eile. Doch das wertete Stella nicht als Alarmzeichen, andere Patienten warteten auch auf Kaffee und Brote. Als Schwester Hilde das Frühstückstablett wieder abholte, fragte sie jemanden auf dem Korridor, ob er auch einen Kaffee trinken möchte. «Danke, gerne», antwortete eine junge Männerstimme.

Um halb zehn erschien der Stationsarzt in Begleitung von Schwester Hilde zur Visite. Er war sehr wortkarg, schaute sich ihre Füße an und verordnete Antibiotika, weil die Wunden immer noch entzündet waren. Nachdem der Arzt und Schwester Hilde das Zimmer wieder verlassen hatten, versuchte sie, Heiner anzurufen. Da er sich noch nicht gemeldet hatte, nahm sie an, er sei verstimmt, weil sie ihm am vergangenen Abend ein paar unschöne Dinge gesagt hatte. Inzwischen bedauerte sie das. Es war zwar höchste Zeit gewesen, sich gegen ihn durchzusetzen, aber sie hätte ihn nicht unbedingt beleidigen müssen.

Das Telefon an ihrem Bett funktionierte nicht mehr. Als sie nach der Schwester klingelte, hieß es, der Apparat sei defekt, man habe momentan keinen Ersatz. Im Hinausgehen schäkerte Schwester Hilde – mit einem Polizisten, wie Stella sofort klar wurde. Wie lange er denn hier sitzen müsse, wollte die Schwester wissen. Und ob ihm nicht langweilig sei. Es müsse doch eintönig sein, aufzupassen, dass eine Frau, die kaum auftreten könne, nicht wegliefe. Der Polizist blieb die Antwort schuldig. Trotzdem hätte ihr nichts deutlicher machen können, was geschehen war: Ihr Vater war noch nie ein Mann leerer Drohungen gewesen.

Nun stand zu bezweifeln, dass die Ermittler Heiner noch die Chance einräumten, im Wohnzimmer nach der Kassette zu suchen. Ob er trotzdem mit Schöller darüber sprach? In ihrem Hinterkopf wisperte Gabi wieder: *«Verspricht viel, hält aber nix.»*

Das musste er halten. Und wenn er es nicht tat, musste sie reden. *Glaub ihm lieber nur die Hälfe.* Wie hatte er gestern Abend sagen können, sie würde sich nur in unnötige Schwierigkeiten bringen? In größere Schwierigkeiten, als die, in denen sie bereits war, konnte sie kaum noch kommen. Vermutlich half es jetzt nicht einmal mehr, den Ermittlern zu erklären, da gäbe es ein bösartiges, rachsüchtiges Weib, dem nie etwas zu beweisen wäre. Das von vielen für eine Hexe gehalten wurde und vor gut einer Woche auf dem Sportplatz gesagt hatte, zur Zeit ließe es lieber Leute verschwinden. Das hatte ihr Vater bestimmt schon gesagt. Natürlich nicht mit diesen Worten. Die Begegnung auf dem Sportplatz hätte er gar nicht erwähnen können, weil er davon nichts wusste. Er hätte stattdessen behauptet, sie würde versuchen, Gabi das Verschwinden ihres Kindes in die Schuhe zu schieben. *«Wag es, diese Frau zu beschuldigen!»*

Eine Weile zermarterte sie sich den Kopf, was der Schatten noch gesagt haben könnte außer *bezahlen.* Er hatte bestimmt mehr gesagt als nur dieses eine Wort. Und je länger sie grübelte, umso mehr füllte sich ihr Hirn mit Stimmen. Madeleine raunte von Menschen, die aus Machtbesessenheit oder anderen Gründen die Mächte der Finsternis beschworen. Gabi drohte mit ihrem Schutzengel. *«Wünsch dir, dass du ihn nie kennen lernst.»* Fabian verkündete: *«Dann bist du wahrscheinlich die Nächste.»* Und Elvis, der gar nicht Elvis war, sang: «And his mama cries.»

Sie hätte am liebsten geschrien und sich büschelweise die Haare ausgerissen, wie sie es nach Johannas Geburt getan hatte. Aber sie wollte sich keine Blöße geben, den Ermittlern ruhig und gefasst entgegenschauen, damit niemand glaubte, sie sei verrückt oder tue nur so, um sich mildernde Umstände zu verschaffen. Einen klaren Kopf behalten.

Noch war er klar und sie sich völlig sicher: Sie hatte ihr Kind nicht getötet. Therese vielleicht. Mit dem Meißel. Morgens um sechs. Das wusste sie nicht, aber der Anblick schwebte ihr so deutlich vor Augen. Die klaffende Kopfwunde, das zerstörte Gesicht, das blutbesudelte Nachthemd. Ungefähr so, wie sie um siebzehn oder eher achtzehn Minuten nach zwei Ursula auf dem Fernsehbildschirm gesehen hatte, wobei gnädigerweise der zerplatzte Kopf nicht gezeigt worden war. Ein Motiv hätte sie wohl gehabt, mehr als eins. All die Schikanen der letzten Monate. Die Demütigungen und Beschimpfungen. Und zuletzt diese Drohung: *Ich rede morgen noch mal mit deinem Vater!*

Nun hatte er geredet. Und die Lücken ließen sich nicht füllen, das wusste sie aus Erfahrung. Abgesoffen hatte sie es genannt, nachdem ihr das zum ersten Mal passiert war. Sie zog eine Margerite aus Tobis Blumenstrauß und zählte es an den Blütenblättern ab. «Ich war es. Ich war es nicht. Ich war es. Ich war es nicht. Ich war es.» Sie kam aus bei: «Ich war es nicht», wenn sie sich nicht verzählt hatte.

Bei jedem Geräusch vor der Tür erwartete sie, dass jemand eintrat, um sie zu verhören, vielleicht sogar schon festzunehmen. Doch nur Schwester Hilde kam um halb zwölf noch einmal mit dem Mittagessen, das sie ohne ein Wort auf den Auszug vom Nachttisch stellte. Als sie hinausging, fragte Schwester Hilde den Polizisten wieder, ob er einen Kaffee trinken möchte. Antwort gab er nicht. Vielleicht nickte er nur und fragte: «Kennen Sie einen indischen Strom mit sechs Buchstaben? Der vierte ist ein R.»

«Ich möchte auch einen Kaffee!», rief sie. Und Schwester Hilde musste das gehört haben, schloss aber trotzdem die Tür. Sie trippelte auf ihren entzündeten Füßen hinterher. Schwester Hilde stand noch bei dem Polizisten. Er hielt ein Rätselheft im Schoß und einen Kugelschreiber in der Hand.

«Ich möchte auch einen Kaffee», wiederholte sie.

Der Polizist schaute sie an, ohne eine Miene zu verziehen. Schwester Hilde verlangte, sie solle sich sofort wieder ins Bett legen. Sie wiederholte ihre Bitte noch einmal.

«Mittags gibt es keinen Kaffee», behauptete Schwester Hilde.

«Ihm haben sie doch gerade einen angeboten», sagte sie. «Und gestern Mittag habe ich einen bekommen. Ich bin privat versichert und kann so viel Kaffee haben, wie ich will. Ich habe auch das Recht auf ein Telefon. Bringen Sie mir einen Apparat, ich muss dringend telefonieren.»

Schwester Hilde schaute den Polizisten an, als erwarte sie, dass er sie abschmetterte. Als er schwieg, meinte sie: «Ich glaube, Ihre Rechte fallen nicht mehr ins Gewicht. Gehen Sie zurück ins Bett, solange Sie noch ein bequemes haben.»

Daraufhin stand der Polizist auf, legte Heft und Kugelschreiber auf den Stuhl, nahm sie beim Arm und führte sie zurück zum Bett. «Ganges», sagte sie. «Das R ist mit Sicherheit falsch, versuchen Sie es mit einem G. Sie heißt Gabriele, Rosmarie ist ihr zweiter Vorname. Aber nur Elvis hat sie Romy genannt.»

Mit den Gedanken, die sich schon seit dem vergangenen Nachmittag um Gabi drehten, wurde ihr nicht bewusst, wie verrückt das klingen musste. Der Polizist beeilte sich, zurück auf den Korridor zu kommen. Und sie saß wieder da mit dieser Endlosschleife im Hirn.

Kurz darauf hörte sie vor der Tür Ludwig Kehlers Stimme. Er klang sehr aufgeregt. Der Polizist verweigerte ihm den Zutritt. «Mein Gott», schimpfte Ludwig, «nur zwei Minuten. Ich muss unbedingt mit Frau Helling reden. Sie hat ihrem Mann gestern …»

Weiter ließ der Polizist ihn nicht kommen. «Tut mir Leid. Ich habe meine Anweisungen.»

«Ja, ja», meinte Ludwig. «Und wenn es noch eine Leiche gibt, können Sie nichts dafür, weil Sie nur Ihre Anweisungen befolgt haben.» Dann rief er: «Was hast du Heiner gestern Abend erzählt, Stella? Weißt du, wo er sein könnte? Schöller sucht ihn. Er ist …»

Ludwig verstummte abrupt, es hörte sich an, als dränge der Polizist ihn von der Tür weg. Auf dem Korridor wurde es wieder still. Sie stocherte ohne Appetit auf ihrem Teller herum und spürte das Herz wie einen Klumpen Furcht in der Brust. Ludwigs Stimme zuckte ihr durchs Hirn. *Noch eine Leiche!*

Wo mochte Heiner sein? Wieso musste Schöller ihn suchen? Ob Heiner doch selbst mit Gabi geredet, ihr auf den Kopf zugesagt hatte, dass sie die Kleine haben müsste? Und Gabi wollte Johanna nicht herausgeben, weil Heiner nicht *bezahlen* konnte? Ob Heiner ihr gedroht hatte? Schwer vorstellbar, er wusste doch genau, dass man sich nicht gegen Gabi auflehnen durfte.

Inzwischen wusste sie es eigentlich auch. Es hatte sich immer wieder gezeigt. Wer es tat, zog den Kürzeren; verlor den Verstand wie Fabian, die Gesundheit und das Leben wie Peter Lutz und Uschi. Verlor die Selbstachtung, den Job, die Liebe des Vaters, die Schwiegermutter und das Kind, das gar nicht hätte geboren werden dürfen. Aber nicht Heiner! Bitte nicht ihn. Er war nicht perfekt, hatte Fehler und Schwächen wie jeder Mensch. Ein Feigling war er und ein Lügner. Und trotzdem liebte sie ihn, hatte doch sonst keinen mehr, der zu ihr hielt.

Gabi konnte ihr Heiner nicht wegnehmen. Das durfte nicht einmal Gabi wagen. Wer sich an einem Polizisten vergriff, brachte all seine Kollegen gegen sich auf. Da half ein einzelner Polizistenfreund nicht mehr viel. Wusste Gabi das nicht? Oder ließ sie es darauf ankommen? Bisher hatte sie doch Glück gehabt. Niemand hatte sie für Uschis Tod zur Verantwortung gezogen, alle hatten geglaubt, es sei ein Unfall gewesen.

Ein Unfall! Minutenlang lähmte der Gedanke sie derart, dass sie kaum atmen konnte. Wie ein Film lief es vor ihrem inneren Auge ab, das Drehbuch von Gabi geschrieben, Gabi führte auch Regie. Sie war freundlich, als Heiner zu ihr kam, lächelte ihn an wie letzte Woche Sonntag auf dem Sportplatz. Und als Heiner nach der Kleinen fragte, erklärte sie, Resl habe das Baby in der Nacht zu ihr gebracht. Leider hätte sie nicht die Zeit, sich um einen kranken Säugling zu kümmern.

«Ich habe die Kleine zu einer vertrauenswürdigen Person an einen sicheren Ort gebracht», sagte Gabi. «Es ist kompliziert zu finden. Das Beste wird sein, ich fahre voraus, und du folgst mir.»

Gabi stieg in ihr Auto, Heiner in seinen Nissan. Gabi fuhr voraus an den sicheren Ort, Heiner folgte ihr. Und nun lag er da, an dem Ort, der nur für Gabi sicher war. Niemand würde ihn so bald finden. Und die Kleine auch nicht. Gabi würde behaupten, Heiner sei nie bei ihr gewesen. Das hätte er sich gar nicht getraut. Und alle würden Gabi glauben, jeder würde genau das denken, was Heiner gestern Abend am Telefon gesagt hatte.

Ein behindertes Kind ist eine große Belastung. Wenn man die Behinderung selbst verschuldet hat, ist es darüber hinaus auch eine fortwährende Anklage. Das hätte er nicht sagen dürfen, obwohl er damit in gewisser Weise Recht hatte. Die Blicke der Kleinen waren eine fortwährende Anklage gewesen. *Wer hat mir das angetan? Wie konntest du zulassen, dass ich so auf die Welt kommen musste? Wie konntest du eine Hexe bis aufs Blut reizen?*

Und eine richtige Hexe streute sogar dem Großinquisitor Sand in die Augen, hatte Gabi doch selbst einmal gesagt. Aber durfte man sie deshalb ungeschoren davonkommen lassen? Nein. Was konnte Gabi ihr denn noch antun oder nehmen? Ihre Freiheit? Die war bereits weg. Ihr Leben? Das war ihr schon lange nicht mehr viel wert und ohne Heiner gar nichts mehr. Wenn er am Morgen seine Feigheit bezwungen hatte und zu Gabi gefahren war, hatte sie ihn gestern Abend mit ihrem Beharren wahrscheinlich in den Tod geschickt. Das hätte zu Gabi gepasst, der alles vernichtende Schlag.

Nachdem Schwester Hilde das Tablett mit dem zerstocherten Mittagessen wieder abgeholt hatte, ohne ihr dabei ein Wort oder auch nur einen Blick zu gönnen, sammelte sie die abgezupften Blütenblätter vom Laken und zählte dabei noch einmal nach. *Ich war es. Ich war es nicht. Ich war es. Ich war es nicht!*

Sie hatte sich nicht verzählt, trippelte mit zusammengebissenen Zähnen ins Duschbad, musste ohnehin zur Toilette und mochte sich von Schwester Hilde nicht die Bettpfanne unterschieben lassen. Die Blätter warf sie in den kleinen Abfallbehälter unter dem Waschbecken, entfernte die frischen Verbände von ihren Füßen, duschte ausgiebig, wusch sich die Haare und föhnte sie sorgfältig, putzte minutenlang ihre Zähne, sprühte sich mit Deo ein und zog ein frisches Nachthemd an, um nicht wie eine Schlampe im Bett zu sitzen, wenn Schöller oder sonst wer kam. Irgendwann musste ja jemand kommen. Bis dahin konnte sie nichts weiter tun als warten und sich erinnern an die letzten Stationen ihres Untergangs.

Das letzte Gefecht

November 2001 bis Februar 2002

In den ersten drei Monaten nach der Ausstrahlung des Films hatte Stella noch lachen können über Heiners Ängste. Sie meinte, das Gegenteil bewiesen zu haben, fühlte sich großartig und genoss ihren Triumph über Gabi in vollen Zügen – aber noch nicht aus vollen Gläsern. Abgesehen von dem einen Abend, an dem sie sich mies gefühlt hatte wegen ihrer Feigheit und der Scham.

Dem Geschäftsführer und dem Regisseur, die sie Gabi als Sündenböcke geboten hatte, ging es prächtig. Ulf von Dornei hatte mit der Quote des *Schattens* sogar sein Ansehen beim Mutterkonzern in München gesteigert. Es hieß, sein Vater sei neuerdings stolz auf ihn. Das war ihr Vater auf sie mit Sicherheit.

Gabi dagegen war am Ende. Mitte Dezember rief sie einmal an, um zu betteln. «Ich brauche die ersten acht Folgen, Stella, wenigstens die. Danach könnt ihr von mir aus machen, was ihr wollt. Die Drehbücher sind fertig, sogar für zwei Staffeln, schau sie dir an. Du kannst dir die besten aussuchen. Soll ich sie dir schicken? Oder nein, für ein Päckchen ist das zu viel Papier. Ich bringe sie dir morgen vorbei, ja? Bitte, Stella, ich brauche das Geld.»

Aus Gabi sprach schiere Verzweiflung, und dafür gab es einen guten Grund, den sie auch nannte. Sie hatte sich mit der Hypothek übernommen, sich eine ungünstige Finanzierung aufschwatzen lassen. Fünf Jahre lang wurden nur Zinsen gezahlt, dann musste komplett getilgt werden. Sechshunderttausend Mark, umgerechnet dreihunderttausend Euro!

«Wo ist das Problem?», fragte Stella. «Du hast noch fast drei Jahre Zeit, um das Geld zusammenzubringen. Wenn du das nicht schaffst, nimmst du eine zweite Hypothek auf und tilgst damit die erste. So haben meine Eltern das auch gemacht, das müssen alle tun, die ein Haus kaufen. Aber du schaffst es, da bin ich sicher. Du arbeitest doch auch für andere.»

Das tat Gabi eben nicht mehr. Sie hatte mit Aussicht auf eine eigene Serie andere Angebote abgelehnt und damit wohl einige Leute vor den Kopf gestoßen. Ihre Ersparnisse waren restlos aufgezehrt, das Honorar für den *Schatten* ebenso. Zurzeit wusste sie nicht einmal, wie sie die Hypothekenzinsen für den nächsten Monat aufbringen sollte. An Weihnachten mochte sie gar nicht denken. Ihr Sohn wünschte sich einen Computer, verständlich für einen Jungen in seinem Alter, aber das war utopisch.

«Was ist mit deinem jüngsten Bruder?», fragte Stella. «Er soll im Lotto gewonnen haben. Kann er dir nicht helfen?»

Nein, so weit her war es mit dem Gewinn auch nicht gewesen. Nur eine knappe Million, die war schnell weg, wenn man sich eine Eigentumswohnung mit schicker Einrichtung und einen Porsche zulegte und dann erst mal mit der Freundin nach Jamaika flog. Reinhard und Ulrich hatten Gabi zweimal mit größeren Beträgen aus der Patsche geholfen, nochmal ging das nicht.

Die Frage nach dem guten Schutzengel verkniff Stella sich, sagte stattdessen: «Ich hatte dir eine Folge angeboten. Die wolltest du nicht. Überleg es dir. Ich kann bestimmt noch eine zweite für dich rausholen. Das wären hunderttausend.»

Von den anderen Autoren ließ sich garantiert einer absägen. Zwei hatten bisher nicht mal akzeptable Vorschläge gemacht. Bei allem Groll tat Gabi ihr Leid. Dass sie ein Haus verlor, für das sie ihre Seele verkauft hatte (und wenn sie bei Uschis Treppensturz ihre Finger im Spiel gehabt hatte, war der Preis dafür die Seele), das wollte Stella nicht. Ihr war es doch nur darum gegangen, Gabi einmal richtig in die Schranken zu verweisen.

«Du kannst sofort einen Vorschuss haben», bot sie an.

Daraufhin schickte Gabi kommentarlos zwei Drehbücher mit der Post. Folge 1 und Folge X. Wie der Regisseur wollte, wurde Romy in Folge 1 entführt und starb beim Versuch einer Teufelsaustreibung, der an die Methoden der Inquisition erinnerte. Wie gewünscht erschien der Schatten und erlöste Romy von ihren Qualen, ohne ihre Folterknechte zu beachten. In Folge X beseitigten Romys Geist und der Schatten einen Drogenboss in Bolivien. Davon wäre König Ulf vermutlich hellauf begeistert gewesen, er bekam das Buch allerdings nicht sofort zu sehen.

Weil ihre Zeit in der Firma knapp bemessen war und sie dort nicht mehr die Muße zum Lesen fand, nahm Stella das Häufchen Papier mit in ihr Apartment. Heiner hatte Nachtdienst in der Woche, rief jeden Abend an, um wenigstens ihre Stimme zu hören und ihr zu sagen, wie gerne er sie jetzt in den Armen hielte. Als das Telefon klingelte, nahm sie an, es sei Heiner.

Sie griff zum Hörer und hatte Gesang im Ohr. Keine Musik im Hintergrund, nur diese dunkle, erotische Stimme. «And I love you so, the people ask me …»

«Heiner?», fragte sie irritiert. Sie hatte ihn noch nie singen hören. Aber es klang nach seiner Stimme. In intimen Momenten sprach er mit demselben Timbre und trieb ihr alleine damit wohlige Schauer über die Haut. Das kehlige Lachen, das sie anschließend hörte, passte allerdings nicht zu Heiner und noch weniger das, was danach gesagt wurde.

«Er war nur das Vorprogramm. Passables Stimmchen, hat inbrünstig für Mama gesungen. Zum Pausenfüller hat es leider nicht mehr gereicht. Da saß er heulend neben Mama. Er ist schnell beleidigt und furchtbar nachtragend. Davon kann ich dir auch ein Lied singen. – And a hungry little boy with a runny nose …»

«Geben Sie sich keine Mühe, Herr Treber», sagte sie – nun in der Annahme, es sei einer von Gabis Brüdern. Es war zweifellos ein erwachsener Mann.

Er lachte noch einmal: «Schneider. Sorry, ich hätte mich korrekt vorstellen sollen. Aber es macht keine Mühe. Es ist mir eine Pflicht. Du hast in meinem Blut gesessen, das verbindet.»

«Nein, ich habe Tücher auf den Sitz gelegt», widersprach sie. «Verbunden sind wir nur durch die Telefonleitung. Und Geister, die auf solch ein Hilfsmittel angewiesen sind, halte ich nicht für geisterhaft.»

«Ich wollte dich nicht gleich mit meinem Anblick erschrecken», sagte er. «Dass die Zeit alle Wunden heilt, ist ein Märchen. Das tut nicht einmal der Tod.»

«Ich bin nicht schreckhaft», erklärte Stella.

«Ist das eine Aufforderung? Sag ja, dann bin ich bei dir.»

Diese Stimme! Wie ein sehnsuchtsvoller Liebhaber. Sie sagte nicht ja, fragte stattdessen: «Und Gabi würde billigen, dass Sie andere Frauen besuchen?»

«Sie wird nicht merken, dass ich weg bin», sagte er, nicht mehr mit diesem massiv erotischen Klang, eher traurig. «Sie hat sich in den Schlaf geweint. Es war schlimm für sie, diesen Schwachsinn zu schreiben und dann zu erfahren, wem sie das zu verdanken hat. Es war nicht der Fatzke. Böse. Böse. Was hast du dir dabei gedacht? Sie hat dich nach Kräften unterstützt, dir alle Steine aus dem Weg geräumt, sogar deinen verrückten Kollegen. Und wie dankst du es ihr? Lässt dir von Heintje den Kopf verdrehen und dich gegen sie aufhetzen. Dabei darf er …»

«Ich würde unsere Unterhaltung gerne unter vier Augen fortführen», unterbrach sie ihn. «Aber Heiner schläft leider nicht. Und er ist sehr eifersüchtig.»

«Willst du damit etwa sagen, du erwartest ihn noch?», fragte die Männerstimme nun amüsiert. «Wie verträgt sich denn das mit der Dienstvorschrift? Er hat doch Nachtdienst. Vorgestern habe ich ihn fahren sehen. Folgt er jetzt Lulus Beispiel? Das wäre aber nicht mal kurz um die Ecke. Ist er mit Lulu unterwegs?»

Darauf konnte Stella sich keinen Reim machen. Zwar vermutete sie, mit *Lulu* sei Heiners Freund Ludwig Kehler gemeint. Aber sie wusste nicht einmal, ob Heiner in dieser Nacht unterwegs war. Am vergangenen Abend hatte er sie aus der Wache angerufen. «Vielleicht erklären Sie mir einfach, was Sie wollen», verlangte sie. «Mir drohen?»

«Aber nein, dich retten», sagte er. «Was du getan hast, darf man mit Romy nicht tun. Wer meiner kleinen Hexe auf die Füße tritt, hat nicht mehr viel Freude am Leben. Und wenn sie richtig böse wird, kann ich sie nicht aufhalten. So weit müssen wir es doch nicht kommen lassen. Du musst nur zwischen Freund und Feind unterscheiden lernen. Das ist schwer, wenn man eine rosa Brille trägt, ich verstehe das. Romy wird es auch verstehen, wenn wir die Dinge wieder gerade rücken. Ich fände es bedauerlich, wenn sie mit dir so verfährt wie mit Lutz, mit Uschi oder deinem Kollegen, der ja noch glimpflich davongekommen ist. Er plant übrigens wieder einen großen Film, Kino. Gestern hat er sie angerufen und gefragt, ob sie das Drehbuch schreiben will. Wenn sie annimmt, braucht sie dich nicht mehr.»

«Das macht nichts», sagte Stella. «Ich brauche sie auch nicht.» Dann legte sie auf.

Lügen, nicht von ihr, von Gabi. Und diesmal waren es Lügen aus purer Hilflosigkeit. Wer immer am Telefon gewesen war, hatte ihr bloß Angst machen wollen. Fabian plante zwar einen Kinofilm, aber nicht er hatte Gabi, sie hatte ihn angerufen und um Hilfe angefleht, die Fabian ihr nicht bieten konnte, weil das Drehbuch längst geschrieben war.

Das klärte Stella gleich am nächsten Vormittag. Und Fabian sagte nicht mehr: «Dann bist du wahrscheinlich die Nächste.» Jetzt sagte er: «Ich war sehr krank, Stella. Das kannst du Gabi nicht ankreiden. Sie hat gut gearbeitet und steckt bis zum Hals in Schwierigkeiten. Ihre Tochter muss wahrscheinlich die Schule abbrechen, um Geld zu verdienen. Sie hilft bereits jeden Nachmittag im Geschäft ihres Onkels. Gabis Sohn steht mitten in der Nacht auf und trägt Zeitung aus, damit sie einigermaßen über die Runden kommen. Sie wird das Haus verlieren. Und du weißt inzwischen doch, mit wem sie darin gelebt hat.»

«Hat sie dir endlich von ihrem Taxifahrer erzählt?»

«Ja», sagte Fabian. «Sie hat mir sogar erzählt, dass er möglicherweise der Vater deines Freundes war.»

«Nicht möglicherweise», erklärte Stella. «Er war es, das weiß ich von Heiners Mutter. Und die wird es ja wohl am besten wissen.»

«Glaubst du, seine Mutter beichtet dir, mit wem sie es früher alles getrieben hat?», fragte Fabian. «Sie soll in jungen Jahren äußerst aktiv gewesen sein. Aber lassen wir das mal beiseite. Gabi vermutet, dass dein Freund dich gegen sie aufgehetzt hat.»

«Das hat sie mir gestern Abend ausrichten lassen», erwiderte Stella. «Aber da befindet sie sich im Irrtum. Heiner legt sogar den größten Wert darauf, dass ich nach ihrer Pfeife tanze.»

«Er wird wissen, warum», meinte Fabian.

«Weißt du es auch?», fragte Stella. «Dann sprich nicht wie das Orakel von Delphi, sondern Klartext. Was hat Gabi dir erzählt? Warum passt es ihr nicht, dass ich mit ihm zusammen bin?»

«Sie meint, er hätte sich nur an dich herangemacht, weil er wusste, dass du den Film machst», erwiderte Fabian. «Er sei ein Blender und ein Aufschneider, sagte sie. Lass dich nicht benutzen, Stella. Überleg dir, was du tust.»

Es gab nichts mehr zu überlegen. Wenn Gabi sich einbildete, sie mit einer Geisterstimme am Telefon ins Bockshorn jagen oder mit haltlosen Behauptungen Zweifel an Heiners Liebe säen zu können, war Gabi auf dem Holzweg. Hätte sie sich das verkniffen, hätte sie das Honorar für die beiden Drehbücher bekommen und zwei Bücher der nächsten Staffel. Aber es ginge auch ohne Gabi, meinte Stella. Mit Heiner sprach sie weder über den nächtlichen Anruf noch über Fabians Mahnung. Der vermeintliche Geist meldete sich nicht mehr, von Gabi sah oder hörte sie ebenso wenig. Gabi fragte nicht einmal nach, ob die Drehbücher in Ordnung wären, das setzte sie wohl voraus.

Vielleicht war Stella zu verliebt, um die ersten Alarmsignale richtig zu deuten. So viele waren es auch nicht, nur zwei weitere unbrauchbare Exposés von den anderen Autoren. Kurz vor dem Fest der Liebe machte man um so etwas nicht viel Aufhebens, sprach darüber, sagte: «Da musst du noch mal ran», und dachte weiter über das Weihnachtsgeschenk für Heiner nach. Eine teure Armbanduhr, aber welche Marke? Es sollte nicht zu protzig sein.

Im Januar 2002 war sie bereits zu sehr abgelenkt mit der Planung ihrer Hochzeit und den Vorbereitungen für ihren Umzug in *Mamas* Haus. Dass sie sich damit in Gabis unmittelbare Nähe begab – na und? Wen oder was sollte sie denn fürchten? Dass einer von Gabis Brüdern nachts über sie herfiel? Sie hatte nicht vor, nachts im Dorf herumzulaufen, nicht mal tagsüber.

Einmal holte Heiner sie übers Wochenende nach Niederembt. Von Gabi wurde nicht gesprochen. Dem Anschein nach wussten weder er noch Therese von Gabis Misere. Ihre Niederlagen posaunte sie offenbar nicht herum, um ihren Nimbus der Unbesiegbaren nicht zu verlieren. Therese war freundlich, hatte aber nicht viel Zeit. Heiner schien es ganz recht, dass sie alleine blieben. So konnte er Stella ungestört das ganze Haus zeigen und offen über seine Pläne reden. Er hatte große Pläne. Mit dem Anbau wollte er sich nicht begnügen, sondern den Schuppen abreißen lassen.

«Diese Müllhalde ist mir schon lange ein Dorn im Auge», sagte er. «An die Stelle kommt ein großes Wohnzimmer mit Terrasse davor und Blick in den Garten. Es wird bestimmt ein hartes Stück Arbeit, Mama zu überreden, sich von dem ganzen Plunder zu trennen. Aber mit vereinten Kräften schaffen wir das, Liebes. Wir müssen sie damit ja nicht sofort überfallen.»

Zweistöckig bauen wollte er, dann bekämen sie oben auch ein großes, helles Schlafzimmer mit Balkon. Im Anbau bliebe unten die Küche und ein Esszimmer und oben ein neues Bad und ein Kinderzimmer. «Du willst doch Kinder, Liebes? Ich hätte gerne eins oder zwei.»

«Soll ich ein Baby mit in die Firma nehmen?», fragte sie.

Heiner lachte. «Nein. Mama wird garantiert eine wundervolle Großmutter. Sie spricht schon seit einiger Zeit davon, ihren Beruf aufzugeben. Aber ohne Grund? Da würden die Leute denken, sie hätte es nicht mehr nötig.»

«Wovon will sie denn leben, wenn sie nicht mehr arbeitet?»

Heiner zuckte leichthin mit den Achseln. «Sie war immer sparsam, hat ein hübsches Sümmchen auf der hohen Kante. Bei ihren Ansprüchen wird das für die nächsten zwanzig Jahre reichen, wahrscheinlich sogar dreißig.»

Stella hatte noch nicht darüber nachgedacht, ein Kind zu haben, konnte sich das auf Anhieb nicht vorstellen und wollte ihr Glück erst einmal mit ihm allein genießen. Leider war ihr das nicht mehr lange vergönnt.

Phönix aus der Asche

Februar bis Juli 2002

Schon die geplante dreiwöchige Hochzeitsreise fiel dem *Schatten* zum Opfer. Eine Woche, mehr war nicht drin. Da lohnte es nicht, nach Jamaika zu fliegen, wo Heiner gerne hin wollte.

Nach der Rückkehr kam Stella kaum noch zum Luftholen. Eine Besprechung jagte die nächste. Heuser drängte von Woche zu Woche unwilliger. Er wollte endlich Drehbücher sehen. Es gab nur zwei – von Gabi. Sie hatte Folge 1 und Folge X selbst an den Redakteur geschickt. Völlig zufrieden war Heuser nicht damit, von der Lutz hätte er etwas anderes erwartet, sagte er.

Ulf von Dornei dagegen, der während Stellas Abwesenheit auch beide Bücher von Gabi persönlich bekommen hatte, war verständlicherweise von dem bolivianischen Drogenboss in Folge X sehr angetan. Gabi hatte Verträge und für jedes Buch auch schon die Hälfte des Honorars bekommen, weil Heuser seiner Unzufriedenheit zum Trotz beide abgesegnet hatte. Die zweite Hälfte gäbe es bei Drehbeginn. Nur stand der in weiter Ferne.

Die Ideen der Autoren, die Stella verpflichtet hatte, veranlassten Heuser jedes Mal dazu, die Augen zu verdrehen und den Kopf zu schütteln, meist sagte er auch noch: «Leute, so geht das nicht.»

Der Regisseur vertrat die Überzeugung, es läge an Romy. Ihm war sie auch als Geist noch ein Dorn im Auge, er wollte völlig auf sie – und die beiden Bücher von Gabi – verzichten und stattdessen Ursula von den Toten auferstehen lassen. Seine Vorschläge nahmen immer groteskere Formen an. Heusers Mienenspiel dabei sprach Bände.

Und dann kam der Nachmittag Ende Juni, an dem Heuser einfach aufstand und zur Tür ging mit den Worten: «Leute, ich weiß nicht, wohin das führen soll. Schaut euch unseren Film nochmal an, und lest euch durch, was die Lutz abgeliefert hat. Wenn ihr in der Richtung etwas zu bieten habt, könnt ihr mich anrufen.»

Nachdem alle gegangen waren, ließ auch Ulf von Dornei durchblicken, dass man wohl einmal mit Gabi sprechen sollte. Sie bekäme das bestimmt in den Griff und wäre vielleicht bereit, die Ideen der anderen in die richtige Form zu bringen. Natürlich wollte er nicht selbst mit Gabi reden, das sollte Stella tun. Und sie wollte sich diese Blöße nicht geben – bis Heuser sie zwei Wochen später in den Sender zitierte, allein.

Auf seinem Schreibtisch lagen Gabis Drehbücher, seine Hand auf Folge 1. «Ich schätze», begann er. «Die Lutz braucht nur ein oder zwei Stunden, um das zu korrigieren. Ist nicht viel. Im Folterkeller drehen wir den Spieß um. Romy überlebt. Die anderen gehen hops. Die brauchen wir nicht.»

Seine Hand wanderte zu Folge X. «Hier wie gehabt. Statt in Bolivien lebt der Drogenboss in Köln. Wenn die Lutz mit dem Kerl leben kann, soll's mir recht sein.»

«Wieso nennst du sie immer die Lutz?», fragte Stella. «Mir brauchst du nichts vorzumachen. Ich weiß, dass du etwas mit ihr hast. Du kannst ruhig Gabi sagen.»

Heuser schaute sie an, als hätte sie einen unverständlichen Dialekt gesprochen. «Was habe ich denn mit ihr? Ein paar Mal telefoniert und ein paar Mal zusammengesessen. Da warst du sogar dabei, und das letzte Mal ist schon über ein Jahr her. Also fang nicht an zu spinnen.»

Dann legte er seine Hand auf einen Kalender. «In den nächsten sechs Wochen kriege ich pro Woche so ein Buch. Einen Fünfzigminüter schreibt die Lutz doch in wenigen Tagen. Abgesehen davon hat sie sechzehn Stück auf Vorrat, da wird wohl was Passendes dabei sein.»

«Und was mache ich mit den anderen Autoren?», fragte Stella. «Wir haben Verträge abgeschlossen.»

«Ist nicht mein Problem», meinte Heuser. «Das hättet ihr euch vorher überlegen sollen. Wer ist überhaupt auf den saublöden Einfall gekommen, andere Autoren anzuheuern?»

«Ulf», behauptete sie. «Er hatte von Anfang an Probleme mit Gabi, das weißt du doch. Du warst dabei, als sie ihn Kaffee holen geschickt hat.»

Heuser nickte. «Ja, ja, deshalb dachte ich zuerst, das hätten wir ihm zu verdanken. Ich wollte ein ernstes Wort mit ihm reden, ist schon eine Weile her. Und er sagte, es wäre dein Vorschlag gewesen. Er hätte sich gar nicht getraut, die Lutz abzusägen.»

«Das ist doch Blödsinn», begehrte Stella auf. «Nicht getraut. Er hat sie monatelang mit einem unsinnigen Konzept schikaniert.»

Heuser lehnte sich im Stuhl zurück, verschränkte lässig die Arme vor der Brust und grinste. «Na ja, ein bisschen Rache braucht der Mensch, irgendwie musste er ihr die blutige Nase doch heimzahlen. Er hatte sich etwas zu intensiv mit Fabians Lieblingslektüre befasst und meinte, er hätte was gespürt, einen kalten Hauch in der Teeküche. Die Schranktüren seien ihm förmlich aus der Hand gerissen worden.»

«Und das glaubst du?», fragte sie.

Heuser schlug auch noch die Beine übereinander. «Wenn ich hier sitze, glaube ich nur, dass ich mit einer hohen Quote noch lange an diesem Schreibtisch sitze. Ich habe von Anfang an gesagt, der Stoff hat Potenzial. Der läuft auch in der zehnten Staffel noch gut, davon bin ich überzeugt. Es darf nur nicht in Schwachsinn ausarten. Die Lutz schafft es, die richtige Balance zu halten, das hat sie bewiesen. Aber über mir sitzen ein paar Herren, die haben mehr zu sagen, und denen ist die Lust schon halbwegs vergangen. Kein Wunder, wenn sich so etwas über eine Ewigkeit hinzieht. Mich interessiert nicht, was für ein Problem du mit der Lutz hast oder ob König Ulf in Fabians Fußstapfen treten will. Ich will nur gute Bücher. Die Lutz kann sie liefern, also sieh zu, dass du das wieder hinbiegst. Noch habe ich einen Sendeplatz, aber wenn du nicht bald drehen lässt, ist er weg.»

An dem Abend trank Stella zum ersten Mal eine ganze Flasche Wein zum Essen und danach noch drei Grappa, um den Frust hinunterzuspülen. Zum Glück sah Therese es nicht, weil sie an irgendeinem Sterbebett wachte. Heiner war sehr besorgt, aber auch erleichtert, als sie ankündigte, Gabi am nächsten Vormittag anzurufen und ihr das gesamte Projekt zurückzugeben.

Der nächste Tag war ein Mittwoch, und am Telefon bemühte Stella sich vergebens. Den Vormittag über wurde nicht abgehoben. Einen Anrufbeantworter, auf den sie ein paar Sätze hätte sprechen können, besaß Gabi nicht.

Am Nachmittag bekam sie Gabis Tochter an den Apparat und die Auskunft: «Meine Mutter ist nicht da.»

«Richtest du ihr aus, sie soll mich zurückrufen?», bat Stella.

«Kann ich tun», sagte Martina Lutz. «Ich glaube nur nicht, dass meine Mutter es tut.»

«Das glaube ich doch», sagte Stella. «Es geht für deine Mutter um eine Menge Geld. Wenn sie das hört, wird es sie freuen.»

«Kann ich mir nicht vorstellen», erklärte Gabis Tochter. «Sie lässt sich immer nur einmal verarschen.» Dann legte sie auf.

Donnerstags versuchte Stella es noch einmal – ohne Erfolg. Auch am Freitag klingelte es zuerst endlos, ehe der Hörer doch noch abgenommen wurde und sie begriff, wer der Geist am Telefon gewesen war. Gabis Sohn. Er meldete sich mit Lutz und klang dabei nach einem Halbwüchsigen. Doch kaum hatte Stella nach seiner Mutter gefragt, verwandelte er sich in Schneider und sprach mit dieser erotischen Stimme. «Tut mir Leid, Mädchen. Gewarnt hatte ich dich rechtzeitig. Jetzt ist es zu spät.»

Abends schlug Heiner vor, Stella solle morgen ein persönliches Gespräch mit Gabi suchen. «Sie will dich auf Knien sehen, Liebes. Tu ihr den Gefallen, und behaupte nicht, es sei deine Idee gewesen, sie zurückzuholen. Sag ihr, dass Heuser dich unter Druck setzt. Gib dich klein und zerknirscht, bitte tausendmal um Vergebung. Wenn sie ihre Genugtuung will, gib sie ihr.»

Er fuhr sie hin am Samstagvormittag, parkte gut fünfzig Meter entfernt von Gabis Grundstück, saß noch eine Weile mit ihr im Auto und wartete darauf, dass Gabis Kinder das Haus verließen, damit sie nicht von denen abgewimmelt wurde. Die ganze Zeit redete er ihr gut zu. Es ginge doch um ihren Job, der ihr wichtig sei. König Ulf würde ihr nie verzeihen, wenn das Projekt scheitere. Und bei Heuser hätte sie ausgespielt. Da mochte sie ihm noch so gute Filmstoffe anbieten. Das alles wusste sie ja selbst, als sie endlich ausstieg.

Sie ging zur Hofeinfahrt und hörte Gabi schon mit Elvis um die Wette «The Great Pretender» singen, ehe sie die Haustür erreichte. Dreimal musste sie anhaltend klingeln, ehe Gabi ihr öffnete. Ins Haus wurde sie nicht gebeten, Gabi hörte sie nur an, während im Wohnzimmer «And I Love You So» begann. *And yes, I know, how lonely life can be, the shadows follow me …*

Stella wusste nicht, wohin sie schauen sollte bei dieser Demütigung und den Entschuldigungen. Zuerst hielt sie den Blick auf Gabis Beine in der verwaschenen Jeans gerichtet, dann auf den Streifen nackter Haut über dem Hosenbund. Immer diese über dem Nabel verknoteten Blüschen. Als sie Gabi endlich ins Gesicht schaute, sah sie noch kurz das spöttische Lächeln. Dann verzog Gabi bedauernd ihre Miene.

«Wärst du im Frühjahr gekommen.» Nun hatte Gabi wirklich keine Zeit mehr für Drehbücher. Sie stand in Verhandlungen mit einem Verlag, um einen neuen Roman herauszubringen.

«Du hast doch sechzehn fertige Bücher», sagte Stella. «Heuser nimmt sie garantiert.» Wie sie die anderen Autoren loswerden sollte, wusste sie noch nicht. Es würde mächtigen Ärger in der Firma geben. Doch das war jetzt zweitrangig.

«Ich hatte», sagte Gabi. «Aber ich habe sie nie ausgedruckt. Du wolltest sie doch nicht, sie passten ja auch nicht in euer neues Konzept. Im April habe ich mir einen neuen Laptop gekauft, mit Modem, braucht man ja heutzutage. Mit dem alten spielt seitdem mein Sohn. Zu Weihnachten konnte ich ihm doch keinen Computer schenken. Ich habe die Drehbücher nicht kopiert, und mein Sohn hat die Festplatte neu formatiert.»

«Und was ist mit deiner Hypothek?», fragte Stella. «Meinst du, mit einem Roman verdienst du genug, um sie zu tilgen?»

«Hat sich erledigt», sagte Gabi.

«Das glaube ich dir nicht.»

«Ich weiß», sagte Gabi. «Ich hätte dich nicht belügen dürfen, nachdem Fabian mich durchschaut hatte. Wer einmal lügt, dem glaubt man nicht, selbst wenn er dann die Wahrheit spricht. Aber mir hat mal jemand gesagt, normale Menschen seien mit Martin überfordert. Dich habe ich für normal gehalten. Tut mir wirklich Leid.» Beim letzten Wort schloss sie die Tür. Elvis war inzwischen in the Ghetto. Und Gabi stimmte ein: «And a hungry little boy with a runny nose plays in the street as the cold wind blows – in the ghetto.»

Verflucht

Juli 2002 bis Januar 2004

Nach dem vergeblichen Bittgang mühte Stella sich noch einige Monate lang mit jungen Autoren ab. Sie konnten heitere Serienfolgen schreiben, aber den *Schatten* bekamen sie nicht in den Griff. Vielleicht hätte sie früher aufhören müssen, dieses Projekt retten zu wollen. Aber es war ein so großer Erfolg und ihr Vater so stolz auf sie gewesen. Nun litten die beiden bis dahin auch nicht gänzlich erfolglosen Vorabendserien darunter.

Im Herbst wurde *Urlaub und andere Katastrophen* vom Sender abgesetzt. Vorübergehend, hieß es, Campingplätze passten besser in die Sommermonate. Eventuell könne man die Serie im nächsten Jahr weiterführen. Die bislang stabile Quote von *Auf eigenen Füßen* fiel von Woche zu Woche tiefer, weil die Probleme mit einem Geist auf die Nöte der jungen WG abfärbten und nun über ein Leben nach dem Tod diskutiert wurde. Das interessierte das Stammpublikum wohl nicht.

Im Februar 2003, ein Jahr nach Stellas Hochzeit, wurde es sogar für *Am Limit*, dem seit den Anfängen soliden Standbein und Aushängeschild der Firma, kritisch. Movie-Productions kämpfte ums Überleben. Zu dem Zeitpunkt trank sie schon übermäßig und meist härtere Sachen als Rotwein, zu Hause allerdings nur, wenn Heiner Nachtdienst hatte. Sie wollte nicht, dass er es sah, weil er ihr dann jedes Mal von Peter Lutz und Uschi erzählte.

In ihrer Tasche schmuggelte sie Flachmänner ins Haus, nahm sie mit ins Schlafzimmer und brachte das Leergut in der Tasche wieder raus. So sah Therese es auch nicht. Häufig wachte sie morgens mit einem Brummschädel auf, aber noch nicht mit Gedächtnislücken. Und anders hätte sie dem Druck nicht standgehalten. Im Büro lag stets eine

Flasche Wodka in ihrem Schreibtisch, weil sie gehört hatte, davon bekäme man keine Fahne.

Stattdessen bekam sie die fristlose Kündigung, die der Geschäftsführer für gerechtfertigt hielt, nachdem er den Wodka gefunden hatte. Wochenlang wurde sie geschüttelt von der Erinnerung an diese Minuten. Ulf von Dornei fügte ihr eine weit schmerzhaftere Demütigung zu, als Gabi es getan hatte. Vor deren Haustür hatte es keine Zeugen gegeben, nur Heiner ein Stück die Straße runter im Wagen, der nicht hatte mithören können. König Ulf stellte sie vor versammelter Mannschaft zur Rede. Die Sekretärin stand dabei, zwei Autoren, die beiden Aushilfskräfte, sogar die Putzfrau. Es war ein Schock, aber ein heilsamer.

Heiner war so verständnisvoll danach. «Nimm es dir nicht so zu Herzen, Liebes. Vielleicht ist es nach Lage der Dinge das Beste, was uns passieren konnte. Mama macht keine Anstalten, beruflich kürzer zu treten. Und ich hätte so gerne ein Kind.»

Bis dahin war im Anbau noch gar nichts getan worden. Heiner sprach immer noch vom Abriss des Schuppens und einem großen Wohnzimmer mit Terrasse. Aber inzwischen wusste er wohl, dass er Luftschlösser baute, weil Therese nie ihr Einverständnis gäbe. Mit Stellas verlorenem Einkommen fehlte auch das Geld für großartige Baumaßnahmen. Rücklagen hatte sie nicht, immer mit beiden Händen ausgegeben, was hereinkam. Allein die Uhr, die sie Heiner zum ersten gemeinsamen Weihnachtsfest geschenkt hatte, hatte vierzigtausend Mark gekostet.

Nun sagte Heiner: «Der Anbau reicht doch für den Anfang. Dein Apartment war viel kleiner. Wir behalten unser Schlafzimmer, ein Kinderzimmer haben wir auch schon.»

Dann schlug er den Durchbruch im Schuppen, damit man die beiden ebenerdigen Räume im Anbau wieder betreten konnte. Er stemmte das Loch in die Zwischendecke und besorgte stabile Kisten, weil Therese es strikt ablehnte, einen Container für die Hinterlassenschaft ihrer Eltern zu bestellen.

Stella räumte den Dreck weg und die Zimmer aus. Meist half Therese ihr, weil die Teile zu schwer waren, um sie alleine in den Schuppen zu tragen. Im Gegenzug nahm Stella Therese einiges an Haus-, sogar Gartenarbeit ab und erkämpfte sich langsam die schon verlorene Achtung ihrer Schwiegermutter zurück.

Gelegentlich wurde zwar noch gemeckert: «Die sind ja nicht gar.» Aber im großen und ganzen war alles in Ordnung. Bei den Punkten, in denen sie unterschiedlicher Meinung waren, hatte es sogar den Anschein, als liebe Therese es, mit ihr zu streiten, weil sie anders argumentierte als die Leute, mit denen Therese sonst umging. Einmal sagte sie mit anerkennendem Kopfschütteln: «Wie du dich immer ausdrückst, das muss einem erst mal einfallen.»

Sogar das alte Badezimmer demolierte Stella alleine, riss das Klo heraus und das Waschbecken. Es war nicht einmal schwer. Und irgendwie machte es Spaß, im Dreck zu stehen und sich auszumalen, wie es aussähe, wenn alles neu hergerichtet wäre. Das konnte sie, hatte auch aus zwei Zeilen in einem Drehbuch ein bewegtes Bild ableiten können.

Heiner war stolz auf sie, weil sie praktisch alles alleine bewältigte und nicht mehr trank. Keinen Tropfen mehr seit der fristlosen Kündigung. Es überkam sie nicht einmal das Verlangen danach, wenn Therese mit Besuch im Wohnzimmer bei Kaffee und dem obligatorischen Gläschen Aufgesetzten saß und mit unüberhörbarem Misstrauen in der Stimme fragte: «Möchtest du dich zu uns setzen, Stella?»

«Würde ich gerne», sagte sie meist. «Aber ich habe keine Zeit.»

Es war gewiss nicht das Leben, von dem sie geträumt hatte. Doch es gab befriedigende Momente in diesen Wochen, auch wenn Gabi oft in ihrem Hinterkopf wisperte: «*Heintje ist ziemlich bequem.*» Natürlich hätte er ihr zur Hand gehen können, wenn er Nachtdienst hatte und gegen Mittag aufstand. Aber das Lob aus seinem Mund war ihr wichtiger als tatkräftige Unterstützung.

Und woran ihr noch mehr lag – die Wertschätzung ihres Vaters, die sie durch die fristlose Kündigung verloren hatte, fand neuen Nährboden. Johannes Marquart war zwar enttäuscht, dass *Der Schatten* nicht in Serie gegangen war. Die tatsächlichen Gründe dafür kannte er nicht. Aber nun bewies Stella ihm, dass sie auch auf anderen Gebieten tüchtig war. Sogar tüchtiger als ihre Schwester, Madeleine konnte nicht mal einen Nagel gerade in eine Wand schlagen.

Von Gabi hatte Stella seit dem Julisamstag im vergangenen Jahr nichts mehr gesehen oder gehört. In den Ort ging sie nie. Die täglichen Besorgungen machte Therese mit ihrem neuen Fiat Punto. Ob sie Gabi hin und wieder traf, erwähnte Therese nicht. Heiner hatte seine Mutter gebeten, das Thema zu vermeiden. Daran hielt Therese sich – bis zu dem Tag Ende Mai 2003.

Den Vormittag und eine Stunde nach dem Mittagessen verbrachte Stella im Anbau. Es war noch eine Menge zu tun, ehe man damit beginnen konnte, die Räume wieder wohnlich zu gestalten. In der vergangenen Woche hatte sie die fest verklebten Teppichböden mit einem scharfen Messer in handliche Stücke geschnitten und so lange mit einem Spachtel bearbeitet, bis sie sich vom Untergrund abziehen ließen. Nun mussten die alten Kacheln von den Wänden in Küche und Bad geschlagen werden, das war nicht so schwer.

Heiner hatte ihr körperliche Anstrengung untersagt. Sie war schwanger, wie ein Test aus einer Apotheke bewiesen hatte. Dritte oder vierte Woche erst, aber Heiner war schon ganz närrisch vor Freude. Ob sie sich ebenso freute, wusste sie nicht. Es war ein merkwürdiges Gefühl; ein Zellhäufchen im Leib, das in den nächsten Monaten zu einem Menschen heranwachsen sollte – zu einem gesunden natürlich. Mit Tobi vor Augen hatte sie ein wenig Angst. Sie wusste zwar, dass Trisomie 21 nicht erblich war und das Risiko im Alter der Mutter lag, aber sie war ja schon fünfunddreißig. Ihre Mutter war nur zwei Jahre älter gewesen, als Tobi auf die Welt gekommen war.

Nachmittags hatte sie einen Termin bei ihrem Gynäkologen, wollte über die Möglichkeiten der Früherkennung mit ihm sprechen. Er praktizierte in Köln. Um einen anderen Frauenarzt in der näheren Umgebung hatte sie sich noch nicht bemüht. Das Taxi war schon bestellt. Heiner konnte sie nicht begleiten, er war im Dienst, Therese hatte auch keine Zeit. Sie wäre gerne mitgekommen, um den ersten Blick aufs Enkelkind zu werfen, obwohl noch nicht viel zu sehen wäre. Aber mit den Möglichkeiten, die es heute gab – Ultraschall.

Um zwei ging Stella unter die Dusche, um sich frisch zu machen für den Arztbesuch. Anschließend legte sie Make-up auf und suchte etwas Hübsches aus ihrem Kleiderschrank. Als sie nach unten kam, hörte sie schon auf der Treppe die Stimme. Gabi! Und Therese verkündete ihr gerade die frohe Botschaft. Sie saßen in der Küche.

«Herzlichen Glückwunsch», sagte Gabi, als Stella bei der Tür erschien. Dieser Ton! Kein Spott, es war ganz etwas anderes. Und Gabis Lächeln. Stella blieb augenblicklich die Luft weg, vielleicht war es auch nur die unvermittelte erneute Konfrontation, die ihr den Atem nahm. «Was soll es denn werden? Junge oder Mädchen? Heiner will bestimmt einen Sohn.»

«Er wird nehmen, was kommt», meinte Therese. «Hauptsache gesund, nicht wahr, Stella? So ein süßes, kleines Mädchen ist doch auch schön. Wenn Heiner das erst mal im Arm hält, wird er es gar nicht mehr gegen einen Jungen tauschen wollen.»

Gabi lächelte immer noch. «Dann hoffen wir, dass es ein süßes Mädchen wird. Wie ich Stella kennen gelernt habe, schafft sie es mit Heiners Unterstützung locker, ein Monster zu produzieren und das Projekt anschließend auch noch in den Sand zu setzen.»

Das verschlug sogar Therese die Sprache. Stella sah, wie ihre Schwiegermutter den Mund hilflos öffnete und wieder schloss. Erst nach etlichen Sekunden wies sie Gabi zurecht: «Wie kannst du so etwas sagen? Damit treibt man doch keine Scherze.»

«Das sollte auch kein Scherz sein, Resl», erwiderte Gabi. «Ich darf doch einmal richtig garstig werden nach dem einträglichen Witz, den ich dir vor knapp zwei Jahren erzählt habe. Obwohl wir zu dem Zeitpunkt schon unsere denkwürdige Unterhaltung über meinen neuen Roman geführt hatten.»

Was Therese ihr darauf antwortete, hörte Stella nicht mehr. Sie drehte sich auf dem Absatz um und ging nach draußen. Das Taxi war noch nicht da, kam aber, ehe Gabi das Haus verließ.

Stella ließ sich nach Köln fahren und stieg bei einer Kneipe aus. Es ging nicht anders. Irgendwie musste sie Gabis Lächeln ausschalten, die Worte aus dem Kopf und die Brust wieder freibekommen. Wie sie am späten Abend zurück nach Niederembt gekommen war, wusste sie nicht. Wieder in einem Taxi, das wohl der Kneipenwirt für sie gerufen hatte. Heiner zog sie aus dem Wagen, entlohnte den Fahrer und brachte sie ins Bett.

Erst am nächsten Morgen war sie in der Lage, ihrem Mann zu erzählen, warum sie sich derart betrunken hatte. Er geriet völlig außer sich und machte Therese heftige Vorwürfe. «Warum musstest du dieses verdammte Weib ins Haus lassen? Ich hatte dich doch gebeten, Rücksicht zu nehmen. Hat sie Stella nicht schon genug angetan?»

«Das war doch andersrum», widersprach Therese. «Sie hat noch nie einem Menschen was getan, nicht mal, wenn sie allen Grund dazu gehabt hätte. Und so weit kommt's noch, dass ich eine gute Freundin vor der Tür stehen lasse, nur weil deine Frau bei ihrem Anblick Zustände bekommt.»

«Gute Freundin», wiederholte Heiner verächtlich. «Das hat sich früher aber ganz anders angehört. Ich verstehe nicht …»

«Du hältst jetzt auf der Stelle die Klappe», fuhr Therese ihn an. «Was du verstehst, kümmert mich einen Scheißdreck. Mich interessiert nur, was sie versteht. Was sie zu Stella gesagt hat, fand ich auch nicht richtig. Aber das ist ihr so rausgerutscht. Sie hat's nicht so gemeint und sich dafür entschuldigt. Nochmal sagt sie so was bestimmt nicht.»

Nein. Gabi bekam nicht mehr die Gelegenheit, nochmal *so was* zu sagen. Aber einmal reichte doch. Hexen konnten das eben, einen Fluch aussprechen. Und das Schlimme war, die Ärzte konnten es nicht widerlegen. Es war nicht ihre Schuld, ein schwer behindertes Kind geboren zu haben. Sie hatte sich nur vorzuwerfen, dass Johanna auf die Welt gekommen war. Und das war nackte Furcht gewesen, sich tatsächlich mit einer Frau angelegt zu haben, die ein normaler Mensch mit seinen beschränkten mentalen Fähigkeiten nicht herausfordern sollte. Diese alles überdeckende Angst hatte verhindert, dass man rechtzeitig erkannte, welch ein Geschöpf sie gebären würde.

Sie wusste es ja unterschwellig die ganzen Monate, in denen es in ihrem Leib heranwuchs. *Rosemarys Baby* oder ein Kind wie das aus der *Wiege des Bösen*. Und sie hätte es nicht ertragen, von einem Arzt zu hören: «Du meine Güte, was ist das denn?» Dann vielleicht ein Räuspern und anschließend den Satz: «Ihr Baby ist nicht normal entwickelt.» Also ging sie nicht zu einem Arzt und trank gegen die Angst an. Manchmal war es auch ein Aufbegehren: Wenn schon, dann durch meine Schuld! Und nicht einmal dieser Triumph über Gabi war ihr vergönnt.

Mosaiktrisomie 18. Ein überzähliges Gen. Aber nicht wie bei Tobis Trisomie 21 von Anfang an eins zuviel. In dem Fall wäre es eine voll ausgeprägte Trisomie 18 gewesen. Davon betroffene Kinder hätten multiple Organschäden und kämen in den seltensten Fällen lebend zur Welt, sagten die Ärzte nach Johannas Geburt. Meist würden die Föten schon während der frühen Schwangerschaft abgestoßen, und wenn nicht, überlebten sie die Geburt nur wenige Stunden, im Höchstfall Tage.

Mosaiktrisomie hieß, dass nicht sämtliche Gene betroffen waren, somit auch nicht sämtliche Organe. Deshalb nannten sie es eine mildere Form. Wie die entstand, wusste niemand, nur vom Zeitpunkt hatten sie eine ungefähre Vorstellung. So etwas passiere zu Beginn einer Schwangerschaft, nachdem bereits Zellteilungen stattgefunden hatten. Johanna könne durchaus ein halbes Jahr alt werden, vielleicht sogar etwas älter.

Mit übermäßigem Alkoholkonsum hätte es nichts zu tun, sagten die Ärzte, ohne zu ahnen, was sie ihr damit antaten. Natürlich wäre der Alkohol ihrem Kind nicht förderlich gewesen, er hätte vielleicht zusätzliche Hirnschäden verursacht, ein schwacher Intellekt könne die Folge sein. Aber wozu sich Gedanken darüber machen bei einem Kind, das nicht alt genug wurde, um sprechen, laufen oder auch nur spielen zu lernen?

Der Alkohol hätte Johanna jedenfalls nicht so verunstaltet, immer wieder erklärten sie ihr das. Ein deformiertes Köpfchen mit ausladendem Hinterhaupt, eine zu kleine Kinn- und Mundpartie, Augen, Ohren, Finger, Zehen, nichts war, wie es sein sollte. Das Baby sah nicht aus wie ein Monster, aber ein süßes, kleines Mädchen war es wahrhaftig nicht.

Nur eine bösartige Laune der Natur, sagten die Ärzte. Und niemand wusste, warum die Natur bösartig geworden war. Niemand konnte ihr erklären, warum ihr Baby erst eine Weile nach der Zeugung – vielleicht seit dem Tag, an dem Gabi in Thereses Küche gesessen hatte – plötzlich ein Gen zu viel gehabt hatte. Niemand verstand ihre Not. Jeder, der sich abmühte, es ihr ein wenig leichter zu machen, nährte die grausame Gewissheit. Gabi – war die bösartige Laune der Natur!

Der Verbindungsmann

Montag, 26. April 2004

Für Arno Klinkhammer hatte der Tag auch nicht beschaulich begonnen. Kurz vor dem Aufwachen hatte er sich durch einen Traum gewälzt, in dem er vor Gericht als Stellas Anwalt fungierte. Gabis Tochter sagte aus, was seine Mandantin sich während ihrer Schwangerschaft einverleibt hatte: Alles, was richtig reinknallt. Schöller erklärte das Motiv: Schwiegermutter bringt Baby weg. Carmen verlangte die Höchststrafe. In seinem Schlussplädoyer konnte Klinkhammer nur sagen: «Sie war es nicht.»

Daraufhin verurteilte der Richter ihn wegen Begünstigung.

«Wen habe ich denn begünstigt?», protestierte er.

«Sie bekommen jetzt ausreichend Zeit, darüber nachzudenken», sagte der Richter. Dann ließ er ihn abführen und in eine garstige Bergheimer Gewahrsamszelle schaffen. Auf einer harten Steinbank schlief Klinkhammer ein.

Als er aufwachte, war ihm lausig kalt. Er lag mit dem Rücken im Freien. Seine Frau hatte ihm die Decke weggezogen. Sich seinen Teil zurückzuholen, lohnte nicht mehr. Es war Viertel nach zehn. Aus einem unerfindlichen Grund war in der Nacht der Strom ausgefallen, nicht nur bei ihnen, die Nachbarn hatten auch keinen. Sein Elektrowecker war stehen geblieben, weil er seit Monaten immer wieder vergaß, eine neue Pufferbatterie einzulegen. Ines hatte ihren Wecker nicht gestellt, der brauchte keinen Strom und zeigte nun, wie spät es war.

Es gab kein warmes Wasser und keinen Kaffee. Er konnte sich nicht mal rasieren. Für Ines war es nicht tragisch. Sie wollte erst später in den Verlag fahren und ihn überreden, auch noch ein bisschen zu bleiben. In ein paar Minuten wäre der Strom wieder da, meinte sie nach einem Anruf beim RWE. Dann könne er duschen, sich rasieren, anschließend könnten sie gemütlich frühstücken. Doch das konnte er sich nicht mal nach einem normalen Wochenende leisten, nach dem Sonntagnachmittag, an dem Carmen die Beweislage im Fall Helling erläutert hatte, und nach diesem komischen Traum bestimmt nicht.

Notdürftig mit kaltem Wasser gewaschen und dem Rasierapparat in der Tasche, brach er auf, besorgte sich unterwegs ein Schinkenbrötchen. Frühstücken konnte er auch am Schreibtisch. Der Kaffee im Büro geriet ihm zwar immer zu stark, weil die Maschine verkalkt war, aber mit viel Milch und einem Glas Wasser dazu verkraftete sein Magen das normalerweise. Dass ihm diesmal übel wurde, lag nicht am Kaffee.

Auf seinem Schreibtisch lagen die Vorkommnisse des Wochenendes, nur das Übliche. Es waren jedoch schon zwei Anrufe für ihn eingegangen, die der Wachhabende entgegengenommen hatte. Um halb neun hatte sich Carmen Rohdecker gemeldet, allerdings nicht gesagt, warum sie ihn sprechen wollte. Mit ihrem zweifelhaften Humor hatte die Oberstaatsanwältin nur erklärt: «Richten Sie ihm aus, wenn er das nächste Mal melden will, dass irgendwo eine Leiche liegt, soll er gleich sagen, es könnten auch ein paar mehr sein. Wenn er seine Nase in ein Kapitaldelikt steckt, geht das offenbar nicht anders.»

Um Viertel nach neun hatte dann noch Grabowski angerufen und mitgeteilt, die Russen seien geschnappt worden. Inzwischen gäbe es sogar ein Teilgeständnis im Mordfall Sieger. Der Fahrer habe zugegeben, dass seine Komplizen zur fraglichen Zeit in dem Bedburger Bungalow gewesen seien. Mehr hatte Grabowski nicht sagen wollen, als er hörte, Klinkhammer sei noch nicht an seinem Platz. Aber er hatte sicherheitshalber seine Handynummer genannt und um dringenden Rückruf gebeten. Dabei war ihm die Bemerkung herausgerutscht, er müsse an einer großen Suchaktion auf dem Anwesen Helling teilnehmen.

Daraufhin hatte der Wachhabende sofort einen Wagen nach Niederembt geschickt, nur mal gucken, was vorging, und in Erfahrung bringen, was gesucht wurde. Die Besatzung war jedoch unverrichteter

Dinge zurückgekommen, quasi verscheucht worden von den Kölnern. Niemand wusste, was los war. Im Grunde eine ganz normale Situation. Mordermittler aus der Großstadt kamen nur selten auf den Gedanken, die Kollegen aus der Provinz oder gar die von der Schutzpolizei an ihren Erkenntnissen teilhaben zu lassen. Aber da es um die Mutter eines Kollegen ging und Grabowski seine Bereitschaft zum Reden signalisiert hatte, hatte man doch auf ein bisschen mehr Entgegenkommen gehofft.

«Schöller grenzt uns völlig aus», sagte der Dienststellenleiter und bat: «Frag du doch mal nach, was die suchen, Arno.» Mehr Leichen! Das hörte sich ja fast wieder nach Serienmörder an.

Klinkhammer nahm die verkalkte Kaffeemaschine in Betrieb, packte sein Schinkenbrötchen aus, griff zum Telefonhörer und versuchte sein Glück zuerst bei der Staatsanwaltschaft. Carmen bekam er nicht an die Strippe. Er landete im Vorzimmer und hörte von ihrer Sekretärin: Frau Rohdecker befrage gerade einen Zeugen. Es habe sich heute Morgen bei Kommissar Grabowski ein sehr aufgeregter älterer Herr gemeldet, der nun schon seit geraumer Zeit eine wichtige Aussage zum Fall Helling mache.

Im ersten Moment dachte Klinkhammer an einen Freund von Therese. Der aktuelle Liebhaber, der endlich den inneren Schweinehund überwunden hatte und gestehen wollte, dass er in der Nacht zum Donnerstag noch bei ihr gewesen war und das Tor nur hinter sich zugezogen hatte. Aber als er dann Grabowski anrief, revidierte er seine Überzeugung, Hellings Frau sei unschuldig, und hielt seinen Traum für das letzte Aufbäumen des sturen Kopfs, der sich nicht kampflos mit einer Fehleinschätzung abfinden wollte.

Schon vor acht Uhr war Johannes Marquart im Polizeipräsidium erschienen. «Hellings Schwiegervater», erklärte Grabowski. «Schöller war noch nicht da, kam aber kurz darauf und ist fast durchgedreht. Er war schließlich zweimal im Haus, hat gesehen, was alles im Kinderzimmer stand und lag, auch routinemäßig in die Küchenschränke geschaut. In einem standen zwei Milchdosen, und Schöller hat sich nichts dabei gedacht.»

Grabowski klang seltsam kleinlaut, was Klinkhammer bei dieser Wendung nicht erwartet hatte. Ein ehrgeiziger, junger Mann – zu ihm hätte der Triumph über den *erfahrenen* Leiter der Mordkommission, der ihn zum Klinkenputzen abkommandiert hatte, viel eher gepasst.

Johannes Marquart hatte sein Enkelkind offiziell als vermisst gemeldet, aber gleichzeitig klar gemacht, was er dachte. «Er hat kein gutes Haar an seiner Tochter gelassen», erzählte Grabowski, «hat sie nicht mal als seine Tochter bezeichnet. *Diese Person*, nannte er sie. Helling war für ihn nur *dieser Mensch*. Na ja, wie man den sonst nennen soll, weiß ich auch nicht. Helling hat schon am Freitag erfahren, dass seine Schwiegereltern das Baby gar nicht mitgenommen haben konnten, weil sie seit Dienstag in Hamburg bei der ältesten Tochter waren. Woanders führen sie nie hin, sagte Marquart, und das wüsste *dieser Mensch* ganz genau. Am Samstag sind sie zurückgekommen und sofort zum Krankenhaus gefahren, weil sie sich um das Baby kümmern wollten. Und was hat Helling anschließend gemacht? Hat er etwa uns informiert, dass sein Kind verschwunden ist? Nein, der ist am Sonntag nach Hamburg gefahren und hat seiner Schwägerin einen Kindesentzug unterstellt. Dabei weiß er genau, dass seine Frau schon mal versucht hat, ein behindertes Kind umzubringen. Sie hätte ihren Bruder in seinem Bettchen verbrennen wollen, sagte Marquart. Sein Sohn hat das Down-Syndrom. Sein Enkelkind wäre entschieden schlimmer behindert, das hat ein Edward-Syndrom. Hatte ich noch nie gehört, Schöller auch nicht.»

«Das heißt, Sie gehen jetzt davon aus, dass Hellings Frau ihr Baby umgebracht hat», stellte Klinkhammer fest, packte sein Schinkenbrötchen wieder ein und rauchte lieber die erste Zigarette auf nüchternen Magen.

«Wovon sollen wir denn sonst ausgehen?», fragte Grabowski.

Schöller hatte ihn mit dem aufgebrachten Großvater zur Staatsanwaltschaft geschickt. Er selbst war nach Niederembt gefahren, um den Küchenschrank noch einmal zu kontrollieren. Seine Erinnerung hatte ihn nicht getrogen. Zwei Milchdosen! Eine war noch Vakuum geschlossen, die zweite knapp zur Hälfte gefüllt. Und in einer Sterilisationsbox lagen drei Tee- und sechs Milchflaschen, vier Sauger, vier

352

Verschlusskappen, eine Pipette und ein Schnuller. Eine reichliche Ausstattung, noch mehr Flaschen brauchte man auf keinen Fall, das wusste Schöller aus eigener Erfahrung.

Guter Gott, dachte Klinkhammer. Wie Schöller jetzt zumute war, stellte er sich lieber nicht vor. Ihm war selbst schon elend genug. Den noch ungeöffneten Windelkarton im Kinderzimmer, den Stapel Windeln und die Pflegeutensilien auf der Wickelkommode sowie die praktische Sportkarre hatte er schließlich auch gesehen. Zwar hatte er im Gegensatz zu Schöller keine Kinder und wusste nicht, dass ein *Maxi Cosi* in einem auch Tragetasche und Sicherheitssitz für ein Baby im Auto war, eine Entschuldigung war es für ihn trotzdem nicht. «Dann suchen Sie also jetzt auf dem Helling'schen Grundstück nach der Leiche des Kindes?», fragte er.

«Nur nach Leichengeruch», sagte Grabowski. «Marquart meinte, sie hätte es im Garten vergraben, und Helling hätte es wieder ausgebuddelt, um es sonst wo loszuwerden. Danach sieht es im Garten aber nicht aus. Soviel Arbeit hätte sie sich auch nicht machen müssen. Im Schuppen mit all dem Gerümpel hat man ein Menschlein von sieben Pfund schnell versteckt. Als Schöller heute Morgen hier ankam, war das Tor erneut aufgebrochen. Ich schätze, Helling ist nur deshalb gestern nach Hamburg gefahren. Überlegen Sie mal, wie viele Rasthöfe man an der Strecke ansteuern kann, und wie viele Mülltonnen da herumstehen. Der konnte sich doch denken, dass er die Story von der guten Betreuung nicht mehr lange aufrecht halten kann. Jetzt ist er übrigens selber verschwunden. Abgetaucht, wenn Sie mich fragen. Sein Freund meint allerdings, es müsse ihm was zugestoßen sein.»

Grabowski beendete das Gespräch mit dem Hinweis, er müsse jetzt weitermachen. Sie waren dabei, den Schuppen auszuräumen, damit ein Durchkommen für den Leichenspürhund war.

Inzwischen war der Kaffee in der verkalkten Maschine durchgelaufen. Klinkhammer rauchte die zweite Zigarette auf nüchternen Magen und trank die erste Tasse Kaffee ohne Wasser dazu. Viel übler als ihm ohnehin schon war, konnte ihm kaum noch werden. Vor der dritten Zigarette und dem zweiten Kaffee informierte er den Dienststellenleiter. Der wurde blass und murmelte: «Guter Gott, wer soll sich denn an dem armen Kind vergriffen haben?»

Wer schon? Darauf konnte man auch von allein kommen, ohne zu hören, was der wütende Opa dachte, fand Klinkhammer. Ihm schwebte das frisch bezogene Kinderbett vor Augen. Das Kissen am Kopfende mit dem Knick in der Mitte und der runde Plüschmond. *Guter Mond, du gehst so stille.* Er ging zurück in sein Büro, um seine Übelkeit zu verstärken.

Um zwölf biss er doch mal ins Schinkenbrötchen und trank ein Glas Wasser dazu. Appetit hatte er nicht. Das Baby lag ihm wie ein Stein im Magen. Und die Stimme von Gabis Tochter versprühte mit dem, was sie am Freitagabend gesagt hatte, Säure darüber: «*Die Ärzte haben gesagt, eigentlich hätte man es abtreiben müssen. Und dann wollte sie es nicht mal aus der Klinik holen. Das musste Frau Helling tun.* ‹*Auch wenn es nicht so aussieht, wie es einem lieb wäre, es hat ein Recht auf Wärme und ein Paar Arme, die es halten*›*, hat sie gesagt. Ist das nicht ganz furchtbar?*»

Sicher war es ganz furchtbar. Therese hätte das Kindchen besser in der Klinik gelassen. Wo sie selbst beruflich stark eingespannt war und gar nicht immer da sein konnte. Und wenn Oma der unfähigen oder unwilligen Mama die Hölle heiß gemacht, sogar davon gesprochen hatte, das arme Wurm zu den anderen Großeltern zu bringen, da wäre mit Stella Helling nicht die erste Alkoholikerin ausgerastet und hätte kurzen Prozess gemacht; erst mit dem Baby, dann mit der Oma.

Zwei oder drei Bissen später kam Ludwig Kehler zu ihm und bat völlig aufgelöst um seine Unterstützung, weil er bei Schöller auf taube Ohren gestoßen war mit seiner Befürchtung, Heiner müsse etwas zugestoßen sein.

«Wie kommen Sie darauf?», fragte auch Klinkhammer mehr als ungläubig und nicht gewillt, sich ein Märchen anzuhören.

«Ich schätze, Heiner hat heute früh mit den falschen Leuten gesprochen», antwortete Kehler. «Die Kleine wurde entführt.»

Klinkhammer verkniff sich den bezeichnenden Wink mit einem

Finger an die Stirn, fragte stattdessen ironisch: «Und wer entführt Ihrer Meinung nach das schwer behinderte Baby eines Polizeikommissars? Ein Verkehrssünder, dem er neulich einen Strafzettel verpasst hat? Die können ja manchmal sehr rabiat werden. Aber das richtet sich in der Regel unmittelbar gegen die Beamten und nicht eine Weile später gegen Familienangehörige. Oder hat es irgendwelche Drohungen gegeben? Wenn nicht, dann erklären Sie mir jetzt erst mal, warum Sie in der Tatnacht bei Hellings vorbeifahren wollten?»

«Nur so», druckste Kehler herum. «Heiner sagte, Stella hätte wieder getrunken, und Therese müsse zu einem Sterbefall. Da dachte ich, er könnte kurz reinspringen und sehen, ob Stella alleine klarkommt. Im März hat er das zweimal getan. Es war doch nichts los, nur die Sache in Niederaußem zwischen elf und halb zwölf. Wenn wir anschließend nach Niederembt gefahren wären, da darf ich gar nicht drüber nachdenken. In der Zeit, in der es passiert ist, haben wir einen angehalten, der sein Fahrzeug überladen hatte. Wir dachten, der würde Diebesgut transportieren, war aber nur ein Umzug. Wir haben es bei einer gründlichen Kontrolle und einer Ermahnung belassen. Und während wir uns damit aufgehalten haben ...» Kehler brach ab, er klang, als sei er den Tränen nahe.

«Setzen Sie sich», verlangte Klinkhammer.

Kehler nahm gehorsam Platz und bemühte sich nun erst einmal darum, ein paar Irrtümer auszuräumen, um Klinkhammer für sein Anliegen zu gewinnen. Dass Stella ihr Baby und Therese umgebracht haben und Heiner abgehauen sein könnte, wie nun offenbar alle meinten, bezeichnete er als Schwachsinn.

«Heiner würde Stella nie im Stich lassen. Und sie hatte immer Angst, dass die Kleine stirbt. Anfangs hat sie sich nicht getraut, sie anzufassen, das sah vielleicht so aus, als wollte sie sich nicht kümmern. Aber sie hatte wirklich nur Angst, dass sie was falsch macht. Sie hätte der Kleinen nie ein Haar gekrümmt. Und sich mit Therese anzulegen, das hätte sie sich gar nicht getraut.»

Das glaubte Klinkhammer jetzt nicht mehr. Alkohol enthemmte und machte auch ängstliche Menschen mutig. Aber er ließ nie eine Chance ungenutzt, eine Informationsquelle anzuzapfen, um sich ein besseres Bild machen zu können, mehr konnte er doch im Augenblick nicht tun. «Kennen Sie Hellings Frau gut?»

Kehler nickte, schränkte allerdings ein, in letzter Zeit habe er Stella nicht mehr gesehen. Aber Heiner habe so oft erzählt, wie sehr sie litt und dass sie nur trank, weil sie den Gedanken nicht ertrug, die Kleine in wenigen Monaten wieder zu verlieren.

«Das ist ein todgeweihtes Kind, Herr Klinkhammer», beteuerte er. «Es wird höchstens ein halbes Jahr alt, drei Monate sind schon um. Warum soll man denn so ein Kind umbringen? Selbst wenn man es nicht will, könnte man doch die Zeit abwarten und müsste sich nicht in Schwierigkeiten bringen. Aber Stella wollte die Kleine. Sie hat ein Schlaflied gedichtet, Heiner hat es mir mal vorgesungen und geweint. Es bricht ihm das Herz, wenn sie es singt, sagte er, weil es mittendrin aufhört mit der Zeile, *der Himmel ist noch viel zu klein*. Das sagt doch alles, oder?»

In den nächsten Minuten erfuhr Klinkhammer, dass Kehler meinte, er habe seinen Freund überreden müssen, am Sonntag nach Hamburg zu fahren und sich zu überzeugen, ob die Kleine wirklich nicht bei der Schwägerin war. Weil Stellas Schwester doch so ein Biest sein sollte – hatte Heiner schon oft gesagt. Da hatte Kehler sich gut vorstellen können, dass die Heiner belogen und sein Schwiegervater am Samstag im Krankenhaus auch nicht die Wahrheit gesagt hatte.

Aus Hamburg zurückgekommen war Heiner erst um vier in der Nacht. «Er war fix und fertig», erklärte Kehler, «hatte abends noch mit Stella telefoniert und von ihr gehört, es wären zwei Kerle im Wohnzimmer gewesen, als es passiert ist.»

«Zwei?», fragte Klinkhammer skeptisch. «Und das soll sie ihm am Donnerstagmorgen verschwiegen haben? Am Freitag hat sie auch nur von einem Täter gesprochen.»

Kehler zuckte mit den Achseln, auf seiner Miene machte sich Verlegenheit breit. «Sie haben sie doch gesehen am Donnerstag. Am Freitag war sie nicht viel besser dran, sagte Heiner. Das hat wohl eine Weile gedauert, ehe es richtig hochgekommen ist bei ihr. Vielleicht hatte sie auch Angst, ihm das sofort zu sagen, ich weiß es nicht. Jedenfalls hat sie ihm erst gestern Abend erzählt, nach zwei Uhr wäre noch einer da gewesen, der hätte ein Video gebracht, das müsste noch im Haus sein.»

«Ein Video?», fragte Klinkhammer.

«Ja», Kehler nickte eifrig. «Das machen solche Typen doch oft, nehmen einen Film auf und machen damit Druck.»

Es war nur der Fernseher, dachte Klinkhammer. Da bekämen der fürchterliche Schrei, den die Nachbarin um zwanzig nach zwei gehört und die Auskunft, die sie bekommen hatte, natürlich eine ganz andere Bedeutung.

«Schöller sagte eben, es wäre wieder eingebrochen worden», fuhr Kehler fort. «Jetzt denke ich, dass Heiner das Video auf eigene Faust rausgeholt hat. Mir hat er heute Morgen nur gesagt, er will nach Köln, muss mit Schöller reden. Im Präsidium ist er aber nicht angekommen. Wahrscheinlich hat er versucht, sich gütlich mit den Entführern zu einigen, um das Leben der Kleinen nicht zu gefährden. Und das muss dann schief gegangen sein.»

«Gütlich?», wiederholte Klinkhammer. «Da hätte er aber wissen müssen, wer die Entführer sind.»

Kehler nickte. «Ich glaube, das wusste er auch. Heute früh war nichts mehr aus ihm rauszukriegen. Aber in der Nacht hat er auf asoziales Pack geflucht. Ich hab ihn gefragt, ob er einen konkreten Verdacht hat. Das hat er bestritten, sonst hätte ich ihn doch nicht alleine fahren lassen.»

Klinkhammer musste sich das erst mal durch den Kopf gehen lassen. Entführung durch asoziales Pack! Hätte den Vorteil, dass das arme Würmchen vielleicht noch lebte.

«Was erwarten Sie jetzt von mir?», fragte er.

«Dass Sie mit Stella reden. Sie muss sagen, was sie Heiner gestern Abend erzählt hat. Ich war schon im Krankenhaus, bin aber nicht zu ihr reingekommen. Da sitzt so ein junger Spund aus Köln vor ihrem Zimmer. Mich hat er abgewimmelt. Ihr Dienstausweis macht bestimmt mehr Eindruck.»

Klinkhammer probierte es lieber noch einmal bei der Staatsanwaltschaft. Carmen befand sich nun beim Untersuchungsrichter. Er bat um Rückruf, es sei dringend. Eine halbe Stunde Wartezeit überbrückte er mit Versuchen, von Kehler noch mehr über die häuslichen Verhältnisse bei Hellings zu erfahren. Auch wenn der nur wiedergeben konnte, was sein Freund ihm erzählt hatte, konnte es aufschlussreich sein.

Die mysteriöse Krankheit des Kindes interessierte ihn. Darüber wusste Kehler gut Bescheid. Klinkhammer erfuhr einiges über Mosaiktrisomie 18 und Thereses sturen Kopf. Dass sie das Baby gegen den Rat der Ärzte aus der Klinik geholt hatte, weil sie der Meinung gewesen war, wenn die Krankenkassen es als unnötige Ausgabe betrachteten, das Dahinsiechen eines alten Menschen unter ärztlicher Aufsicht zu finanzieren, bräuchte der Medizinbetrieb sich an einem armen Wurm auch keine goldene Nase zu verdienen. «Wenn es schon zum Sterben verurteilt ist», hatte sie einmal in Kehlers Beisein gesagt, «soll es das im Arm seiner Mutter tun dürfen.» Verdammt hart für die Mutter, fand Klinkhammer.

Kehler verlor auch noch ein paar Worte über den Bruder mit der Trisomie 21, der so an Stella hing, ihr am Samstag einen Blumenstrauß mitgebracht und sich zu einer glühenden Verteidigungsrede aufgeschwungen hatte, als sie von ihrem Vater in dieser hirnrissigen Weise verdächtigt wurde. Was da damals passiert war mit dem Zündholz an der Bettdecke, da war Stella doch noch ein kleines Kind gewesen und verrückt gemacht worden von der älteren Schwester, dem Biest.

Und früher – oder später – also als Erwachsene – war Stella schwer in Ordnung gewesen, eine tolle Frau, wirklich, gab Kehler sich Mühe, das Bild zu korrigieren, das Klinkhammer von ihr gewonnen hatte. Gebildet, tüchtig, großzügig, witzig und immer so schick. Allzu oft hatte Kehler sie zu ihren Glanzzeiten zwar auch nicht gesehen, weil Heiner sehr eifersüchtig war. Aber Heiner hatte ihm oft genug vorgeschwärmt.

Und einmal waren sie zu dritt ausgegangen. «Wissen Sie, was Stella getrunken hat an dem Abend, Herr Klinkhammer? Ein halbes Glas Rotwein. Das können Sie sich vielleicht nicht vorstellen, aber es war so. Ein halbes Glas. Heiner hat ihr noch zugeredet, so ein guter Tropfen wäre zu schade zum Auskippen. Aber sie hat sich nicht überreden lassen, weil sie einen klaren Kopf für ihre Arbeit brauchte. Da hat Heiner den Rest getrunken.»

Kehler schielte nervös aufs Telefon. Klinkhammer griff erneut zum Hörer, nun hieß es, Frau Rohdecker sei unterwegs zum Krankenhaus. «Haben Sie ihr nicht ausgerichtet, dass ich sie unbedingt sprechen muss?», fragte er.

«Doch», sagte Carmens Sekretärin. «Und ich soll Ihnen ausrichten, sie meldet sich, sobald sie Zeit findet.»

«Tja», sagte Klinkhammer, nachdem er wieder aufgelegt hatte. «Meinen Dienstausweis brauchen wir nicht. Die Oberstaatsanwältin wird wohl gleich von Frau Helling hören, was sie ihrem Mann gestern Abend erzählt hat.»

Kehler gab einen Seufzer von sich. Erleichtert klang der nicht, eher nach einem: Und wenn nicht? «Ich lass Ihnen mal meine Handynummer da. Rufen Sie mich an, wenn Sie etwas hören?»

«Mache ich», versprach Klinkhammer.

Danach telefonierte er eine Weile mit Grabowski. Der hatte in der Zwischenzeit das Kommando in Niederembt übernommen, weil Schöller unsinnige Anweisungen erteilte und ansonsten von seinen kleinen Töchtern erzählte. Die Jüngste hatte ihn letzte Nacht noch so lieb angelächelt, als Schöller sie stundenlang durch die Wohnung tragen musste, weil sie nicht schlafen wollte.

Grabowski lachte, als Klinkhammer das Gespräch mit Kehler wiedergab. Von wegen todgeweihtes Kind. Das hatte es unmittelbar nach der Geburt geheißen, als die Diagnose gestellt wurde, inzwischen sah es günstiger aus. Sie hatten einen Mann zur Kinderklinik nach Düren geschickt. Und der behandelnde Arzt hatte erklärt, Johanna Helling habe sich dem schweren Krankheitsbild zum Trotz in den letzten Wochen positiv entwickelt, was man auf die liebevolle und optimale Betreuung daheim zurückführte. Natürlich war es daheim nicht so optimal wie in einer Klinik, wo man für alle Eventualitäten gerüstet war. Aber man durfte die Kraft der Liebe nicht unterschätzen. Keine noch so erfahrene Säuglingsschwester konnte eine liebevolle, fürsorgliche und aufopfernde Mutter ersetzen.

«Helling hat den Ärzten weisgemacht, seine Frau hätte das Baby von morgens bis abends und auch noch die Nächte hindurch auf dem Leib, damit es ihren Herzschlag hört, weil der beruhigt», sagte Grabowski. «Dass er immer allein mit dem Kind in der Klinik auftauchte, erklärte er damit, dass sie Angst hatte, etwas Negatives zu hören. Der hat auf alles eine Antwort und die ganze Welt an der Nase herumgeführt. Warum soll er bei seinem Freund eine Ausnahme gemacht haben?»

Entführung durch zwei Täter, die in der Tatnacht zu unterschiedlichen Zeiten gekommen waren und heute früh den verhandlungsbereiten Vater beseitigt hatten – die Story hatte Kehler ja auch Schöller erzählt –, Grabowski hielt es für absurd, obwohl inzwischen eine Erpresserbotschaft aufgetaucht war. Nicht bei den Videos im Schrank. Im Kinderbett, für Schöller war das der Hammer gewesen, der ihn vollends umgehauen hatte.

Am Kopfteil, hinter dem Kissen mit dem Knick in der Mitte, hatte ein Umschlag gesteckt, darin ein Blatt mit der Forderung. Über den Wortlaut ließ Grabowski sich nicht aus, vertrat nur die Ansicht: «Den muss Helling platziert haben. Entführer hätten den Umschlag offen hingelegt, damit er gefunden wird.»

Die Suchaktion auf dem Grundstück war bisher ergebnislos verlaufen. Der Leichenspürhund hatte jeden Winkel durchstöbert. Fehlanzeige. Damit war auszuschließen, dass das Baby tagelang im Schuppen gelegen hätte. Angeschlagen hatte der Hund erst, nachdem man ihm getragene Babywäsche unter die Nase gehalten und ihn in die Garage geführt hatte. Der Fiat Punto.

«Das beweist nichts», sagte Grabowski. Er hatte auch nicht veranlasst, die Wäsche einzusetzen. Das war die letzte Anweisung von Schöller gewesen. Und damit hatte der Hund den Geruch des lebenden Kindes in die Nase bekommen, logisch, dass er Laut gab. «Das Kind musste einmal pro Woche zu Untersuchungen in die Klinik gebracht werden. Wenn Helling keine Zeit hatte, ist seine Mutter gefahren. Seine Frau hat keinen Führerschein. Sie könnte zwar das tote Baby in den Punto gelegt haben, wir nehmen gerade die Fingerabdrücke. Ich glaube aber nicht, dass dabei etwas herauskommt. Schöller wird sich sein Leben lang nicht verzeihen, dass er nicht früher geschaltet hat. Wenn er Helling in die Finger bekommt, möchte ich nicht in seiner Haut stecken.»

In wessen Haut war damit nicht ganz klar, doch das konnte Klinkhammer sich denken. Dass Helling sich heute Morgen in Gefahr begeben haben könnte, hielt Grabowski für eine neue Masche. «Wenn der wieder auftaucht, nennt er das asoziale Pack beim Namen und behauptet wahrscheinlich, er hätte was aufs Maul bekommen. Bei uns wird er damit keinen Blumentopf gewinnen. Aber wenn sich jemand von der Staatsanwaltschaft darauf einlässt, haben wir kurz darauf vermutlich unser Aha-Erlebnis. Dann können die armen Leute zusehen, wie sie sich rausreden. Vielleicht übernimmt das Plaudern aber auch seine Frau, um es etwas dramatischer zu gestalten. Ich bin wirklich gespannt, welche Story sie Frau Rohdecker auftischt.»

Das war Klinkhammer auch.

Teil 7

Der Hexenfreund

Tausend Ängste

Montag, 26. April 2004

Als Carmen Rohdecker sich bei Arno Klinkhammer meldete, war es nach vier und sie wieder auf dem Weg nach Köln. Von dem Erpresserbrief im Kinderbett wusste sie schon. Der Wisch passe in einen amerikanischen Gangsterfilm der fünfziger Jahre, meinte sie, in der heutigen Zeit mache man damit keinen Eindruck. Ein normaler Briefumschlag, nicht zugeklebt, darin ein Blatt von einem Notizblock, auf das mit Klebestift aus einer Zeitung ausgeschnittene Worte und Zahlen gepappt waren.

Und dann so ein feingeistiger Text ohne Punkt und Komma. «250000 Euro wenn du die Kleine wiederhaben willst keine Polizei ich melde mich.» Keine Polizei! Wo der Vater des Kindes Polizist war. Wer rechnete denn damit, dass ein Polizeikommissar eine Viertelmillion aufbringen könnte? Wie Grabowski war sie überzeugt, den Umschlag hätte Helling übers Wochenende deponiert und zu diesem Zweck das Schuppentor aufgebrochen.

Der Laborbericht vom LKA, von dem sie am Sonntagnachmittag gesprochen hatte, war um die Mittagszeit zugestellt worden und hatte ihre Erwartungen noch übertroffen. An dem fleckigen T-Shirt waren nicht nur Fasern vom Babyhemdchen im Bereich der Schulter nachgewiesen worden, auch jede Menge von anderen Kleidungsstücken aus der Schmutzwäsche in der Waschküche.

«Sie will in der Tatnacht Arbeitskleidung getragen haben», begann Carmen mit dem, was sie von Stella gehört hatte. «Ihr Mann hat sie morgens umgezogen, daran erinnert sie sich nicht, hat es erst am Samstag von ihm gehört. Was er mit den Sachen gemacht hat, weiß sie nicht. Die hätte er wohl ebenso weggeworfen wie ein Spucktuch vom Kind, das vorne im Schuppen gelegen haben soll, meinte sie.»

Über das negative Suchergebnis auf dem Grundstück und den vom Hund verbellten Fiat Punto wusste Carmen ebenfalls schon Bescheid und war auch in dem Punkt derselben Meinung wie Grabowski, der im Gegensatz zu Schöller in dieser Situation einen kühlen Kopf behielt.

«Die Fahndung nach Helling läuft», sagte sie. «Wenn wir seinen Nissan finden, haben wir wahrscheinlich bessere Karten. Obwohl ich nicht glaube, dass er die Leiche des Kindes die ganze Zeit darin spazieren gefahren hat. Aber wenn er die Kleine irgendwo an der Strecke nach Hamburg ausgeladen hat, sind es bestimmt zwei oder drei Stunden gewesen. Er wird das nicht schon auf den ersten fünfzig Kilometern erledigt haben.»

«Hat seine Frau dir gesagt, wo er heute Morgen hingefahren sein könnte?», nutzte Klinkhammer ihre erste Atempause.

«Klar, damit hat sie eröffnet. Der gute Heiner ist zwar ziemlich feige, lügt auch wie gedruckt und hat ihr verboten, uns das zu erzählen. In Anbetracht der veränderten Sachlage hielt sie es jedoch für geraten, sich über seine Wünsche hinwegzusetzen. Er wurde von einer bösen Hexe in den finstren Wald gelockt.»

«Was?», fragte Klinkhammer entgeistert.

«Nicht aufregen, Arno, tu ich auch nicht. Ihr Vater hat uns darauf hingewiesen, dass sie Schuldunfähigkeit simulieren wird. Sie war gut dabei, hat aber zu dick aufgetragen. Mal sehen, ob ich den Krampf komplett zusammenkriege. Wenn nicht, wir haben alles auf Band, das kannst du dir bei Gelegenheit mal anhören. Wenn ich sie richtig verstanden habe, war es ihre Idee, ihren Schwiegervater in eine mordende Bestie zu verwandeln. Damit hat das Elend angefangen. Damit endet es nun auch. Der Schwiegervater ist nämlich um siebzehn Minuten nach zwei in der Nacht wellenförmig aus dem Fernseher geflossen.»

«Sie hat doch gar keinen Schwiegervater», sagte Klinkhammer. «Helling ist unehelich geboren.»

«Aber einen Erzeuger hatte er», erwiderte Carmen. «Und du glaubst nicht, was für einen. Der passt hervorragend zu Hellings Armbanduhr: Elvis.»

«Das glaube ich nicht», sagte Klinkhammer und spürte, wie das Schinkenbrötchen in seinen Eingeweiden zu rotieren begann.

«Damit stehst du nicht allein», erklärte Carmen. «Aber es kommt noch doller. Elvis war ein Bruder von Romy Schneider und hatte auch mit der ein langjähriges Verhältnis. Romy Schneider ist eine Hexe, hat das Baby verflucht und die Serie platzen lassen.»

«Welche Serie?», fragte Klinkhammer. Den Rest musste er erst mal verarbeiten. Vater? Bruder?

«Sie war im Filmgeschäft», sagte Carmen, «hat ein paar Vorabendserien und einen Monsterschinken produziert. Geplant war der als Pilotfilm für eine weitere Serie. Daraus ist nichts geworden. Ein Kollege von ihr hat seinen Verstand eingebüßt und ihr prophezeit, sie sei die Nächste. Das wollte sie nicht glauben. Von uns erwartet sie aber, dass wir es tun.»

Klinkhammer knabberte nach Vater und Bruder nun an der Serie. Wieso wusste er davon nichts?

Carmen berichtete, was Stella sonst noch von sich gegeben hatte: «Elvis hat ihr ein Video dagelassen, da ist sie sicher. Er könnte auch das Baby aus dem Sessel genommen haben. Das hat sie leider nicht gesehen, aber vorher lag es im Sessel. Und wenn ihre Schwiegermutter es nicht geholt hat, muss er das gewesen sein. Erschienen ist er ihr um siebzehn Minuten nach zwei, sagte ich ja schon. Vorher hat sie fest geschlafen. Von einem hinkenden Eindringling um halb eins weiß sie nichts. Davon hat ihr Mann erzählt. Da frage ich mich, wie der darauf gekommen ist.»

Nach dieser Einleitung, die in Klinkhammers Ohren nicht halb so sehr nach Wahnsinn klang, wie es bei Carmen der Fall gewesen sein musste, gab sie ein paar sinnvolle Auskünfte wieder.

Dass Stella sich um elf die zweite Weinflasche aus dem Schuppen geholt hatte und das Tor zu diesem Zeitpunkt geschlossen gewesen war. Dass sie die Taschenlampe zurück aufs Büfett neben der Schuppentür gestellt und die Lampe am nächsten Morgen in einer Kabelrolle beim Mauerdurchbruch gelegen hatte. Dass auch die sonst immer vor dem Loch stehenden Bretter frühmorgens nicht mehr an ihrem Platz gewesen waren und im Anbau die Leiter gestanden hatte.

«Es könne durchaus schon vor Elvis jemand im Haus gewesen sein, meinte sie. Ihr ist nämlich so, als hätte ihre Schwiegermutter mit einem Mann gesprochen und etwas über die Russen und ein Stinkerchen in der Hose gesagt. Leider weiß sie nicht genau, ob das in der Tatnacht war oder in einer Nacht vorher», schloss Carmen diesen Teil und kam zurück auf den Irrsinn.

«Die Drehbuchautorin hat wohl eine Menge Geld verloren, als die Fernsehserie den Bach runterging. Johannes Marquart meinte, sie würde versuchen, uns das Verschwinden ihres Kindes unter diesem Aspekt nahe zu bringen. So war es auch. Romy Schneider hat ihr letzten Sonntag auf dem Sportplatz frech ins Gesicht gesagt, dass sie es holen will, um ihre Hypothek zu tilgen, die im Oktober fällig wird.»

Klinkhammer suchte seine Zigaretten. «Das gibt's doch nicht», entfuhr es ihm.

«Ja, ich wusste auch noch nicht, dass Hexen Hypotheken aufnehmen», sagte Carmen. «Bisher dachte ich, die bauen sich ihre Knusperhäuschen aus Lebkuchen und ernähren sich von kleinen Kindern. Das kann ja nicht so teuer sein. – Habe ich jetzt alles? – Nein. Jetzt hätte ich vor lauter Hexerei beinahe die Schwiegermutter vergessen. Die nimmt sie auf ihre Kappe, weil sie ein Motiv hatte und ihr so ein Bild vor Augen schwebt. Allerdings will sie erst vor der Leiter im Anbau gestanden haben, als es draußen hell wurde. Da reißt ihr der Film. Und der Hexe würde ich nichts beweisen können, meinte sie. Ihr Mann hat gestern Abend noch gesagt, die hätte ein erstklassiges Alibi. Außerdem hat sie zwei verschollene Brüder, die zwei Jungs gekillt haben, um den Tod von Elvis zu rächen, und auch seit Jahren einen Polizistenfreund, der ihre Untaten deckt. Da kann ruhig mal eine Frau eine Treppe hinuntergeschubst werden, das geht glatt als Unfall durch.»

Das fuhr Klinkhammer wie ein Quirl ins Innere und vermischte einen Rest Kaffee mit Magensäure. Guter Gott! Was waren denn da für Gerüchte im Umlauf?

«Trotzdem ist der gute Heiner heute Morgen todesmutig zum Hexenhaus gefahren, um das Kind zu retten», kam Carmen zum Schluss. «Bei der Gelegenheit ist er dann wohl verhext worden. Abrakadabra, und er war nicht mehr da. Jetzt sollte ich vielleicht zusätzlich weiße

Kaninchen in die Fahndung geben. Oder meinst du, ich soll es mit Fröschen versuchen? Dann könnte ich ihn womöglich mit einem Küsschen zurückverwandeln, wenn wir ihn in die Finger bekommen.»

Klinkhammer blieb ihr die Antwort schuldig. Er konnte sich nicht einmal für den Anruf bedanken. Das nahm sie ihm nicht krumm. So eine wilde Geschichte konnte einem die Sprache verschlagen. Nachdem er den Hörer aufgelegt hatte, suchte er noch minutenlang nach seinen Zigaretten und hatte Mühe zu atmen. Er hätte Carmen natürlich sofort sagen müssen, von wem Stella Helling gesprochen hatte. Das hatte er nicht geschafft. Dafür war es zu überraschend gekommen und zu viel auf einmal gewesen.

Die Zigarettenschachtel lag im Papierkorb und war leer. In seinem Kopf drehte sich ein ähnlicher Quirl wie im Magen. *Allerdings will sie erst vor der Leiter im Anbau gestanden haben, als es draußen hell wurde.* Genauso hatte er sich das doch vorgestellt. Zwei verschollene Brüder und das Alibi der Hexe. Natürlich hatte Gabi ein erstklassiges Alibi. Hatte sie jedes Mal gehabt, wenn Menschen ums Leben gekommen waren, die sie vielleicht gerne aus der Welt gehabt hätte.

Ihn mit einer Schaufel auf die Schulter geschlagen, während Axel und Heiko Schrebber auf einem gestohlenen Mofa in den Tod rasten. Und zwei ihrer Brüder waren angeblich schon Tage vorher aufgebrochen, um sich woanders neue Jobs zu suchen. So hatte Reinhard Treber es ihm erzählt. Und der grüne Junge, der er damals gewesen war, hatte es nie überprüft, es einfach geglaubt. Er hatte doch auch erst drei Jahre später erfahren, dass bei dem Mofaunfall möglicherweise jemand nachgeholfen hatte. Und da hatte er Axel Schrebber wegen seines Klinikaufenthalts als Täter im Mordfall Schneider ausgeschlossen.

Geburtstagsparty mit Freunden und Anverwandten, die alle bezeugten, Gabi habe die Feier nicht für eine Minute verlassen, während Ursula Mödder mit eins Komma acht Promille in alten Latschen die Kellertreppe hinunterstürzte.

Lesereise, während Therese in ihrem Badezimmer erschlagen wurde und ein drei Monate alter, schwer behinderter Säugling verschwand. Mittwochabend in Hannover – und ein neues Auto, das laut

Hersteller zweihundertvierzig Spitze bringen sollte. Hatte Gabi sich in der Nacht davon überzeugt, dass die Maschine wirklich so viel hergab?

Es wäre zu schaffen gewesen, wenn die Lesung um halb acht begonnen hatte. Gabi las ungefähr eine Stunde, das wusste er von seiner Frau. Danach gab es üblicherweise noch eine Diskussion mit dem Publikum, bei der Gabi auch signierte. Doch das hätte sie verweigern können. *Entschuldigen Sie mich, ich muss noch eine Hypothek tilgen.*

Ab ins Auto. Das Gaspedal bis zum Bodenblech durchgetreten. Dass sie ihren Hals riskierte mit solch einer Fahrt, hätte sie nicht gekümmert. Das Haus war ihr wichtig, das eigene Leben so viel wert wie ein Haufen Dreck. Abgesehen davon lebte sie in der festen Überzeugung, Martin hielte seine schützende Hand über sie und schicke im Notfall rechtzeitig den rettenden Engel vorbei.

In seinem Hirn überschlug es sich. Wiederholung des Films, von der Gabi nichts hatte, weil es ein Buy-out-Vertrag gewesen war und für sie nichts mehr heraussprang. Therese Stunde um Stunde tot in Hockstellung in dem Spalt zwischen Wand und Klo, dieselbe Stelle, an der auch die Film-Ursula ihr Leben aushauchte. Martin Schneider ihr Bruder? Das war momentan zweitrangig. Aber Martin der Vater von Helling?

Helling war ein Riese mit seinen knapp zwei Metern. Martin war auch sehr groß gewesen. Wie Reinhard, Ulrich und Bernd Treber. Die beiden verschollenen Brüder hatte er ja nie kennen gelernt, vermutlich waren sie auch keine Zwerge. Gabi dagegen war nur so ein kleiner Stoppel. Wenn sie ausholte und man vor ihr stand, traf sie nur Schultern. Vor Jahren hatte sie einmal gesagt: «Für seine Jungs hat mein Vater sich immer mächtig ins Zeug gelegt. Mädchen wollte er gar nicht groß haben. Wenn sie klein sind, kann man leichter draufhauen.»

Und das Gesicht, nein, die Gesichter! Warum – verdammt nochmal! – fiel einem die Ähnlichkeit erst auf, wenn man mit der Nase darauf gestoßen wurde? Weil man Therese erst kennen gelernt hatte, als sie schon auf die Fünfzig zuging und ein Pummelchen gewesen war. *Ich war auch mal jung und hübsch und heiß begehrt, Herr Klink-*

hammer. Ich konnte mich nur nicht entscheiden ... Der Ring ist ein Erbstück von meiner Mutter.

Man durfte wirklich keinem Menschen glauben. Vielleicht das Geschenk eines Liebhabers, hatte Carmen gestern gesagt. Martin Schneider? *Die schönen Männer waren alle schon in festen Händen.* Zertrümmerter Vorderschädel, Beziehungstat. Und den Ring gewaltsam vom Finger gerissen, aber doch erst nach ihrem Tod. Weil Helling gemeint hatte, seine Frau sei die Täterin?

Dass er versprochen hatte, Kehler anzurufen, sobald er Neuigkeiten hätte, war vergessen. Er brauchte zuerst neue Zigaretten. Und danach überschritt er die Grenze, die ein Polizist nie überschreiten durfte. Aber er hatte sie doch schon im November 83 überschritten, als er Gabi den ganzen Vormittag zugehört hatte. Martin, Martin, Martin. *Er kommt bestimmt bald zurück.* Und dann erneut und endgültig vor achtzehn Jahren. *«Haben Sie ein Messer nach Ihrem Mann geworfen?»* Und er hätte es verstanden in der Situation, beide Augen zugedrückt, wenn sie ja gesagt hätte. Sie hatte eben so etwas an sich, dass man sich notfalls mit einer Schaufel von ihr schlagen ließ. Nur hatte Therese ihren Kopf bestimmt nicht freiwillig hingehalten. Diesmal durfte er kein Auge zudrücken.

Während der Fahrt nach Niederembt durchlebte er einen Albtraum mit wachem Verstand. Er sah Gabi lächeln und hörte sie sagen: «Halt dich raus, Arno. Du bist nicht zuständig, und deine Kollegen wollen gar nicht, dass du dich einmischst. Dem Baby geht es gut. Helling bekommt es zurück, wenn ich mein Haus bezahlt habe. Das mit Resl tut mir Leid. Es war nicht geplant, aber was hätte ich tun sollen, als sie aufwachte?»

Man hatte sich schnell in etwas hineingesteigert, wenn man plötzlich meinte, es bräche einem alles über dem Kopf zusammen. Der Polizistenfreund einer Hexe. Wie er das Carmen beibringen sollte, wusste er nicht. Er konnte nur hoffen, dass Stella Helling sich ihre Anschuldigungen aus den Fingern gesogen hatte, weil sie nicht wusste, wie sie das Verschwinden ihres Babys sonst erklären sollte.

Große Zahlen

Gabi empfing ihn zwar mit ihrem typischen Lächeln, aber nicht mit den Worten, die er ihr unterstellt hatte. Stattdessen sagte sie: «Du kommst eine halbe Stunde zu spät, aber trotzdem wie gerufen, Arno. Deine Kollegen waren schon da, und deine Frau hatte leider keine Zeit für ein längeres Gespräch.»

Während sie vor ihm her durch den Flur zum Wohnzimmer ging, erzählte sie von der Lesereise. Ein voller Erfolg, Ines war begeistert gewesen zu hören, dass stapelweise Bücher verkauft worden waren. Allein in Hannover über hundert Stück. Gabi hatte eine Delle im Finger gehabt vom Signieren. Bis um halb zwölf hatte sie in der Buchhandlung gestanden. Selber schuld, sie wollte ja immer ein Stehpult. Der Buchhändler hatte danach noch mit ihr und zwei Journalisten essen gehen wollen, aber als sie endlich im Lokal angekommen waren, war die Küche geschlossen gewesen. Es hatte nur noch was zu trinken gegeben. Sie waren trotzdem fast bis um zwei dort hängen geblieben.

Es wäre also nicht zu schaffen gewesen. Kannte sie die Zeiten, auf die es ankam? Oder erzählte sie nur von einer erfolgreichen Lesung? Er wusste es nicht, wusste momentan gar nichts mehr.

Im Wohnzimmer plapperte sie weiter, jetzt vom neuen Roman. Auf dem Couchtisch stand ihr Laptop. Aus den Lautsprecherboxen der Stereoanlage sang Martin von dem armen Jungen aus dem Ghetto, der zum Mann heranwuchs, eine Pistole kaufte, ein Auto klaute und erschossen wurde.

Klinkhammer setzte sich in einen der Sessel und versuchte, seiner widersprüchlichen Gefühle Herr zu werden. Bisher hatte er sich nichts vorzuwerfen. Er war dem Mofaunfall der Schrebber-Zwillinge schließlich nachgegangen. Er hatte sie auch überprüfen lassen nach Uschis Treppensturz, weil es ihm da schon wie ein elektrischer Schlag in sämtliche Glieder gefahren war.

Am meisten erschreckt hatte ihn, dass er es überhaupt in Betracht zog. Nicht aus tiefster, innerer Überzeugung. Rein gefühlsmäßig war sie für ihn in all den Jahren ein Opfer der Umstände gewesen. Opfer musste man schützen, manchmal auch vor sich selbst. Aber irgendwie hatte er sie eben doch für fähig gehalten, weil es um Martins Haus gegangen war, für das sie ihre Seele verkauft hätte. Und wenn es jetzt wieder ums Haus … und sie ihre Finger im Spiel … würde sie ihn von einer anderen Seite kennen lernen. Auf gar keinen Fall wollte er etwas vertuschen und sie decken. Notfalls würde er sie an ihrem Pferdeschwanz zum Auto schleifen und sie höchstpersönlich bei Carmen abliefern – oder besser bei Schöller, um den wieder aufzurichten.

Sie musste das Kind doch nicht unbedingt selbst geholt haben, hatte ja noch drei Brüder in der Nähe. Wem war das zuzutrauen? Er kannte nur den Ältesten, von früher, hatte ihn seit Jahren nicht mehr gesehen, aber von ihm erzählte Gabi oft. Reinhard holte für sie die Kastanien aus dem Feuer und Möbel von der Straße. Damals hatte er auch gelegentlich ihren Mann verprügelt und sich wie Klinkhammer immer darum bemüht, Gabi in der Gegenwart zu halten. Eine wehrlose Frau erschlagen und ein hilfloses Baby entführen, nur damit Gabi weiter im verlorenen Paradies leben konnte? Nicht Reinhard. Der hätte zu Gabi gesagt: «Verkauf die Bude, wenn du sie nicht mehr bezahlen kannst.»

Ulrich, der Mittlere, war Klinkhammer von Martin Schneiders Beerdigung nur flüchtig in Erinnerung und laut Gabis Tochter ein grundsolider Typ, ein Handwerker eben und ein Arbeitstier. So ein Mensch beging auch keinen Mord und hätte sich beim Thema Entführung an die Stirn getippt.

Bernd, der Jüngste, war ein Hallodri mit einem satten Punktekonto in Flensburg, der schon mehrfach knapp an einer Anzeige wegen Beamtenbestechung vorbeigeschrammt war. Er spielte gerne den Mann von Welt und händigte bei Verkehrskontrollen meist größere Geldscheine zusammen mit Führerschein und Kfz-Schein aus. Natürlich waren die Scheine immer aus Versehen zwischen die Papiere gerutscht.

Vor drei Jahren hatte Gabi sich mal darüber aufgeregt, dass Bernd es in wenigen Monaten geschafft hatte, einen satten Lottogewinn zu verpulvern. Seitdem bezeichnete er sich mal als Anlageberater, mal als Finanzmakler. Von Arbeit hielt er nicht viel. Den Lebensunterhalt verdiente seine Freundin. Für Gabi war Bernd deshalb das schwarze Schaf der Familie. Aber wenn Not am Mann gewesen wäre, hätte ein schwarzes Schaf nützlicher sein können als ein weißes. Bernd käme noch am ehesten infrage für eine Entführung und einen Totschlag, wenn er beim Entführen erwischt worden wäre.

«Ich hab mir gerade frischen Kaffee gemacht», sagte Gabi. «Magst du einen?»

Er nickte nur. Neben dem Laptop stand eine Kaffeetasse. Sie nahm eine zweite aus dem Schrank, holte die Kanne, Milch und einen Aschenbecher für ihn aus der Küche. Er hatte noch kein Wort gesagt, zündete sich eine Zigarette an und ließ sie reden. Immer noch über den neuen Roman.

In den nächsten Tagen wollte sie seinem Bekannten beim BKA ein Kapitel zukommen lassen. Nur zur Kontrolle, damit beim Ermittlungsstrang auch alles seine Ordnung hatte. Sie hatte ihm doch versprochen, dass die Polizisten diesmal nicht wie Trottel dastünden. Sein Bekannter hatte früher in der zentralen Vermisstenstelle gearbeitet und könnte am besten beurteilen, ob sie es den Ermittlern jetzt zu leicht machte.

Sie setzte sich vor ihren Laptop und las ihm eine der ihrer Ansicht nach kritischen Stellen vor. Es schien, als hinge sie mit ihren Augen am Bildschirm. Aber sie kannte ihre Texte auswendig und beobachtete ihn. Und er sie. Er glaubte, sie gut genug zu kennen, um zu sehen, dass sie nervös war. Weil seine Kollegen schon bei ihr gewesen waren? Carmen hatte wohl auch verständliche Auskünfte über Romy Schneider erhalten.

«Was ist los, Arno?», fragte sie unvermittelt. «Du siehst aus, als wärst du dem Teufel begegnet.»

«Das hätte mich wahrscheinlich nicht so schockiert», sagte er. «Mir hat eben wieder jemand erzählt, dass ich seit ewigen Zeiten eine Hexe kenne. Und diesmal war es verdammt heftig.»

Sie nickte versonnen. «Was hat die Kuh denn nun erzählt? Von deinen Kollegen habe ich keine Auskunft bekommen. Die wollten bloß wissen, wo ich in der Nacht von Mittwoch auf Donnerstag war, und behaupteten, es sei reine Routine.»

«Stellen wir erst mal etwas klar», sagte er. «Die Frau heißt nicht Kuh und auch nicht Predator. Ich nehme doch stark an, damit war sie gemeint. Ihren Worten zufolge war es nämlich ihre Idee, aus Martin ein Monster zu machen. Wenn du sie früher mal mit Namen erwähnt hättest, hätte ich eher schalten können.»

Darauf bekam er keine Antwort, aber er hatte ihr ja auch keine Frage gestellt. Das tat er nun: «War Helling heute Morgen hier?»

Das schien sie ehrlich zu erstaunen. «Nein, warum sollte er?»

«Um seine Tochter abzuholen.»

Sie lachte ungläubig. «Bei mir? Wie kommst du denn auf die Idee? Ich hab keine Zeit, kleine Kinder zu hüten. Ich bin ja froh, dass meine groß sind, mich in Ruhe arbeiten und auch mal auf Tournee gehen lassen.»

«Es geht nicht ums Kinderhüten», sagte er. «Stella Helling behauptet, du hättest ihr letzten Sonntag angekündigt, das Baby zu holen, um deine Hypothek zu tilgen.»

«Die tickt ja wohl nicht sauber», entrüstete sie sich. «Wieso haben deine Kollegen davon nichts gesagt?»

«Weiß ich nicht», antwortete er. «Vermutlich, weil sie die Frau für durchgeknallt halten. Vielleicht ist sie das auch. Das ändert aber nichts an der Tatsache, dass die Kleine vermisst wird.»

«Was?» Das klang schockiert. «Seit wann?»

«Seit der Nacht von Mittwoch auf Donnerstag.»

«Da war ich in Hannover, Arno.»

«Weiß ich», sagte er. «Und wo war Bernd?»

«Das fragst du mich im Ernst, ja? Bist du noch bei Trost?»

«Nein», sagte er. «Wenn ich noch bei Trost wäre, säße ich nicht hier. Dann hätte ich der Staatsanwaltschaft erklärt, wer Romy Schneider ist und was es mit Elvis auf sich hat. Ich wusste gar nicht, dass er Hellings Vater war. Und dein Bruder, eher wohl Halbbruder. Das hättest du mir ruhig erzählen können. Als wir uns kennen lernten, konnte ihn ja schon keiner mehr wegen Inzest belangen.»

«Wer behauptet das?», fuhr sie auf.

«Stella Helling», sagte er. «Und da könnte man nach meinem Kenntnisstand sogar Eifersucht als Motiv für den Mord an Therese unterstellen oder für einen Mordauftrag. Wenn die Katze aus dem Haus ist und eine frühere Flamme auf ein Stündchen reinschaut, passt das der Katze vermutlich nicht.»

Sie tippte sich bezeichnend an die Stirn. «Du solltest jetzt gehen, Arno. Komm wieder, wenn du dich beruhigt hast.»

«Ich bin ruhig», sagte er. «Und ich hab noch ein paar Fragen. Mir ist zu Ohren gekommen, Therese wäre in letzter Zeit nicht mehr gut auf dich zu sprechen gewesen. Warum?»

«Weil ich rasend vor Eifersucht war und sie hier keine fünf Minuten mit Martin alleine lassen wollte.»

Er ignorierte ihren Sarkasmus. «Wie viel Geld hast du bei dieser Filmgeschichte verloren?»

Nun lächelte sie wieder spöttisch. «Dreihundertfünfzigtausend Mark mindestens. Es hätten ohne weiteres achthundert, zwölfhundert, sechzehnhundert und immer so weiter werden können.»

Er pfiff durch die Zähne. «Hübsches Sümmchen. Warum habe ich das nicht erfahren?»

Ihr Lächeln verstärkte sich. «Hättest du mir das Geld gegeben? Das war keine Autoreparatur, Arno. Du hättest wie Reinhard gesagt: Verkauf die Bude, wenn du sie nicht mehr bezahlen kannst.»

Da beurteilte er Reinhard doch völlig richtig. «Du bist also mit dem Haus in Schwierigkeiten geraten», stellte er fest.

Ihr Lächeln bekam etwas Nachsichtiges. «Ich bin nicht die Tochter von Onassis. Ich hatte zweihunderttausend Mark und musste das Doppelte aufnehmen, weil der trauernde Witwer nicht nur das Haus loswerden wollte, auch die Schulden, die Uschi ihm hinterlassen hatte. Mödder sagte, entweder oder. Es gäbe noch andere Interessenten, ich müsse mich schnell entscheiden. Das habe ich getan, weil ich dachte, ich könne es mir leisten. Ich hatte zwei Jahre Arbeit in den Film gesteckt, zwei komplette Serienstaffeln auf der Festplatte. Natürlich habe ich mich darauf verlassen, dass ich die auch bezahlt bekomme. Und was macht die Kuh? Schickt mich in Urlaub und nutzt die Zeit, um andere Autoren anzuheuern. Kniefälle hab ich getan. Aber mehr als zwei Folgen waren für mich nicht mehr drin. Die habe ich auch nur noch zur Hälfte bezahlt bekommen, weil die Kuh alles in den Sand gesetzt hat.»

«Falls du das eben nicht mitbekommen hast», sagte er. «Die Frau heißt Stella Helling. Sag einfach Stella, damit wir nichts durcheinander bringen. Therese war ja auch eine Frau Helling. Stella hat dir also einen erheblichen finanziellen Schaden zugefügt. Das nennt man ein Motiv, speziell, wenn es um räuberische Erpressung und Entführung geht.»

Gabi schüttelte bedächtig den Kopf. «Wenn der Schaden behoben wurde, ist das Motiv hinfällig. Vergiss es, Arno. Resl hat mir das Geld gegeben.»

«Dreihundertfünfzigtausend Mark?», fragte er ungläubig.

«Nein, zweihundertfünfzigtausend Euro. Wenn man eine Hypothek vorzeitig tilgt, verlangt die Bank einen Ausgleich für entgangene Zinsen. Dazu kamen noch die Gebühren für den Notar und den Eintrag ins Grundbuch, damit alles seine Ordnung hat.»

«Eine Gemeindeschwester schenkt dir eine Viertelmillion?» Er glaubte ihr kein Wort. Verdammt! Es war die Summe aus dem Erpresserbrief. «Dafür hat sie aber sehr lange sparen müssen.»

«Gar nicht. Sie hat im Oktober 2001 im Lotto gewonnen. Vier Komma zwei Millionen Mark.»

Die Summe verschlug ihm sekundenlang die Sprache. Aber es war schwer vorstellbar, dass Gabi eine unhaltbare Behauptung aufstellte. Ein Lottogewinn ließ sich überprüfen. Das wusste sie garantiert. Zu bezweifeln war nur ein Geschenk in dieser Höhe. «Und da gibt sie dir was ab, weil sie dich gut leiden kann?»

«Nein», sagte Gabi, «weil ihre Schwiegertochter mich in die Scheiße geritten hatte und Resl der Meinung war, den Segen hätte sie mir zu verdanken.»

«Inwiefern?»

«Sie hatte gehört, dass Bernd gewonnen hat. Und so sind die Leute hier nun mal, Resl war da keine Ausnahme. Einer hat Glück oder Pech – wenn eine Hexe im Dorf lebt, muss die dahinter stecken. Man muss ihr ja nicht unbedingt sagen, wofür man sie hält. Resl hat gejammert. Sie könnte auch mal so eine Spritze gebrauchen. Wo Heiner bald heiraten und in den Anbau ziehen will, müsste sie die Tür zumauern. Danach müsste sie renovieren und würde sich gerne neue Möbel anschaffen. Ein neues Auto wäre auch bald fällig und so weiter.»

«Da hast du ihr gesagt, welche Zahlen sie ankreuzen soll?»

«Nein, ich habe ihr nur einen Witz erzählt. Ich weiß nicht, ob du ihn kennst. Ein Mann beschwert sich beim lieben Gott, dass er nie etwas gewinnt. Da sagt der liebe Gott, gib mir eine Chance, kauf dir ein Los. Resl hat das als guten Tipp aufgefasst und einen Volltreffer gelandet. Reiner Zufall. Aber ich hätte verrückt sein müssen, zu bestreiten, dass ich nachgeholfen habe.»

«Natürlich», sagte er. «Und verrückt warst du noch nie.»

Gabis linke Hand spielte am Laptop, die Rechte umkreiste den Rand ihrer Kaffeetasse. Ihre Stimme klang belegt. «Ich war verrückt genug, meinen Anteil zurückzuweisen. Sie wollte mir in der ersten Freude sofort die Hälfte geben. Aber was sollte ich mit so viel Geld? Wenn man zu viel hat, macht man sich zu viele Gedanken darum. Als mir das Wasser bis zum Hals stand und sie es mir aufdrängte, habe ich angenommen, aber nur als Darlehen. Vor zwei Monaten, im Februar, als ich die hohe Abrechnung vom Verlag bekam, habe ich die ersten Fünfzigtausend zurückgegeben. Meinen Scheck lehnte Resl rigoros ab. Sie meinte, wir wären quitt. Das habe ich anders gesehen und es ihr überwiesen.»

Das wäre auch zu überprüfen. «Warum behauptet Stella, du hättest die Serie platzen lassen?»

«Rache ist süß, Arno. Als ihr endlich auffiel, dass sie sich mit den anderen Autoren Windeier eingehandelt hatte, war ich nicht mehr darauf angewiesen und hab sie abblitzen lassen.»

Ja, das war typisch für sie. Pfeif drauf, Martins Haus gehört mir doch schon. Was will ich mehr?

«Vier Komma zwei Millionen Mark», wiederholte er. Die Summe hatte er immer noch nicht ganz verinnerlicht. «Warum weiß Helling davon nichts?»

«Natürlich weiß er das», behauptete Gabi. «Er hat Resl doch die ganze Zeit genervt mit den Umbauten. Alles nur vom Feinsten, und sie sollte zahlen. Dabei verdiente die – Stella anfangs ja auch noch ganz gut. Als sie wegen ihrer Sauferei die Papiere bekam, sah Resl erst recht nicht mehr ein, dass sie ihnen eine Luxuswohnung finanziert. ‹Die sollen erst mal was schaffen, ehe sie Ansprüche stellen›, sagte sie. Stella hat sich dann richtig reingekniet und Kleinholz aus dem Anbau gemacht. Heintje hat sich damit begnügt, zwei Löcher zu hauen und Stella zu schwängern. Er spekulierte darauf, dass Resl als Oma in spe eher schwach wird. Das hat sie aber schnell durchschaut und ihm was gehustet.»

Erbschein, dachte Klinkhammer nun. Nirgendwo im Haus ein Kontoauszug. Vier Komma zwei Millionen Mark! Und wenn man erst mal etwas schaffen sollte … Ein Snob wie Helling machte sich nicht gerne die Hände schmutzig. *Sei so gut und schlag meiner Mutter den Schädel ein, Schatz. Lass am besten auch gleich die Kleine verschwinden, damit haben wir uns ja verspekuliert. Dann machen wir beide uns ein schönes Leben. Keine Sorge, Schatz, meine Kollegen werden dich womöglich verdächtigen, aber wenn wir ihnen ein oder zwei Eindringlinge und einen Erpresserbrief bieten und deine blutigen Klamotten verschwinden lassen, könnte die Rechnung aufgehen. Und wenn nicht, musst du leider in den Knast. Aber ich habe ausgesorgt.*

Hatte Helling es deshalb in der Nacht für überflüssig befunden, mit Kehler zu Hause vorbeizufahren und nach dem Rechten zu schauen? Das musste einem doch zu denken geben, vor allem, wenn man etwas Ähnliches schon einmal erlebt hatte – vor vier Jahren, mit dem Serienmörder. Nun hatte er Carmens Stimme im Kopf, die sich von Helling an den großen Fang erinnert fühlte. Was sie wohl dazu sagen würde?

Eigentlich hätte Helling sich doch Sorgen um seine Kleine machen müssen, wo seine Frau schon am Vortag wieder getrunken hatte und er davon ausging, seine Mutter könne zu der sterbenden Frau Müller gerufen werden. Und nach Dienstschluss morgens noch eine Unterhaltung mit Kollegen geführt, keine Eile an den Tag gelegt, nach Hause zu kommen. Weil er genau wusste, was er vorfinden würde?

Ein starkes Stück, das er Helling da unterstellte. Und es war ein großer Unterschied, ob man einen Fremden für einen eiskalten Hund hielt oder einen Kollegen, den man seit Jahren kannte und immer als vorbildlichen Polizisten erlebt hatte. Er sah ihn vor sich; herzerweichend weinend im Sessel bei der Hoftür. *«Hundertmal habe ich ihr erklärt, dass die Russen immer von hinten eindringen.»* Und ein *witterungsbedingt* klemmendes Tor.

Witterungsbedingt, der Ausdruck hatte ihn schon am Donnerstag gestört, weil er überflüssig war. «Es klemmt oft.» Das hätte erst mal gereicht als Erklärung. *Witterungsbedingt.* Kam man auf solch ein Wort, wenn man völlig verzweifelt war? *War!* Auch so ein Ausdruck, der ihm erst jetzt richtig bewusst wurde. *«Meine Mutter war eine erfahrene Krankenschwester.»* Normalerweise sprachen Angehörige unmittelbar nach dem tragischen oder gar gewaltsamen Verlust eines lieben Menschen immer im Präsens. «Meine Mutter ist eine erfahrene Krankenschwester.» Helling hatte all den Tränen zum Trotz schnell verinnerlicht, dass sie nun *war.*

Martin

Mit einem Mal war alles anders. Arno Klinkhammer fühlte sich entschieden besser, bekam seine Gedanken und Gefühle wieder in den Griff und verstand schon gar nicht mehr, wie er auch nur eine Sekunde lang in Betracht hatte ziehen können, Gabi hätte bei Mord und Entführung ihre Hände im Spiel gehabt. Eine Frau, die einem ein Vermögen hatte schenken wollen, brachte man nicht um, ließ das auch nicht andere tun. Selbst dann nicht, wenn sie nicht mehr gut auf einen zu sprechen gewesen war und Martin den alten Polo von Neffters Anni hatte kaufen wollen, wofür man ihr vielleicht an die Kehle gegangen wäre – bildlich gesprochen.

«Wer weiß sonst noch von dem Geld?», fragte er.

«Ich hab's nur Reinhard erzählt. Martina und Martin wissen auch Bescheid, reden aber nicht darüber. Und ich kann mir nicht vorstellen, dass Resl damit hausieren gegangen ist.»

«Sie hat sich einiges geleistet», sagte Klinkhammer.

«Aber es ist doch alles im Rahmen geblieben», meinte Gabi. «Kein Mercedes, sondern ein Fiat Punto.»

«Mit Sonderausstattung, teuren Schmuck, neue Möbel und einen elektrischen Rollstuhl für Herrn Müller», ergänzte er. «Rechnungen hat sie auch für andere bezahlt.»

«Ja», stimmte Gabi zu, «aber großzügig und hilfsbereit war sie auch vorher. Das konnte niemanden stutzig machen. Und nachher hat sie ein bisschen geschwindelt. Der Rollstuhl war ein Schnäppchen, den hatte sie praktisch geschenkt bekommen. Rechnungen hat sie nicht bezahlt, nur dafür gesorgt, dass auf die Forderung verzichtet wird. Für ihren Schmuck hat sie sich einen spendablen

Freund zugelegt, verstehst du? Ist die Kleine wirklich entführt worden?»

Statt ihr darauf wahrheitsgemäß mit; ich weiß es nicht, zu antworten, sagte er: «Beim Enkelkind einer Lottomillionärin lohnt sich das doch.»

«So eine Sauerei», murmelte sie. «Wieso haben deine Kollegen nichts davon gesagt? Gib mir eine Zigarette, Arno.»

Er hatte sie noch nie rauchen sehen, hielt ihr sein Päckchen hin. Sie bediente sich, ließ sich Feuer geben, dabei zitterten ihr die Hände. Und dieser hektische, gierige Zug. Husten musste sie auch nicht, es war bestimmt nicht ihre erste. Sie hatte Angst. Er hätte darauf geschworen. Wovor fürchtete sie sich?

Kein Motiv und ein erstklassiges Alibi, nur einen verschwenderischen Bruder. Und ein Auto für Martin! Der Therese vielleicht einen Gefallen täte, hatte die alte Frau Lutz am Samstag gesagt. Und Martina am Freitagabend: «Martin ist krank. Gestern Abend ging es ihm noch top. Heute Morgen …»

Hatte der Bericht über Thereses Tod in der Zeitung gestanden. «Mir ist auch schlecht geworden, als ich es las», hatte Martina gesagt. Auch! Vielleicht doch kein ekliges Virus? Hatte der Elvis-Verschnitt gekotzt wie ein Reiher, weil er den Polo von Neffters Anni nun abschreiben konnte? Oder vielleicht sogar, weil er einen schwer behinderten Säugling am Hals hatte? *Kannst du für ein oder zwei Tage auf die Kleine aufpassen, Martin? Ich wollte sie zu den anderen Großeltern bringen. Die waren aber nicht da.*

Nein, solch eine Annahme war blödsinnig. Eine erfahrene Krankenschwester wie Therese mochte dem Charme eines Gymnasiasten erliegen, weil er dem Mann, von dem sie ihren Sohn bekommen hatte, wie aus dem Gesicht geschnitten war. Aber sie hätte dem Rotzlöffel niemals ein Baby überlassen. Welchen Gefallen hatte sie sich denn sonst von ihm erhofft?

Unvermittelt tauchte vor seinem geistigen Auge ein altes Foto mit einem Motorrad in einer Blutlache auf. Und Resl hatte gemeint, Gabi sollte ihrem Mann damit mal richtig Angst machen, was ja auch funktioniert hatte.

«Wie geht es Martin?», fragte er. Und Gabi zuckte zusammen, machte der gerade angerauchten Zigarette im Aschenbecher den Garaus. «Hat er sich von seinem Schock erholt?»

«Nein. Das wird wohl auch noch eine Weile dauern, ehe er das verarbeitet hat. Er mochte Resl sehr gerne.»

«Kann ich nachvollziehen», sagte Klinkhammer. «Ich mochte sie auch sehr gerne, obwohl sie mir kein Auto kaufen wollte.»

Wieder dieses Zusammenzucken. Das war es! «Für ein Auto tut ein Achtzehnjähriger eine Menge», stellte er fest. «Wo ist er?»

«Oben.»

«Ruf ihn runter.»

«Nein, er schläft.»

Der schlief doch nicht am Nachmittag. «Ruf ihn runter!»

«Nein! – Arno, er hat mit dem Verschwinden des Babys nichts zu tun, mit Resls Tod auch nicht. Er ist nur …» Sie brach ab, strich sich mit einer Hand durchs Gesicht und erklärte: «Wenn ich hier gewesen wäre, hätte ich das nicht zugelassen. Aber ich habe erst am Samstag gehört, was er sich geleistet hat.»

«Was?», fragte Klinkhammer.

Sie wurde nicht lauter, es wirkte nur so, weil sie plötzlich härter klang. «Nichts, was strafrechtlich belangt werden könnte. Ich verstehe trotzdem nicht, was Resl sich dabei gedacht hat. Er sollte der – Stella einen Schreck einjagen. Mehr hat er auch nicht getan, ist bloß rein und wieder raus.»

«Um welche Zeit?»

«Kurz nach zwei.»

Das passte zur Videobotschaft und dem aus dem Fernseher geflossenen Geist des Schwiegervaters. Ungefähr so hatte er sich das auch schon gedacht. «Ich nehme an, das hast du meinen Kollegen nicht erzählt», sagte er. Ihr Blick war Antwort genug.

«Dachte ich mir», sagte er. «Ruf ihn runter.»

«Nein! Er kann nichts sagen, Arno, wirklich nicht. Er hat nichts gesehen außer der – Stella. Meinst du, ich hätte ihn noch nicht danach gefragt? Er hat nicht mal mitbekommen, was am Donnerstag im Dorf los war, hat es erst am Freitagmorgen in der Zeitung gelesen. Wenn es ihm nicht so elend gegangen wäre, ich hätte ihn verprügelt, als ich nach Hause kam. Aber Reinhard hatte ihm schon gründlich den Kopf gewaschen. Belassen wir es dabei.»

«Bist du noch ganz dicht?», fuhr Klinkhammer sie an. «Entweder du rufst ihn jetzt, oder ich hole ihn.»

Gabi musste ihren Sohn nicht rufen, Martin kam von allein ins Wohnzimmer, schick frisiert und gekleidet wie für einen großen Auftritt: Weiße Jeans, weißes Hemd mit silbernen Nieten. Einen Glitzeranzug besaß er nicht. Seine Gitarre brachte er mit und klimperte lässig ein paar Takte, als er eintrat. Im Gegensatz zu seiner Mutter wirkte er in keiner Weise ängstlich, erkundigte sich mit gewohnt überheblichem Lächeln bei Klinkhammer: «Mit welchem Recht schreist du hier herum?»

«Mit dem Recht des Mannes, der mal mitten in der Nacht dafür gesorgt hat, dass du was in den Bauch kriegst», erklärte Klinkhammer. «Und mit dem Recht des Mannes, der dich und deine Schwester davor bewahrt hat, die Mutter zu verlieren. Ich könnte noch ein paar Rechte mehr aufzählen. Aber für den Anfang reicht es. Geh rauf und zieh dich um. In zehn Minuten will ich dich ordentlich gekämmt und in Zivilklamotten sehen. Wir beide fahren zur Staatsanwaltschaft. Da kannst du singen, aber ohne Gitarrenbegleitung.»

«Das kannst du nicht machen, Arno», protestierte Gabi. «Er hat sich nichts dabei gedacht. Für ihn war das nur ein Gag. Er ist doch noch ein Kind.»

«Dann soll er sich mal so benehmen», sagte Klinkhammer. «Dazu bekommt er gleich ausreichend Gelegenheit.»

«Sie werden es ihm in die Schuhe schieben», jammerte Gabi.

«Quatsch», meinte Klinkhammer. «Ein Achtzehnjähriger erschlägt nicht die Frau, die ihm das Auto kaufen will, das er von seiner Mutter nie bekäme.»

«Das habe ich abgelehnt», sagte Martin unverändert überheblich. «Ich habe Resl gesagt, dass Romy ...»

«Mutti», schnitt Klinkhammer ihm das Wort ab. «Für dich heißt sie Mutti, merk dir das wenigstens für die nächsten Stunden. Komm bloß nicht auf die Idee, bei der Staatsanwaltschaft den Elvis raushängen zu lassen. Und jetzt rauf mit dir.»

Martin grinste und gehorchte wider Erwarten. Er brauchte etwas länger als zehn Minuten, um seine Frisur mit viel Haargel in eine zeitgemäße Form zu bringen, die weiße Jeans gegen eine blaue zu tauschen und das Hemd gegen einen Pullover.

Gabi folgte ihrem Sohn mit dem Hinweis: «Du machst einen großen Fehler, Arno.» Sie wollte selbstverständlich mit, aber nicht in Jeans und Blüschen, auch nicht mit Pferdeschwanz. Ines hatte sie beraten, wie eine Erfolgsautorin in der Öffentlichkeit auftrat.

Klinkhammer wollte rasch Carmen informieren. Inzwischen ging es auf sieben Uhr zu. In ihrem Büro hob niemand mehr ab, zu Hause war sie noch nicht. Ihr Handy war nicht in Betrieb. Er hinterließ eine Nachricht in der Mailbox, dass er eine große Überraschung für sie hätte, und bat dringend um Rückruf.

Natürlich hätte er Gabi und ihren Sohn auch zum Polizeipräsidium fahren können. Für ihn wäre das die entschieden bessere Lösung gewesen. Doch das widerstrebte ihm. Sie hätten vermutlich gedacht, er wolle sich damit ins rechte Licht setzen. Neugierig war er auch. Und er ging nicht davon aus, dass Carmen ihn bei der Befragung von Martin zuhören ließe.

«Wir haben noch etwas Zeit», sagte er, als die beiden zurück ins Wohnzimmer kamen. Gabi in einem schlichten Kostüm, hohe Pumps an den Füßen, damit war sie fast eins sechzig groß. Das lange Haar hatte sie im Nacken mit einem Perlen durchsetzten Ziergummi zu einem Dutt geformt. Richtig erwachsen sah sie aus. «Du kannst erst mal mir erzählen, was sich abgespielt hat.»

Martin nahm neben seiner Mutter auf der Couch Platz und begann: «Resl kam am Mittwoch ...»

«Frau Helling», korrigierte Klinkhammer. «Das macht sich aus deinem Mund besser. Du sprichst von Frau Helling und ihrer Schwiegertochter. Von mir aus kannst du auch von Therese Helling und Stella Helling reden.»

Martin grinste wieder. «Wieso? Noch sind wir unter uns, da muss ich mich doch nicht verbiegen. Für mich war sie Resl. Und ich war für sie ein Mann, mit dem sie reden konnte. Mit Mutti mochte sie nicht mehr über ihre Probleme sprechen.»

«Na schön», gab Klinkhammer nach. Im Gegensatz zu seiner Schwester nannte Martin auch seine Onkel nur beim Vornamen. Und *Mutti* hatte er sich immerhin gemerkt.

Martin setzte neu an und machte schon mit dem ersten Wort klar, dass er nicht kompromissbereit war, solange sie unter sechs Augen sprachen: RESL hatte ihn in den letzten Monaten wohl tatsächlich als einen Vertrauten gesehen und ihm häufig ihr Herz ausgeschüttet. Er war gut informiert, auch über die dreiwöchige Trockenperiode ihrer Schwiegertochter. Resl hatte schon aufgeatmet. Und am Dienstag der Rückfall. Am Mittwochmorgen verstand sie die Welt nicht mehr.

Johannes Marquart – der Name war Martin geläufig, den sprach er auch in voller Länge aus – hatte Stella doch gesagt, sie wäre für ihn gestorben, wenn sie noch mal eine Flasche ansetze. Und es hatte so ausgesehen, als habe Stella sich das zu Herzen genommen. Drei Wochen Abstinenz. Was hatte sie denn jetzt wieder aus der Bahn geworfen?

Martin hätte es Resl sagen können. Auch wenn er am Sonntagnachmittag nach einem Foul vor dem Tor zu Boden gegangen war, hatte er doch die Begegnung und den kleinen Plausch am Spielfeldrand beobachtet und sich gewundert, dass Heintje seine Frau auf den Sportplatz führte, wo sonst immer nur er alleine auftauchte. Eigentlich hätte Heintje sich doch denken müssen, dass Mutti sich das Spiel anschaute. Er musste auch wissen, dass Mutti keine Gelegenheit ungenutzt ließ, Stella wie ein Voodoopüppchen mit Nadeln zu spicken. Aber Martin wollte keinen weiteren Unfrieden stiften, deshalb erwähnte er das am Mittwochmorgen nicht. Resl hatte ja immer noch nicht verziehen, dass Mutti angekündigt hatte, Stella werde ein Monster auf die Welt bringen und es in den Sand setzen.

«Das hast du zu ihr gesagt?», fragte Klinkhammer fassungslos.

Gabi studierte die Form ihrer Fingernägel. An ihrer Stelle erklärte Martin mit breitem Grinsen: «Na ja, Mutti war stinksauer, weil Resl sich so über *Schwester des Todes* gefreut hat. Da rutscht ihr schon mal etwas heraus, was sie gar nicht so meint.»

«Reizend», sagte Klinkhammer. Er konnte sich nun denken, warum Resl in letzter Zeit auf Gabi nicht mehr gut zu sprechen gewesen war. Allerdings sah er keinen Grund, aus dem Gabi stinksauer geworden sein könnte, nur weil Therese sich über ein Buch gefreut hatte. Doch das war ihm momentan auch nicht so wichtig. «Und was hat Mutti am Sonntag angekündigt?»

«Nichts», kam es schnippisch – diesmal von Gabi zurück. «Ich weiß nicht, wie sie auf den Quatsch mit der Hypothek gekommen ist. Vor zweieinhalb Jahren, als ich sie angebettelt habe, mir wenigstens die erste Serienstaffel zu überlassen, habe ich ihr gesagt, wann die fällig wäre. Am Sonntag habe ich darüber keinen Ton verlauten lassen. Wozu auch? Das Haus ist bezahlt, ich kann dir die Papiere zeigen.» Dann wies sie ihren Sohn zurecht: «Du musst nicht so weit ausholen. Es geht nur um den Mittwochabend.»

«Nein», widersprach Klinkhammer. «Der Sonntag ist genauso wichtig.» *Hinkender Eindringling.* «War es ein schlimmes Foul?»

«Klar», behauptete Martin. «Der Stürmer hat mir mit den Stollen fast das halbe Bein aufgerissen, ist mir voll auf den Oberschenkel gesprungen. Der Schiri hat ihm sofort die rote Karte gezeigt. Reinhard befürchtete, dass er mich vom Platz nehmen muss. Aber wir hatten keinen Ersatz fürs Tor. Da muss man die Zähne zusammenbeißen.»

«Und hinken», sagte Klinkhammer. «Zieh mal deine Jeans aus.»

«Wozu?»

«Ich will deine Beine sehen.»

«Warum? Das ist schon über eine Woche her und gut verheilt.»

«Ich will es trotzdem sehen», beharrte Klinkhammer.

Martin erhob sich widerstrebend. Während er sich seiner Jeans entledigte, gestand er: «Eigentlich hat der Stürmer mich nur gestreift, aber es hat stark geblutet. Reinhard musste mir einen Verband anlegen.»

Klar doch, sonst hätte jeder gesehen, dass nichts passiert war. Martins Beine waren in Ordnung. Wenn auf dem bezeichneten Oberschenkel vor gut einer Woche etwas stark geblutet haben sollte, musste eine Wunderheilung stattgefunden haben.

«Wart ihr im Rückstand?», fragte Klinkhammer.

Martin nickte verschämt und zog sich wieder an. Ein paar Sekunden lang war er nur der achtzehnjährige Neffe eines Mannes, der sich mal für den besten Torwart seiner Zeit gehalten hatte und sehr ungemütlich werden konnte, wenn der Nachwuchs zwei Bälle durchließ. Da musste man sich etwas einfallen lassen, um die gegnerische Mannschaft zu dezimieren und vor allem diesen angriffslustigen Stürmer vom Platz zu bekommen.

«Gut», sagte Klinkhammer. Er war in dem Moment sicher, dass Helling Martins Showeinlage an dem Sonntagnachmittag für bare Münze genommen und mit dem humpelnden Eindringling auf ihn abgezielt hatte. «Dann kommen wir zum Mittwoch.»

Martin setzte sich wieder neben seine Mutter und fuhr fort.

Frühmorgens eine kurze Unterhaltung vor Müllers Haustür. Er erzählte Resl von Muttis Lesereise, sie ihm von den drei Flaschen, die Stella in der letzten Nacht geleert hatte, und dass sie Johannes Marquart über den erneuten Rückfall informieren wolle. Abends kam Resl von Müllers aus rüber. Sie hatte Stellas Eltern nicht angetroffen und meinte nun auch, das sei keine Dauerlösung. Heiner hatte ihr mittags gesagt, er wolle ausziehen. Dann hätte sie ihre Ruhe.

«Was soll denn aus der Kleinen werden, wenn das versoffene Aas sich ungestört zukippen kann?», fragte Resl. «Da hätte ich doch keine Sekunde lang Ruhe.»

Es müsse sofort etwas geschehen, meinte sie. Eine Schocktherapie. Dabei dachte Resl nicht an den *Schatten*. Dass der wiederholt wurde, wusste sie nicht, schaute doch nie in die Programmzeitschrift. Sie meinte, bei einer Frau, die sich mit Händen und Füßen gegen die Existenz von Hexen wehrte, bewirke es womöglich ein Wunder, wenn eine leibhaftige Hexe käme, um ihr eine Flasche abzunehmen und ein paar Worte der Ermahnung zu sagen. Und ursprünglich wollte Resl das selbst übernehmen, sich dafür das Kostüm ausleihen, in dem Martina zu Weiberfastnacht Krawatten abgeschnitten hatte. Eine richtig scheußliche Hexenfratze mit Hakennase und einer Warze drauf war das. Dazu die entsprechende schwarze Kleidung, sogar eine Katze aus Pappmaschee war dabei, die auf der Schulter befestigt wurde. Aber

Resl passte nicht in das Kostüm. Der scheußlichen Fratze zum Trotz war es figurbetont geschneidert.

«Dann werde ich mir eben ein Laken umhängen und als Geist erscheinen», sagte Resl und hoffte, dass die todkranke Frau Müller ihr keinen Strich durch diese Rechnung machte.

Nun erst wollte Martin sich großmütig entschlossen haben, Resl den Rücken freizuhalten. Er hielt es auch nicht für besonders wirkungsvoll, sich ein Laken umzuhängen. Das war doch Kinderkram. Wenn es schon die Nacht des *Schattens* war, dann sollte der auch erscheinen.

Bernd hatte ein Kostüm, Mutti ein Video, damit war Martin zeitlich unabhängig. Um Streitigkeiten mit seiner Schwester zu vermeiden, konnte er nämlich erst aus dem Haus, wenn Martina schlief. Sie kehrte immer die Ältere heraus und hatte bereits angekündigt, sie wolle sich den Film noch mal komplett reinziehen. Auf Muttis Video waren ja nur Vorspann und Nachspann und die Szene, in der es Uschi im Bad erwischte. Bernd hatte das mal so für Mutti kopiert, weil sie sich am liebsten anschaute, wie der Schatten Ursula erledigte.

«Herrgott», unterbrach Gabi ihn ungehalten. «So ausführlich musst du nicht erzählen. Du hast mein Video genommen.»

«Lass ihn doch», sagte Klinkhammer. «Ihm macht es offenbar Spaß. Und ich finde es aufschlussreich. Es sagt eine Menge über deine Fähigkeit zum Vergeben und Vergessen aus. Hoffen wir, dass danach gleich keiner fragt. – Wie ging es weiter, Martin?»

Nun: Resl erklärte noch, sie werde ihn anrufen. Voraussetzung war ja, dass Stella sich noch einmal richtig die Kante gab und auf der Couch einpennte. Wenn sie nüchtern ins Bett ging, hätte es keinen Zweck. Und wenn Heiner auch ihr gesagt hatte, dass er eine Wohnung kaufen wollte, riss sie sich vielleicht am Riemen.

Die Nacht, in der
Therese starb

Martins Version

Nachdem Resl sich verabschiedet hatte, bestieg Martin sein Rad, um bei Bernd das Kostüm zu holen. Natürlich wollte Bernd wissen, wofür Martin es brauchte. Martin erzählte es ihm. Bernd legte noch ein Fläschchen Ammoniak dazu, damit Martin sich nicht vergebens bemühte, eine Schnapsleiche zu wecken.

Um halb elf war Martin wieder zu Hause. Martina saß vor dem Fernseher. Er ging hinauf in sein Zimmer, das Telefon nahm er mit, damit Martina nicht stundenlang mit ihrem Freund quasselte und die Leitung für Resl frei blieb.

Sie meldete sich kurz nach elf, war im Kinderzimmer. Da konnte sie sprechen, ohne dass man sie im Erdgeschoss verstand. Das hätte sie zwar auch in ihrem Schlafzimmer tun, von dort aus aber nicht in den Hof schauen können, was ihr noch wichtiger war. Sie stand im Dunkeln am Fenster. Stella war gerade zum zweiten Mal im Schuppen gewesen.

«Das wusste ich», schimpfte Resl. «Sie bunkert das Zeug immer im Schuppen. Da finden sieben Katzen keine Maus. Jetzt hab ich auch noch ein schlechtes Gewissen. Ich hab ihr um zehn die Kleine runtergebracht, sonst hätte sie heute vielleicht nichts angerührt. Obwohl ich fast glaube, sie hat keine Ahnung, dass Heiner ausziehen will. Als ich ihr gesagt hab, dass ich hier nicht im Dreck sitzen bleibe, hat sie mich angeguckt wie ein Rindvieh. Vielleicht hat er das nur zu mir gesagt in der Hoffnung, dass ich klein beigebe. Aber so kann es doch nicht weitergehen. Jedes Mal, wenn man denkt, jetzt packt sie es, fängt sie wieder an. Wir ziehen das heute durch, Martin. Oder meinst du, wir sollten es lieber lassen?» Das meinte Martin nicht.

«Fast eine halbe Stunde lang hat das arme Wurm geweint», fuhr Resl fort. «Ich bin fast verrückt geworden und war nahe dran, ihr selbst ein Fläschchen zu machen. Ich hab hier herumgewerkelt, um mich abzulenken. Gerade bin ich mal runtergehuscht. Die Kleine liegt im Sessel und scheint ganz zufrieden, sie hat wohl doch was ins Bäuchlein bekommen.»

Und das versoffene Aas – tut mir Leid, Arno, aber genau so hat Resl es ausgedrückt – lag wieder in dreckigen Arbeitsklamotten auf der Couch. Darüber regte Resl sich auf, es war ja eine teure Couch gewesen. Danach plauderte sie über alles Mögliche, während sie im Obergeschoss hin und her lief, auch immer wieder mal die Treppe hinunterhuschte. Wenn sie kein Licht einschaltete, wurde sie im Wohnzimmer nicht bemerkt und konnte sich überzeugen, dass es dem armen Wurm unverändert gut ging.

Einmal erwähnte sie die Nachbarsfamilie. Bündchens seien schon die ganze Zeit mit ihrem Dennis zugange. «Da geht im Schlafzimmer immer wieder das Licht an, zweimal hab ich den Dennis weinen hören. Er hat's oft mit den Ohren. Andere Leute haben auch Sorgen. Aber du schaffst mir meine vom Leib, Martin. Das wird ihr eine Lehre sein, die vergisst sie ihr Leben lang nicht. Und nächste Woche bist du nicht mehr auf dein Rad angewiesen. Mit Frau Neffter habe ich schon gesprochen, die fährt ihren Polo ja doch nie mehr. Morgen mache ich das klar.»

An dieser Stelle wollte Martin gesagt haben, es wäre wirklich nicht nötig. Er täte ihr den Gefallen gerne und wolle dafür kein Auto. Er wüsste doch nicht, wovon er die für Führerscheinneulinge sehr hohe Versicherungsprämie und die Kfz-Steuer zahlen solle. Und Resl sagte: «Mach dir darüber mal keine Gedanken.»

Bis dahin hatten sie noch keinen bestimmten Zeitpunkt für seinen Auftritt vereinbart. Resl wollte durchgeben, wenn *das versoffene Aas* jenseits von Gut und Böse war. Nun schlug Martin vor, um zwanzig nach zwei aufzutauchen. Um die Zeit war schließlich Martin geboren. Resl wandte ein, das wisse Stella nicht, erkundigte sich auch: «Kannst du denn so lange wach bleiben?»

Natürlich konnte er, in seinem Alter machte man die Nächte durch und war am nächsten Morgen trotzdem fit. Das musste er auch sein, es stand nämlich eine Geographieklausur an, dafür lernte er noch ein wenig, während er Resl zuhörte. Viel sagen brauchte er ja nicht. Sie sprach fast ohne Unterbrechung, redete sich selbst das schlechte Gewissen aus. Zwischendurch erkundigt sie sich auch mal, ob bei Müllers alles friedlich sei. Von seinem Schreibtisch aus schaute Martin direkt auf Müllers Esszimmerfenster, in dem die Betten der alten Leute standen. Einen Rollladen gab es nicht, nur eine Gardine. Wenn das Licht angegangen wäre, hätte er das sofort gesehen. Dann hätten sie das Gespräch beenden müssen, damit Resl für Herrn Müller erreichbar wäre.

«Wie lange hast du mit ihr telefoniert?», fragte Klinkhammer.

«Bis Martina ins Bett wollte und mir das Telefon abnahm.»

«Wann war das?»

«Als der Film zu Ende war. Kurz nach zwölf.»

Jetzt kam der wichtige Teil. «Wo war Frau Helling um die Zeit, was hat sie gemacht, wo war das Baby?»

Das lag laut Resl noch unten im Sessel und schlief friedlich. Sie hatte sich um Viertel vor zwölf ins Bett gelegt, weil ihr die Pantoffel zu eng geworden waren. Kurz vorher war sie noch einmal unten gewesen, sogar im Wohnzimmer. Den Fernseher und den Videorecorder hatte sie ausgemacht. Sie hatte das arme Wurm eigentlich mit nach oben nehmen wollen, wurde doch höchste Zeit, dass die Kleine ins Bettchen kam. Aber dann hatte sie es nicht gewagt, das schlafende Kind aufzunehmen, weil es vielleicht aufwachte. Und wenn es quengelte, wachte womöglich auch Stella wieder auf. Allzu fest schlief die vermutlich noch nicht.

«Die zweite Flasche ist leer», hatte Resl durchgegeben. «Ihre Augen sind zu, hoffen wir, dass es reicht. Den Rest hat sie anscheinend nicht mehr geschafft, der ist mal wieder auf den Teppich gelaufen. Was bin ich froh, dass ich mir diesen neuen Reiniger gekauft habe, damit geht auch Rotwein raus. Ich muss mich mal hinlegen. Seit sechs Uhr bin ich ununterbrochen auf den Beinen, meine Füße machen nicht mehr mit. Pass bloß auf, dass ich nicht einschlafe, Martin. Ich muss die Hoftür noch aufmachen, sonst kommst du nicht rein. Aber das kann ich erst tun, wenn die Kleine im Bett ist, sonst wird das für sie zu kalt.»

Das Schuppentor sei bereits offen, sagte Resl. In welcher Weise, erklärte sie nicht, erfuhr Klinkhammer auf entsprechende Nachfrage. Er war trotzdem zufrieden mit sich. Liebhaber und nicht gesichertes Tor; völlig daneben hatte er mit dieser Verknüpfung doch nicht gelegen, auch wenn das Tor nur für einen sehr entfernten Verwandten des Liebhabers offen geblieben war. Wen mochte Therese in dem Schnösel gesehen haben? Mit Spukgeschichten hatte sie bestimmt nichts am Hut gehabt. Aber was sie dem Bengel alles anvertraut hatte …

In den letzten Minuten erzählte sie von ihren geschwollenen Füßen und der Absicht, in nächster Zeit ein EKG machen zu lassen, weil das vom Herzen kommen könnte. «Meine Mutter hatte ja auch ein schwaches Herz und immer Wasser in den Beinen. Vielleicht ist es nicht mal die schlechteste Idee, wenn sie ausziehen. Dann müsste Heiner sich auch sein Geld besser einteilen, wie er damit umgeht, gefällt mir nicht. Aber Ruhe hätte ich nur, wenn ich weiß, dass Stella trocken bleibt. Sie kann's doch, verdammt nochmal! In den letzten drei Wochen hat sich so lieb um die Kleine gekümmert. Besser hätte ich das auch nicht gekonnt.»

Als Martina sein Zimmer betrat und ihm das Telefon kommentarlos aus der Hand zu ziehen versuchte, weil sie ihrem Freund unbedingt noch eine gute Nacht wünschen musste, sagte Resl: «Huch, was war das denn?»

Martin bezog es auf die Rangelei ums Telefon und erklärte: «Unser Hausdrache. Ich muss jetzt leider Schluss machen.»

«Nein, bleib mal dran», bat Resl. «Da hat gerade was gepoltert. Ich glaub, das kam von draußen. Die wird ja wohl nicht noch mal in den Schuppen gegangen sein.»

Martin konnte nicht dranbleiben. Der Hausdrache meinte, er hätte ein junges Mädchen in der Leitung und lange genug Süßholz geraspelt. Martina riss ihm das Telefon aus der Hand.

Klinkhammer bedachte Mäuschen im Geist mit einem deftigen Fluch. Bis Mitternacht vor dem Fernseher und plötzlich diese Eile. Hätte Martina sich nicht zwei Minuten länger die Zähne putzen oder auf das nächtliche Liebesgesäusel verzichten können? Ein paar Minuten mehr; und Martin hätte wohl noch erfahren, ob Stella zum dritten

Mal im Schuppen gewesen war. Aber warum hätte sie um die Zeit noch einmal hinausgehen sollen, wenn sie den Rest aus der zweiten Flasche nicht mehr geschafft hatte? Es musste also jemand gekommen sein. Vielleicht einer, der wusste, dass in dieser Nacht noch ein Monster erscheinen sollte? Einer, der dachte, es müsse für ihn auch etwas herausspringen, immerhin sei es sein Kostüm?

Martina unterhielt sich geraume Zeit mit ihrem Freund. Um halb eins unternahm Martin den letzten Versuch, das Telefon zurückzuerobern und in Erfahrung zu bringen, ob es bei der zeitlichen Abmachung blieb. Danach dachte er, das würde er ja sehen, und konzentrierte sich auf seine Klausur. Um Viertel vor zwei machte er sich auf den Weg, stellte sein Rad vor Resls Garage ab und sondierte die Lage. Das Schuppentor war sperrangelweit offen.

«Ist dir im Schuppen etwas aufgefallen?», fragte Klinkhammer.

«Was denn?»

«Das sollst du mir sagen.»

Martin blies die Backen auf, ließ die Luft entweichen. «Es war stockdunkel, Arno. Ich habe nur aufgepasst, wohin ich trete. Ich hatte zwar eine kleine Taschenlampe dabei, die gehört zum Kostüm. Nur wollte ich die nicht zu früh einschalten, die Batterie hatte nicht mehr viel Saft.»

«Weiter», verlangte Klinkhammer.

Martin ging in den Hof, um sich zu überzeugen, dass die Lage optimal war. Die Hoftür war ebenfalls weit offen, Stella lag im dunklen Wohnzimmer auf der Couch und schlief. Er machte kehrt und schloss die Schuppentür hinter sich. Resl hatte gesagt, auf dem Küchenbüfett unmittelbar neben der Schuppentür läge eine starke Taschenlampe. Irgendwo zwischen Kisten und Kästen stünde auch der große Frisierspiegel aus dem Schlafzimmer ihrer Eltern. Darin könne er seine Erscheinung überprüfen.

Die Lampe lag jedoch am anderen Ende des Büfetts in einer Kabelrolle bei dem Loch in der Wand. Aber das war ein regelrechter Scheinwerfer, den wollte Martin nicht benutzen. Nach dem Spiegel hielt er erst gar nicht Ausschau. Die Kutte war nur ein zeltartiger Umhang mit zwei kleinen Löchern für die eigenen Augen. Die warf man einfach über. Der Kopf mit den Mörderaugen war auf ein Drahtgestell gespannt, das man wie einen Hut aufsetzte und unter dem Kinn festbinden konnte. Damit war der Schatten über zwei Meter groß. In das Gestell musste die kleine Taschenlampe gesteckt werden, um die Augen von innen anzustrahlen, damit sie auch richtig leuchteten.

Da seine Arme unter der Kutte verschwanden und er die Hände erst noch frei haben musste, um seine Vorbereitungen zu treffen, klemmte Martin sich den hinderlichen Stoff unter die Achseln und den Monsterkopf unter einen Arm. Solchermaßen gehandicapt ging er ins Wohnzimmer, um sich mit dem Videorecorder vertraut zu machen und die Fernbedienung des Fernsehers zu suchen. Dabei orientierte er sich mit Hilfe seiner kleinen Lampe und befürchtete schon, Stella würde zu früh aufwachen, weil er herumleuchten musste. Tat sie aber nicht. Sie merkte nicht einmal, dass er die Fernbedienung unter ihrem Arm hervorzog.

«Was hatte sie an?», fragte Klinkhammer.

Martin musste nicht lange überlegen. «Einen Blaumann und ein kariertes Hemd, ziemlich dreckig, wie Resl gesagt hatte. Als ich sie angefasst habe, fühlte sich das staubig an.»

Nach Blutspritzern durfte Klinkhammer nicht fragen. Aber wenn ihm welche aufgefallen wären, hätte Martin sie wohl erwähnt, meinte er und bat darum, so detailliert wie möglich zu beschreiben, wie es im Wohnzimmer ausgesehen habe.

«Nur nach Besäufnis, Arno», versicherte Martin.

Zwei Weinflaschen hatte er gesehen, eine auf dem Tisch, die zweite vor der Couch in einer Weinlache, da stand auch ein Glas auf dem Boden. Das Baby lag natürlich nicht mehr im Sessel. Resl hatte doch die Hoftür erst öffnen wollen, wenn sie es ins Bettchen bringen konnte. Eine Stoffwindel lag noch da.

Er ging hinter dem Tisch in die Hocke. Die unter die Achseln geklemmte Kutte war hinderlich. Viertel nach zwei, es wurde höchste Zeit, mit der Inszenierung zu beginnen. Video in den Recorder, Recorder einschalten, Fernseher einschalten, Lautstärkeregler der Fernbedienung drücken.

Während der Vorspann durchlief, befestigte er die Taschenlampe im Monsterkopf und setzte den auf. Auch in der Szene ging es nicht sofort lautstark los. Ursula erwartete doch ihren Liebhaber und traf zuerst noch Vorbereitungen für eine romantische Nacht: Kerzen anzünden, ein paar Rosenblätter ins Badewasser streuen, die Sektgläser auf den Wannenrand stellen, letzter Blick in den Spiegel, um zu prüfen, ob das Negligé auch sexy genug war. Dann erst bemerkte Ursula, dass es in der Zimmerecke dunkler wurde – weil dort aus dem Nichts der *Schatten* entstand.

Als Ursula die Champagnerflasche zerschlug und zu brüllen begann, erwachte Stella und tastete auf der Couch herum. Sie suchte wohl die Fernbedienung. Die hatte Martin noch in der Hand. Um nicht zu früh bemerkt zu werden, hockte er auf allen vieren hinter dem Tisch, bemühte sich, den gerafften Stoff über seinen Körper zu verteilen und dabei nicht das Drahtgestell vom Kopf zu schütteln.

Wellenförmig aus dem Fernseher geflossen, dachte Klinkhammer. Logisch, genauso musste es für Stella ausgesehen haben.

Martin kroch dann zum Sessel bei der Flurtür, das war wie Sackkriechen statt Sackhüpfen. Jetzt wollte er sich mit dem Ammoniak beträufeln, obwohl es eigentlich nicht mehr nötig gewesen wäre. Stella war doch bereits wach. Aber Monster stanken nun mal nach Tod und Verdammnis. Das Fläschchen steckte in seiner Hosentasche, es herauszuangeln war nicht das Problem. Leider war es sehr fest zugeschraubt. Er hatte immer noch die Fernbedienung in der Hand und geriet in Zeitnot. Die Szene war durch, es lief bereits der Nachspann.

Als er die Fernbedienung auf den Tisch legte, kippte die Weinflasche dort um und rollte auf den Boden. Etwas klirrte. In der Eile beträufelte Martin sich nicht, das Ammoniak-Fläschchen fiel ihm aus der Hand, nachdem er es endlich aufgeschraubt hatte. Als er es wieder zu packen bekam, kippte er hastig den Rest in die Kutte und die Hälfte auf seine Klamotten. Es stank so fürchterlich, dass ihm die Luft wegblieb. Dann schaltete er seine Taschenlampe ein und sah zu, dass er zur Couch kam.

Stella saß bereits und wollte gerade aufstehen. Er schubste sie zurück, beugte sich über sie. Bedauerlicherweise war ihm vom Ammoniak so schlecht, dass er den Elvis-Ton nicht traf. Aber der Wortlaut musste ihr klar machen, wer zu ihr sprach: «Wenn du dich noch einmal betrinkst und dich nicht richtig um mein Enkelkind kümmerst, komme ich wieder. Egal, wo du dann bist, ich finde dich überall, und dann wirst du mit deinem Leben bezahlen.»

Der Effekt war bombastisch. Stella umklammerte mit beiden Händen ihren Kopf und sagte auch etwas. Martin verstand es nicht, er hatte zwar drei Fremdsprachen belegt, aber fernöstliche Dialekte beherrschte er nicht. Er meinte, es hätte irgendwie arabisch geklungen. Im Hinausgehen nahm er die Stoffwindel aus dem Sessel, die konnte er auch durch die Kutte packen. Dann schritt er majestätisch über den Hof zum Schuppen, ließ dort die Windel fallen und zog sich in die Dunkelheit zurück.

Bei Bündchens nebenan war das Licht angegangen. Für einen Moment sah er Frau Bündchen an einem Fenster. Sie verschwand sofort wieder, kam runter in ihren Hof, schaltete auch dort das Licht ein und rief: «Alles in Ordnung, Frau Helling?»

Und Stella antwortete: «Ja, ja, es war nur der Fernseher, Entschuldigung.»

Martin war enttäuscht und halbwegs entschlossen zu einem zweiten Auftritt, weil er meinte, sie hätte den ersten in ihrem Dusel gar nicht richtig mitbekommen. Diesmal aus dem Schuppen heranschweben, das hätte sie gut sehen müssen, weil Frau Bündchen ihre Hoflampe nicht wieder ausgeschaltet hatte. Aber die Batterie seiner kleinen Taschenlampe hatte inzwischen den Geist aufgegeben. Ohne die grünen Augen sah der Schatten nur nach Karnevalskostüm aus. Das riskierte Martin lieber nicht. Es reichte vermutlich auch. Stella hielt ihren Kopf immer noch mit beiden Händen und verrenkte sich den Hals, um zu sehen, wo er abgeblieben war. Also zog er die Kutte aus, stopfte sie in die Plastiktüte und hoffte, auf dem Heimweg möge sich der Ammoniakgestank aus seiner Kleidung verflüchtigen.

Um Viertel vor drei war er wieder zu Hause und ging ins Bett. Seine Kondition hatte er überschätzt. Am Donnerstagmorgen verschlief er. Martina stand immer erst um acht Uhr auf. Weil sie bei Ulrich in der Firma nachmittags häufig länger bleiben musste, fing sie morgens später an. Sie weckte ihn. Um die Zeit war Resl bei Müllers natürlich längst fertig, hatte er gedacht.

Nach Schulschluss fuhr er zu Bernd, brachte die Kutte zurück und vertrieb sich den Nachmittag an Bernds Computer. Um halb sieben fuhr er nach Hause in der Überzeugung, Resl zu treffen, wenn sie Müllers versorgt hätte. Aber der Punto stand nicht vor Müllers Haus, als er ankam. Er glaubte, er hätte sie knapp verpasst. Sie anzurufen, verkniff er sich, wollte nicht den Eindruck erwecken, er hätte es doch nur für das Auto getan. Natürlich hatte er! Auch wenn er nicht bereit war, es zuzugeben.

Als Carmen ihn kurz nach acht zurückrief, war Klinkhammer davon ebenso überzeugt wie vom Wahrheitsgehalt der Schilderung, die Martin ihm geboten hatte. Carmen berief sich auf die hinterlassene Nachricht, die sie wohl schon vor einer Weile abgehört hatte, und klang dabei wie immer, ein Lästermaul mit spitzer Zunge. «Kannst du mich morgen überraschen, Arno? Ich bin heute schon so überrascht worden, das muss ich erst mal verarbeiten.»

«Ich würde es lieber heute noch tun», sagte er.

«Dann warn mich vor, damit ich es noch verkrafte», verlangte sie. «Wie ist deine Überraschung beschaffen?»

«Ich sitze gerade mit dem Darsteller des Schattens und seiner Mutter, der Hexe, zusammen», sagte er. «Es ist zwar schon spät, aber du solltest dir unbedingt anhören, was der junge Schauspieler über die Tatnacht erzählen kann.»

«Na, das ist wirklich eine Überraschung», erwiderte Carmen. «Mit welchem Zauberstab hast du die so schnell aufgespürt?» Seine Antwort wartete sie nicht ab. «Willst du sie herbringen oder soll ich sie abholen lassen? Ich lasse sie besser abholen, damit du unterwegs nicht auch noch in einen Frosch verwandelt wirst.»

«Die Gefahr besteht kaum», sagte er. «Die letzten zwanzig Jahre habe ich, abgesehen von einer kleinen Blessur an der Schulter, unbeschadet überstanden.»

«Ach, so lange kennst du Romy Schneider schon», wunderte Carmen sich gekonnt. «Alle Achtung. Dann hätte ich die Lieferung gerne ins Präsidium. Wir sitzen hier so gemütlich beisammen. Das könnte noch ein unterhaltsamer Abend werden.»

The Great Pretender

Zu dem Zeitpunkt saß Heiner Helling schon seit drei Stunden in Schöllers Büro. Und die scheußliche Angst, die ihn am Morgen nach dem Tod seiner Mutter geschüttelt hatte, war nichts im Vergleich mit der Panik, die ihn nun umklammert hielt. Zum ersten Mal war er früh um halb acht an diesem Montag nach Köln gefahren, um mit dem Leiter der Mordkommission zu reden, wie er es Stella bei dem Telefongespräch am Sonntagabend versprochen und seinem Freund am Morgen angekündigt hatte. Doch als er ankam, war sein Schwiegervater schon da. Das Besucherparkhaus beim neuen Polizeipräsidium war übersichtlich, Johannes Marquarts Auto nicht zu übersehen.

Und dass Schöller sich jetzt die Zeit nähme, ihn anzuhören, sogar mit ihm nach Niederembt zu fahren, um noch ein paar Nachthemden und etwas Unterwäsche für Stella zu holen, glaubte Heiner kaum. Nach einem unbeschrifteten Videoband mit einem speziellen Filmausschnitt hätte er nicht mehr suchen müssen. Das hatte er schon in der Nacht getan.

Er war nach der Rückkehr aus Hamburg zum Grundstück seiner Mutter gefahren, nicht um einzudringen, doch das Schuppentor war offen gewesen, der Mauerdurchbruch zum Anbau ebenso. Da hatte er die Gelegenheit wahrgenommen. Natürlich hatte es im Wohnzimmer keine Kassette gegeben, die nicht auch vorher im Schrank gestanden hätte. Damit hatte er auch nicht gerechnet. Wer wusste denn, was Stella zum Ausdruck hatte bringen wollen, als sie ausgerechnet Ursulas Tod anführte? Sie hatte zwar massiv auf Gabi hingewiesen, aber man durfte nicht vergessen, dass er in dieser Szene für den Schauspieler eingesprungen war.

Er glaubte immer noch nicht an den Auftritt des Schattens. In ihrem Zustand! Dass sie eine Zeitangabe gemacht hatte: Siebzehn Minuten nach zwei! Was bewies das denn? Gar nichts. Ein benommener Blick auf die grün leuchtenden Ziffern am Videorecorder. Vielleicht hatte sie eine Null für eine Zwei gehalten. Null Uhr siebzehn, etwa Mamas Todeszeit. Vielleicht waren ihr die Nullen wie Monsteraugen erschienen.

Nicht einmal das erneut aufgebrochene Schuppentor hatte Heiner vom Wahrheitsgehalt ihrer Erklärungen überzeugt. Er nahm an, dass irgendwer eingedrungen war, um nachzusehen, ob noch etwas herumstand oder lag, was sich mitzunehmen lohnte. Asoziales Pack! Davon hatte Mama nun wirklich genug gekannt, und dieses Gesocks konnte alles gebrauchen.

Er verließ das Parkhaus beim Präsidium wieder, war gleichermaßen verzweifelt wie zornig. Wütend auf Stellas Vater; er hatte nicht erwartet, dass Johannes Marquart seine Drohung tatsächlich wahr machte. Und wütend auf Stella; weil er davon ausging, dass sie ihrem Vater dieselbe Geschichte erzählt hatte wie ihm. Was er nun tun sollte, wusste er nicht. Aber eines wusste er jetzt mit Sicherheit: Dass er Fehler über Fehler gemacht hatte in seinem Bemühen, Stella aus der Schusslinie zu halten.

Vielleicht war er sogar wütend auf sich selbst, weil er wenige Stunden nach dem Tod seiner Mutter, im Bedürfnis, Stellas stundenlange Untätigkeit und ihre blutigen Fußspuren einigermaßen sinnvoll zu erklären, einen vermummten Eindringling erfunden und dem auch noch freitags – ohne zwingende Notwendigkeit, nur in Erinnerung an das Fußballspiel, bei dem der Satansbraten so übel gefoult worden war – ein Hinkebein verpasst hatte. Eine bestimmte Absicht hatte er damit nicht verfolgt. Es wäre ihm zwar ein ganz besonderes Vergnügen gewesen, diesem elenden Bengel, der sich bei jeder Begegnung erdreistete, ihn Jungchen zu nennen, die Kölner Kollegen auf den Hals zu hetzen. Aber das konnte er sich nicht leisten.

Er wollte Stella anrufen und noch einmal beschwören: «Sprich um Gottes willen nicht von Gabi.» Doch er bekam keine Verbindung und konnte sich denken, was geschehen war. Sie hatten ihr das Telefon abgeklemmt. Die Fahrt zum Krankenhaus ersparte er sich. Vielleicht waren Schöllers Leute schon bei ihr, wenn nicht, würden sie in Kürze auftauchen. Wenn sie ihn an ihrem Bett antrafen, käme er nicht mehr weg. Und eine kleine Hoffnung, zumindest seinen größten Fehler zu korrigieren, gab es noch.

Um vier Uhr machte er sich erneut auf den Weg nach Köln, mit der Panik im Innern, Stoßgebeten auf den Lippen, dass Stella bei ihrer ersten Aussage geblieben war. Mit einem wunderhübschen Veilchen und der stillen Hoffnung, Schöller sei nicht im Präsidium. Das war der Leiter der Mordkommission zu diesem Zeitpunkt auch nicht. Aber der Name Helling wirkte wie ein Fahndungsplakat.

Die Oberkommissare Bermann und Lüttich nahmen Heiner in Empfang, präsentierten ihm einen Durchsuchungsbeschluss für seinen Wagen und verlangten ihm den Autoschlüssel ab. Außerdem zeigten sie ihm eine Verfügung von seinem obersten Dienstherrn, dem Landrat des Rhein-Erft-Kreises. Er war suspendiert, ein harter Schlag für einen Mann, der schon als kleiner Junge davon geträumt hatte, eine Polizeiuniform zu tragen und einen Streifenwagen zu fahren. Und es kam noch härter.

Zwei Stunden lang setzten Bermann und Lüttich ihm zu. Dann kam Schöller in Begleitung der Oberstaatsanwältin. Heiner zuckte schon zusammen, als Carmen Rohdecker ihn in ihrer unnachahmlichen Art begrüßte und ihm damit unmissverständlich klar machte, dass Stella geredet hatte.

«Was für eine Freude, Sie lebend und fast unversehrt zu sehen, Herr Helling. Nun erzählen Sie mal von Ihrem Abenteuer. Wie sind Sie der Hexe entkommen? Haben Sie ein Stöckchen durchs Käfiggitter gehalten? Nein, das sieht eher so aus, als hätte sie Ihnen das Stöckchen ins Auge gestoßen. Das muss aber ein dickes Stöckchen gewesen sein. Und Ihre kleine Tochter haben Sie nicht retten können, nehme ich an. Die war schon verspeist.»

Vier gegen einen, dabei hätte das verfluchte Rohdecker-Weib alleine schon gereicht. Sie wollte wissen, wie er sich den Tag vertrieben hatte. Das erklärte er ihr lieber nicht zu detailliert. Er habe etliche Personen aufgesucht und nach seiner Tochter gefragt, sagte er, wie sein Schwiegervater es ihm empfohlen habe. Eine Person habe etwas ungehalten reagiert, was man aber verstehen müsse, weil er sich auch nicht korrekt verhalten und diese Person sehr bedrängt habe. Eine Anzeige wegen Körperverletzung wolle er nicht erstatten, die Person auch nicht mit Namen nennen.

Carmen Rohdecker spielte ihm auszugsweise das Band vor, das bei Stellas erneuter Vernehmung am frühen Nachmittag mitgelaufen war. Heiner zuckte noch einmal zusammen, als sei er unter Strom gesetzt worden. Er spürte, wie ihm das Blut aus dem Gesicht wich und der Schweiß aus allen Poren brach. Nicht genug damit, dass Stella die Hexe ins Spiel gebracht und den Geist seines Vaters als Täter angeboten hatte. Sie hatte auch noch von der blauen Arbeitshose, dem karierten Hemd und dem Spucktuch erzählt, das er beseitigt hatte.

Obwohl Carmen Rohdecker ihm anschließend auch noch den Laborbericht vom LKA und ihre Überzeugung vorhielt, dass sich keine Frau etwas zum Umziehen aus der Schmutzwäsche im Keller holte, leugnete Heiner standhaft, Stella umgezogen und Kleidungsstücke oder sonst etwas beseitigt zu haben. Stattdessen bedauerte er nun, nicht gleich am Donnerstagmorgen die Wahrheit gesagt zu haben. Sein sonst übliches: «Meine Frau», wollte ihm dabei nicht mehr über die Lippen.

In seiner neuen Version hatte Stella, als er um halb acht aus dem Dienst gekommen war, in T-Shirt und Unterhöschen auf der Couch gesessen. Sie war stark angetrunken, aber nicht verletzt. Und zuerst erzählte sie, seine Mutter habe nach einem Streit in der Nacht mit der Kleinen das Haus verlassen. Das glaubte er, weil seine Mutter wieder einmal damit gedroht hatte, mit Stellas Vater zu reden, und davor hatte Stella panische Angst.

Er holte das Putzzeug aus dem Keller, weil er saubermachen wollte, um weiteren Ärger mit seiner Mutter zu vermeiden. Als das Telefon klingelte, ging er nach oben. Wer am Apparat gewesen war, wusste er nicht, hatte gar nicht richtig hingehört, weil ihn im ersten Moment das verwüstete Schlafzimmer seiner Mutter schockierte, im nächsten entdeckte er die Leiche vor dem Waschbecken im Bad. Und da setzte bei ihm etwas völlig aus.

Trotz seiner Panik war Heiner großartig in der Rolle. In jedem Satz schwangen die Trauer des Sohnes um die Mutter, die Furcht des Vaters um sein Kind und die Verzweiflung eines Mannes, der nicht wusste, was seine Frau in jener verhängnisvollen Nacht getan hatte.

Er war wieder hinuntergestürmt und hatte Stella gefragt, was, um alles in der Welt, geschehen sei, warum sie nicht längst den Notruf gewählt habe. Stella gab sich ahnungslos. Als er sagte, dass seine Mutter tot im Bad läge, antwortete sie: «Dann kann sie nicht mehr mit meinem Vater reden.»

Was hätte er in diesem Augenblick denken sollen? Natürlich nahm er an, Stella sei die Täterin. Er war völlig außer sich, brüllte sie an, packte sie bei den Schultern und schüttelte sie heftig. Sie riss sich los. Es sah aus, als wolle sie ihn angreifen. Sie griff nämlich nach einer Flasche, die auf dem Tisch stand, bekam sie jedoch nicht richtig zu fassen. Die Flasche rollte auf den Boden und zerbrach ein Glas. Er versetzte ihr einen Stoß, sie taumelte zurück und trat in die Scherben. Ihm war klar, dass sie sich verletzt hatte, aber er konnte sich in diesen Minuten nicht mit ihr auseinandersetzen, ging zurück ins Bad.

Wie lange er die Leiche seiner Mutter dann im Arm gehalten hatte, wusste er beim besten Willen nicht mehr. In seiner Trauer und der Fassungslosigkeit hatte er nicht auf die Zeit geachtet. Was Stella währenddessen getrieben hatte, konnte er auch nicht sagen. «Ich habe sie erst wieder registriert, als sie mit einer Weinflasche in der Hand auf dem oberen Flur erschien. Nun behauptete sie, um halb eins sei ein Einbrecher im Haus gewesen. Ich konnte ihr noch nicht zuhören, habe sie erneut angeschrien, sie solle mir aus den Augen gehen. Sie ließ die Weinflasche fallen und ging ins Kinderzimmer. Als sie wieder auf den Flur trat, flehte sie mich an, ihr zu glauben. Sie hätte nichts getan, das müsse der Einbrecher gewesen sein. Weil ich darauf nicht sofort reagierte, holte sie sich eine Flasche Schnaps aus dem Schlafzimmer meiner Mutter und ging wieder nach unten.»

Er meinte, er sei ihr zwei oder drei Minuten später gefolgt. Da hatte es im Wohnzimmer ausgesehen wie in einem Schweinestall. Stella war nicht mehr ansprechbar. Mit verdreckten und nun stark blutenden Füßen lag sie auf der Couch. «In dem Moment tat sie mir

Leid. Sie hatte es nie leicht gehabt mit meiner Mutter. Ich wusste nicht, ob ich ihr glauben durfte.»

Und ihm war nicht aufgefallen, dass nicht sein konnte, was Stella bezüglich ihrer Tochter behauptet hatte. Er hatte gar keinen Blick ins Kinderzimmer geworfen, weil er doch zuerst ins Schlafzimmer seiner Mutter und dann ins Bad gegangen war. Er hatte auch nicht in die Küchenschränke geschaut, die Sterilisationsbox nicht geöffnet. Und er hatte erst am vergangenen Abend von Stella gehört, dass nach zwei Uhr in der Nacht noch ein weiterer Täter im Haus gewesen sein und eine Botschaft hinterlegt haben sollte. «Glauben Sie mir, bitte.»

Von ihren Mienen war abzulesen, dass sie das nicht taten. Schöller ergriff das Wort und kam auf das erneut aufgebrochene Schuppentor zu sprechen. Davon wusste Heiner selbstverständlich gar nichts. «Wenn ich eingedrungen wäre, hätten Sie das nicht bemerkt», sagte er. «Ich hätte mir in der Dienststelle neue Polizeisiegel beschaffen können.»

«Sie», hielt Schöller dagegen, «aber Entführer kaum. Mit neuen Polizeisiegeln hätte es nicht mehr nach Erpressung ausgesehen.»

Schöller zeigte ihm eine Kopie des zusammengeklebten Briefs mit der scheinbar lächerlichen Forderung. Das Original war längst ins Labor geschafft worden. Heiner las die wenigen Zeilen und brach in Tränen aus. «Um Gottes willen», stammelte er. «Dann hat Stella mir doch die Wahrheit gesagt. Tun Sie nichts, was meine Tochter in Gefahr bringt. Sie hat sich so positiv entwickelt.»

Warum er seine Frau, seine Schwiegereltern, auch seinen Freund Kehler in der Überzeugung gelassen hatte, seine Tochter sei unverändert eine Todeskandidatin, erklärte Heiner mit seiner Sorge um Stellas labilen Gemütszustand. Er hatte eben keine voreiligen Hoffnungen bei ihr wecken wollen.

Endlich rückte er auch damit heraus, dass seine Mutter sehr vermögend gewesen war und Bankunterlagen in einem Schließfach bei einer Kölner Bank aufbewahrt hatte. Der Schlüssel zum Schließfach hatte in der hölzernen Schmuckschatulle gelegen, den musste dann wohl ihr Mörder an sich genommen haben. Dass er den Lottogewinn bisher nicht erwähnt hatte, begründete er mit seiner Furcht, es könne bei den Ermittlungen etwas durchsickern und irgendwann genau das passieren, was offenbar schon geschehen war. Entführung durch asoziales Pack.

Damit waren sie wieder beim Thema. Heiner räumte ein, seinem Freund gegenüber den Ausdruck benutzt zu haben. Aber er war doch zu dem Zeitpunkt nicht sicher gewesen, ob er Stella die Entführungsgeschichte glauben durfte. Einen konkreten Verdacht hatte er nicht gehabt, der wollte ihm auch jetzt nicht kommen.

Seine Mutter hatte mit so vielen Leuten zu tun gehabt, die in finanziellen Schwierigkeiten steckten. Aber die Hexe Romy, mit bürgerlichem Namen Gabriele Lutz, gehörte bestimmt nicht zu diesem Personenkreis. Stella hatte sich da in etwas hineingesteigert, weil ein an Schizophrenie erkrankter Kollege ihr vor Jahren einen Floh ins Ohr gesetzt hatte.

Frau Lutz hatte vor endlosen Jahren mit einem Mann zusammengelebt, der einem Verbrechen zum Opfer gefallen war. Dass dieser Mann sein Vater gewesen sein sollte, konnte Heiner sich nicht vorstellen. Er konnte sich auch nicht erklären, was Stella zu solch einer verrückten Behauptung veranlasst haben könnte. Möglicherweise hatte Frau Lutz mal eine entsprechende, allerdings unzutreffende Bemerkung gemacht. Frau Lutz war eine eigenwillige Person, schwierig im Umgang und sehr phantasiebegabt. Sie erzählte gerne wilde Geschichten, davon lebte sie ja.

Natürlich hatte Frau Lutz einen finanziellen Verlust erlitten, als der Sender den Auftrag für die Serienproduktion zurückgezogen hatte. Doch danach hatte sie eine steile Karriere gemacht. Sie hatte es wirklich nicht nötig, ein Baby zu entführen und eine Viertelmillion zu erpressen. Abgesehen davon war sie eine gute Freundin seiner Mutter gewesen. Dass auf seiner Liste keine Gabriele Lutz auftauchte – er hatte doch befürchtet, jemanden aus dem unüberschaubar großen Bekanntenkreis seiner Mutter vergessen zu haben. Oder hatte er Frau Lutz versehentlich unter ihrem Pseudonym Martina Schneider eingetragen?

An dem Punkt seiner Ausführungen geriet die Oberstaatsanwältin ins Grübeln, streifte Schöller mit einem undefinierbaren Blick und verließ den Raum. Das war gegen acht Uhr. Nach ihrer Rückkehr beschied sie, Heiner könne gehen. Der Nissan blieb beschlagnahmt. Da sollte der Leichenspürhund morgen mal reinschnuppern.

Schöller war mit dieser Maßnahme absolut nicht einverstanden und protestierte lauthals. Carmen Rohdecker bat ihn zu einem kurzen Gespräch unter vier Augen ins Nebenzimmer. Da sie die Tür nicht richtig schloss, hörte Heiner, wie sie Schöller zusammenstauchte. «Muss man denn alles selber machen? Jetzt werde ich mich mal mit Frau Lutz unterhalten. Herr Klinkhammer ist mit ihr und ihrem Sohn schon auf dem Weg hierher.»

Sekundenlang glaubte Heiner, sein Herz bliebe stehen, daran änderte auch der Tobsuchtsanfall nichts, den Schöller nebenan bekam. Warum sie nicht gleich dem *Provinzprofiler* die Leitung der Mordkommission angedient habe, wollte Schöller wissen, ihn brauche sie doch überhaupt nicht.

«Ich habe Sie auch nicht mit den Ermittlungen beauftragt», konterte Carmen Rohdecker. «Das hat Ihr Vorgesetzter getan. Und bisher haben Sie nichts vorzuweisen, worauf Sie sich etwas einbilden könnten. Die Festnahmen im Fall Sieger haben wir der Autobahnpolizei zu verdanken. Und was den Fall Helling angeht: Haben Sie Frau Lutz überhaupt nach dem Verbleib des Kindes gefragt? Jetzt regen Sie sich mal wieder ab.»

Für Heiner klang das, als habe die Oberstaatsanwältin Klinkhammer hinter Schöllers Rücken den Auftrag erteilt, die Hexe und ihren Satansbraten anzuschleppen. Aber was änderte das? Für ihn gar nichts.

Kaltgestellt

Eine Dreiviertelstunde brauchte Klinkhammer bis Köln. Besonders schnell fuhr er nicht, dachte über Carmens Worte nach. *Zauberstab*. Und ihr Ton dabei. Überrascht gewesen war sie wirklich nicht. Aber deswegen machte er sich keine Sorgen. Wahrscheinlich würde sie ein paar biestige Bemerkungen vom Stapel lassen, ehe sie sich auf Martin konzentrierte.

Martin im Wagenfond war die Ruhe selbst, Gabi auf dem Beifahrersitz unverändert nervös. Sie redete ohne Unterbrechung über ihre anfänglich gute Beziehung zu Stella, die sich erst getrübt habe, als Heintje auf der Bildfläche erschienen sei. «Er konnte mich nie ausstehen.»

«Wieso nennst du ihn eigentlich Heintje?», fragte Klinkhammer, um sich ein wenig von den eigenen Gedanken abzulenken.

«So hat er mal auf der Bühne gestanden an dem Abend, als Martin und ich … Ich werde nie vergessen, wie Heintje mich angeschaut hat, als ich in diesem Kleid das Treppchen hinaufstieg und er runter musste. Wenn Blicke töten könnten, wäre ich umgefallen. – Gib mir noch eine Zigarette.»

Es war bereits ihre dritte während der Fahrt. Er versuchte, sie zu beruhigen und sich selbst gleich mit. Martin war nur ein Zeuge, wahrscheinlich der Entlastungszeuge für Stella. Dass er nun ihren jüngsten Bruder im Visier hatte, der eine Chance gewittert haben könnte, an viel Geld zu kommen und die Sache notfalls seinem Neffen in die Schuhe zu schieben, sagte er ihr lieber nicht. Sie kam von selbst auf Bernd zu sprechen, nachdem sie die Zigarette angezündet hatte.

Genau genommen habe der Ärger mit Bernd begonnen, sagte sie. Vom ersten Schultag an sei Heintje ihren Eltern die Bruchbude eingerannt, habe mindestens fünfmal täglich vor der Tür gestanden und gefragt, ob Bernd rauskäme zum Spielen. Aber Bernd wollte mit Heintje nichts zu tun haben. Der nervte ihn schon in der Schule genug, weil er ihm ständig Aufgaben erklären wollte, die Bernd sehr gut alleine lösen konnte. Abgesehen davon war Reinhard dagegen, dass der jüngste Treber sich mit dem Kleinen von Resl zusammentat.

«Nach dem Wechsel von der Grundschule aufs Gymnasium hat Heintje andere Freunde gefunden, die besser zu ihm passten», erklärte sie vage. «Und später, so mit sechzehn, hat er sich an Lulu gehängt. Mit dem ist er ja heute noch befreundet.»

«Ludwig Kehler?», fragte Klinkhammer, er hatte schon gedacht, Lulu sei ein Mädchen gewesen.

Gabi nickte. «Lulu ist eine arme Socke. Er glaubt an das Gute im Menschen, auch wenn der Mensch ein Blender ist oder ihm das letzte Hemd auszieht wie Babs.»

«Und wer ist Babs?», fragte Klinkhammer. Nicht dass es ihn wirklich interessierte, er hörte kaum zu.

Gabi drückte die Zigarette aus. «Babette Klostermann. Vor zweieinhalb Jahren hatte Lulu ein Techtelmechtel mit ihr. Sie war verheiratet, ihr Mann beim RWE. Lulu durfte nur kommen, wenn ihr Mann Nachtschicht hatte. Martin hat zweimal beobachtet ...»

«Kannst du endlich die Klappe halten?», ließ Martin sich in durchaus freundlichem Ton vernehmen. «Wenn du Lulu in die Pfanne haust, kriegt er bei Babs kein Bein mehr auf die Erde.»

«Du weißt doch gar nicht, ob sie noch zusammen sind», sagte Gabi in Richtung Fond. Auf die Idee, ihren Sohn in die Schranken zu verweisen, kam sie natürlich nicht.

«Eben», erklärte Martin. «Das ist Schnee von gestern, daraus kann man heute keinen Schneemann mehr bauen.»

Daraufhin sagte Gabi noch: «Letztes Jahr sind Klostermanns aus Niederembt weggezogen, ich glaube, nach Nieder ...»

«Das reicht, Romy», wurde ihr von der Rückbank mitten im Wort und diesmal in scharfem Ton endgültig der Mund verboten.

«Mutti», erinnerte Klinkhammer energisch.

«Ja, ja», sagte Martin lässig. «Ich hab das schon verinnerlicht. Wenn wir drin sind, nur noch Mutti, Frau Helling und ihre Schwiegertochter. Aber noch sind wir nicht drin, da darf ich mit ihr reden, wie es mir sinnvoll erscheint. Auf Romy hört sie besser.»

Rotzfrecher Lümmel, dachte Klinkhammer und nutzte die letzten Meter, um Martin noch einmal einzuschärfen, wie sich ein Achtzehnjähriger zu benehmen und auszudrücken hatte.

Carmen erwartete ihn und seine Überraschung in Schöllers Büro. Bermann und Lüttich saßen dabei, Schöller selbstverständlich auch. Der thronte hinter dem Schreibtisch vor einem Aufnahmegerät und bemühte sich um eine neutrale Miene, die ihm nicht gelingen wollte. Klinkhammer hatte den Eindruck, dass er seine Wut nur mit größter Willenskraft im Zaum hielt.

Carmen gab sich hocherfreut, eine Schriftstellerin persönlich kennen lernen zu dürfen, deren letzten Roman sie mit so großer Begeisterung gelesen hatte – auch, nein vor allem als Juristin. Diese Realitätsnähe beim Ermittlungsstrang, all die Schludrigkeiten bei der Spurensicherung, die der ohnehin äußerst raffinierten *Schwester des Todes*, vielmehr ihren Brüdern halfen, einen Doppelmord als Unfall zu kaschieren … Und mit Seitenblick auf Klinkhammer, der von einem mokanten Lächeln begleitet wurde: «Ich nehme an, Sie hatten einen ausgezeichneten Berater.»

Im Gegensatz zu Klinkhammer beherrschte Carmen das Spiel meisterhaft. Er konnte etwas für sich behalten, wenn er fand, es ginge andere nichts an. Aber verstellen konnte er sich nicht. Auch deshalb taugte er nicht für Mordermittlungen. Er hätte nicht locker plaudern können, wenn er überzeugt war, es ginge um das Leben eines Kindes. Womöglich noch Kaffee anbieten mit dem Anblick der erschlagenen Großmutter vor dem geistigen Auge.

Carmen bot nicht nur Kaffee an, auch eine Limo für den jungen Mann. Martin wollte nichts trinken, nur seinen Auftritt schildern. Wider Erwarten durfte Klinkhammer bleiben. Martin erzählte dieselbe Geschichte noch einmal. Nur die Feinheiten waren ein wenig anders. Seit sie das Präsidium betreten hatten, war Martin ein wohlerzogener Oberschüler, der ganz beiläufig alle zu seiner Entlastung und zur Erhellung der Hintergründe notwendigen Informationen in seinen Vortrag einfließen ließ.

Er hatte einer lieben Freundin von Mutti nur einen Gefallen tun wollen. Selbst revanchieren für die Viertelmillion, die Frau Helling ihr geliehen hatte, konnte Mutti sich doch nicht. Sie wäre auch bestimmt nicht einverstanden gewesen mit einer Schocktherapie. Mutti hielt Frau Hellings Schwiegertochter nämlich für ein bedauernswertes Geschöpf, labil und leicht zu beeinflussen – vor allem von diesem großkotzigen Ehemann, der Mutti auf den Tod nicht ausstehen konnte und meinte, in seiner Polizeiuniform könne ihm niemand etwas anhaben. Zum Glück war Mutti auf Lesereise gewesen, das hatte sie Herrn Schöller ja schon erklärt. Sie hatte jedenfalls keine Einwände gegen Martins Hilfsbereitschaft erheben können.

Von Resl sprach er nicht, nannte sie artig: «Frau Helling.» Das Kostüm hatte er bei *Onkel Bernd* ausgeliehen, der auch mal im Lotto gewonnen hatte. – Mit anderen Worten, *Onkel Bernd* war nicht auf das Geld anderer Leute angewiesen. Und als Martin am Freitag über dem Zeitungsbericht so furchtbar schlecht geworden war, hatte *Onkel Reinhard* ihn zu sich geholt.

Und Martin hatte gleich zu *Onkel Reinhard* gesagt, er würde am liebsten sofort *Herrn Klinkhammer* anrufen und ihm erzählen, dass bei *Frau Helling* noch alles in Ordnung gewesen sei, als er ihre Schwiegertochter erschreckt habe.

Daraufhin hatte Onkel Reinhard allerdings gesagt: «Junge, Herr Klinkhammer ist Polizist und hat jetzt etwas Besseres zu tun. Wenn sie den Kerl gefasst haben, der Frau Helling auf dem Gewissen hat, gehe ich mit dir zu ihrer Schwiegertochter. Du musst dich bei der armen Frau entschuldigen. Auch wenn Frau Helling dich dazu angestiftet hat, was du getan hast, war nicht nett. Und in deinem Alter hättest du das eigentlich wissen müssen.»

Der Knabe war ein Chamäleon, fand Klinkhammer. Ihm war etwas komisch zumute, weil Martin den längst verprassten Reichtum von Onkel Bernd eingebaut hatte, ohne zuvor den geringsten Hinweis auf

410

einen Erpresserbrief bekommen zu haben. Aber er hatte es hübsch formuliert, sogar dafür gesorgt, ihm den Rücken weitgehend freizuhalten. *Herr Klinkhammer* wusste von nichts.

Carmen, Bermann, Lüttich und Schöller hatten ihm aufmerksam zugehört, keine Zwischenfragen gestellt. Erst jetzt wollte Schöller wissen: «Wo ist das Videoband?»

«Das weiß ich nicht», erklärte Martin treuherzig. «Frau Helling wollte es mir am Donnerstag zurückgeben. Aber da habe ich sie ja nicht mehr gesehen.»

Schöller nickte, schien mit Martins Geschichte zufrieden, wollte nur noch wissen: «Frau Helling hat Sie also nicht gebeten, das Baby aus dem Haus zu holen.»

Es klang eher nach Feststellung als nach einer Frage. Aber Schöller war in der Runde auch der Einzige mit kleinen Kindern, die er wahrscheinlich keinem Achtzehnjährigen mit vom Haargel steifen Stacheln auf dem Kopf anvertraut hätte. Mit der zeitgemäßen Frisur hatte Martin übertrieben.

«Natürlich nicht», beteuerte er. «Bei uns hätte doch keiner Zeit gehabt, sich um ein krankes Baby zu kümmern. Meine Schwester arbeitet, ich muss zur Schule, und Mutti war …»

«Auf Lesereise», unterbrach Bermann ihn. «Das wissen wir bereits. Da hätten Sie doch ohne weiteres für ein oder zwei Tage die Schule schwänzen können. In Ihrem Alter darf man sich die Entschuldigungen schon selbst schreiben.»

«Moment mal», mischte Klinkhammer sich ein.

Weiter kam er nicht. Carmen erhob sich und sagte: «Du wolltest dir doch Stella Hellings vollständige Aussage anhören, Arno. Das ist jetzt eine gute Gelegenheit. Ich glaube, die Herren kommen auch ohne uns zurecht.» Damit griff sie nach seinem Arm, nötigte ihn zum Aufstehen und zog ihn zur Tür. Gabi wollte etwas sagen, wurde jedoch im Ansatz abgewürgt mit dem Hinweis: «Wir beide bekommen noch ausreichend Gelegenheit zum Plaudern, Frau Lutz. Die Herren haben auch noch ein paar Fragen an Sie.»

Der Blick, den Gabi ihm nachschickte, war deutlicher als jedes Wort. *Du hast einen großen Fehler gemacht, Arno.*

Ja, einen verdammt großen, der ihn selbst Kopf und Kragen kosten konnte. Auf dem Korridor zeigte sich, dass Carmen nicht im Traum daran dachte, ihm eine Aussage vorzuspielen. Sie wollte erst einmal wissen: «Seit wann weißt du, wer im Haus war?»

«Ich habe es nach deinem Anruf heute Nachmittag begriffen.»

«Ach, danach erst?» Sie war pures Erstaunen. «Da hattest du aber eine lange Leitung. Dabei hast du doch schon gestern Nachmittag für Stella Hellings Unschuld plädiert. Es vereinbart sich wohl nicht mit deinem Gewissen, eine Frau vor Gericht bringen zu lassen, die fest geschlafen hat, als ihre Schwiegermutter erschlagen und ihr Baby entführt wurde. Und wie bist du mit deiner Hexe verblieben? Mach dir keine Sorgen um deinen Sohn. Ich habe auch eine Freundin bei der Staatsanwaltschaft, wir regeln das unter uns. Er fällt noch unters Jugendstrafrecht. Wo ist das Kind, Arno? Wollte der Bursche es dir nicht sagen? Dann gehe ich mal davon aus, dass es nicht mehr lebt.»

«Ich weiß nicht, wo das Kind ist», sagte er.

Das glaubte Carmen ihm, aber darüber hinaus kein Wort mehr. Als er auf Gabis jüngsten Bruder verweisen wollte, wurde er sofort unterbrochen. «Man tut viel für den Sohn einer Frau, die man seit zwanzig Jahren vögelt. Aber man kann nicht alles tun, Arno. Für dich ist die Sache hier und jetzt vorbei. Wenn du erwartest, dass ich dir auf die Schulter klopfe, weil du den Burschen ablieferst, muss ich dich enttäuschen.»

Ihre Ausdrucksweise machte klar, was sie dachte: Der gute Arno, das blinde Huhn, hatte seit ewigen Zeiten eine Affäre! Schon das hätte sie ihm wahrscheinlich nie im Leben zugetraut, wo Ines doch jeden zweiten oder dritten Sonntag ihre harmonische Ehe vorführte. Und dann hatte Arno, der miese Hund, auch noch seine arglose Frau, Carmens beste Freundin seit Kindesbeinen, dazu benutzt, seiner Geliebten zu Ruhm, Ehre und etwas Kleingeld zu verhelfen. Damit nicht genug. Er besaß die Unverschämtheit, sich ganz harmlos zu melden und eine Überraschung anzukündigen, nachdem – das empfand Carmen vermutlich als Gipfel der Kaltschnäuzigkeit – sie ihm vom Monsterauftritt erzählt hatte.

«Ich habe Gabriele Lutz noch nie gevögelt, wie du das ausdrückst», stellte er richtig. «Ich habe im November dreiundachtzig ...»

«Ja, dann muss ich annehmen, dass sie dich verhext hat», schnitt Carmen ihm erneut das Wort ab. «Bei Schöller ist ihr das heute Nachmittag zweifellos gelungen. Ich geh lieber wieder rein, ehe Bermann und Lüttich auch noch zu quaken beginnen wie Helling. Der hat vor lauter Not um sein Kind lieber seine Frau in die Pfanne gehauen, als deine Hexe zu belasten.»

«Gestern hat er dich noch an meinen großen Fang erinnert», sagte er. «Jetzt spar dir deinen Zynismus und hör mir zu.»

«Ich habe dir lange genug zugehört, Arno. Fahr nach Hause und streu Ines noch etwas Sand in die Augen, bevor ich ihr die mal richtig öffne. Bei mir bemühst du dich vergebens.»

«Ich habe die beiden hergebracht, ich nehme sie auch wieder mit zurück», sagte er.

«Da wirst du lange warten müssen. Die kommen hier erst raus, wenn ich weiß, wo das Kind ist. Für den Anfang kann ich sie vierundzwanzig Stunden festhalten. Und an deiner Stelle würde ich jetzt gehen, bevor ich mir das anders überlege und dich auch gleich hier behalte wegen Begünstigung. Müsste ich eigentlich.»

Da ging er lieber.

Ines war entsetzt, als er nach Hause kam und berichtete: Gabi und Martin in Polizeigewahrsam. Carmen außer sich vor Wut. «Vielleicht hätte ich ihr doch letztes Jahr sagen sollten, von wem ich das Manuskript des Romans bekommen habe», meinte Ines. «Ich rufe sie morgen an und kläre …»

«Halt dich raus», bat er. «Sonst meint sie noch, du legst ein gutes Wort ein, weil du befürchtest, Gabis neues Buch würde nicht rechtzeitig fertig.»

Als sie zu Bett gingen, fühlte er sich so müde wie schon lange nicht mehr. Zur Ruhe kam er nicht; der Polizist, der die Bilder nicht loswurde. Martin im Wagenfond, ein Flegel, der seiner Mutter den Mund verbot. Und dann so brav vor dem Aufnahmegerät, nur ein etwas einfältiger Schuljunge, der eine betrunkene Frau erschreckt hatte. Therese im Bad und der Plüschmond in dem frisch bezogenen Kinderbett mit dem eingeknickten Kissen am Kopfende. War es wirklich glaubwürdig, dass Therese das arme Würmchen stundenlang im Sessel hatte liegen lassen, damit ihre Schwiegertochter sich noch mal sinnlos betrank?

Das Bettchen hatte sie wahrscheinlich frisch bezogen, bevor sie Martin anrief, weil sie nervös war, ein schlechtes Gewissen hatte, sich beschäftigen musste. Aber wenn sie tatsächlich vorgehabt hätte, das Kind ins Bett zu legen ... Er hatte keine Erfahrung mit Babys. Aber eines wusste er, vielmehr wurde es ihm jetzt bewusst: Man durfte ihnen nichts ins Bett stellen, was aufs Gesicht fallen konnte. Das hatte Therese bestimmt ebenso gut, wenn nicht besser gewusst. Da hätte sie das Kissen auch nicht so hingestellt.

Das musste der Täter gemacht haben, vielleicht nur aus einem einzigen Grund: Damit der Erpresserbrief nicht sofort entdeckt wurde und nicht unmittelbar nach dem Mord die Hölle ausbrach. Lieber ein paar Tage abwarten, bis sich der erste Sturm gelegt hatte und Helling wieder ins Haus durfte. Ihn dann mal anrufen und in Ruhe abkassieren. *All die Schludrigkeiten bei der Spurensicherung, die der äußerst raffinieren Schwester des Todes, vielmehr ihren Brüdern ...* zuckte ihm Carmens Stimme durch den Kopf. Und er hatte Gabi erzählt, wie das manchmal so zuging.

Teil 8
Die Wende

Zwischen den Fronten

Dienstag, 27. April 2004

Um halb sechs war Arno Klinkhammer wieder auf den Beinen, den Kopf voller Gedanken und Zweifel. Er ging in die Küche, setzte Kaffee auf und duschte. Ines war ebenfalls aufgewacht und hatte den Tisch gedeckt, als er aus dem Bad kam. Keine Zeit fürs Frühstück, nur ein Schluck Kaffee und ein Anruf in Gabis Haus. Ihre Tochter kam an den Apparat. Mutti war nicht da, Martin auch nicht. Mäuschen war in heller Aufregung, hatte gestern Abend noch in der Familie herumtelefoniert. «Ich hab keine Ahnung, wo die beiden stecken, Arno.»

Er hatte sehr wohl eine, doch die wollte ihm nicht über die Lippen. Wenn Gabi und Martin die ganze Nacht festgehalten worden waren, dann bestimmt nicht nur, weil Carmen ihn der Untreue verdächtigte und sich das von Gabi bestätigen lassen wollte.

«Gib mir mal die neue Adresse von Onkel Reinhard», bat er nur.

«Der weiß auch nicht, wo sie sind.»

«Egal. Ich muss mit ihm reden.»

Während Martina ihm die Adresse nannte, fiel ihm noch etwas ein. «In der Nacht, als der *Schatten* wiederholt wurde, hast du Martin das Telefon abgekommen.»

«Woher weißt du das?», fragte sie verblüfft.

«Egal», sagte er wieder. «Weißt du, mit wem er telefoniert hat?»

Mit einem Mädchen, nahm sie an. Sie hatte sich mit dem Telefon gemütlich ins Bett gelegt und erst, als sie die Nummer ihres Freundes wählen wollte, festgestellt, dass die Verbindung noch nicht getrennt war. Es waren Geräusche zu hören gewesen, als wühle jemand in einem Besteckkasten. Daraufhin hatte sie gesagt: «Falls du es noch nicht gemerkt hast, Süße, der King hat abgegeben, jetzt darf ich, leg auf.»

Eine weibliche Stimme hatte scheinbar darauf reagiert mit den Worten: «Was soll das denn? Das glaub ich ja nicht.»

«Du hast die Stimme nicht erkannt?»

«Nein, Arno. Martin hat jede Woche eine andere. Sie hat auch nur geflüstert und dann aufgelegt.»

«War Martin danach noch mal in deinem Zimmer?»

«Ja, zweimal, er wollte das Telefon wiederhaben.»

Das stimmte also. «Wann zuletzt?»

«Weiß ich nicht mehr genau, um halb eins oder so. Warum ist das wichtig? Was ist denn los, Arno?»

Todeszeit null Uhr achtzehn. Dann konnte Martin Therese nicht erschlagen haben.

Kurz darauf saß er im Auto. Aus dem Bett klingelte er Reinhard Treber nicht, das hatte der jüngste Bruder schon besorgt, vor wenigen Minuten, als ein halbes Dutzend Polizisten mit einem Durchsuchungsbeschluss vor der Tür seiner Eigentumswohnung gestanden hatten. Klinkhammer hörte es mit Erleichterung. Schöller mochte gestern tagsüber völlig durch den Wind und am Abend vor Wut beinahe geplatzt sein, aber ein Trottel war er nicht.

«Kommen die immer so früh?», fragte Reinhard, als er ihn ins Wohnzimmer führte. «Wann bin ich denn an der Reihe?» Er hatte sich schon einen großen Cognac genehmigt und goss sich den zweiten ein. «Wollen Sie auch einen?»

«Nein, danke», sagte Klinkhammer. Ihm war zwar danach, aber er hatte noch nichts im Leib. Auf dem Couchtisch stand eine Schale mit den Resten der abendlichen Fernsehknabberei. Er nahm sich zwei Salzstangen, bat um ein Glas Wasser und erklärte erst mal, wo Gabi und Martin sich derzeit aufhielten und wer sie dahin gebracht hatte.

«Ich hab mir schon so was gedacht, aber auf Sie bin ich nicht gekommen», sagte Reinhard. «Ich dachte, das hätten wir Heintjes Frau zu verdanken. Kennen Sie einen guten Anwalt? Bernd meinte, Martin braucht einen sehr guten.»

«Nur Martin?», fragte Klinkhammer.

«Bernd können die nichts am Zeug flicken», sagte Reinhard. «Er ist letzten Mittwoch um halb elf noch einen trinken gegangen und bis nach drei in der Kneipe hängen geblieben. Dafür gibt es Zeugen, sie haben geknobelt. Kostümverleih ist nicht strafbar.»

Damit war auch Bernd aus dem Rennen. «Hat Bernd gesagt, was man Martin vorwirft?», fragte er.

«Raubmord, Kindesentführung, räuberische Erpressung. Da kommt einiges zusammen. Der Raubmord stand ja am Freitag in der Zeitung. Aber da dachte ich, das werden die Russen gewesen sein. Am Sonntag kam mir zu Ohren, dass Heintje wie ein Wilder rumtelefoniert und alle Welt nach seiner Kleinen gefragt hat. Hab ich mir auch noch nichts bei gedacht, weil es hieß, Resl hätte das Baby weggebracht. Und gestern stand er vor meiner Tür, fragte, ob wir seine Kleine haben, wie viel wir für die *Betreuung* wollen und ob wir uns ein paar Tage geduldden können, er wäre im Moment nicht flüssig. Ich hab ihm empfohllen, seine Alte zu fragen, wenn er wirklich nicht weiß, wo das Baby sein könnte. Danach war er noch bei Ulrich und bei Bernd. Der hat ihm eine reingehauen, weil er pampig wurde.»

«Bei Gabi war er nicht?»

«Glaub ich nicht, sonst hätte sie mich angerufen. Ich hab's mir verkniffen, wollte sie nicht unnötig aufregen. Sie ging ja ohnehin die Wände hoch wegen Resl.»

Reinhard schenkte sich den dritten Cognac ein und beteuerte: «Martin hat sich nicht an Resl vergriffen und bestimmt nicht an dem Kind. Ich kenne ihn, das war kein Theater. Resl ist ihm am Freitag wie ein Donnerschlag in die Glieder gefahren. Das hat fast den halben Tag gedauert, ehe er mit der Sprache rausgerückt ist. Ich hab dann Gabi noch mal im Hotel angerufen. Dass Martin krank war, hatte Martina ihr ja schon morgens gesagt. Dabei hab ich es belassen, wo sie noch so eine lange Strecke vor sich hatte. Als sie hörte, was wirklich los war, hat sie gleich gesagt: ‹Wenn Heintje das Band hat, nagelt er uns an die Wand.›»

«Welches Band?», fragte Klinkhammer, mit all den Gedanken wusste er nicht sofort, wovon Reinhard sprach.

Als es ihm einfiel, sagte Reinhard auch schon: «Der dumme Bengel hatte das Video steckenlassen. Ich hab's rausgeholt Samstagnacht, hab eine Weile suchen müssen. Im Recorder war es nicht mehr, es steckte im Schrank zwischen den anderen.»

Klinkhammer traute seinen Ohren nicht. «Sie sind da noch mal eingebrochen?»

«Noch mal nicht», korrigierte Reinhard. «Man kann es auch nicht Einbruch nennen. Ich hab das Tor angetippt. Alles andere war ja offen. Ein neues Schloss rein, das kostet nicht die Welt.»

«Entschuldigen Sie, Herr Treber. Einbruch ist Einbruch, auch wenn man nur etwas holt, was der Neffe vergessen hat. Das Tor war polizeilich versiegelt. Die dachten gestern, Helling sei eingedrungen. Ich habe das auch geglaubt.»

«Na, erzählen Sie denen doch, das wäre ein Irrtum gewesen. Sie können mich ja auch noch nach Köln bringen. Machen wir Sippenhaft, dann ist Martin wenigstens nicht allein im Knast. Eins sag ich Ihnen, wenn ihm da etwas zustößt, was er nicht mag – und von Männern mag er bestimmt nicht gestoßen werden –, dann machen Sie besser Ihr Testament.»

«Noch ist Martin ja nicht im Knast», sagte Klinkhammer, die Drohung überging er großzügig. «Aber mit der Kassette im Haus hätte er bessere Karten.»

«Na, Klasse», meinte Reinhard. «Jetzt bin ich schuld. Wozu braucht er gute Karten, wenn er nichts getan hat? Das wird sich ja wohl feststellen lassen.»

«Er war auf jeden Fall im Haus», sagte Klinkhammer. «Und Stella Helling meint, er könnte das Kind entführt haben.»

«Das ist doch Quatsch», brauste Reinhard auf. «Die will Gabi fertigmachen. Auf so eine Gelegenheit hat die doch seit zwei Jahren gewartet. Kennen Sie nun einen guten Anwalt?»

Er kannte mehrere. Der Beste war vermutlich Doktor Niklas Brand, ein bisschen elitär, aber gut, wie sich nach der Festnahme des Serienmörders vor vier Jahren gezeigt hatte. Nach dessen Verurteilung hatte Klinkhammer sich mal mit Doktor Brand unterhalten und erfahren, dass dessen Frau ebenfalls Strafverteidigerin war und sich auf Jugendstrafrecht spezialisiert hatte.

Reinhard fand auch, das Ehepaar wäre eine ideale Kombination. Er wollte sich später die Nummer der Kanzlei heraussuchen und nachfragen, ob Herr und Frau Doktor Brand Zeit für neue Mandanten hätten. Erst mal wollte er sich um seine Nichte kümmern. Sagen musste man Mäuschen ja, dass Mutti und Martin im Kölner Polizeipräsidium festgehalten wurden, weil Muttis treuer Freund gemeint hatte, es sei seine Pflicht, sie dahin zu befördern.

Klinkhammer fuhr ihn, damit Reinhard sich nicht mit drei Cognac auf nüchternen Magen hinters Steuer setzte. Mit ins Haus gehen mochte er nicht. Er hätte Mäuschen jetzt nicht in die Augen schauen können, kam sich vor wie ein Verräter und der größte Feigling aller Zeiten, als er gleich wieder Gas gab.

In der Dienststelle wussten ausnahmsweise schon alle Bescheid. Helling war um sieben mit einem blauen Auge erschienen, von Kehler mitgebracht worden, um seinen Spind auszuräumen und den Kollegen die Ohren voll zu heulen. Sein Wagen sei beschlagnahmt und er vom Dienst suspendiert worden. Dabei gäbe es doch einen Erpresserbrief. Er hätte gestern Abend auch noch mitbekommen, dass Schöller Mist gebaut und Herr Klinkhammer zwei Leute zur Vernehmung ins Präsidium gebracht habe.

Für den Dienststellenleiter war Klinkhammer damit mal wieder der Mann, dem man auf die Schulter klopfen musste, weil er den hochnäsigen Kollegen aus der Großstadt gezeigt hatte, wie man komplizierte Fälle löste. Dass er sich nicht näher darüber auslassen mochte, wie er den *Tätern* auf den Spur gekommen war, passte zu ihm. Er stellte sein Licht ja gerne unter den Scheffel.

«Gott sei dank», sagte der Dienststellenleiter. «Das war keine schöne Situation. Die haben sich aufgeführt, als wären unsere Leute losgefahren, um Spuren zu beseitigen. Hoffen wir jetzt mit Heiner, dass seine Kleine bald gefunden wird, dass es ihr noch gut geht und er mit dem einen blauen Auge davonkommt.»

«Ja», sagte Klinkhammer, ging in sein Büro und rief seinen Bekannten in Wiesbaden an. Fast eine halbe Stunde brauchte er, um das alles zu erklären. Martins Auftritt, das ganze Beziehungsgeflecht, ein satter Lottogewinn und seine persönliche Verstrickung, die er nicht als Freundschaft bezeichnen mochte, ganz bestimmt nicht als ein Verhältnis. Es war doch nur eine Verpflichtung.

«Glaubst du dem Jungen?», wurde er gefragt.

«Ich glaube seinem ältesten Onkel», sagte Klinkhammer. «Dem jüngsten Onkel hätte ich es zugetraut. Den haben die Kölner sich heute Morgen auch als Ersten vorgenommen. Er hat ein Alibi und sie keine weiteren Verdächtigen.»

«Hast du welche?»

«Nichts Konkretes», sagte Klinkhammer. «Es gab auch keine Spuren von einer nicht zum Haushalt gehörenden Person am Opfer und dem unmittelbaren Tatort.»

«Dann muss es die Schwiegertochter gewesen sein», meinte der BKA-Fallanalytiker. «Ihre blutigen Fußabdrücke sind mit dem Auftritt des Jungen erklärt, und ein Motiv hatte sie wohl.»

«Ja», sagte Klinkhammer nur noch und rief danach Grabowski an. Der konnte nicht sofort frei reden, nannte ihn Mausi und vertröstete ihn auf später. Überraschenderweise meldete er sich schon nach drei Minuten und stellte erst einmal fest: «Sie haben Nerven, Mann. Warum haben Sie mich gestern nicht angerufen?»

Ehe Klinkhammer darauf antworten konnte, sprach er weiter. Er hatte am frühen Morgen eine Bemerkung von Schöller aufgeschnappt und war nun der Meinung, er hätte am vergangenen Abend ein großartiges Schauspiel verpasst. «Der Bengel hat eine große Klappe», hatte Schöller gesagt. «Und ehe man seiner Mutter die Hand schüttelt, sollte man sich besser mit Weihwasser waschen. Aber wir sind nicht die Inquisition.»

«Sie können sich gar nicht vorstellen, wie sauer Schöller auf Sie ist», sagte Grabowski. «Helling hat gestern einen Rückzieher gemacht und seine Frau schwer belastet. Damit wollte Schöller sie heute knacken. Stattdessen muss er jetzt auf dem Grundstück Lutz die Durchsuchung leiten.»

Und weil Grabowski darauf hingewiesen hatte, er hielte diese Aktion nicht für Zeitverschwendung. Er sei im Gegenteil ziemlich sicher, dass es zu einem *Aha-Erlebnis* käme, durfte der ehrgeizige junge Kommissar nun Strafdienst im Präsidium schieben.

«Aber ich hatte doch Recht. Habe ich nicht gestern gesagt, dass es so kommt? Helling nennt das asoziale Pack beim Namen, und die armen Leute können zusehen, wie sie sich rausreden.»

Obwohl Grabowski sehr aufgebracht war, erfuhr Klinkhammer, dass es nicht mehr nötig war, Herrn Doktor Brand zu bemühen, um wenigstens schon mal Gabi aus dem Polizeigewahrsam zu holen. Als Täterin stand sie nicht zur Debatte, da hätte sie ihr *erstklassiges Alibi* gar nicht gebraucht. Ihr fehlten dreißig Zentimeter Körpergröße. Therese hatte zwar gesessen, trotzdem musste ihr Mörder oder die Mörderin mindestens eins achtzig, eher noch größer sein, um ihr so schwere Verletzungen beibringen zu können. Stella war groß genug, Martin ebenfalls.

Als Klinkhammer an Reinhard weitergeben wollte, dass Gabi auf dem Heimweg sei, war sie bereits angekommen, ohne Martin, aber nicht allein. «Hier sind die auch im Rudel eingefallen», sagte Reinhard, der in der Zwischenzeit nicht von Mäuschens Seite gewichen war. «Jetzt wollen sie noch einen Köter herschaffen. Am besten kommen Sie sofort.»

«Ich glaube nicht, dass die Kollegen mich ins Haus lassen», meinte Klinkhammer.

«Dann glaub ich das für Sie mit», erwiderte Reinhard. «Die kümmern sich nicht um uns, behandeln Gabi wie eine Aussätzige. Wir sitzen allein im Wohnzimmer. Also machen Sie sich auf die Socken. Es interessiert Sie doch bestimmt, was gestern Abend vorgefallen ist. Viel habe ich aus Gabi noch nicht rausbekommen, nur dass Martin aufgetrumpft hat. Das hat keinen guten Eindruck gemacht. Sie hat verlangt, er soll sich so benehmen, wie Sie es ihm gesagt hätten. Daraufhin muss die Staatsanwältin beinahe an die Decke gegangen sein.»

Prost Mahlzeit, dachte Klinkhammer. Das musste Carmen doch als Beweis für eine Absprache aufgefasst haben. Verfluchter Bengel! Eine gute Idee war es bestimmt nicht, nach Niederembt zu fahren. Carmen würde ihm nur einen weiteren Strick daraus drehen. Trotzdem – er konnte gar nicht anders.

Vor Gabis Grundstück und den Nachbarhäusern war kein Parkplatz zu bekommen, alles zugestellt mit Fahrzeugen aus Köln. In den Hof konnte Klinkhammer auch nicht fahren, der war abgesperrt. Auf der gegenüberliegenden Straßenseite verrenkten sich ein paar Frauen die Hälse. Vor dem überdachten Teil an der rückseitigen Mauer stand Schöller mit ein paar Männern zusammen. Zwei Polizisten waren dabei, den großen Schrotthaufen abzutragen. Ein dritter hielt einen heftig zerrenden Schäferhund an der kurzen Leine, vermutlich denselben, der gestern auf Thereses Grundstück zum Einsatz gekommen war.

Die Haustür stand offen. Niemand hinderte ihn daran, einzutreten. Gabi saß im Wohnzimmer auf der Couch wie abgeschaltet, immer noch im Kostüm, das lange Haar offen, friemelte sie die winzigen Perlen aus dem schwarzen Ziergummi. Es sah fast als, als bete sie den Rosenkranz. Hin und wieder rieb sie sich mit einer Hand über den Magen. Von ihm nahm sie keine Notiz.

Reinhard stand bei der Terrassentür und schaute durch die gesprungene Glasscheibe in den Hof. Die Tür war geschlossen, trotzdem hörte man es von draußen scheppern und zusätzlich ein vernehmliches Knirschen, das kam aber nicht vom Hof.

«Die anderen sind oben», sagte Reinhard. «Lass das, Gabi. Zwei haben Martina in der Mangel, zwei andere stellen Martins Zimmer auf den Kopf. Was die da draußen suchen, weiß ich nicht.» Natürlich wusste er es, seine Stimme verriet Unbehagen.

Einer der Uniformierten stieg auf einen verrotteten Motorblock, bückte sich und angelte nach etwas. Im Aufrichten hielt er einen kleinen Gegenstand in der Hand und reichte ihn an Schöller weiter. Es sah aus wie ein Plastiktütchen. Schöller warf einen Blick hinein und drückte es dann einem der Polizisten in die Hand. Währenddessen zog der Uniformierte einen länglichen, schwarzen Gegenstand unter einem verbeulten Kotflügel hervor. Eine Tasche. Auch die nahm Schöller in Empfang, ging in die Hocke und zog anscheinend einen Reißverschluss auf.

Was er zu sehen bekam, war für Klinkhammer nicht zu erkennen. Er sah nur den Hund und das Verhalten des Hundeführers, der das Tier tätschelte. Gut gemacht. Und er hörte das Knirschen wieder. Gabis Zähne vermutlich. «Hör auf damit, Gabi», sagte Reinhard denn auch. «Mach lieber das Maul auf, sonst tu ich es.»

Dann sah Klinkhammer, wie Schöller zurückzuckte. Mehr musste man nicht sehen. Schöller richtete sich wieder auf, zog die Handschuhe aus, zückte sein Handy und trat ein paar Schritte zur Seite. Nun war die Tasche besser zu erkennen.

«Das darf nicht wahr sein», sagte Reinhard gepresst. «Das ist Heintjes Tasche. Die kenn ich, die hatte er vor Jahren schon.»

Gabi reagierte nicht, knirschte nur weiter mit den Zähnen. Ein widerliches Mahlen, als würde Glas aneinander gerieben. Es verursachte Klinkhammer eine Gänsehaut. Aber es war wohl nicht allein das Geräusch. Räuberische Erpressung, Kindesentführung und zweifacher Mord! In Heintjes Tasche. Auf Gabis Grundstück.

«Hier kann von der Straße aus jeder rein», sagte Reinhard.

Klar doch. Es hätte nur nicht jeder Grund gehabt, diese Tasche ausgerechnet unter dem Schrott in Gabis Hof zu verstecken. Wenn sie nur nicht so fürchterlich mit den Zähnen geknirscht hätte. Bei dem Geräusch konnte Klinkhammer nicht nachdenken wie ein Polizist. Nur wie ein Mann, der persönlich betroffen war. Der sich seit achtzehn Jahren bemühte, einer Frau, die ihr *Leben* verloren hatte, trotzdem einen Lebenssinn zu vermitteln.

Draußen setzte Schöller sich in Bewegung, kam auf die Terrassentür zu. Es knirschte erneut. «Nicht die Tür», sagte Reinhard. Schöller machte kehrt und ging zur Giebelwand. Eilig hatte er es nicht. Als er endlich die Wohnzimmertür erreichte, blieb er stehen. Sein Gesicht hatte einen kräftigen Stich ins Graue. Er streifte Klinkhammer mit einem Blick, als wolle er sagen: *Das hast du nun davon.* Dann räusperte er sich und schaute Gabi an. «Sie wissen, was wir gefunden haben, Frau Lutz?»

«Stellas Baby», sagte sie. Und knirschte gleichzeitig mit den Zähnen? Das war doch unmöglich.

«Nicht die Tür», sagte Reinhard noch einmal und trat zur Seite. Nun erst sah Klinkhammer, dass es für das widerliche Mahlen eine andere Erklärung gab. In der gesamten Scheibe hatten sich feine Risse gebildet. Mit einer Mischung aus Faszination, Ungläubigkeit und innerer Abwehr beobachtete er, wie unter weiterem Knirschen noch mehr dazukamen. Wie schnell gezeichnete Striche liefen sie über das Glas.

«Ja», bestätigte Schöller, der ebenfalls wie gebannt hinschaute. «Und einen Schachpokal mit blutverschmiertem Sockel. Und ein Kinderbadetuch mit Kapuze, die Leiche des Babys ist darin eingewickelt. Und Schmuckstücke in einer separaten Tüte.»

«Verdammt noch mal, Gabi», sagte Reinhard. «Jetzt lass den Scheiß! Die Tür kriegen wir nie wieder so hin.» Im nächsten Moment zerbarst die Glasscheibe, draußen regnete es Scherben. Sogar Reinhard zuckte zusammen, obwohl er es anscheinend die ganze Zeit erwartet hatte.

Ein starkes Motiv

Schöller beeilte sich zur Treppe zu kommen mit dem Hinweis: «Ich schau mal nach, wie weit die Kollegen oben sind.»

«Tun Sie was, Herr Klinkhammer», verlangte Reinhard. «Und tun Sie es schnell, bevor Gabi noch etwas tut, was sie nicht tun will. Sie meint, jetzt kann sie es keinem mehr sagen.»

«Was?», fragte Klinkhammer mit Blick auf die zerbrochene Tür.

«Dass Heintje damals Martin umgebracht hat und Resl die Schrebber-Jungs, damit es nicht rauskommt.»

«Was?», fragte Klinkhammer noch einmal, diesmal wirklich bei der Sache und lauter. «Sagen Sie das noch mal.»

«Na ja», schränkte Reinhard ein. «Es ist eine Vermutung. Aber Heintje hing damals immer mit den Zwillingen zusammen, solange die noch in Kirchtroisdorf gewohnt haben. Er hat sie auch noch oft besucht, als sie nach Köln gezogen waren. Davon hat er immer erzählt, wenn er das Training geschwänzt hatte. Und wenn bei dem Mofaunfall jemand nachgeholfen haben sollte, muss man sich wohl mal fragen, wer gewusst haben könnte, wo und um welche Zeit er die Schrebbers am besten erwischen kann. Von uns keiner. Das hat sie zwar in dem letzten Roman so geschrieben, aber wir hatten mit denen überhaupt nichts zu tun. Resl hat zu der Zeit die alte Frau Schrebber gepflegt.»

Richtig, das hatte Gabi ihm erzählt – vor achtzehn Jahren. «Wieso erfahre ich das erst jetzt?», fragte er aufgebracht.

«Weil ich es auch eben erst erfahren habe», fuhr Reinhard auf. «Fragen Sie mich nicht, was in ihrem Kopf vorgegangen ist in den letzten Jahren. Angeblich hat sie erst durchgeblickt, nachdem sie wieder hier eingezogen war. Gesagt hat sie nix, wollte keinen Aufstand mehr machen nach all der Zeit. Heintje war schon bei der Polizei, und Resl hatte sich längst um hundertachtzig Grad gedreht. Jeder im Dorf hielt sie für einen Engel. Sollte man mit dem Finger auf einen Polizisten und die gute Seele zeigen?»

Nein, dachte Klinkhammer, da ließ man sich nur von Resl eine Viertelmillion *aufdrängen,* um das Haus zu bezahlen.

«Dass sie sich das jetzt aus den Fingern saugt, um Heintje was anzuhängen, glaube ich nicht», erklärte Reinhard nun wieder in gemäßigtem Ton. «Wenn ich mir das so überleg: Es war schon verdächtig, wie Resl sich damals verhalten hat. Vorher hatte sie jahrelang kein gutes Haar an Gabi gelassen. Und auf einmal hieß es: ‹Das arme Ding, musste sich das auch noch anhören.› Sie hat sich ein paar Mal bei mir erkundigt, ob Gabi wirklich nicht wüsste, wen Martin mitgenommen haben könnte. Mit Gabi konnte man ja monatelang nicht reden. Und ich bin nicht auf die Idee gekommen, Resl zu fragen, von wem sie weiß, dass Gabi die ganze Zeit am Funkgerät gewesen war. Ich dachte, Uschi hätte sich mal im Suff irgendwo verplappert. Ich meine, wenn Uschi zwei Jungs angeheuert hätte, hätte sie es ja von denen gehört haben können. Resl sagte doch immer, es hätte nur Uschi einen Vorteil von Martins Tod. Das hab ich Ihnen auch erzählt, ich weiß nicht, ob Sie sich noch daran erinnern.»

«Sehr gut sogar», sagte Klinkhammer. «Von Resl haben Sie kein Wort gesagt. Warum nicht?»

Reinhard ließ einen vernehmlichen Seufzer hören. «Hab ich doch gerade erklärt, weil ich nicht geschaltet hab.»

«Ihnen war auch nicht bekannt, dass Martin Hellings Vater war?»

Reinhard lachte kurz auf. «Hat Resl behauptet, aber sie war ein heißer Feger in jungen Jahren. Als sie schwanger wurde, hat das halbe Dorf gezittert. Ich hab jahrelang gedacht, es ist meiner. Ich hatte nämlich auch mal das Vergnügen, nur eine knappe Woche vor Martin. Als sie ihm die Pistole auf die Brust setzte, nachdem er Uschi rausgeworfen hatte, haben wir mal darüber gesprochen. Da ging Heintje schon zur Schule, und man sah, dass er ein Treber war. Martin war bereit, für den Jungen zu zahlen, wenn Resl beweist, dass der wirklich von ihm ist. Das hab ich ihr dann auch angeboten. Wir wollten beide so einen Test machen lassen. Da hat sie gekniffen. Sie wollte kein Geld. Sie wollte Martin. Er war nun mal der Schönste von uns.»

Mit anderen Worten: Martin war tatsächlich Gabis Halbbruder gewesen. Und Reinhard hatte es die ganze Zeit gewusst, trotzdem zugelassen, dass Gabi acht Jahre lang ... Aber jetzt darauf einzugehen, war kaum der richtige Moment. «Das wiegt als Motiv entschieden schwerer als die Filmsache», sagte Klinkhammer nur.

«Meint Gabi auch», stimmte Reinhard zu. «Aber Martin wäre nicht so blöd, auf dem eigenen Grundstück was zu verstecken, was keiner finden soll. Das muss Ihnen doch Ihr Verstand sagen.»

Der Verstand zählte in solchen Situationen nicht. Klinkhammer zweifelte momentan auch an seinem eigenen. Er folgte Schöller endlich die Treppe hinauf und wiederholte Reinhards Worte zum offenen Grundstück. Etwas Besseres fiel ihm unter dem Eindruck der berstenden Scheibe und dem soeben Gehörten nicht ein.

Schöller gab ihm auch noch Recht. Sicher konnte jeder in den Hof, aber wer konnte in Martins Zimmer? Da war auch schon einiges sichergestellt worden. Klebestifte und Notizblöcke mit Blättern wie dem, auf das die erpresserische Forderung geklebt war.

«Das ist Schulbedarf», sagte Klinkhammer. «Das können Sie in jeder Schreibwarenhandlung kaufen.» Dann erzählte er noch von dem Fußballspiel, bei dem Helling gesehen hatte, wie Martin nach einem vermeintlichen Foul vor dem Tor zu Boden gegangen war.

«Erzählen Sie das nicht mir, Herr Kollege», verlangte Schöller genervt. «Erzählen Sie es Frau Rohdecker. Sie hält Ihren Schützling für den Täter und ist schon auf dem Weg hierher. Was ist los mit der Frau?»

«Das kam gestern überraschend für Frau Rohdecker», sagte Klinkhammer. «Ihr war nicht bekannt, dass ich seit langer Zeit ...»

«Nein, mit Frau Lutz.»

«Ach, das», sagte Klinkhammer hilflos. «Stress, glaube ich. Sie macht das nicht mit Absicht.» Was er sonst noch sagen sollte, wusste er nicht. Um Gottes willen jetzt kein Wort von Martin Schneider und

Gabis *Vermutung*. Und alles andere hätte bei Schöller doch gar keinen Zweck, meinte er.

Bei Carmen hatte es noch weniger Sinn. Als sie eintraf, war sie kaum friedlicher gesinnt als am vergangenen Abend. Für ihn nahm sie sich nur ein paar Minuten Zeit. Unter vier Augen in einer Ecke vom Hof. Es zog sie anscheinend auch nicht in Gabis Nähe.

Er fragte sich, was im Präsidium vorgefallen sein mochte, nachdem Carmen ihn hinausgeworfen hatte. Unwillkürlich sah er die erste Filmszene vor sich: Romy hetzt den Korridor entlang, und hinter ihr platzen die Neonröhren. Verrückt. Wenn er nicht mit eigenen Augen gesehen hätte, wie die Scheibe barst; er hätte es nie geglaubt. Aber Ines hatte ja schon vor Jahren gesagt …

Was Carmen sagte, bekam er nur zur Hälfte mit. «Hatte ich dir nicht gestern einen guten Rat gegeben?»

«Der Junge …», begann er, wusste noch gar nicht, was er sagen sollte, wurde auch sofort unterbrochen.

«Der *Junge* ist ein verdammt überheblicher Bengel und gerne bereit, unsere Gastfreundschaft noch eine Weile zu genießen. Er findet es ungeheuer spannend, einmal hautnah zu erleben, wie unfähig wir sind, ein Kapitalverbrechen aufzuklären. Er hat uns einen Vortrag über Spurensicherung gehalten, den er vermutlich dem letzten Werk seiner Mutter entnommen hat. Was ich von ihr halten soll, weiß ich noch nicht. Ich bin aber geneigt, mich Stella Hellings Meinung anzuschließen. Die ist zu allem fähig.»

«Mein Gott, Carmen», sagte er. «Therese Helling hat ihr eine Viertelmillion geliehen.» Schenken wollen? Um sich freizukaufen? Schweigegeld. Das sagte er lieber nicht.

«Eben», sagte Carmen. «Und sie steht noch mit zweihunderttausend in der Kreide. Einen Schuldschein gibt es nicht. Jetzt braucht sie sich keine Gedanken mehr um die Rückzahlung zu machen. Und du solltest nur noch an dich denken und an deinen Job. Wenn ich es dem Knaben beweisen kann, bist du die längste Zeit Leiter Ermittlungsdienst gewesen. Ist dir das nicht klar? Beim Baby muss es Körperkontakt gegeben haben. Da bekommen wir garantiert Material. Wenn wir das ausgewertet …»

«Das dauert aber ein paar Tage», unterbrach er einmal sie. «Du kannst doch einen Achtzehnjährigen ohne stichhaltige Beweise nicht so lange festhalten.»

«Warum nicht? Hast du Angst, dass deine Freundin währenddessen die Bude abbricht? Stört mich nicht, es ist ja ihre.»

Er ging noch einmal ins Wohnzimmer, hätte Gabi gerne den Kopf zurechtgesetzt. Aber sie saß immer noch da wie ein Stein, mit den winzigen Perlen im Schoß. Und er sah sie in ihrer Badewanne liegen, fast ausgeblutet im blutroten Wasser. Sah Martin Schneiders blutüberströmtes Gesicht aus dem Audi hängen und die klaffende Halswunde. Und wer immer das getan, Martin und ihr das Leben genommen hatte, war ein freier Mann – vielleicht einer in Uniform. Völlig abwegig war nicht, was Reinhard eben erklärt hatte.

Viermal sprach er sie an, sie schien ihn gar nicht zu hören. Erst als Reinhard sie auf die Schulter tippte, schaute sie auf. «Herr Klinkhammer will wissen, ob er etwas für dich tun kann.»

«Er hat gestern genug getan», erwiderte sie. «Was seine Kollegen tun können, habe ich schon mal erlebt. Diesmal mache ich es selbst. Gewarnt habe ich Heintje oft genug. Jetzt zeige ich ihm, wie das ist, wenn man das Liebste verliert. Ich fahre gleich zum Krankenhaus und …»

«Lass bloß seine Frau in Ruhe», verlangte Klinkhammer in einem Ton, den sie von ihm noch nie gehört hatte.

Sie stutzte und begann zu lächeln. «Autsch, da ist Arno aber gerade ein großes Licht aufgegangen. Meinst du, ich schmeiße sie aus dem Bett, wie ich Uschi die Treppe hinuntergeschmissen habe, obwohl ich zu der Zeit auf einer Party war? Ich könnte sie auch anschauen und ihr Gehirn im Zimmer verspritzen. – Ach nein», sie schlug sich mit der flachen Hand gegen die Stirn. «Das kann nur Martin. Ich werde wieder ein Messer fliegen lassen müssen. Oder ich bringe sie dazu, das Krankenhaus zu verlassen und sich vor einen Lkw zu werfen. Bei Uschis Köter hat das gut geklappt.»

Klinkhammer wusste nicht, was er von dieser Erklärung halten sollte. Wenn es Spott war, war sie schon wieder halbwegs in Ordnung.

«Weiß Martin, dass du Helling im Verdacht hast?», fragte er und meinte natürlich ihren Sohn.

Aber sie sagte: «Er hat ihn nicht bloß im Verdacht, Arno. Er saß im Auto, ich nur am Funkgerät.»

«Und einer der Jungs hat dir bestätigt, dass er vorsichtig fährt», erinnerte Klinkhammer. «War das Helling?»

Sie zuckte mit den Achseln. «Ich weiß es nicht. Ich kannte seine Stimme, als er noch klein war. Ich weiß, wie er als Erwachsener klingt. Aber als er fünfzehn, sechzehn war, hatte ich nichts mit ihm zu tun. Wenn Martin *Jungchen* gesagt hätte, hätte ich sofort gewusst, wen er meint, hat er aber nicht. *Mach keinen Quatsch, Junge.* Den Satz habe ich heute noch im Ohr. Ist es Quatsch, wenn einem die Kehle durchgeschnitten wird? Nein, das ist Mord, Arno. Und wenn Heintje es getan hat, war Resl dafür verantwortlich. Von allein ist er bestimmt nicht auf die Idee gekommen. Sie hat ihn so lange aufgehetzt, bis er mir mein Leben nahm. Jetzt hab ich meinen Sohn angestiftet, ihr das Leben zu nehmen und das der Kleinen gleich dazu. Jetzt sind wir wirklich quitt. Das denkst du doch gerade. Ich kann nämlich nicht nur Scherben machen, wenn ich in dieser Verfassung bin, ich kann auch Gedanken lesen. Geh und sag es deinen Kollegen, oder sag es dem Biest von der Staatsanwaltschaft. Na los, worauf wartest du, Arno? Tu deine Pflicht und sieh zu, ob du einen findest, der den Mumm hat, mich jetzt festzunehmen. Ich schätze, die werden lieber einen Exorzisten rufen.»

Dann begann sie hellauf zu lachen – oder zu weinen. Klinkhammer hätte es nicht sagen können, er sah nur, dass sie sich ein paar Tränen von den Wangen wischte, während sie hervorstieß: «Warum hab ich ihr die Fünfzigtausend überwiesen? Sie wollte das Geld doch nicht zurück. Sie wollte mir zwei Millionen schenken. Dabei kann sie nicht wirklich geglaubt haben, ich hätte ihr zu diesem Lottogewinn verholfen. Wer bin ich denn? Ich bin doch nicht Jesus. Ich kann mit Martin leben, aber ich kann ihm sein Leben nicht zurückgeben. Ich konnte es nicht behalten, es war Blutgeld. Ich kann verzeihen, aber ich lasse mich dafür nicht bezahlen.»

«Wie bist du auf Helling gekommen?», fragte Klinkhammer. «Hast du dir da nur was zusammengereimt?»

Sie schüttelte den Kopf und erklärte: «Martin hat es mir von Anfang an gesagt. Aber er hat nicht Klartext gesprochen, mir immer nur vorgesungen von dem armen Jungen mit der Rotznase.» Sie schniefte noch einmal und sang eine Zeile: «And a hungry little boy with a runny nose.» Dann sprach sie weiter: «Das war Heintje. Er lief Sommer wie Winter ohne Jacke herum, weil er seinen Großeltern ständig entwischte, um mit Bernd zu spielen. Sag es ihm, Reinhard. Du hast es auch so oft gesehen. Heintje war ständig erkältet. Wir nicht, wir waren abgehärtet.»

Reinhards Miene machte deutlich, was er von dieser Auskunft hielt. Offenbar hatte er auch noch nicht gehört, auf welche Weise sie durchgeblickt hatte.

«Ich habe nicht begriffen, wie Martin das meint», fuhr sie fort. «Und dann hat Resl sich verraten. Nachdem Heintje Stella kennengelernt hatte, kam sie mal auf einen Kaffee vorbei. Sie hatte von ihm gehört, dass ich Stella kannte, und wollte wissen, mit wem er sich eingelassen hat. Danach fragte sie, ob ich jetzt nur noch Drehbücher schreibe. Ich habe ihr erzählt, dass ich auch an *Schwester des Todes* arbeite, und dass es eine reale Fassung von *Romys Schatten* werden soll. Mehr habe ich gar nicht gesagt, nur reale Fassung. Das hat sie anscheinend missverstanden. Sie wurde blass und fragte: ‹Warum lässt du die alten Geschichten nicht ruhen? Es ist doch keinem mehr geholfen mit der Wahrheit. Und inzwischen geht es dir doch gut.› Da habe ich angefangen, eins und eins zusammenzuzählen. Warum hatte Martin mir nicht gesagt, dass in Kirchtroisdorf nur einer der beiden Jungs ausgestiegen war? Plötzlich war es ganz einfach. Weil er mir nicht sagen wollte, dass er Heintje noch schnell nach Hause fährt. Das war ihm unangenehm.»

Eine halbe Stunde später saß Klinkhammer wieder an seinem Schreibtisch, das alte Foto von einem Motorrad in einer großen Blutlache vor Augen und Reinhards Stimme im Hinterkopf. *Tun Sie was, bevor Gabi noch etwas tut, was sie nicht tun will.*

Er konnte an diesem Tag nichts mehr tun, nicht einmal mehr einigermaßen sinnvoll denken, nur telefonieren. Noch einmal mit seinem Bekannten in Wiesbaden, der über die Tasche im Schrotthaufen genauso dachte wie Reinhard. Wie er die berstende Glasscheibe beurteilen sollte, wusste er nicht. «Einfach so?»

«Na ja, einen Sprung hatte die Scheibe vorher schon», sagte Klinkhammer.

Danach rief er auch noch einmal Grabowski an. Dem war bereits zu Ohren gekommen, dass Schöller das prophezeite Erlebnis gehabt hatte. Ob immer noch ein Polizist vor Stella Hellings Krankenzimmer saß, war Grabowski nicht bekannt. «Warum?», erkundigte er sich. «Fluchtgefahr besteht kaum. Die kann doch nicht laufen. Eine Gefahr für sie sehe ich auch nicht, Sie etwa?»

Klinkhammer sah nur Gabi, hatte ihr Lachen oder Weinen im Ohr und ihre Worte. Ironie oder ein Geständnis? «... *wie ich Uschi die Treppe hinuntergeschmissen ... bei Uschis Köter hat das gut geklappt.*» Damals hatte sie gesagt, dem Köter habe sie es gezeigt, ihm aber nicht erklärt, wie, danach hatte er sie auch nicht gefragt. Und nun wollte sie es Heintje zeigen, ihm das Liebste nehmen. Nachdem Helling seine Mutter und seine Tochter verloren hatte, konnte damit doch nur noch seine Frau gemeint sein.

Zitterpartie

E twa zu dem Zeitpunkt betrat Heiner an dem Dienstag das Krankenzimmer und dachte, Stella hätte den Verstand verloren. Kaum hatte
er das Bett erreicht, hing sie an seinem Hals, riss ihm beinahe die
Haare aus, als sie mit beiden Händen seinen Kopf umklammerte und
stammelte: «Wo warst du gestern?»

«Ich bin im Präsidium festgehalten worden», sagte er. «Das hättest
du dir aber denken können, nachdem du ihnen erzählt hast, ich hätte
dich umgezogen.»

«Es tut mir Leid», schluchzte sie. «Ich weiß, das war ein Fehler.
Aber ich dachte, du bist tot. Und diese Staatsanwältin …»

Ja, die hatte er selbst erlebt. Und was war ein Fehler gegen all die,
die er gemacht hatte? «Schon gut», unterbrach er ihr Gejammer. «Ich
wollte dich gestern Morgen anrufen, konnte dich aber nicht erreichen.
Als sie mich endlich gehen ließen, war es zu spät, um noch hierher zu
kommen. Ich hatte auch keinen Wagen mehr, musste mir heute erst
mal einen Mietwagen nehmen.»

Das hatte er kurz nach acht getan, danach seine Uniformen in die
Reinigung gebracht. Dann war er nach Niederembt gefahren, hatte
aus sicherer Entfernung Gabis Hofeinfahrt beobachtet und das Groß-
aufgebot gesehen.

Am vergangenen Abend hatte er Stella gar nicht mehr besuchen
wollen, war so voller Wut gewesen. Dazu kam die würgende Angst, es
nun erst recht falsch gemacht zu haben, weil er nicht in das gleiche
Horn gestoßen hatte wie sie. Die ganze Nacht hatte er sich gefragt, für
wen er das alles auf sich genommen hatte.

Seit das grässliche Rohdecker-Weib ihm ihr verrücktes Gefasel vorgespielt und den LKA-Bericht vorgelesen hatte: Kacke von der Kleinen am T-Shirt, sah er Stella mit den Augen seiner Kollegen. Wie sie am Donnerstagmorgen auf der Couch gelegen hatte, so eklig, dass man sie wohl nur mit einer Kneifzange hätte anfassen mögen. Vermutlich wusste inzwischen die ganze Dienststelle, dass er mit einer Schlampe verheiratet war.

Nun sah sie eigentlich adrett aus, die Haare gewaschen, ein frisches Nachthemd auf dem Leib, aber das Gesicht aufgequollen und verunstaltet von den Spuren einer Katzenpfote, die Augen rot geädert von den Tränen, die sie vergossen hatte. Er konnte sich denken, wie sie sich den Montag über gefühlt hatte. Aber war es ihm etwa besser gegangen? Wahrhaftig nicht.

Und sie war nicht mehr die Frau, die mit ihrer Tatkraft beeindruckte. Sie war ein Wrack, wie Lutz und Uschi Wracks gewesen waren. Dass er seinen Teil dazu beigetragen hatte mit seinem Groll gegen und den Berichten über die Hexe und mit den Rotweinflaschen, an die sie sich erst durch ihn gewöhnt hatte, war ihm nicht bewusst. Schuld waren immer nur die anderen.

Im November 1983 war Mama schuld gewesen mit ihren Hasstiraden. Acht Jahre lang gehetzt und trotzdem gehofft mit jedem Jahr, das verging. Weil Gabi doch mit jedem Jahr älter wurde und als junge Erwachsene vielleicht anders über Blutschande dachte als der Teenager, der sich für auserwählt hielt, das Bett nun mit Martin teilen zu dürfen. Und weil Martin bestimmt zur Einsicht kam, wenn Gabi ihn sitzen ließ. Weil er sich dann garantiert auf die Frau besann, die seinen Sohn geboren hatte.

Dann Mamas Tränen und ein Wutausbruch, der seinesgleichen suchte. «Jetzt will er sich doch scheiden lassen und das verfluchte Luder heiraten, dieser Drecksack. Dem Aas müsste man die Gurgel durchschneiden.»

Ihm war durchaus klar gewesen, dass Mama mit *dem Aas* das Luder und nicht den Drecksack gemeint hatte. Er hätte auch entschieden lieber Gabi das Rasiermesser seines Großvaters durch die Kehle gezogen – weil sie ihn so oft weggeschickt hatte, wenn er mit Bernd spielen wollte. Weil ihr Auftritt am bunten Abend ihn seinen Applaus gekostet hatte. Aber sie kam ja nicht zum Hauptbahnhof in jener Nacht.

Sein Vater könnte trotzdem heute noch leben, hätte er nicht während der gesamten Fahrt mit seiner *Romy* Süßholz geraspelt. Auf dem letzten Kilometer hatte Heiner das einfach nicht länger ausgehalten. Allein die Vorstellung, Mama gleich beichten zu müssen, dass er es nicht geschafft hatte, ihren Herzenswunsch zu erfüllen, während der Drecksack und das Luder Lachsschnittchen aßen, Sekt tranken und miteinander ins Bett krochen.

Danach hatte Mama erst recht getobt. «Hast du den Verstand verloren? Wie konntest du ihn … und dann auch noch Heiko mitnehmen … Warst du zu feige, allein ins Auto zu steigen? Was mache ich denn jetzt?»

Nun, sie hatte gewusst, was zu tun war. «Du gehst heute nicht zur Schule. Du hast die ganze Nacht mit Fieber im Bett gelegen, merk dir das. Um Heiko kümmere ich mich.»

Sie hatte sich dann auch um Axel Schrebber kümmern müssen, weil der mit seinem Bruder auf dem Mofa saß. Heiner vermutete sogar, dass die alte Frau Schrebber auch nur aus Sicherheitsgründen und nicht vor Aufregung und Kummer über den *Unfalltod* ihrer Enkel wenige Tage später verstorben war. Wenn Mama damals gekonnt hätte, hätte sie wahrscheinlich die Kölner Drogenszene kräftig gelichtet und auch noch die Eltern der Zwillinge beseitigt. Sie war eine Furie gewesen im November 83.

Gezwungenermaßen setzte er sich auf Stellas Bett, weil sie ihn nicht losließ. Erst nach etlichen Minuten rückte sie von ihm ab, spürte wohl, dass seine Haltung anders war, seine Stimme ebenso. Verbergen konnte er seine wahren Gefühle diesmal nicht, wollte er auch nicht. Sie sollte wissen, was sie mit ihrer Verrücktheit angerichtet hatte.

Endlich bemerkte sie die blau-rote Schwellung unter seinem linken Auge. «Wer hat dich geschlagen?»

«Einer von Gabis Brüdern.»

«Du warst bei ihnen?» Das schien sie zu beeindrucken. «Haben sie dir gesagt, wo die Kleine ist?»

«Sie wussten es nicht. Ich habe dir doch erklärt, dass sie damit nichts zu tun haben. Warum hast du Gabi trotzdem belastet? Warum musstest du auch noch sagen, wer mein Vater war? Wenn sie dich dazu noch einmal befragen; du hast das nicht von Mama gehört. Gabi hat es dir erzählt. Und Mama hat es bestritten.»

«Warum?», fragte sie.

«Weil jetzt alles davon abhängt, wem sie glauben», sagte er. «Ich war gestern gezwungen, meine Aussage zu korrigieren. Das verstehst du hoffentlich. Sie werden dich bestimmt noch einmal zu der Arbeitskleidung befragen. Du musst ihnen nicht antworten, wenn du nicht für mich lügen willst.»

Bis kurz nach Mittag die Tür aufging, hatte er sie so weit, dass sie genau wusste, wie viel davon abhing, dass sie ihre gestrige Aussage widerrief. Herein kamen Bermann und Lüttich, die ihm am vergangenen Nachmittag den Autoschlüssel abgenommen hatten. Für Stella hatten beide nur ein angedeutetes Nicken statt einer Begrüßung. Lüttich wandte sich sofort an ihn. «Wir müssen Sie bitten, uns zu begleiten, Herr Helling.»

Heiner spürte, wie sich sein Puls beschleunigte. Und sie jaulte auf wie ein getretener Hund. «Nein, mein Mann bleibt bei mir. Er hat nichts getan. Ich habe gestern gelogen. Ich habe mich selbst umgezogen, in der Waschküche. Ich weiß aber nicht, wo ich die schmutzigen Sachen gelassen habe. Ich war völlig betrunken und erinnere mich nicht …»

Ihr Ausbruch war den Männern sichtlich unangenehm. «Es geht nur um eine Identifizierung», sagte Bermann. «Wir haben eine Sporttasche gefunden. Möglicherweise handelt es sich um die Tasche Ihres Mannes.»

«Nur die Tasche?», fragte Heiner.

«Nein. Auch Schmuck. Wenn Sie jetzt bitte mitkommen wollen.»

Auf dem Korridor hörte Heiner mit dem üblichen Bedauern, sie müssten nach Köln fahren. Die Sporttasche war samt Inhalt in die Gerichtsmedizin gebracht worden. Er weinte während der ganzen Fahrt, nicht ununterbrochen, brach nur immer wieder aufs Neue in Tränen aus. «Ich hatte so sehr gehofft, dass meine Tochter noch lebend – wie ist sie – wo wurde sie gefunden?» Er bekam nur ausweichende Antworten. Wie, müsse noch festgestellt werden. Zum Wo mochten sie sich nicht äußern, mussten sie auch nicht, das wusste er ja.

In einem Büroraum wurde ihm der Schmuck vorgelegt. Die Teile stimmten mit seiner Liste überein. Den Pokal, mit dem blutverschmierten Sockel, an dem sogar noch einige Haare klebten, hätte er nicht als sein Eigentum identifizieren müssen. Sein Name stand auf der Plakette. Zuletzt legte man ihm das in einer durchsichtigen Plastikhülle steckende Badetuch vor, in das die Leiche seiner Tochter eingewickelt gewesen war. Auf die Kapuze war ein Motiv gestickt, ein rosa Teddybär, jetzt schwarz verfärbt.

Einen Blick auf die Kleine ließ man ihn nicht mehr werfen, obwohl er darum bat, sie noch einmal sehen zu dürfen. Er sollte nur die auffälligen körperlichen Merkmale nennen, die verglich Bermann dann mit den Unterlagen, die sie sich aus der Kinderklinik besorgt hatten.

Zurück nach Bedburg fuhren sie Heiner anschließend nicht, brachten ihn noch einmal ins Präsidium. Durch Carmen Rohdeckers übereilte Entscheidung war seine gestrige Aussage nicht ordnungsgemäß zu Protokoll genommen worden. Das holten Lüttich und Bermann nach, ließen sich ganz explizit beschreiben, wie es im Haus ausgesehen, was Stella auf dem Leib gehabt und was sie gesagt haben sollte, als er am 22. April früh um halb acht aus dem Dienst gekommen war.

Als er endlich unterschrieben hatte, ging es auf sechs Uhr zu. Wie am vergangenen Abend musste er sich ein Taxi nehmen. Doch diesmal ließ er sich zum Krankenhaus bringen. Stella lag mit völlig verheultem Gesicht im Bett. Während er in Köln festgehalten worden war, hatte Schöller sie in die Mangel genommen, ihr erklärt, dass ihr eigener Mann sie schwer belastet habe und ihr bestimmt viel leichter ums Herz wäre, wenn sie ein Geständnis ablegte. Wo man die Kleine gefunden hatte, wusste sie nicht. Schöller hatte ihr nur gesagt, wie: Mit nichts als einer Windel auf dem Leib.

«Dann habe ich doch in der Nacht gehört, dass Therese sagte, sie braucht eine frische Windel», schluchzte sie. «Ich dachte schon, das hätte ich mir eingebildet. Und es muss jemand bei ihr gewesen sein, als sie Johanna aus dem Sessel genommen hat. ‹Hast du den Krach gemacht?›, hat sie gefragt und: ‹Wie siehst du aus?› So hat sie nie mit Johanna gesprochen. Sie hat vorher auch etwas über die Russen gesagt. Und ich meine, sie hätte Antwort bekommen.»

Vergessen, wie er gehofft hatte, hatte sie das also nicht. «Hast du das Schöller gesagt?», fragte er.

Sie nickte, wischte mit einem Handrücken über die verquollenen Augen. «Auch der Staatsanwältin gestern. Aber sie haben mir nicht geglaubt. Glaubst du mir? Ich hätte Johanna nie etwas antun können. Ich wollte doch gar nicht, dass sie stirbt.»

«Ich weiß», sagte Heiner und versuchte in Erfahrung zu bringen, was sie sonst noch erzählt hatte. Nichts von Bedeutung, nur die ihn belastenden Passagen ihrer gestrigen Aussage widerrufen. Danach verabschiedete er sich, weil ihm ihr Geheule zuwider war und er jetzt erst einmal in Ruhe nachdenken musste.

Die halbe Nacht lag er wach auf Ludwigs Couch und fragte sich, warum die Hexe bisher das Maul nicht aufgerissen hatte. Sie wusste es doch. Von Martin, hatte Mama vor drei Jahren behauptet und betont, wie dankbar man Gabi sein müsse, weil sie Verständnis zeige. Nur ganz allmählich wurde ihm klar, dass Gabi erzählen könnte, was sie wollte. Dass ihr nach mehr als zwanzig Jahren und ohne Beweise vermutlich kein Mensch glaubte. Vielleicht war doch noch nicht alles verloren.

Mittwoch, 27. April 2004

Schon früh am Morgen wurde Heiner benachrichtigt, er könne seinen Wagen abholen. Da konnte er den Mietwagen wieder zurückgeben. Auch das Haus und Mamas Leiche wurden endlich freigegeben. Deshalb blieb ihm nach Mittag nicht viel Zeit für einen Besuch bei Stella. Sie weinte immer noch um die Kleine. Aber es war noch niemand bei ihr gewesen, um weiteren Druck auszuüben und ihr ein Geständnis abzupressen. Ein gutes Zeichen? Für sie vielleicht, für ihn nicht.

Nachmittags besprach er mit einem Bestattungsunternehmer alle Details der Beerdigung. Ein Doppelbegräbnis schwebte ihm vor, deshalb konnte er noch keinen Termin festsetzen, weil nun erst noch die Leiche der Kleinen freigegeben werden musste. Nur die Rahmenbedingungen klärte er: Zweihundert rote Rosen anstelle der Immergrünsträußchen, die bei solchen Anlässen gerne ins offene Grab geworfen wurden. Besser dreihundert Rosen, es wurde bestimmt eine große Beerdigung. Fünfhundert Trauerkarten, dazu großformatige Anzeigen in den beiden Tageszeitungen und in dem Werbeblatt, das einmal wöchentlich kostenlos an alle Haushalte im Kreis verteilt wurde.

Der Großteil von Mamas Klientel hatte garantiert keine Tageszeitung abonniert, würde sich auch keine kaufen. Die könnten dann in dem Werbeblatt lesen, dass ihm durch ein grausames Verbrechen zwei geliebte Menschen entrissen worden waren. Stella ließ er vorerst nicht als trauernde Angehörige in den Text einfügen. Wenn sich zeigte, dass Mordkommission und Staatsanwaltschaft sich nun an der Hexe und ihrem Satansbraten festbissen, wollte er das nachholen.

Als er vom Bestattungsunternehmer noch einmal zum Krankenhaus fuhr, schlief sie und war weder durch leichte Schläge gegen die Wangen noch die bewährten Kniffe in den Arm zu wecken. Von einer Krankenschwester hörte er, eine Dame sei bei ihr gewesen. Sie habe einen regelrechten Schreikrampf bekommen, man habe ihr etwas zur Beruhigung geben müssen. Er nahm an, sie sei erneut von der Oberstaatsanwältin verhört worden.

Auf dem Heimweg besorgte er eine Flasche Grappa. In dem alten Küchenbüfett im Schuppen stand noch eine Dose mit einem hochgiftigen Pflanzenschutzmittel, das Mama vor Jahren gekauft, dann aber lieber doch nicht eingesetzt hatte. Die Ermittler hatten die Dose nicht beseitigt, davon hatte er sich bereits überzeugt. Völlig geschmacklos war das Gift wahrscheinlich nicht. Doch im Grappa fiel ein ungewöhnlicher Geschmack nicht so stark auf.

Die Theorie der Staatsanwaltschaft

Um Stella Hellings Sicherheit machte Arno Klinkhammer sich an dem Mittwoch keine Gedanken mehr. Nach einem Gespräch mit seiner Frau war er über Nacht zu der Erkenntnis gelangt, dass Gabi im Krankenhaus wohl nur über Martin und Heintje hätte reden wollen. Über Mittag erfuhr er dann, dass er sich jetzt auch eher Gedanken um Gabis Sohn machen sollte. Kalle Grabowski nutzte seine Mittagspause, um ihn zu informieren, wie die Dinge standen.

Es sah nicht gut aus für Martin. Die Anwältin, die Gabi sofort für ihren Sohn engagiert hatte, hatte ihn zwar schon am Dienstagnachmittag aus dem Polizeigewahrsam geholt und es als eine Unverschämtheit bezeichnet, dass er überhaupt so lange festgehalten worden war. Ein Jugendlicher! Der noch nie mit dem Gesetz in Konflikt geraten war, in geordneten Verhältnissen lebte und einen festen Wohnsitz hatte. Es gab vorerst keine tatrelevanten Sachbeweise für seine Schuld, nur ein, wie Frau Doktor Brand meinte, an den Haaren herbeigezogenes Motiv und eine darauf zurechtgeschusterte Theorie.

So an den Haaren herbeigezogen, wie es Klinkhammer – und Grabowski – lieb gewesen wäre, waren Theorie und Motiv jedoch nicht. Selbst wenn man nichts von Martin Schneider und Gabis *Vermutung* wusste, deshalb auch nicht in Betracht ziehen konnte, sie habe ihren Sohn angestiftet, Gleiches mit Gleichem zu vergelten; reichte es. Die noch ausstehenden Zweihunderttausend des *Darlehens* waren ein überzeugendes Motiv. Es waren schon Leute für weniger umgebracht worden. Und wer sollte glauben, Therese habe Gabi die Viertelmillion schenken wollen? Aber ob Gabi ihrem Sohn den Auftrag zu Mord und Entführung erteilt hatte, um auf diese Weise ihre Schulden loszuwerden und noch einmal kräftig abzukassieren, ließe sich erst beweisen, wenn sie oder Martin den Mund aufmachten, also vermutlich nie.

Martin konnte ebenso gut von alleine auf die Idee gekommen oder von seinem großmannssüchtigen, jüngsten Onkel darauf gebracht worden sein. Bernd Treber hatte das natürlich vehement bestritten, aber – selbst sehr unter Druck geraten – ausgeplaudert, dass Martin an dem Donnerstagnachmittag nach dem Mord das Internet nach zweisitzigen Sportwagen abgegrast hatte. Ein kleiner Porsche wäre nach seinem Geschmack gewesen. Damit könne *Mutti* sich vielleicht arrangieren, hatte er Bernd erklärt, es sei ja kein Platz, um hinten irgendwelche Jungs mitzunehmen.

Für die Staatsanwaltschaft war die Sache damit eindeutig. Ein geltungsbedürftiger Achtzehnjähriger, daran gewöhnt, dass er sich die Damenwelt um den kleinen Finger wickeln konnte, dessen Mutter endlich richtig Geld verdiente, sodass man sich etwas hätte leisten können, wäre da nicht diese Forderung gewesen.

Dass auch Therese seinem Charme auf den Leim gegangen war, zog niemand in Zweifel. Im Gegenteil, man ging sogar davon aus, sie habe ihn als Vermittler einspannen wollen, um seine zahlungsunwillige Mutter zu überreden. Immerhin war sie nach der Versorgung von Frau Müller volle zwei Stunden mit ihm alleine gewesen. Dass sie ihn um einen speziellen Gefallen gebeten und ihm dafür ein Auto versprochen haben sollte, glaubte allerdings niemand, obwohl Anni Neffter bestätigt hatte, dass Therese ihr den alten Polo habe abkaufen wollen. Aber eine erfahrene Krankenschwester kannte wohl bessere Methoden, ihre alkoholkranke Schwiegertochter zu heilen, als einen Jugendlichen für eine Schocktherapie anzuheuern.

«Mag sein, dass sie andere Methoden kannte», sagte Klinkhammer. «Aber sie kannte sich auch aus mit Schocktherapien. Vor achtzehn Jahren hat sie dem Mann von Frau Lutz eine verordnet.» Er erzählte kurz von dem alten Foto mit dem Motorrad in einer Blutlache.

Das sei ein interessanter Aspekt, aber viel zu lange her, um die Staatsanwaltschaft zu überzeugen, meinte Grabowski und fuhr fort:

Therese hätte in den beiden Stunden auf Martins Einfluss gebaut und klargemacht, dass sie nicht auf die Rückzahlung der restlichen Zweihunderttausend verzichten wollte. Das hätte Martin wütend gemacht. Zu einem wütenden Achtzehnjährigen passten vier wuchtige Hiebe genauso gut wie zu einer aufgebrachten Schwiegertochter.

Nachdem Therese ihn verlassen hatte, schwang Martin sich auf sein Rad, besuchte seinen jüngsten Onkel, besprach das Problem mit ihm und kam auf die Lösung: Die Gläubigerin aus der Welt schaffen – und zwar so, dass es an der Schwiegertochter hängen blieb. Bernd Treber ging anschließend in eine Kneipe und blieb lange genug, damit ihm niemand am Zeug flicken konnte.

Dass Therese vor ihrem Tod dann noch mal fast eine Stunde lang mit dem Anschluss Lutz telefoniert hatte und Martin mit zutreffenden Informationen über die Schwiegertochter und die Nachbarsfamilie aufwarten konnte – warum sollte sie ihm nicht davon erzählt haben? Sie hatte in ihm doch keine Gefahr gesehen.

Das Gespräch war nachweislich um null Uhr sechs beendet worden. Mit dem Rad brauchte man sieben Minuten vom Anwesen Lutz bis zum Grundstück Helling. Das hätte zur Zeigerstellung auf der zerschlagenen Armbanduhr gepasst. Doch um halb eins hatte Martin noch einmal mit seiner Schwester um das Telefon gerungen. Martinas Freund hatte mitgehört und es bestätigt. Nun konnte man unterstellen, dass der junge Mann – wie Martins gesamte Familie – für ihn log. Man konnte bei Therese aber auch eine spätere Todeszeit in Betracht ziehen.

Die verantwortliche Gerichtsmedizinerin hatte ja nur schätzen können. Jede Uhr ließ sich manipulieren. Und eine teure, nicht wasserdichte Uhr legte man wahrscheinlich ab, wenn man ein Baby wusch. Da hätte Martin in einem unbeobachteten Moment die Uhr nehmen und die Zeiger auf null Uhr achtzehn zurückdrehen können.

Zwei Uhr nachts war der übliche Rhythmus des Kindes gewesen, an den Therese sich immer gehalten hatte. Um die Zeit war Martin laut eigenem Bekunden durchs Wohnzimmer gegeistert und von Stella gesehen worden. Darüber hinaus hatte sein Streifzug eindeutige Spuren hinterlassen. Fasern von der Kutte an der Couch, an beiden Sesseln und auf dem Teppichboden.

«Was ist mit dem Obergeschoss?», fragte Klinkhammer. «Hat sich an der Spurenlage dort seit Samstag etwas geändert?»

«Soweit ich weiß, nicht», antwortete Grabowski. «Was den Sohn einer Frau, die auf etlichen Romanseiten geschildert hat, wie man die Polizei austricksen kann, aber nicht entlastet. Schon gar nicht, wenn er damit prahlt, sich in dem Metier besser auszukennen als Staatsanwälte und Polizisten, die nur fertige Berichte lesen.»

Martin hatte angegeben, in der Tatnacht mit einer schwarzen Jeans und einem dunkelblauen Pullover bekleidet gewesen zu sein. Darüber hätte er auf dem Rad eine Lederjacke getragen und die im Schuppen ausgezogen, bevor er die Kutte überwarf. Wenn er zuvor in der Lederjacke im Haus gewesen wäre – er besaß auch zwei Lederhosen. Leder fusselte nicht. Dazu Handschuhe, Mundschutz, Schuhe mit glatten Ledersohlen und eine Kopfbedeckung, die verhinderte, dass Haare am Tatort zurückblieben.

Vielleicht hatte er sogar ein Messer oder eine andere Waffe dabei, aber nicht eingesetzt, weil ihm die Pokale im Kinderzimmer besser geeignet schienen, den Verdacht noch gezielter auf Stella zu lenken. Am Pokal hatte es natürlich keine Fingerabdrücke von ihm gegeben. Von Stella auch nicht, nur ein paar von Therese, die das Ding wohl von Zeit zu Zeit abgestaubt hatte.

Nach Lage der Dinge hatte das Baby frisch gewaschen und halbnackt auf dem Wickeltisch gelegen, während Therese im Hof die volle Windel entsorgt, das beschissene Hemdchen in den Keller gebracht, im Bad das Waschwasser ausgegossen, die Schüssel umgespült und sich auf die Toilette gesetzt hatte. Und zu dem Zeitpunkt hätte eine Person ihres Vertrauens in der Nähe gewesen sein müssen, hatte Schöller gesagt. Eine verantwortungsbewusste Frau ließ ein Baby nicht minutenlang unbeaufsichtigt auf dem Wickeltisch liegen.

«Und die Person ihres Vertrauens soll Martin gewesen sein», stellte Klinkhammer fest. «Meinen Sie nicht, Frau Helling hätte einen Morgenrock angezogen, wenn ein Jugendlicher in ihrer Nähe gewesen wäre? Sie wäre auch nicht nur im Nachthemd und ohne Pantoffel runter zur Mülltonne in den Hof und in den Keller gegangen. Was haben die für Vorstellungen?»

«Es ist nicht meine Theorie», betonte Grabowski. «Ihre Füße waren geschwollen, hat sie dem Jungen doch angeblich erzählt. Außerdem war sie im Klimakterium, könnte eine Hitzewallung gehabt haben. Da zieht man keinen Morgenrock an. Und wenn sie in dem Aufzug vor ihm herumgelaufen ist, beweist das ein besonderes Vertrauensverhältnis. Da käme noch besondere Heimtücke dazu.»

Während Martin dann – nach Ansicht der Staatsanwaltschaft – die Schlafzimmer nach Geld und Wertsachen durchwühlte, fing das Baby womöglich an zu weinen, weil es hungrig war oder fror. Was tat ein Jugendlicher mit einem Kind, das still sein sollte? Er drückte ihm etwas aufs Gesicht. Die Kapuze des Badetuchs.

Bei der Obduktion waren Fasern vom Tuch in den Atemwegen nachgewiesen worden. Höchstwahrscheinlich Tod durch Ersticken, ein nicht völlig zweifelsfreies Ergebnis, weil Spuren von Gewalteinwirkung an Gesicht und Hals nicht mehr festzustellen gewesen waren. Auch die Todeszeit hatte sich nicht exakt bestimmen lassen. Das Kind konnte sowohl in der Nacht als auch im Verlauf des Donnerstags in der Sporttasche zu Tode gekommen sein, wenn Martin es noch lebend eingepackt hätte.

Dass er danach im Wohnzimmer als Monster aufgetreten war, sah die Staatsanwaltschaft als wichtigen Teil seines Plans. Martin hatte einkalkuliert, dass Stella nach seinem Abzug ins Obergeschoss hetzte und ihre Spuren am Tatort hinterließ. Mit der Monstergeschichte machte sie sich unglaubwürdig. Somit hätte er es auch ihr richtig heimgezahlt. Immerhin hatte sie seiner Mutter eine hässliche Zeit beschert und einen erheblichen finanziellen Verlust zugefügt. Seine Schwester war gezwungen gewesen, kurz vor dem Abitur die Schule zu verlassen, um Geld zu verdienen. Auch er hatte sein Scherflein zur Haushaltsführung beisteuern und vor zweieinhalb Jahren über einen längeren Zeitraum die Tageszeitung austragen müssen.

Das hörte Klinkhammer zum ersten Mal.

«Weil er noch zu jung war, ist es offiziell über seine Mutter gelaufen», erklärte Grabowski. «Das ändert aber nichts, es passt ins Bild von Rache.»

Das beim Raubzug erbeutete Bargeld hatte Martin eingesteckt, den Schmuck im Plastiktütchen auf dem Heimweg in einen Garten geworfen oder vergraben. Am Tütchen waren Erdanhaftungen nachgewiesen worden. Es konnte nicht die ganze Zeit im Schrotthaufen gelegen haben.

«Warum hätte er das denn nicht mit nach Hause nehmen sollen?», fragte Klinkhammer.

«Weil er seinen ursprünglichen Plan geändert hatte und beabsichtigte, in den nächsten Tagen eine Viertelmillion zu kassieren», sagte Grabowski. «Inzwischen war ihm nämlich klar geworden, dass der Schmuck zwar einen beträchtlichen Wert hatte, er bei einem Hehler aber nur einen Bruchteil dafür bekäme. Für einen Porsche hätte das kaum gereicht. Außerdem lief er Gefahr, dass die Stücke irgendwann auftauchten und die Spur zu ihm zurückverfolgt werden könnte.»

Die Sporttasche mit Kind und Pokal musste Martin auf dem Grundstück seiner Mutter deponieren, wenn er beabsichtigt hätte, das Baby zu versorgen. Mit in sein Zimmer nehmen konnte er die Kleine nicht, da wäre seine Schwester schnell aufmerksam geworden. Der Schrotthaufen war weit genug vom Haus entfernt, um ein schwaches Stimmchen ungehört wimmern zu lassen. Bei einer Entdeckung durch Zufall konnte man sich immer noch auf das offene Grundstück berufen. Doch das Argument zog nicht.

Natürlich konnte jeder von der Straße in den Hof, lief jedoch bei Tag Gefahr, gesehen zu werden, weil jederzeit ein Passant an der Hofeinfahrt vorbeigehen konnte. Bei Nacht war das Risiko nicht viel kleiner. Den Schrott teilweise abzuräumen und wieder aufzuschichten, verursachte Lärm, wie sich bei der Bergung der Sporttasche gezeigt hatte.

Herr Müller hatte bei einer nochmaligen Befragung erklärt, er habe nur in der Tatnacht fest geschlafen, weil seine Frau ein frisches Morphiumpflaster bekommen hatte. Nach Ansicht der Staatsanwaltschaft kam deshalb für das Verstecken der Tasche nur diese Nacht infrage.

Nachdem Martin die Tasche sicher untergebracht hatte, klebte er in seinem Zimmer die erpresserische Forderung auf ein Blatt von einem seiner Notizblöcke und steckte sie in den Umschlag. Dabei trug er selbstverständlich wieder Handschuhe, wahrscheinlich auch den Mundschutz. An dem Brief war nichts gefunden worden, absolut nichts. Klinisch rein, sagte Grabowski.

Nun hätte Martin eigentlich davon ausgehen müssen, dass Stella längst die Polizei alarmiert hatte. Wäre er da noch einmal zum Anwesen Helling geradelt, um den Umschlag zu hinterlegen, die verräterische Videokassette aus dem Recorder und möglicherweise ein paar Sachen fürs Baby zu holen? Warum nicht? Vorbeifahren und gucken konnte man doch mal. Es war ja auch alles ruhig. Martin war nur der Zutritt zu Wohnzimmer und Küche verwehrt, weil Stella seit seinem Auftritt hellwach war, bei eingeschalteter Deckenlampe auf der Couch saß und den Hof nicht aus den Augen ließ. Das hinderte ihn jedoch nicht daran, noch einmal durch den Schuppen und den Anbau einzudringen. Er deponierte den Umschlag im Kinderbett, zog die Tote aus dem Spalt zwischen Wand und Klo und riss ihr auch noch den Ring vom Finger.

Die Videokassette holte in der Nacht von Samstag auf Sonntag Reinhard Treber aus dem nun polizeilich versiegelten Haus Helling. Und in der Nacht zum Montag holte Martin das Schmucktütchen aus einem Garten, steckte den Ring dazu und deponierte nun auch das Tütchen im Schrotthaufen. Die Sporttasche wollte er bei dieser Gelegenheit herausangeln und richtig verschwinden lassen, weil das Kind längst tot war. Dazu kam er allerdings nicht.

In dieser Nacht hatte Herr Müller nämlich kein Auge zugemacht. Seine Frau war gestorben. So gegen halb drei hatte sie ihren letzten Atemzug getan. Und etwa eine halbe Stunde später hatte nebenan etwas gescheppert. Unmittelbar darauf hatte Martin etwas Unflätiges gebrüllt. Herr Müller seinerseits hatte zurückgerufen: «Ruhe da draußen! Meine Frau ist eingeschlafen.» Danach hatte Herr Müller eilige Schritte gehört, jedoch niemanden gesehen. Er konnte auch nicht sagen, ob die Schritte sich in Richtung Straße oder zur Haustür Lutz entfernt hatten.

Martin seinerseits hatte angegeben, von dem Scheppern aufgewacht zu sein und aus dem Fenster gebrüllt zu haben. Es verirrten sich wohl gelegentlich späte Kneipengänger in Gabis Hof und erledigten ihre Notdurft gegen die Garagenwand, in die Grube unter der Hebebühne oder in den Schrotthaufen.

Martin wollte auch eine Bewegung unter der Überdachung wahrgenommen haben und nach unten gegangen sein, weil sich nicht sofort jemand vom Acker machte. Aber er könnte sehr wohl nur: ‹Piss woanders hin, du Sau!›, gerufen haben, um von sich abzulenken, als Herr Müller aufmerksam wurde. Die Staatsanwaltschaft jedenfalls legte ihm das als Schutzbehauptung aus.

Es sah wirklich nicht gut aus für Gabis Sohn und für Klinkhammer nicht viel besser. Kurz nachdem Grabowski ihn ins Bild gesetzt hatte, wurde ihm die offizielle Vorladung zugestellt. Antreten zur Vernehmung im Kölner Polizeipräsidium, Donnerstagmorgen, neun Uhr. Weswegen man ihn vernehmen wollte, teilte man ihm auch gleich mit: Verdacht der Begünstigung und Verdeckung mehrerer Straftaten nach etlichen Paragraphen des Strafgesetzbuches, zum Nachteil von Therese Helling und Johanna Helling. Carmen Rohdecker fuhr schwere Geschütze auf oder ließ auffahren. Sie war nicht mehr zuständig, hatte den Fall aus persönlicher Betroffenheit noch am Dienstag, unmittelbar nach dem Fund der Sporttasche und der Schmuckstücke, abgegeben.

Klinkhammer hatte eigentlich noch einmal nach Niederembt fahren und mit Gabi reden wollen. Doch nachdem er die Vorladung gelesen hatte, sprach er lieber mit seinem Bekannten in Wiesbaden. Der wusste aus eigener Erfahrung, wie es war, wenn man als Polizist in den Verdacht geriet, die Grenzen überschritten und sich schuldig gemacht zu haben.

«Du solltest einen Anwalt mitnehmen», riet er dringend.

«Sehe ich nicht ein», sagte Klinkhammer.

«Wenn du es einsiehst, ist es zu spät. Du bist noch nie in solch einer Situation gewesen und hast keine Vorstellung, wie die dir zusetzen können.»

Doch, hatte er. Er wusste ja, wie er Verdächtigen zusetzte. Dass Schöller nicht gut auf ihn zu sprechen war, wusste er ebenfalls. Aber Grabowski hatte deutlich zu verstehen gegeben, was er von der neuen Theorie hielt. Und auch Schöller hatte am Dienstag eine Bemerkung gemacht, die ihm nicht aus dem Kopf ging. Schon aus dem Grund verzichtete er auf einen Rechtsbeistand, obwohl Ines es genauso sah wie der BKA-Fallanalytiker.

Sture Köpfe

Donnerstag, 28. April 2004

Pünktlich um neun trat Klinkhammer in Schöllers Büro dem Leiter der Mordkommission, Grabowski und einem nicht viel älteren Staatsanwalt gegenüber. Einen Verhörraum ersparten sie ihm, viel mehr jedoch nicht. Grabowski hörte mit bemüht neutraler Miene nur zu. Auch Schöller hielt sich zurück, doch ihm war anzusehen, wie es in ihm gärte.

Der Staatsanwalt wollte offenbar beweisen, dass er ein gleichwertiger Ersatz für eine bissige Oberstaatsanwältin war. Er legte sich mächtig ins Zeug, Klinkhammer das Geständnis der Mitwisserschaft zu entlocken. Volle zwei Stunden lang fühlte Klinkhammer sich wie ein Mensch, dem das Innerste nach außen gekehrt wurde. Mehr als einmal bedauerte er, den guten Rat seines Bekannten in den Wind geschlagen zu haben. Es sah nicht danach aus, dass er von Schöller eine Auskunft auf die Frage bekäme, die ihn beschäftigte. Und manche seiner Antworten kamen ihm selbst unglaubwürdig vor. So war es eben, wenn man eine *Vermutung* erst mal für sich behalten wollte, um nicht alles noch schlimmer zu machen.

Nachdem endlich zu Protokoll genommen war, dass er Gabriele Lutz seit zwei Jahrzehnten kannte, keine intime Beziehung zu ihr pflegte und bis zum Montagnachmittag nichts von ihrer Beziehung zu Stella Helling gewusst hatte; dass er Martin Lutz nicht über den Monsterauftritt informiert, sondern sich nur Martins Version angehört hatte. Und dass er – verdammt noch mal! – nicht die langjährige Freundschaft seiner Frau zu Frau Rohdecker ausgenutzt hatte, um in Erfahrung zu bringen, in welche Richtung die Ermittlungen vorangetrieben wurden, verabschiedete der Staatsanwalt sich. Entlassen war Klinkhammer aber noch nicht.

Als er sich erheben wollte, sagte Schöller: «Wir sind noch nicht fertig miteinander, Herr Kollege.»

«Was wollen Sie noch», fragte Klinkhammer. «Soll ich auf die Bibel schwören? Damit warten wir lieber bis zur Verhandlung.»

«Zuerst einmal will ich wissen, wann Ihnen klar geworden ist, dass wir es auch mit einem Vermisstenfall zu tun hatten.»

«Klar geworden ist mir das gar nicht», antwortete er. «Ich habe es am Montag gehört.» Von wem, sagte er nicht, das konnte Schöller sich wohl denken, wie sein Blick auf Grabowski zeigte.

«Aber Sie waren doch auch in dem Kinderzimmer», bohrte Schöller weiter. «Haben Sie keinen Blick hinter das Kissen geworfen und nur den Mund gehalten, weil ich Sie abgekanzelt habe?»

«Wenn ich einen Erpresserbrief entdeckt oder mir nur etwas dabei gedacht hätte, dass alles da war, was man braucht, um ein Baby zu versorgen, hätte ich mich nicht abkanzeln lassen», erklärte Klinkhammer. «Darf ich auch mal eine Frage stellen?» Schöllers Einverständnis wartete er nicht ab. «Sie sagten am Dienstag, Frau Rohdecker würde meinen Schützling verdächtigen. Sollte das heißen, dass Sie derselben Meinung sind wie ich?»

Schöller lehnte sich etwas entspannter zurück. «Ich werde mich hüten, Ihre Meinung noch einmal interpretieren zu wollen. Ihre derzeitige kenne ich ja gar nicht.»

«Doch», widersprach Klinkhammer. «Ich habe Ihnen erklärt, was ich denke. Ein Achtzehnjähriger erschlägt nicht die Frau, die ihm ein Auto kaufen will.»

Schöller lächelte – fast so überheblich wie Martin das konnte. «Soweit ich mich entsinne, sprachen Sie nur von Schulbedarf und einem Fußballspiel, das Helling auf den Gedanken gebracht haben könnte, den vermummten Eindringling hinken zu lassen. Das Auto muss Ihnen im *Stress* entfallen sein. Aber Frau Lutz sprach davon, die Herren Treber ebenfalls. Wann haben Sie davon erfahren, gestern oder vorgestern?»

«Schon letzten Samstag von Maria Lutz», sagte Klinkhammer. «Und die hatte es am Abend vor der Tat von Therese Helling selbst gehört.»

Schöller nickte verstehend. «Ah, ja, die alte Dame, die uns glauben ließ, das Baby sei bei den Großeltern. Ich muss Sie enttäuschen, Herr Kollege. Eine Großmutter zählt als Entlastungszeugin soviel wie Mutter und Onkel, nämlich gar nicht. Es zählt nicht einmal, wenn sich ein Onkel aufopfernd des Einbruchs bezichtigt und entwendetes Material vorlegt, um den Neffen zu entlasten. Die Familie hatte Zeit genug, sich abzusprechen.»

«Und Sie glauben im Ernst, Sie hätten das Kind oder sonst etwas Belastendes auf dem Grundstück Lutz gefunden, wenn die Familie sich abgesprochen hätte?», fragte Klinkhammer. «Abgesehen davon gehört Maria Lutz nicht zur Familie Treber und betrachtet sich nicht als Martins Großmutter. Wenn Sie sich mal mit der alten Frau unterhalten, werden Sie …»

«Jetzt unterhalte ich mich mit Ihnen», schnitt Schöller ihm unvermittelt aufbrausend das Wort ab. «Vielleicht kann ich noch was lernen. Sie sollen ja einen heißen Draht zum BKA haben. Den habe ich nicht, aber ich mache meinen Job auch nicht erst seit letzter Woche. Ich sehe, wenn einem der Arsch auf Grundeis geht. Das war am Montagabend bei Helling der Fall. Wenn Sie mir nicht ins Handwerk gepfuscht hätten, wäre unsere Unterhaltung wahrscheinlich überflüssig. Vielleicht hätte schon gestern in der Zeitung gestanden, dass es doch keine besondere Tragik ist, wenn ein großkotziger Polizeikommissar zuerst ein wildfremdes Mordopfer findet und drei Tage später die eigene Mutter in ihrem Blut, die ihm ein sattes Trostpflaster hinterlässt. Das nenne ich einen Glückstreffer.»

«Sie sind immer noch überzeugt, Stella Helling wäre die Täterin», stellte Klinkhammer fest.

«Sie nicht?»

Es wäre leicht gewesen, jetzt zu sagen: «Doch, ich sehe das genauso wie Sie.» Sein Bekannter beim BKA war ja derselben Meinung. Es sprach auch viel dafür. Und einiges dagegen. «Ich war nach der Schilderung von Martin Lutz sicher, dass seine Aussage die Frau entlastet. Ihm ist an ihrer Kleidung kein Blut …»

«Wo endet Ihr heißer Draht beim BKA, in der Verwaltung?», fiel Schöller ihm erneut ins Wort. «Mann, da kann ich aber besser profilern. Ein Jugendlicher, mit nichts im Kopf als Blödsinn und einem Funzelchen von Taschenlampe, deren Batterie kurz davor stand, den Geist aufzugeben, in einem dunklen Wohnzimmer. Was hätte er an einer dreckigen, dunkelblauen Arbeitshose und einem karierten Hemd denn sehen sollen? Hat er sie von oben bis unten abgeleuchtet? Nein, davor hat er sich gehütet. Die Klamotten sind weg, wahrscheinlich in irgendeiner Mülltonne gelandet und längst auf der Deponie. Die finden wir nie.»

Schöller warf dem betont unbeteiligt dreinschauenden Grabowski einen Blick zu und verlangte: «Hol uns mal Kaffee, Kalle, du hast dich schon genug profiliert. Jetzt bin ich dran.»

Nachdem Grabowski das Büro verlassen hatte, sagte Schöller: «Ich weiß nicht, ob ich Sie in den Hintern treten oder mich bei Ihnen bedanken soll. Vielleicht bedanken Sie sich erst mal prophylaktisch bei mir, könnte sein, dass ich es mir dann verkneife, der Staatsanwaltschaft einen Tipp zu geben. Die rätseln nämlich, wie Ihr Schützling erfahren haben könnte, dass Frau Helling beabsichtigte, den Polo von Frau Neffter zu kaufen. Aber wenn Sie das schon letzten Samstag erfahren haben, ist das Rätsel gelöst. Dann hatten Sie Zeit genug, den Knaben zu instruieren.»

«Habe ich nicht», sagte Klinkhammer. «Ich bin durch das Auto nur auf den Gefallen gekommen.»

«Mag sein», polterte Schöller weiter. «Wenn Sie anschließend mich informiert hätten, von mir aus auch Ihren Fan statt Frau Rohdecker, hätten wir das Baby wohl nicht so schnell gefunden, aber inzwischen vielleicht ein Geständnis. Nach Lage der Dinge können wir das jetzt abschreiben. Das heißt, es wird an Ihrem Schützling hängen bleiben, wenn der Knabe einen möglicherweise wichtigen Hinweis verschweigt und Sie ihn nicht zur Vernunft bringen. Ich habe mich darum vergebens bemüht. Sie können es auch gerne bei seiner Mutter probieren. Aus der haben wir kein Wort mehr herausbekommen, nachdem …»

Schöller brach ab, als Grabowski mit drei Kaffeebechern zurückkam, Zucker und Löffel hatte er dabei, aber keine Milch.

«Kann ich ein Glas Wasser und einen Aschenbecher haben?», fragte Klinkhammer hoffnungsvoll.

Wasser ja, Aschenbecher nein. «Hier wird nicht geraucht.»

Dann eben nicht. Was Schöller ihm bot, wog etwas Nikotin auf. Als Leiter der Mordkommission war er vermutlich besser über die Beweislage informiert als Grabowski. Offenbar wichtiger Hinweis? Davon zum Beispiel hatte Grabowski gestern nichts gesagt. Dann war das wohl der Grund, aus dem Schöller sich herabließ, dem *Provinzprofiler* einen Kaffee zu spendieren. Entweder sollte er als Freund der Familie ein ernstes Wort mit Martin reden, oder Schöller spekulierte darauf, ihm den Hinweis entlocken zu können. Da spekulierte er vergebens. Klinkhammer nahm an, Gabi habe sich aus Not um ihren Sohn mit Martin Schneiders Mörder verplappert. Und darüber wollte er erst reden, wenn er sich einen Überblick verschafft hatte.

Das Vorprogramm

Zu dem Zeitpunkt saß Heiner schon seit zwei Stunden an Stellas Bett. Sie weinte nicht mehr. Anscheinend stand sie immer noch unter dem Einfluss von Beruhigungsmitteln, ganz apathisch lag sie da. Über den gestrigen Besuch der *Dame* wollte sie nicht sprechen. So oft er danach fragte, was die Oberstaatsanwältin ihr vorgeworfen und wie sie darauf reagiert habe, sie schüttelte nur den Kopf. So redete er auf sie ein, wie gerne er sie wieder bei sich hätte, wie dringend er sie brauche. «Ich ertrage das leere Haus nicht. Jetzt habe ich doch nur noch dich.»

Es sprach noch einiges gegen ihre Entlassung, die Leberwerte, die gestörte Blutgerinnung und ihre Füße, die einfach nicht heilen wollten. Aber auf eigene Verantwortung ging alles. Endlich hatte er sie soweit, dass sie zustimmte. Die Visite am Freitagmorgen wollte sie noch abwarten. Die fand in der Regel zwischen neun und zehn Uhr statt.

«Dann hole ich dich um zehn Uhr ab, Liebes», sagte er, als er sich von ihr verabschiedete. Der Grappa stand bereit. Dass er großartig nachhelfen müsste, glaubte er nicht.

Sie brauchte bestimmt viel Trost, wenn sie das leere Kinderbett sah und das Wohnzimmer, in dem es immer noch stank wie in einer Schnapsbrennerei. Er musste nur zusehen, dass er nicht in ihrer Nähe war, wenn sie sich über die Flasche hermachte. Am besten zur Dienststelle fahren und ihr später, nachdem er ihre Leiche gefunden hatte, die Giftdose kurz in die Hände drücken, ehe er die Leitstelle informierte und völlig zusammenbrechen durfte. Warum aus seinem perfekten Plan eine solche Zitterpartie geworden war, wusste er immer noch nicht.

Er hatte jeden Schritt sorgfältig durchdacht mit der Logik eines Mannes, der in seiner Jugend bei Schachturnieren acht Pokale und viele Urkunden gewonnen und schließlich keine ebenbürtigen Gegner mehr gefunden hatte. Sogar einen Schachcomputer, den angeblich niemand schlagen konnte, hatte er matt gesetzt. Aber Menschen waren keine Figuren auf einem Schachbrett. Sie machten eigenwillige Schritte, dachten sich Dinge aus, auf die ein logisch geschulter Verstand einfach nicht kam.

Im Grunde hatte er schon in der Eröffnungsphase beide Damen verloren. Stella, weil sie auf blutenden Füßen überall herumlief. Und Mama, die eigentlich gar nicht hätte sterben sollen.

Er hatte sie geliebt auf seine Weise. Sie hatte ihm das Leben geschenkt und viel für ihn getan. Das rechnete er ihr hoch an. Aber bis zu diesem LKA-Bericht, der ihm vor Augen führte, wie die Kollegen Stella gesehen haben mussten, hatte er seine Frau ein wenig mehr geliebt als Mama. Weil er vor drei Jahren bei Stella etwas gefunden hatte, was Mama ihm nie hatte geben können. Glamour und Stil – oder das, was er dafür hielt. Spaghetti al dente und eine Uhr am Handgelenk, die nicht viel weniger gekostet hatte als sein Wagen.

Er hatte die Frau zurückhaben wollen, in die er sich bei den Dreharbeiten für die Actionserie verliebt hatte. Die starke Frau, die nie betrunken gewesen war, so hoch über allem gestanden hatte und über seine Ängste vor der Hexe lächeln konnte, weil sie die Gründe nicht kannte. Dafür musste die Kleine verschwinden. Wie sollte Stella genesen, wenn sie noch Monate, vielleicht Jahre Tag für Tag und Nacht für Nacht Gabis Fluch vor Augen hatte?

Für die Kleine wäre es eine Erlösung, sie könnte doch nie ein normales Leben führen. Und im Himmel war Platz genug. Stella würde ein neues Baby bekommen, einen gesunden Sohn, und das Bündel Elend vergessen. Alles würde gut – in einer hellen, geräumigen Wohnung in Glesch. So hatte er sich das vorgestellt, wochenlang, von dem Tag im Februar an, als Mama die Kleine entgegen dem Rat der Ärzte aus der Klinik geholt hatte.

Hundertachtzigtausend sollte die Eigentumswohnung kosten, das hatte er bereits in Erfahrung gebracht. Vermieten wollten die Besitzer nicht. Für die Einrichtung brauchte man vielleicht fünfzig, wahrscheinlich etwas mehr, wenn man einen so kostspieligen Geschmack hatte wie er. Alles in allem zweihundertfünfzigtausend. Dieselbe Summe hatte Mama der Hexe schenken wollen, weil sie so viel Verständnis zeigte.

Als Sohn hätte ihm entschieden mehr zugestanden. Aber er wollte nicht unverschämt sein, den Bogen nicht überspannen und damit riskieren, dass Mama darauf drängte, sofort die Kollegen vom Kriminaldienst einzuschalten. Zweihundertfünfzigtausend würde sie zahlen, keine Frage. Wenn sie endlich begriff, dass man die Kleine nicht lebend zurückbekäme, sollte sie sich den Kopf zerbrechen, wer von ihrem Reichtum wüsste. Auf ihn käme sie nicht, auch sonst niemand. Er dürfte nur nicht zu schnell Geld ausgeben, müsste Kredite aufnehmen und tilgen, wenn Gras über die Sache gewachsen wäre.

Den Brief mit der Forderung hatte er bereits geklebt und in Plastikfolie gehüllt im Schuppen versteckt, als der neue Dienstplan erstellt wurde und er den Termin festlegen konnte. Die Nacht mit Ludwig auf Streife. Ausgerechnet die Nacht des *Schattens*. Eine glückliche Fügung? Er war nicht sicher. Stella hatte keinen Tropfen mehr angerührt, seit ihr Vater erklärt hatte, beim nächsten Rausch wäre sie für ihn gestorben. Aber sie musste sich noch einmal sinnlos betrinken. Da verließ er sich lieber nicht allein auf die Wiederholung des Films.

Er machte sonntags den Spaziergang zum Sportplatz mit ihr. Dass die Hexe sich anschaute, welche Figur ihr Satansbraten im Tor abgab, war so sicher wie das Amen in der Kirche. Seine Rechnung ging auf, sogar besser als erwartet, weil er nicht damit gerechnet hatte, dass der Satansbraten gefoult wurde, Gabi danach lieber den Heimweg antrat und noch auf eine kurze Unterhaltung bei ihnen stehen blieb.

Er wusste genau, in welche Hölle er Stella schickte. Aber sofort durfte sie nicht zu trinken beginnen, damit Mama nicht zu früh Rabatz machte. Deshalb ließ er seine Geldbörse erst am Dienstagmorgen in der Hosentasche stecken. Um zusätzlichen Druck zu machen, erzählte er Mama mittwochs von seinen Umzugsplänen. Wirklich ein perfekter Plan. An alles hatte er gedacht. Und trotzdem war alles schief gegangen.

Beinahe wäre er schon an dem verfluchten Tor gescheitert. Er hatte nicht erwartet, dass es entriegelt war. Mama war doch so vorsichtig geworden, seit die Russen den Kreis unsicher machten und es nun sogar in Bedburg eine Tote gegeben hatte. Als er den Schraubendreher am Schloss ansetzte und die beiden Torflügel unvermittelt nachgaben, konnte er den Sturz nicht abfangen. Auf Knien und Ellbogen kam er aus, zum Glück nicht auf die Hände, das hätten die Schutzhandschuhe, die er schon im Wagen angezogen hatte, kaum unbeschadet überstanden. Die Uniformhose und der Pullover waren staubig geworden. Doch das war nur trockener Lehm, der ließ sich abklopfen, später, als alles vorbei war.

Im ersten Moment dachte er an Rückzug. Dieser Lärm! Vermutlich hatte das verdammte Motorrad die Nachbarschaft geweckt. Mama natürlich auch, vielleicht sogar Stella. Dreimal verfluchtes Pech. Eine Chance wie heute bekäme er sobald kein zweites Mal. Ludwig war bei Babs, ihn aus dem Wagen zu bekommen, war kein Problem gewesen. «Gönn dir ein Stündchen, es ist doch eine ruhige Nacht. Ich bleibe in der Nähe.»

Der Wagen stand hinter den Büschen vor der Garage. Fünf oder sechs Minuten hatte er einkalkuliert, in denen er nur über das Funkgerät an seinem Gürtel erreichbar wäre. Sollte in der kurzen Zeit ein Funkspruch eingehen, würde niemand Verdacht schöpfen. Er musste nur behaupten, sie seien gerade dabei, ein auffälliges Fahrzeug zu kontrollieren.

Zwei Minuten waren schon vergangen und alles war ruhig geblieben. Endlich glaubte er zu begreifen: Frau Müller – wahrscheinlich war Mama zu ihr gerufen worden und das Tor deshalb nicht verriegelt gewesen. Er schlich zur Schuppentür. Alles still, keine Lichter in der Nachbarschaft. Nur das Wohnzimmer war hell erleuchtet. Stella lag auf der Couch und rührte sich nicht. Das sah er vom Schuppen aus. Also hatte sie nichts gehört.

Glück gehabt, dachte er und drückte die Schuppentür zu, nahm die Taschenlampe vom Büfett, legte sie in die Kabelrolle, räumte behutsam die Bretter vor dem Mauerdurchbruch zur Seite, schob vorsichtig die Leiter in die Zwischendecke und stieg hinauf. Nur keinen unnötigen Lärm mehr machen, die Kleine aus dem Bett nehmen, den Brief hinterlegen und wieder verschwinden.

In den oberen Räumen des Anbaus benutzte er eine Taschenlampe, die zur Ausrüstung des Streifenwagens gehörte. In seinem Schlafzimmer nahm er die Sporttasche aus dem Schrank und zog einen Pullover über. Bloß kein Risiko eingehen und keine eindeutigen Spuren am Kinderbett hinterlassen. Er wusste aus Gabis letztem Roman genug über die Möglichkeiten der Kriminaltechnik und hatte einen Höllenrespekt davor.

Dann huschte er hinüber, warf einen Blick in Mamas Schlafzimmer, ihr Bett war leer. Das machte ihn völlig sicher, dass sie bei Frau Müller saß. Aber auch das Gitterbett war leer und frisch bezogen. Das Kissen mit dem Knick in der Mitte stand am Fußende wie üblich. Er wickelte den Umschlag aus der Hülle, lehnte ihn gegen das Kopfteil des Bettes und stellte das Kissen davor.

Warum er den Brief nicht offen ins Bett legte … Er hätte es nicht erklären können, sah dabei Mamas Hände, die wie Trommelstöcke auf ihn eingedroschen hatten in der Nacht damals, die nun bald mit fliegenden Fingern das Kissen wegreißen würden, weil es da nicht stehen durfte. Vielleicht sah er sogar die Köpfe seiner Freunde Axel und Heiko vor sich – und Mamas Hand mit einem Knüppel oder einem Stein. Sie hatte ihm nie erzählt, womit sie zugeschlagen hatte.

Er wandte sich der Treppe zu, die Kleine konnte ja nur unten bei Stella sein. Schon als er durch den dunklen Hausflur schlich, sah er das Baby im Sessel liegen. Noch ein paar Schritte hinter der Couch vorbei. Ein Griff. Und plötzlich die Stimme! Nicht sehr laut, so kam es ihm nur vor im ersten Schreck.

«Was schleichst du denn hier herum? Ich dachte schon, jetzt krieg ich Besuch von den Russen. Hast du den Krach gemacht? Wie siehst du aus?»

Mama stand in der Flurtür, im Nachthemd, auf nackten Füßen, in einer Hand das Telefon, in der anderen ein Messer. Sie hatte wohl nach dem Poltern im Schuppen aus dem Fenster des Kinderzimmers in den Hof geschaut, nichts gesehen, es dennoch vorgezogen, sich in der Küche zu bewaffnen. Als ob sie mit einem Messer etwas gegen die Russen ausgerichtet hätte. Sie brachte es zurück, kam wieder und äugte argwöhnisch auf die Schutzhandschuhe.

Er hatte immer noch eine Hand auf das winzige Gesicht gepresst. «Was tust du da?», fragte sie mit gedämpfter Stimme.

«Sie hatte gespuckt», sagte er und nahm die Hand fort.

«Und warum nimmst du nicht das Tuch? Was hast du für einen Pullover an?»

«Wir haben gleich einen Zivileinsatz», sagte er. «Ich wollte nur schnell nachsehen, ob alles in Ordnung ist.»

«Das siehst du ja. Wenn die anfängt, kennt sie kein Ende. Gib her.» Sie schien immer noch misstrauisch, streckte verlangend die Arme nach der Kleinen aus, das Telefon hielt sie immer noch.

«Ich glaube, sie braucht eine frische Windel», sagte er.

«Gib her, ich mach das.»

Die Kleine atmete noch. Er überließ ihr das Baby widerstrebend. «Ja, ja», sagte sie in der betulichen Art, in der sie immer mit dem Kind sprach. «Hast ein dickes Stinkerchen in der Hose, ich kann's riechen.» Dann ging sie mit Johanna und dem Telefon in den Flur. Die Kleine war aufgewacht und begann zu quengeln, diese widerlichen Töne, als meckere eine kleine Ziege.

Das Haus nun unverrichteter Dinge wieder zu verlassen, war ihm nicht möglich. Zum einen hätte er den Brief aus dem Kinderbett nehmen müssen, ehe Mama ihn entdeckte. Zum anderen schaffte er es nicht, von einer Sekunde zur nächsten all die schönen Vorstellungen vom sorglosen Leben aufzugeben. Es fiel ihm gewiss nicht leicht, noch ein Todesurteil zu fällen. Aber plötzlich war Mama der Feind, der seine Rechnungen bisher jedes Mal durchkreuzt hatte. Er warf noch einen Blick auf Stella, schaltete im Wohnzimmer das Licht aus und ging ebenfalls zur Treppe.

Auf dem Weg nach oben zog er die Handschuhe aus und stopfte sie in eine Hosentasche. Mama stand bereits vor der Wickelkommode, ins Bettchen hatte sie offenbar noch nicht geschaut. Die Kleine war wieder mal beschissen bis zum Hemdkragen. «Hol mal Wasser», kommandierte sie.

Nachdem sie die Kleine gewaschen und ihr eine frische Windel angelegt hatte, sagte er: «Den Rest mache ich. Leg dich hin, du musst doch hundemüde sein.»

«Ich denke, du hast einen Zivileinsatz.»

«Etwas Zeit habe ich noch», sagte er.

Sie zögerte sekundenlang, ehe sie endlich das Feld räumte: «Aber vergiss nicht wieder die Creme.»

Die Schüssel mit dem dreckigen Wasser nahm sie mit ins Bad, fasste sie natürlich an den Griffen, wie er es zuvor mit ungeschützten Fingern hatte tun müssen. Aber das war nicht so tragisch, er hatte die Schüssel schließlich nicht zum ersten Mal mit Wasser gefüllt. Er zog die Handschuhe wieder an und die Kapuze des Badetuchs über das kleine Gesicht. «Schlaf gut», murmelte er, während er zudrückte.

Das Telefon lag im Regal. Die Pokale standen da wie eine Aufforderung. Mama war immer noch im Bad, saß auf der Toilette, als er hereinkam. Sie nahm offenbar an, er wolle sich die Hände waschen, und regte sich auf: «Kannst du nicht warten, bis ich fertig bin?» Den Pokal sah sie erst, als er den Arm hob. Und während sie einen Arm hochriss, um sich zu schützen, fragte sie: «Ist das der Dank?»

Wofür denn? Dass sie es sich als Neunzehnjährige in den Kopf gesetzt hatte, den schönsten Mann im Dorf zu verführen? Dass sie einige Likörchen gebraucht hatte, ehe sie mutig oder lustig genug gewesen war für ihn? Dass sie im Rausch nicht an Verhütung gedacht hatte? Oder dafür, dass sie acht lange Jahre gegen Gabi gehetzt und diesen Wutanfall bekommen hatte, als es hieß, Martin wolle sich scheiden lassen und seine kleine Hexe heiraten? Hätte sie damals ihr Maul gehalten, wäre er nie zum Mörder geworden. So betrachtet war doch alles nur ihre Schuld.

An den Brief im Kinderbett dachte er in diesen Minuten nicht mehr, auch nicht an die beschissene Windel und das beschmierte Hemdchen, nur an das Telefon, das neben Mamas Bett gehörte. Der Aufenthalt im Haus hatte ihn mehr Zeit gekostet als eingeplant. Nichts wie raus. Mit dem Kind und dem Pokal in der Sporttasche.

Durchs Wohnzimmer, um sich zu vergewissern, dass Stella nichts mitbekommen hatte. Die Hoftür ließ er offen, wie Mama es oft getan hatte, um Stella zu wecken.

Wie hätte er ahnen sollen, dass nach ihm noch einer kam? Er wusste nicht, dass seine Mutter ihr Herz für den Satansbraten entdeckt hatte und bei dem Schönwetter machte, um sich das Schweigen der Hexe zu sichern.

Er sah zwar das Licht hinter dem Fenster in der Giebelwand des Hexenhauses, weil er die Tasche schnellstmöglich loswerden wollte. Gabi sollte ihren Fluch zurückbekommen, ohne es zu ahnen, zumindest vorübergehend. Das war ihm ein besonderes Bedürfnis. In ein paar Wochen wollte er irgendwo ein Grab ausheben. Bis dahin wäre das Schrottdenkmal unter der Überdachung um Längen besser geeignet als jedes Waldstück. In denen hatte der Zufall Spaziergänger mit Hunden schon oft an Stellen geführt, wo etwas nur notdürftig verscharrt war.

Aber er wusste nicht, wessen Zimmer da erleuchtet war, nahm an, Gabi ließe noch Leute verschwinden. Untote waren doch nachtaktiv. Und er konnte nicht vor Ort bleiben und darauf warten, dass es hinter dem Fenster dunkel wurde. Um halb eins waren oft noch Leute unterwegs. Ein Streifenwagen fiel immer auf. So fuhr er herum, mit der Tasche im Wagen und der Not im Innern, weil jederzeit ein Funkspruch eingehen konnte, der ihn zwang, Ludwig bei Babs abzuholen. Dass man ihn über einen Notruf aus dem eigenen Haus verständigte, glaubte er zwar nicht. Aber man hätte ihn und Ludwig danach wohl umgehend zur Dienststelle beordert.

Den Pullover, der mit Mamas Blut bespritzt war, stopfte er in eine Mülltonne, die am nächsten Morgen geleert wurde. Er kannte die Termine des Entsorgungsunternehmens. Der Gedanke, mit der Tasche ebenso zu verfahren, kam ihm nicht, weil er auf den Schrotthaufen fixiert und viel zu aufgewühlt war, um auf die Schnelle eine andere Lösung zu finden.

Er hatte Glück in dieser Nacht. Es ging kein Funkspruch ein. Sogar unverschämtes Glück, weil er um halb drei den nächsten Versuch unternahm und das Fenster um die Zeit dunkel war. Und dann kam er morgens aus dem Dienst und fasste es nicht. Bis dahin hatte er ja noch geglaubt, Stella habe durchgeschlafen.

Nun wollte er den Brief aus dem Bettchen nehmen und es nur nach Raubmord aussehen lassen. Aber das überlegte er sich noch einmal. Über kurz oder lang müsste man das Verschwinden der Kleinen doch anders erklären als mit den Worten, die Stella ihm in den Mund legte. Also räumte er nur hastig die Schlafzimmerschränke aus, stopfte Mamas Schmuck in ein Plastiktütchen, zerrte ihre Leiche vors Waschbecken und den Ring von ihrem Finger. Dann hetzte er mit dem Hemdchen hinunter in den Keller und hinaus in den Hof, warf die beschissene Windel in die Mülltonne. Und weiter in den Garten. Unter den ausladenden Zweigen der Johannisbeersträuchern hob er eine kleine Kuhle aus. Blut und Wasser schwitzte er, dass sofort jemand darauf aufmerksam werden könnte – oder dass Stella ihn doch gesehen hätte. Gehört hatte sie ihn. Mama hatte schließlich nicht von einer vollen Windel gesprochen, das waren seine Worte gewesen. Aber was für eine Rolle spielte das jetzt noch? Morgen könnte sie nicht mehr darüber reden.

Annäherung

Nachdem Schöller zwei Zuckerwürfel in seinem Kaffee verrührt und einen Schluck getrunken hatte, gab er sich großzügig und ließ Klinkhammer die neue Aussage von Helling selbst lesen.

«Starkes Stück», murmelte er, als er durch war.

«Aber es bestätigt meine Theorie», sagte Schöller. «Dass ihre Augen zu waren, als ihre Schwiegermutter den Fernseher ausmachte, bedeutet nichts. Selbst wenn sie geschlafen hätte, was ich nicht glaube; Leute, die bei laufendem Fernseher einnicken, wachen gerne auf, wenn jemand das Gerät ausschaltet. *Das wird ihr eine Lehre sein, die vergisst sie ihr Leben lang nicht,* die Worte hat sie auf jeden Fall gehört, und noch einige mehr. Sie wusste nur nicht, mit wem ihre Schwiegermutter sprach.»

Anschließend sei Stella raus, mutmaßte Schöller. *«Huch, was war das denn?»,* sollte Therese ja gerade in dem Moment gesagt haben, als Martins Schwester ihm das Telefon abnehmen wollte. Außerdem hatte Therese gebeten, Martin solle dran bleiben, weil gerade etwas gepoltert habe und sie meinte, das sei von draußen gekommen. Das hielt Schöller für zutreffend, zu den Geräuschen um diese Zeit gab es ja auch die Angaben der Familie Bündchen.

Therese sei dann nach unten gegangen, meinte Schöller, mit ihrem Telefon in der Hand und Martina Lutz in der Leitung, die Klappern *wie von Besteck* und die Worte: *«Was soll das denn? Das glaub ich ja nicht»,* noch gehört und auf sich bezogen hatte. Therese habe damit jedoch viel eher das Treiben ihrer Schwiegertochter gemeint, die im Schuppen randalierte, in ihrer Wut oder Panik die Torflügel aufriss und die NSU gegen den Goggo kippte.

«Therese Helling hat dann das Kind aus dem Sessel genommen und ist nach oben gegangen, um es zu waschen und frisch zu wickeln», spekulierte Schöller. «Stella kam dazu, Krach, Bums! Anders sind die Zeiten nicht zu erklären, die Helling schon am Donnerstagmorgen genannt hat. Er muss von seiner Frau gehört haben, wann seine Mutter gestorben ist. Von der zerdepperten Armbanduhr konnte er das nicht ablesen. Das Zifferblatt war total mit Blut verschmiert.»

Für Klinkhammer war das die erste, wichtige Sachinformation. Schöller hängte noch ein wenig Vermutung an: «Nachdem sie ihrer Schwiegermutter den Schädel eingeschlagen hatte, hatte sie ein hungriges Kind am Hals. Sie hatte abends schon Probleme beim Füttern gehabt. Ein brüllender Säugling kann einem ziemlich auf die Nerven gehen. Und wenn man ohnehin nervlich auf dem Zahnfleisch geht, drückt man zu. So sehe ich das, Beweise dafür gibt es bisher nicht. Und ich bezweifle, dass wir sie bekommen. Es hat auch beim Baby keinen unmittelbaren Körperkontakt gegeben. Das Badetuch ums frisch gewaschene Kind geschlagen, das Bündel hochgenommen und in die Sporttasche gepackt.»

An der Körper abgewandten Seite des Tuchs waren schwarze Fasern gesichert worden. Von der Kutte stammten sie keinesfalls, die war aus einfachem Baumwollstoff genäht. Schöller tippte auf einen teuren Pullover. Davon besaß Stella einige, Martin auch ein paar. Im LKA-Labor sollten die Fasern noch speziellen Tests unterzogen werden. Vielleicht ließ sich feststellen, mit welchem Waschmittel oder Weichspüler sie zuvor behandelt worden waren. Doch da hatte Schöller wenig Hoffnung. Zum einen brachte man teure Kleidungsstücke eher in die Reinigung, als sie selbst zu waschen, zum anderen hatte er das Badetuch gesehen.

«Ich nehme an, Sie wissen, wie schnell ein kleiner Körper bei milder Witterung in Verwesung übergeht und ihn umgebende Stoffe durchtränkt», sagte er. Das wusste Klinkhammer nicht, das wollte er aber auch gar nicht so genau wissen.

«Selbst wenn sich noch ein Waschmittel oder Weichspüler nachweisen lässt und einem Haushalt zugeordnet werden kann», erklärte Schöller, «beim Haushalt Helling hat es keinen Wert, weil die Anhaftungen eben an der nach außen gekehrten Seite des Tuchs gefunden wurden. Es könnte somit auch in der Tasche zur Kontaminierung gekommen sein. Helling besitzt ja ebenfalls Pullover, die er mal mit zum Training genommen haben wird. Ihren Schützling könnte das die unbeschwerte Jugend kosten.»

«Nennen Sie ihn nicht immer meinen Schützling», bat Klinkhammer. «Wenn's meiner wäre, hätte er sich anders benommen.»

«Aber Sie haben ihn nicht bei uns abgeliefert in der Hoffnung, dass wir ihm so etwas wie Respekt beibringen?», fragte Schöller in einem sehr kurzen Anflug von Humor. «Das wäre vergebliche Mühe gewesen. Seine Mutter hat ihn angefleht, uns zu sagen, was er gesehen hat. Daran dachte er nicht im Traum.»

Natürlich ging Schöller davon aus, Martin hätte in der Tatnacht oder den darauf folgenden ein oder zwei Nächten etwas Bedeutsames beobachtet. Zum Beispiel, wie die Tasche unter dem Schrott versteckt wurde. Schöller machte keinen Hehl daraus, wie gerne er Helling die Beseitigung von Beweisen – einschließlich der Kindsleiche und des Pokals – nachgewiesen hätte. Die Erklärung von Herrn Müller, nur in der Tatnacht fest geschlafen zu haben, wäre leicht zu erschüttern. Ein alter Mann, der seit Jahresbeginn das Dahinsiechen seiner Frau bewachte, selbstverständlich schlief der zwischendurch mal ein und zwar so fest, dass er nichts vom Geschehen auf dem Nachbargrundstück mitbekam.

Doch die Untersuchung des Nissan hatte kein eindeutiges Ergebnis gebracht. Natürlich war die Tasche in Hellings Wagen transportiert worden, über lange Jahre, auf dem Beifahrersitz, auf der Rückbank, im Kofferraum, jedes Mal voll gestopft mit verschwitzten Sportsachen. Der Hund, der einem sagen konnte, ob er außer dem Mief etwas Leichengeruch erschnüffelt hatte, müsse noch geboren werden, meinte Schöller.

Aber eine Tasche konnte man auch tragen. Eine Frau zu Fuß war weniger auffällig und konnte auf der Straße schneller in Deckung gehen als ein Mann mit einem Auto. Und da Helling in seiner neuen Aussage erklärt hatte, Stella habe sich die Füße erst morgens bei einer Auseinandersetzung mit ihm zerschnitten, hätte sie einen längeren Fußmarsch in der Tatnacht ohne weiteres bewältigen können. Sie wäre selbstverständlich nicht in schmutziger, gar blutverschmierter Arbeitskleidung durchs Dorf gelaufen, hätte einen ihrer teuren Pullover und eine schicke Hose angezogen und möglicherweise auf einem Weg die Arbeitsklamotten verschwinden lassen.

«Das kann ich mir nicht vorstellen», sagte Klinkhammer. «Wenn Martin die Frau auf dem Grundstück seiner Mutter gesehen hätte, warum sollte er das verschweigen?»

«Weil er der Ansicht ist, es wäre unsere Aufgabe, das zu beweisen», meinte Schöller.

Das hätte zwar zu Martin gepasst. Aber: «Stella Helling hätte kaum auf Frau Lutz hingewiesen, wenn sie ...»

«Das war doch wohl der Zweck der Aktion», wurde er unterbrochen. «Wozu soll ein Sündenbock gut sein, wenn ich ihn nicht beim Namen nenne, sobald es für mich eng wird? Sie dürfte schnell begriffen haben, wer ihr als Geist des Schwiegervaters erschienen ist. Und wenn einer so blöd ist, an einem Tatort herumzugeistern; etwas Besseres konnte ihr doch nicht passieren.»

«Möglich», sagte Klinkhammer.

«Möglich?», wiederholte Schöller. «Wollen Sie den Knaben für die nächsten zehn Jahre aus dem Weg haben? Dann muss ich aber annehmen, dass Ihre Beziehung zu Frau Lutz doch nicht rein platonisch ist. Es gibt nur zwei Möglichkeiten, der Bursche oder Stella, was ist Ihnen lieber?»

«Es geht wohl kaum darum, was mir lieber ist», sagte Klinkhammer. «Was ist denn mit dem Schuppentor? Frau Rohdecker sagte, es sei abgeklebt worden.»

«Jetzt kommen Sie mir nicht mit dem großen Unbekannten, dem Therese Helling mal kräftig auf die Füße getreten ist. Der hätte das Kind nicht angerührt.»

«Ich meine auch nur, wenn Stella das Tor in der Nacht aufgerissen hätte ...», sagte Klinkhammer.

«Vergessen Sie es», unterbrach Schöller ihn. «Dafür musste sie sich nicht außen anlehnen. Die sichergestellten Fasern sind noch nicht alle zugeordnet. Zweifelsfrei identifiziert sind bisher nur ein paar von Polizeiuniformen. Das kommt davon, wenn die teilnahmsvollen Kollegen aus der Provinz im Rudel aufbrechen, um Trost zu spenden und den Tatort zu zertrampeln. Natürlich will es keiner gewesen sein.»

Die beiden, die Klinkhammer im Streifenwagen vor der Haustür angetroffen hatten, waren angeblich nicht mal in den Hof gegangen. Berrenrath und die junge Polizistin, die den Garten und den Weg entlanggegangen waren, schworen Stein und Bein, den Torflügeln wären sie nicht zu nahe gekommen. Das konnte Klinkhammer sich bei einem alten Hasen wie Berrenrath auch nicht vorstellen. Doch ehe er sich dazu äußern konnte, kam Schöller zurück zum Ausgangspunkt und warf die Fragen auf, die ihn am meisten beschäftigten.

«Warum hatte Helling am Montagabend so eine Scheißangst davor, dass wir uns mit Frau Lutz befassen? Den Herren Treber ist er auf die Pelle gerückt, beim Jüngsten sogar ziemlich massiv geworden. Dabei hatte er angeblich keinen konkreten Verdacht. Seiner Frau zufolge hat er erst am Sonntagabend die Einzelheiten des Monsterauftritts erfahren, da war er nachweislich oben im Norden. Wenn er auch erst bei der Gelegenheit gehört hat, wo seine Tochter abgeblieben war, könnte er sich anschließend bemüht haben, seine Sporttasche zurückzuholen. Bei seinem Freund ist er erst gegen vier Uhr nachts angekommen. Das würde zeitlich zu dem Scheppern im Hof von Frau Lutz passen.»

Für einen Kneipenheimkehrer sei drei Uhr nachts reichlich spät, meinte Schöller. Jemand, der nur sein Wasser abschlagen wollte, hätte keine Veranlassung gehabt, dem Schrotthaufen zu nahe zu kommen und Lärm zu machen. «Nachdem Martin Lutz und Herr Müller aufmerksam geworden waren», spann Schöller diesen Faden weiter, «war Helling am Montag gezwungen, seine Hoffnung auf die Gebrüder Treber zu setzen. Aber *asoziales Pack* kann ganz schön begriffsstutzig sein, vor allem, wenn es sich keiner Schuld bewusst ist. Bei uns ist er erst nachmittags aufgetaucht. Was hat er bis dahin gemacht? Auf der Lauer gelegen und irgendwann eingesehen, dass seine Rechnung nicht aufging?»

Wahrscheinlich, dachte Klinkhammer, sogar höchstwahrscheinlich, dass Helling lieber seine Frau über die Klinge springen ließ, als Gefahr zu laufen, dass Gabi ihre *Vermutung* bezüglich Martin Schneiders Mörder äußerte. Wenn sie Heintje mehr als einmal gewarnt hatte, wusste er wohl, dass sie ihn auf dem Kicker hatte.

Als er nicht antwortete, fragte Schöller: «Was ist, Herr Kollege, können Sie nicht, oder wollen Sie nicht? Soll ich Ihnen auch noch den Begriff *Behinderung der Ermittlungen* erklären? Frau Lutz hat sich nicht mehr getraut, den Mund aufzumachen, nachdem der Bengel sie zurechtgestutzt hatte. Aber Sie waren dabei. Er sagte nämlich, er hätte ihr doch schon im Auto geraten, die Klappe zu halten. Ihn hat es nicht mal beeindruckt, dass wir plötzlich im Dunkeln saßen. Aber da ist er von seiner Mutter vermutlich auch ganz andere Sachen gewöhnt.»

«Im Dunkeln?», fragte Klinkhammer und rief sich in Erinnerung, was Gabi während der Fahrt nach Köln von sich gegeben hatte. Über ihre Beziehung zu Stella hatte sie sich ausgelassen. Eine vage Andeutung über Heintjes frühere Freunde, womit wohl die Schrebber-Zwillinge gemeint gewesen waren. Und danach: Babs und der blöde Lulu. *Durfte immer nur kommen, wenn ihr Mann Nachtschicht hatte.* Vor zweieinhalb Jahren. Und vor einem Jahr aus Niederembt verzogen. *Nach Nieder...* Da war Gabi endgültig der Mund verboten worden. Niederaußem?

«Kleiner Stromausfall.» Schöller grinste unfroh. «Kein Vergleich mit der Terrassentür. Kalle ist immer noch enttäuscht, weil er beides verpasst hat. Ich hätte gut darauf verzichten können.»

«Guter Gott», murmelte Klinkhammer. Schöller bezog das auf den Stromausfall und sagte noch etwas dazu. Aber das bekam Klinkhammer nicht mehr richtig mit. Jetzt fügte es sich in seinem Kopf zusammen: Blutverschmiertes Zifferblatt. Fasern von Polizeiuniformen am Schuppentor. Ludwig Kehler mit Zigarette vor Thereses Haustür. *«Es war so eine ruhige Nacht. Ich hab noch zu Heiner gesagt, lass uns doch lieber mal bei dir vorbeifahren.»* Doch lieber! Hatte Helling woanders hinfahren wollen? Nein, er hatte vor Ort bleiben wollen. In Niederaußem.

Zwei Polizisten auf Streife, seit ihrer Jugend dicke Freunde. Ein kluger Kopf und ein Einfaltspinsel. Die Mutter des Klugen hat im Lotto gewonnen und weigert sich, den Sohn am Reichtum teilhaben zu lassen. Der Einfaltspinsel hat ein Verhältnis mit einer verheirateten

Frau. Nein, hatte – vor zweieinhalb Jahren, als Martin Zeitungen austragen musste. Und Martin hatte zweimal etwas beobachtet, war aber nicht sicher, ob Lulus Affäre noch aktuell war. *Schnee von gestern.* Daraus konnte man heute keinen Schneemann mehr bauen. Martin war ein arroganter Bengel, aber nicht dämlich. Ihm war klar, dass man ihm den Hinweis auf diese Möglichkeit als Schutzbehauptung ausgelegt hätte. Es war auch nicht anzunehmen, dass Babette Klostermann freimütig einen fortgesetzten Ehebruch und Ludwig Kehler so ohne weiteres eine Dienstverfehlung eingestanden hätten.

«Ich glaube, Sie haben den falschen Wagen untersucht», sagte er. «Aber für die kurze Strecke bringt es wahrscheinlich nicht viel, wenn Sie jetzt einen Leichenspürhund auf unsere Streifenwagen hetzen. Versuchen Sie es bei Kehler.»

Schöller starrte ihn sekundenlang mit gerunzelter Stirn an. Dann sagte auch er: «Guter Gott.»

«Nein», sagte Klinkhammer. «Nicht was Sie denken. Das wäre mit Kehler nicht zu machen gewesen. Er war nicht dabei.»

«Was ich denke, lassen Sie mal meine Sorge sein», meinte Schöller. «Erklären Sie mir erst mal, was Sie denken.»

«Aber vergessen Sie nicht, ich bin nur ein Provinzprofiler mit einem heißen Draht», sagte Klinkhammer. Und ein paar Fortbildungsseminaren. Dass er die nicht umsonst besucht hatte, bewies er anschließend. Er traf es nicht in jedem Punkt. Doch es unterlief ihm nur ein nennenswerter Irrtum. Er nahm an, Helling beabsichtige, seine Frau verurteilen zu lassen für zwei Morde, die sie nicht begangen hatte.

Auf eigenen Füßen

Freitag, 30. April 2004

Einen Hosenanzug brachte Heiner ihr mit, als er kurz nach zehn erschien, um sie nach Hause zu holen. Dazu eine Bluse und ein Paar Schuhe, die sie nicht anziehen konnte. Man stellte ihr einen Rollstuhl zur Verfügung, den Heiner allerdings sofort zurückbringen sollte.

«Bis zum Wagen kann ich dich leider nicht schieben, Liebes», sagte er. «Aber wenn du dich bei mir einhakst, kannst du bestimmt vom Haupteingang zum Parkplatz gehen.»

Sie nickte nur. Der Schmerz in den Füßen wäre auszuhalten. Den Schmerz im Innern ertrug sie kaum. Seit Gabi am Mittwochnachmittag bei ihr gewesen war, so fremd und erwachsen in einem Kostüm, auf Pumps und mit Haarknoten, glaubte sie, innerlich zu zerreißen. Gabi hatte gesagt: «Ich weiß, dass du mir nicht glaubst, Stella. Aber hör mir wenigstens zu und denk darüber nach. Mein Sohn hat sich weder an Resl noch an deinem Kind vergriffen. Ob du es getan hast, wirst du am besten wissen. Wenn nicht du, wer dann? Niemand, der Resl so gekannt hat, wie sie in den letzten zwanzig Jahren war, das garantiere ich dir.»

Mit dem Lift fuhren sie hinunter ins Erdgeschoss. Weiter kamen sie nicht. Als dort die Aufzugtür zur Seite glitt, standen Schöller und Grabowski unmittelbar davor. «Das Beste wird sein, Sie rufen Ihrer Frau ein Taxi, Herr Helling», sagte Schöller. «Sie kommen mit uns. Ich schätze, das ist sicherer für den Taxifahrer.»

Auch davon hatte Gabi am Mittwoch gesprochen. Sie wünschte sich, sie hätte Heiners Gesicht sehen können. Doch er stand hinter dem Rollstuhl. «Mein Wagen steht draußen», sagte er, als hätte er Schöllers Anspielung gar nicht gehört.

472

«Aber Ihre Frau kann nicht fahren», meinte Schöller.

Daraufhin trat Heiner neben den Rollstuhl, gab ihr den Wagenschlüssel und riet: «Ruf Ludwig an, Liebes. Er soll dich abholen.»

«Herr Kehler ist verhindert», erklärte Schöller. «Den haben wir gestern schon kassiert, Verdacht der Beihilfe. Er behauptet zwar, er wäre zu der Zeit, als Ihre Mutter getötet wurde, bei einer Frau Klostermann gewesen. Die bestreitet aber, ihn zu kennen.»

«Was soll das heißen?», fragte sie, obwohl Gabi auch das erklärt hatte. «Mit Ludwig konnte er das nicht durchziehen, auch nicht für ein oder zwei Millionen. Dafür ist Ludwig zu anständig.»

«Möchten Sie es Ihrer Frau sagen, oder soll ich das tun?», wollte Schöller von Heiner wissen.

Heiner schwieg. Und Schöller wiederholte, was Gabi gesagt hatte, allerdings wusste er es genauer: Dass Heiner am 22. April um null Uhr achtzehn seine Mutter erschlagen und ihr gemeinsames Kind erstickt hatte. Dass er die Leiche ihrer Tochter in seine alte Sporttasche gelegt und mit dem Streifenwagen zum Grundstück Lutz geschafft hatte. Nur dass sie wahrscheinlich die Nächste sei, wie Gabi es angekündigt hatte, sagte Schöller nicht. Woher hätte er das auch wissen sollen?

«Nein», sagte Heiner. «Ich wollte in der Nacht nur nachschauen, ob meine Frau nüchtern geblieben war, wie sie es mir versprochen hatte. Als ich ins Haus kam, war es kurz vor eins. Meine Mutter lag tot im Badezimmer, meine Tochter halbnackt auf dem Wickeltisch. Sie atmete nicht mehr, und ...»

«Zum Nachschauen sind Sie durch den Schuppen eingedrungen?», schnitt Schöller ihm das Wort ab.

«Nein», sagte Heiner wieder. «Ich bin zur Haustür hineingegangen.»

«Wir haben am Tor Fasern einer Polizeiuniform sichergestellt», erklärte Schöller. «Und Ihre Fingerabdrücke ...»

«Meine Fingerabdrücke am Tor beweisen kaum ein Eindringen», unterbrach Heiner nun ihn.

«Nicht am Tor», sagte Schöller. «Sie sollten mich ausreden lassen, Herr Helling. In dem Audi, in dem im November dreiundachtzig Martin Schneider umgebracht wurde.»

«Das kann gar nicht sein», erwiderte Heiner. «Als Herr Schneider getötet wurde, lag ich mit hohem Fieber im Bett.»

Schöller warf einen auffordernden Blick zur Seite. Dort gab es einen Treppenaufgang. Gabis Sohn trat vor und lächelte Heiner mitleidig an. «Gib auf, Jungchen», sagte er mit dieser sanften, dunklen Stimme, die um soviel älter klang, als er war. «Wir beide wissen doch, wen ich in Köln aufgelesen habe, und dass Heiko in Kirchtroisdorf ausgestiegen ist. Du hast hinter mir gesessen, um die Kopfstütze herumgegriffen und das Messer hier angesetzt.»

Er legte einen Finger an seine linke Halsschlagader. «Ein Rasiermesser, von deinem Opa, nehme ich an. Weißt du noch, was ich gesagt habe? ‹Mach keinen Quatsch, Junge. Das lohnt doch nicht für die paar Kröten.› Ich hab wirklich gedacht, dir ginge es ums Geld, weil Resl dich knapp hielt. Mehr konnte ich nicht sagen.» Er strich sich mit dem Finger quer über die Kehle. «Du warst durch, bist aus dem Auto gehüpft und erst mal Richtung Kirchtroisdorf gelaufen. Ich wollte hinter dir her, hab auch noch die Beifahrertür aufbekommen. Warum ich auf der Seite aussteigen wollte, kann ich dir nicht sagen. Man ist ziemlich konfus, wenn man merkt, dass es zu Ende geht. Ich konnte ja nicht ahnen, dass es einen neuen Anfang gibt.»

«Was erlaubst du dir, du dreister Bengel!», fuhr Heiner ihn an.

«Na, na, na», tadelte Martin. «Spricht man so mit seinem Vater, nachdem man auch noch seiner Mutter und seinem Kind das Licht ausgepustet hat? Das kannst du deiner Frau nicht in die Schuhe schieben. Ich hab sie gesehen in der Nacht. Du warst wieder mal nur das Vorprogramm. Zwei Stunden nach deinem Auftritt hab ich die Bühne betreten. Deine Frau lag ziemlich dreckig auf der Couch, aber es gab keinen Tropfen Blut an ihren Klamotten. Jetzt mach mir wenigstens einmal Ehre, sei ein Mann und trag es mit Fassung.»

Heiner schüttelte den Kopf. Grabowski legte ihm Handschellen an. Schöller erklärte ihn für festgenommen und belehrte ihn über seine Rechte.

«Ich kenne meine Rechte», sagte Heiner. «Was Sie hier veranstalten, ist hirnverbrannt.» Dann wandte er sich noch einmal an sie. «Ruf dir ein Taxi, Liebes, ich bin bald wieder bei dir.»

«Ist er nicht, Mädchen», sagte Martin. «Aber du brauchst kein Taxi. Ich bin Taxifahrer und brauche nur ein Auto.»

Er streckte die Hand aus. Sie überließ ihm den Schlüssel, hätte gar nicht gewusst, was sie sonst tun könnte. Während die beiden Männer Heiner abführten, fuhr Martin den Nissan vom Parkplatz zur Notaufnahme, damit sie keinen unnötigen Schritt tun musste.

Während der Fahrt erzählte er ihr, Schöller habe ihn nur mitgebracht, um Heiner aus der Reserve zu locken. «Sonst war er immer so klein mit Hut, wenn ich ihn auf die Tour angemacht habe. Hoffen wir, dass es nachwirkt und er den Bluff schluckt. Beschwören, dass deine Arbeitsklamotten nicht blutig waren, kann ich nämlich nicht. Und mit Beweisen gegen Heintje sieht es düster aus, sagte Arno.»

«Wer ist Arno?», fragte sie.

«Der Mann, der mich gefunden hat mit durchschnittener Kehle.» Als sie zusammenzuckte, grinste er sie von der Seite an. «Hey, das war nur ein Gag. Dass es ein Rasiermesser gewesen sein muss und wie es geführt wurde, stand in dem Obduktionsbericht von damals. Die haben gestern noch wie die Berserker alte Akten gewälzt, damit ich Fakten bieten kann. Ich hätte auch ein paar zu Resl bieten können, aber wir wollten es nicht übertreiben.»

Endlich fragte er auch: «Ich darf doch du sagen?»

Er tat es doch schon die ganze Zeit, war nur ein Achtzehnjähriger mit einer großen Klappe, dem nie Respekt vor Erwachsenen beigebracht worden war. Jetzt brauchte er den auch nicht mehr, er war erwachsen, fand er.

Er fuhr den Nissan bis vor die Haustür, half ihr beim Aussteigen und stützte sie auf dem Weg durch den Flur. Die Wohnzimmertür stand offen. «Ach du Scheiße», sagte er. «Das sieht ja schlimmer aus als bei Hempels unterm Sofa, riecht auch nicht frisch. Setz dich mal lieber in die Küche. Soll ich dir einen Kaffee machen? Ich mache einen exzellenten Kaffee.»

Nachdem sie auf einem Küchenstuhl saß und er die Kaffeemaschine gefüllt hatte, ging er ins Wohnzimmer und riss die Hoftür zum Durchlüften auf. Als er zurückkam, fragte er: «Ich darf sicher mal telefonieren?»

Dann rief er *Arno* an. «Du kommst besser sofort her», sagte er. «Hier steht ein Willkommenstrunk in der Vitrine, und Romy – ja, ja, jetzt reg dich nicht wieder auf, Mutti sagte, sie hat so ein blödes Gefühl. Nein, angefasst habe ich die Pulle nicht.»

Mai 2004

Erst Mitte Mai wurde Therese im Familiengrab bei ihren Eltern bestattet. Todesanzeigen in den Tageszeitungen hatte es nicht gegeben, auch keine Trauerkarten. Trotzdem war der Friedhof schwarz von Menschen. Das halbe Dorf gab ihr die letzte Ehre. Dazu kamen unzählige Bewohner der umliegenden Orte, Stellas Eltern mit Tobi, Ludwig Kehler und acht weitere Polizisten der Dienststelle Bergheim, die sich in dunklen Anzügen unters Volk mischten. Uniform trug keiner. Arno Klinkhammer nahm auch teil, Gabi nicht, aber Martin selbstverständlich. Er hatte eigens schulfrei genommen, hielt sich an Stellas Seite, um ihren Vater von ihr fern zu halten und sie notfalls zu stützen.

Sie hatte immer noch Schmerzen beim Gehen, trug einen eleganten, schwarzen Hosenanzug, dessen Beine die etwas zu großen, offenen Slipper nicht bedeckten. Trotzdem ging sie allein und aufrecht, eine teuer gekleidete, junge Frau, der niemand die Scherben ihres Lebens ansah, in denen sie nun stand.

Nachdem der Sarg abgesenkt worden war, hielt der Priester eine ergreifende Rede. Er hatte bereits in der Kirche eine gehalten, aber anscheinend längst nicht alles gesagt. Nun sprach er von vierzig Jahren der Aufopferung für andere und von der unergründlichen Weisheit des allmächtigen Gottes, dem es gefallen hatte, unsere liebe Schwester Therese zu sich in die Ewigkeit zu nehmen. Kein Wort von Mord, kein Wort von Schuld. Kein Wort von Martin Schneider.

Viele weinten und griffen in die mit Rosen gefüllten Körbe. Dreihundert Stück, wie Heiner es noch in Auftrag gegeben hatte, dabei war es geblieben. Es reichte nur knapp, obwohl viele einen eigenen Strauß mitgebracht hatten. Die Rosen oder Sträuße der Letzten, die am offenen Grab vorbeigingen und noch einen Moment verweilten, fielen auf einen Berg aus Rot und Grün. Ehe das Grab geschlossen werden konnte, musste das meiste wieder ausgeräumt werden.

Als drei Tage später der kleine, weiße Sarg dazukam, war Stella mit den beiden Männern vom Bestattungsinstitut allein. Die Kleine war nicht getauft worden, deshalb gab es keinen Priester. Einen Laienprediger hatte sie nicht engagieren mögen. Was sollte ein Mensch, der nichts wusste, über ein Kind sagen, das nur vierzehn Wochen alt geworden und vom eigenen Vater erstickt worden war. Weil er gemeint hatte, ihr damit etwas Gutes zu tun?

Das glaubte sie nicht. Sie glaubte gar nichts mehr, nachdem in der Grappaflasche, die Martin in der Vitrine entdeckt hatte, ein hochgiftiges Pflanzenschutzmittel nachgewiesen worden war. Natürlich bestritt Heiner, den Schnaps vergiftet zu haben. Dass er die Flasche gekauft hatte, konnte er nicht leugnen, das hatten ihm Schöllers Leute bewiesen. Aber von dem Pflanzenschutzmittel wusste Heiner absolut nichts. Er meinte, Martin müsse es in den Grappa gekippt haben, um sich als ihr Lebensretter aufspielen zu können. Das hatte sie von Heiners Anwalt gehört.

Besucht hatte sie Heiner noch nicht in der U-Haft, obwohl sein Anwalt meinte, es sei wichtig für ihn, sie zu sehen. Ludwig Kehler war einmal bei ihm gewesen und meinte das ebenfalls. «Du darfst ihn jetzt nicht fallen lassen, Stella. Heiner hat doch nur noch dich, und er hat es nur für dich getan.»

Bestimmt nicht. Wenn Heiner etwas für sie hätte tun wollen, hätte er ihr nur einmal erzählen müssen, was die Ärzte in der Kinderklinik ihm bei Johannas letzten Untersuchungen gesagt hatten. Sie hatte von Schöller erfahren, dass ihre Tochter sich dank der optimalen Betreuung daheim positiv entwickelt hatte. Und dass sie jetzt eine reiche Frau war, weil Mütter ihre Kinder beerbten.

In einem Schließfach bei einer Kölner Bank hatte unter anderem auch Thereses Testament gelegen. Heiner und Johanna waren als Erben eingesetzt worden. Er hatte seinen Erbanspruch verwirkt, davon hatte sein Anwalt ihn überzeugen können. Oder Martins Worte hatten nachgewirkt und Heiner wollte nun zeigen, dass er ein Mann war. Ein Geständnis hatte er inzwischen abgelegt und behauptet, er hätte Johanna noch lebend in die Sporttasche gelegt. Das Gegenteil könne niemand beweisen, hatte Schöller gesagt. Nun vermutete sie, dass Heiner sie nur deshalb noch so sehr liebte.

Es erschien ihr alles so widersinnig. Ein Kind, das vermutlich nicht auf die Welt gekommen wäre, hätte sie nicht aus Angst vor Gabis Fluch alle Vorsorgetermine ignoriert. Hätte Heiner ihr nicht eingeredet, Gabi könne Dinge, die andere nicht konnten.

Aber das meinte Schöller auch: «Frau Lutz hat eine merkwürdige Art, ihren Stress zu bewältigen. Da kann man durchaus mal am eigenen Verstand zweifeln, ist mir auch passiert.»

Und Ludwig wusste zwar von den Gerüchten im Dorf, inzwischen wusste er sogar, wer Gabi vor fast einundzwanzig Jahren ihr *Leben* genommen hatte. Aber das glaubte er nicht. «Warum soll Heiner denn so was getan haben?» Einfältiger Kerl.

Er war glimpflich davongekommen und hatte sie begleiten wollen auf diesem Weg. «Du musst das nicht allein durchstehen, Stella. Sag mir Bescheid, wenn die Kleine begraben wird, dann gehe ich mit dir.»

Sie hatte ihm nicht Bescheid gesagt, hätte ihn nicht ertragen in ihrer Nähe, nicht ausgerechnet ihn. Obwohl Ludwig nichts getan hatte, nur ein paar Stunden Dienst geschwänzt und die Illusion von Liebe genossen. Wie sie. Nur eine Illusion.

Ihren Eltern hatte sie den Termin der zweiten Beerdigung gar nicht erst mitgeteilt. Bloß keine Entschuldigungen von Vati mehr hören, kein Bedauern von Mutti, keine Fragen von Tobi. Und keine Blumen. Nur ein Lied zum Abschied.

Nachdem die Männer den winzigen Sarg auf den großen, braunen abgesenkt hatten, traten beide zurück. Und sie begann leise zu singen: «Schlafe, mein Kindchen, schlaf ein. Ein Engel wird bei dir sein, bewacht deinen Schlaf und beschützt deine Ruh, drum mach nur getrost deine Äugelein zu. Schlafe, mein Kindchen, schlaf ein. Du bist auch im Schlaf nicht allein.»

Dann brach ihr die Stimme. Und plötzlich wusste sie, warum sie nicht um Therese trauern konnte. Es hatte nichts mit der Vergangenheit zu tun, in der *Resl* ein Biest gewesen sein sollte, das sich von keinem in die Suppe spucken ließ, auch nichts mit der eigenen Erkenntnis, dass Engel Schattenseiten hatten. Es war einfach nur gut, dass Therese schon da unten lag und die Arme nach Johanna ausstrecken konnte.

Sie wandte sich ab – und sah Gabi in einigen Metern Entfernung stehen. Wieder auf Pumps, in einem Kostüm, den Pferdeschwanz zu einem Knoten geflochten, genauso wie sie ins Krankenhaus gekommen war. Und ebenso zögernd, wie sie sich dort ihrem Bett genähert hatte, kam sie nun heran.

«Ich hoffe, du bist zufrieden», sagte Stella. «In den Sand konnte ich dieses Projekt nicht setzen. Hier gibt es nur Erde.»

«Das waren nur gemeine Worte», sagte Gabi. «Sie gingen nicht einmal gegen dich und haben deinem Kind nicht geschadet.»

Als Stella ihr darauf nicht antwortete, fragte sie: «Was machst du denn jetzt?»

Was schon? Leben und verstehen lernen, zweimal die Woche mit einer Therapeutin sprechen. Sich von keinem Menschen mehr etwas einreden lassen. Sich vielleicht bald in einer Fahrschule anmelden, das Grab pflegen, Handwerker beaufsichtigen. Den Mauerdurchbruch im Schuppen hatte sie bereits schließen lassen. Man konnte nicht alles alleine machen. «Nach Hause gehen», sagte sie. «Da wartet eine Menge Arbeit auf mich.»

«Du willst in dem Haus bleiben?», fragte Gabi ungläubig.

«Warum nicht? Ich hatte zwar keine acht Jahre Glückseligkeit darin, aber ein paar gute Tage waren es schon. Die gebe ich nicht her, das solltest du nachempfinden können.»

Gabi nickte versonnen und schaute über die Gräberreihen. Irgendwo weit hinten lag Martin, sie wusste nicht einmal mehr, wo.